FOLIO POLICIER

William Lashner

Rage de dents

Une enquête de Victor Carl

Traduit de l'américain
par Nordine Haddad

Gallimard

Titre original :

FALLS THE SHADOW

Première édition :
William Morrow/Harper Collins Publishers, 2005.

Spécialiste du thriller judiciaire, l'Américain William Lashner est l'auteur de six romans traduits en France par les Éditions du Rocher et mettant tous en scène l'avocat criminel Victor Carl. *Vice de forme*, troisième titre de la série, a été classé deuxième meilleur polar de l'année 2003 sur le site Amazon.com, juste après *Shutter Island* de Dennis Lehane.

À ma fille, ma tendre et adorée
Nora Lee.

1

Contrairement à vous tous, je confesse allègrement mon complet égoïsme. Je suis individualiste, égocentrique, narcissique, satisfait, je donne même dans l'autodénigrement, d'une manière presque charmante. En un mot, je suis indifférent à tout sauf à moi-même. Pourtant, de temps à autre, il m'arrive de tomber sur une force de la nature qui fait trembler mon irréductible égoïsme sur ses bases. Quelque chose qui balaie le paysage comme une tornade, ne laissant que ruines et désolation dans son sillage. Quelque chose comme Bob.

Prenez, par exemple, le curieux incident qui s'est produit le soir où j'ai emmené Bob boire un verre au Chaucer's.

Le Chaucer's est ce qu'on appelle un bistrot de quartier, tout ce qu'il y a de plus ordinaire, son nom excepté. Petit, situé à l'angle de deux rues, on y trouve des posters de rock collés sur les murs, de la Rolling Rock à la pression et un juke-box plein de tubes de Jim Morrison et d'Ella Fitzgerald. C'est le genre de bar où l'on va boire quand on n'est pas d'humeur à enfiler une paire de chaussures digne de ce nom.

— Ça, c'est un établissement original, commenta Bob lorsque nous entrâmes.

— Ce n'est qu'un bar, dis-je.

— Oh, c'est plus que ça, Victor. Un bar n'est jamais seulement un bar. C'est comme un point d'eau dans une grande plaine africaine, où toutes les créatures grandes et petites viennent se désaltérer et se détendre au bord d'une eau limpide.

— Vous ne sortez pas beaucoup, je me trompe ?

— Regardez autour de vous. Vous ne le voyez pas à l'œuvre, là, sous vos yeux, le grand cycle de la nature ?

Je jetai un coup d'œil dans la salle, mais il n'y avait pas grand-chose à voir en termes de cycle naturel. Un couple mal assorti avait une prise de bec au bar. Un vieil homme faisait durer sa bière en se plaignant à un autre vieil homme, qui montrait peu d'intérêt pour quoi que ce soit en dehors de son verre de scotch. La faune habituelle d'un soir de semaine au Chaucer's.

Nous prîmes une table près de la fenêtre. Je fis signe à la serveuse, commandai une Brise de mer pour moi – mon cocktail préféré – et interrogeai Bob du regard.

— Un J & B rondelle avec de la glace, dit Bob.

Je l'aurais parié, citron mis à part. Au premier coup d'œil, Bob ne semblait pas en mériter un second. Il était petit, grassouillet et ramolli, avec de grosses lunettes noires qui lui tombaient sur le nez et lui donnaient l'air d'un collégien mal dans sa peau. Même avec une barbe d'un jour digne de Fred Pierrafeu, il y avait quelque chose d'asexué chez lui. Les femelles qui scrutaient le point d'eau à la recherche d'un mâle ne le voyaient pas. Leurs regards se fixaient sur des hyènes lubriques du New Jersey, sur des lourdauds de Philly Sud, sur de vieux lémurs à la coupe de cheveux impeccable, sur des chaises vides, mais pas sur Bob, qui ne rivalisait même pas avec le mobilier. Elles ne connaissaient que trop bien le genre : le type qui fait des efforts pour s'intégrer, qui ne veut pas faire de vagues, qui accepte le monde tel qu'il va, le type qui passe ses samedis soir devant la télé parce qu'il n'a rien de mieux à faire, le type qui a un hobby. Et elles n'avaient pas tort en l'occurrence, du moins pas vraiment. Je veux dire, le fait est que Bob avait un hobby.

— Je pêchais quand j'étais gosse, me dit Bob, après que je lui eus demandé ce qu'il faisait de beau après le travail. La perchaude. Je l'appâtais au vairon à grosse tête. Mais c'est impossible ici dans la Schuylkill. Alors aujourd'hui, j'essaie simplement de me rendre utile.

— Ça fait plusieurs fois que je vous entends dire ça, lui fis-je remarquer. Qu'est-ce que vous entendez par là, au juste ? Vous faites du bénévolat ?

— D'une certaine façon.

— Travail d'intérêt public ? Aide aux sans-abri ? Permanence téléphonique ?

— Ça dépend. Je donne un coup de main là où on a besoin de moi.

— Des bonnes œuvres en free-lance ?

— Oui, quelque chose comme ça. Est-ce que vous faites le bien autour de vous, Victor ?

— Pas intentionnellement.

— Involontairement, alors ?

— Je suis avocat. Je représente des clients, et je

m'y emploie de mon mieux. S'il arrive qu'il sorte du bien de ce que je fais, alors tant mieux.

— Comme le procès pour homicide dans lequel vous plaidez en ce moment ?

Je dressai l'oreille.

— Par exemple.

— C'est un peu salissant, non, de représenter des assassins ?

— Le sang, les salissures, je croyais que c'était votre rayon.

Il frappa des mains et se mit à rire. Bob riait comme une alarme de voiture ; au début, ça peut aller, mais au bout d'un moment on n'a plus qu'une envie : étrangler quelqu'un.

— Vous avez raison, dit-il quand la sirène se tut. Je ne suis pas du genre qui s'effarouche devant un peu de sang répandu. Et parfois, comme vous le savez, c'est plus qu'un peu. Mais croyez-vous qu'il sortira le moindre bien du fait de remettre votre client en liberté ?

— Honnêtement ? Non. Je ne l'aime pas beaucoup, et je lui fais encore moins confiance.

— Et pourtant vous le défendez.

— Il m'a versé une provision.

— Voilà une approche plutôt mercenaire.

— Il en existe une autre ?

— Bien sûr. Une bien meilleure. Je vous montrerai peut-être. Maintenant, prêtez-moi attention. Vous avez vu ce couple au bar ?

— Celui qui se dispute ?

— Bravo, Victor. Je suis impressionné. Eh bien, le petit échange s'est envenimé, et le type est parti furax aux toilettes. Ça fait un bail qu'ils sont ensemble, mais les voilà qui traversent une mauvaise passe. Vous savez, le fameux point de non-retour, le moment où un couple doit décider s'il doit rompre ou se marier ? Eh bien, ils en sont là.

— Comment le savez-vous ?

— Je les ai observés, écoutés. Les gens, je m'en suis aperçu, sont si transparents. Elle est dans tous ses états, et elle a presque fini sa bière.

Il ramassa rapidement son verre, le vida d'un trait et le reposa bruyamment sur la table.

— Attendez-moi ici. Je crois que je vais lui en offrir une autre.

J'allais intervenir, lui dire qu'il me semblait que ce n'était pas le moment de lui tomber dessus, mais il était déjà debout et se dirigeait vers le bar. Pendant qu'il avait le dos tourné, j'attrapai son petit verre avec une serviette de table, transvidai la glace et le zeste de citron dans ma Brise de mer, et glissai le verre dans un sac en plastique que j'avais apporté pour l'occasion. Subrepticement, je fourrai le sac dans la poche de ma veste.

Bob s'accouda au bar, à quelques tabourets de la femme, tourna la tête vers elle, une fois, puis une deuxième, avant d'appeler le barman et de commander. Le barman revint avec un J & B avec de la glace et une Corona, qu'il servit à la femme.

Elle leva les yeux, surprise, puis tourna la tête vers Bob et acquiesça. Il lui sourit, puis glissa lentement jusqu'à elle et commença à lui faire la conversation.

Je n'entendais pas ce qu'il lui disait, il parlait à voix basse, mais cela faisait son effet. Elle écoutait, opinait du chef, et à un moment même elle lui sourit. Elle était petite, avec des cheveux châtains et des traits tirés ; apparemment, elle n'était pas du genre à accepter un verre offert par un étranger dans un bar, mais elle paraissait aussi méfiante que flattée tandis que Bob se penchait vers elle. Derrière ses lunettes, ses yeux étaient ceux d'un mesmériste[1]. Et lentement, clairement, on voyait que le courant passait. La femme adopta une position plus détendue, lui sourit plus facilement ; elle rit même à un moment, en posant sa main sur le bras de Bob.

Fils de garce, pensai-je. Le saligaud allait être verni. Bob allait être verni. Dans *mon* bar de quartier. Bob. J'avais envie de l'étrangler, oh oui ; jusqu'à ce que les yeux lui sortent de la tête. Et c'était avant qu'elle dise quelque chose et qu'il se remette à rire comme une alarme.

Il riait encore quand le petit ami revint.

Quand j'ai dit que le couple était mal assorti, j'entendais par là leur différence de taille presque comique. Elle était petite, menue, effacée ; il était grand, costaud, énergique. Et à en juger par son air en revenant des toilettes, déjà furieux à cause de la dispute, et considérant maintenant l'avorton à lunettes qui draguait sa petite amie, il voyait rouge.

— Bon Dieu, t'es qui, toi ? fit-il.

Bob leva les yeux vers lui sans que son expression laisse paraître la moindre inquiétude.

— Je m'appelle Bob, dit-il.

— Dégage.

— Calme-toi, Donnie, dit la femme d'un ton dédaigneux. On parlait, c'est tout.

1. Allusion à la doctrine de Franz Anton Mesmer sur le magnétisme animal. *(Toutes les notes sont du traducteur.)*

C'était le moment où Bob aurait dû faire marche arrière, s'excuser, le moment où il aurait dû comprendre qu'il avait enfreint le code de conduite tacite en vigueur dans les bars, et s'en aller la queue basse pour les laisser régler tous les deux ce qu'ils avaient à régler. Mais ce n'est pas ce que fit Bob. Bob, au contraire, fit un pas en avant.

— Si tu veux bien nous excuser un moment, Donnie, dit Bob en insistant sur le prénom comme s'il s'agissait d'une insulte. Sandy et moi, on a une discussion plutôt personnelle.

— Sandy et toi ? Personnelle ? Non, j'crois pas.

— Donald, ça suffit maintenant, dit la femme. C'est ridicule. Il m'a juste offert un verre.

— Ferme-la, et laisse-moi régler ça avec cet abruti.

— Ce n'est pas une façon de parler à une dame, dit Bob d'un ton presque enjoué. En fait, je crois qu'il serait mieux pour tout le monde que tu rentres chez toi maintenant, et que tu nous laisses vivre.

— C'est ce que tu crois, hein ?

— Absolument, renchérit Bob, un sourire bizarre flottant sur ses lèvres, bizarre parce qu'il n'avait rien de docile ni de conciliant, ce qui ne l'en rendait que plus exaspérant.

L'homme s'avança d'un pas.

Sandy s'écria :

— Donald, non !

Il leva le poing.

Je me levai à mon tour, prêt à faire ce que je pouvais pour éviter le massacre. Bob allait finir en plat du jour, éparpillé sur les murs.

Mais soudain, il glissa sur sa gauche, infléchit le

buste, puis se détendit comme un ressort en balançant à Donnie un coup de coude en pleine face, qui retentit comme une balle directe en champ centre.

Il y eut un pur moment de silence abasourdi dans le bar durant lequel tout s'arrêta, un moment plein d'incertitude où tout le monde se figea, où l'éventail des possibles les plus terribles paraissait infini.

Un cri aigu s'éleva, puis un braillement, suivi d'un raclement de chaises comme Donnie s'écroulait par terre, les mains sur le nez, pissant le sang entre ses doigts.

Bob tendit la main à Sandy.

Elle la refusa d'une tape et se précipita pour donner les premiers soins à Donnie, prenant sa tête dans le creux de ses bras.

— Mon cœur ? Donnie ? Est-ce que ça va, Donnie ? Chéri ? Dis quelque chose, je t'en prie.

— Mon nez ! gémit le petit ami. Il m'a cassé le nez.

Bob regardait tout cela d'un air imperturbable. Quand le barman se pencha par-dessus le bar pour l'attraper, Bob s'écarta. Il recula, me fit un clin d'œil et sortit du bar, disparaissant avant que quiconque ait pu l'arrêter.

Le barman et moi nous précipitâmes dehors pour le rattraper. Nous scrutâmes les deux rues en angle, d'abord Lombard, puis la 20e. Vide, pas un chat, aucune trace de Bob.

— Bordel, qui c'était ce gars ? demanda le barman.

— Ça, c'était Bob, dis-je.

À l'intérieur, Donnie était toujours au sol, assis maintenant, une main sur le nez, sa chemise blanche éclaboussée de sang. Sandy le tenait, le serrait, le recoiffait.

Un des vieux au bar se pencha.

— Faites-moi voir ça, dit-il.

Donnie enleva sa main. Son nez était une patate informe.

— Il est cassé, dit l'homme, une note réjouie dans la voix. Cassé, cassé, cassé. Aucun doute. J'en ai vu assez souvent pour le savoir. L'hôpital est juste au bout de la rue. Je vous conseille d'y filer pour réparer ça.

Nous aidâmes Donnie à se relever et l'accompagnâmes jusqu'à la sortie. Il se déroba à notre étreinte comme nous tentions de l'aider davantage, et lui et sa petite amie – elle, les deux bras autour de lui pour le soutenir – s'éloignèrent lentement en direction des urgences brillamment éclairées.

Je réglai l'addition, fouillai en vain les environs, haussai les épaules et rentrai chez moi. Bob attendait devant mon immeuble. Adossé au mur, les bras croisés, il paraissait insupportablement satisfait de lui.

— Vous êtes cinglé ? lui dis-je.

— J'ai seulement rendu à Donnie le plus grand service de sa vie.

— Sandy ne vous intéressait pas ?

— Je vous en prie, dit Bob. Je les préfère un peu plus charnues.

— Alors tout ça était un coup monté ?

— Ils étaient dans l'impasse tous les deux ; leur histoire avait besoin d'un bon coup de fouet. Dans quelques années, quand ils fêteront tous les deux leur anniversaire de mariage, avec leurs gosses autour d'eux, ils repenseront au jour le plus important de leur vie, le jour où ils se sont retrouvé un avenir ensemble. Le jour où il s'est battu pour elle, et où elle s'est précipitée à son secours.

— Vous l'avez piégé et vous lui avez cassé le nez.

— J'ai seulement voulu me rendre utile, objecta Bob.

— En lui cassant le nez.

— Ça, je reconnais que ce n'était pas prévu au programme. Les accidents, ça arrive, Victor. L'enfer est pavé de bonnes intentions. Mais comme on dit aussi, c'est souvent un mal pour un bien. Imaginez Donnie avec un nouveau nez. Il va y gagner sur le plan expressif, non ? Son visage va trouver le caractère qui lui faisait si cruellement défaut.

— Qu'est-ce qui vous donne le droit d'en décider ?

— On est tous dans la même galère. Pas question de faire marche arrière.

— Alors vous intervenez dans la vie des gens, qu'ils le veuillent ou non ?

— Je joue mon rôle.

— Vous êtes cinglé, dis-je.

— Comme un renard enragé, dit Bob. Mais laissez-moi vous poser une question, Victor. Qui avez-vous aidé aujourd'hui ?

Comme je l'ai dit, il avait un hobby. Et il avait raison, je n'avais pas fait la moindre bonne action ce jour-là. Et il avait probablement raison aussi pour Donnie et Sandy. Le petit esclandre semblait les avoir rapprochés ; pendant que Donnie pissait le sang, Sandy l'avait enlacé, presque amoureusement. Le nez cassé améliorerait probablement l'apparence de Donnie, et peut-être même, une fois réparé, le fonctionnement de ses sinus. Qui sait, peut-être que Bob était exactement ce dont ils avaient besoin. Pourtant, je revoyais encore le sang qui s'écoulait entre les doigts de Donnie, qui maculait sa chemise blanche et gouttait sur le sol. Et je ne pouvais m'empêcher de me demander si la réponse que je cherchais, la réponse au crime que j'essayais de résoudre, ne se trouvait pas là, dans ce sang précisément.

J'étais alors en plein milieu du procès pour homicide de François Dubé, et je pressentais que Bob était lui aussi, d'une certaine manière, au centre de cette affaire ; c'est pour cela que je l'avais emmené dans ce bar et que j'avais pris ses empreintes en subtilisant son verre. Des dossiers comme celui de l'affaire Dubé, il en tombait tous les jours sur les bureaux des cabinets d'avocat : une affaire d'homicide, de protestation d'innocence, d'antécédents multiples, de dentisterie, de bonnes intentions anéanties. Sans parler de sexe ni de violence gratuite. Non, sans parler de ça.

Pour moi cependant, c'était une affaire qui allait au-delà de sa victime, au-delà d'une femme seule baignant dans son propre sang. Elle me poussait à réfléchir au prix qu'il en coûte de s'impliquer dans la vie d'autrui. Quand sommes-nous contraints d'aider ? À quel moment une main secourable devient-elle une ingérence ? Et à quel moment une ingérence devient-elle meurtrière ? Il n'y avait rien de gratuit dans ces questions ; c'étaient des questions de vie et de mort.

En particulier de ma vie et de ma mort.

Mais toute cette histoire n'avait pas commencé avec Bob, non. Il allait jouer un rôle essentiel, bien sûr, mais plus tard ; il n'était pas encore entré en scène quand tout a commencé pour moi. Non, pour moi, tout a commencé avec un chèque certifié d'un montant de cinq cents dollars signé par un autre salopard égocentrique, François Dubé.

2

— Merci beaucoup d'être venu, monsieur Carl, dit François Dubé avec son fort accent français. Puis-je vous appeler Victor ?

— Bien sûr, dis-je. Ne vous gênez pas.

— Vic ?

— Victor.

— Je vous suis vraiment reconnaissant d'être venu.

— Vous nous avez envoyé un chèque de cinq cents dollars pour nous rencontrer, dis-je. Ce n'est pas un service que nous vous rendons.

— Tout de même, Victor. Je me sens déjà mieux. J'ai l'impression que l'espoir est revenu dans ma vie.

— Je ne suis qu'un avocat, monsieur Dubé.

— Dans ma situation, ce n'est pas d'un prêtre dont j'ai besoin, ni d'un docteur. Dans ma situation, il n'y a qu'un avocat qui puisse m'aider.

Reconnaissons-le, il avait raison au moins sur ce point.

François Dubé ressemblait au prof de fac dépenaillé dont toutes les étudiantes de deuxième année tombent amoureuses. Peut-être est-ce pour cela que je me montrais prudent, parce qu'il était plus séduisant que moi, mais je n'en jurerais pas. Ou bien peut-être était-ce parce qu'il était français et qu'il avait toutes ces fioritures et ces accents attachés aux lettres de son nom, comme une affectation baroque, mais je n'en aurais pas juré non plus. Non, je crois que c'était une réaction viscérale au personnage lui-même. Je sentais du danger en lui, de la violence. C'était dans ses yeux, bleu clair, singuliers, avec une petite anomalie dorée dans son iris gauche qui paraissait briller d'une lumière démoniaque. C'était dans ses mains couvertes de cicatrices, qu'il serrait l'une contre l'autre comme pour les empêcher de bondir rageusement devant lui. Et oui, je l'admets, l'uniforme de prisonnier n'y était peut-être pas pour rien ; je ne suis pas immunisé contre ces subtils signaux. Ce qui est certain, c'est que quelque chose chez lui suscitait ma méfiance. À propos, ai-je déjà dit qu'il était français ?

— Il faut que vous sachiez, Victor, que je n'ai pas fait ce qu'ils prétendent. J'aimais ma femme. Je n'aurais jamais pu faire une chose pareille. Vous devez me croire.

Mais je ne le croyais pas, non. Ou plutôt, ce que je ne croyais pas, ce n'était pas qu'il n'avait pas tué sa femme, parce qu'à ce stade de mon implication dans son affaire, comment aurais-je pu le savoir ? Ni qu'il l'aimait, parce que qui étais-je pour chercher à sonder les profondeurs du cœur d'un homme ? Non, ce que je ne croyais pas, c'était qu'il n'aurait jamais pu faire une chose pareille, c'est-à-dire se faufiler dans l'appartement de sa femme, lui tirer une balle dans le cou et la laisser mourir pendant qu'elle se vidait de son sang à même le sol. Non, je ne croyais pas ses dénégations suppliantes parce que je sentais de la violence en lui.

Nous étions dans une petite salle d'interrogatoire sans fenêtre de la prison de Graterford, un vieux et sinistre complexe bâti sur une hauteur dominant la Perkiomen Creek. Les murs d'enceinte de Graterford font neuf mètres de haut, une hauteur normale pour des murs de prison – et, quand on sait qui est derrière, le pire de la population criminelle de Philadelphie, chaque centimètre est le bienvenu. La combinaison de Dubé était bordeaux, la salle d'interrogatoire gris ardoise, et la pièce sentait le renfermé. Mon associée, Beth Derringer, et moi-même étions assis face à Dubé à une table en métal boulonnée au sol afin qu'on ne puisse pas la soulever et s'en servir comme d'une arme. Sur le moment, je fus heureux de cette précaution.

— Peu importe ce que vous avez fait ou non, monsieur Dubé, dis-je. Et peu importe ce que je crois. Je ne suis pas ici pour rendre un jugement. Douze de vos pairs l'ont déjà fait.

— Ce ne sont pas mes pairs, objecta-t-il. Ce sont des idiots, et ils se sont trompés.

— Un jury, c'est comme un arbitre dans un match de base-ball. Même si le lancer est hors jeu de quelques centimètres, s'il annonce une prise, c'est une prise. Vous comprenez ?

— Je ne connais rien au base-ball, dit François Dubé. Je connais seulement la vérité.

— La vérité, quelle qu'elle soit, ne compte pas. La loi a dit que vous étiez coupable. La loi vous a condamné à passer le reste de votre vie dans cette prison. La loi vous a donné le droit de faire appel, vous avez exercé ce droit et tous vos appels ont été rejetés. La loi dit que vous êtes baisé.

Peut-être y étais-je allé un peu fort, peut-être aurais-je dû lui témoigner un peu plus de sympathie. Je veux dire, il était là, coincé dans cet enfer, avec une condamnation à perpétuité accrochée comme une chaîne autour du cou. Il avait environ mon âge, et il avait eu autrefois une vie en dehors de ces murs de neuf mètres que j'aurais enviée : un restaurant à lui et une réputation de jeune chef en pleine ascension, une jolie femme, une petite fille. Sa chute avait été spectaculaire. Je suis avocat, mon instinct me pousse à tendre la main à ceux qui boivent la tasse, et Dubé faisait presque partie des noyés. Mais il y avait quelque chose chez lui qui tuait chez moi toute forme d'empathie, ou peut-être était-ce simplement que j'avais suffisamment de problèmes comme ça par ailleurs, dont un sérieux mal de dents, pour me préoccuper des siens.

— Je croyais que l'innocence était une chose qui comptait en Amérique, dit François Dubé avec une franche amertume. Mais quand la Cour suprême a refusé d'examiner mon affaire et que mon avocat m'a dit que je n'avais plus aucune chance, je vous ai écrit. Il doit bien exister un moyen pour que vous m'aidiez.

Il me dévisagea, et Beth ensuite.

— N'est-ce pas pour ça que vous êtes venus ?

— Nous sommes là parce que vous nous avez payés, lui répéta Beth. Il s'agit pour nous d'entendre ce que vous avez à dire. Rien ne nous engage à aller plus loin.

— Vous ne m'aiderez pas ?

— D'après ce que nous avons pu glaner dans la presse, nous ne voyons rien qui justifie dans l'immédiat une demande de nouveau procès, lui dit-elle. Il nous faudrait quelque chose sur quoi l'appuyer. Y a-t-il eu de nouveaux résultats ADN ?

— Non, dit-il.

— Un nouveau témoin s'est-il fait connaître ?

— Non.

— Disposez-vous d'une nouvelle preuve médico-légale ?

— Non, rien de ce genre, dit François Dubé.

— Y a-t-il quelque chose en particulier que vous voudriez nous voir examiner ?

— Tout.

Je levai les mains dans un geste d'exaspération.

— Autrement dit rien, lui renvoyai-je. Il faut un élément nouveau pour convaincre le juge de remettre le couvert. Que va-t-on lui dire ?

— Que je n'ai pas fait ce dont on m'accuse, dit François Dubé.

— Proclamer son innocence ne suffit pas pour obtenir un nouveau procès, monsieur Dubé. Vous l'avez déjà fait en première instance, et vous avez échoué.

— Je n'ai pas échoué, corrigea-t-il. Mon avocat a échoué. C'était un nullard.

— Vous voulez que nous plaidions l'incompétence de l'avocat qui vous a défendu ?

— Est-ce que ça me sortira d'ici ? demanda Dubé, une lueur d'espoir illuminant soudain son visage.

Je secouai la tête.

— Ça et vingt-cinq *cents* vous feront gagner un

quart d'heure au parcmètre, pas un nouveau procès. Votre avocat était bien Whitney Robinson, n'est-ce pas ?

— Un vieil abruti gâteux, dit François. Sa stratégie, c'était de ne pas en avoir.

Je plissai les yeux.

— Whitney Robinson, en plus d'être un de mes grands amis, est un avocat de premier ordre.

— Peut-être à la grande époque de sa carrière, mais pas avec moi. Pour mon affaire, il était trop vieux, trop distrait. Presque sénile. Il a pris sa retraite juste après que la Cour suprême m'a tourné le dos. C'est de sa faute si je suis ici.

J'effleurai ma dent malade avec ma langue. Ouille ! Pardi, on fait porter le chapeau à l'avocat, au jury, au juge, au D.A.[1], à tout le monde excepté au type qui a tué sa femme d'une balle à bout portant dans le cou. J'avais vu sa photo dans la presse. Leesa Dubé était jeune et belle, dotée d'une superbe dentition. Et elle avait épousé François.

— Reprenons les faits, dis-je. D'après ce que j'ai compris, l'arme du crime était enregistrée à votre nom.

— Je l'avais laissée à ma femme quand j'ai déménagé. Pour sa sécurité.

— On l'a trouvée enveloppée dans une de vos chemises, couverte du sang de votre femme, dans votre penderie.

— Je ne sais pas comment elle a atterri là. La

1. Abréviation de « District Attorney », le représentant du ministère public, l'équivalent de notre procureur de la République.

police, peut-être. L'inspecteur était un salopard de menteur.

— On a retrouvé également vos empreintes sur le lieu du crime.

— Je vivais dans cet appartement, avant que j'en déménage. Bien sûr qu'il y avait mes empreintes.

— Vous n'aviez pas d'alibi.

— J'étais seul, je dormais. C'est un crime ?

— Un témoin oculaire vous a vu sortir de l'immeuble de votre femme le soir du meurtre.

— Il a fait erreur. Ce n'était pas moi.

— Les meilleurs avocats, y compris M. Robinson, doivent faire avec les preuves dont ils disposent. Mais la vérité, monsieur Dubé, c'est que tout le monde se moque des raisons pour lesquelles vous avez perdu ; vous avez perdu, c'est tout ce qui importe. Pour être rejugé aujourd'hui, il vous faut une nouvelle preuve, de nouveaux résultats d'analyse, un nouveau témoin. Il vous faut du nouveau, et encore, du détonant. La loi place la barre très haut.

— C'est pour ça que j'ai besoin de votre aide. Pour en trouver. J'ai lu un papier sur vous, cette histoire avec la Cour suprême et le bateau[1]. Et un de vos clients travaille avec moi aux cuisines. Il ne tarit pas d'éloges à votre sujet.

— Le fait qu'il soit avec vous aux cuisines devrait vous convaincre que je ne suis pas un magicien, dis-je. Je ne sors pas de preuves de mon chapeau. Si vous n'avez rien que je puisse présenter au juge, je ne peux rien faire.

1. Voir *Dette de sang*, Éditions du Rocher, 2005 et Folio Policier, n° 408.

— Pouvez-vous au moins jeter un coup d'œil à mon affaire ? insista Dubé. Pouvez-vous au moins essayer de voir si vous ne trouvez pas quelque chose ?

— Monsieur Dubé, ce serait une perte de temps pour tout le monde. Pour être franc, du temps à perdre, je sais que vous en avez, mais ce n'est malheureusement pas notre cas. À moins que vous n'ayez une nouvelle preuve en béton, nous ne pouvons rien faire.

— J'ai besoin de votre aide, monsieur Carl. Je suis désespéré. J'ai une fille. Je ne l'ai pas vue depuis trois ans. Les parents de ma femme ne veulent plus que je la contacte.

Il regarda Beth avec des yeux brillants. Elle soutint un moment son regard, avant de poser une main sur une des siennes en signe d'encouragement.

— C'est d'accord, monsieur Dubé, dit-elle.

— Appelez-moi François, je vous en prie. Et vous êtes Beth ?

— C'est exact. Quel âge a votre fille ?

— Quatre ans maintenant. Je ne l'ai pas vue depuis mon arrestation. Ça me brise le cœur.

— Croyez bien que j'en suis désolée, dit Beth.

— Trois ans que je n'ai pas serré ma fille dans mes bras, monsieur Carl. Alors, je vous le demande en tant que père : pouvez-vous m'aider, s'il vous plaît ?

Pour un peu, elle aurait fait vibrer ma corde sensible, sa petite supplique émouvante, mais les bulles de morve qui transforment les autres en éponge n'ont jamais eu d'effet sur moi, sans parler du fait que mon propre père n'a jamais été très câlin.

— Hors de question, dis-je.

Je ramassai ma mallette et me levai.

— Bonne chance, monsieur Dubé. Je le pense sincèrement. Mais il n'y a rien que nous puissions faire.

— On pourrait peut-être jeter un coup d'œil, dit Beth.

Je regardai mon associée, bouche bée. Elle était toujours assise, sa main était toujours posée sur celle de Dubé. Ça lui ressemblait bien. Beth Derringer est la sainte patronne des causes perdues, une des raisons pour lesquelles nos finances étaient toujours au bord du gouffre. Et, pour une autre raison qui m'échappait encore, voilà qu'elle était prête à enfourcher un nouveau cheval de bataille.

— Beth, ça ne servira à rien.

— On ne peut rien vous promettre, dit Beth à Dubé. Mais on peut jeter un coup d'œil. Quand Victor flaire une piste, c'est un vrai limier. S'il y a quelque chose à trouver, il le trouvera.

— Je ne crois pas, Beth, dis-je.

Elle leva les yeux vers moi.

— Victor, je t'en prie. Nous devons l'aider. Il n'a pas serré sa fille dans ses bras depuis trois ans. Il a besoin de notre aide.

— On ne peut rien faire.

— On peut tout de même essayer, non ? risqua-t-elle en tenant toujours la main de Dubé, son visage soudain rajeuni, comme celui d'une petite fille. Je t'en prie.

— Non.

— Que puis-je faire pour vous convaincre ? intervint François Dubé.

— Rien, dis-je.

— Et si je m'arrangeais pour qu'on vous paie ce

que vous demandez, quelle que soit la somme ? insista-t-il.

— Une avance ?

— Bien entendu.

— Ça risque de chiffrer.

Il haussa les épaules.

— Disons, dix mille dollars ? risquai-je.

— Aucun problème, dit-il.

Je me rassis et le gratifiai d'un grand sourire.

— Bon, très bien, monsieur Dubé. Je suis convaincu.

Vous voyez, ce n'est pas plus difficile que ça parfois de tomber dans un trou.

3

En sortant de la prison de Graterford, comme nous traversions le parking pour rejoindre ma voiture, je demandai à Beth ce qui lui avait pris d'intervenir comme elle l'avait fait dans la salle d'interrogatoire.

— Je ne sais pas, avoua-t-elle. C'est comme si quelque chose m'avait saisie. Il paraissait si perdu, si désemparé. Sa fille lui manque, et il lui manque aussi.

— Ah oui ?

— Évidemment qu'il lui manque.

— Tu lui as parlé récemment ?

— Je n'arrêtais pas de penser à elle, en train d'attendre que son père rentre à la maison. On ne pouvait pas ne rien faire.

— On le pouvait très bien.

— On se devait de faire quelque chose.

— Absolument pas.

— Il a besoin de notre aide. Ça ne te suffit pas ?

— Tu vois, le voilà le problème avec toi, Beth. Tu crois que la loi est faite pour aider les gens. Moi, si je veux aider, je m'aide moi-même. C'est ce qu'on appelle le capitalisme ; et je suis l'incarnation même du capitaliste amoureux de la liberté : tout ce qui me manque, c'est le capital.

– Parfois, t'es un salopard.

– Possible, admis-je, mais je ne le serai jamais autant que le salopard qui est là-dedans.

– Qui ? Dubé ?

– Oui, Dubé. Il m'a tout de suite déplu. Franchement, je ne crois pas à son innocence, et je n'ai pas une folle envie de réunir un détenu meurtrier et sa jeune fille innocente.

– Dans ce cas, pourquoi as-tu accepté cette affaire ?

– Tu es mon associée, tu voulais ce boulot, et il y avait la perspective des dix mille dollars. C'était suffisant pour moi. Si les avocats ne défendaient que les personnes pour lesquelles ils ont de l'estime ou de l'admiration, notre espèce serait menacée. Je me suis dit qu'on pourrait encaisser le chèque et dépenser la provision en préparant la demande d'un nouveau procès. Il ne nous restera qu'à écouter, stoïques, le juge la refuser. On dira à Dubé : *On a fait ce qu'on a pu. Désolé, mais ça n'a rien donné.* De l'argent facile.

– Ça existe, tu crois ?

– En voilà, dis-je.

– Tu crois que nous n'avons aucune chance, hein ?

– Je ne vois pas comment un juge accorderait un nouveau procès à ce type. Il n'a rien, rien à part l'argent qu'il va nous donner, et bientôt il n'aura même plus ça.

– Je me rendrai au greffe demain pour avoir son

dossier. J'imagine que ça va être mon boulot de le potasser.

— Tout juste. Passer un mois le nez dans la paperasse de ce type est bien la dernière chose dont j'ai envie.

— Bon, alors en échange, tu peux t'occuper de cette affaire *pro bono*[1] que la juge Sistine m'a attribuée ?

— Je ne crois pas, non. Je te l'ai déjà dit, les grandes causes et moi, ça fait deux.

— Il ne s'agit pas d'une grande cause, mais d'un gosse. On représente un gosse qui serait négligé par sa mère.

— « *Pro bono* » en latin signifie « compte en banque débiteur ». Tu n'aurais pas pu tout simplement dire : « Désolée, nous sommes débordés » ?

— Non, et toi non plus.

— Je crois que la raison pour laquelle nous travaillons ensemble depuis si longtemps, Beth, c'est que tu ne sais toujours pas qui je suis.

— Ouais, ben, c'est peut-être mieux comme ça, répliqua-t-elle.

Avant d'ajouter :

— Je l'ai trouvé mignon.

— Qui ça ?

— Dubé.

— Tout le monde a l'air mignon en bordeaux prison.

— Tu n'as pas trouvé qu'il était d'une beauté insolente ?

— Dans le genre Charlie Manson, oui.

1. Littéralement « pour le bien », sans réclamer d'honoraires.

— Il y avait quelque chose dans ses yeux.

— La marque de Satan ?

— Tu vois, Victor, quand il a dit qu'il ne l'avait pas tuée, je l'ai presque cru.

Je m'arrêtai et la fixai avec insistance jusqu'à ce qu'elle s'arrête à son tour. Elle se tourna vers moi ; elle avait à nouveau ce regard de petite fille. Elle avait dit qu'elle s'était sentie « saisie » par quelque chose en présence de Dubé, et je voyais bien que c'était le cas, mais ce que c'était au juste, je n'en avais pas la moindre idée. Il entrait là sans doute une part de romantisme, le client en qui l'on croit, la cause qui vaut la peine d'être défendue, oui, sûrement, mais il y avait autre chose encore, qui tenait à Dubé lui-même et à sa fille, qu'il n'avait pas serrée dans ses bras depuis trois ans. Je ne comprenais pas encore ce qu'était cette autre chose – je le découvrirais plus tard, oui, grâce à Bob en fait.

— C'est un condamné pour meurtre, dis-je.

— C'est aussi un être humain.

Je sortis mon téléphone.

— Je te propose de nous en assurer.

— Qui appelles-tu ?

Je levai un doigt et parlai dans l'appareil :

— Une adresse à Chestnut Hill, s'il vous plaît. Le nom est Robinson, Whitney Robinson.

Puis je regardai Beth.

— Tu veux un aperçu des cloaques qui se dissimulent dans l'âme d'un homme, appelle son avocat.

4

Le terme WASP[1] a été forgé par un professeur de Philadelphie élevé au sein de l'aristocratie de la ville, et qui écrivit de savants traités consacrés à son clan. Même s'il n'avait jamais rencontré Whitney Robinson III, le professeur aurait immédiatement reconnu un frère en l'homme qui vint ouvrir la porte de l'immense maison de pierre sise dans le quartier le plus huppé de Philadelphie. Les grandes maisons de pierre sont la marque de Chestnut Hill, ainsi que les piscines en mosaïque, les chevaux, les clubs de cricket et les vestes en tweed. Ceux qui pratiquaient le tennis à Chestnut Hill portaient du blanc, jouaient sur gazon et se demandaient qui pouvait bien jouer sur une autre surface. Grand, grisonnant, élégamment voûté, portant des chaussettes écossaises et une veste sombre couverte d'une couche de pellicules fort digne, Whitney Robinson, maintenant septuagénaire, était l'incarnation même du patricien philadelphien qui avait reçu en héritage son statut de membre

1. Abréviation de *White Anglo-Saxon Protestant*, expression désignant l'élite des Blancs protestants d'origine anglo-saxonne.

de l'Union League[1] et sa sinécure dans l'entreprise familiale. Il avait le nez droit, le visage oblong, le pas léger et les manières parfaites. J'aurais dû le détester par principe, mais cela n'avait jamais été le cas.

– Victor, quel plaisir, dit Whitney Robinson, les mâchoires serrées et l'accent traînant. Comme c'est gentil à vous d'être venu.

Les voilà, les manières parfaites dont je parlais, qui me donnaient l'impression que je lui rendais un service alors que c'était moi qui avais demandé à le rencontrer. Les bonnes manières désamorcent bien plus qu'on ne l'imagine l'animosité naturelle entre les classes.

– Bonjour, Whit, dis-je. Je suis ravi de vous revoir.

– Et moi aussi, mon garçon. Vous êtes devenu célèbre ces dernières années. Et je dis : tant mieux pour vous. Il vaut toujours mieux être célèbre qu'ignoré. Je me disais que nous pourrions aller nous asseoir sur la terrasse derrière, si cela vous convient.

– Bien sûr.

– Venez, dans ce cas, dit-il en me précédant à travers la maison. J'ai fait ma fameuse citronnade.

– La Pink[2] ?

– Vous me connaissez, Victor. Je n'en conçois pas d'autre.

1. Fondé en 1862, l'Union League est l'un des plus anciens clubs privés des États-Unis. Il compte près de 3000 membres s'illustrant dans les domaines les plus divers – affaires, religion, arts ou encore technologie.

2. Citronnade « à l'ancienne » : 9 doses d'eau pour 2 doses de sucre blanc, 2 doses de jus de citron pressé et 1 dose de jus de canneberge, le tout servi glacé.

Whit conservait son fauteuil au Philadelphia Club, une organisation qui choisirait la dissolution plutôt que d'admettre les types dans mon genre, ainsi que son vestiaire au Germantown Cricket Club, où il avait remporté trois fois le championnat de tennis, mais il avait depuis longtemps renoncé à son statut d'associé dans le cabinet juridique fondé par son arrière-grand-père un siècle plus tôt dans le seul but de s'assurer que ses riches clients le restent. Frais émoulu de l'école de droit, il avait décidé, comme je le ferais des décennies plus tard, d'accrocher sa propre plaque et d'ouvrir une nouvelle voie dans les étendues sauvages du droit criminel. Au cours de sa carrière haute en couleur, Whit était devenu une légende de Philadelphie, en représentant des criminels de la haute société, des politiciens de basse extraction, des terroristes socialistes dans les années 1960 et des escrocs appartenant au monde des affaires dans les années 1980. Et tout au long de cette carrière, il n'avait cessé de se lier d'amitié et de prendre sous son aile de jeunes avocats qui essayaient de faire leur chemin, parmi lesquels un jeune avocat désabusé sans talent apparent ni avenir particulier.

— Comment va le cabinet, Victor ?

— On est encore à flot.

— Tant mieux. Survivre a toujours constitué les neuf dixièmes de la bataille.

— Peut-être, concédai-je, mais c'est le dernier dixième qui me tue.

— Je comprends ça, dit Whit, le dernier morceau est toujours le plus indigeste.

C'était la première fois que je venais chez Whit – nous ne fréquentions pas les mêmes cercles, plutôt des planètes différentes. Aussi, comme nous traversions la maison, je jetai un coup d'œil au décor. Whitney Robinson avait toujours été un homme pétulant, et il l'était resté, mais il y avait quelque chose de vieillot et de triste dans son intérieur. Le mobilier avait un côté presbytère, avec de vieilles chaises américaines, des canapés français, de gros vases arrondis ; on avait l'impression que personne n'avait plus touché à la décoration de la maison depuis des décennies. Les peintures étaient défraîchies, les tentures tristes et décolorées, les tapis usés jusqu'à la trame. Il flottait dans l'air une forte odeur de moût, et de quelque chose d'autre, qui n'avait pas sa place ici. Une étrange odeur médicinale, comme dans un vieil hôpital, le genre d'hôpital où des médecins en blouses sombres scient des jambes gangrenées en retroussant leurs manches éclaboussées de sang. Nous passâmes devant une porte ouverte, et je jetai un coup d'œil indiscret ; c'était une salle à manger obscure, qui ouvrait sur une autre pièce dans laquelle j'aperçus le coin d'un lit d'hôpital, une infirmière en blouse blanche penchée au-dessus et une silhouette remuant sous les draps.

— Par ici, dit Whit, en ouvrant une porte-fenêtre qui donnait sur une terrasse en pierre derrière la maison.

Le pichet de citronnade transpirait sur une table ronde, des coussins à rayures vertes recouvraient des chaises en fer forgé et des oiseaux gazouillaient à notre sujet. Nous nous assîmes et il servit la citronnade ; elle était si acidulée que mes joues se plissèrent.

— Vous grimacez, dit Whit. Pas assez de sucre ?

— Non, c'est parfait, dis-je quand mon visage et ma mâchoire eurent récupéré du choc acide. J'ai juste quelques problèmes avec une dent.

— Ça explique la joue enflée.

— C'est si moche que ça ?

— Oh oui. Vous devriez vous en occuper.

— Vous avez raison, dis-je. Je vais le faire.

— Je voulais vous remercier pour le petit mot à propos de ma femme, Victor. C'était très gentil à vous.

— C'était une sacrée femme, il le fallait pour vous supporter pendant quarante ans.

— Vous n'avez pas idée, dit Whit.

— Je n'ai pas pu m'empêcher de remarquer le lit d'hôpital.

— Ma fille vit avec moi. C'est un miracle qu'elle soit toujours en vie, mais elle est très malade et son état nécessite des soins constants. C'est très dur depuis la mort de ma femme, mais on tient le coup ; et puis, au bout d'un moment, affronter l'adversité devient plus une habitude qu'autre chose.

— Vous n'avez jamais été meilleur que sous la pression.

— Je le croyais aussi. Mais maintenant, Victor, c'est vous l'homme occupé et sous pression, tandis que j'ai, moi, le loisir d'évoquer les souvenirs. Alors ?

— François Dubé.

Whit détourna la tête un moment, fixa du regard une étendue gazonnée bordée par un mur de rhododendrons. L'espace d'une seconde, ce fut comme s'il épiait quelque chose qui était tapi au milieu des grands arbustes.

— Whit ? dis-je. Est-ce que ça va ?

Sa tête pivota dans ma direction.

– Oui ? Oh, pardon, Victor. Comment appelle-t-on cela déjà, des « moments d'absence » ? Quand on arrive à mon âge, les souvenirs semblent parfois plus réels que la réalité. François Dubé, disiez-vous ?

– C'était un de vos clients, je crois.

– Oui, en effet. Triste histoire, vraiment. Qu'y a-t-il, au juste ?

– Il veut que je demande un nouveau procès. J'essaie de découvrir s'il y a matière.

– Je ne crois pas, non, mais je lui souhaite bonne chance.

– C'était quoi, son histoire ?

– Il était en plein divorce, quelque chose de déplorable. Ils avaient une fille, et ils étaient en désaccord au sujet de la garde. C'était tellement triste, tout cela. Ils formaient un si beau couple, mais c'était peut-être ça le problème, non ?

– Fort heureusement, je n'ai pas eu à endurer ces tourments. Donc, le divorce se passait mal ?

– Les accusations volaient dans les deux sens comme du poisson pourri, en éclaboussant tous ceux qui se trouvaient à proximité. Le pire, ç'a été quand il l'a accusée d'être une droguée et qu'il a prétendu qu'elle était une mère incapable. Elle, de son côté, a soutenu qu'il avait abusé sexuellement de leur fille.

– Un moment agréable pour tout le monde.

– Oui ; malheureusement, la tactique n'était pas nouvelle ; il y avait beau temps déjà que les deux camps multipliaient ce genre d'accusations. La situation commençait vraiment à s'envenimer, et la rivalité a été à son comble quand on a retrouvé la femme morte. Tuée d'une balle dans le cou, du sang partout. Un meurtre cruel.

— Qui a été chargé de l'enquête ?

— Torricelli.

— Ce lourdaud ?

— Il a fouillé l'appartement de François Dubé et a découvert l'arme du crime enroulée dans une chemise couverte du sang de la victime.

— Bien pratique, dis-je.

— C'est certain. Et évidemment, les empreintes de Dubé étaient partout sur le lieu du crime. Les choses s'annonçaient mal pour lui dès le début ; et pourtant, j'aurais pu faire quelque chose. Vous le savez, il y a toujours un moyen. Mais il y avait un autre élément de preuve étrange, qui n'a pas été découvert par Torricelli. Dans son agonie, la femme de Dubé – Leesa, je crois qu'elle s'appelait – a agrippé quelque chose et l'a gardé serré dans sa main. Au moment où son corps a été découvert, la rigidité cadavérique était amorcée. À la morgue, ils ont dû lui desserrer les doigts. Et ils l'ont trouvée.

— Quoi ?

— J'ai fait tout ce que j'ai pu pour qu'on ne la retienne pas comme preuve : j'ai invoqué l'extrême préjudice, fait valoir la présomption pure, tout ce qui était possible. Mais le juge Armstrong l'a retenue, arguant qu'il s'agissait d'une déclaration de la mourante, et ç'a été le tournant de l'affaire.

— De quoi s'agissait-il ?

— D'une photo qu'elle avait gardée, une photo d'une époque plus heureuse, une photo de François Dubé.

— Comme un message venu d'outre-tombe.

— C'est ce que l'accusation a soutenu. En fait, il s'agissait de notre très honorable D.A., dont c'était la dernière affaire avant qu'elle ne se présente à la Cour suprême. Il y a eu ce grand moment où elle s'est mise à faire les cent pas devant le box des jurés en tenant à la main cette photo froissée et couverte de sang. Le jury n'a pas mis une journée pour délibérer.

— La presse a parlé d'un témoin qui aurait vu Dubé sur le lieu du crime.

— Oui, un jeune homme. Il a affirmé l'avoir vu quitter l'immeuble le soir du crime.

— Un moyen de le discréditer ?

— Nous avons cherché tout ce que l'État pouvait avoir contre lui, sans rien trouver. Mais je ne crois pas que son témoignage ait eu un impact réel. Ce n'était pas lui le véritable problème.

— Quoi alors ?

— À part la photo ? Eh bien, il n'y avait aucun autre suspect. On ne voyait pas qui pouvait avoir commis ce crime. On n'avait rien volé, il n'y avait pas eu viol, ni aucune série de cambriolages dans le secteur. J'avais beau prétendre que la preuve retenue était mince, qu'il s'agissait d'un faux indice, facilement explicable, je n'avais aucune théorie crédible à mettre en avant pour expliquer le meurtre. Tout reposait alors sur le « doute raisonnable » ; ces affaires-là sont les plus difficiles, surtout quand on a un message de la victime.

— J'imagine. Comment était-il, votre client ?

— Vous l'avez rencontré ?

— Oui.

— Alors, vous savez. Compliqué, manipulateur,

arrogant. Très intelligent, mais pas autant qu'il le croit, manifestement.

— Manifestement ?

— S'il était aussi intelligent qu'il le croit, il ne se serait jamais fait prendre. Mais pourquoi avez-vous accepté cette affaire, au fait ?

— Il me paie, dis-je.

— Bien sûr, quelle meilleure raison ? Je suis certain que vous ferez du bon boulot ensemble, même si à votre place j'attendrais d'être certain que l'argent est bien à la banque. Après le procès, je me suis retrouvé à poursuivre ses appels *pro bono.* À ce moment-là, il n'avait plus rien financièrement, pour autant que je le sache.

C'était à la fois intéressant et démoralisant. Comment Dubé s'était-il procuré les cinq cents dollars qu'il m'avait versés pour me rencontrer, et où allait-il trouver de quoi payer ma provision ? Je ne lui avais pas posé la question en prison – il avait dit qu'il pouvait payer, alors je supposais que c'était vrai –, mais comme toujours lorsqu'il s'agit d'argent, il ne faut rien supposer.

À cet instant, pensant toujours à l'argent, je jetai un coup d'œil derrière moi, vers la maison. Du lierre grimpait sur les murs, émiettant le mortier pour trouver prise. Encadré par une minuscule fenêtre carrée, j'aperçus un visage allongé et pâle, aux cheveux noirs surmontés d'une coiffe blanche d'infirmière. La bouche dessinait une fine entaille droite, et les yeux noirs me regardaient fixement. Comme je levais la tête avec curiosité dans sa direction, le visage disparut.

— Alors, Victor, reprit Whit, détournant mon

attention de la fenêtre, sur quelles bases comptez-vous réclamer un nouveau procès ?

— Je n'en sais rien encore. On y réfléchit. J'ai l'intention, bien entendu, de parler au témoin.

— Ça risque d'être difficile. Il est mort il y a plusieurs années.

— Comment ?

— Un vrai drame. Abattu pendant un deal de drogue, apparemment.

— Est-ce qu'il se droguait à l'époque du procès ?

— Pas à ma connaissance ; mais comme je l'ai dit, nous avons demandé un rapport de police sur lui. Il était clean. Un jeune homme tout ce qu'il y a de bien ; du moins, nous le pensions.

Il jeta un regard par-dessus son épaule, comme pour surveiller la fenêtre.

— Il n'y a pas grand-chose à glaner par là, j'en ai peur, conclut-il.

— J'imagine qu'il va falloir éplucher le dossier de Dubé pour trouver quelque chose à nous mettre sous la dent. Mon associée, qui travaille également sur l'affaire, pense que nous devrions... enfin, vous savez.

— Ce n'est pas moi qui vous en voudrais ! réagit Whit en acquiesçant avec un tout petit peu trop d'enthousiasme. Elle a raison, bien sûr. C'est le client qui compte. Je vous aiderai moi aussi, si vous voulez. Faites-moi appeler à la barre, j'aurai un moment d'absence devant le juge. Vous pourrez m'accuser d'être sénile.

— Il y a certaines choses, Whit, que même moi je n'arriverai jamais à faire croire.

— Oh, ça, Victor, j'en doute.

Il se mit à rire.

— J'en doute beaucoup.

Comme il me raccompagnait, nous traversâmes à nouveau sa maison aux tons passés. L'odeur de médicament s'échappait de la petite chambre tel un obscur secret. Dans le vestibule, la porte d'entrée ouverte, il posa une main sur mon épaule.

— Victor, je vous parle sérieusement, vous devriez vous occuper de cette dent. Laissez-moi vous donner le nom d'un dentiste.

— Je ne suis pas trop dentiste, dis-je.

Il tira une carte et un stylo de la poche de sa veste, et griffonna un nom et un numéro de téléphone.

— Ce type fait des miracles, croyez-moi.

Je passai ma langue sur ma dent en jetant un coup d'œil à ce qu'il avait écrit : Dr Pfeffer, suivi de son téléphone.

— Passez-lui un coup de fil.

Il me sourit et hocha la tête ; au même moment, un cri retentit, provenant de la petite chambre, suivi d'un bruit indiquant que quelque chose venait de se briser sur le sol. Je regardai Whit. Une expression étrange passa sur son visage, un mélange de crainte et de honte.

— Ma fille, dit-il. Je ferais bien d'aller la voir.

— Bien entendu. Merci, Whit, dis-je en lui serrant la main. Merci pour tout.

— Tenez-moi informé de la situation de M. Dubé.

— Je n'y manquerai pas.

Il allait s'éloigner lorsqu'il s'arrêta, se tourna vers moi et me tomba presque dessus en s'agrippant à mes épaules. J'eus un mouvement de recul, pensant un instant qu'il allait m'embrasser pour Dieu sait quelle raison, mais ce n'est pas ce qu'il fit. Il m'agrippa les épaules, approcha son visage du mien et me murmura à l'oreille, comme si nous étions surveillés :

— Laissez-le où il est, laissez tomber. Pour votre propre sécurité. Vous n'imaginez pas ce qu'il en coûte.

Puis il me lâcha, fit un brusque écart en rebroussant chemin et disparut.

5

Vous connaissez ce truc qu'ils vendent en pharmacie, ce produit visqueux qu'on se met dans la bouche pour stopper le mal de dents ? Eh bien, ça ne marche pas. Je peux le dire parce que j'ai appliqué trois fois la dose conseillée sur ma dent malade, en priant pour être soulagé ne fût-ce qu'un instant, mais la douleur a été pire encore. C'était comme si une taupe creusait son chemin dans ma gencive, grattant, excavant. Tout ce qu'avait réussi à faire le médicament, c'était de m'insensibiliser la langue, et de me faire parler comme si j'étais envapé au White Spirit.

J'étais donc affalé sur mon canapé, un torchon plein de glace sur ma mâchoire, bavant à cause de ma langue anesthésiée, l'élégance dans toute sa splendeur, quand le téléphone sonna.

— Il t'aime bien, dit Beth à l'autre bout du fil.

— Qui m'aime bien ?

— François Dubé. Il m'a appelée de prison aujourd'hui pendant que tu étais chez Whit. Il a dit qu'il t'était reconnaissant d'avoir accepté de t'occuper de son affaire, et qu'il t'aimait bien.

— Ça fait chaud au cœur de le savoir.

— Tu as une voix bizarre. Tu as bu ?

— Même pas. Tu te souviens de ce sbire qui m'a cogné avec son flingue sur ce vieux bateau ? J'ai une dent qui ne s'en est jamais remise.

— Tu aurais dû te faire examiner. Je connais un dentiste...

— Oui, on dirait que tout le monde en connaît un.

Je sortis de ma poche la carte que Whit Robinson m'avait donnée et relus le nom inscrit dessus.

— Si ça empire, je sais qui consulter. Il paraît qu'il fait des miracles. Mais je suis sûr que ça se résorbera tout seul.

— Tu n'aurais pas la phobie du dentiste, par hasard, Victor ?

— Hé, je trouve qu'il est plutôt sain d'avoir peur d'un type aux avant-bras poilus qui cherche à t'enfoncer des aiguilles dans la gencive. C'est pas Shakespeare qui a dit : « Avant toute chose, tuons tous les dentistes » ?

— Ça m'étonnerait que la citation soit exacte. Bref, je t'appelais pour te rappeler que tu as cette audience au tribunal des affaires familiales demain.

— Je sais. J'ai parlé à la mère du gamin au téléphone, et on est convenus de se retrouver pour discuter un peu avant d'aller voir le juge.

— Bien. Tu seras sorti avant de t'en rendre compte. La juge Sistine m'a dit que l'affaire ne devrait pas prendre longtemps.

— Et puis, elle paie si bien ! *Pro bono* : « Plus d'abonnement au câble », en latin.

— Dispenser un peu de bien en ce monde va faire des merveilles sur ton âme.

— Mon âme va très bien, merci. C'est mon portefeuille qui souffre. Puisque tu as parlé à ton petit ami...

– Arrête ça.

– A-t-il dit quand il nous paierait notre provision ?

– Il a dit bientôt.

– Parce qu'on raconte qu'il n'a pas pu payer ses appels. D'après la rumeur, François Dubé n'a plus un centime à son nom.

– D'où tiens-tu ça ?

– Whit.

– A-t-il dit autre chose d'intéressant ?

– Pas vraiment, bien que notre entretien se soit terminé assez bizarrement. Mais il m'a clairement dit que Dubé n'avait plus un sou à la fin du procès. Alors, naturellement, je me demande comment ce salopard compte nous payer.

– Je n'en sais rien. Il n'a rien dit.

– Sois gentille, pose-lui la question quand il te rappellera, d'accord ? Ce serait bien d'arriver à être payé pour quelque chose ce mois-ci. Le proprio commence à laisser des mots sous la porte.

Je raccrochai et regardai à nouveau la carte de Whit. Dr Pfeffer, faiseur de miracles. Pour l'heure, les choses n'allaient pas fort dans ma vie. Mon cabinet était en équilibre précaire au bord de la faillite, ma vie amoureuse étiolée aurait pu inspirer un traité sartrien – *Être avec le Néant* –, ma voiture n'aurait pas refusé un réglage, ni mon appartement un bon coup de balai ; quant à mon corps, il n'aurait pas boudé non plus un peu d'exercice ; mais de là à savoir qui allait le lui donner... J'étais trop jeune pour me sentir vieux, et pourtant elle était bien là, la crise de la quarantaine, passée autour de mon cou comme un nœud coulant. Et voilà que je me retrouvais avec un client qui n'avait pas les moyens de me payer, mais qui appelait mon associée pour lui dire combien il m'appréciait. Je vous le garantis, entendre dire qu'un condamné pour meurtre purgeant perpète dans une prison cent pour cent masculine vous trouve à son goût n'aide pas beaucoup à se sentir mieux. Alors non, ma vie n'aurait rien eu contre un bon miracle. Si ma dent ne guérissait pas très vite, j'allais devoir passer un coup fil à ce Dr Pfeffer.

Mais d'abord, veinard que je suis, j'avais rendez-vous au tribunal des affaires familiales.

6

Le tribunal des affaires familiales de Philadelphie se trouve dans un vieux bâtiment néoclassique de la rue Benjamin Franklin, juste à côté de la Bibliothèque centrale, son exact double architectural. Les deux bâtiments ont été conçus sur le modèle des pavillons jumeaux des Champs-Élysées et édifiés par d'ambitieux dirigeants municipaux résolus à faire de Philadelphie le Paris de l'Amérique.

Qui a dit qu'ils ne risquaient rien à essayer ?

Au troisième étage du bâtiment du tribunal, j'entrai prudemment dans une grande salle d'attente attenante à la salle d'audience de la juge Sistine. La pièce était aussi bruyante qu'un service de garderie en récréation. De jeunes enfants, posés en désespoir de cause par leurs mères sur la moquette, regardaient autour d'eux en poussant des cris stridents, l'air de demander : *C'est tout ce qu'il y a ici ?* D'autres étaient assis, l'air renfrogné, sur des chaises en plastique moulé et répondaient insolemment ; les bébés pleuraient, les mères étaient aux petits soins, et les hommes lorgnaient vers la sortie comme s'ils attendaient le moment de se précipiter dehors.

Je remplis une fiche à l'accueil et fis le tour de la salle d'attente en demandant à chacune des femmes présentes si elle n'était pas par hasard Julia Rose. En vain.

Le mince dossier qui se trouvait dans ma mallette résumait l'histoire. Une plainte anonyme avait atterri sur les bureaux du service d'aide sociale à l'enfance concernant le mauvais traitement d'un jeune garçon âgé de quatre ans nommé Daniel Rose. Après enquête, on avait conclu que les intérêts du jeune garçon seraient peut-être mieux défendus s'il avait son propre avocat. Ce n'était pas le genre d'affaire qui risquait de me rendre riche, ni de me valoir de faire la une des journaux ; aussi mon plan était-il de ressortir d'ici aussi vite que possible. L'assistante sociale du service d'aide à l'enfance, une dénommée Isabel, m'avait assuré que l'enfant n'encourait aucun danger apparent. J'avais donc tout lieu de croire que la juge recommanderait à la mère une série de marches à suivre *sine qua non*, que la mère y consentirait, et qu'ainsi tout serait réglé.

Le fait que Julia Rose n'était pas dans la salle d'attente était un premier grain de sable dans mon rouage stratégique.

Écœuré, je m'affalai sur une des chaises en plastique dur et passai délicatement la main sur ma joue enflée. Je vous laisse imaginer mon ravissement lorsqu'une mère et son bébé vinrent s'asseoir juste à côté de moi, le bébé pleurant et bavant, la bave volant au rythme des secousses qu'il recevait dans les bras de sa mère. J'écartai mon costume du marmot baveux autant que je le pus. Assis en face de moi, un vieil homme décharné portant un nœud papillon et un feutre noir agitait nerveusement les jambes. Je croisai son regard et, l'espace d'un moment embarrassant, me retrouvai à concourir pour le plus long regard fixe. Je perdis et détournai les yeux vers un côté de la salle, comme s'il se passait là quelque chose de très important. Puis, aussi discrètement que possible, je regardai à nouveau le vieil homme. Il continuait de me fixer, un petit sourire victorieux éclairant son visage émacié.

Voilà pourquoi, pensai-je, tandis que je m'écartais du bébé et affectais de n'avoir pas remarqué le regard du vieil homme, et alors que les enfants couraient et poussaient des cris aigus autour de moi, et qu'un relent immanquable de couche salie flottait jusqu'à mes narines, voilà pourquoi, pensai-je, j'étais devenu avocat.

— Daniel Rose, appela le greffier.

Le vieil homme me lança un regard noir comme je me levais.

La salle dans laquelle j'entrai était moins une salle d'audience qu'une petite salle de conférences miteuse. La juge Sistine, une femme solidement charpentée aux avant-bras de lutteur, une paire de lunettes perchée sur le nez, était assise au bout de la table. À sa droite se trouvait un employé du greffe, et à sa gauche l'assistante sociale à qui j'avais parlé au téléphone, Isabel Chandler, qui se révélait être grande, posée et très jolie. Je m'assis à l'autre bout de la table, un peu mal à l'aise, comme si c'était moi qu'on allait juger.

— Avez-vous rencontré votre client, monsieur Carl ? me demanda la juge Sistine.

— Pas encore, Votre Honneur.

— Ne croyez-vous pas que vous auriez dû ? insista-t-elle en me fixant par-dessus ses petites lunettes.

— J'espérais le rencontrer aujourd'hui. J'ai appelé sa mère, et elle m'a assuré qu'elle serait présente à cette audience.

— Pour ce que j'en sais, ses promesses ne signifient pas grand-chose. C'est pour ça que nous sommes ici. Mademoiselle Chandler, avez-vous pu contacter la mère aujourd'hui ?

— Non, madame la juge.

— Je suis embarrassée par ce rapport. Je m'inquiète que nous n'ayons pas de certitudes sur les conditions dans lesquelles vit ce jeune garçon. Combien de fois avez-vous essayé de rendre visite à la mère, mademoiselle Chandler ?

— Deux fois, madame la juge. À chaque fois sans succès. Mlle Rose ne cesse de s'excuser en promettant d'être chez elle la fois suivante, et puis elle manque ses rendez-vous.

— Le rapport anonyme mentionne un petit ami, dit la juge. Je veux lui parler, à lui aussi. Voyez si vous pouvez le faire venir, mademoiselle Chandler.

— C'est peu probable, mais j'essaierai.

— Monsieur Carl, la vérité, c'est que Mlle Chandler a du travail par-dessus la tête. Elle ne peut pas faire grand-chose, par manque de temps. Vous êtes l'avocat de cet enfant. Je compte donc sur vous pour obtenir des réponses à mes questions, et très vite. J'espère que vous accorderez à ce garçon la même attention qu'à vos clients fortunés.

— Je n'ai aucun client fortuné, Votre Honneur, mais si un troupeau de ce genre venait à passer devant vous, j'apprécierais que vous le dirigiez dans ma direction.

Isabel Chandler se mordit les lèvres en réprimant un sourire, mais la juge n'était pas d'humeur à plaisanter.

— Faites votre travail, reprit-elle d'un ton sec. Si la tâche vous dépasse, faites-le-nous savoir, et je trouverai quelqu'un qui soit à la hauteur. Nous nous reverrons pour cette affaire dans trois semaines à compter d'aujourd'hui, à neuf heures. Si la mère ne se montre pas à cette date, je délivrerai un mandat d'arrêt. Prévenez-la, monsieur Carl. Et arrangez-vous pour obtenir de votre client toute l'histoire.

— Il a quatre ans, Votre Honneur.

— Dans ce cas, parlez lentement.

À la sortie de l'audience, Isabel Chandler me regarda en secouant la tête comme si j'étais un fauteur de troubles qui s'était une fois de plus mis dans le pétrin. Elle était brune et mince, et avait cette beauté froide qui vous scotchait comme un film de la Prévention routière, vous rendant incapable d'en détacher le regard.

— La juge Sistine n'a pas vraiment le sens de l'humour, hein ? dis-je pour essayer de me dédouaner.

— C'était une personne enjouée quand elle a commencé aux Affaires familiales il y a six mois, mais aujourd'hui je ne me risquerais plus à mettre sa patience à l'épreuve. En fait, vous passer un savon est ce qu'elle a fait de plus drôle ce mois-ci.

— Je suis vexé pour des semaines.

Elle réprima à nouveau un sourire.

— Qu'avez-vous à la joue ?

— Une dent malade.

— Vous devriez faire examiner ça.

— C'est ce qu'on m'a dit. Mais quand j'ai demandé à la fille de ma compagnie d'assurances si j'avais une couverture dentaire, j'ai eu l'impression d'être Cedric the Entertainer[1] ouvrant une bouteille de bière.

— Elle a ri ?

— Et elle n'était pas toute seule. Elle a mis le haut-parleur, et tout l'étage s'est gondolé.

— Donc, pas de couverture ?

— Nu comme un ver.

— Quelle honte. Écoutez, si vous voulez, je vais organiser une nouvelle visite chez les Rose, et nous pourrons y aller ensemble.

— Ce serait formidable.

— Je ne suis certaine de rien concernant la situation de Daniel ; tout ce que nous avons de concret, c'est ce rapport anonyme, mais nous allons tâcher de découvrir ce qui se passe. Je vous appellerai.

— Merci.

— À propos, comment en êtes-vous venu à vous occuper de ce dossier ?

— Mon associée s'en est débarrassée sur mon bureau.

— Vous avez déjà eu à traiter une affaire de ce genre ?

— Jamais.

— On s'amuse follement, non ?

Je la regardais s'éloigner dans le couloir quand

1. Acteur noir très populaire outre-Atlantique, qui a récemment tourné dans une pub pour la bière Bud Light, dans laquelle il arrose sa petite amie avec une bouteille de bière secouée.

j'entendis une voix, ou plutôt un aboiement, derrière moi.

— C'est vraiment une honte, oh ça oui.

Je me retournai et reconnus le vieil homme efflanqué qui m'avait fixé dans la salle d'attente. Il avait toujours son feutre sur la tête, et son air renfrogné.

— Qu'est-ce qui est une honte ? demandai-je.

— Que quelqu'un d'aussi moche que vous soit en plus aussi stupide.

J'avais dû mal entendre.

— Je vous demande pardon ?

— Oh, ne vous excusez pas, dit-il en martelant les consonnes. Ce n'est pas votre faute si votre mère était moche comme un pou.

— Quoi ?

— Ou votre père bête comme un pied.

— Hé, maintenant ça suffit, lui dis-je. Il n'y a que moi qui ai le droit d'insulter mon père.

— Vous êtes tellement stupide que je suis sûr que vous croyez avoir un ticket avec cette fille.

Je regardai Isabel.

— Pourquoi, ce n'est pas le cas, selon vous ?

— Fiston, vous avez une tête bonne à mettre au fond d'un stand de jeu de massacre, un point c'est tout.

Je me retournai et lui souris.

— En tout cas, j'ai de meilleures chances que vous, vieil homme.

Il ôta son chapeau, cracha dans la paume de sa main et la frotta sur son crâne chauve en sifflant du coin des lèvres.

— Vous voulez parier ?

— Victor Carl, dis-je en lui tendant la main.

— Je sais qui vous êtes, mon garçon, répliqua-t-il en écartant ma main d'une tape. Vous croyez que je me risquerais à insulter le premier idiot venu ?

— Eh bien, oui, dis-je. Je le crois.

— Horace T. Grant. Mes amis m'appellent Côte-de-Porc. Vous pouvez m'appeler monsieur.

— Vous étiez dans l'armée, je me trompe ?

— Bon Dieu, oui, mais j'ai pas été nommé officier, si c'est ce que vous voulez dire. Je parle par la bouche et je pète par le cul. Avec ces salopards de gradés, c'est le contraire.

— Alors, que puis-je faire pour vous, monsieur ?

— M'offrir une tasse de café, dit-il.

C'est ce que je fis.

7

D'accord, c'est étrange, mais c'est la pure vérité. Je cherchai la définition d' « irascible » dans le dictionnaire et tombai sur une photo d'Horace T. Grant avec son feutre.

— Vous appelez ça du café ? C'est pas du café, ça. J'ai goûté de la pisse d'âne qu'était meilleure que ça.

— Peut-être que vous devriez sucrer un peu plus.

— Le sucre n'y fera rien du tout, imbécile. Vous avez déjà mis du sucre dans de la merde ?

— Non.

— Eh bien, ça en fait pas du gâteau, croyez-moi. Je parle d'expérience, mon garçon, et durement acquise avec ça. Maintenant, vous allez peut-être m'offrir un de ces muffins si toutefois l'idée vous traverse l'esprit, bien que je parie que c'est jour de fête quand une idée traverse cette triste chose qui vous tient lieu de cervelle. M'est avis qu'on célèbre ça dans la rue, avec danseuses et banderoles dans tout Broad Street.

— Le muffin, vous le voulez à la pisse d'âne ou au crottin de cheval ?

— Myrtille. Et s'ils n'en ont pas à la myrtille, à la canneberge. Et s'ils n'en ont pas non plus à la canneberge, qu'ils aillent au diable, ils ne méritent pas mon argent.

– *Votre* argent ?

– Allez, du nerf, mon garçon. Je n'ai pas toute la journée.

– Oui, monsieur.

– Et une autre tasse de café tant que vous y êtes.

Pourquoi est-ce que j'acceptais de me coltiner Horace T. Grant quand j'aurais pu trouver de plus agréables occupations, comme de batailler avec des porcs-épics ou de renverser du café brûlant sur mon pantalon ? Parce que j'avais complètement merdé. La juge avait eu raison de martyriser mon maigre dos à coups de piques assassines. Même si je ne l'avais jamais rencontré, même s'il était trop jeune pour savoir qui j'étais ou quel rôle j'étais censé jouer dans sa vie, même si je n'avais jamais voulu de cette affaire, Daniel Rose était mon client et je lui devais plus qu'un rapide coup de fil la veille d'une audience. Oui, je m'étais fié à la mère, mais si elle était si fiable, aurait-on jamais eu besoin de moi en premier lieu ? Alors j'avais accompagné Horace T. Grant jusqu'à une petite pâtisserie au charme vieillot située derrière le tribunal, lui avais payé un café, et voilà comment je me retrouvais maintenant à me lever avec empressement comme il me demandait, à sa façon si agréable, un muffin. C'était en partie une forme de pénitence – subir les coups de fronde et les piques d'Horace en était une assurément –, mais c'était aussi à cause d'un petit détail : Horace connaissait mon nom.

– Quel genre de muffin vous m'avez dit que c'était ? me demanda-t-il.

– À la canneberge.

— Où sont les baies ? J'en vois pas. Tout ce que je vois, c'est des petits points rouges. Ça pourrait aussi bien être un muffin à la varicelle. Pas question que j'avale ça, dit-il en mordant dans le haut du gâteau. La prochaine fois, emmenez-moi dans un endroit convenable.

— La prochaine fois ? relevai-je.

— Pardi ! Vous me devrez bien ça, après m'avoir emmené dans ce trou. Je suis regardant sur la qualité.

— Sans blague. Et si on en venait à ce dont vous vouliez me parler ?

Il leva les yeux vers moi en avalant une gorgée de café.

— Je n'ai rien à vous dire.

— Alors pourquoi est-ce que je vous offre un café ?

— Qu'est-ce que j'en sais ? C'est vous qui mourez d'envie de sortir votre portefeuille, de montrer à tout le monde à quel point il est bien garni. « Regardez-moi, regardez ce tas de billets dans ma main, combien j'ai là. »

Je sortis mon portefeuille, plat comme une tranche de salami.

— Il vous paraît bien garni ?

— Vous n'allez pas en plus me reprocher vos échecs ? C'est pas de ma faute si vous n'avez pas assez d'argent pour vous offrir un costume décent. Et regardez-moi cette cravate.

— Qu'est-ce qu'elle a, ma cravate ?

— J'en suis gêné pour vous. Il y a un mot qui ne doit pas vous être familier. Le style. Ça veut dire tout sauf cette cravate.

— Et moi, j'ai un nom pour vous, monsieur : Daniel Rose.

Pour la première fois, Horace T. Grant manqua rester muet – « manqua » seulement. Il me regarda, détourna les yeux, avala une gorgée de café et grimaça. Puis il dit :

— De quoi on parle là, d'horticulture ?

— Non, de petits garçons. Daniel Rose est mon client, comme vous le savez parfaitement. Un appel anonyme a alerté l'aide sociale à l'enfance à son sujet. J'ai l'impression que c'est vous qui avez fait ce rapport. Vous pouvez bien jouer les irréductibles butés ; n'empêche que vous avez pris sur vous d'alerter l'aide sociale, et aussi de faire ça dans les règles. Voilà pourquoi vous étiez au tribunal, et c'est comme ça que vous avez su mon nom. Vous m'avez vu chercher sa mère dans la salle d'attente.

— Un spectacle affligeant.

— J'apprécierais que vous me disiez ce que vous pouvez faire pour améliorer la situation de ce garçon.

— Au cas où cela aurait échappé à votre remarquable perspicacité, monsieur Carl, tout l'intérêt d'un appel anonyme, c'est justement qu'il est anonyme. Encore un mot dont le sens paraît vous échapper totalement.

— Alors, dites-moi, pourquoi l'auteur du rapport voudrait-il rester anonyme ?

— Où avez-vous grandi, mon garçon ?

— Philadelphie.

— Voilà que vous me mentez maintenant. Abruti et malhonnête ; pas étonnant que vous soyez avocat.

— Eh bien, pour être honnête...

— Ne vous forcez pas pour moi.

— J'ai grandi juste au nord de la ville, un petit coin appelé Hollywood.

— La banlieue.

Il soupira dédaigneusement.

— Le désert des inadaptés congénitaux. Je peux dire rien qu'en vous regardant que vous êtes aussi nigaud qu'un épi de maïs. On fait des générations d'imbéciles par chez vous, pas vrai ? Les gamins de banlieue ne comprendront jamais comment c'est en ville, à quel point nous vivons tous dans la proximité les uns des autres, ni combien les relations sont délicates entre voisins.

— Donc, vous avez peur.

— Ne soyez pas stupide. Quand on a vu ce que j'ai vu en ce monde, on ne connaît plus la peur. Peut-être que M. l'Anonyme est tout simplement prudent.

— Je vois. Et ça, peut-être à cause du petit ami de la mère de Daniel ?

— Écoutez-moi bien, crétin que vous êtes. Celui qui a fait ce rapport ne sait peut-être pas avec certitude ce qui se passe, peut-être bien qu'il n'a aucune preuve de quoi que ce soit. Peut-être qu'il est juste inquiet, prudent et inquiet.

— Sur la base de quoi ?

— Racontars de voisinage. *Dramatis personae*[1]. Vous connaissez l'expression, ou ces mots-là aussi vous sont étrangers ? Je vais vous aider. *Dramatis personae* : ça veut dire que si tout ça vous intéresse,

1. Terme du lexique théâtral désignant les personnages ou protagonistes dont les noms figurent au générique d'une pièce.

bordel, vous devriez vous-même rendre une visite au gosse.

— J'en ai l'intention, dis-je. Mais c'est plus facile à dire qu'à faire. Apparemment, chaque fois qu'un rendez-vous est fixé, la mère n'est pas chez elle.

— Eh bien peut-être que cette jolie assistante sociale, chaque fois qu'elle se pointe là-bas, se trompe de maison.

— La mère emmène son fils quelque part et se cache pour couper à la visite, c'est ça ?

— Ne vous mettez pas à croire que vous êtes brusquement devenu génial. Souvenez-vous toujours de vos limites.

— Et vous ne sauriez pas où elle va se cacher, par hasard ?

— Je sais bien plus de choses que votre caboche d'imbécile n'en contiendra jamais.

— Je veux bien le croire, dis-je en souriant devant son air renfrogné. Puis-je vous offrir autre chose, monsieur ?

— Oui. C'est le moins qu'un abruti de banlieusard ingrat dans votre genre puisse faire. Mais plus de pâtisserie à la varicelle ou à la rougeole pour moi, compris ? Même pas aux oreillons. D'ici à ce que j'aie les joues qui enflent et l'attirail en berne, il n'y a pas loin, et alors je ne vaudrais pas mieux que vous.

Je lui payai un autre muffin, au son cette fois-ci, parce que je me disais que les fibres lui feraient du bien, et puis je me rassis et écoutai ses insultes jusqu'à ce qu'il décide qu'il était temps de me donner une adresse.

8

En général, je ne prête pas beaucoup attention aux emballages dans lesquels arrive l'argent. Payez-moi dans une jolie enveloppe gaufrée, dans du papier kraft, en chèque provisionné, payez-moi de la manière qui vous plaira, le tout est que vous me payiez. Pourtant, je dois reconnaître que lorsque je revins du tribunal et trouvai de l'argent qui m'attendait dans mon bureau, ce fut l'emballage plutôt que l'argent lui-même qui suscita mon intérêt, parce que l'emballage en question avait les cheveux blonds et mesurait un mètre soixante-quinze.

Elle patientait dans la petite zone d'attente qui faisait face au bureau de ma secrétaire, assise tel un mannequin de chez Nordstrom[1]. Elle se tenait le dos bien droit, les chevilles croisées, son sac à main assorti à ses chaussures, elles-mêmes assorties à son collier de perles – oh Seigneur ! Avec son tailleur en lin beige et son front exceptionnellement lisse, elle était fraîche comme un billet neuf, et cela mal-

1. L'un des plus grands détaillants du marché américain du vêtement.

gré l'atmosphère surchauffée de nos bureaux et les chaises en plastique branlantes que nous réservions à la clientèle qui attendait de nous rencontrer. Ses cheveux étaient si impeccables qu'on avait l'impression que chaque mèche avait été lavée, teintée et coupée isolément. Une seule de ces mèches était plus soignée que je ne l'avais été de toute ma vie. Et ses lèvres étaient couleur prune.

— Monsieur Carl, dit-elle avec un voile dans la voix, en se levant comme j'arrivais.

— C'est moi.

— Auriez-vous une minute à m'accorder ?

— Bien sûr.

Elle jeta un coup d'œil à ma secrétaire, Ellie.

— Pourrais-je vous voir... en privé ?

— Mais oui, dis-je, avant d'arquer les sourcils en jetant à Ellie un regard de proie malmenée.

Les grands yeux bleus de la femme saisirent d'un seul mouvement le décor de mon bureau tandis qu'elle prenait place en face de moi. Il n'y avait pas grand-chose à voir. Des peintures écaillées, un grand meuble classeur marron cabossé, et des piles de dossiers vacillant dans les coins. Derrière moi, le petit portrait encadré d'Ulysses S. Grant était de travers. Sous mes yeux, c'était l'habituel désordre de paperasse. Mon premier réflexe fut de m'excuser pour l'état de mon bureau, mais j'y renonçai. Une femme comme elle aurait été la bienvenue dans n'importe quel cabinet d'avocat de la ville, quels que fussent les tarifs ou le luxe du décor. Elle avait choisi le mien, et ce n'était pas à cause de la déco.

— Monsieur Carl, vous avez rencontré quelqu'un il y a deux jours.

— J'ai rencontré un tas de gens il y a deux jours, dis-je.

— Au cours de la rencontre dont je parle, il a été question d'une somme d'argent.

— Il va falloir être plus précise, mademoiselle...

— Madame, corrigea-t-elle.

— Oui, dis-je. Bien sûr.

L'alliance avait la taille d'un petit chien.

— Mais je n'ai pas saisi votre nom.

— Non, en effet, dit-elle.

Et en disant cela, elle croisa les jambes et lissa le dessus de sa jupe en lin. C'est alors que je remarquai la petite couronne d'épines tatouée autour de sa cheville.

Je trouvai cela craquant. Alors oui, j'étais plus qu'impressionné par l'emballage dans son ensemble, même s'il était manifestement inaccessible pour moi, mais c'est la petite couronne d'épines tatouée qui me fit véritablement de l'effet, et pas seulement à cause de la délicatesse de la toile sur laquelle l'artiste avait travaillé. Que le tatouage fût là, bien visible, en dépit de l'extrême élégance qui caractérisait le reste de sa personne, était une déclaration en soi. C'était une survivance d'une époque ancienne, plus libre peut-être, mais elle ne l'avait pas fait enlever. C'était sa façon de dire au monde que sa voix n'était peut-être pas naturellement voilée, ni ses cheveux naturellement blonds, ni ses lèvres naturellement prune, ni même ses yeux naturellement bleus, sa façon de dire qu'il n'y avait peut-être pas un centimètre de son corps qui ne fût travaillé jusqu'à la perfection, mais qu'il y avait toujours une part d'elle-même que l'argent n'avait pas réussi à dompter.

— Vous avez rencontré quelqu'un il y a deux jours, reprit-elle, que vous avez accepté de représenter sous réserve du paiement d'une provision.

— Vous parlez de François Dubé.

Elle posa son sac à main sur ses genoux, l'ouvrit, en tira une enveloppe plutôt épaisse et la lança doucement sur mon bureau.

— J'espère que ce sera suffisant, dit-elle.

Tout en m'empêchant de bondir sur l'enveloppe et de danser la gigue en jetant les billets en l'air pour qu'ils pleuvent sur moi comme des confettis, je demandai :

— S'agit-il de dix mille dollars ?

— Neuf mille neuf cents.

— Mon tarif est de dix mille.

— Je ne pense pas que cent dollars fassent une différence.

— Bien au contraire, dis-je.

Une pointe d'amusement se dessina sur ses lèvres et elle plongea la main dans son sac. Elle trouva son portefeuille, en sortit cinq coupures de vingt comme si elle effeuillait une rose et les glissa délicatement dans l'enveloppe.

— Bien que, pour être honnête, ajoutai-je, je préférerais un chèque.

— Vraiment ? J'aurais parié le contraire.

Soudain, je ne fus plus aussi transporté de joie. Certaines personnes agissent comme si elles vous rendaient le service de votre vie en vous payant ce qu'elles vous doivent.

— Et vous auriez perdu, dis-je. Les espèces créent toutes sortes de problèmes comptables, les banques n'aiment pas beaucoup les dépôts et les retraits en espèces, comme vous le savez sans doute, puisque vous avez retiré le montant maximum au-delà duquel la banque est tenue de déclarer l'opération. Mais, quoi que vous ayez pu penser, nous dirigeons une affaire honnête ici. Nous aimons que nos rentrées soient enregistrées. Il me faudra donc un chèque.

— Est-ce qu'un chèque de banque fera l'affaire ?

— Plutôt un chèque personnel.

— Ce ne sera pas possible.

Je me renversai dans mon fauteuil, posai un pied sur le bord de mon bureau et la fixai attentivement. Elle s'était montrée grossière avec moi, et je n'aimais pas cela, mais elle ne semblait pas en retirer du plaisir. Quelque chose clochait.

— Quels sont vos liens avec François Dubé ?

— Quelle importance ?

— Si vous voulez que j'accepte cet argent, j'ai besoin de savoir pourquoi vous payez sa provision.

— Disons que j'ai mes raisons.

— Il va falloir m'en dire un peu plus.

Elle ramassa l'enveloppe sur le bureau.

— Je ne suis pas venue faire la conversation. Voilà l'argent, monsieur Carl. Vous le prenez ou vous le laissez.

— Je crois que je vais le laisser.

Elle rejeta la tête en arrière comme si elle venait de sentir une odeur répugnante. Moi, je suppose.

— Ce fut un plaisir de vous connaître, madame... qui-que-vous-soyez, dis-je en reposant mon pied sous mon bureau et en reportant mon attention sur la paperasse étalée dessus. Ma secrétaire va vous raccompagner.

— Mais, et votre client ?

— Il n'est pas mon client tant qu'il ne m'a pas payé.

— Mais j'essaie de vous payer.

Je levai les yeux.

— Vous n'essayez pas suffisamment fort. Et si on commençait par les présentations ? Bienvenue au cabinet juridique Derringer & Carl. Je suis Victor Carl, et vous êtes...

— Velma Takahashi, dit-elle.

Je me renversai à nouveau dans mon fauteuil.

— D'accord. Takahashi, hein ? Comment se fait-il que ce nom me dise quelque chose ?

— Les affaires de mon mari paraissent souvent dans la presse.

— Samuel Takahashi, le magnat de l'immobilier ?

— Magnat, n'exagérons pas.

— Tout de même. Et vous ne voulez pas payer par chèque, ce qui signifie que vous ne voulez pas que l'on puisse faire le lien avec votre mari.

— C'est la bosse de l'intelligence qui déforme votre joue, ou vous avez pris un mauvais coup ?

— C'est agréable, n'est-ce pas, de communiquer comme des êtres humains ? Je pose des questions pertinentes, vous me donnez des semblants de réponse raisonnable assortis d'insultes. Qui sait, nous allons peut-être danser un quadrille dans quelques minutes.

— Le do-si-do[1], c'est pas mon truc.

— Les gens se surprennent parfois à faire des

1. Figure de la danse galloise, dans laquelle deux personnes s'approchent l'une de l'autre et tournent dos à dos, avant de regagner leur place initiale.

choses étonnantes. Tenez, comme le fait que vous soyez là, dans mon bureau. Maintenant, madame Takahashi, quels sont vos liens avec François Dubé ?

— Je n'ai aucun lien avec François Dubé. Je ne connais pas de pire vaurien.

— Mais vous payez dix mille dollars pour le faire sortir de prison.

— Quelle que soit mon hostilité à son égard, elle n'entre pas en ligne de compte. J'étais une amie de Leesa bien avant son mariage.

— Et vous trouvez que c'est un geste amical de payer pour la défense d'un homme qui est accusé de l'avoir tuée ?

— Je crois que c'est ce qu'elle aurait voulu.

— Là, voilà un mensonge caractérisé. Je n'ai pas cru la moitié de ce que vous m'avez raconté depuis que vous êtes entrée dans ce bureau, madame Takahashi, y compris le « madame Takahashi », mais là, je *sais* sans le moindre doute que vous mentez. Leesa Dubé bataillait pour avoir la garde de leur enfant, et n'a pas hésité à proférer des accusations terribles contre son mari. S'il y a une chose qui l'aurait réjouie dans son propre meurtre, c'est de savoir qu'à cause de ça son mari serait condamné à passer le restant de ses jours derrière les barreaux.

— Vous ne la connaissiez pas, monsieur Carl. Elle n'était pas comme ça. À la fin, il y avait de la rancune, c'est vrai, mais il est le père de sa fille. Elle était trop douce pour souhaiter qu'il croupisse en prison jusqu'à la fin de ses jours pour une chose qu'il n'a pas faite.

Elle avait raison au moins sur un point : je ne connaissais pas Leesa Dubé, je ne savais absolument rien d'elle, et j'avais tort de lui supposer une animosité qui n'avait peut-être jamais existé.

— Bon, alors si c'est ce que Leesa aurait voulu, repris-je, vous devez sûrement penser qu'il est innocent, et vous devez avoir vos raisons pour ça ?

— Je vais être en retard, dit-elle.

Je me penchai en avant et la fixai intensément.

— J'ai raison, n'est-ce pas ?

— J'ai rendez-vous. Prenez l'argent, monsieur Carl. Faites ce que vous pouvez pour François.

— Vous savez quelque chose.

— Je dois y aller.

— Dites-moi ce que vous savez.

— Je ne peux pas. Je vous en prie, croyez-moi. Je ne peux pas, c'est tout.

Et là, soudain, durant un infime mais précieux instant, j'entrevis ce qu'il y avait derrière le masque, derrière le front lisse, les cheveux impeccables, la peau parfaite, les verres de contact bleus. Là, derrière la plus belle façade que l'argent puisse offrir, je surpris quelque chose de renversant : la femme qu'elle avait été, celle qui s'était fait faire le tatouage et s'était liée d'amitié avec Leesa Dubé, avant de tomber dans le bourbier de l'argent et, semblait-il, de manquer y perdre pied. La femme en question était bien trop entière et ambitieuse, bien trop futée pour devenir celle qu'elle était aujourd'hui. Et là, oui, là, brusquement, je décelai dans ses yeux un terrible fardeau. Était-ce de la tristesse ? Du regret ? Ou bien encore un sentiment de culpabilité proprement déchirant ?

Je tendis la main, pris l'enveloppe et comptai rapidement les billets.

— Vous comprenez j'en suis certain, madame Takahashi, dis-je en faisant mon petit compte, que cette provision ne couvre que notre demande de révision du procès. Si nous réussissons, nous aurons besoin d'une autre provision pour couvrir les frais d'un nouveau procès.

— Alors, espérons que nous nous reverrons.

— Oui, dis-je. Espérons-le.

Je l'espérais vraiment.

— Ma secrétaire va vous donner un reçu pour l'argent.

— Je n'ai pas besoin de reçu.

— C'est bien possible, mais j'ai besoin, moi, de vous en donner un. Nous avons une règle ici : quiconque dépose de l'argent en espèces sans se voir remettre un reçu gagne un yaourt glacé[1] à sa prochaine visite.

Je la raccompagnai jusqu'à l'accueil, attendis derrière elle pendant qu'Ellie lui tapait un reçu, humai la douce et riche fragrance de son parfum et tombai en pâmoison. Vous voyez, malgré tous les mensonges qu'elle m'avait débités, malgré tous les artifices qui concouraient à sa beauté, je ne pouvais m'empêcher de respirer son parfum et d'en être tout retourné. Croyez-moi, la seule chose qui soit plus excitante que la beauté à l'état brut, c'est l'artificialité la plus effrénée.

De retour dans mon bureau, je sortis la liasse de l'enveloppe, disposai les billets en éventail pour

1. Le *frozen yogurt* figure en bonne place au chapitre « glaces » de la gastronomie américaine, avec la *frozen custard* (crème anglaise glacée).

le plaisir, puis les comptai plus soigneusement. Je me voyais très bien courir pour la rattraper dans la rue en hurlant : *Hé ! madame Takahashi, madame Takahashi !* s'il manquait ne fût-ce qu'un billet de vingt. Mais le compte y était. Dix mille dollars. J'avais connu pire comme début de journée.

Je sortis la carte qui se trouvait dans ma poche de chemise. Ma part était suffisante, calculai-je, pour que je me paie une visite chez le dentiste, même sans assurance. J'avais maintenant les moyens de demander au Dr Pfeffer, faiseur de miracles, d'en accomplir un sur ma dent. Mais devinez quoi ? Ma dent allait brusquement mieux. L'argent n'a-t-il pas cet étrange pouvoir d'atténuer les pires douleurs ? Alors peut-être que mes maux étaient moins dentaires qu'existentiels ; peut-être étaient-ils liés, davantage qu'à l'état de ma dent, au triste état de ma vie. Et au lieu de creuser dans ma gencive, peut-être la réponse était-elle de creuser le passé de la très riche Velma Takahashi. Je rangeai la carte et passai un coup de fil à mon détective privé attitré, Phil Skink.

Elle prenait soudain un tour intéressant, cette affaire dont je ne voulais pas, cette vaine demande de révision au nom d'un accusé qui m'était antipathique. D'abord, Whitney Robinson m'avait agrippé à la fin de notre rencontre et, comme si quelqu'un risquait de l'entendre, supplié dans un murmure de laisser tomber cette affaire. *Pour votre propre sécurité*, m'avait-il averti, quoi que cela puisse vouloir dire. Avant d'ajouter, sans préciser à qui au juste : *Vous n'imaginez pas ce qu'il en coûte.* Et voilà que Velma Takahashi, aussi belle et affectée que les pin-up de

Vargas[1] sur lesquelles j'avais bavé adolescent, avait lancé une liasse de billets sur mon bureau en me suppliant d'aider François Dubé, alors même qu'elle paraissait dissimuler, pour des raisons qui lui appartenaient, un secret concernant le meurtre. Oh oui, intéressant, c'était bien le mot. Tout ce qu'il me fallait trouver maintenant, c'était un moyen de convaincre le juge de casser un verdict de culpabilité vieux de trois ans, dont tous les appels avaient été rejetés, et pour lequel aucune nouvelle preuve ni aucun nouveau suspect n'avait fait surface. Qui a parlé de tour de force ?

Du moins savais-je parfaitement par où commencer.

1. Alberto Vargas (1896-1982), dessinateur et illustrateur. Ses créatures de rêves peuplent les magazines pour hommes américains dans les années 1950 et 1960.

9

— Il s'appelait Seamus Dent, dis-je à Beth comme nous traversions Philly en voiture vers le nord. C'est lui qui a témoigné avoir vu François Dubé sur le lieu du crime.

Nous nous dirigions vers un petit quartier ouvrier insulaire. Nous étions au nord de Kensington, au sud du centre-ville, juste au bord du fleuve. Une ville en soi. Son nom était éloquent : Fishtown. Un nom qui parlait de pêche, de syndicat, de rixes et de tavernes.

— Je croyais que tu m'avais dit qu'il était mort, s'étonna Beth. Et par conséquent qu'il ne pouvait plus nous être d'aucune aide dans notre demande de révision.

— On pourrait le croire. Sauf que Whit m'a dit quelque chose qui m'a intrigué. Apparemment, Dent a été tué lors d'une vente de drogue peu de temps après qu'il a témoigné. Néanmoins, lors de son contre-interrogatoire, l'usage de stupéfiants n'a pas été mentionné.

— Tu penses que notre ami Whit est passé à côté de quelque chose pendant le procès ?

— Je ne sais pas. Le gosse avait un casier vierge,

mais on n'est pas clean un jour, et embarqué le lendemain dans un deal qui tourne mal. Que faisait-il dans la rue ce soir-là ? Que cherchait-il ? Est-ce qu'il était camé à ce moment-là ? Toutes ces questions auraient pu ruiner sa crédibilité. Et comme il se trouvait dans le voisinage, peut-être à l'affût d'un shoot, il aurait pu devenir lui-même un suspect.

– Même si c'était le cas, ça ne suffira pas à obtenir un nouveau procès à Dubé, n'est-ce pas ?

– Aucune chance. La loi est très claire. On ne peut obtenir la révision d'un procès si la preuve présentée repose sur la seule crédibilité d'un témoin.

– Alors à quoi bon ?

– C'est juste qu'il y a quelque chose qui n'est pas clair ici. Comment se fait-il que Whit soit passé à côté ? Qui cachait quoi ? J'ai un drôle de pressentiment, c'est tout. Mais évidemment, si tu as mieux pour commencer...

– Non, avoua Beth en secouant la tête. Mais c'est plutôt mince comme commencement.

– Eh bien, Beth, à la vérité, c'est toute cette affaire qui est plutôt mince.

Nous nous engageâmes dans une petite rue résidentielle aux maisons mitoyennes disparates et curieusement alignées. Je jetai un coup d'œil à mes notes, vérifiai les numéros des maisons et trouvai enfin celle que je cherchais. Je me garai juste devant.

Comme je sonnais à la porte d'une petite maison grise, une femme assise sur un perron trois numéros plus loin s'écria :

– Qui vous cherchez ?

Je reculai d'un pas, levai les yeux le long de la façade grise et répondis :

— Nous cherchons une certaine Mme Dent.

— Qu'est-ce que vous lui voulez ?

— Nous avons quelques questions.

— À quel sujet ?

Je me tournai vers la femme qui me parlait, agacé par son indiscrétion. Elle était jeune, corpulente et portait un sarrau bleu. À côté d'elle était assise une autre femme, mince comme un fil, avec des cheveux roux coupés court ; les coudes appuyés sur les genoux, elle me fixait sans ciller en fumant une cigarette. Une troisième femme était assise une marche plus haut. Trois voisines fureteuses, qui passaient leurs journées à parler lessive et popote, à échanger les ragots du coin, et parfois une bouteille. Je plissai les yeux et les considérai attentivement. La classique réunion entre amies désœuvrées. Parfois, il n'y a pas mieux quand on cherche des renseignements.

— Nous voulons l'interroger à propos de son fils, dis-je en regardant à nouveau la maison de Mme Dent, avant de me diriger vers le trio, Beth m'emboîtant le pas.

— Seigneur Dieu, s'exclama la femme corpulente. Dans quel genre de pétrin Henry s'est-il encore fourré ?

— Pas Henry, dis-je. Seamus.

— Seamus est mort, coassa la femme à la cigarette et aux cheveux roux, d'un ton qui n'avait rien de détaché, mais trahissait au contraire une tristesse résignée.

Le détail n'échappa apparemment pas à Beth, qui demanda :

— Êtes-vous Mme Dent ?

— Et vous, vous êtes quoi ? Des flics ? interrogea la femme qui était assise derrière les deux autres.

Elle était petite, avec des mains tremblantes et des yeux clairs.

— Est-ce qu'on a l'air d'être des flics ? demandai-je.

— Elle oui, dit-elle en montrant Beth du doigt.

Je fis en pas en arrière, me tournai vers Beth, croisai les bras et l'examinai comme si j'avais en face de moi sa sculpture réalisée par Duane Hanson[1].

— Vraiment ? Voyons voir, qu'est-ce qui la fait ressembler à un flic ?

— Sa pâleur de poste de police, dit la femme aux mains tremblantes.

— Je vous demande pardon ? dit Beth.

— Et ses yeux aussi.

— Qu'est-ce qu'ils ont, mes yeux ?

— Vous n'avez peut-être pas tort, dis-je. Elle est plutôt pâlotte, et elle a le regard fuyant.

— Je n'ai pas le regard fuyant, il est seulement attentif. Et lui ? voulut savoir Beth en me désignant d'un geste du pouce.

— Il est trop mou, dit la femme. Il a l'air d'un agent d'assurances.

— Ou peut-être bien d'un conseiller d'orientation scolaire, dit Beth. Ça pourrait coller, non ?

— Ça pourrait. C'est ce qu'il est ?

— Non, dit Beth.

— Vous n'êtes pas Mme Dent, n'est-ce pas ? demandai-je à la femme à la cigarette.

1. Sculpteur américain hyperréaliste (1925-1996), dont le travail est proche des réalisations des musées de cire.

Elle me fixa un long moment, tira une dernière taffe, laissa tomber sa cigarette et l'éteignit sous sa tennis.

— Non, dit-elle enfin. Betty est en vacances.

— Une idée de l'endroit ?

— Elle a une sœur en Californie.

— Savez-vous si elle sera absente longtemps ?

— Elle n'a rien dit, mais à votre place je ne compterais pas trop sur son retour.

— Henry veille sur la maison, dit la femme corpulente. Mais c'est un peu comme de laisser un gros porc prendre ses aises dans votre jardin.

— Henry est un costaud, hein ?

— Ça, il a de l'abattis, y a pas à dire.

— Et c'est le genre qui aime causer des ennuis, c'est ça ?

— C'est rien de le dire. Mais c'était valable pour tous les fils Dent.

— Y compris Seamus ? demandai-je.

La femme aux cheveux roux alluma une autre cigarette.

— Le pire des trois, si vous voulez mon avis, dit-elle.

Je regardai Beth et haussai un sourcil.

— Lui et ses amis, reprit la femme aux mains tremblantes. C'était une vraie meute de loups.

— Qui, les fils Dent ? demanda Beth.

— Non, Seamus et ses deux amis, un des fils Harbaugh, Wayne, et Kylie.

— Seamus, Wayne et Kylie, repris-je. Le trio infernal. Mais quel genre de choses ils faisaient ? Des gamineries ? Du genre déposer de la crotte de chien sur les paillassons et sonner aux portes ?

— C'est le genre de choses que vous faisiez quand vous étiez gosse ? me demanda la femme aux cheveux roux.

— J'ai fait ça pas plus tard qu'hier à Chestnut Hill.

— Un vrai pervers, hein ?

— C'étaient de vrais voyous, ces gosses, reprit la femme aux mains tremblantes. Ils s'introduisaient chez les gens, volaient, se droguaient. Tout jeunes déjà, c'était de la mauvaise graine. Mais la drogue, vous savez, ça fait pas de cadeau.

Au ton de sa voix, on voyait qu'elle savait de quoi elle parlait, et aussi qu'elle n'aurait pas été contre un bon verre pour oublier tout ça.

— Les flics les avaient dans le collimateur, j'imagine, dis-je.

— À la fin seulement. Ces gosses-là étaient trop malins pour se faire prendre, même quand tout le monde savait que c'étaient eux les coupables.

— Et Seamus était le meneur, dis-je.

— Non, corrigea la femme à la cigarette. C'était Kylie.

— Une idée de l'endroit où on pourrait trouver cette Kylie ?

— Aucune, dit la femme. Elle est partie.

La même note acrimonieuse s'entendit dans sa voix, comme si elle avait une pastille amère coincée dans la gorge depuis des lustres. Je la dévisageai, mais elle détourna le regard.

— Vous êtes la mère de Kylie, n'est-ce pas ? risquai-je. Vous parlez d'elle avec tant d'affection.

— On s'est disputées.

— Et vous n'avez aucune idée de l'endroit où elle peut se trouver ?

— Je m'en moque bien, faut dire. En tout cas, je sais une chose, monsieur, où qu'elle soit, elle est allongée sur le dos.

— Charmant. Vous étiez membre de l'association de parents d'élèves de son lycée, je parie.

— Vous avez dit que vous étiez qui, déjà ?

— Je ne crois pas avoir dit quoi que ce soit.

— Pourquoi vous intéressez-vous tellement à Seamus ? demanda la femme corpulente.

— C'est ma profession d'être intéressé. Je suis avocat, ce qui signifie que je suis avide et fouineur.

— Alors vous êtes au bon endroit ici, dit-elle, avant de s'esclaffer comme les deux autres.

— Et ce Wayne dont vous avez parlé ? Il vit toujours dans le coin ?

— Il travaille à l'église, dit la femme aux yeux clairs.

— Qu'est-ce qu'il est ? Prêtre ?

— Juste gardien.

— J'imagine qu'il faut bien commencer quelque part. Vous avez dit aussi que la police n'avait été alertée qu'à la fin. Qu'entendiez-vous par « à la fin » ?

— Après que Seamus a été tué, répondit la mère de Kylie. Un inspecteur est venu ici pour parler à Betty. Je crois qu'il s'appelait comme ce gros type qui animait cette vieille émission de télé[1].

— Inspecteur Gleason ?

— C'est ça. Il a dit à Betty qu'ils avaient trouvé le type qui l'avait tué.

— Il y a eu un procès ?

1. Allusion à Jackie Gleason, célèbre comédien et animateur de télévision américain des années 1960.

— Ça n'aurait pas servi à grand-chose, vu que le type en question a fini avec une balle dans le crâne.

— Il était temps que les flics fassent quelque chose pour ce quartier, dit la femme corpulente en riant, déclenchant du même coup l'hilarité des deux autres.

J'en avais assez entendu. Les gentilles dames du voisinage riant d'une balle logée dans le crâne d'un pauvre type. Si jamais je devais finir ma vie assis sur un perron à répandre des ragots sur les passants, merci de faire que la balle soit pour moi.

Je réfléchis à ce qu'elles m'avaient raconté, et me retournai pour regarder une fois encore la maison Dent.

— Donc, si j'ai bien compris, Betty Dent s'absente souvent, c'est ça ? Elle est constamment en voyage ?

— Sûrement pas, dit la femme corpulente. Elle n'a pratiquement pas quitté cette rue de toute sa vie.

— Et comment est-elle allée en Californie ? En voiture ?

— Elle a pris l'avion. C'est moi-même qui l'ai accompagnée à l'aéroport.

— Quand cela ?

— Il y a deux jours.

— Elle a dit où elle avait eu son billet ?

— Non, elle l'avait, un point c'est tout.

— Tant mieux pour elle.

Je sortis trois cartes de mon portefeuille et les leur tendis.

— Je m'appelle Victor Carl. Si n'importe quel détail vous revenait au sujet de Seamus, sur les choses qu'il a faites ou les problèmes qu'il a eus avec la police, j'apprécierais que vous me contactiez.

– N'y comptez pas de trop non plus, dit la mère de Kylie.

Nous les entendîmes caqueter dans notre dos comme nous nous éloignions.

– Comment se fait-il, dis-je, que j'aie l'impression de sortir d'une scène de *Macbeth* ?

10

— Depuis combien de temps crois-tu qu'elles sont assises sur ce perron ? me demanda Beth comme nous roulions le long des rues étroites de Fishtown.

— Depuis l'aube des temps, dis-je. Elles ont enterré des rois, des présidents, des maris, Seamus Dent. Et elles nous enterreront pour peu que nous leur donnions la moitié d'une chance de le faire.

— Ça nous a pris, quoi, trente secondes pour leur soutirer l'histoire de Seamus Dent ?

— Et encore. Vingt minutes de plus, et nous aurions été au courant de l'histoire sexuelle de toute la rue, sans parler de celle du pasteur.

— Je me demande pourquoi Whitney Robinson n'est pas venu ici interroger ces bonnes dames sur Seamus Dent avant le procès de Dubé, dit Beth.

— Je me pose la même question, dis-je. Whit est un excellent avocat, il savait ce qu'il faisait. Peut-être qu'il est venu, qu'il a appris ce qui l'intéressait, et décidé que les informations n'étaient pas fiables ou utilisables.

— En tout cas, il ne t'en a rien dit.

— Non, c'est vrai. Voilà un mystère qu'il nous faut

éclaircir. Et j'aimerais bien savoir aussi qui a envoyé à Betty Dent un billet d'avion pour la Californie juste après que nous avons accepté cette affaire. Tiens, voilà l'église là-bas.

Nous nous garâmes dans Gaul Street, juste en face de l'église, un édifice en pierre de style roman avec l'incontournable vitrail représentant Jésus portant sa croix d'abord, puis crucifié. De notre côté de la rue se trouvaient l'école et une chapelle, Notre-Dame-de-Knock. J'allais faire une plaisanterie sur le nom[1], mais la chapelle était splendide et j'avais entendu suffisamment de bons mots pour la matinée.

L'intérieur de l'église était baigné par les bleus et les rouges projetés par le vitrail. De grosses colonnes couraient des deux côtés de la nef menant à un adorable autel peint. Les bancs étaient en bois bruni, les confessionnaux sobrement décorés, les plateaux en bois soutenant les cierges aux flammes vacillantes éclaboussés de cire, et il régnait partout ce silence profond qui vous accompagne toujours dans une église vide.

Devant, une femme remettait de l'ordre à l'autel. Elle nous jeta un regard lorsque nous entrâmes, puis un autre comme nous remontions la nef dans sa direction. Elle était assez âgée, avec des cheveux blancs bouclés, une jupe longue et des tennis.

— Puis-je vous aider ?

— Nous cherchons Wayne Harbaugh, dit Beth.

Elle inclina la tête et nous toisa, son regard s'attar-

1. Knock est une ville du comté de Mayo en Irlande où la Vierge Marie serait apparue en 1879. « Our Lady of Knock », en argot, pourrait se traduire par « Notre-Dame-de-la-Culbute ».

dant sur moi, comme si elle connaissait bien les types dans mon genre ; puis elle nous demanda d'attendre.

— Je me sens toujours mal à l'aise dans une église catholique, avouai-je à Beth comme nous nous asseyions côte à côte sur le banc de devant. Un peu comme si je venais d'infiltrer des lignes ennemies.

— Ce n'est qu'une église.

— Pour toi, peut-être, élevée comme tu l'as été dans l'amour du Christ. Mais moi, je passe mon temps à me demander à quel moment on va découvrir que je suis juif et me passer à la machine à bosseler jusqu'à ce que je m'enfuie en hurlant.

— L'Inquisition, c'est fini depuis – elle jeta un coup d'œil à sa montre – quelque chose comme cinq cents ans.

— N'empêche, dis-je, ce sont des choses qui arrivent.

— Qu'est-ce que tu crois, Victor, qu'en te regardant les gens voient forcément un juif ?

— Je te jure que cette femme m'a regardé d'un air méfiant.

— C'est une religieuse, elle regarde tout le monde d'un air méfiant.

— Elles ne sont plus obligées de porter l'habit ?

— Plus maintenant.

— Tu trouves ça juste ? Comment savoir qui est qui ?

— Pour ta gouverne, dit Beth en se levant et en désignant un homme au visage rougeaud qui s'approchait de l'autel, son col retourné, voilà un prêtre.

— Oui, bonjour. Soyez les bienvenus au Saint Nom. Je suis le père Kenneth. Dites-moi, que puis-je faire pour vous ?

Le père Kenneth était petit, solidement charpenté et plein de vitalité, avec un sourire avenant qui vous mettait immédiatement à l'aise. Il ne me regarda pas comme si j'étais un espion infiltré, mais plutôt comme un ami qui souhaiterait faire le bien pour sa paroisse.

— Nous avons cru comprendre qu'un dénommé Wayne Harbaugh travaille ici, dit Beth.

— Oui, c'est exact. Wayne est employé ici.

— Nous aurions aimé lui dire quelques mots.

— Y a-t-il un problème quelconque ?

— Est-ce qu'il est ici ? enchaîna Beth un peu rudement.

— En effet, dit le prêtre, souriant toujours. Il travaille en ce moment dans l'école.

Il marqua un temps d'arrêt, sourit plus largement.

— Avec les enfants, voyez-vous. Wayne a-t-il fait quelque chose de mal ?

— Non, pas du tout, répondis-je en jetant à Beth un regard d'avertissement.

Il était inutile qu'on nous prenne pour des... eh bien, pour des flics. Peut-être y avait-il davantage du flic chez Beth que je ne me l'étais figuré. Je nous présentai, Beth et moi, et tendis une carte au prêtre.

— Donc, vous êtes avocats, dit le père Kenneth. Ce n'est jamais bon signe, n'est-ce pas, lorsqu'un avocat franchit le seuil de votre porte ?

— Il se pourrait très bien que nous soyons là pour annoncer à Wayne qu'il vient de faire un formidable héritage.

— Mais ce n'est pas le cas, n'est-ce pas, monsieur Carl ?

— Non. Nous voulons juste lui poser quelques questions à propos d'un vieil ami à lui.

— Et qui est le vieil ami en question, si je puis me permettre ?

— Seamus Dent.

Le père Kenneth hocha la tête et pinça les lèvres.

— Pauvre Seamus. Il a été baptisé dans cette église, ainsi que ses frères. En fait, c'était un gentil garçon, quand on le connaissait. Vous auriez dû l'entendre jouer de la guitare. Magique. Ce qui lui est arrivé est une tragédie.

— Vous voulez dire son assassinat ?

— Oui, et avant cela aussi, ses problèmes. La manière dont sa vie a déraillé. Les choses semblaient pourtant en passe de se résoudre avant sa mort.

Je regardai Beth, perplexe.

— Comment cela ?

— Il avait repris le droit chemin, monsieur Carl. C'est lui qui a amené Wayne ici et m'a convaincu de lui donner ce travail. Seamus avait repris sa vie en main, pour le bien du monde, m'avait-il confié. C'était un peu ambitieux, mais nous avons tous besoin d'ambition. Alors, qu'il ait sombré comme il l'a fait, avant d'être assassiné comme il l'a été, a été doublement tragique.

— Pourrions-nous parler à Wayne au sujet de Seamus ? insista Beth.

Le prêtre joignit les mains, avant d'appuyer ses deux index sur ses lèvres en s'abîmant dans la réflexion.

— Pourquoi vous intéressez-vous à Seamus ?

— Nous représentons un homme qui a été accusé de meurtre, en partie à cause du témoignage de

Seamus, expliqua Beth. Nous reprenons cette affaire dans ses moindres détails, ce qui signifie qu'il nous faut connaître le maximum de choses sur les témoins impliqués.

— Cet homme que vous représentez, se trouve-t-il actuellement en prison ?

— Avec une condamnation à perpétuité, répondit Beth.

— Bien sûr, oui, je comprends votre préoccupation. Voilà pourquoi vous êtes si opiniâtre. Très bien, mademoiselle Derringer, je vais demander à Wayne de venir. Faut-il qu'il soit accompagné d'un avocat ?

— Non, ce ne sera pas nécessaire, dis-je. Nous voulons seulement lui parler de Seamus. Essayer de comprendre. Wayne n'est nullement impliqué personnellement.

— Vous ne verrez aucun inconvénient, dans ce cas, monsieur Carl, à ce que je sois présent, juste pour m'en assurer ?

— Connaissez-vous quelque chose au droit, mon père ?

Il cligna des yeux.

— Tout ce que je sais du droit, je l'ai appris en regardant *Ally McBeal*.

— C'est drôle, dis-je, moi aussi.

Je regardai Beth, puis haussai les épaules.

— Vous êtes le bienvenu, mon père.

Il nous conduisit dans une pièce sombre aux murs couverts de livres située d'un côté de l'autel. Des robes pendaient à des crochets sur un mur, et des chaises en cuir rembourrées étaient disposées en demi-cercle devant un petit bureau. Il nous invita à nous asseoir, passa un coup de fil, puis s'assit à son bureau et nous fixa. Il se pencha légèrement en avant et ouvrit la bouche comme pour engager une conversation, avant d'y renoncer d'un haussement d'épaules. Qu'y avait-il à dire, après tout ? Nous attendîmes tranquillement jusqu'à ce que la porte s'ouvre.

L'homme qui entra était malingre, avec des yeux caves et une barbe en bataille. Il portait un vieux jean, un tee-shirt et une casquette de base-ball bleue. Lorsqu'il nous vit, Beth et moi, moi avec mon costume et Beth en tailleur, assis avec le père Kenneth, il ôta sa casquette de base-ball et la serra entre ses mains en touchant son épaule avec son menton. Il avait l'air d'un boxeur tremblant sur ses jambes, attendant le coup qui le mettrait K.O.

— Wayne, dit le père Kenneth, ces personnes sont avocats et veulent vous poser quelques questions.

— J'ai rien fait.

— Nous le savons, mon fils. Pourquoi ne pas refermer la porte derrière vous et venir vous asseoir ?

Wayne Harbaugh se força à nous regarder avant de fermer la porte et de s'asseoir au bord d'une des chaises en serrant toujours sa casquette dans ses mains.

— Wayne, dit le prêtre, ils voudraient en savoir davantage sur Seamus.

— Quoi, Seamus ?

— Il a témoigné au procès d'un homme accusé d'avoir assassiné sa femme, dis-je. Vous vous souvenez de cela ?

Wayne parut encore plus mal à l'aise, si toutefois c'était possible.

— Que vous a-t-il dit ? lui demandai-je.

— Juste que les avocats le rendaient nerveux.

— Comme nous vous rendons nerveux ?

— En quelque sorte.

— Je me demandais, Wayne, si vous pouviez nous parler un peu de Seamus. Est-ce qu'il était honnête, malhonnête ? Disait-il la vérité la plupart du temps ?

— Allez-y, répondez, Wayne, l'encouragea le père Kenneth. Dites à M. Carl si Seamus disait la vérité le plus souvent.

— Oui, je suppose, dit Wayne, sauf quand ça comptait vraiment.

Je me penchai en avant et jetai un coup d'œil à Beth, qui me regarda avec de grands yeux.

— Qu'entendez-vous par là ? lui demandai-je.

— Quand ça comptait vraiment, c'était le plus grand menteur que j'aie connu.

— Wayne ? intervint le père Kenneth. Il était votre ami, mon fils. Votre plus vieil ami.

— Mais il a dit que j'étais dans le coup avec lui, et ça, c'était un mensonge, n'est-ce pas, père Ken ? Il vous a trahi, non, en laissant ses démons le reprendre ? Et il m'a trahi du même coup.

— Et si vous nous parliez un peu de cela, Wayne ? risquai-je.

— En commençant par où ?

— Par le commencement, dis-je.

Il regarda le père Kenneth, qui le fixa un long moment, avant de hocher la tête.

— Alors il faudra que je parle d'elle, dit Wayne.

— Allez-y, mon fils, dit le prêtre.

Wayne ferma les yeux et hésita, avant de reprendre d'une voix au timbre plus soutenu et plus jeune :

— Parce que tout tournait autour d'elle, c'était

comme ça. Oui, tout avait toujours tourné autour de Kylie.

Et puis il raconta son histoire, d'un ton hésitant d'abord, bien moins ensuite, comme s'il lui fallait absolument libérer son âme d'un poids. Là, dans la sacristie, avec le père Kenneth qui opinait du chef, son histoire prenait des allures de confession. Et pour tout dire, je n'étais pas surpris d'entendre le nom de Kylie hanter comme un spectre le fil tortueux du récit de Wayne Harbaugh. J'avais écouté ce que les sorcières sur le perron avaient dit d'elle, j'avais rencontré sa mère. Kylie, douce Kylie... Je ne savais pas encore quel rôle elle avait joué exactement, mais je pressentais depuis un moment que, quoi qu'il soit arrivé à Wayne et Seamus, rien ne s'était fait sans elle.

Mais quelqu'un d'autre encore était impliqué dans cette histoire, rôdant alentour, dirigeant ses acteurs tel un metteur en scène halluciné avec son clap et son mégaphone. À ce stade de mon enquête, je ne le reconnaissais pas encore. Comment l'aurais-je pu ? Ma première rencontre avec lui appartenait encore à l'avenir. Mais il était bien là. Suivez bien le fil de ce récit. Le voyez-vous ? Voyez-vous Bob ?

11

Aussi loin que remontaient ses souvenirs, ils étaient tous les trois, courant dans les rues et les ruelles, jouant à des jeux de mains pendant l'office à l'église, papier-ciseau-caillou, il sentait encore la tape des deux doigts de Seamus sur son poignet durant les homélies, ou le souffle de Kylie lorsqu'elle lui murmurait à l'oreille ses plans pour quelque nouvelle et audacieuse espièglerie. Il revoyait bien sa mère l'allaiter, son père le battre, ses sœurs se moquer de lui et le taquiner jusqu'à ce qu'il pleure, mais il pouvait tout supporter de sa famille parce qu'il y avait ses amis. C'était Seamus, Kylie et Wayne, tous les trois, pour l'éternité, le trio autour duquel s'ordonnait toute sa vie.

Et il se souvenait aussi du jour où ils avaient découvert la vieille usine de textile de l'autre côté de la voie ferrée, sous l'autoroute. Ils n'avaient pas huit ans. Une planche de contreplaqué obstruant une des fenêtres basses était brisée, et ils en avaient profité pour se faufiler à l'intérieur de l'usine ; là, ils s'étaient mis à pirouetter sur le sol de béton crasseux, les bras écartés, libres, jusqu'à ce que le vertige les prenne et qu'ils s'écroulent en riant.

— Ne dites rien à personne, leur avait enjoint Kylie. Ce sera notre endroit.

— Notre forteresse secrète, avait renchéri Wayne.

Seamus avait acquiescé, Kylie avait ri, et c'est ainsi qu'ils avaient pris possession du vieux bâtiment froid et humide, qui leur était devenu un refuge plus chaleureux que leurs propres foyers. La forteresse. Tout à la fois club, terrain de jeu et sanctuaire. Une partie du toit s'était effondrée, laissant entrer, en plus des pigeons, suffisamment de lumière pour qu'ils y voient durant la journée, tout en permettant à la fumée de leurs feux de se dégager la nuit. C'est là qu'ils se retrouvaient tous les trois, Seamus, Kylie et Wayne, pour rire, jouer, se raconter des histoires, plus tard fumer des cigarettes et boire de la bière, ou même, plus tard encore, fumer de l'herbe.

Wayne était le petit maigrichon, le comique, toujours à plaisanter et à taquiner. Seamus était plus costaud, tout en étant plus doux, moins physique, plus sensible. Honteux de ses dents, il ne souriait jamais, et des cernes sous ses yeux donnaient l'impression qu'il était constamment au bord des larmes. Kylie, c'était l'étincelle ; elle était mince et jolie, avec ses cheveux bruns et ses yeux noirs. Les idées, c'était elle qui les avait, elle qui rendait tout possible ; elle était pleine de vie, prête à toutes les ruses, capable de passer pour la plus douce, la plus innocente des créatures, tout en préparant intérieurement mille tours pendables. Et elle aimait chaparder, pour le frisson.

C'est elle qui les entraîna à voler à l'étalage au magasin du coin, chargeant Wayne et Seamus d'occuper le vieux commerçant pendant qu'elle fourrait des petites génoises et des bonbons dans les poches de sa jupe. Et c'est elle qui les entraîna à voler des vélos aux gosses qui avaient le malheur de les laisser traîner sans les attacher. Il y en avait des dizaines qui rouillaient doucement, les pneus à plat, leur guidon couvert de fientes de pigeon, contre les murs de la forteresse, comme une sculpture futuriste sur le thème du déclin. Et c'est elle encore qui persuada Seamus de leur faire la courte échelle sous les fenêtres ouvertes des maisons vides afin qu'elle et Wayne s'y faufilent le soir, ou durant l'après-midi, pour y chaparder tout ce qui traînait. C'est comme cela que Seamus s'était procuré la guitare sur laquelle il jouait constamment à la forteresse, comme cela que Wayne avait eu la veste en cuir qui était bien trop grande pour lui, comme cela que Kylie avait mis la main sur son premier paquet de cigarettes, chipant une cartouche entière dans une cuisine de Palmer Street.

On voyait bien qu'elle était perturbée, Kylie, à sa maigreur et à sa façon de refuser toute nourriture, aux bleus qui couvraient ses bras quand elle arrivait à la forteresse. La première fois, elle avait dit que c'était un accident, et ils n'en avaient plus reparlé. On percevait sa détresse jusque dans sa façon de fumer. Une fois euphorisée par les premières bouffées de nicotine, elle en avait été comme obsédée, et s'était mise à allumer cigarette sur cigarette. Elle inhalait la fumée avec frénésie, au point qu'on avait l'impression que c'était tout son corps qu'elle voulait réduire en cendres. Elle avait continuellement une cigarette entre les doigts, passait son temps à en taper autour d'elle, et avait constamment besoin d'argent pour en acheter.

Et puis ils avaient commencé à boire de la bière, après avoir chipé les deux premières bouteilles au père de Wayne. Il n'avait pas fallu longtemps avant que Kylie, les yeux soulignés de mascara, fasse le pied de grue devant le magasin de vins et spiritueux tenu par un Chinois, demandant aux clients masculins s'ils voulaient bien aller lui acheter un pack de six. Kylie aimait bien boire ; elle buvait vite – pendant que les bières étaient encore fraîches, disait-elle –, et souvent jusqu'à s'en rendre malade. Dans un coin de la forteresse, à côté des vélos, il y avait une véritable montagne de bouteilles et de canettes.

Mais ce fut la marijuana qui changea tout pour Wayne. Et pas seulement parce qu'il s'avéra que c'était la meilleure manière qu'ils avaient trouvée de tuer le temps, ni parce que la petite pratique commençait à s'avérer coûteuse, ce qui les obligea à être plus audacieux dans leurs larcins. Ni même parce que Kylie s'y adonna comme si elle avait trouvé dans la marijuana ce qu'elle cherchait depuis toujours. Non, pour Wayne, ce qui changea tout, c'est que sous l'influence de la drogue, il comprit pour la première fois la nature profonde de leurs relations mutuelles.

Ils étaient les meilleurs amis du monde ; c'est ainsi qu'ils se percevaient, formant davantage une famille qu'avec leurs familles respectives ; ils étaient frères et sœur. Et ils parlaient ouvertement entre eux de leurs frasques amoureuses. Seamus se sentait nul avec les filles, mais Wayne sortait plus ou moins avec Erin McGill et avait été jusqu'à lui glisser la main dans le pantalon à Palmer Park. Quant à Kylie, les garçons tournaient sans arrêt autour d'elle ; elle les aguichait, jouait avec eux autant qu'elle les laissait jouer avec elle, puis se moquait d'eux devant Wayne et Seamus autour d'une bière à la forteresse.

Mais avec la marijuana, plus rien n'avait été pareil. Ils étaient douze la première fois qu'ils avaient fumé, lorsque Henry avait donné deux joints à Wayne pour le tenter. Quand ils avaient allumé le premier, Seamus et Kylie avaient eu une crise de fou rire, ce qui avait agacé Wayne qui, lui, n'avait apparemment rien senti. Mais la deuxième fois, quand il avait forcé sur le joint pour être certain qu'il lui fasse de l'effet, il avait été durement secoué, entre vertige, peur et paranoïa. Il avait fermé les yeux et senti le monde se dérober sous ses pieds, il avait eu peur de ne jamais récupérer, peur que son égarement persiste indéfiniment. Il avait essayé de se contrôler, de repousser la nausée, et quand enfin il y avait réussi, quand il avait ouvert les yeux, ç'avait été comme si le monde avait réellement changé.

Il voyait des choses qu'il n'avait jamais vues auparavant. Kylie paraissait différente, ses jolis yeux noirs soulignés par le mascara étaient plus tristes qu'il n'en gardait le souvenir. Et Seamus lui aussi paraissait différent, plus imposant, plus beau, irréel comme un acteur de cinéma, jouant de la guitare comme si elle était un prolongement de son corps. Plus étrange encore, il lui sembla que l'air même vibrait autour d'eux, comme si quelque chose d'invisible jusque-là était soudain devenu tangible. Quand Kylie regarda Seamus, et que Seamus lui rendit son regard, l'émotion qui passa entre eux frappa soudain Wayne, qui la reconnut instantanément. C'était de l'amour. Seamus aimait Kylie, et Kylie aimait Seamus. Et Wayne en éprouva un violent pincement au cœur. À cet instant et pour la première fois, il comprit qu'Erin McGill ne comptait pas et qu'il était follement, éperdument amoureux de Kylie, et que Seamus n'était dès lors plus un ami mais un rival.

Il ne pouvait rien en dire à Kylie. Comment l'aurait-il pu ? Elle était son amie, elle comptait plus pour lui que ses propres sœurs, et puis il y avait Seamus, qui ne la quittait pas d'une semelle. Et d'ailleurs, que lui aurait-il dit, au juste ? Il avait donc gardé le silence. Et ils avaient continué de se retrouver à la forteresse et de se droguer, ou bien de se saouler à la bière quand ils n'avaient pas les moyens de s'offrir de la marijuana ; ils avaient continué d'écouter Seamus jouer de la guitare, de rire aux dépens du reste du monde, ou bien de se perdre dans la contemplation morose des flammes des feux qu'ils allumaient le soir.

Le nouveau plan pour se procurer l'argent de la drogue leur vint soudainement et par hasard. Kylie traînait devant la boutique du Chinois, attendant de trouver quelqu'un pour lui acheter un pack de six, quand le type auquel elle fit la proposition lui en fit une autre à son tour. Kylie ayant de la suite dans les idées, elle vit immédiatement le bénéfice qu'ils pouvaient en retirer. Elle fit un signe à Wayne et Seamus, avant de précéder le type dans la rue, de tourner au coin, puis de franchir la voie ferrée jusqu'à la forteresse. Là, juste au moment où le saligaud croyait s'en payer une tranche avec une mineure, les gosses lui tombèrent dessus, surtout Wayne. Amoché et en sang, le type décampa et ils se partagèrent deux cents dollars. C'était si simple, si parfait, si sûr, parce qu'il n'y avait pas l'ombre d'une chance que le type prenne le risque d'aller trouver les flics. La fois suivante, rien ne fut le fruit du hasard ; d'un regard aguicheur, Kylie ferra un autre paroissien, et tout se passa le plus facilement du monde.

Le truc, pour Wayne, c'était que tout cela l'excitait bien plus qu'il ne voulait l'admettre, même en son for intérieur. Oui, il aimait bien l'énorme radiocassette portatif qu'ils s'étaient offert avec l'argent et gardaient à la forteresse, et, oui, il aimait bien aussi être envappé la plupart du temps, mais c'était surtout l'excitation qu'il y avait à dépouiller tous ces types qui le stimulait. L'accès de jalousie rageuse qu'il ressentait quand il voyait le pigeon essayer de se faire sa Kylie. La peur qui leur nouait l'estomac, à lui et à Seamus, tandis qu'ils les suivaient de l'autre côté de la voie ferrée jusqu'au milieu des mauvaises herbes derrière la forteresse, sans savoir quelle violence allait se déchaîner au juste. Le frisson de plaisir éprouvé à sauver Kylie, la fille qu'il aimait, de la sortir des sales pattes d'un vieil obsédé, qui l'attirait contre lui, lui caressait les cheveux, touchait ses cuisses et approchait ses lèvres de sa bouche innocente. Et la peur qui se lisait sur le visage du pigeon, oui, ça aussi, quand ils l'écartaient brusquement d'elle et commençaient à le cogner, avant de lui prendre son portefeuille et d'en rafler les billets.

Et Wayne se souviendrait toujours de l'expression de Kylie, de ses joues empourprées, de son air triomphant et fier, et peut-être aussi vaguement déçu, ce qu'il ne comprenait absolument pas. Ils se retrouvaient ensuite tous les trois autour d'un feu dans la forteresse, fumaient, riaient et s'étreignaient comme ils l'avaient toujours fait.

Jusqu'au jour où rien ne se passa comme prévu, où ils suivirent Kylie et le pigeon, et où ce dernier commença à jouer avec ses cheveux, à lui caresser les jambes, à se coller contre elle, à enfouir son visage dans son cou. Lorsqu'ils se précipitèrent pour les séparer, elle leur jeta un regard furieux et articula silencieusement un « Fichez le camp ». Et ils s'exécutèrent, comme ils l'avaient toujours fait, comme ils avaient toujours obéi à ses commandements ; ils s'éloignèrent, tous les deux, avec des airs de chiens battus, la laissant avec le type.

Wayne voulut y retourner, arrêter cela, empêcher Kylie de continuer, mais Seamus l'en dissuada.

— C'est ce qu'elle veut, fit-il valoir.

— Elle ne veut pas de ce type, insista Wayne.

— Ni de nous, ni de rien, ajouta Seamus. Au fond, elle ne veut rien. Et on ne peut rien y faire, Wayne.

Ils étaient donc restés à l'écart, hors de vue, entendant seulement les râles immondes du pigeon qui n'était plus un pigeon mais un simple micheton. Quand ç'avait été terminé, Wayne l'avait suivi derrière la voie ferrée et lui était tombé dessus, violemment ; il l'avait cogné jusqu'au sang, jusqu'à ce que le type perde connaissance, jusqu'à ce que Seamus l'arrête et empêche les poings rougis de Wayne de continuer de marteler le corps inanimé.

L'agression avait alerté la police. L'homme n'était pas mort, mais il s'en était fallu de peu, et tout Fishtown ne parlait plus que de cela. Et ce que tout le monde disait, c'est que c'étaient eux les coupables, les trois inséparables, le trio de dégénérés. La police les arrêta et les interrogea séparément, les passant à tabac comme s'ils étaient des tueurs de flics. Mais ils ne dirent pas un mot. Wayne s'était écorché les articulations des doigts en jouant au basket. Seamus avait joué au basket avec Wayne cet après-midi-là ; Wayne s'était abîmé la main en tombant sur le béton. Kylie ne savait rien du tout. Le type n'étant pas du coin, l'histoire fut reléguée au second plan dès qu'un nouvel acte de violence majeur mobilisa l'attention du quartier, et les choses en restèrent là. Des soupçons, rien de plus.

Mais cet épisode marqua la fin du trio, la fin de la forteresse. Tous les trois savaient qu'une page venait de se tourner, et que désormais ni un joint, ni une bière, ni même le sexe ne leur suffirait. Alors Kylie s'était mise à chercher quelque chose de plus fort pour échapper à son nouveau quotidien, quelque chose pour se libérer plus facilement d'elle-même. Et Seamus et Wayne avaient été de la ballade. Parce que si c'était ce qu'elle voulait, trouver l'oubli de soi, c'était ce qu'ils voulaient aussi.

Et le moyen n'avait pas été bien difficile à trouver.

12

— Pas longtemps après, on a commencé à se perdre de vue, tous les trois, dit Wayne. Presque sans s'en rendre compte.

— Que preniez-vous alors, mon fils ? demanda le père Kenneth.

Wayne roula des épaules d'un air coupable.

— Tout. Cachets, cocaïne, de la marijuana mélangée à une solution d'embaumement qu'on piquait au dépôt mortuaire.

— Mon Dieu, dit le père Kenneth.

— Pas mal, en fait, une fois qu'on s'est fait au goût, dit Wayne. Et puis l'héroïne.

— Seamus prenait de l'héroïne, lui aussi ? demandai-je.

— On a commencé ensemble. C'est pour ça que ce qui est arrivé a été aussi étrange.

— Le fait qu'il ait été tué par un dealer ? Cela ne paraît pas étrange du tout, dis-je.

— Non, dit Wayne. Avant ça.

Je regardai le père Kenneth. Tandis que Wayne racontait son effarante et triste histoire, je m'étais attendu à voir le prêtre s'emporter dans un élan d'indignation vertueuse. Mais cela n'était pas arrivé. Au contraire, il n'avait pas cessé d'afficher une expression bienveillante, ne manifestant que la juste désapprobation exigée par sa position en entendant les détails les plus pénibles, assez pour dire que rien ne lui avait échappé, mais pas suffisamment pour décourager Wayne de poursuivre. Il était bon, le bon père Kenneth. Il fallait lui accorder cela. Il avait sûrement une grande expérience du confessionnal, mais c'était tout de même impressionnant.

— Racontez-nous, Wayne, l'encouragea le prêtre. Dites-nous ce que Seamus a fait.

— Il y avait un toxico surnommé Poison, un grand balèze qu'avait un genre de regard électrique qui attirait à lui tous les paumés du coin. C'est comme ça que je l'ai rencontré. Il était en contact avec des dealers, et il vous fournissait en came aussi longtemps que vous vous en teniez à son programme. Mais son programme, c'était surtout obéir à ses ordres, prendre tous les risques dans ses combines et le laisser vous cogner dessus quand ça lui chantait, ce qui arrivait presque tout le temps. Mais on ne quittait pas Poison comme ça. Une fois qu'on était maqué avec lui, c'était fini ; il vous aurait tué plutôt que de vous laisser partir ; on l'a vu faire un jour, juste devant nous. Il a poignardé un type dans le bide.

« À cette époque-là, il y avait plus d'un an que je n'avais pas revu Seamus. Mais j'avais entendu des trucs sur lui. J'avais entendu dire qu'une vieille tantouse s'occupait plus ou moins de lui, l'empêchait de retourner dans la rue. L'empaffé avait même payé pour que Seamus se fasse arranger les dents. Dans mon esprit, c'était pire que d'être maqué avec

Poison ; et à vrai dire, ça m'étonnait de Seamus. Je ne le voyais pas chauffer la couche, comme on dit. Mais vous savez, quand on est paumé comme on l'était, tout est bon à prendre, et je me disais que Seamus avait suivi la même pente que Kylie. Alors j'avais tiré un trait sur lui. Je me disais que je ne le reverrais jamais.

« Et puis un soir, on s'est retrouvés à la forteresse, Poison et sa bande. On était en pleine vague de froid, et j'avais montré à Poison notre ancien repère pour pouvoir allumer un feu et nous réchauffer. Et on était tous blottis autour de ce feu, toute la bande, en train d'échafauder les plans de notre prochaine arnaque, quand on a vu cette ombre se profiler du côté de l'entrée. On distinguait à peine une silhouette. Grande, imposante, portant un long manteau qui tombait presque jusqu'au sol. Et puis l'ombre s'est mise à parler : “Je cherche un salopard du nom de Poison.” Poison s'est écarté rapidement du feu et a demandé : “Qu'est-ce que tu lui veux ?” “J'ai une proposition à lui faire”, a dit l'ombre. “L'occasion pour lui de gagner un peu de fric.” “Vas-y, parle”, lui a dit Poison. “Pas avant de savoir à qui j'ai affaire”, a répondu l'ombre. Alors Poison s'est avancé, les mains dans les poches, la lueur des flammes éclairant son visage vilainement marqué, et il a dit : “D'accord. Combien ?” “Cinq cents dollars”, a dit l'ombre. “Tout ça pour moi ? Et qu'est-ce que je dois faire pour les gagner ?” “Rien”, a répondu l'ombre. “Je veux juste repartir d'ici avec un gars de ta bande sans que tu t'interposes.”

« Alors l'ombre s'est avancée à la lueur du feu, comme sortie d'un rêve. C'était Seamus. Et il a ajouté : “Je veux repartir avec Wayne.” Poison m’a regardé avec un sourire méprisant et il a dit : “Wayne est avec nous.” “Plus maintenant”, lui a rétorqué Seamus. “T’as l’argent sur toi ?” a voulu savoir Poison. Seamus a sorti une enveloppe de sa poche, et Poison a fait un pas en avant pour la prendre, mais Seamus a reculé et lui a demandé : “Marché conclu ?” “Va falloir encore en discuter”, lui a répondu Poison avec un drôle de sourire sur les lèvres. Au même moment, il a sorti la main de son manteau et s’est jeté sur Seamus, et on a vu briller la lame d’un couteau.

« Seamus a fait un écart et l’a cogné en plein dans le bec. Poison s’est écroulé, et son couteau lui a échappé. Quand il s’est relevé sur les genoux, Seamus lui a balancé un coup de pied en plein dans la poire. Seigneur, il l’a vraiment étalé. Et puis, il a regardé les autres, il m’a vu, et il a dit : “Partons d’ici, Wayne.” Je l’ai suivi. Et il m’a amené ici, auprès de vous, père Kenneth. Vous vous souvenez ?

— Je m’en souviens, acquiesça le prêtre. Nous vous avons décrassé, donné des vêtements propres et nous vous avons fait suivre cette cure. Mais c’est vous qui avez fait le plus dur, vous qui vous êtes accroché.

— C’est parce que Seamus est venu me voir et qu’il m’a dit de le faire. Il m’a dit qu’il y avait quelque chose de merveilleux au bout du tunnel.

— Et se trompait-il ? lui demanda le père Kenneth.

— Qu’en pensez-vous, mon père ?

— Je crois que vous revenez de très loin.

— Mais si c’était aussi merveilleux, pourquoi

Seamus a-t-il repris son ancienne vie ? Pourquoi s'est-il fait tuer comme ça ?

— C'est pour ça que vous vous êtes senti trahi ? risquai-je.

— Il m'a laissé seul ici, dit Wayne. Tout seul.

— Qui était l'homme qui l'aidait ? demandai-je. Est-ce que vous l'avez su ?

— Non, répondit Wayne. Il ne voulait rien dire de lui, et je comprenais. Qui aurait envie de parler de ce genre de chose, hein ?

— Seamus était un bagarreur-né, n'est-ce pas ?

— Non, plutôt un grand gars timide.

— Pas si timide que ça, on dirait, à en croire la manière dont il s'est occupé de Poison.

— C'était comme s'il était quelqu'un d'autre à ce moment-là, comme s'il s'était transformé en une sorte de héros de bande dessinée.

— Savez-vous s'il a été arrêté par la police ensuite ?

— Pas que je sache. Du moins, pas tant qu'il était avec moi.

— Avez-vous une idée de ce qu'est devenue Kylie ?

— Elle a disparu. Vous pourriez peut-être poser la question à sa mère.

— C'est fait, dis-je, mais elle n'en sait rien. Elle est trop occupée à essayer de décrocher le titre de « Meilleure mère de l'année ».

— Y a-t-il autre chose que vous ayez besoin de savoir pour votre enquête ? demanda le père Kenneth.

Je me tournai vers Beth. Elle haussa les épaules.

Je me donnai une tape sur les genoux et me levai. Beth se leva également.

— Je crois qu'on en a terminé, mon père. Wayne, ç'a été un plaisir de vous connaître. Merci de nous avoir accordé un peu de votre temps. Et bonne chance.

— Donnez-moi une minute, Wayne, dit le père Kenneth en nous raccompagnant.

Il resta un moment silencieux tandis que nous traversions l'église, puis il dit :

— Je ne sais si tout cela vous a été utile, mais si vous avez besoin de quoi que ce soit d'autre, appelez-moi et je ferai ce que je pourrai.

— Merci, mon père.

— Une seule question, monsieur Carl. Après avoir entendu le témoignage de Wayne, croyez-vous qu'il risque des ennuis avec la justice ?

— Non, ça m'étonnerait. Tout ça s'est passé il y a longtemps. Il y a certainement prescription aujourd'hui concernant tous ces faits.

Le prêtre jeta un regard derrière lui vers la porte entrouverte.

— C'est bon de le savoir.

— On dirait qu'il essaie vraiment de s'en sortir, dis-je.

— Oh, ça oui, monsieur Carl, croyez-moi. Mais c'est un long combat qu'il doit mener. Parfois, se confesser ne suffit pas. Pour pouvoir se retourner sur son passé, il faut souvent aller longtemps de l'avant. Ça l'aiderait, je crois, de savoir ce qu'est devenue Kylie. Et cet homme qu'il a frappé. Ce n'était peut-être pas un homme bon, mais je finirai peut-être par découvrir son nom. Peut-être qu'alors Wayne trouvera un moyen de s'amender. Voulez-vous me tenir informé de ce que vous découvririez à propos de Seamus ?

— Bien sûr, mon père, si c'est ce que vous voulez.

— Oh, oui, sans aucun doute. Et bonne chance avec votre client. J'espère que vous le sortirez de cette prison.

— Merci, mon père, dis-je. De la chance, nous en aurons certainement besoin.

13

— Quelle histoire ! s'exclama Beth comme nous quittions Fishtown et reprenions le chemin du retour.

— Tu l'as dit.

— Trois vieux amis, sombrant dans le crime, la drogue et la prostitution, jusqu'à y laisser leur amitié. Et puis, tout d'un coup, tel un super-héros, voilà Seamus Dent qui vole au secours de son ami avant de passer lui-même du côté obscur une fois pour toutes. Mais y a-t-il quoi que ce soit dans cette histoire qui puisse être utile à François Dubé ?

— Pas encore, dis-je.

— Alors, à quoi bon ?

— La plupart des faits liés à l'assassinat de la femme de Dubé ont été présentés devant la cour. Ils ne redeviendront pertinents que si nous parvenons à faire réviser cette affaire, en obtenant un nouveau procès. Pour ça, il nous faut un élément nouveau, quelque chose qui piquera au vif l'intérêt du juge. L'histoire de Seamus Dent est exactement ce qu'il nous faut.

— Mais tu as dit toi-même qu'on n'obtenait pas un

nouveau procès sur la base de faits touchant à la crédibilité d'un témoin.

— Les faits en eux-mêmes n'y suffisent pas, non. Mais qui d'autre connaissait ces faits ? Si la police était au courant du passé de Dent, alors peut-être que la procureur aussi ; or, qu'elle n'ait pas communiqué l'information à Whit constitue une violation de la loi Brady.

— Faisons saisir ses procès-verbaux.

— Ils ne prouveront rien. Ce que certains pouvaient savoir n'a pas forcément été consigné. Il va falloir découvrir ça tout seuls.

— Et comment est-ce qu'on s'y prend, hein ?

— Je n'en sais rien.

— Victor, tout ça ne mène nulle part.

Une note de désespoir empreint de frustration était perceptible dans sa voix.

— Du calme, dis-je tranquillement. Ne prends pas tout ça trop à cœur. Ce n'est qu'une affaire comme les autres. Ça fait déjà trois heures aujourd'hui, compte deux avocats, au tarif habituel, plus les frais, y compris le kilométrage de la voiture. On a une provision à dépenser, et cette matinée de travail, c'est un bon début.

Elle rit.

— Seigneur, tu deviens plus cynique de jour en jour.

— C'est juste que l'expérience m'a appris que la plupart des gens qui sont en prison méritent d'y être.

— Je ne crois pas que ce soit le cas de Dubé.

— Et tu as lu ça dans son regard, hein ?

— Oui.

— Je vois, sauf que ce n'est pas possible, Beth.

Peut-être qu'il est innocent, peut-être qu'il est coupable, peut-être même que c'est un saint, et à coup sûr un pécheur, mais quoi qu'il soit, tu ne peux pas le savoir simplement en lisant dans son regard. Les yeux ne sont pas les fenêtres de l'âme, mais juste deux poches de substance vitreuse.

Elle se tut un instant, attristée, me sembla-t-il, d'avoir un associé aussi cynique que moi.

– Tu veux qu'on s'arrête pour déjeuner ? lui demandai-je.

– Et qu'on mette ça sur la note du client ?

– Bien sûr, on en profiterait pour examiner l'affaire devant un Coca et un burger. Tiens, un burger, ça me dirait bien.

– Victor.

– D'accord, pas de déjeuner. Mais on a encore une visite à rendre.

– Où ça ?

– À l'angle de Whitaker et Macalester, juste à côté de Juniata Park, dis-je.

– Pour trouver quoi ?

– Quelqu'un qui sait peut-être comment Seamus Dent a été tué.

Le brigadier était assis à son bureau, le dos voûté, ses gros sourcils en bataille. Il avait l'air aussi usé que les murs de brique du poste de police érodés par le torrent régulier du crime. Il y a vingt mille vols de voiture par an à Philadelphie, vingt mille par an, chaque année, année après année. Et contre toute attente, la grande majorité de ces voitures sont retrouvées. Dans quel état, c'est une autre histoire, mais le fait est qu'on les retrouve, et cela grâce aux efforts sisyphéens de la Brigade routière du Département de police de Philadelphie.

— Avez-vous fait une déclaration auprès du poste de votre quartier ? nous demanda le brigadier en nous voyant franchir la porte d'entrée.

— Non, dit Beth.

Le brigadier soupira bruyamment. Il avait l'air trop accablé pour s'agacer de ce manquement à la règle, trop accablé pour ne fût-ce qu'hausser les épaules.

— Vous devez faire une déclaration auprès du poste de votre quartier.

— Mais je ne veux pas faire de déclaration, insista Beth.

— Vous n'avez pas le choix. C'est la procédure.

— Mais on ne m'a pas volé ma voiture.

Le brigadier se gratta le nez avec le pouce.

— Vous êtes à la Brigade routière, madame. On ne s'occupe pas de télévisions.

— Mais on ne m'a pas volé ma télé non plus.

Le brigadier remua les sourcils. On aurait dit deux chenilles glissant le long d'une feuille pâlotte. J'en étais presque embarrassé pour lui.

— Si mes souvenirs sont bons, dis-je en me penchant sur son bureau, c'est d'abord *qui*, ensuite *quoi*, et enfin *je ne sais pas*.

— Monsieur, reprit le brigadier, je ne parle pas grec. Je n'ai donc pas la moindre idée de ce que vous me racontez.

— Essayons autrement.

Je ralentis mon débit, articulant comme si je m'adressais à un Français.

— Nous cherchons l'inspecteur Gleason, dis-je.

— Pourquoi ne pas l'avoir dit tout de suite ?

— Vous ne nous en avez pas laissé le temps, se justifia Beth. Est-ce qu'il est ici ?

— Ouais, dit le brigadier en décrochant son téléphone. Elvis est dans le bâtiment. Qui le demande ?

— Dites à l'inspecteur Gleason que Victor Carl est là qui l'attend. Il sera certainement ravi de l'apprendre.

14

— Tiens, tiens, tiens, fit l'inspecteur Gleason sans daigner se lever de son bureau pour nous accueillir. Mon vieux porte-poisse, Victor Carl, venu gâcher définitivement une journée déjà exécrable.

— Comment va, inspecteur ?

— Je veille au grain, dit-il d'une voix bien timbrée au léger accent du Sud. On ne s'est pas revus depuis que vous m'avez traité de menteur à la barre durant le procès DeStafano.

— Rien de personnel, dis-je. Je faisais juste mon boulot.

— Ça ne fait rien, dit-il. De mon côté non plus il n'y avait rien de personnel quand je vous ai traité de sale petit empaffé fouteur de merde devant ce journaliste qui attendait à la sortie de la salle d'audience.

— Je voulais vous remercier pour la pub, dis-je. Ils n'ont pas écorché mon nom, et ça, c'est l'essentiel. Vous avez l'air en forme.

— J'ai eu de la chance. Après dix ans à la Criminelle, je me suis finalement trouvé un boulot peinard ici à la Brigade routière. Encore deux ans à tirer, et je pourrai enfin me la couler douce. Le bonheur. Ça se voit, non ?

— Absolument. Vous êtes rayonnant, dis-je.

Rayonnant, c'était un peu exagéré. Derrière le sourire de façade, je sentais quelque chose de vaincu chez lui. Il était grand, mince, avec des « pattes » arrogantes taillées en pointe, mais on pouvait toujours lire une inquiétude latente sur son visage en lame de couteau. Avec ses yeux exorbités, il n'avait jamais dégagé l'espèce d'aplomb impudent propre aux enquêteurs de la Criminelle. Au lieu de cela, il arborait l'air perpétuellement surpris du type qui vient d'avaler accidentellement un écureuil. Et c'était comme si l'écureuil avait finalement eu raison de lui.

— Peut-on s'asseoir ? demandai-je.

Il me fixa en essuyant sa bouche du revers de la main, et je captai fugacement une douce odeur, douce comme du bourbon. Le truc avec Gleason, c'est qu'en dépit de son style démodé et de son air surpris, il avait toujours fait un bon flic, malin et dégourdi, d'abord aux Mœurs, puis à la Criminelle. Mais on sentait que quelque chose clochait chez lui maintenant. Peut-être qu'il s'était mis à boire et que ça l'avait complètement désarçonné, ou encore qu'un événement l'avait désarçonné et poussé à boire. Mais au fond, quelle importance ? Il s'essuya la bouche du revers de la main et nous désigna des chaises posées devant les autres bureaux.

J'en rapprochai deux du sien, et nous nous assîmes en face de lui.

— Inspecteur Gleason, je vous présente Beth Derringer.

— Ravi, mon petit cœur, dit-il. Comment va ?

— Hormis le fait que je ne suis ni petite ni un cœur, ça va très bien.

— On se détend, réagit-il. J'ai dit ça sans méchanceté. Susceptible, hein ?

— Beth est mon associée, dis-je.

— Je vois. Ceci explique cela. Alors, pour qui êtes-vous là aujourd'hui, Victor ? Encore un dealer ? Un autre affranchi ? Ou un paumé quelconque qui cherche à se dédouaner d'un vol de voiture ?

— Aujourd'hui, pour un assassin tout ce qu'il y a de classique, dis-je.

— La Criminelle a ses bureaux à la Rotonde[1].

— Justement.

— Je vois. Je connais le lascar ?

— François Dubé, dit Beth.

Une lueur d'inquiétude venait-elle de briller dans son regard à la mention du nom de Dubé, ou était-ce seulement mon imagination ? Difficile à dire avec Gleason et son air perpétuellement soucieux.

— Je me souviens de l'affaire Dubé, dit-il en se renversant dans son fauteuil et en croisant les mains sur sa poitrine. Accusé d'avoir tué sa femme, et jugé il y a environ trois ans. Je crois me souvenir aussi que ça s'est mal passé, et qu'il a pris perpète. C'était l'affaire de Torricelli. Voyez ça avec lui.

— Mais l'affaire Seamus Dent, c'était la vôtre.

L'espace d'un instant, ce fut comme si l'écureuil qu'il avait avalé essayait de détaler en lui remontant dans la gorge.

— Je ne vois pas le rapport, dit-il.

1. *The Roundhouse* : le siège de la police et la prison centrale de Philadelphie.

— Oh, il y en a un. Seamus Dent a témoigné lors du procès de François Dubé, il a affirmé avoir vu Dubé sur le lieu du crime.

— Oh, oui, c'est vrai. Il doit y avoir quelque chose là-dessus dans le dossier. Mais ça n'a rien à voir avec ce qui est arrivé à ce gosse.

— Et que lui est-il arrivé, exactement ? demandai-je.

— Ce n'est pas vraiment clair. Ça s'est passé sur un lieu de revente de crack à Kensington, un genre de squat avec son lot de toxicos. Des types se sont bouffé le nez. Une rumeur disait que c'était un problème de territoire, une autre une question d'argent, et une autre encore que c'était à cause d'une fille. Il y a toujours une raison, non ? Mais il est difficile de savoir ce qui s'est réellement passé quand les seuls témoins qu'on a sont des camés qui détalent comme des cafards au premier coup de feu. On a quand même eu une bonne description de la bagarre avant que ça flingue.

— Qui s'est bagarré ?

— La victime, Dent, et une sorte de gangster et imprésario autoproclamé du milieu du rap surnommé Red Rover. Les gars se sont insultés, et puis cogné dessus. Red Rover a voulu porter un coup, mais Dent lui a balancé un coup de pied sauté latéral et l'a salement amoché. Pas assez pourtant. Une fois à terre, Red Rover a roulé sur lui-même, sorti un Glock 9 mm de sa ceinture et collé une balle dans le front de Dent. Expédié franco de port au Saint-Patelin.

— Et qu'est-il advenu de Red Rover ?

— On l'a coincé chez sa mère à Logan.

— Qu'est-ce qu'il a dit quand on l'a arrêté ?

— Pas grand-chose. On lui a demandé de lever les mains et de se rendre. Il a sorti un flingue à la place. Trois balles dans la poitrine.

— Donc, il n'a jamais fait d'aveux ?

— Vous saisissez vite. Mais à voir comme il l'a jouée, on s'est dit que c'était suffisant comme aveux.

— Peut-être, mais vous connaissez les avocats de la défense, on se pose toujours un tas de questions. On aime que les exécutions aient lieu après le procès, pas avant. Et une déposition aurait eu le mérite d'éclaircir les choses. Rien d'irrégulier dans la fusillade ?

Il secoua la tête.

— C'était un truand, il a tué ce gosse, il a sorti un flingue. Sa mort n'a pas dû empêcher beaucoup de flics de dormir.

— Avez-vous enquêté sur la victime ?

— On savait que Dent était mort, on n'avait pas besoin de grand-chose de plus.

— L'autopsie a-t-elle révélé quelque chose ?

Gleason se pencha sur son bureau, et un sourire moqueur se dessina sur ses lèvres.

— Comment dire ? L'autopsie a montré une balle dans le front.

— Ce que je voulais savoir, inspecteur, c'est si la victime était clean ou non au moment de la fusillade.

— Est-ce que ça fait une différence ?

— Oui, une grande.

— On a trouvé des traces d'un passé de toxicomane.

— Mais l'examen sanguin post-mortem a conclu qu'il était clean.

— Il paraît.

— Vous en doutez ?

— Peut-être qu'il était en manque, et que c'est ça qu'il l'a rendu si agressif. Peut-être qu'il cherchait à se procurer de la came, et que Red Rover l'a envoyé bouler. Drogué ou pas, le fait est qu'il a pris une balle dans le crâne.

— On nous a raconté qu'avant sa mort, Dent se faisait entretenir par un homme d'un certain âge, dit Beth. Quelqu'un qui essayait de lui faire remonter la pente. Peut-être qu'il y avait quelque chose de sexuel là-dessous, mais apparemment Dent s'en était sorti pendant un temps. Avez-vous entendu parler de ça ?

— Non.

— Avez-vous cherché à savoir qui était Dent, au juste ?

— Eh bien, ce n'était pas une fleur de paradis, si c'est ce que vous voulez dire. Écoutez, on a fait ce qu'on avait à faire. On a mené l'enquête qu'il fallait, on a trouvé le tueur, et on s'en est chargé. Maintenant, j'ai eu plaisir à vous voir, mais j'ai du boulot. Pendant le temps que je viens de vous consacrer, deux nouvelles voitures ont été volées dans les rues de cette ville.

— C'est rassurant de voir que quelqu'un s'en soucie.

— S'il arrivait que nous ayons une autre question, reprit Beth, ça vous ennuierait beaucoup, inspecteur, si nous vous passions un coup de fil ?

— Faites-moi plaisir, sœurette, dit-il. N'en faites rien.

15

Je ne sais pourquoi, ce fut la dernière phrase prononcée par l'inspecteur Gleason qui me resta en tête. Sa voix, comme je l'ai dit, était bien timbrée, avec un accent du Sud, et il avait formulé ces derniers mots avec une intonation qui m'avait paru étrangement familière.

Je laissai la phrase faire son chemin dans mon esprit comme Beth et moi nous en retournions au bureau. La petite sortie n'avait pas l'air d'avoir beaucoup plu à Beth, pas plus qu'elle n'était satisfaite de moi, je m'en rendais compte, et je pouvais facilement dire pourquoi. Elle était comme mon prof de gym de cinquième qui m'avait dit, un jour où je refusais de grimper à la corde, qu'il n'aimait pas beaucoup mon altitude. Eh bien, Beth non plus n'aimait pas beaucoup mon altitude.

— Dent est mort, dit-elle, son assassin est mort, affaire classée. La chasse à l'oie sauvage[1], ça te dit quelque chose ?

1. D'après l'expression anglaise « *a wild-goose chase* », signifiant chercher partout pour rien, l'oie sauvage se laissant approcher, mais seulement pour s'envoler de plus belle.

— J'aime bien l'oie sauvage. Un bon pudding, un peu de sauce à la canneberge, et c'est comme d'être parachuté au beau milieu d'un roman de Dickens.

— Et je ne parle pas des heures facturées.

— Non, n'en parle pas.

— Et on n'a pas le commencement d'une piste sérieuse, n'est-ce pas ?

— Je t'ai dit dès le début que c'était peine perdue.

— Tu lui as quand même pris son argent.

— Ce n'était pas le sien, mais oui, je l'ai pris. Et si c'est désespéré, ce n'est pas de notre faute. C'est lui qui a tué sa femme.

— Ah oui ? Tu en es certain ?

— Aux yeux de la loi et du jury, ça ne fait aucun doute. Mais regarde-moi : je peux t'affirmer sans ciller que je m'en fous royalement. Je n'ai pas à croire mon client ; juste les propositions qu'il me fait. Un avocat n'est rien de plus qu'un mécanicien. Amène-moi ta vie, avec tous les ennuis qu'elle te cause, et j'ouvrirai le capot, je jetterai un coup d'œil et je verrai si j'ai une combine susceptible de régler le problème. Ce n'est pas personnel, je n'émets pas de jugement sur la qualité de la voiture. Je me contente de remonter mes manches. À quand remonte la dernière fois où ton mécano a pris personnellement à cœur le fait que tes soupapes avaient besoin d'être réglées ? Il secoue la tête, ça oui, il fait claquer sa langue, et il te fait voir tous les bons côtés de la chose pendant qu'il t'annonce les mauvaises nouvelles, un peu comme un oncologue qui aurait les mains crasseuses, mais tu peux me croire, il ne prend rien de tout ça personnellement. Il se contente de te prendre ta Visa ou ta Mastercard.

— Je n'ai pas fait l'école de droit pour devenir mécano.

— Ouais, mais Atticus Finch[1], c'est de la fiction, et Darrow[2] est mort. Ouille !

— Qu'y a-t-il ?

— Tes récriminations satisfaites ont réveillé mon mal de dent.

— Tant mieux. Tu veux que j'appuie ?

On en est restés là, sur ma dent qui recommençait à me lancer et les lézardes dans nos rapports qui commençaient à devenir apparentes. Mais, à la vérité, je ne savais pas avec certitude d'où venait cette nouvelle tension. J'étais le même salopard opportuniste et cynique que j'avais toujours été. Depuis quand Beth s'en offusquait-elle tellement ?

J'y réfléchis tranquillement en route, puis, de retour au bureau, repensai à l'inspecteur Gleason. Quelque chose clochait dans l'histoire qu'il avait racontée, dans ce bâtiment minable et ce service fantoche où il travaillait maintenant, dans la manière qu'il avait eue de justifier l'assassinat de Red Rover, dans sa façon de réagir face aux insinuations de Beth concernant la sexualité de Seamus Dent ; et ce quelque chose tenait tout entier dans la dernière phrase qu'il avait prononcée, dans ces derniers mots : « *Faites-moi plaisir, sœurette. N'en faites rien.* » Chaque fois que je me les répétais, ils éveillaient quelque chose en moi. Et puis soudain, en un éclair, une possibilité se fit jour dans mon esprit. Alors j'appelai Torricelli.

1. Personnage d'avocat intègre du roman *Alouette, je te plumerai*, de Nelle Harper Lee.

2. Clarence Darrow (1857-1938), célèbre avocat et libre-penseur américain.

Tommy Torricelli était un lourdaud, absolument, et on n'était pas exactement copain-copain tous les deux, mais l'inspecteur de la Criminelle qui avait enquêté sur le meurtre de Leesa Dubé, qui avait trouvé la chemise ensanglantée et l'arme du crime, qui avait conclu que François Dubé était l'assassin et qui avait témoigné au procès de manière convaincante pour faire condamner Dubé, c'était lui. Il allait être, oh oui, enchanté d'apprendre que je réexaminais une de ses affaires. Mais avant que je lui annonce cette bonne nouvelle, qui allait le mettre en joie, j'avais quelques questions à lui poser.

– Comment va par chez vous, inspecteur ? lui demandai-je.

Torricelli n'était pas disposé à me répondre. Il n'était pas disposé à me dire quoi que ce soit, à part d'aller me faire voir ailleurs, ce qu'il fit précisément. Je n'avais encore jamais travaillé sur une de ses affaires, mais nous nous connaissions suffisamment pour que cela nous encourage l'un et l'autre à la prudence. J'étais un avocat pénaliste aux dents longues et à l'impudence bien affûtée. C'était un flic réputé pour passer outre les obstacles qui l'empêchaient d'obtenir les résultats qu'il cherchait. Pas vraiment l'huile et le vinaigre, plutôt l'engrais et le gazole.

– J'appelais juste pour dire bonjour, mentis-je, et aussi pour vous refiler quelques infos qui pourraient vous intéresser. Mais d'abord, on pourrait échanger les derniers potins ?

Torricelli mentit à son tour en me disant que ce n'était pas son genre d'échanger des potins. À lui seul, Torricelli caquetait plus fort qu'un poulailler.

– Je me trouvais tout à l'heure à la Brigade routière sur Macalester, dis-je. Je suis tombé sur l'inspecteur Gleason. Comment est-ce qu'il a fini dans ce trou ?

Il me l'expliqua.

— Ouah, fis-je en feignant la surprise. Et ils lui ont quand même laissé son insigne ?

Il me dit que oui, qu'il s'en était tiré avec une mutation.

— Ç'aurait pu être pire, dis-je. Mais qu'est-ce que c'est que ces pattes qu'il porte ? C'est vrai, et cet accent du Sud ?

Il rit et fit un petit commentaire perfide.

— Une idée de l'endroit où il aime prendre un verre ?

Il me donna le nom de l'établissement et me le décrivit.

— Vous rigolez, dis-je. J'aurais juré que ce genre d'endroit n'existait qu'à Memphis. Vous êtes déjà allé là-bas, boire un verre avec lui ?

Il me dit que non, et qu'il n'était pas près d'y traîner son gros cul de rital, même sous la menace.

— Je veux bien le croire, dis-je.

Il grommela quelque chose en guise de réponse.

— Vous savez, inspecteur, je pense souvent à vous. On devrait dîner un de ces soirs, se trouver un endroit sympa, avec des bougies et des violons. Un endroit romantique où ils servent un bon *pasta e fagioli*. C'est moi qui invite.

Il observa un long silence, puis laissa échapper un juron que la décence m'oblige à taire.

— Et on pourrait en profiter pour parler d'un de mes tout nouveaux clients. François Dubé. Vous vous souvenez de lui ?

J'écartai le combiné de mon oreille pour épargner mes tympans tandis qu'il m'expliquait, à sa façon, qu'effectivement il se souvenait de François Dubé, et à quel point il était ravi que j'aie accepté de le défendre. C'est ce que j'aime le plus dans le boulot d'avocat, ces liens profonds et agréables qu'il me permet d'entretenir avec les nobles membres des services de police municipaux. Mais, alors même que le flot d'imprécations de l'inspecteur me submergeait, j'éprouvai l'excitation de la découverte, le même petit frisson qui vous prend quand on met la dernière pièce à un puzzle. Elle me devenait limpide maintenant, l'histoire de Seamus Dent ; pas dans sa totalité bien sûr – j'allais apprendre bien d'autres choses au cours de mon enquête – mais suffisamment pour obtenir à François Dubé le nouveau procès qu'il attendait désespérément.

J'en étais là de mes réflexions quand je me rendis compte qu'il était tard. Beth était partie ; Ellie, ma secrétaire, également. Il n'y avait plus que moi au bureau ; j'étais l'unique représentant du cabinet juridique Derringer et Carl, mais c'était suffisant. Je m'assis au bureau d'Ellie, sortis une feuille bleu foncé, la glissai dans la machine à écrire que ma secrétaire utilisait pour remplir les blancs des documents préimprimés, pianotai avec deux doigts, effaçai quelques fautes avec du blanc, et pianotai encore.

Enfin, j'enfilai ma veste, glissai le document dans une de mes poches, pris ma voiture et filai vers le nord-est de la ville pour boire un verre avec le fantôme du King.

16

Le King's Dominion n'était pas le genre de bar dans lequel on entrait par hasard. À moins de le chercher vraiment, on ne le trouvait pas ; et encore fallait-il vouloir y rester.

Je me garai sur le parking d'un petit centre commercial situé tout près du boulevard Roosevelt. Il y avait là un magasin de téléphonie et d'informatique RadioShack, un magasin de vêtements T.J. Maxx, une teinturerie, une vitrine vide, un drugstore CVS, un « Tout à un dollar ». Fascinant, non ? Le numéro que je cherchais était scotché sur une porte vitrée à côté du « Tout à un dollar ». Je poussai la porte et, instantanément, une puissante vibration de basses se communiqua à ma dent malade. En montant dans la cage d'escalier, je passai devant une série d'avertissements punaisés au mur :

PAS DE BASKETS

DÉPOSEZ TOUTES LES ARMES AU VESTIAIRE

SANDWICH AU BEURRE DE CACAHUÈTE

ET À LA BANANE – 75 *CENTS*

Pas vraiment le genre d'endroit que je fréquentais. J'espérais seulement qu'il servait des Brises de mer.

Derrière la porte, en haut des marches, un vieil homme était assis sur un tabouret, un écritoire à pince à la main. Il était grand et voûté, portait des chaussures blanches en cuir verni, et il avait l'air d'avoir un caniche gris perché sur le crâne. Comme j'essayais de le dépasser, il étendit un bras osseux et me barra le passage.

— Votre chanson, c'est quoi ? demanda-t-il.

— Je suis juste venu rencontrer quelqu'un, l'inspecteur Gleason, dis-je. Vous l'avez vu, ce soir ?

— Est-ce que j'ai l'air d'un intermédiaire ?

— Hello, Dolly, dis-je pour répondre à sa première question.

— Moi, c'est Skip.

— On vous a collé ce nom en colo, je me trompe ? J'aime bien vos chaussures.

— Des chaussures de danse. Je connais un gars qui connaît un gars qui les importe directement de Hongkong.

— Il pourrait peut-être m'en avoir une paire.

— Vous en voulez une paire ?

— Nan. Alors, Gleason est ici ?

— Ouais, il est là.

J'adressai un clin d'œil au vieil homme et avançai de nouveau vers la porte, mais à nouveau le bras osseux me barra le chemin. Je fixai le bras un moment, puis son propriétaire.

— Quoi, il y a un droit d'entrée[1] ?

1. La « *cover charge* », en moyenne cinq à dix dollars suivant les bars dans les grandes villes américaines

— Pas de droit d'entrée, dit-il. Mais c'est soirée karaoké.

— C'est bien ma veine. J'aurais dû venir demain.

— Ça n'aurait rien changé, me dit le vieil homme. Ici, on fait karaoké tous les soirs. Alors, votre chanson, c'est quoi ?

— Je ne chante pas.

— Il faudra bien, si vous voulez entrer. Tout le monde doit chanter au moins une fois. Ça fait partie du spectacle, c'est ce qui le rend amusant.

Il pencha la tête.

— Je connais *Feelings*. Je peux chanter *Feelings* ?

Il me regarda, consulta son écritoire à pince, en feuilleta les pages, puis me regarda à nouveau.

— On n'a pas ça.

— Et *Kumbaya* ?

Retour à l'écritoire.

— On a *Kismet*, on a *Kiss Me Quick*, on a *Ku-u-i-po*, on n'est pas loin, mais pas de *Kumbaya*.

— *Satisfaction* ?

— Non plus.

— Vous n'avez pas grand-chose, au fond ?

— Tout ce que le King a chanté.

— Je vois, dis-je. Ça y est, je sais. Et si vous me choisissiez quelque chose ?

— Votre tuyau d'orgue, il est comment ?

— Plutôt bouché.

— Alors il vous faut un truc dans les graves, facile à chanter. J'ai une chanson ici qui convient bien généralement aux débutants. Avec une partie lente sur laquelle on peut pratiquement parler.

— Marché conclu.

— Votre nom, c'est quoi ?

— Franz.

— C'est drôle, dit-il en tirant un bout de papier blanc de son écritoire avant de le remplir et de me le tendre, vous n'avez pas le genre à vous appeler Franz. Ça fera dix dollars.

— Dix dollars pour une chanson ?

— Juste pour la première. Après, c'est gratuit.

Je sortis mon portefeuille et dis :

— C'est une bonne chose, les gars, que vous ne preniez pas de droit d'entrée.

Je franchis la porte et pénétrai dans une salle éclairée au néon et entourée d'objets culte à la mémoire du King. Des peintures sur velours moiré noir, des horloges guitares, des disques d'or, des bustes en céramique, des photos encadrées représentant toutes les périodes d'Elvis : Elvis incroyablement jeune, Elvis incroyablement beau, Elvis incroyablement svelte vêtu de cuir noir, Elvis incroyablement bouffi en combinaison blanche. Il y avait des tables au centre, occupées pour la moitié environ, des comptoirs sur les côtés et des alcôves dans le fond. Des serveuses habillées en collégiennes, les cheveux relevés sur la tête, portaient des plateaux ronds chargés de verres. Sur une petite scène devant, une rousse en chemisier à jabot qui cultivait des faux airs d'Ann-Margret[1] chantait à pleins poumons les premiers couplets de *Viva Las Vegas*, tandis que les paroles défilaient sur un écran de télévision et que la foule sifflait et applaudissait.

1. Ann-Margret Olsson, actrice et chanteuse américaine née en 1941, qui tourna aux côtés d'Elvis dans *L'Amour en quatrième vitesse* (*Viva Las Vegas*).

Un homme portant des lunettes noires me salua avec un grand sourire.

— Soyez le bienvenu, me dit-il. Un bout de papier ?

Je le lui tendis. Il y jeta un coup d'œil.

— Excellent choix, Franz, dit-il. Vous avez besoin d'un peu de compagnie, ce soir ?

Il me désigna du pouce un trio de femmes au bar, les cheveux crêpelés et vêtues de chemisiers cœurs. Elles avaient dû être belles autrefois, mais une fois suffit.

— Non merci, dis-je. J'ai eu mon lot aujourd'hui.

Je scrutai la salle et repérai celui que je cherchais assis au fond dans une alcôve. Il était seul, penché au-dessus de son verre, dans lequel il restait un fond de quelque chose de sombre. Il n'encourageait pas Ann-Margret de ses vivats. Je me demandai si ma petite visite de l'après-midi n'avait pas gâché sa journée. Sachant ce que je savais maintenant, je n'en doutais pas.

Gleason leva les yeux lorsque je m'assis en face de lui et ne parut pas du tout surpris de me voir.

— Comment avez-vous trouvé cet endroit ? me demanda-t-il.

— Torricelli.

Il acquiesça, l'air de comprendre. Torricelli ne m'avait pas seulement parlé du bar, il m'avait également parlé de la fusillade.

— Je devrais accrocher un écriteau : « Ne pas déranger. »

— Vous savez, ce morceau de chewing-gum sur lequel on marche et qu'on n'arrive pas à décoller de sa semelle, dis-je. Vous vous en mettez sur la main, puis sur l'autre, et ensuite sur le nez. Eh bien, ce morceau de chewing-gum, c'est moi.

— J'aurais plutôt pensé à autre chose qui colle parfois aussi sous ma semelle. Qu'est-ce que vous voulez ?

— Je veux savoir si c'est vous qui avez appris le karaté à Seamus Dent.

Il écarquilla légèrement les yeux, comme s'il allait répondre quelque chose, mais au même moment une serveuse en jupe plissée avec une choucroute sur la tête s'approcha de notre table. Ses yeux étaient soulignés de mascara, et ses lèvres d'un rouge vif.

— Un verre, les garçons ?

— C'est moi qui paie, dis-je.

— Par tous les saints, dit Gleason. Je prendrai un autre bourbon, sec.

— Et moi une Brise de mer, vous avez ça ? Avec du citron vert ?

— Un Bleu Hawaii, c'est ce qu'on a de plus proche, dit-elle.

— Qu'est-ce que c'est que ça ?

— Vodka, jus d'ananas, lait de coco, curaçao bleu.

— Aloha, fis-je.

— Merci, Priscilla, dit Gleason avant qu'elle ne s'éloigne dans un bruissement d'étoffe.

J'arquai un sourcil étonné.

— Priscilla ?

— Elles s'appellent toutes Priscilla, dit-il. Comment vous savez pour le karaté ?

— Ça paraît logique. D'après ce que j'ai entendu dire à son sujet, Seamus Dent avait beau être grand, il n'avait jamais été un bagarreur. Et voilà qu'il se met à balancer du coup de pied sauté latéral façon Jackie

Chan. Il a bien fallu qu'il apprenne ça quelque part. Et puis, il y a ce petit numéro à la Elvis que vous me jouez, les pattes, l'accent nasillard du Sud que vous prenez, comme si vous étiez né à Memphis au lieu de Philadelphie. Et surtout, bien sûr, cette manière que vous avez eue de décrire la bagarre de Seamus avec le dealer. Vous sembliez connaître jusqu'au genre de coup de pied utilisé.

— Un vrai petit futé, hein ?

— Bah, faut croire qu'à force de fréquenter des flics, ça déteint.

— Pourquoi est-ce que vous vous intéressez tellement à Seamus, bordel ?

— Parce qu'il a témoigné contre François Dubé.

Il me fixa un long moment, décela quelque chose dans mon regard qui lui fit tourner les yeux vers la scène, où la rousse agitait les bras en braillant le dernier refrain.

— Elle n'est pas mauvaise, dis-je. Et elle ressemble un peu à Ann-Margret.

— Mais pas la Ann-Margret de *L'Amour en quatrième vitesse*, plutôt celle de *L'Enfer du dimanche*, le film d'Oliver Stone.

— On ne peut pas tout avoir.

— *Très bien, messieurs-dames*, claironna le DJ, l'homme qui m'avait pris mon bout de papier, depuis un endroit situé à l'écart de la scène, telle une présence désincarnée. *On applaudit bien fort la brillante Elvira.*

Le public s'exécuta aussitôt.

— *Et tout de suite, Harvey, de Huntingdon Valley, qui va nous chanter un petit blues de 1957.*

Un jeune homme aux cheveux noirs à reflets bleus,

frange relevée façon déferlante et visage en punching-ball, s'avança sur la scène, s'empara du micro sur son pied, s'éclaircit la gorge et marmonna :

— D'accord, on y va.

Après une courte intro de blues, il se lança dans une interprétation râpeuse de *One Night*.

— Votre associée se goure, reprit Gleason après que nous eûmes écouté un instant Harvey de Huntingdon Valley, qui n'était pas mauvais du tout. Il n'y avait rien de sexuel dans notre relation.

— Inutile de remonter votre pantalon pour parler du beau temps. Ça m'est complètement égal.

— N'empêche, c'est toujours pareil. Les gens croient comprendre en imaginant le pire. Mais le pire n'est pas toujours la vérité.

— Ah non ? Et quelle est la vérité alors ?

— C'était un gosse qui avait des problèmes. J'ai essayé de l'aider.

Gleason vida son verre de bourbon.

— Et ça, mon ami, c'est toute l'histoire.

Quelque chose dans sa voix me fit penser qu'il se moquait que je le croie ou non.

— Comment l'avez-vous rencontré ? lui demandai-je.

— Il y avait eu un meurtre à Juniata. On a fait une descente sur un lieu de revente de came, à la recherche d'un témoin. Seamus était recroquevillé dans une chambre à l'étage, il serrait sa guitare contre lui. J'ai rangé mon flingue et je lui ai demandé s'il pouvait me rejouer ce truc qu'il jouait. Il m'a montré.

Priscilla revint avec nos verres. Je lui demandai de nous resservir la même chose et de ramener l'addition. Gleason avala une gorgée de bourbon et grimaça, moins à cause de l'alcool, imaginai-je, qu'en raison des souvenirs qui affluaient. Le Bleu Hawaii était glacé et trop doux, mais il avait fière allure dans son verre. Ce que j'aime par-dessus tout dans un alcool bleu, c'est qu'il ne cherche pas à passer pour autre chose qu'il n'est, c'est-à-dire un breuvage fabriqué à destination de ceux qui sont incapables de boire leur whisky sec. C'est un alcool qui a le courage de son manque de conviction.

— Seamus était doué à la guitare ? demandai-je.

— Plus que doué. Vous avez déjà écouté un enregistrement de Robert Johnson jouant sur sa vieille Gibson *Kalamazoo* ?

— Non.

— Alors vous ne pouvez pas comprendre. Physiquement, il était dans un sale état, crasseux, épuisé, un œil poché, mais il jouait encore du blues. Alors je l'ai sorti de là et je lui ai payé un café. Et il m'a tout raconté. Il m'a parlé de la drogue, des trucs qu'il avait faits avec ses amis, tout. C'était une triste histoire, violente aussi. Mais j'ai vite compris une chose : il regrettait sincèrement tout ça. Et c'est pas tous les jours qu'on voit ça dans mon boulot, un type vraiment sincère, qui ne fait pas son numéro juste pour le juge. Je l'ai fait soigner et je lui ai trouvé un boulot dans le classement. Et quand j'ai vu que ça marchait, je l'ai aidé encore plus. Je lui ai proposé d'habiter chez moi. On jouait de la guitare et on chantait tous les deux. C'était spirituel, croyez-le ou non. J'ai fait ce que j'ai pu pour lui.

— Comme de lui procurer des soins dentaires.

— Dieu sait qu'il en avait besoin. J'ai trouvé un dentiste qui lui a fait ça à l'œil. Un type qui était venu au poste pour distribuer sa carte, et qui cherchait à faire un peu de social chez les fonctionnaires.

— Et le karaté ?

— Un gosse de ce gabarit, incapable de se défendre seul ? Non, ça n'allait pas. Alors je me suis demandé ce qu'Elvis aurait fait à ma place. Il lui aurait appris le karaté, et c'est ce que j'ai fait. Je suis ceinture noire troisième dan, et je donne un coup de main dans un dojo du centre ville le week-end. Je l'ai emmené là-bas. Quand on passe comme moi autant d'années à la Criminelle, on en a marre d'aider des cadavres. C'était sympa d'aider enfin un gosse qui promettait encore. Et je n'ai pas ménagé mes efforts, croyez-moi. Il est très vite devenu clean.

— *C'était Harvey, de Huntingdon Valley, en hommage au King.*

Il y eut des applaudissements, des sifflets.

— *Et maintenant, continuons avec un nouveau venu. Je vous demande d'accueillir chaleureusement Franz. Allons, venez, Franz, venez chanter.*

— S'il était si clean, dis-je en m'imaginant que j'allais pouvoir ignorer le DJ, qu'est-ce qu'il faisait dans ce squat de camés où il a été tué ?

Gleason ferma les yeux un instant.

— Je ne sais pas.

— Vous n'avez pas cherché à le savoir ?

— Bien sûr que si.

— *Allons, Franz, on ne se défile pas. Appelons-le maintenant, tous ensemble.*

La foule se mit à scander : « Franz, Franz, Franz ! »

— *Où êtes-vous, Franz ?*

— Difficile de trouver la vérité à coup de flingue, dis-je.

— Je ne suis pas allé là-bas pour tuer cet homme, même s'il le méritait. Tout ce que je cherchais, c'était des réponses, mais peut-être que, oui, j'ai cherché un peu trop fort. J'ai vu le corps de Seamus, et ça m'a foutu en l'air.

— Ah, vous voilà, Franz. Assis en compagnie de notre ami Patrick Gleason...

« Franz, Franz, Franz ! »...

— Allons, venez Franz.

Gleason tourna un regard vers la scène, avant de revenir à moi.

— Franz, c'est vous ?

— C'est mon surnom chez les rats de prison.

— Alors c'est votre tour, mon grand. Allez-y.

— Je ne suis pas venu ici pour chanter.

— Vous n'avez pas le choix, dit Gleason. Tout le monde chante. C'est soirée karaoké.

17

J'étais piégé. Impossible d'y couper. Alors je vidai le reste de mon Bleu Hawaii, traversai la salle, montai sur scène, attrapai le micro et mis une main en visière sur mon front pour me protéger de l'éblouissement des projecteurs. Parfois, il n'y a rien de mieux à faire que de foncer sans réfléchir.

– Cette chanson est pour vous, mesdames, dis-je en desserrant ma cravate. Vous n'avez qu'à lancer vos clés d'hôtel par ici.

La petite phrase déclencha un rire, ce qui n'était pas mal parce qu'au même moment on lança la musique.

Un silence hébété, abasourdi, s'abattit sur l'assistance à la première note. Les mâchoires tombèrent, dessinant des bouches bées, les yeux se vitrifièrent, on se boucha les oreilles. Je ne sais pas si c'était le rythme, le ton, la note, ou peut-être l'absence des trois, mais tandis que je chantais *Suspicious Minds*, je sentis l'assistance reculer d'effroi. Il y eut des grimaces horrifiées lorsque je remuai les hanches, et des estomacs pris de crampes, des vessies qui se relâchèrent. J'étais le *Massacre à la tronçonneuse* de la soirée karaoké. À un moment, pendant le refrain, je crus qu'on étripait un chat dans un coin de la salle, avant de réaliser que c'était ma voix qui sortait des haut-parleurs.

— *Merci, Franz, pour cette intéressante interprétation d'un tube numéro un en 1969*, dit le DJ comme la musique baissait. *C'était l'un de nos préférés.*

Je protégeai à nouveau mes yeux des projecteurs.

— Ça m'a paru un peu court, non ?

— *Non, en tout cas pas à nous, Franz*, assura le DJ, en même temps qu'on secouait la tête un peu partout dans la salle en signe d'approbation. *Merci beaucoup d'être venu, et pensez à soigner ce rhume.*

— Mais les paroles continuent de défiler sur l'écran, insistai-je. Et la partie lente ? J'avais vraiment hâte d'arriver à cette partie-là.

— *Et nous aussi, Franz, mais faites-nous confiance, même pour une chanson, il existe un seuil de tolérance. Et maintenant, saluons quelqu'un qui nous vient de Mantua pour nous chanter un bon vieux tube du King, de quoi inspirer Franz dans sa future carrière de chanteur. Accueillons chaleureusement Marv le Merveilleux, qui nous interprète* Surrender.

Un vieux chauve au dos voûté et aux mains noueuses monta sur scène. Il m'arracha le micro des mains et me fit signe de déguerpir.

— Tire-toi de ma scène, assassin, me dit Marv de sa voix râpeuse. Je vais te montrer comment on chante.

Et c'est ce qu'il fit, le vieux saligaud.

Quand je retournai à l'alcôve, Gleason était effondré sur la table, sa tête enfouie entre les bras. Je crus un instant qu'il était ivre mort, accablé par le souvenir du triste sort de Seamus Dent, et puis je remarquai ses épaules secouées de rire.

– Je vous avais dit que je n'étais pas venu pour chanter, dis-je.

– Vous appelez ça « chanter » ?

Il releva la tête, des larmes coulant sur ses joues.

– Quoi, c'était si terrible ?

– On aurait dit le bêlement d'une chèvre en chaleur.

– C'est agréable. Vous avez amené Seamus ici ?

– Oh, ouais.

Il sourit à ce souvenir.

– Et alors ? demandai-je.

– On peut dire que Seamus savait chanter. Son interprétation d'*American Trilogy* aurait poussé n'importe qui à courir s'enrôler dans un bureau de recrutement de l'armée. Et son *In My Fathers's House* aurait tiré des larmes à un athée.

– Alors, que s'est-il passé ? Qu'est-ce qu'il fichait avec Red Rover ? Pourquoi se sont-ils battus ?

– Je ne sais pas, dit Gleason. Vraiment, je ne sais pas. J'ai remonté la piste de ce salopard de Red Rover jusque chez sa mère. J'y suis allé seul, ç'a été ça mon erreur. Mon équipier travaillait sur autre chose, j'aurais dû l'attendre, mais je voulais savoir. J'ai frappé à la porte. La mère m'a ouvert. J'étais en train de décliner mon identité quand le salopard m'est passé dessus en essayant de se tirer. Je lui ai couru après. Il s'est arrêté, il a pivoté sur lui-même et il a sorti un truc de sa ceinture. Je n'ai pas eu le choix.

– La fusillade a donné lieu à une enquête ?

– Comme à chaque fois.

— Et ?

— J'ai été dédouané.

— C'était quoi, ce que Red Rover a sorti de sa ceinture ?

— Un couteau.

— Et vous votre flingue ?

— Il a pivoté sur lui-même et tiré ce truc de sa ceinture. Je n'allais pas attendre de voir s'il s'agissait d'un téléphone portable. On m'a dédouané.

— Pourtant, vous voilà à la Brigade routière.

— L'histoire a fait la une de la presse, et l'inspection des services a dit que j'avais eu tort d'aller là-bas sans renfort. Les huiles m'ont collé à la Routière pour débarrasser la Criminelle de la puanteur. Aujourd'hui, je cours après les voitures. Comme un chien.

À cet instant, Priscilla revint à notre table.

— Beau travail, cow-boy, commenta-t-elle en déposant devant moi un autre Bleu Hawaii.

— Je serai là tous les soirs cette semaine, dis-je.

— Espérons que non, me renvoya-t-elle. Ce serait la cata, côté pourboires.

Je bus une longue gorgée du cocktail bleuté et grimaçai.

— Qu'y a-t-il ? me demanda Gleason.

— Une dent qui me fait mal...

— Vous devriez faire examiner ça.

— Ouais, on me l'a déjà dit.

— Le type qui s'est occupé de Seamus a fait un boulot formidable.

— J'ai quelqu'un en vue, merci, dis-je.

— Pensez-y, en tout cas. Les dents de Seamus,

c'était Stonehenge avant de passer entre les mains de ce type. Il les lui avait sacrément arrangées.

– Est-ce qu'il vous était reconnaissant de ce que vous faisiez pour lui ?

– Oh, ouais. C'était ce qu'il y avait de bien chez lui. C'était un brave gosse, pas ingrat pour un sou. Plus vous l'aidiez, plus vous aviez envie de le faire.

– *Merci, Marv, c'était très beau et émouvant. Toutes les femmes ici vont capituler*[1] *devant vous.*

Un cri aigu retentit.

– *Applaudissons Marv le Merveilleux. Et accueillons le toujours populaire, le toujours formidable, notre ami l'agent de police Patrick Gleason, qui va nous interpréter un extrait du « Comeback Special » du King en 1968. Allons, venez sur scène, Patrick.*

Gleason termina son bourbon, rota pour s'éclaircir la gorge et me fit un clin d'œil avant de se lever et de se diriger avec autorité vers la scène. Au passage, il fit signe aux trois sirènes assises au bar, avec leurs choucroutes et leurs décolletés plongeants, de le suivre, et elles s'exécutèrent, montant avec lui sur scène, pour s'aligner derrière lui.

– Je dédie cette chanson à un gosse que j'ai connu, dit Gleason.

Il baissa la tête, secoua le genou et attendit, tandis que la musique commençait – une trompette en sourdine, suivie du fredonnement des choristes derrière lui qui se balançaient doucement en rythme, et d'un roulement de cordes proprement angélique.

Quand Gleason releva la tête, ses yeux fixèrent

1. Allusion au titre de la chanson d'Elvis, *Surrender* (se rendre, capituler).

un point imaginaire situé loin en hauteur ; il y avait quelque chose de transfiguré en lui, il était comme transporté. Il commença à chanter d'une belle voix de gospel un texte qui parlait de lumières plus vives, d'oiseaux volant plus haut, de ciels plus bleus, de terres plus riches et de frères marchant main dans la main.

C'était une chanson nunuche, larmoyante, le genre qui enfonce des portes ouvertes sans une once d'ironie. Et voilà qu'un type qui se prenait pour Elvis, sur une scène de karaoké, dans un bar pathétiquement dédié au King, chantait devant une assistance clairsemée toute acquise à la cause de Presley grâce à des Harvey de Huntingdon Valley et des Marv le Merveilleux, ou même des types dans mon genre. Pourtant, du fait de l'émotion dégagée par la musique, des choristes en fond sonore, de la voix âpre et passionnée de Gleason tandis qu'il cherchait les plus hautes notes, la chanson me parut également, l'espace d'un moment, douloureusement vraie.

Voyez-vous, Gleason était un flic, et parfois les flics font ce boulot parce qu'ils aiment le pouvoir, les armes, la poussée d'adrénaline qui vient du fait d'être aux premières loges du drame des autres. Mais parfois aussi, ils deviennent flics parce que c'est un boulot difficile qui paie mal, mais qu'il faut bien que certains le fassent, et que ces hommes et ces femmes pourront peut-être améliorer vraiment les choses. Il n'est pas toujours facile de distinguer la première catégorie de l'autre.

— Vous êtes sacrément doué, le complimentai-je lorsqu'il revint s'asseoir à la table. Vous avez déjà chanté en professionnel ?

— Il y a vingt ans de ça, il y a eu un revival du rockabilly, vous vous souvenez ? Les Stray Cats, Robert Gordon. Certains d'entre nous, frais émoulus de l'Académie, avaient un groupe. J'avais créé le mien, je jouais de la guitare rythmique dedans.

— Comment s'appelait votre groupe ?

— Les Chiens Policiers. On jouait ici, dans les bars du quartier. On était plutôt doués. On a eu des propositions de clubs de New York. Mais ce n'était qu'un hobby. J'ai toujours voulu faire ce que je fais.

— Le boulot de flic, dis-je.

Il haussa les épaules.

— C'est bien, ce que vous avez essayé de faire pour Seamus.

— C'était un brave gosse.

— Tout le monde ne lui aurait pas tendu une perche comme vous l'avez fait.

— Bah, ce n'était rien.

— Mais quelque chose me chiffonne. Vous étiez au courant de son témoignage dans l'affaire Dubé ?

— Ouais.

— Et vous saviez que la défense aurait voulu connaître le passé de toxicomane de Seamus, sa folle jeunesse, comment un flic l'avait découvert dans un squat pendant une descente... Vous saviez que tout ça aurait été pertinent, n'est-ce pas ?

— Je sais surtout comment ça se passe. Vous autres, avocats, prenez chaque petit détail et avez le don de le déformer.

— C'est peut-être vrai, inspecteur. Nous devons tous faire notre travail. Mais quand vous avez appris qu'il était appelé à témoigner, pourquoi n'avoir dit à personne ce que vous saviez ?

— Personne ne m'a rien demandé.

— Et vous en êtes resté là. Vous ne vous êtes pas dit que Torricelli aurait aimé savoir ? Ou le D.A. ? Une partie de leurs conclusions était basée sur le témoignage de Seamus. Vous n'avez pas pensé qu'ils voudraient connaître son passé ?

— Son passé, il était en train de le laisser derrière lui, fit valoir Gleason. Il avait l'avenir devant lui. Personne n'avait besoin de savoir ce qu'il avait traversé.

— Ni quelle relation vous entreteniez avec un ancien toxico.

— Je vous l'ai dit, il n'y avait rien de mal là-dedans.

— C'est possible.

— J'essayais juste de le protéger.

— Ou peut-être de vous protéger vous-même. Comme vous l'avez dit, tout le monde croit comprendre en imaginant le pire.

Il ne répondit pas, c'était inutile, la vérité se lisait sur son visage. Pourtant, s'il avait parlé, tout aurait pu être très différent. Le D.A. aurait communiqué l'information à la défense, la loi l'y obligeait, et Seamus aurait passé un sale quart d'heure à la barre, c'est certain. Pour François Dubé, les choses auraient pu se passer différemment bien entendu, mais pas seulement pour lui ; pour l'inspecteur Gleason aussi. Parce que si ses supérieurs avaient su quelle relation il entretenait avec Seamus Dent, il ne se serait jamais vu confier l'enquête sur son assassinat, il ne se serait jamais précipité chez la mère du meurtrier sans renfort, il n'aurait jamais abattu ce dernier, ni fini derrière un bureau de la Routière. Enfin, il ne se serait jamais retrouvé non plus dans cette situation, là, maintenant, avec moi qui tenais son sort entre mes mains.

— Vous auriez dû leur dire ce que vous saviez.

— Je m'en rends compte aujourd'hui.

— S'ils le découvrent, ils vont revenir sur cette fusillade.

— C'est probable.

— Et ils risquent de trouver que tout ça ressemble moins à de la légitime défense qu'à une forme de vengeance déguisée.

— C'était ce que c'était, dit-il.

— Tout de même.

— Ouais, je sais.

— Ça risque de faire mal.

Il haussa les épaules.

— Vous comprenez que je n'ai pas le choix, dis-je.

— J'essayais juste de faire un truc bien.

— C'est comme ça, inspecteur, dis-je en posant doucement devant lui l'assignation à comparaître que j'avais tapée à mon bureau. Aucune bonne action ne reste impunie.

Il n'y jeta même pas un coup d'œil, c'était inutile.

Je terminai mon deuxième Bleu Hawaii. Aussitôt, le jus d'ananas agit comme un pic en acier qu'on aurait enfoncé dans ma dent. L'espace d'une seconde, ma mâchoire trembla, ma tête se vida de son sang et le monde se décomposa.

Gleason tendit un bras et m'agrippa par l'épaule.

— Hé là, mon garçon. Que se passe-t-il ? Vous êtes ivre ?

Je secouai la tête, pour regretter aussitôt le mouvement, chaque secousse intensifiant la douleur.

— C'est votre dent, c'est ça ? Laissez-moi vous donner le nom de ce dentiste dont je vous ai parlé.

— J'ai déjà un nom, dis-je en cherchant dans ma veste la carte que Whit m'avait donnée.

— Vous devriez quand même donner une chance à ce type. On dit que les soins chez lui sont relativement indolores.

— C'est le « relativement » qui m'inquiète, justement.

— Vous avez besoin d'aide, fiston. Vraiment. Vous ne voulez pas que je lui passe un coup de fil ?

Je collai le verre glacé contre ma joue.

— Comment s'appelle-t-il ?

— Pfeffer, dit-il.

J'écarquillai aussitôt les yeux.

— Docteur Pfeffer, ajouta Gleason. C'est lui qui a aidé Seamus, et croyez-moi, quand on voit ce qu'il a fait pour lui, on se dit que c'est un véritable magicien.

18

– Oh, monsieur Carl, dit la réceptionniste du Dr Pfeffer, nous sommes si heureux que vous ayez pris rendez-vous. Vous paraissez en excellente forme, je dois dire. Et quelle jolie cravate. Le docteur s'occupe d'un autre patient pour le moment, mais il vous attend. Si vous voulez bien, jusque-là, remplir ce questionnaire, nous vous en serions reconnaissants.

La salle d'attente aux murs beiges du Dr Pfeffer était brillamment éclairée, trop brillamment. Les couleurs des magazines impeccablement empilés sur les dessertes étaient comme diluées par l'implacable incandescence des tubes au néon du plafond, où des haut-parleurs intégrés diffusaient une musique d'ambiance guillerette. Et il y avait la jolie réceptionniste elle-même, avec son incroyable bonne humeur, son merveilleux sourire, ses mensonges à propos de ma cravate. Son entrain ne faisait qu'accentuer ma douleur dentaire. Entrer dans la salle d'attente du Dr Pfeffer, c'était comme de pénétrer dans une capsule pour un voyage spatio-intemporel vers l'allégresse. Que nous fussions en route pour la Lune ou dans un bâtiment de Philly, tout ce qui comptait ici, c'était d'arborer un sourire éclatant de blancheur et une joie communicative.

En prenant l'écritoire à pince avec son questionnaire, je remarquai quelque chose d'étrange sur le mur à côté de la réception. Une série de photographies encadrées représentant des sourires, des dentitions parfaites les unes à côté des autres, juste les sourires, rien d'autre, comme une sorte d'autel sacré à la gloire de l'hygiène dentaire heureuse. Je regardai toutes ces bouches parfaites, fis courir ma langue le long de mes dents irrégulières, avant de battre en retraite vers un des fauteuils beiges et de commencer à répondre au questionnaire.

NOM : Bien sûr.

DATE DE NAISSANCE : Ça remonte à loin.

FORMATION : Bien trop longue.

REVENUS : Pas vraiment suffisants.

ANTÉCÉDENTS FAMILIAUX : Glauques, pour le moins.

ANTÉCÉDENTS MÉDICAUX : Étonnamment bons, à part une dent.

NATURE DU PROBLÈME : Dentaire.

TRAITEMENT ACTUEL : Brise de mer le soir.

MUTUELLE : Défaillante.

ASSURANCE INVALIDITÉ : Pourquoi cette question me rend-elle nerveux ?

ASSURANCE VIE : Aïe !

VOTRE PLUS GRANDE RÉUSSITE : Hein ?

VOTRE PLUS GRANDE DÉCEPTION : Je vous demande pardon ?

VOTRE SECRET LE PLUS INAVOUABLE : C'est une plaisanterie, c'est ça ?

PERSONNE QUE VOUS AIMERIEZ LE PLUS RENCONTRER : Un dentiste. J'ai mal à une dent et j'aimerais rencontrer un dentiste.

ÊTES-VOUS ACTUELLEMENT COMBLÉ SUR LE PLAN SEXUEL ?

Cette dernière question me ramena vers la réceptionniste.

— Qu'est-ce que ça signifie ? lui demandai-je.

— C'est le questionnaire du nouveau patient, monsieur Carl. Tout nouveau patient le remplit.

— Mais c'est un peu personnel. Comme cette question au sujet de ma sexualité.

— Oui, et alors ?

— Je ne vois pas le rapport avec ma dent malade.

— Le Dr Pfeffer a une approche holistique de la pratique dentaire. Il aime répéter qu'on ne traite pas seulement une dent, mais une personne.

— Et si la personne veut seulement qu'on soigne sa foutue dent ?

Elle soupira gaiement.

— Très bien, monsieur Carl. Ne répondez qu'aux questions avec lesquelles vous êtes à l'aise ; l'important est que vous répondiez à celles qui concernent votre mutuelle.

— Je n'en ai pas.

— Dans ce cas, nous acceptons la Visa et la Mastercard.

— Le contraire m'aurait étonné.

— Il nous faut seulement votre numéro de carte et sa date d'expiration. Mais souvenez-vous, monsieur

Carl, comme le Dr Pfeffer le rappelle constamment à ses patients, chaque dent est reliée à un nerf, lui-même relié à tous les autres nerfs d'une manière que nous ne comprenons pas complètement.

À cet instant, son joyeux sourire ne fut soudain plus si joyeux que cela.

— Vous ne voudriez pas qu'on vous soigne une dent pour découvrir que quelque chose d'autre s'est arrêté de fonctionner.

Je lui souris poliment à mon tour jusqu'à ce que la douleur me reprenne, et relus la question 16.

Êtes-vous actuellement comblé sur le plan sexuel ? Comment répond-on à une question pareille ? Fallait-il que je parle de mes liaisons passées, de mes espoirs pour l'avenir ? Devais-je parler des femmes avec lesquelles j'étais sorti au cours des dernières semaines ? Et qu'est-ce que « comblé » voulait dire d'abord ? Peut-on réellement comparer la vie sexuelle à un plat de viande quand, après en avoir repris trois fois, on repousse son assiette en disant : « Merci, mais ça suffit, je suis comblé » ? Les relations qui m'avaient comblé n'étaient pas sexuelles, et mes relations sexuelles ne m'avaient pas comblé ; pour moi, c'était presque dans l'ordre des choses. J'en étais là de mes réflexions, creusant la question pour tenter d'en appréhender toute l'ambiguïté inhérente, lorsqu'une porte s'ouvrit.

Une femme tenant un dossier la franchit d'un pas décidé, souriant d'un sourire aveuglant de blancheur, de largeur et de perfection. Elle était grande, mince, avec des yeux bleus et de longs cheveux roux soyeux. Elle était habillée comme un top model et en avait la beauté saisissante.

Je l'observai qui tendait son dossier à la réceptionniste, qui lui demanda :

— Ça s'est bien passé, mademoiselle Kingsly ?

— Très bien, Deirdre, merveilleusement bien.

Elle passa sa langue rose et brillante sur ses dents du haut.

— Il a des mains si douces.

Elle jeta un regard dans ma direction. J'essayai de sourire. Elle se tourna à nouveau vers la réceptionniste comme si j'étais invisible.

— Le docteur veut me revoir dans quatre mois. Un mercredi serait parfait. Dans l'après-midi.

Elles bavardèrent encore un peu tandis que Deirdre feuilletait son cahier de rendez-vous et lui en fixait un. Mlle Kingsly se pencha en avant pour prendre un stylo. Elle avait l'air d'une danseuse avec son dos cambré, sa jambe levée, son pied sur la pointe. Lorsqu'elle se redressa, elle fronça le nez et se mordit la lèvre en écrivant son adresse sur une carte postale de rappel de rendez-vous.

Je baissai les yeux et relus la question 16.

« Non », répondis-je.

— Victor Carl, appela une voix au fort accent germanique.

C'était une voix qui ne tolérait aucune contestation, la voix d'un meneur d'hommes. Je me levai d'un mouvement réflexe, mon attention captée, et cherchai d'où elle provenait.

Elle se tenait sur le seuil de la porte, vêtue de blanc, tenant un dossier contre sa poitrine. Ses épaules, ses seins, ses mains étaient étrangement surdimensionnés. Elle me fit l'impression qu'elle pouvait me tordre aussi facilement qu'un linge humide.

— O-oui, dis-je.

— Nous sommes prêts pour vous, *ja*, dit-elle sans que son visage de marbre laisse paraître la moindre émotion. Je m'appelle Tilda, je suis l'hygiéniste dentaire du Dr Pfeffer. Nous sommes très heureux que vous soyez venu nous voir. Par ici, et n'oubliez pas votre questionnaire.

Je jetai un coup d'œil nerveux à Deirdre et à Mlle Kingsly. Elles me renvoyèrent mon regard, écarquillant les yeux en signe d'encouragement. Des mains douces, hein ?

— Très bien, dis-je. Je viens.

Tilda, l'hygiéniste, s'écarta pour me laisser la voie libre, et je pénétrai dans un petit couloir. Au passage, je sentis son parfum boisé et entêtant. La clarté de la salle d'attente diminua, et la musique d'ambiance fut comme étouffée lorsqu'elle ferma la porte derrière nous.

— Vous serez en salle d'examen B, *ja*, dit-elle.

Eh bien, me dis-je, voilà qui promet bien du plaisir. Salle d'examen B. Pourquoi pas « salle de douleur maximale » ?

Elle me conduisit dans une petite salle propre et claire au bout du couloir. Déployés autour d'un grand fauteuil dentaire orange se trouvaient des roulettes, des armes à rayons X, des éviers, des plateaux remplis d'instruments barbares. Tilda me demanda de m'asseoir dans le fauteuil, et je m'exécutai, m'allongeant tandis qu'elle procédait à des réglages d'inclinaison, faisant trembler mes vertèbres sur le similicuir orange.

— Vous êtes à votre aise ?

— Mettez un air de Jimmy Buffett, apportez-moi une Margarita et je ferai semblant d'être à la plage.

— *Ja*, je vois, dit-elle, pas amusée du tout. Nous ne

sommes pas à la Costa del Sol. Veuillez patienter. Le docteur sera à vous dans quelques minutes.

— C'est exactement ce que je craignais.

Quelques minutes plus tard effectivement, le docteur entra dans la salle. Je savais que c'était le docteur parce qu'il portait un masque stérile et une coiffe de chirurgien sur la tête. Et sur sa blouse en lin blanc, on pouvait lire : Dr Pfeffer.

— Bien, qu'est-ce qu'on a là ?

Il ramassa mon dossier, examina rapidement le questionnaire du nouveau patient.

— Victor Carl, oui. Et vous avez un problème, c'est ça ?

— Ma dent.

— C'est bien, dit-il. Si ç'avait été votre pied, j'aurais dû vous dire que vous vous êtes trompé d'endroit.

Il rit.

— Parlez-moi de cette dent.

— Elle me fait mal.

— Beaucoup ?

— Oh oui, dis-je.

— Y a-t-il eu un événement déclencheur ?

— Je n'en suis pas sûr, mais il n'y a pas longtemps j'ai reçu le canon d'un pistolet en plein dans la mâchoire.

— Un pistolet ? Mon Dieu. C'était un accident ?

— Non, le type voulait bel et bien me cogner.

— Très intéressant. Il faudra me raconter cette histoire un de ces jours. Dans ses moindres détails. Je suis fasciné. Bon, on va commencer par jeter un coup d'œil.

Il s'approcha de l'évier, se lava les mains et sortit

une paire de gants en latex d'une boîte posée sur le plan de travail.

— Montrez-moi, où est cette dent ?

— En bas à droite, docteur Pfeffer.

— Oh, on n'est pas aussi formels ici, dit-il en enfilant les gants. Vous permettez que je vous appelle Victor ?

Il fit claquer un gant en l'ajustant d'un pincement sur sa main et ajouta :

— Vous pouvez m'appeler Bob.

19

— Je suis très embarrassé, dit le juge Armstrong du haut de son pupitre en secouant sa grosse tête ronde avec embarras. Très très embarrassé, renchérit-il de sa voix de fausset.

Je me penchai vers Beth assise à côté de moi à la table de la défense dans la salle d'audience du juge Armstrong.

— Je crois qu'il est embarrassé, lui dis-je en essayant de ne pas trop secouer ma mâchoire enflée.

— Quoi ? fit-elle.

— Rien, laisse tomber, dis-je.

— Quoi ?

Voilà ce qui arrive quand on se fait arracher une dent et qu'on a la moitié de la mâchoire grosse comme un pamplemousse : personne ne comprend un traître mot de ce que vous dites.

Ma petite séance chez Bob le dentiste s'était soldée par l'extraction de ma dent, un moment terrifiant dont le seul souvenir suffisait encore à me faire frissonner ; c'est ainsi qu'il était revenu à Beth le soin de présenter notre nouvelle preuve lors de l'audience de François Dubé destinée à lui obtenir un nouveau procès. Dubé se tenait à côté d'elle, l'air mielleux dans sa combinaison de prisonnier bordeaux. J'étais de l'autre côté, lui prodiguant mes encouragements en essayant de ne pas cracher du sang sur le parquet de la salle.

— La Cour suprême a maintes fois rappelé qu'une information permettant de contester la crédibilité d'un témoin était d'une importance cruciale pour l'équité d'un procès, dit le juge. La preuve indirecte fournie par Seamus Dent dans le procès de M. Dubé, qui situait l'accusé sur le lieu du crime, était particulièrement accablante. Si l'information concernant sa toxicomanie avait été portée à l'attention de la défense, la crédibilité du témoin aurait volé en éclats.

— Mais, Votre Honneur, intervint Mia Dalton, du bureau du District Attorney, si l'on veut bien prendre en considération les autres preuves, les empreintes digitales, le mobile, la photographie de l'accusé que la victime tenait dans sa main, il reste que dans cette affaire...

— Je connais les preuves, mademoiselle Dalton. J'ai assisté à ce procès, vous vous en souvenez ? La question est de savoir si l'on doit admettre que l'information concernant la toxicomanie du témoin était, dans cette affaire, de nature à ébranler la conviction du jury, et je crois que Mlle Derringer s'est montrée très convaincante sur ce point.

— Nous devons, très respectueusement, manifester notre désaccord sur ce point, dit Dalton en raidissant le dos à la table de l'accusation.

Mia Dalton, du haut de son mètre cinquante plein d'aplomb, n'avait pas la partie facile. Ce n'est pas elle qui avait été en charge de l'affaire François Dubé lors du premier procès, mais l'avocat de la partie civile était désormais le D.A. en place, et c'est à Dalton maintenant qu'il incombait de défendre le boulot de sa patronne.

— Même sans le témoignage de Seamus Dent, l'accusation n'aurait eu aucun mal à prouver la culpabilité de François Dubé, sans aucun doute possible.

— Eh bien, mademoiselle Dalton, il se peut que vous ayez l'opportunité de nous le démontrer. Il me semble que ma responsabilité ici est très claire. L'information qui aurait permis d'invalider le témoignage de Seamus Dent était entre les mains de la police au moment du procès, et aurait dû par conséquent être communiquée à la défense.

— Mais elle n'était pas non plus entre les mains de la partie civile, Votre Honneur.

Dalton se retourna et lança un regard furieux à Patrick Gleason, assis derrière elle dans la salle.

— Non seulement l'inspecteur Gleason n'a pas informé l'inspecteur chargé de l'enquête, Tommy Torricelli, de ce qu'il savait, mais notre bureau encore moins. Comment pourrions-nous être tenus pour responsables du fait que l'inspecteur Gleason a manqué à son devoir ?

— Je ne dis pas que votre bureau a fait quoi que ce soit de mal, mademoiselle Dalton. C'est ce que je n'arrête pas de répéter à ma fille : « Tu n'es pas la seule en cause. » Nous parlons des droits constitutionnels de François Dubé.

— Et que fait-on des droits de Leesa Dubé à ne pas être assassinée d'une balle dans le cou ?

— Seriez-vous en train de donner dans l'argutie, mademoiselle Dalton ?

— J'essaie d'argumenter en tout cas...

— La loi Brady dit qu'il importe peu que ce soit *de bonne foi* que l'accusation ait omis de présenter une information pouvant permettre de désavouer un témoin. Et dans l'affaire Kyles contre Whitley, la justice a réaffirmé que l'accusation avait le devoir de découvrir toute preuve en possession de tiers travaillant au service de l'État, y compris la police.

— Voilà qui dépasse les compétences de notre bureau.

— Non, je ne crois pas, Votre Honneur, intervint Beth. Toute autre obligation permettrait à la police, plutôt qu'à l'accusation ou au tribunal, de décider quelle preuve doit être communiquée ou non à la défense. Ce qui, je me permets de le préciser, est exactement ce qui s'est passé ici.

— Vous avez tout à fait raison, mademoiselle Derringer, approuva le juge.

Dalton se tourna vers Beth avec quelque chose qui s'apparentait à de l'admiration dans le regard, puis baissa les yeux vers moi. Comme je faisais de mon mieux pour lui sourire, elle gonfla une joue, singeant ma mâchoire enflée. Charmant.

Tandis que les débats se poursuivaient, je me retournai pour examiner la foule qui se trouvait dans la salle. Quelques journalistes, une poignée d'avocats blasés qui cherchaient un peu de distraction, et une poignée d'autres plus directement liés à l'affaire. Un petit groupe en colère faisait la claque du côté de l'accusation, penchés les uns vers les autres, se soutenant mutuellement. Au milieu, l'air impassible, un vieux couple donnait l'impression de se contenir, la rage au cœur. C'est une vision courante dans les affaires de meurtre, la famille de la victime et les amis faisant une démonstration de soutien au cher disparu. L'homme et la femme qui paraissaient se contenir étaient les parents de Leesa Dubé, les tuteurs légaux de la fille de quatre ans de Leesa et François Dubé, qui n'était pas dans la salle. Je leur souris ; ils évitèrent délibérément de me retourner mon regard.

L'inspecteur Gleason était assis devant et faisait front d'un air à la fois inquiet et mélancolique. La situation s'annonçait compliquée pour lui ; deux types de l'inspection des services se trouvaient dans la salle quand il avait témoigné, et avaient pris des notes. Du moins n'avait-il pas perdu ses moyens à la barre, au contraire même, quand Beth l'avait interrogé sur Seamus Dent. Il avait juré de dire la vérité et s'en était tenu à son serment comme on suit un chemin vers la rédemption, un événement plus rare qu'on ne l'imagine dans une cour d'assises. Je n'avais pu m'empêcher de remarquer également qu'il avait troqué son accent traînant du Sud contre un accent philadelphien plus neutre, un peu comme si les problèmes qui s'étaient accumulés au-dessus de sa tête par ma faute avaient chassé l'Elvis qui sommeillait en lui, ce dont je n'étais pas fier car, s'il devait jamais avoir besoin de trouver un peu de réconfort grâce au King, ce serait au cours des prochains mois.

Derrière notre table, Whitney Robinson m'adressa un petit signe de tête, le regard méfiant. Beth avait voulu invoquer l'incompétence de la défense lors du premier procès, ce que Whit s'était dit prêt à admettre en reconnaissant toutes les erreurs que nous voudrions, mais j'avais convaincu Beth de n'en rien faire, en partie parce que cela aurait nui à notre argument selon lequel ce qui était arrivé était la faute de l'État, et aussi parce que je ne voulais pas ternir la réputation de Whit. Je trouvais qu'il ne méritait pas cela.

Et puis, assise dans le fond, les bras croisés, les lèvres pulpeuses scellées, je repérai Velma Takahashi vêtue d'un détonant tailleur turquoise. J'étais surpris de la voir, je l'avoue, mais c'était bien elle, venue s'assurer sans nul doute qu'elle en avait pour la provision qu'elle avait laissée sur mon bureau. Elle avait fière allure, Velma ; tout en elle parlait d'argent, et j'avais l'intention d'avoir bientôt une autre conversation avec elle. Peut-être même dès que le juge aurait statué.

— Ainsi que je viens de le dire, reprit le juge en se grattant la tête, je suis embarrassé, très embarrassé. Je reste horrifié par le caractère dépravé de ce crime, et suis conscient de l'importance de l'irrévocabilité d'un jugement. En même temps, le devoir m'oblige à appliquer à la lettre notre Constitution.

— Puis-je dire quelque chose, Votre Honneur ? demanda François Dubé en se levant.

C'était la première fois qu'il intervenait depuis le début des débats, et entendre soudain son accent français dans la salle d'audience avait quelque chose de discordant.

Ce n'était pas bon, son intervention ne pouvait que lui nuire. J'agrippai Beth et secouai la tête. Beth se pencha et lui murmura quelque chose à l'oreille, mais il la repoussa doucement.

— Votre Honneur, puis-je, s'il vous plaît, dire quelque chose ? insista-t-il.

— Vous en avez parfaitement le droit, monsieur Dubé, mais il semble que vos avocats tentent de vous en dissuader, et peut-être seriez-vous bien avisé de les écouter.

— Personne aujourd'hui n'a dit un mot concernant le fait de savoir si j'ai ou non fait ce dont on m'accuse.

— Ce dont on vous a déclaré coupable, corrigea Dalton.

— Je tiens à ce que vous sachiez, Votre Honneur, poursuivit François Dubé en se tournant vers le groupe en colère de l'autre côté de la salle, comme je tiens à ce que les parents de Leesa, M. et Mme Cullen, sachent que je n'ai pas tué Leesa. J'aimais Leesa. Nous avions des problèmes, oui, mais je l'aimais, et je l'aime toujours.

La vieille femme au milieu, visage fermé, mâchoire serrée comme si elle broyait des noisettes entre ses dents, dit d'une voix éteinte :

— Assieds-toi. Seigneur, rends-nous service à tous, assieds-toi et ferme-la.

— Je demande à tout le monde de se calmer, intervint le juge. Vos protestations d'innocence n'ont aucune incidence sur le jugement qu'il m'est demandé de rendre aujourd'hui, monsieur Dubé. Vous avez protesté de la même manière lors de votre procès, et le jury ne vous a pas cru.

— Mais je n'ai rien fait, Votre Honneur, se défendit encore François Dubé. Je suis innocent. Et je m'adresse à mes beaux-parents, poursuivit-il en se tournant à nouveau vers les Cullen, qui le foudroyaient du regard. Je veux voir ma fille. Je vous en prie, laissez-moi voir Amber. S'il vous plaît.

À cet instant, Mme Cullen se leva, ravala un sanglot, se glissa hors de son banc et quitta précipitamment la salle. L'une des jeunes femmes du groupe lança un regard furieux à Dubé, et sortit la rejoindre. M. Cullen continuait de le fixer avec une haine rageuse.

Dubé se tourna à nouveau vers le juge et conclut :

— C'est tout ce que j'ai à dire.

— Je crois que c'est amplement suffisant, dit le juge d'un ton agacé. Maintenant, veuillez vous rasseoir et vous taire. Les Cullen ont vécu un drame terrible. Il n'y a rien que vous puissiez faire pour atténuer leur douleur, monsieur Dubé, mais je ne vous laisserai pas l'accroître non plus.

— Votre Honneur, dit Beth. M. Dubé voulait seulement...

— Je sais ce qu'il essayait de faire, mademoiselle Derringer. Mais il est de votre responsabilité de contrôler votre client. Il ne fait que me rendre plus difficile la décision que je vais prendre, mais il se trouve que le choix ne m'est guère laissé. Monsieur Dubé, je vous accorde votre nouveau procès.

Un instant, le temps parut comme suspendu, puis une série d'exclamations incrédules et furieuses fusa dans l'assistance. François Dubé se leva à nouveau et serra Beth dans ses bras. Mia Dalton tenta de protester :

— Enfin, Votre Honneur...

Mais le juge Armstrong donna deux coups de marteau et l'huissier cria : « Silence ! »

Et le calme revint dans la salle.

— Nous aimerions pouvoir consigner les questions soulevées au cours de cette audience, risqua Dalton.

— Non, je n'ai pas besoin d'un dossier de plus.

Le juge posa la main sur une pile de documents d'une soixantaine de centimètres de haut posée sur son bureau.

— Vous en avez tous écrit suffisamment pour rayer une forêt de la carte. Je suis aussi déçu que vous, mademoiselle Dalton, mais je vous ai entendus, vous et la partie adverse, et je ne vois pas quel choix m'est laissé. Ne me regardez pas comme ça ; regardez plutôt l'inspecteur Gleason. Êtes-vous prête à continuer et à intenter une nouvelle action au pénal sans le témoignage de M. Dent ?

— Absolument, Votre Honneur, répondit Dalton.

— Qui représentera la partie civile ?

— Moi, Votre Honneur, dit Dalton.

— Aurez-vous besoin de beaucoup de temps, mademoiselle Dalton ?

— Non, Votre Honneur.

— Et vous, mademoiselle Derringer ?

— Le plus tôt sera le mieux, Votre Honneur.

— Bien. Alors attachez vos ceintures, mesdames et messieurs, parce que cette affaire va décoiffer. Je vous écoute pour la demande de mise en liberté sous caution, mademoiselle Derringer.

Tandis que Beth se levait et commençait à présenter ses arguments en vue de la libération de Dubé en attendant son nouveau procès, je me retournai et examinai à nouveau l'assistance. Je lus de la lassitude et de la résignation sur le visage de l'inspecteur Gleason, de la tristesse apitoyée sur celui de Whit – qui plaignait-il, moi ? Je vis de la colère et du chagrin briller dans le regard de M. Cullen. Enfin, je saisis du regard les hauts talons turquoise, le dos mince et les cheveux blonds lumineux de Velma Takahashi qui quittait la salle.

Alors, tel un bâtard pourchassant une chienne de race en chaleur, je m'élançai derrière elle.

20

Je la rattrapai à l'ascenseur. Elle sentait aussi fort qu'un buisson de lilas. Sur la terrasse d'une citronneraie. Au printemps. Avec une servante apportant des cocktails et, dans l'air, une douce brise marine. Ouais, quelque chose comme ça.

— Le spectacle vous a plu, madame Takahashi ? lui demandai-je.

— Non, je ne suis jamais allée à Tallahassee, monsieur Carl, pourquoi ?

— Qui a parlé de Tallahassee ?

— Je ne crois pas avoir compris un mot de ce que vous avez dit. Êtes-vous en train de m'inviter à Tallahassee ? Voilà qui est bien impertinent, monsieur Carl.

Je glissai ma langue dans le creux laissé entre mes molaires, et passai le bout sur la croûte qui avait remplacé ma dent. Le Dr Bob m'avait bien recommandé de ne surtout pas perturber la cicatrisation ; c'est pourquoi je ne pouvais pas m'en empêcher.

— Un problème ? s'enquit-elle en me voyant faire.

— J'ai perdu une dent.

— Non, monsieur Carl, on ne perd jamais tout à fait son temps, dit-elle.

J'inspirai profondément et tentai d'articuler autant que mon état me le permettait.

— J'ai perdu une dent.

— Oh, je vois, dit-elle en appelant l'ascenseur. Ça explique le problème de prononciation. Eh bien, j'espère que vous la retrouverez.

— Avez-vous une minute ?

Elle regarda la porte de l'ascenseur comme si elle espérait qu'elle allait s'ouvrir et la tirer de ce mauvais pas, mais, lorsque ce fut le cas, au lieu de pénétrer dans la cabine, elle laissa la porte se refermer et fit un pas sur le côté. Elle paraissait embarrassée de se trouver là, dans ce couloir, avec moi. Ayant vu ma mâchoire enflée ce matin-là dans ma glace, je pouvais comprendre. Je fus tenté d'y aller du fameux « *Je ne suis pas un animal, je suis un être humain* », mais je craignis qu'elle ne comprenne que je l'invitais à Cleveland ou Dieu sait où.

Articulant du mieux que je le pouvais, je dis :

— Je vous ai précisé à mon bureau que nous aurions besoin d'une provision supplémentaire si nous parvenions à obtenir à M. Dubé un nouveau procès.

— Je m'en souviens, effectivement. Mais ne pourrions-nous pas en discuter une autre fois, et ailleurs qu'ici ?

Elle jeta un coup d'œil par-dessus son épaule, et je suivis son regard. Mme Cullen, dans le couloir à côté de la porte de la salle d'audience, nous observait. Intéressant.

— Bien sûr. Je voulais vous le rappeler, c'est tout.

Ce sera à votre convenance, pourvu que ça ne tarde pas. Préparer un procès nécessite d'investir beaucoup de temps et d'argent.

— Et vous préférez les chèques.

— Vous vous en souvenez, comme c'est délicat ! Le juge va probablement fixer une caution pour François. Elle sera élevée, mais certainement abordable pour une Takahashi. Avez-vous l'intention de régler la somme qui sera fixée ?

— Non.

— Il se pourrait que vous n'ayez qu'à vous porter garante, en quelque sorte.

— Avec ma signature ?

— Ou celle de votre mari.

— Je ne paierai pas un sou. Dites à François de se débrouiller pour la caution. Son beau-père l'aidera peut-être.

— J'en doute fort. Je ne comprends pas, madame Takahashi. Vous êtes prête à payer pour sa défense, mais pas pour sa caution ?

— Votre audition, au moins, est meilleure que votre prononciation. François a passé trois ans derrière les barreaux. Je crois qu'il supportera quelques mois de plus.

— L'essentiel étant que votre mari ne sache rien de votre contribution à cette affaire.

— Ce sera tout ? Puis-je partir maintenant ?

— Quelqu'un dépose des fleurs sur la tombe de Leesa Dubé. Tous les jeudis. Très touchant, je dois dire.

— Ses parents l'adoraient.

— J'en suis sûr, mais ce ne sont pas les Cullen qui déposent les fleurs. Chaque jeudi après-midi, votre chauffeur vous conduit au cimetière. Vous le traversez jusqu'à la tombe de Leesa Dubé ; là, vous vous agenouillez et y déposez une rose blanche. Et puis vous restez un moment, à aplanir le gazon autour de la plaque avec la main, à balayer les feuilles, avant d'emporter les fleurs de la semaine précédente.

– C'était une amie très chère, dit Velma Takahashi.

– Des visites hebdomadaires et des larmes trois ans après sa mort ne constituent pas un acte d'amitié. Il s'agit d'autre chose. D'amour, peut-être. Ou de culpabilité.

Elle me fixa d'un air sombre, avec quelque chose de féroce dans le regard ; puis elle revint vers l'ascenseur. Elle appuya sur le bouton de descente, croisa les bras, tapota en rythme du bout du pied, avant de me tourner le dos.

– Vous m'avez fait suivre.

– Uniquement par affection, dis-je.

– Je vous conseille de rester à votre place, monsieur Carl. Et surtout, quoi que vous fassiez, de me laisser en dehors de ça.

Les portes de l'ascenseur s'ouvrirent. Elle tendit le bras et me pinça durement la joue, avant de s'engouffrer dans la cabine pendant que je m'effondrais de douleur contre le mur.

C'était la deuxième fois qu'elle me traitait comme quelqu'un qu'elle avait acheté, quelqu'un dont l'unique but dans l'existence était de servir ses propres fins mystérieuses. C'était la deuxième fois qu'elle me traitait pire qu'un chien.

Tout cela commençait sérieusement à m'amuser.

Mme Cullen se tenait maintenant exactement entre la salle d'audience et moi. C'était une femme solidement charpentée, au teint pâle et aux cheveux blancs coupés court, vêtue d'un tailleur marine et de chaussures assorties. Elle était impressionnante et, comme je m'approchais d'elle, plutôt mal disposée à mon égard, me sembla-t-il. C'est une des choses que j'ai toujours aimées dans ces comparutions, les sentiments aimables de tous les participants les uns à l'égard des autres.

Et si vous croyez que les affaires de divorce sont pénibles, essayez donc les homicides.

— Je suis désolé, madame Cullen, dis-je aussi lentement et clairement que possible. Je sais combien tout cela doit être pénible pour vous.

— Vraiment, monsieur Carl ?

— Non, je crois que non. Pas vraiment.

— Elle était ma fille cadette, mon dernier enfant. Nous l'avons eue tardivement, un cadeau de Dieu.

— Manquer de respect à votre fille est la dernière chose que nous souhaitons. Nous nous efforçons seulement de faire en sorte que M. Dubé ait le procès équitable qu'il mérite.

— Il a eu ce qu'il méritait, je vous le garantis, jeune homme. Et ma fille, que croyez-vous qu'elle méritait ?

— Certainement davantage qu'elle n'a eu, dis-je.

— Je vous ai vu parler à Velma Wykowski.

— Wykowski, hein ?

— C'était son nom quand elle a déboulé en ville comme un animal sauvage. Qu'est-ce qui peut bien vous lier à une femme pareille ?

— Ça, ça me regarde, dis-je.

Mme Cullen laissa échapper un *humph !* typiquement bourgeois.

— Elle a deux visages, vous ne trouvez pas ? Agréable à regarder, mais dangereuse à côtoyer. Vous savez, elle était avec lui au début.

— Avec qui ?

— Votre client. Mais il n'était pas assez riche à son goût, alors cette traînée s'est débarrassée de lui et de ses jouets auprès de ma Leesa.

— Ses jouets ? Quels jouets ?

— Peu importe. Ce qui est important, c'est qu'elle l'a mis sur le chemin de ma fille. Et ça, je ne le lui pardonnerai jamais.

— Velma paraît sincèrement n'avoir souhaité que du bien à votre fille.

— Pas assez pour la tenir à l'écart de ce serpent français qui est devenu son mari. C'est un homme mauvais. Un charmeur, sans aucun doute, mais mauvais. Un homme peut être à la fois un charmeur et un serpent. Il a charmé ma fille, oui, mais j'ai toujours su qui il était. Je l'ai dit à Leesa, mais elle ne m'a pas écoutée. Alors, malgré tout ce que nous pensions de lui, nous lui avons donné notre fille, et regardez ce qui est arrivé. Je le savais, dès le début. J'ai vu de la noirceur en lui.

— Et comment est-ce qu'on voit ça, madame Cullen ? lui demandai-je. Comment voit-on la noirceur chez quelqu'un ?

Elle fit un pas en avant et m'agrippa par la manche.

— Un éclat de lumière là où il ne devrait pas y en avoir. Plongez votre regard dans son œil gauche, monsieur Carl. Tout est là.

— Le petit défaut qu'il a dans l'œil ?

— Un signe.

— Mais ça ne veut pas dire qu'il l'a tuée.

Elle lâcha mon bras et se tourna vers la salle d'audience.

— Peut-être que non, mais ça signifie que le mal est en lui.

C'est drôle, pensai-je, c'était exactement ce que je ressentais face à François Dubé. Mais ce n'était pas pour cela qu'on le jugeait. Parfois, je me demande pourquoi je suis devenu avocat au criminel. Ce n'est pas pour l'argent, non, parce qu'à dire vrai, je n'en gagne pas suffisamment, et ce n'est pas non plus parce que je crois que mes clients sont au fond des bonnes âmes injustement accusées, parce qu'en général elles ne sont ni bonnes ni innocentes ; et de fait, François Dubé était peut-être l'un des pires. Non, la raison profonde pour laquelle je suis devenu avocat, c'est que je me suis toujours senti plus à l'aise du côté du type qui a le monde entier contre lui.

— Vous pouvez en tout cas être certaine, dis-je, que Mlle Dalton, qui représente la partie civile, est une avocate extrêmement compétente. S'il existe suffisamment d'éléments permettant de déclarer à nouveau M. Dubé coupable, elle veillera à ce que ce soit le cas. Mon travail consiste uniquement à m'assurer que le procès sera équitable.

— C'est un mensonge, monsieur Carl. Je sais en quoi consiste votre travail. Il consiste à propager le parjure, à donner à la vérité l'apparence du mensonge, à répandre le doute comme le fermier répand le fumier.

— L'essentiel est d'avoir foi dans le système, madame Cullen.

Elle baissa la tête et me fixa par en dessous d'un air furieux.

— Ce n'est pas là qu'est ma foi, dit-elle.

Je trouvais intéressant qu'elle me lance ce regard malveillant à ce moment précis.

— Si vous voyez de la noirceur en François Dubé, que voyez-vous quand vous me regardez ?

Elle s'avança à nouveau et tendit la main, comme si elle captait un message tout droit venu de mon âme.

— Je vois qu'il manque quelque chose en vous, voilà ce que je vois.

— Une idée de ce que c'est ?

— Eh bien, pour commencer, dit-elle en esquissant un sourire, une dent.

Je laissai échapper un petit rire, hochai la tête et me dirigeai vers la salle, mais elle m'agrippa à nouveau par le bras.

— C'est un charmeur, comme je l'ai dit, et un serpent aussi, monsieur Carl. Je vous conseille d'être vigilant ; voyez sur qui il est en train de jeter son dévolu.

Elle m'avait en quelque sorte donné la chair de poule, ma petite discussion de couloir avec Mme Cullen, d'où sans doute l'image qui occupait mon esprit lorsque je regagnai la salle d'audience. En fait, je m'attendais presque, en poussant la porte, à voir surgir un cobra géant avec un défaut dans l'œil, sortant de son panier en oscillant dangereusement, portant lui-même le turban, jouant lui-même de la flûte, obéissant non pas au don d'un charmeur, mais dégageant lui-même quelque charme obscur.

Au lieu de cela, je vis François Dubé, debout à la table de la défense, flanqué d'un shérif, une main sur son épaule, l'autre sur son bras, sur le point de le reconduire en prison. Mais Dubé ne regardait pas le shérif, non. Le shérif était légèrement en retrait, et Dubé regardait droit devant lui, et droit dans les yeux, mon associée, Beth. Il lui tenait les mains et la fixait intensément, lui parlant aussi sereinement, aussi doucement qu'un hypnotiseur.

Et Beth, Dieu lui vienne en aide, lui rendait son regard et l'écoutait en tombant davantage encore sous son charme.

21

J'imagine qu'à ce stade du récit, il me faut raconter ma première visite au Dr Bob. Au fait, ai-je parlé de violence gratuite ?

— Oh-oh, dit le Dr Pfeffer en examinant l'intérieur de ma bouche. Je vois un abcès. Mais ce n'est pas le pire.

Avec ses doigts dans ma bouche, je répondis :

— Arrrraoooorrheearrgh.

— Elle est fendue, voyez-vous, poursuivit le Dr Bob. Votre première molaire inférieure droite. Celle-ci, là.

Il lui donna une tape avec un de ses instruments, et je faillis dégommer d'un coup de pied un plafonnier au néon.

— C'est sans doute dû au choc du canon de cette arme contre votre mâchoire. C'est à cause de la cassure que vous avez un abcès ; les bactéries se faufilent là-dedans comme des araignées affamées en espérant loger douillettement dans votre gencive. J'aimerais la sauver ; rien ne me plairait davantage qu'une bonne chirurgie endodontique, mais que voulez-vous que je fasse avec une racine fendue ? Non, il faut l'extraire.

En prononçant cette dernière phrase, il eut un petit rire nerveux de pickpocket, comme ravi à l'idée de séparer ma dent de ma bouche.

— Êtes-vous d'accord, Victor ?

— Aucune chance de la garder ?

— Suspendue à une chaîne autour de votre cou, pourquoi pas, mais pas dans votre bouche.

— Et le trou ?

— Oh, on s'en occupera, ne vous inquiétez pas.

— Trop tard.

Il s'écarta, plissant ses petits yeux derrière ses grosses lunettes.

— Voulez-vous que nous prenions un autre avis ? Je pourrais demander à Tilda, mais généralement elle est d'accord avec moi.

Il rit, de son rire d'alarme de voiture. Je lui lançai un regard furieux.

— Allons, Victor, n'ayez pas l'air aussi inquiet. Ce n'est qu'une intervention de routine, et vraiment on n'a pas le choix.

— Si vous le dites, je n'ai qu'à le croire.

— C'est juste, Victor. Nous devons tous faire ce que nous avons à faire.

— Bon, d'accord.

— Bien. Formidable. Oui. Et on n'a aucune raison d'attendre, n'est-ce pas ? Quand on peut faire les choses tout de suite. Vous avez de la chance, j'ai justement un trou dans mon emploi du temps.

— Oui, c'est une chance.

— Le temps d'appeler Tilda, et nous allons pouvoir commencer.

Une poignée de secondes plus tard, la silhouette massive de l'hygiéniste du Dr Bob apparut dans l'embrasure de la porte, telle une Walkyrie envoyée ici-bas pour récupérer les restes mortels de ma dent malade. Derrière moi, j'entendis un cliquetis d'instruments métalliques, puis un tapotement inquiétant indiquant que le bon docteur remplissait une seringue.

Quand tous les préparatifs furent achevés, le Dr Bob hocha la tête. Tilda se pencha au-dessus de moi et agrippa mes biceps avec ses grosses mains. Je fus comme asphyxié par son parfum boisé.

— Cette partie-là ne fait pas mal, précisa le Dr Bob. Vous sentirez juste une légère piqûre.

Il enfonça l'aiguille dans ma gencive, profondément, puis recommença à côté, et encore, tandis que je me tortillais sur le fauteuil, et que ma gencive et ma lèvre anesthésiées devenaient aussi insensibles que du caoutchouc.

— Calmez-vous, m'enjoignit Tilda en appuyant mes bras sur le fauteuil et en plaquant sa poitrine contre mon torse. Ne soyez pas stupide, *ja*. C'est la partie facile.

Le Dr Bob, au milieu de mon extraction, était au milieu d'une histoire, et ni l'une ni l'autre ne se passait bien.

C'était l'histoire d'une famille de fermiers en Colombie, qu'il avait connue alors qu'il travaillait comme dentiste bénévole à Bogota. La fille était une beauté de quatorze ans qui avait tapé dans l'œil d'un baron de la drogue du cru. Le baron de la drogue avait exigé que la famille lui amène la fille quand elle aurait quinze ans. Le père avait protesté, mais le baron de la drogue avait montré peu de patience pour ses plaintes, et le père était venu trouver le Dr Bob parce qu'une batte de base-ball lui avait enlevé la moitié de ses dents.

— Sa bouche était dans un sale état, dit le Dr Bob. Pire que la vôtre, si vous pouvez le croire. Je parle couramment espagnol, et pourtant je n'arrivais pas à comprendre un traître mot de ce qu'il me racontait.

Peut-être parce que vous aviez vos doigts dans sa bouche, pensai-je sans rien en dire. Pour commencer, je n'en dis rien parce que ses doigts étaient dans ma bouche, et ensuite parce que l'extraction ne se passait pas bien du tout et que j'étais trop terrifié pour parler. Au début, il avait agrippé ma dent avec ses pinces pour l'extraire en force de ma mâchoire et, en un ou deux mouvements à peine, quelque chose était venu. Bon sang, ç'a été facile, pensai-je, me souvenant de ce que j'avais entendu dire des mains de magicien du Dr Bob, et puis je l'entendis faire à nouveau « Oh-oh » et avoir un petit rire nerveux.

Je me mis aussitôt à chercher des diplômes encadrés sur les murs.

— Elle part en morceaux, Victor. Votre dent ne viendra pas en entier. C'est pire que ce que je pensais. Ça rend les choses un peu plus délicates. Tilda, j'ai besoin des forceps étroits, s'il vous plaît.

Et puis le balancement commença, comme le Dr Bob, ses avant-bras velus se contractant dans l'effort, agrippait les morceaux épars de ma dent fracturée avec des pinces pointues, et déclinait toutes les variantes des forces tractives sans cesser pendant tout ce temps de raconter son histoire.

— C'est une triste histoire que m'a racontée le père, si triste que l'idée de ne rien faire m'a paru insupportable. Il fallait que j'agisse. Je m'en sentais le devoir. Je dois être fait comme ça, voilà tout. Alors je lui ai soigné ses dents du mieux que j'ai pu, et puis j'ai pris une semaine de congé et lui ai demandé de me conduire jusqu'au repaire de ce baron de la drogue.

« Il m'a fallu un jour de car, et un autre en carriole tirée par une mule pour rejoindre sa ferme, et puis encore un jour entier dans la chaleur étouffante pour gravir le versant d'une montagne, redescendre de l'autre côté, et enfin me tailler un chemin à travers la jungle. Ç'a été dur pour moi qui suis habitué au froid, mais j'ai tenu bon. On est arrivés à une clairière et on a rampé aussi près que possible du camp. Là, j'ai pris des jumelles et j'ai vu une route, un mur d'enceinte, un portail et une véritable forteresse perchée à flanc de colline. Des enfants pique-niquaient derrière le mur. Des types armés de mitraillettes patrouillaient, tandis que des voitures luxueuses entraient et sortaient. Il me semble me rappeler qu'il y avait des sortes de montgolfières, et un avion... Ah, voilà.

Il écarta sa main en retirant ses pinces de ma bouche, entre les dents desquelles se trouvait un petit morceau d'os et de racine ensanglantés.

— On progresse, commenta-t-il en laissant tomber le fragment de dent dans un plateau en métal – *clink* –, mais j'y vois mal avec tout ce sang. Crachez.

Je crachai. En me penchant au-dessus du lavabo souillé, j'en profitai pour passer ma langue sur ma dent à moitié arrachée. C'était Dresde après son bombardement, avec ses murs effondrés, ses restes de cheminées s'élevant au-dessus des décombres fumants.

— Allez, on retourne au combat, dit le Dr Bob en replongeant ses instruments dans ma bouche.

Tilda agrippa mes maigres épaules avec ses grosses mains, tandis que le Dr Bob prenait appui sur la chaise avec son pied pour faire levier.

— Voyons voir, qu'est-ce qui va venir ensuite ? Ah oui.

Je sentis quelque chose qui se cramponnait dans ma bouche et ma mâchoire trembla sous la force exercée.

— Je pratiquais également mon métier à l'ambassade américaine, poursuivit le Dr Bob. Des soins de routine pour le personnel de l'ambassade, vous voyez, détartrage, plombage, récupération de morceaux de piment *jalapeño*. Ceux du service diplomatique ont tendance à ne faire confiance qu'aux Américains pour ce qui est de leur santé, mais il suffit de se balader une fois ou deux dans Bogota pour les comprendre. Après ma discussion avec le fermier, j'avais commencé à passer en revue ma clientèle de l'ambassade. On arrive à sentir une personne, homme ou femme, quand elle est allongée sur la chaise. Comme je dis toujours, agrippez une dent, et c'est une âme que vous tenez... Là, on ne bouge plus, oui.

Ma tête se souleva sous la traction exercée, mon cou batailla pour rester accroché à mes épaules, jusqu'à ce que ma tête revienne comme un ressort contre le repose-tête. Nouveau fragment de dent, nouveau *clink*.

— Je savais ce que je cherchais, continua le Dr Bob. Une certaine nonchalance, un manque de responsabilité flagrant, l'utilisation du nom de famille de l'interlocuteur pour exprimer la cordialité, de grandes incisives et des cuspides profondes. Il ne m'a pas fallu longtemps pour le trouver. Un type au teint terreux, au costume froissé et au regard éteint qui, chaque fois qu'il me voyait, me répétait : « C'est bon de vous revoir, Pfeffer. » On s'est mis à parler, à échanger les plaisanteries habituelles de dentiste à patient, comme nous le faisons maintenant, Victor. On parlait du beau temps, et des bons vins. Et puis je me suis mis à lui raconter une excursion que j'avais faite récemment, ma petite randonnée en montagne, l'occasion de découvrir la vraie Colombie. Et la vue étrange qui s'était soudain présentée à moi, une forteresse lourdement gardée, des camions qui entraient et sortaient à toute heure – oui, j'ai ajouté ce détail, un peu de couleur pour maintenir l'intérêt – et un avion. Je peux vous le dire, Victor, brusquement il n'avait plus le regard éteint du type blasé... Préparez-vous, mon garçon.

Un grognement de mon côté, un halètement satisfait du sien. *Clink.*

— Ouvrez bien, ouvrez bien, ce sera bientôt fini. Oui, je vois.

Et il plongea une fois encore dans ma gencive.

— Quand il a quitté le bureau qui faisait office de cabinet dentaire, ses dents étaient éclatantes de blancheur et, dans sa poche de chemise, il y avait une carte accompagnée de coordonnées GPS. Voilà. J'avais fait tout ce que je pouvais faire. Il ne restait plus qu'à espérer... Accrochez-vous. Là, voilà.

Clink.

— On y est presque. Je vois un autre éclat. Tenez bon, celui-là est profond. Juste avant que je ne parte de Bogota, le fermier est revenu me voir pour que je termine le travail sur ses dents. Il était heureux de sa nouvelle bouche et ravi que le problème avec sa fille ait été résolu. Apparemment, il y avait eu une opération militaire secrète, on avait lâché des bombes – des bombes, Victor, et du napalm –, toute la clairière et ses environs avaient été réduits en cendres. Le baron de la drogue avait fini de faire régner la terreur, et la fille du fermier était maintenant fiancée à un boucher du coin. Pour me témoigner sa gratitude, le fermier m'a apporté un sac de café en grains et un poulet vivant. Vous avez déjà goûté du poulet, Victor, rôti juste après avoir été égorgé et nettoyé ? Ça n'a pas le même goût, c'est bien meilleur. Un peu comme du serpent. Tenez-le bien, Tilda, je vais avoir besoin d'aide.

J'eus l'impression qu'on hissait ma mâchoire au treuil. Je tournai de l'œil, littéralement, manquant m'évanouir quand ma tête revint s'enfoncer brutalement dans l'appuie-tête. *Clink.*

— Je crois qu'on a terminé. Ouvrez grand encore, que je puisse m'en assurer. Oui. Oui. C'est propre. Parfait. Le sang coule joliment. Alors, ce n'était pas si terrible, hein ?

J'allais répandre un flot d'invectives quand le Dr Bob dit :

— Crachez.

Je crachai.

— Voilà pourquoi je suis devenu dentiste. Pour pouvoir aider des patients dans le besoin, pour mettre fin à leurs souffrances, pour rendre leur vie légèrement meilleure. Je veux que vous sachiez une chose, Victor, je tiens à ce que vous le sachiez : tout ce que je demande en ce monde, c'est une chance d'aider. Vous devrez revenir me voir dans une semaine.

J'essayai de dire quelque chose, mais on aurait dit de la bouillie, alors je me tus.

— Absolument, dit Bob comme s'il avait compris chaque mot. Maintenant, Victor, laissez-moi vous mettre en garde. Le sang va coaguler au-dessus de la cavité. C'est très bien. Ça protège la plaie, et ça aide à la cicatrisation. Ne faites rien qui perturbe cette cicatrisation, ou les conséquences pourraient être terribles. N'y touchez pas avec un cure-dents, ne passez pas votre langue dessus. Les cigarettes, l'alcool, les boissons gazéifiées, tout cela peut retarder la cicatrisation. Avez-vous bien compris ?

Je hochai la tête en passant ma langue sur la plaie.

— Bien, dit-il. Tilda va terminer. Je vous vois dans une semaine.

Il se débarrassa de ses gants tachés de sang, les jeta dans la poubelle d'un geste plein de noblesse et sortit.

Tilda, qui me tournait le dos pendant qu'elle s'activait sur le plan de travail, fit soudain volte-face. Dans chaque main, brandie comme une arme, elle tenait une petite boîte sous Cellophane.

— Cessez de gémir et décidez-vous, *ja*, dit-elle. Quelle couleur la brosse à dents, verte ou bleue ?

22

J'étais toujours en train de me lécher les croûtes quand l'assistante sociale affectée à mon affaire *pro bono*, Isabel Chandler, arrêta sa Volkswagen d'un jaune pétaradant devant l'immeuble où se trouvaient nos bureaux. Elle m'adressa un large sourire et me dit ces mots tendres que tout homme rêve d'entendre :

— Qu'est-il arrivé à votre visage ?

— Rien, allons-y, d'accord ? dis-je.

Et nous partîmes rendre visite à mon client de quatre ans, Daniel Rose, et à sa mère Julia, vérifier leurs conditions de vie, nous assurer que Julia prenait bien soin de son fils et lui faire bien comprendre la nécessité de se présenter aux convocations du tribunal et de suivre les recommandations du service de l'aide sociale à l'enfance.

— Elle devrait être chez elle cette fois, dit Isabel. Je l'ai appelée juste avant de partir pour m'assurer qu'elle n'avait pas oublié. Elle a dit qu'elle nous attendait.

— Ce qui veut dire qu'elle ne sera pas là, dis-je.

— Je vous demande pardon ?

— Elle ne sera pas là, répétai-je lentement.

— Qu'avez-vous eu à la bouche ?

— J'ai perdu une dent.

— Je vous conseille de la retrouver, avant que le reste de votre bouche ne s'effondre.

— Merci du conseil, j'apprécie.

— Julia ferait bien d'être là, reprit Isabel. La juge perd patience.

— À mon avis, la patience de la juge à l'égard de Julia est déjà perdue.

— Je veux dire, avec vous, précisa Isabel.

— Hé, je suis là, non ?

— La juge attend davantage de vous dans cette affaire qu'un simple acte de présence. Elle attend que vous lui indiquiez avec certitude ce qui est le mieux pour votre client.

— J'ai déjà du mal à savoir ce qui est le mieux pour moi. Alors, pour un gosse de quatre ans...

— C'est justement ça le défi, non ?

— Je ferai exactement ce que vous me direz de faire.

— Non, Victor, ça ne suffit pas. Pour ma part, je dois prendre en compte les intérêts de toutes les parties impliquées, y compris Julia et l'État. De votre côté, vous n'avez à vous préoccuper que de l'intérêt de Daniel. Et vous avez suffisamment de temps pour apprendre ce que vous devez savoir, du moins si vous êtes prêt à faire cet effort. L'êtes-vous, Victor ?

— C'est mon client, dis-je.

— Qu'est-ce que ça signifie ?

— Tout, ou presque, dis-je.

— Bon, très bien. Et cette histoire de dent, ça vous fait mal ?

— Comme si deux écureuils s'étripaient dans ma bouche.

— Aïe.

— Comme vous dites.

Nous n'allions pas bien loin, sur l'autre rive de la Schuylkill, derrière l'université de Pennsylvanie, en plein cœur de Philly ouest.

Isabel se gara entre une épicerie et un chinois à emporter, dont le comptoir était habillé de Plexiglas. C'était un quartier peuplé et animé de Philly ouest, où s'alignaient des maisons identiques, certaines délabrées, d'autres peintes dans des couleurs vives, avec du gazon artificiel sur leur porche. Des gosses jouaient, des vieilles dames assises sur des chaises pliantes surveillaient leur domaine, un dragon sur l'enseigne d'un tatoueur souriait avec mépris aux passants.

Nous marchâmes côte à côte dans la rue, Isabel en tailleur, moi en costume, avec nos mallettes. En jupe hawaiienne, nous n'aurions pas davantage déparé le décor.

— Là, dit Isabel comme nous arrivions à un bar situé en angle de rue, le Tommy's High Ball[1].

— Quoi, vous voulez prendre un verre avant ?

— Ce ne serait peut-être pas une mauvaise idée, mais non.

Elle s'avança vers une porte qui jouxtait l'entrée du bar.

— Julia vit avec son petit ami et Daniel dans une chambre au-dessus du bar.

1. Le *high ball* (ou « tumbler ») est un verre de forme allongée idéal pour servir les « long drinks » (environ 30 cl).

— Un bel et sain environnement, dis-je.

— C'est un foyer, fit valoir Isabel en actionnant la sonnette.

En attendant que quelqu'un ouvre, je poussai la porte du Tommy's High Ball et jetai un coup d'œil à l'intérieur. Pas trop de monde, pas trop de fumée, pas trop sombre. L'endroit ne méritait pas la palme de la propreté ni de la clarté, mais il paraissait fréquentable. Quelques hommes étaient assis au bar, un petit groupe jouait aux cartes dans le fond. Et juste à gauche de la porte, sous les inscriptions au néon qui ornaient la vitrine, deux joueurs étaient penchés au-dessus d'un plateau d'échecs pendant qu'un troisième, debout, suivait la partie. L'un des joueurs avança une pièce avant de tourner la tête dans ma direction. Visage taillé à coups de serpe, nœud papillon rouge, feutre noir. Horace T. Grant. Évidemment.

J'allais lever la main et m'écrier : « Hé, Côte-de-Porc ! », quand Horace T. Grant fit une chose étrange. Il me fixa, haussa un sourcil, juste pour me faire comprendre qu'il m'avait reconnu, puis se replongea sans un mot dans sa partie.

Inutile de me faire un dessin ; je me souvenais de ce qu'Horace m'avait dit à propos de l'anonymat pendant qu'il dévorait son muffin à la varicelle ; aussi ne l'appelai-je pas, ne lui fis-je pas signe, ni n'attendis-je qu'il regarde à nouveau dans ma direction. Je reportai mon attention vers le bar, saluai d'un hochement de tête le grand barman aux cheveux blancs qui me surveillait du coin de l'œil, puis ressortis. Isabel attendait toujours devant la porte.

— Elle ne répond pas, me dit-elle.

— Elle n'est pas là, dis-je.

— Peut-être que la sonnette ne marche pas.

— Elle marche très bien. Avez-vous essayé la porte ?

Elle me regarda, regarda la porte d'entrée, tourna la poignée et l'ouvrit. Nous montâmes l'escalier, sombre et humide, imprégné d'une odeur de bière éventée et de cigarette montant du bar, jusqu'à une porte en bois peinte au premier étage.

Isabel cogna doucement, du bout des phalanges, puis recommença.

Rien.

Je frappai moins doucement, en martelant la porte avec le poing.

— Mademoiselle Rose ! criai-je. Je suis l'avocat commis d'office de Daniel. Nous sommes là sur l'ordre du tribunal. Mademoiselle Rose, il faut ouvrir.

Rien.

— Elle n'est pas là, dis-je.

— Mais elle a promis. Elle a dit qu'elle nous attendait.

— Elle ne veut pas de nous dans sa vie. À moins que ce ne soit quelqu'un d'autre qui ne veut pas nous voir l'ennuyer.

— Dommage, dit Isabel en sortant son téléphone.

— Que faites-vous ?

— J'appelle la juge. Elle délivrera un mandat d'arrêt.

— Et puis quoi ? Combien de temps croyez-vous que la police va mettre avant de venir la chercher ? Et même lorsqu'ils le feront, si vraiment ils l'arrêtent, que se passera-t-il ? Qu'arrivera-t-il à Daniel ?

— Que voulez-vous que je fasse d'autre ?

— Suivez-moi, dis-je.

— Où ça ?

— Suivez-moi, c'est tout.

Je redescendis l'escalier et ressortis. Isabel hésita un moment avant de me suivre.

Au coin de la rue, Horace était adossé au mur de brique du bar, tenant à la main un plateau d'échecs et une boîte. Je passai devant lui en l'ignorant. Je savais où j'allais, j'avais repéré le trajet sur une carte au bureau. Je tournai à droite, puis à gauche au carrefour suivant.

Il n'y avait plus que des maisons alignées maintenant, plus délabrées que celles de la rue commerçante. Ici, les porches s'affaissaient, les peintures s'écaillaient et les arbres se desséchaient entre le ciment des trottoirs et l'asphalte de la rue.

Et nous arrivâmes à destination, une maison tranquille dans une rue tranquille, stores baissés, lumières éteintes, pas un mouvement.

— Allez-y, montez frapper, dis-je à Isabel.

— Qui habite là ?

— Allez-y, et vous verrez.

Elle me jeta un drôle de regard, comme s'il venait brusquement de me pousser des antennes ; puis elle grimpa les marches du perron. Je la suivis. À l'intérieur, une télé était en marche.

Isabel appuya sur le bouton de la sonnette, attendit quelques secondes, puis frappa doucement à la porte. Elle me regarda, je lui montrai mon poing, et elle cogna plus fort.

Une femme en jean et tee-shirt vint ouvrir ; elle avait les cheveux bruns coupés court, les yeux noirs et un bébé pleurait sur sa hanche. La porte ouverte, elle cria vers l'intérieur de la maison : « Éteins-moi cette maudite télé ! », avant de nous accorder son attention.

— Qu'est-ce que vous voulez ? s'énerva-t-elle.

Mais elle se calma en voyant à qui elle avait affaire. Elle nota le tailleur et la mallette d'Isabel, et moi qui me tenais à côté d'elle.

— Bonjour, Julia, dit Isabel.

— Et merde, dit Julia Rose.

23

Daniel Rose était affalé sur un canapé dans le salon, les poings serrés, l'air imperturbable, le regard fixé sur le dessin animé qui passait à la télé. C'était un petit gars costaud aux cheveux filasse et au teint pâle qui portait des tennis sans lacet et, comme beaucoup de mes clients, il faisait de son mieux pour m'ignorer.

Dans la cuisine, Julia Rose et Isabel avaient un face à face. Isabel n'était pas satisfaite de Julia ni de ses explications. L'amie de Julia avait dû aller faire une course urgente, et Julia n'avait eu d'autre choix que de garder sa petite fille ; c'est pour cela qu'elle n'était pas à son appartement aujourd'hui, ni les autres fois où Isabel était venue la voir. Julia n'avait pu assister aux réunions parentales auxquelles elle avait promis à Isabel de se rendre parce qu'elle n'était pas arrivée à mettre la main sur les horaires de bus. Julia avait manqué son rendez-vous avec le médecin parce que Daniel avait été trop malade pour sortir.

Des boniments : voilà ce que Julia Rose n'arrêtait pas de balancer à Isabel. Un saint aurait perdu patience ici, et comme je n'étais pas un saint, plutôt que de laisser Julia me raconter ses salades à moi aussi, je sortis de la cuisine et allai m'asseoir à côté de Daniel sur le canapé.

— Daniel, dis-je, en essayant de me faire entendre par-dessus le bruit de la télé, est-ce que tu sais ce qu'est un avocat ?

Daniel continua de fixer l'écran sans répondre. Je fus tenté d'éteindre la télé afin d'avoir toute son attention, mais, si je l'éteignais et qu'il se sauvait en pleurant, je perdais toute chance de pouvoir lui parler ce jour-là. Et puis, ça ne me dérangeait pas que le bruit de la télé empêche Julia d'entendre notre conversation depuis la cuisine. Alors j'attendis qu'il réponde à ma question. Voyant qu'il n'en faisait rien, je répondis à sa place.

— Un avocat est quelqu'un qui aide les personnes qui peuvent avoir des problèmes. Je suis avocat.

Pas de réponse, aucune réaction, mais il rit d'une peau de banane à l'écran.

— Aujourd'hui, Daniel, la personne que je suis venu aider, c'est toi.

J'attendis. Pas de réponse. Je n'avais pas beaucoup d'expérience avec les enfants, et je me demandais si un gosse de quatre ans pouvait comprendre quoi que ce soit à ce que je racontais. Probablement que non. Je m'apprêtais à renoncer et à reprendre le fil de la conversation d'Isabel avec Julia dans la cuisine quand Daniel, fixant toujours l'écran, dit finalement :

— T'es drôle quand tu parles.

— Et toi, tu es drôle à regarder.

Je pensais qu'il rirait là-dessus, ou du moins sourirait, mais il n'en fit rien. Il pinça les lèvres, sans sortir de sa transe télévisuelle. Je léchai la croûte dans ma bouche.

— Si je parle drôlement, dis-je, c'est que j'ai perdu une dent. Tu veux voir ?

Il hocha la tête.

J'ouvris la bouche et tirai ma lèvre inférieure vers le bas pour que le trou dans ma gencive soit bien visible. Il se tourna pour regarder, opina du chef, puis retourna à son dessin animé.

— Ça fait mal ? demanda-t-il.

— Pas vraiment.

— J'ai rien fait.

— Non, fiston, tu n'as rien fait. Je le sais bien.

— Alors j'ai pas de problèmes.

— Mais tu peux quand même avoir besoin d'un avocat, et c'est pour ça qu'une gentille dame qui est juge m'a engagé pour t'aider. Comment ta mère te traite-t-elle ?

— Bien.

— Bon. Elle te traite bien. Ça fait plaisir à entendre. Est-ce qu'elle te donne assez à manger ?

— Ouais.

— Est-ce qu'elle te donne des bains ?

— Des fois.

— Est-ce qu'elle te fait la lecture ?

Il haussa les épaules et tortilla les doigts.

— Est-ce qu'il lui arrive de te frapper ? lui demandai-je.

— Si je suis méchant.

— Et tu es souvent méchant ?

— Je sais pas.

— Ça fait mal quand elle te frappe ?

— Pas beaucoup.

— Tu aimes regarder la télé ?
— Ouais.
— Tu la regardes beaucoup ?
— Ma mère me laisse regarder.
— Est-ce que tu joues avec des amis ?
— Je sais pas. Je regarde.
— Moi aussi, mais on peut quand même parler.
— J'entends pas.
— Bien sûr que si, Daniel. Est-ce que tu as beaucoup d'amis ?
— Je sais pas.
— Comment s'appellent quelques-uns de tes amis ?
— On peut se taire maintenant ?
— Pas encore. Est-ce qu'il t'arrive d'aller au parc ?
— Ouais.
— Qu'est-ce que tu fais là-bas ?
— Le grand toboggan.
— Qui te surveille quand tu es au parc ?
— Ma maman.
— Est-ce que ta maman a un petit ami ?

Il attendit un moment sans rien dire, avant de s'emparer de la télécommande et de monter le son.

— Comment est-ce qu'il s'appelle, l'ami de ta maman ? lui demandai-je.
— Je sais pas.
— Bien sûr que si.
— Randy.
— Randy. Bien. Et comment est-ce qu'il te traite, Randy ?
— Je sais pas.
— Est-ce qu'il joue beaucoup avec toi ?
— Non.

— Est-ce qu'il te fait la lecture ?

— Non.

— Est-ce qu'il te donne le bain ?

— Non.

— Lui arrive-t-il de te frapper ?

Il reprit la télécommande et monta encore le volume.

— Baisse un peu le son, tu m'entends ? cria Julia Rose depuis la cuisine.

Daniel baissa le volume. Il était doué avec la télécommande, le petit Daniel Rose. Je ne savais pas s'il était aussi bon avec des Lego ou avec des puzzles, je ne savais pas s'il aimait feuilleter des livres illustrés, mais il était sacrément doué avec la télécommande.

— Hé, Daniel, est-ce que tu voudrais qu'un jour, avec la permission de ta maman, je t'emmène au parc ?

— Je sais pas.

— Je pourrais te payer une glace. Quel genre de glace tu aimerais ?

— Au chocolat.

— Au chocolat, parfait. Est-ce que tu aimes les confettis en sucre dessus ?

— Ouais. Les tout petits.

— De toutes les couleurs ? O.K., une glace au chocolat avec un arc-en-ciel de mini-Smarties. Maintenant, fais-moi plaisir, Daniel. Est-ce que tu peux sourire pour moi ? Un grand sourire ? Fais-moi un sourire pour que je sache qu'on est amis, et je te laisserai regarder la télé tranquille.

Il tourna la tête et simula un grand sourire, avant

de retourner à son dessin animé, et je sentis ma gorge se nouer.

— Julia a accepté d'assister aux réunions parentales, me dit Isabel quand je revins dans la cuisine, où les deux femmes étaient assises.

Isabel tenait maintenant le bébé de la voisine.

— Aucune excuse, c'est d'accord, Julia ?

— Non, je vous le promets.

— Parce que je veillerai à ce que la juge vous fasse tenir promesse, ajouta Isabel. Et le rendez-vous chez le médecin. Vous ne pouvez pas manquer ça. Vous comprenez, Julia, que ça devient sérieux ? Si vous ne faites pas ces choses, si vous ne vous présentez pas devant la juge la prochaine fois et ne suivez pas à la lettre ses recommandations, alors nous serons contraints de vous retirer votre fils et de le placer dans une famille d'accueil.

— Vous ne ferez pas ça, dit Julia. Promettez-le-moi. Vous ne ferez pas ça.

— Nous ferons ce qu'il faut pour protéger Daniel.

— Je vais respecter tout ce que vous m'avez demandé de respecter. À commencer par le rendez-vous chez le médecin que vous avez fixé. J'irai, je vous le promets.

— Et vous savez comment vous rendre au tribunal ?

— Le bus est cher, dit-elle. C'est pour ça que j'ai manqué le rendez-vous la dernière fois. Je voulais y aller, mais le bus c'est au moins quatre dollars l'aller et retour, et ils me font payer pour le bébé.

— Et si je passais vous prendre en voiture pour vous emmener au tribunal ? proposai-je. Ça vous irait ?

— Très bien, ouais.

— Je passerai vous prendre à votre appartement, vous, Daniel et Randy.

Elle se figea, les yeux écarquillés.

— Quoi ? Non. Pas Randy. Il ne peut pas se présenter au tribunal. Il travaille.

— Où ça ? demandai-je.

— Je ne veux pas parler de lui. Qu'est-ce qu'il a à voir avec Daniel ?

— Ne partage-t-il pas votre studio au-dessus du bar ?

— Pas vraiment. Plus aujourd'hui. Il est parti.

— Vous voulez dire qu'il est sorti de votre vie ?

— Ouais, exactement. Bon débarras, le salopard. Ne le ramenez pas, c'est tout, d'accord ?

Je n'aimais pas du tout la peur qu'on pouvait lire dans son regard.

— Je ferai tout ce que vous me direz de faire, reprit-elle, mais mes problèmes, ce sont mes problèmes, pas les siens.

Isabel me regarda. Je haussai les épaules.

— D'accord pour le moment, dit Isabel. Voyons déjà comment vous vous en sortez avant votre prochaine comparution au tribunal. Si tout se passe bien, nous mettrons en place un nouveau plan d'action. Avez-vous quelque chose à ajouter, Victor ?

— Oui, dis-je. Qu'est-ce qui ne va pas avec les dents de Daniel ?

24

— Comment saviez-vous qu'elle serait là ? me demanda Isabel comme nous retournions à la voiture.

— J'ai mes sources.

— Alors comme ça, vous ne faites pas simplement de la figuration ?

— Que vous ai-je dit ?

— Que Daniel Rose est votre client. Mais je ne sais pas vraiment ce que ça signifie.

— Pourquoi êtes-vous devenue assistante sociale ?

— Pour aider les familles en difficulté. Pour faire avancer les choses, j'imagine.

— Vous voyez, c'est là que nous divergeons. Je ne prétends pas vouloir sauver les baleines, ou la planète, ou encore les enfants. Franchement, je ne veux pas essayer d'améliorer ce monde, parce que je finirais probablement par tout gâcher. Je ne suis qu'un avocat qui essaie de faire de son mieux pour ses clients. Daniel Rose est un client, qu'il ait quatre ans ou pas, alors je fais tout ce que je peux pour lui. C'est aussi simple que ça.

— Même si le dossier a atterri par hasard sur votre bureau et que vous n'êtes pas payé ?

— Ça, c'est la partie vraiment nulle.

— Je ne sais pas si je dois vous trouver admirable ou révoltant.

— Quand vous le saurez, dites-le-moi. Alors, que pensez-vous de mon client ?

— Je crois que c'est un petit garçon qui vit avec une mère qui ne sait pas où elle va.

— Mais le croyez-vous en danger ?

— D'être traumatisé par sa mère ? Bien sûr, comme la plupart des gosses de ce pays.

— Je pourrais vous raconter des histoires sur mon enfance qui vous feraient pleurer, dis-je.

— Mais je ne vois pas de raison de séparer cette mère et son fils. Quand vous faites ça, il reste toujours des cicatrices, et les bonnes familles d'accueil sont rares. Cela dit, je veux que vous gardiez un œil sur Julia et le petit garçon. La situation paraît fragile. Et vous avez raison, il y a un problème avec ses dents. Il va falloir qu'il voie un dentiste.

— Ce qui n'est jamais une bonne nouvelle, dis-je. Et le petit ami m'inquiète.

— Julia dit qu'ils ont rompu.

— C'est ce qu'elle dit, mais est-ce qu'on peut la croire ?

— Daniel a-t-il dit quelque chose à son sujet ?

— Il m'a semblé qu'il avait peur de parler.

— Il va falloir que vous en appreniez un peu plus sur lui, dit Isabel.

— Comment ?

— C'est votre client. Vous trouverez.

Trouver, évidemment. J'étais en train de penser à

Daniel, à sa mère, au petit ami, Randy, à ce qu'il me fallait encore découvrir, quand Isabel laissa échapper un grognement bougon.

— Je vous demande pardon ? dis-je.

— Ce n'est rien, Victor. Ce n'est pas le premier rot que j'entends.

— Je n'ai pas roté. C'est vous qui avez dit quelque chose.

— Je n'ai rien dit.

Je regardai autour de moi et aperçus un feutre noir et son propriétaire qui nous surveillait depuis un porche.

— Allez-y, partez devant, dis-je à Isabel. J'ai besoin de passer un coup de fil.

Quand elle fut assez loin, je sortis mon téléphone, m'approchai nonchalamment du porche, m'appuyai contre le muret en brique et fis semblant de passer un appel.

— C'est vous qui vous éclaircissiez la gorge, demandai-je en feignant de parler dans le téléphone, ou quelqu'un était en train de déboucher des toilettes ?

— Surveillez votre langage si vous ne voulez pas que je vous cloue le bec, dit Horace T. Grant derrière moi. Bien que quelqu'un d'autre semble s'en être déjà chargé. Je vois que vous avez trouvé la maison. Comment s'est passée la visite ?

— Très bien.

— Vous passez au plus vingt minutes là-dedans, et vous en ressortez en disant « Tout va très bien ». Vous êtes surbooké aujourd'hui, ou quoi ? Un rendez-vous chez votre pédicure que vous ne voulez pas manquer ?

— Nous sommes restés une heure, dis-je calmement. La mère a accepté d'assister aux réunions parentales et de se rendre à la visite médicale. C'est moi-même qui la conduirai avec Daniel au tribunal lors de sa prochaine convocation. Tout cela a-t-il votre approbation ?

— Ce n'est pas à moi d'approuver ; c'est uniquement pour cette raison que vous respirez encore, si ce n'est grâce à ce nez digne du mont Rushmore.

— Merci.

— Ce n'était pas un compliment

— Elle sait que nous l'avons à l'œil, dis-je. Ça devrait améliorer la situation maintenant. C'est autre chose qui m'inquiète. Que savez-vous du petit ami ? Il s'appelle Randy.

— Je connais son nom, abruti. Et c'est déjà de trop.

— C'est à ce point ?

— Imaginez une énorme verrue sur la face du monde.

— Je vois. Ils sont toujours ensemble, Randy et Julia ?

— Comme la merde et le cirage.

— Vous confondez la merde et le cirage, vous ?

— Moi, non. C'est vous l'avocat.

— Horace, vos traits d'esprit n'ont d'égal que vos charmantes manières. Vous savez où travaille ce Randy ?

— Vous me prenez pour les Pages jaunes ? Vous étiez là-dedans soi-disant pendant une heure, vous ne pouviez pas poser la question à cette femme ?

— Elle ne voulait pas parler de son petit ami.

— Eh ben, j'en ai peut-être pas trop envie non plus. Vous avez mentionné mon nom, là-dedans ?

— Non, monsieur.

— C'est bien.

— Je vous comprends, ne vous inquiétez pas.

— Qu'est-ce que vous comprenez ? Vous comprenez moins qu'un ver de vase qui gigote au bout d'un hameçon, alors qu'une grosse perche s'apprête à en faire son dîner. Du vent, voilà tout ce que vous comprenez. Je parie que vous ne savez rien de sa fille ?

— Sa fille ?

— Et voilà, c'est pitoyable. Vous me faites penser à une guimbarde sans moteur, moche et toute rouillée à l'extérieur, vide à l'intérieur. À quoi servez-vous ?

— Julia a une fille ?

— Vous êtes tellement perdu que je me demande comment ce n'est pas le plafond que vous touchez du pied en vous levant le matin.

— Où est-elle ?

— Là, vous touchez au fond du problème, fiston. Enfin une question qui vaut la peine.

— Vous ne savez pas où elle est ?

— Mais qui est-ce qui m'a fichu un crétin pareil ? Si je savais où elle est, bon Dieu, vous croyez que je perdrais mon temps avec un type dans votre genre ?

— Non, monsieur, dis-je. Je ne crois pas.

— C'est votre première phrase sensée de la journée. Maintenant, remuez-vous. Vous avez du pain sur la planche.

Je le laissai sur son porche et, sans me retourner, cherchai à rattraper Isabel. C'était un immense plaisir de discuter avec Horace T. Grant, mais malheureusement, il avait presque toujours raison. J'avais encore du pain sur la planche. Alors comme ça, Julia Rose avait une fille quelque part, mon client Daniel avait une sœur, et personne ne semblait au courant, encore moins avoir eu l'idée de la chercher. Ce qui signifiait que j'allais sûrement devoir le faire.

Si j'avais eu un chien, il aurait sûrement pris un bon coup de pied à cet instant. Je m'enfonçais un peu plus dans quelque chose que je ne comprenais pas, qui dépassait mes compétences, et qui n'allait pas me rapporter un centime.

Au diable le *pro bono* !

25

Maintenant que nous avions obtenu à François Dubé un nouveau procès, il était temps d'imaginer quelque moyen retors de le gagner. Le meilleur, d'après moi, consistait à jouer la carte du charme gaulois de Dubé comme on surfe une vague géante. Mais pour cela, il allait devoir témoigner ; il était donc temps qu'il réponde à nos questions. Il faisait chaud dans la salle d'interrogatoire de la prison, Beth était calme, je transpirais, et chaque fois que Dubé répondait, ses yeux semblaient dire : *Comment pouvez-vous douter de moi, Victor ?* Comment ? Il suffisait qu'il ouvre la bouche. Mais ce n'était pas tant ses mensonges à proprement parler qui me gênaient – je suis habitué aux clients qui mentent, ce serait plutôt l'inverse qui me chiffonnerait – que la désinvolture avec laquelle il mentait, comme s'il avait tellement de charme qu'il n'avait pas à faire beaucoup d'efforts. C'était suffisant pour que je me remette à suçoter ma croûte.

– Où avez-vous fait la connaissance de votre femme ? lui demandai-je.

— C'était au Marrakech, le restaurant de Geoffrey Sunshine.

— Ce type qui fait toujours parler de lui dans la presse ?

— Lui-même, dit Dubé. Le premier étage du Marrakech était un club privé. On s'y amusait bien ; un vrai spectacle, cet endroit. Il y avait un restaurant aussi, et Geoffrey était plus ou moins un ami. Il n'arrêtait pas de me demander de cuisiner pour son restaurant, c'est pour ça que j'étais souvent là-bas. Il m'invitait dans son club, me présentait des filles. C'était plutôt sympa. Une des filles qu'il m'a présentées était Leesa. Elle avait une certaine réputation, mais il y avait quelque chose que j'admirais chez elle. Une étincelle de liberté, je crois, et une grande gentillesse. Au début, c'était juste, enfin vous savez, comme ça. Mais après quelque temps, c'est devenu autre chose, si vous comprenez ce que je veux dire.

— Pourquoi l'avez-vous épousée ?

— Pourquoi ? Je l'aimais.

— Alors, qu'est-il arrivé à votre mariage ?

— C'est difficile à dire.

— Essayez.

— Les choses changent avec un enfant. Amber était un bébé magnifique, c'est sûr, mais les choses ont changé. Ç'a été un accouchement difficile, et Leesa en a souffert pendant de longues semaines. Le bébé pleurait, hurlait, la petite paraissait avoir constamment faim, et Leesa était déprimée. Le médecin a dit que c'était normal, la dépression, mais ça n'aidait pas beaucoup. Et puis, j'avais mon restaurant. Je voulais qu'il marche, c'était presque une obsession ; je n'étais donc sans doute pas aussi présent que j'aurais dû. Ses douleurs et sa dépression empiraient, et le médecin lui a finalement prescrit des médicaments.

— Quels médicaments ? voulus-je savoir.

— Un truc en « ox », je ne sais plus. Ça a soulagé ses douleurs, mais ça a aussi eu un effet pervers sur Leesa. Elle est devenue lunatique, cyclothymique ou simplement déprimée, suivant les moments. Elle ne paraissait pas attachée au bébé. Et on a commencé à se disputer. Elle a dit qu'elle se sentait tout à la fois étouffée, enchaînée et abandonnée. Et elle n'était pas seule en cause, moi aussi je me sentais un peu piégé. Au bout d'un certain temps, on est devenus des étrangers l'un pour l'autre. Et puis elle m'a accusé de la tromper.

— C'était vrai ?

— C'est important ?

— Oui.

— Eh bien, oui, peut-être. Rien d'extraordinaire.

— Avec qui ?

— Ça ne vous regarde pas.

— Croyez-moi si je vous dis une chose, François : tout dans votre vie nous regarde maintenant. Avec qui ?

— Il y a eu une cliente. Il y a eu une fille qui faisait du vélo. Que voulez-vous, Victor, je suis français.

— J'ai besoin de noms, dis-je.

— Qui s'en souvient ? Katherine ? Lorraine ? Oui, Lorraine.

Il sourit, puis son visage s'assombrit à nouveau.

— Et il y a eu quelqu'un au travail. Darcy. Darcy DeAngelo. C'était peut-être un peu plus sérieux.

Mais ce sont pas ces aventures qui nous ont séparés, Leesa et moi. Ce n'étaient que... des aventures.

— Qu'est-ce qui vous a séparés alors ?

— Nous étions tous les deux malheureux. Voilà tout. Nous commencions à nous rendre malheureux mutuellement. Alors je suis parti. J'ai pensé que c'était la meilleure chose à faire, mais Leesa n'était apparemment pas de cet avis.

— Vous n'avez pas entamé une procédure de divorce à l'amiable, j'imagine.

Il laissa échapper un petit grognement de dérision.

— Je voulais que ce soit le cas. J'étais inquiet pour Leesa et soucieux aussi pour Amber, mais Leesa a décidé que rien ne serait simple. Elle ne voulait qu'une chose : se venger, sans se soucier de l'intérêt d'Amber. J'ai pensé que c'était encore les médicaments qu'elle prenait, et j'ai essayé de la convaincre d'arrêter, mais il n'y avait plus moyen de lui parler autrement qu'en passant par le juge. Alors c'est ce que j'ai fait. Je n'ai pas compris pourquoi, mais le fait que je mette sur le tapis la question des médicaments n'a fait qu'envenimer la situation.

— Eh oui, dis-je, c'est ce qui arrive parfois. Où étiez-vous le soir du meurtre ?

— À mon appartement. J'avais travaillé toute la journée au restaurant, déjeuner et dîner. On a bu un verre ou deux après la fermeture, mais j'étais vraiment trop fatigué pour rester. Je suis rentré chez moi sans même avoir ôté ma veste de cuisine. Et je me suis écroulé sur mon lit. Je dormais quand la police m'a réveillé en m'apprenant la nouvelle. Je les ai laissés fouiller mon appartement. Je n'avais rien à cacher. C'est alors qu'ils ont trouvé l'arme et la chemise avec le sang.

— Comment ont-ils atterri là ?

— Je n'en sais rien. Je ne me l'explique toujours pas. C'est cet inspecteur obèse qui les a trouvées.

— Torricelli ?

— Oui. Peut-être bien qu'il les a apportées dans sa mallette pour me faire porter le chapeau. C'est toujours le mari, non ? Comme ça, il n'avait plus de doute.

— Ce n'est pas la méthode qui le gênerait, j'en suis sûr.

— Il ne m'a quand même pas paru aussi futé que ça, cet inspecteur.

— Assez futé pour vous coller ici. Est-ce qu'il vous a arrêté sur-le-champ ?

— Oui, bien sûr. Je ne suis plus ressorti de prison depuis ce matin-là. J'aurais pris un autre verre la veille au soir si j'avais su.

— Que sont devenues toutes vos affaires à l'appartement ?

— J'ai arrêté de payer le loyer quand j'ai été en prison. Je ne sais pas où tout est passé. Mes vêtements, mes livres, mes casseroles. Qui sait ? Qui ça intéresse ? Je n'ai pas eu à me servir beaucoup d'une poêle à saumon ces derniers temps.

Je cessai de faire les cent pas en suçotant ma croûte pendant que je posais mes questions pour aller m'asseoir juste en face de lui et lui demander, en le regardant droit dans les yeux :

— Pourquoi Velma Takahashi paye-t-elle pour votre défense ?

— Je ne sais pas.

— Je ne vous crois pas.

— Vous devez me croire, Victor. Je ne sais pas. Sincèrement. Elle est venue me rendre visite. C'était une amie de Leesa à l'époque du Marrakech, et on a peut-être un peu flirté, si vous voyez ce que je veux dire, mais sans être réellement amis, jamais. En fait, j'ai toujours eu l'impression qu'elle m'en voulait.

— De quoi ?

— J'ai brisé l'équipe. C'est vraiment ce qu'elles formaient, une équipe, et encore après notre séparation, d'après ce qu'on dit. Alors j'ai été surpris qu'elle vienne me voir. Elle a dit qu'elle voulait juste voir comment j'allais. Je lui ai répondu que j'allais bien, mais j'ai menti bien sûr. Comment est-ce que ça irait dans un endroit pareil ? Et je crois qu'elle l'a compris. Peut-être que ça l'a touchée, je n'en sais rien. Elle m'a regardé, j'avais un bleu sur le visage à cause d'un truc qui m'était arrivé dans les douches, et j'ai vu des larmes dans ses yeux. Comme si ce bleu, c'était de sa faute. Et puis elle m'a dit qu'elle m'aiderait autant qu'elle le pourrait, qu'elle paierait pour un nouvel avocat s'il m'en fallait un.

— Comment avez-vous pensé à nous ?

— J'ai vu votre nom dans le journal, Victor. J'ai posé des questions autour de moi. Quand j'ai pensé que c'était vous qu'il me fallait, je vous ai écrit. J'ai un peu pêché dans ma vie, et je sais qu'on n'attrape rien avec un hameçon nu. D'après votre réputation, je savais ce qu'il me fallait pour vous intéresser. J'ai appelé Velma et lui ai demandé un chèque.

— Comme appât ?

— Oui, bien sûr. Au bout d'un hameçon. Et me voici, avec une nouvelle chance devant moi. Ça a marché, non ? ajouta-t-il en souriant, comme un chat avec une queue de poisson coincée entre les dents.

— On dirait bien.

— Autre chose ?

Je réfléchis.

— Oui, il y a encore une chose qui me tracasse. Pourquoi vous, les chefs, vous me servez toujours mon steak trop bleu ?

— La viande exige beaucoup d'attention, Victor, répondit Dubé. Il y a un point où le goût et la texture sont parfaits. Au-delà de ce point, le muscle se raidit et tout est fichu. C'est comme manger du cuir.

— Mais si je l'aime bien cuit ?

— Alors vous êtes un barbare, Victor.

Là-dessus au moins, je ne pouvais pas lui donner tort.

— Il fera un témoin redoutable, dit Beth après qu'ils eurent ramené Dubé dans sa cellule.

Nous étions toujours dans la salle, debout maintenant, attendant que quelqu'un nous fasse sortir.

— C'est sûr, dis-je.

— Le jury va gober ses paroles comme de la crème brûlée.

— Peut-être, s'il apprécie les spécialités françaises. Personnellement, ce type m'agace autant qu'un chat qui crache des boules de poils dans un coin.

— Un chat ?

— Les Français ne te font pas penser aux chats ? Insupportablement arrogants, obstinément indépendants. Et ils se lèchent pour se nettoyer après avoir mangé.

— Arrête ça.

— Non, je les ai vus faire, je te jure.

— Il s'en sortira très bien, s'il dit la vérité.

— Le grand « si ».

— Il a admis les liaisons, fit valoir Beth.

— J'ajouterais : avec une bonne dose de fierté.

— Et s'il avait vraiment utilisé cette arme, pourquoi l'aurait-il ramenée à son appartement ? Et pourquoi a-t-il consenti à la perquisition ?

— Je ne sais pas.

— Peut-être qu'il dit la vérité. Qu'en penses-tu, Victor ?

Je sentis la croûte dans ma bouche. Je l'avais tellement titillée pendant l'entretien qu'elle commençait à bouger sur les bords, et cela parce que l'entretien lui-même me causait des démangeaisons partout. Chaque réponse amenait plus de questions. Comme son alibi le soir du meurtre, qui n'était pas un alibi du tout. Comme son histoire sur la rencontre avec sa femme, et celle de sa relation avec Velma Takahashi, qui contredisaient l'une et l'autre ce que Mme Cullen m'avait raconté dans les couloirs du tribunal. Quant à sa version de sa séparation d'avec Leesa, elle paraissait un peu trop préparée à mon goût. Restait que l'étrange tristesse qu'il avait vue dans les yeux de Velma correspondait bien à ce que j'y avais vu moi aussi.

— Il ment, dis-je. Il cache quelque chose, mais je ne sais pas quoi.

— Toujours à douter de tout.

— Allons, Beth. Tu me l'as assez souvent entendu répéter. Quelle est la première règle qu'un avocat doit connaître ?

— Les clients mentent.

— Très bien. Il y a certaines choses que je vais avoir besoin de vérifier.

— Comme quoi ?

— Comme le compte rendu de la procédure de divorce. Et il va falloir aussi que j'aille faire un saut à ce club dont il a parlé, le Marrakech.

— Tu penses pouvoir trouver quelque chose là-bas ?

— Non, dis-je, mais ça m'a paru un bon endroit pour se dénicher une copine.

Beth rit pendant que je tripotais ma croûte.

— Mais avant tout, dis-je, il faut que nous parlions à Mia Dalton de... arrgh.

— Victor ? Qu'y a-t-il, Victor ?

Je fus pris d'un haut-le-cœur et cherchai vainement autour de moi un mouchoir. En désespoir de cause, je crachai dans le creux de ma main ce qui venait de se détacher, et ne pus m'empêcher d'y jeter un coup d'œil. C'était un petit morceau de croûte rougeâtre et irrégulier de la taille d'une dent.

— Victor, est-ce que ça va ?

Nouveau haut-le-cœur.

— Je crois, dis-je en essayant de me ressaisir.

J'inspirai profondément, et éprouvai une violente douleur à la mâchoire cependant que mes jambes se dérobaient.

— Victor, dit Beth en se précipitant pour m'aider. Que se passe-t-il ?

Je m'agrippai à son bras et sentis ma tête devenir exsangue en même temps qu'une sensation de vertige et de voile de lumière s'emparait de moi. Tout ce dont je me souviens ensuite, c'est qu'il y avait de la musique, une musique douce et planante, et qu'une lumière blanche scintillait à moins d'un mètre de moi, comme une vision d'un monde meilleur.

Et le plus étrange était qu'elle éclairait ma bouche.

26

— Une cavité nue, dit le Dr Bob. Vous voyez, la croûte est partie, et maintenant l'os de la mâchoire est à vif, et avec lui tout le réseau nerveux. Je vous avais prévenu, Victor. N'est-ce pas que je vous avais prévenu ? Mais apparemment, vous n'avez rien écouté. Et maintenant, on a un problème. Vous n'avez pas arrêté de passer votre langue sur la croûte, je me trompe ?

— Arrrghighahoo.

— Bien sûr que vous avez essayé de ne pas le faire, tout le monde essaie de ne pas le faire, mais certains sont trop faibles pour résister. Vous avez dû boire un soda, je parie, ou une bière. Ne vous avais-je pas donné des instructions très précises ? On a beau faire tous les efforts du monde, on ne peut rien contre les échecs des autres, et ce qui doit arriver arrive. Si vous saviez à quel point ça peut être frustrant. Mais, n'ayez crainte, on peut encore arranger ça.

Que je ne « craigne » rien, alors que j'étais allongé sur un fauteuil de dentiste ? Autant dire au fantôme de Bob Marley de paraître vivant.

— Un changement dans votre situation médicale

ou personnelle depuis la dernière fois que nous nous sommes vus ?

— Aïaaawaa, dis-je.

— En dehors de la douleur à votre mâchoire, bien sûr. Non ? Bien. J'en déduis donc que vous n'êtes toujours pas épanoui sur le plan sexuel. Je sais, ces choses-là peuvent prendre du temps, mais je pourrais peut-être vous aider. Ouvrez plus grand. Je vais devoir nettoyer la cavité avant d'appliquer un pansement. Ça risque de picoter un peu avec l'eau. Oui, oui, très bien. Pourquoi est-ce que votre jambe tremble comme ça ? Ça ne fait quand même pas si mal ? Arrêtez de hocher la tête, s'il vous plaît, je n'y vois rien. Maintenant, laissez-moi sécher ça avec un petit peu d'air.

Il s'empara de son pulseur d'air et actionna le jet sur la cavité. Ma chaussure vola contre le mur.

Le Dr Bob tourna la tête pour examiner la marque laissée.

— C'est la deuxième fois cette semaine.

Il ouvrit un petit pot et une odeur de clou de girofle se répandit doucement dans la pièce. Il ramassa ensuite un long morceau de gaze sur son plateau avec une pince métallique et plongea le tout dans le pot. La gaze de coton en ressortit couverte d'une sorte de vase marron.

— Maintenant, ouvrez bien grand, c'est une opération un peu délicate. Mais n'ayez crainte, j'ai aidé plus d'un patient à retrouver davantage qu'un sourire éclatant. Accrochez-vous maintenant, je vais devoir boucher le trou avec cette bande en la glissant à l'intérieur, bout par bout. L'odeur est plutôt agréable, mais la pommade a curieusement le goût du cérumen. Raidissez bien la nuque pendant que je pousse. Parfait. Je vais essuyer les larmes sur votre joue. Ce sera bientôt terminé.

Il se tourna vers son plateau, tripatouilla dedans.

– J'ai formé plus d'un couple en mettant mes patients en relation, reprit-il. Ce n'est pas quelque chose que je fais ordinairement, je ne suis pas du genre qui se mêle de tout, non, mais j'aime bien aider. Et, je dois l'admettre, de mon fauteuil sont tombés bien des glands qui ont donné quelques beaux spécimens de chêne conjugal.

Il se pencha vers moi et frôla mon torse en réglant la lampe.

– Ouvrez grand, que j'y voie bien. Ah, oui. Maintenant, contractez-moi ce cou.

Pendant qu'il travaillait à grand renfort de « ah » et de « oh », ma tête était agitée de soubresauts épileptiques.

– J'ai eu un patient à Baltimore gêné par un problème de supraclusion[1] et qui était, rien d'étonnant avec une pareille dentition, un républicain enragé. Chaque fois qu'on parlait, pendant que je tirais pour réaligner ses dents comme un jockey sur ses rênes, on n'abordait qu'un seul sujet : la politique. La politique et encore la politique. Et c'était toujours stupidement doctrinaire. C'était comme d'avoir la chaîne Fox News dans mon fauteuil. En dehors de son problème de supraclusion, il n'était pas mal physiquement, mais évidemment il avait peu de petites amies.

Il reprit ses mains, ajusta à nouveau la lampe et

1. Les dents du haut viennent recouvrir celles du bas.

scruta ma bouche de si près que je pouvais lui compter les poils du nez.

— Excellent. Très bien, nous y sommes presque. Tilda, appela-t-il, pouvez-vous venir, je vous prie ?

La silhouette de molosse de l'hygiéniste apparut dans l'encadrement de la porte.

— Oui, docteur.

— J'en ai bientôt fini avec M. Carl. Veuillez installer Mme Winterhurst, s'il vous plaît.

— Très bien, docteur.

— Veillez surtout à ce que sa robe soit entièrement protégée avec des serviettes. Elle saigne toujours beaucoup ; évitons de ruiner une autre Givenchy. Et, Tilda, je crois qu'il va falloir repreindre ce mur.

Tilda se pencha à l'intérieur, observa la marque sur le mur, puis ma chaussure sur le sol. D'un sourire dédaigneux, elle railla ma faiblesse avant de partir.

— Ouvrez grand, dit le Dr Bob. À la même époque, j'avais une patiente qui avait deux dents de sagesse incluses. Une petite femme acariâtre. Elle aussi parlait constamment politique, mais c'était une libérale dans l'âme, une démocrate au cœur sensible, que tout ce que le Parti républicain avait, je cite, fait « subir » au pays rendait folle. Et pour une raison qui m'échappait, elle paraissait faire une fixation sur le déficit. Son carnet de rendez-vous, à elle aussi, était pathétiquement vide.

— Aïeheeaïe.

— Absolument. Je ne suis pas un fana de politique, tout est toujours si intéressé, c'en est malpropre. Au bout du compte, ça s'apparente assez à encourager une équipe sportive, vous ne trouvez pas ? Les démocrates détestent le Parti républicain de la même manière qu'au base-ball les fans des Phillies détestent les Mets. On ne pense pas assez à ça, c'est vrai, non ? Encore que je vois mal comment un simple parti politique pourrait être plus répugnant que les Mets.

— Aïeaïeeeee.

— Et ne me faites pas parler de Don Young.

— Oooh ?

— J'ai dit : ne me lancez pas sur ce sujet. Ce qui est un miracle pour l'un est une catastrophe pour l'autre. Mais mes deux patients de Baltimore avaient mieux répondu que vous à la question 16, Victor, et j'ai senti chez l'un comme chez l'autre, outre une grande solitude, une sensibilité exarcerbée. Ils semblaient faits l'un pour l'autre. Mais comment les faire se rencontrer, comment faire pour qu'ils surmontent leur aveuglement politique ?

À nouveau, le Dr Bob appuya sur ma mâchoire et mon cou fut agité de spasmes.

— Je crois qu'on s'en est très bien sorti, dit-il. Comment ça va, Victor ?

Je me frottai la nuque, pris une grande inspiration, touchai doucement du bout de la langue la cavité, puis un peu plus fort.

— Ça va bien, dis-je, légèrement choqué que ce soit le cas. La douleur est partie.

— C'est l'essentiel. Vous voyez, c'est aussi simple que ça. Maintenant, essayez de ne plus toucher au pansement, même si je sais que ce sera dur pour quelqu'un comme vous. Et surtout, ne mangez en aucun cas de la vessie d'agneau.

— Pourquoi ? Ça pourrait infecter la plaie ?

— Non, mais c'est dégoûtant, vous ne trouvez pas ?

Il rit. Je fis la grimace.

— Et maintenant, Victor, il est temps de décider comment régler ce problème de dent manquante à long terme. Ce que j'aimerais faire, dit le Dr Bob, c'est percer dans votre mâchoire.

— Oh oui, je veux bien le croire, dis-je.

— Je percerais un trou et y visserais un implant. Si tout se passe bien, l'os cicatrisera autour de l'implant qui se greffera solidement durant une période appelée ostéointégration. De trois à six mois après environ, suivant le succès de la greffe, je mettrai en place un pilier sur lequel viendra se fixer la dent définitive. C'est la solution la plus durable. C'est aussi la plus douloureuse et la plus chère.

— Dites-moi pourquoi ça ne me surprend pas ? Et ça prendra quoi, six mois ?

— Certains dentistes fixent immédiatement la dent définitive, mais les risques d'échec sont plus élevés.

— Et quelle est l'autre option ?

— Un bridge fixe. C'est plus facile, moins douloureux, moins cher.

— Ça me paraît plutôt bien.

— Mais le pronostic à long terme est moins bon.

— Pourtant, c'est drôle, je me sens étrangement attiré par ce plus facile, moins douloureux et moins cher. Serais-je le seul à rechercher dans la reconstitution dentaire les mêmes caractéristiques que chez une femme ?

— J'ai remarqué que vous n'aviez pas de mutuelle.

— C'est exact, dis-je.

— Néanmoins, on ne choisit pas un type de soin dentaire comme on choisit un costume, Victor. Le moins cher n'est pas toujours la meilleure option.

Mais ce sera comme vous voudrez. Nous poserons un bridge. La prochaine fois, nous commencerons par le meulage.

— Le meulage ?

— Ne vous inquiétez pas, Victor, c'est relativement indolore.

— Relativement ?

— J'aimerais faire une autre radio pour voir comment est l'os sans la dent. Tilda, appela-t-il.

Elle apparut à la porte, rapide comme un spectre, ses énormes mains pendant à ses côtés comme du jambon blanc.

— Faites-moi deux clichés, rétrocoronaire et périapical, s'il vous plaît, Tilda. Veillez à obtenir une bonne vue de la mâchoire inférieure droite.

— Très bien, docteur, dit-elle. Autre chose ?

— Non, c'est tout, merci, répondit le Dr Bob en se levant.

Il ôta bruyamment ses gants, les jeta à la poubelle, prit ma feuille de soins et commença à y gribouiller des notes.

— Victor, on se revoit dans une semaine.

— Merci de m'avoir pris aussi rapidement.

— On fait ce qu'on peut, dit-il.

— Que sont-ils devenus, vos deux patients de Baltimore ?

— Mariés, dit-il. Deux enfants. Heureux comme des poissons dans l'eau. Vous ne trouvez pas qu'un poisson dans l'eau, ça fait plus joyeux qu'un coq en pâte ?

— Comment avez-vous fait pour qu'ils se rencontrent ?

— Oh, vous savez, j'ai mes petits trucs. Comment

dit-on en latin, déjà ? *Minutus cantorum, minutus balorum, minutus carborata descendum pantorum.*

— Tiens, celle-là nous a échappé, à l'école de droit.

— Ça signifie : « Une petite chanson, une petite danse, un peu d'effervescence dans le pantalon. » Je pousse ici, je tire là, je façonne l'argile de la réalité. C'est ce qui m'occupe quand je ne façonne pas des dents. Je me glisse dans la vie des gens et la change en mieux. Regardez dans votre poche de chemise, Victor.

Je tapotai ma poche, glissai la main dedans et en tirai un morceau de papier. On pouvait lire dessus, écrit à la main, « Carol Kingsly », suivi d'un numéro de téléphone.

— Vous l'avez aperçue dans la salle d'attente, dit le Dr Bob, vous vous souvenez ? C'est une très jolie femme, aux goûts très raffinés, pas forcément votre tasse de thé, j'imagine, mais c'est une femme qui, heureusement pour vous, a également répondu non à la question 16 du questionnaire du nouveau patient. Elle attend que vous l'appeliez.

— Que je l'appelle ?

— Oui, Victor, que vous l'appeliez. Essayez d'être agréable, d'accord ? Et suivez mon conseil : habillez-vous chic, et pas un mot de politique lors du premier rendez-vous.

Comme je le regardais sortir, Tilda arriva. Elle drapa ma poitrine avec un lourd tablier en plomb. Je le tirai suffisamment bas pour qu'il recouvre mon entrejambe. Tilda nota le geste et secoua la tête.

— Quel est votre genre d'homme, Tilda ? lui demandai-je.

— Les joueurs de hockey et les gardiens de prison, répondit-elle.

— Je crois qu'il va me falloir perdre encore quelques dents.

— Ça peut très bien s'arranger, répliqua-t-elle. Maintenant, ouvrez grand, *ja*.

J'ouvris la bouche. Elle glissa un film plastifié rigide blanc sur mes dents.

— Fermez.

Je fermai. Les bords du film s'enfoncèrent douloureusement dans ma bouche. Tilda enserra mon visage entre ses mains puissantes et me tordit la tête au point de faire craquer mon cou.

27

À l'intérieur du vieux bâtiment de la YMCA qui faisait maintenant office de bureaux au District Attorney, je tirai sur ma lèvre inférieure pour montrer le trou entre mes dents. Beth, assise à côté de moi, grimaça en découvrant les dégâts. Mia Dalton se pencha par-dessus son bureau pour y voir mieux.

– Elle est partie, c'est bien, dit Mia Dalton. Qu'est-ce que c'est, cette affreuseté marron dans le trou ?

– Un pansement. J'ai malencontreusement enlevé la croûte et mis l'os à nu.

– Est-ce que ça fait mal ?

– J'ai eu l'impression qu'on me poignardait avec un couteau chauffé à blanc. Mais c'est terminé. Mon dentiste m'a soulagé.

– Il est bon ? demanda l'inspecteur Torricelli, debout derrière le bureau de Dalton. Il se pourrait bien que je sois candidat pour une molaire.

L'inspecteur Torricelli était petit et rond, avec le nez camus et les yeux gonflés d'un goret en colère. Il avait suivi mon petit numéro d'exhibition avec intérêt, et il passait maintenant sa langue à l'intérieur de sa joue avec une détermination qui semblait indiquer qu'il avait peut-être lui-même un problème dentaire.

— Oh, il est fantastique, inspecteur, réellement, dis-je le plus sérieusement du monde. Et on ne sent rien avec lui.

— Vraiment ?

— Pas la moindre douleur. Des mains d'une délicatesse. Vraiment, je vous le conseille.

— Dites-moi pourquoi je n'arrive pas à gober la partie indolore, Carl ? dit Torricelli.

— Parce que vous êtes un cynique qui nourrit une peur irrationnelle des dentistes.

— Cynique, c'est bien possible, dit Tommy Torricelli, mais il n'y a rien de plus rationnel que ma peur des dentistes.

— Ça vous ennuie si on en revient à nos affaires ? intervint Beth. Nous voulons savoir si vous avez réfléchi à un arrangement pour François Dubé.

— Qu'attendez-vous, au juste ? voulut savoir Mia Dalton.

— Quelque chose qui prendrait en compte la violation constitutionnelle qui a sous-tendu sa première condamnation, répondit Beth sur le ton de l'indignation vertueuse, quelque chose qui tiendrait compte des années qu'il a passées en prison après une injuste condamnation annulée il y a tout juste quelques jours par le juge Armstrong, un arrangement qui reconnaîtrait le prix qu'il a payé et lui permettrait de sortir de prison au motif qu'il a purgé sa peine.

— Ouais, approuvai-je, quelque chose comme ça.

Pendant que Beth parlait, Mia Dalton scrutait du regard chaque recoin du bureau, comme si elle avait égaré un objet d'importance.

— Que cherchez-vous ? lui demanda Beth d'un ton agacé.

— Des journalistes se cachent sûrement quelque part ici. Sinon, pourquoi me serviriez-vous ce petit discours ?

Torricelli ricana. Beth pâlit de déception.

— Vous n'avez pas l'intention de le laisser réclamer sa relaxe, c'est ça ?

Mia se renversa dans son fauteuil et croisa les bras.

— Vous m'avez bien regardée ?

C'est ce que nous fîmes, tous les deux. Mia Dalton était petite et trapue, avec l'œil vif d'une battante. Elle avait grimpé les échelons au bureau du D.A. non pas en flirtant – ce n'était pas son genre – ni à grand renfort de sourires avenants – elle était aussi agréable que du papier de verre –, mais grâce à une volonté et une détermination sans faille. Tous les flics détestaient travailler avec elle, parce qu'elle exigeait d'eux autant que d'elle-même, et pourtant ils réclamaient tous qu'elle s'occupe de leur affaire, parce qu'elle leur assurait invariablement la victoire. Dans le monde du droit criminel, rien n'a autant de succès que le succès, et Mia Dalton était encore sur la pente montante. Elle était honnête, intelligente et ne supportait pas les idiots ; c'est pourquoi je me sentais toujours un peu mal à l'aise en sa présence.

— Est-ce que par hasard vous me prendriez pour la bonne fée de François Dubé ? demanda-t-elle.

— Je ne vois aucune baguette, dis-je.

— Alors voilà ma proposition : homicide involontaire, vingt ans, libéré au bout de treize, moins trois années déjà purgées. Donnez-moi votre réponse sous quarante-huit heures.

Je me tournai vers Beth et haussai un sourcil. Elle secoua la tête.

— Je peux vous donner tout de suite une réponse. Il dira non. Il veut sortir maintenant.

— Dans ce cas, il va falloir aller au procès, dit Dalton, pas mécontente, manifestement. Depuis le temps que nous nous connaissons, Victor et moi, nous ne nous sommes jamais affrontés devant un jury. Ça devrait être intéressant.

— Nous allons avoir besoin d'examiner les preuves physiques, dis-je. Évidemment, si vous les avez toujours après toutes ces années.

— Tout est là, dit Torricelli. Bon débarras.

— Vous êtes libres tous les deux de les examiner à loisir, dit Dalton. Tout ce qui a été retenu lors du précédent procès sera présenté à nouveau.

— À l'exception de Seamus Dent, dis-je, votre principal témoin oculaire.

— Son témoignage n'est pas crucial, mais je dois concéder que vous avez fait du bon travail de ce côté-là. J'ai presque été impressionnée.

— Nous aimons faire plaisir.

— Et, Beth, votre argumentation était en béton, J'ai parlé de vous à la patronne. Nous avons un poste qui se libère au département juridique, si ça vous intéresse.

— Et quitter Victor ? Je ne pourrais pas.

— Sans blague. J'aurais juré que quitter Victor était le principal attrait de cette proposition.

— En parlant de Dent, dis-je, qu'advient-il de l'inspecteur Gleason ?

— Rien d'agréable, dit Torricelli. Ils lui ont pris son arme et l'ont collé à l'accueil de la Brigade routière jusqu'à ce que l'inspection des services ait terminé d'enquêter sur la fusillade. M'étonnerait qu'il s'en tire. La mère du type qui a été tué vient de porter plainte contre la ville. Mort injustifiée.

— Le contraire m'aurait étonné.

— J'ai été choquée quand j'ai vu la plainte, dit Mia Dalton, un petit sourire relevant le coin de ses lèvres. Choquée que votre nom n'y figure pas, Victor. Ça ne vous ressemble pas. Il fut un temps où vous auriez été le premier à frapper à sa porte, une convention d'honoraires de prévoyance dans la poche.

— Je me fais vieux, dis-je. Ou peut-être bien que j'ai cru l'inspecteur quand il a dit qu'il n'avait pas eu le choix. Il a essayé de faire quelque chose de bien pour ce gosse. Ça n'a pas marché, mais quand même.

— En l'absence du témoin oculaire, dit Mia, nous allons devoir nous concentrer sur le mobile. Le divorce épineux. La bataille pour la garde et les biens matériels. Les petites amies.

— Je vous demande pardon ?

— L'inspecteur Torricelli a été très occupé. Votre client a eu un grand nombre de liaisons. Mais nous allons rédiger un mémo, vous l'aurez au procès.

— Ça vous ennuierait de nous donner les noms ?

— Oui, beaucoup.

— Darcy DeAngelo ? dit Beth. La fille du restaurant ?

Dalton écarquilla les yeux.

— Il nous a parlé d'elle, dit Beth. Il nous a tout dit, y compris qu'il n'a pas tué sa femme.

— Eh bien, ce ne sera pas la première fois, intervint Torricelli.

— Qu'est-ce qui ne sera pas la première fois ? demandai-je.

— Qu'un client vous raconte des bobards.

— Vous ne savez rien de rien.

— Autre chose ? demanda Mia Dalton.

Je sortis un document de ma mallette, y jetai un rapide coup d'œil et le lançai sur son bureau.

— J'ai une question concernant ceci, dis-je.

Elle examina la feuille de haut et commenta :

— Un inventaire de ce qui a été saisi lors de la première perquisition dans l'appartement de M. Dubé. Elle a été effectuée avec le consentement de l'accusé et a donné lieu à son arrestation. Et alors ?

— Que sont devenus les effets de mon client ?

Torricelli s'avança et s'empara du document.

— On a saisi et consigné uniquement ce qui nous a paru intéressant, dit-il. Autrement dit, pas grand-chose en dehors de l'arme, de la chemise et des bottes tachées de sang. On a laissé tout le reste. J'imagine que votre répugnant client a fait le nécessaire.

— Apparemment, le propriétaire a tout vendu, dis-je. Mais certaines choses semblent manquer dès le début, y compris sur votre propre inventaire de l'appartement. Il y a des câbles d'ordinateur, mais pas d'ordinateur. Il y a une caméra vidéo avec un pied et un projecteur, mais pas de bandes vidéo. Et il n'y a aucun jouet.

— Des jouets ?

— Oui, des jouets.

Mme Cullen avait parlé de jouets dans les couloirs du tribunal, mais on n'en avait retrouvé aucun dans l'appartement de Dubé. Même pas des jouets de gosse pour sa fille.

— Je ne sais rien de cette histoire de jouets, dit Torricelli. Peut-être bien qu'il a mis au clou tout ce qu'il avait pour faire saliver son avocat.

— Peut-être, peut-être, peut-être, répétai-je en souriant. On n'engage pas des poursuites pour meurtre en se basant sur des « peut-être ».

— Ce qu'on a vu, on l'a noté, réitéra Torricelli en reposant la feuille sur le bureau de Dalton. Ce qu'on a pris, on l'a inventorié.

— Tout ?

— Tout. On a fait ça dans les règles. Fin de l'histoire. Ne faites pas une montagne d'un tas d'ordures, espèce de ver de terre édenté.

— C'est mon travail, dis-je.

— Laissez-moi vous expliquer quelque chose, mes amis, dit Mia Dalton. La D.A. a gagné cette affaire avant son élection, avant qu'elle ne devienne ma patronne. Elle tient beaucoup à ce que je gagne à mon tour. Vous ne la connaissez pas quand elle est déçue. On ne la surnomme pas « la dragonne » pour rien, croyez-moi. Quand elle est contrariée, elle dévore le mobilier, elle s'envole pour aller terrifier les chiens et les avocats, elle souffle un feu ardent. Et je n'ai pas l'intention de finir carbonisée.

— Traduction ?

— Traduction : n'attendez aucune faveur de ma part sur cette affaire. Je vous conseille d'arriver au tribunal avec autre chose qu'une intention de plaider, serait-ce sincèrement, le doute raisonnable, parce que j'ai bien l'intention de servir au jury le cul de cet assassin sur un plateau. Si vous voulez avoir une petite chance de l'emporter, vous feriez mieux de sortir le grand jeu.

– Je ne crois pas avoir de grand jeu, dis-je.

– C'est ce qui me met de si bonne humeur en me levant le matin, dit Mia Dalton. Je ne crois pas non plus.

28

L'aube se traînait dans la rue sombre tel un vieillard arthritique, les bras agités, les mâchoires tremblotantes, avançant à peine malgré les efforts déployés. Ouais, je sais, c'est un peu gonflé comme métaphore, mais justement ma vessie l'était aussi.

J'étais assis dans ma voiture, attendant que le jour se lève, souffrant en silence. J'avais interrogé Phil Skink, le privé qui travaillait pour moi, et lui avait demandé s'il avait un conseil à me donner pour surveiller un appartement.

— Vous voulez dire à part payer quelqu'un pour le faire à votre place, Victor ?

— Oui, Phil, dis-je. À part payer quelqu'un.

Pro bono signifie également en latin « y aller à l'économie ».

Skink me fit les recommandations suivantes : s'assurer qu'il n'y a pas d'autre sortie derrière le bâtiment ; conduire une voiture qui cadre sur le plan socio-éçonomique avec le quartier ; faire une reconnaissance dudit quartier afin de trouver le meilleur endroit où planquer ; se garer devant un magasin ou un bar ; s'asseoir du côté passager pour avoir l'air d'attendre quelqu'un ; se faire tout petit sur le siège ; avoir une explication toute prête au cas où un flic ou un voisin deviendrait trop curieux. Prendre son café « court ». Bon, c'est peut-être là, sur ce dernier point, que j'ai tout fichu en l'air.

Je me levai tôt, bien avant l'aube, bien avant que notre vieillard arthritique ait le temps d'enfiler ses chaussettes chirurgicales, si bien qu'un café « court », eh bien, ça ne pouvait tout bonnement pas coller. Grande ou *venti* ? Et si on disait juste une énorme tasse ? Donnez-moi quelque chose de grand, dis-je au *barista* qui travaillait au comptoir du *diner* de mon quartier, et qui n'était pas jeune, piercé et mal élevé, mais gros, grec et mal élevé, et qui m'aurait collé un bon coup de poing si je l'avais appelé « *barista* ». J'avais réclamé une grande tasse, et je le payais maintenant.

Je secouai les jambes, essayai de penser à tout ce qui pouvait évoquer la sécheresse, tout en gardant un œil sur la porte qui jouxtait celle du Tommy's High Ball dans cette rue de Philly ouest où se trouvait l'appartement dans lequel vivait Daniel Rose. J'étais garé sur le trottoir d'en face, en peu en retrait, devant une épicerie fermée. Rien n'était encore sorti ni entré par cette porte, mais je savais, oui, je *savais* qu'à l'instant où je m'éloignerais pour aller vider cette mer grosse agitée par la tempête qu'était devenue ma vessie, la porte s'ouvrirait, le type sortirait et la matinée serait fichue. Alors j'attendis et scrutai la porte en secouant les jambes et en laissant mes pensées vagabonder dans les sables du désert, au milieu des chameaux et des bédouins, dans un monde desséché.

C'est à ce moment-là que j'ai commencé à comparer l'aube à Horace T. Grant.

Je n'étais pas doué pour cela, je n'avais pas la patience requise ; je n'avais qu'une envie : rentrer chez moi pour aller pisser, mais Julia Rose avait prétendu que son petit ami avait déménagé, et je ne la croyais pas. Tout comme je ne croyais pas qu'elle mentait volontairement, mais parce que quelqu'un d'autre voulait qu'elle mente. Daniel avait dit qu'il s'appelait Randy. Julia avait dit que Randy ne voulait pas s'engager. Mais il l'était déjà, engagé, non ? Si je voulais comprendre quelque chose à la situation de Daniel, il fallait que j'apprenne ce que je pouvais sur ce Randy. À commencer par l'endroit où il travaillait. D'où cette planque.

Il était un peu plus de sept heures et demie quand la porte jouxtant l'entrée du Tommy's High Ball s'ouvrit. L'homme qui la franchit était de taille moyenne, plutôt costaud, les cheveux blonds coupés court, avec des lunettes. Il portait une chemise de travail bleue avec un nom cousu sur la poche et un pantalon bleu assorti.

Sur le trottoir, les jambes écartées, il éjecta une cigarette d'un paquet écrasé, l'alluma, inspira une bouffée et récupéra un brin de tabac entre ses dents.

Je me fis tout petit sur mon siège. L'homme exhala la fumée par le nez. Il dégageait quelque chose de dangereux ; c'était dans ses grandes mains, dans sa façon de se tenir, de souffler nerveusement deux traits de fumée. Il regarda à gauche, puis à droite, me regarda. Puis il se dirigea dans ma direction.

Je m'affalai un peu plus sur mon siège. Mes genoux

touchèrent le tableau de bord. Il continuait d'approcher.

Je cherchais un moyen de disparaître sous le siège quand il frappa sur le toit de ma voiture.

Je levai les yeux et regardai à travers mon carreau.

Il sourit.

— Bonjour, dit-il.

Je lui fis un signe de la main, me redressai et ouvris ma portière pour pouvoir parler.

— Un problème ? me demanda-t-il.

— Non, non, aucun problème. Je suis juste assis là, devant cette boutique, parce que j'attends un ami.

— L'épicerie est fermée, dit-il.

— Mais oui, je sais bien, on dirait que je risque d'attendre encore un moment.

— Je vous ai observé de ma fenêtre, reprit-il en souriant toujours. Vous êtes là depuis plus d'une heure.

— Une heure, vraiment ?

Il ouvrit davantage la portière.

— Pourquoi vous ne descendriez pas une minute ?

— Ça va comme ça, merci.

— Il y a des gosses dans ce quartier, monsieur, dit-il. On n'a pas besoin qu'un pervers vienne traîner par ici.

— Je ne suis pas un pervers.

— Alors pourquoi est-ce que votre jambe tremble comme ça ?

— Envie de pisser.

Il regarda dans la voiture, aperçut la grande tasse à café bleue cartonnée dans le porte-tasse et dit :

— Vous auriez dû prendre le petit modèle.

— Ne m'en parlez pas.

— Prenez le temps de descendre une minute, insista-t-il.

Et je m'exécutai.

J'en profitai pour le regarder de près, tandis que je me balançais d'un pied sur l'autre devant lui. Il souriait toujours, mais ce n'était pas un sourire amical. Il avait de grandes dents. Le nom cousu sur sa chemise était RANDY, et on pouvait lire le nom d'un magasin sur son autre poche : WILSON – MATÉRIEL DE PLOMBERIE.

— C'est un quartier tranquille ici, reprit-il. Un quartier familial, avec des enfants. On veille les uns sur les autres. On n'aime pas beaucoup que des étrangers aux jambes tremblantes s'attardent dans le coin. Donnez-moi votre permis, que je puisse donner votre nom à la police si je vous revoyais traîner par ici.

— Je m'appelle Victor Carl, dis-je.

Son sourire s'effaça un court instant, et je compris qu'il avait reconnu mon nom.

— C'est exact, dis-je. Je suis l'avocat de Daniel. Et la personne que j'attends en fait, Randy, c'est vous. Avez-vous un moment à m'accorder ?

Il se pencha en avant et me sourit à nouveau.

— Non, dit-il. Je dois aller travailler.

— Je peux vous déposer ?

— Je vais prendre le bus.

— Non, je vous assure. Ce sera avec plaisir. Je suis très impressionné par votre action de protection du quartier. Ça me rassure sur la situation de Daniel.

Il tourna la tête et me jeta un regard en biais.

— Je fais ce qu'il y a à faire, c'est tout.

— Et on dirait que vous vous y entendez. Vous avez suivi une formation en maintien de l'ordre ?

— J'ai un peu d'expérience.

Silence.

— J'étais dans l'armée.

— Ça se voit. Laissez-moi vous déposer.

Il y réfléchit un moment, jeta un coup d'œil en direction de la fenêtre de son appartement, fit ses petits calculs.

— Très bien, abdiqua-t-il.

Je m'écartai de la portière ouverte et l'invitai à monter.

— On s'arrêtera prendre un café. Vous connaissez un endroit près d'ici ?

— Un ou deux.

— Bien. Du moment qu'il y a des toilettes.

29

— Vous n'avez pas à vous inquiéter pour Daniel, dit Randy Fleer – c'était son nom, je venais de l'apprendre – pendant que je le conduisais en voiture à l'entrepôt où il travaillait, dans le nord-ouest de Philly. Je prendrai soin de lui. Julia, évidemment, elle est un peu... comment dire ? ... enfin bref. Je peux comprendre que le juge s'inquiète de la savoir seule avec lui. Mais je vais m'occuper de Daniel à partir de maintenant. C'est un bon petit gars, il a juste besoin d'un homme dans sa vie. Je suis là maintenant, alors il n'a plus vraiment besoin de vous.

— C'est rassurant de le savoir, Randy, dis-je. Il y a juste un détail qui me chiffonne : pourquoi avez-vous dit à Julia de ne pas mentionner votre nom dans les discussions ?

— C'est ce qu'elle vous a dit ?

— De façon très claire. Il suffisait de la voir agir. Elle a dit aussi que vous étiez séparés.

— Mais vous ne l'avez pas crue.

— Non.

— Julia n'a jamais su mentir, de toute façon. Écoutez, je travaille. J'ai décroché ce boulot chez

Wilson, et parfois je file un coup de main à un copain qui bosse dans le bâtiment. Montage de cloisons sèches, ce genre de trucs. Je n'ai pas le temps de rester assis toute la journée à attendre qu'un juge me dise comment je dois m'occuper de ce garçon. Et j'ai beau travailler comme je le fais, je n'ai pas les moyens de nous payer à tous une couverture santé. Julia et moi, on n'est pas mariés. Elle bénéficie pour le moment des soins médicaux gratuits pour elle et Daniel. Mais d'après ce que je sais, si les services sociaux apprenaient qu'on vit ensemble, ils lui sucreraient tout ça.

— Est-ce que vous vivez avec eux ?

— Un coup oui, un coup non.

— Avez-vous un endroit à vous ?

— Pas pour le moment, non. Ça n'aurait aucun sens, avec ce qu'on demande aujourd'hui pour un loyer, même pour ce taudis dans lequel Julia vit aujourd'hui, au-dessus du bar. Mais j'ai des projets pour nous, pour tous les trois. Dès que j'aurai remboursé certaines dettes et que j'y verrai plus clair, je veux nous acheter une maison. Il y a un gentil quartier à Mayfair où habitent des copains du boulot. Je sais ce qu'il faut à Daniel. Je veux qu'on forme une famille. Il le mérite. Un gosse mérite d'avoir une bonne famille.

— Il y a certaines choses que Julia doit faire pour Daniel, dis-je. La juge lui a ordonné d'assister à certaines réunions, de répondre présente aux convocations et d'emmener son fils chez le médecin. Et il faut aussi qu'elle s'occupe de ses dents.

— Elles sont dans un sale état, hein ? Elle le gâte trop. Pour elle, élever un gosse, c'est lui coller une barbe à papa dans les mains et de laisser regarder la télé. Et le soir, il dort avec une tototte.

— C'est vraiment bon pour lui ?

— Ça le calme.

— Pouvez-vous veiller à ce qu'elle l'emmène bien chez le dentiste ?

— Je ne sais pas si le programme de soins médicaux gratuits dont elle bénéficie couvre également les soins dentaires. Il faut dire, ce ne sont que ses dents de lait.

— Si je vous trouve un dentiste qui s'occupe de lui gratuitement, vous veillerez à ce qu'elle le conduise bien à ses rendez-vous ?

— Ouais, bien sûr. Sans problème. Et je veillerai aussi aux autres trucs. J'ai toujours voulu avoir un fils, un gosse avec qui jouer au football, regarder les matchs à la télé. Daniel, c'est ma chance, je ne la laisserai pas passer. Vous devriez le voir courir. Il file comme le vent. Il peut devenir quelqu'un. C'est un brave gosse. Je prendrai soin de lui.

— D'accord.

— Combien de temps allez-vous encore rester dans les parages ?

— Aussi longtemps que la juge décidera que c'est nécessaire.

— Pourquoi ne lui dites-vous pas que tout va bien maintenant ?

— Tant que la situation de Daniel ne sera pas limpide, elle voudra que je reste impliqué. Et je veux être certain qu'on s'occupe de sa santé, de ses dents, et que sa mère fait tout ce qu'elle peut pour prendre soin de lui.

— Je vous l'ai dit, je le ferai, moi.

— Avez-vous déjà fait de la prison, Randy ?

— Quel rapport, bordel ?

— Je me demandais, c'est tout. Le tatouage fait maison sur le dos de votre main semble l'indiquer.

— J'ai été au trou pour une simple histoire de chèque. Une courte peine. J'ai eu de mauvaises fréquentations, et on a fait les idiots. Je veux dire, bien sûr, je reconnais que j'ai un passé, je ne peux pas le nier. Sauf que je peux vous garantir une chose : on dit que l'armée est censée faire de vous un homme, mais pour moi ç'a été la taule. Je veux rattraper le temps perdu. Qui que j'aie pu être, quoi que j'aie pu faire, maintenant je veux faire tout ce qu'il faut pour ce gosse. Et pour Julia. Je veux qu'on soit ensemble, peut-être même qu'on ait un autre gosse. On va former une famille.

— Ce serait vraiment la meilleure chose pour lui, dis-je.

— Je le sais.

— Mais je croyais que vous étiez quatre en tout, dis-je. Julia n'a pas une fille ?

— C'est elle qui vous a parlé de ça ?

— Non.

— Qui alors ?

— Elle a une fille ou pas ?

— Non.

Je continuai de conduire. Parfois, en tant qu'avocat, vous devez coller votre doigt sous le nez de quelqu'un et le traiter de menteur ; d'autres fois, vous devez juste vous taire et laisser le silence parler pour vous.

— Je veux que nous formions une famille dont Daniel puisse être fier, reprit-il finalement.

— Je ne suis pas certain de comprendre, dis-je.

— Peu importe. Ce n'est pas votre famille. Ce n'est pas vous qui vivrez à Mayfair. Vous êtes marié ?

— Non.

— Des gosses ?

— Non.

— Quelle vie de famille avez-vous connue en grandissant ?

— Une vie merdique.

— Alors, bordel, de quoi parlez-vous ? Vous n'y connaissez rien.

— Peut-être bien.

— Je travaille juste là, m'indiqua-t-il.

Nous étions dans une rue animée proche du boulevard Roosevelt. Un magasin d'exposition en brique donnait sur un entrepôt et une cour. À côté d'un chariot élévateur, des tuyaux, des poubelles et des casiers jonchaient la cour. Des hommes portant des casques de chantier se tenaient autour du chariot, buvant du café, comme figés dans cette sorte d'engourdissement qui prend les hommes le matin, avant que ne commence la journée de travail.

Je me garai. Quand Randy descendit de voiture, je fis de même.

— Où allez-vous ? me demanda-t-il.

Il s'était montré plutôt aimable durant toute notre conversation, mais quelque chose dans mes dernières questions avait quelque peu mis à mal notre relation amicale, et il y avait maintenant une note de colère dans sa question.

— Ça ne vous ennuie pas, n'est-ce pas, Randy, si je pose quelques questions à votre patron sur votre travail ici ? La juge voudra sûrement savoir.

Il jeta un regard en direction de la cour, puis haussa les épaules.

— Allez-y, dit-il. Je trime comme un dingue ici, et je n'ai jamais manqué une journée.

— C'est bien, dis-je. Ça en dit long.

Il me fixa, songea à ajouter quelque chose, puis se ravisa. Je le regardai s'éloigner. Oui, je sais, je n'ai pas beaucoup insisté au sujet de la fille. J'aurais dû enchaîner les questions, n'en laisser aucune sans réponse, mener un contre-interrogatoire digne de ce nom. Mais la frontière qui sépare la colère de la rage est ténue et, si j'acceptais volontiers d'essuyer les tempêtes que je provoquais, ce n'était pas moi qui vivais avec lui, n'est-ce pas ?

Mais cela ne signifiait pas que je n'avais pas d'autres questions. *Je veux que nous formions une famille dont Daniel puisse être fier*, avait-il précisé. Que diable voulait-il dire par là ? Il suffisait pourtant que je me pose cette question pour être certain d'une chose : je n'allais pas aimer la réponse.

30

Nous parlions de Bob.

— Je trouve qu'il est merveilleux, dit Carol Kingsly en piquant sa fourchette dans sa salade. Mystique, en quelque sorte. Quand il s'active sur mes dents, j'en ai des frissons dans la mâchoire.

— Je ne suis pas sûr que « frissons » soit le mot approprié, dis-je.

— Oh si, si, des frissons, s'extasia-t-elle, au point que je me demandai si c'était bien de sa mâchoire, et non d'autre chose, qu'elle parlait.

— Depuis combien de temps le voyez-vous ?

— Ça ne fait que quelques semaines. Ma prof de yoga me l'a recommandé. Vous faites du yoga ? me demanda-t-elle.

— Non, mais il m'arrive parfois de me pencher pour ramasser une bière.

— Vous devriez faire du yoga. C'est très spirituel. Et tellement bon pour la peau. Ma prof, Miranda, est fabuleuse. D'une souplesse incroyable. Elle parlait de son dentiste d'une voix feutrée, elle disait que ses chakras étaient très ouverts, en particulier son chakra du cœur. C'est la source d'énergie qui aide à guérir. Comment n'aurais-je pas essayé d'aller le voir ? Avant lui, je voyais un dentiste classé au top du magazine *Philadelphia*, un des plus respectés de la région dans sa branche, mais je ne me suis jamais sentie aussi à l'aise sur son fauteuil que sur celui du Dr Pfeffer. Et quand on voit ce qu'il a fait pour mon amie Sheila, je dirais que c'est presque un saint.

— C'est possible pour un dentiste ?

— Pourquoi pas ?

— J'ai toujours pensé que les dentistes atterrissaient quelque part entre les blasphémateurs et les sodomites dans le septième cercle de l'enfer.

— Victor.

— J'ai les gencives fragiles.

Carol Kingsly sourit et – tout le mérite en revenait au Dr Bob – son sourire était fabuleux.

J'avais repris son numéro dans ma poche de chemise, rassemblé tout mon courage et l'avais appelée pour l'inviter à déjeuner. Elle avait paru si ravie d'avoir de mes nouvelles que j'en étais resté baba. J'avais dû lui répéter trois fois mon nom et lui expliquer exactement qui j'étais, comme s'il y avait eu un risque qu'elle parle à un autre Victor Carl. Et voilà qu'elle était là, assise en face de moi dans ce bistrot branché, non loin de l'Independence Hall, me décochant son fabuleux sourire. Mais ce n'était pas seulement son sourire qui m'intéressait, ni son corps leste, ni même ses yeux d'un bleu plus profond que je n'en gardais le souvenir, ébloui que j'avais été par la clarté de la salle d'attente. Non, j'avais une arrière-pensée en invitant Carol Kingsly à sortir. Je voulais lui parler de Bob.

Qui diable était-il ? D'où sortait-il ? Que cherchait-il réellement ? *J'aime aider*, avait-il répété plusieurs fois. Bien sûr, et moi j'aime le corned-beef, mais cela ne répondait pas aux questions – à une en particulier – que je me posais : était-ce une simple coïncidence si Whitney Robinson, qui avait défendu François Dubé, et Seamus Dent, le témoin oculaire au passé trouble qui avait témoigné au procès du Français, étaient tous deux d'anciens patients du Dr Bob ?

— D'où vient le Dr Bob, vous le savez ? lui demandai-je.

— J'ai entendu dire Albuquerque, j'ai entendu dire Seattle. Il a passé une partie de son enfance en Birmanie, si j'ai bien compris.

— Mais personne ne connaît sa ville natale ?

— Son passé est un peu flou, et je crois que c'est ce qu'il veut. Il ne livre que des bribes à ses patients. Je sais qu'il a pratiqué à Baltimore juste avant de s'installer ici, et qu'il a obtenu ses diplômes au Karolinska Institutet en Suède, mais son nom est presque effacé, juste assez pour qu'on s'interroge.

Elle sourit, se lécha les lèvres.

— Personne ne connaît les détails de sa vie.

— Un mystère international à lui tout seul.

— Exactement. Puis-je vous demander quelque chose, Victor, quelque chose qui m'intrigue ?

— Bien sûr.

— Cette cravate. C'est un héritage ?

— Non. Qu'est-ce qui vous fait croire ça ?

— J'essaie juste de comprendre pourquoi vous portez une chose pareille. J'imaginais une sorte de coutume barbare, perpétuée de génération en génération, de père en fils, comme une malédiction familiale.

– Hélas, pour un avocat, la cravate fait partie de l'uniforme.

– Mais je ne parle pas des cravates en général. Je trouve que la cravate est un accessoire merveilleux ; tout ce qui enserre comme une corde le cou d'un homme, d'ailleurs, va dans la bonne direction. Mais pourquoi cette cravate-ci ?

– Elle est très pratique, à laver comme à porter.

– Connaissez-vous la règle numéro un en matière de mode, Victor ?

– Non.

– Ne jamais porter quelque chose qui pourrait se nettoyer dans le lave-vaisselle.

– J'aime ma cravate.

– Victor, ne soyez pas idiot. Après le déjeuner, nous irons chez Strawbridge et nous choisirons quelque chose de plus décent.

Je frottai ma cravate avec mon pouce, appréciai la façon qu'elle avait de se plisser au toucher, éprouvai la délicate texture du polyester.

– Vous avez parlé d'une amie à vous, dis-je pour changer de sujet. Sheila, je crois ?

– Oui. Elle suivait également les cours de Miranda. Une gentille fille, mais un peu triste, le genre mal dans sa peau, vous voyez. Elle avait un ancien petit ami qui n'arrêtait pas de l'appeler et avec qui elle voulait juste être amie, et elle était harcelée par son patron au travail. Rien n'allait comme il fallait dans sa vie. Miranda a essayé pendant des années d'ouvrir le chakra sacré de Sheila, celui qui rayonne de l'abdomen et qui est lié à l'équilibre émotionnel et à la sexualité, mais sans succès. Elle était trop bloquée. Et puis Sheila a eu une dent de sagesse fêlée.

— Ouille, fis-je.

— Et Miranda a insisté pour qu'elle voie d'urgence le Dr Pfeffer.

— Ouille et ouille.

Carol plissa les yeux en me fixant d'un air désapprobateur.

— Vous êtes si trouillard. Il va falloir que nous fassions quelque chose pour remédier à ça. Bref, elle est allée voir le Dr Pfeffer, et il s'est avéré que ce ne sont pas seulement ses dents qui ont été soignées. Ça fait quatre mois maintenant, et c'est stupéfiant de voir comme Sheila a changé. Elle est radieuse, plus vivante que jamais. Elle a perdu du poids, et elle a une mine fantastique. Pas plus tard que la semaine dernière, elle s'est fiancée à un pédicure.

— Le rêve de toutes les femmes.

— Oh, mais c'est le cas, Victor. Un pédicure. Songez aux chaussures qu'elle va pouvoir porter maintenant.

— Et vous attribuez ce changement au Dr Bob ?

— Je n'en jurerais pas, mais c'est quand même une drôle de coïncidence, non ? Elle consulte le Dr Pfeffer, et tout d'un coup l'ancien petit copain complètement tordu cesse d'appeler. Et quand Sheila, toujours codépendante, essaie de le contacter, il ne répond pas à ses appels. Bizarre, non ? Et ensuite, c'est au tour du patron de Sheila, qui lui faisait toutes sortes de crasses, d'être muté à Fresno. Devinez qui l'a remplacé à son poste ?

— Je crois que j'en ai une vague idée. Et le pédicure ?

— Un patient du Dr Pfeffer lui aussi.

— Évidemment.

— Je veux dire, c'est incroyable. Et pour couronner le tout, Miranda dit que tous les chakras de Sheila sont rayonnants. Alors, quand le Dr Pfeffer m'a appelée pour me demander si rencontrer un de ses patients m'intéresserait, j'ai sauté sur l'occasion.

— Bien entendu.

Je comprenais mieux maintenant pourquoi elle avait paru si ravie que je l'appelle.

— Et il faut que je vous dise, Victor, enchaîna-t-elle en me décochant à nouveau son incroyable sourire et en posant sa main chaude sur la mienne. Je suis heureuse que vous ayez appelé. J'ai le sentiment que ça va être merveilleux.

Il ne fallut pas longtemps, après le restaurant, pour que je sente le contact de sa main douce sur ma nuque, dans mon col de chemise, et qu'elle desserre ma cravate.

— Avant tout, débarrassons-nous de cette horreur, dit-elle en défaisant le nœud. Nous allons trouver quelque chose qui convient mieux à vos couleurs.

Quand elle eut ôté ma cravate, elle la tint devant elle entre deux doigts, comme la queue d'un opossum mort, avant de la laisser tomber dans une poubelle derrière le comptoir du rayon cravate du grand magasin Strawbridge, situé quelques rues plus au nord, où Carol nous avait directement conduits. Là, l'œil évaluateur, elle examina les cravates en soie exposées dans une vitrine.

— Nous aimerions voir celle-là, dit-elle au vendeur en désignant du doigt une large cravate bleu pastel à motifs cachemire. Et celle-là également, ajouta-t-elle en désignant quelque chose de jaune.

— Je ne sais pas, dis-je. J'aime bien mes cravates un peu moins larges

— Quoi, avec ces revers ?

— Et ce n'est pas vraiment ma...

— Essayez, Victor. Vous n'allez pas en revenir quand vous verrez la différence que peut faire une cravate bien choisie, même avec un costume bleu aussi ordinaire que celui-là.

Je terminai avec une cravate jaune nouée autour du cou.

— Très joli, dit-elle en prenant un peu de recul. Très seyant.

Seyant ? Une cravate jaune, Seigneur ! Je n'étais pas un banquier d'affaires ni un décorateur d'intérieur, et le jaune n'a jamais dissimulé les inévitables taches de sauce. Pourtant, je l'avais laissée me passer une cravate en soie jaune autour du cou. Pourquoi ? Je vais vous le dire. Parce que j'adorais le contact de ses mains chaudes sur mon cou et cette façon qu'elle avait de se mordiller la lèvre inférieure en m'habillant. Et aussi son haleine mentholée tandis qu'elle venait tout près vérifier que la cravate était bien glissée sous le col. En fait, elle n'allait pas si mal avec mon costume, cette satanée cravate. Elle me donnait vraiment un air différent, plus chic. En observant mon reflet dans le miroir, je faillis lâcher les mots « obligation » et « taupe ».

— Maintenant, dit-elle, la montre. Une Timex, Victor ? Allons, allons.

Nous étions penchés au-dessus des montres, lorgnant les Movado, quand je dis :

— Attendez-moi une minute. J'ai besoin d'un nouveau portefeuille, j'en ai vu un là-bas qui m'a tapé dans l'œil.

Je retardai le moment de m'éloigner jusqu'à ce que le vendeur montre à Carol quelque chose de ridiculement mince et de ridiculement cher. Puis je glissai jusqu'au comptoir des cravates pour sauver ma polyester rouge rayée de la poubelle où elle gisait au milieu des emballages froissés et des reçus.

— Désolé, ma vieille amie, dis-je en la roulant et en la glissant discrètement dans la poche intérieure de ma veste.

31

— Vous avez l'air différent aujourd'hui, Victor, constata Velma Takahashi en entrant dans mon bureau après que je l'eus fait attendre à dessein plusieurs minutes devant celui de ma secrétaire. Plus énergique. Vous êtes allé chez le coiffeur ?

— Non, dis-je.

— Un soin du visage ?

— Non.

— Peu importe, vous rayonnez.

Ses lèvres pulpeuses dessinèrent un sourire comme elle s'asseyait devant mon bureau.

— Un peu comme dans cette publicité, ajouta-t-elle. On vous a prescrit du Viagra, c'est ça ?

— Aucune prescription. Tout est toujours naturel chez moi, mais merci du compliment, dis-je en lissant ma nouvelle cravate jaune. Et si nous en venions à nos petites affaires ?

— J'ai apporté la deuxième provision.

Elle se pencha en avant et me tendit une enveloppe. Rien d'autre n'aurait pu m'arracher à la contemplation de ses seins magnifiquement siliconés brusquement exposés.

— Parfait, dis-je.

Je fus ravi également par le montant du chèque.

Velma portait une tenue de tenniswoman, un chemisier blanc minimaliste, une jupe courte plissée, de grosses tennis ornées de délicieux petits pompons sur les talons qui attendaient d'être pressés comme des myrtilles sauvages. Je ne suis pas un fan de tennis ; je préfère regarder un téléachat pour une rôtissoire qu'une partie de tennis à la télé ; pourtant, en voyant Velma, là, dans mon bureau, dans cette tenue, je me mis soudain à apprécier ce sport.

— Vous jouez beaucoup ? lui demandai-je pour faire la conversation en ouvrant l'enveloppe et en examinant le chèque.

— Oh oui, dit-elle.

— Au tennis, je veux dire.

— Je vois ce que vous voulez dire.

— Je remarque, madame Takahashi, qu'il n'y a pas d'adresse sur ce chèque. Est-ce un nouveau compte ?

— Il sera encaissé, ne vous inquiétez pas.

— Je ne suis pas inquiet. Je me demande seulement à quel moment vous avez l'intention d'expliquer à votre mari que vous payez la défense de François Dubé avec son argent.

— Les termes de notre mariage ne vous regardent pas. Veillez seulement à ce que mon mari en ait pour son argent.

— Mes honoraires sont plutôt raisonnables, non ?

Elle manqua sourire, avant de se ressaisir.

— J'ai un rendez-vous, dit-elle. Ce sera tout ?

— Non, pas tout à fait. Il y a certains détails qui m'intriguent. Où François Dubé a-t-il rencontré sa femme ?

— Sûrement quelque part.

— Il a dit dans un bar.

— Alors, c'était sûrement dans un bar.

— Étiez-vous présente ?

— Peut-être.

— Et si vous m'en disiez un peu plus ?

— C'était dans un bar. J'étais avec Leesa. François est arrivé. Le patron nous a présentées à lui. Que voulez-vous savoir d'autre ?

— Quel bar ?

— Le bar situé au-dessus du Marrakech.

— Et l'homme qui a fait les présentations, c'était Geoffrey Sunshine ?

— C'est exact.

— Avec qui François Dubé est-il reparti ce soir-là ?

— C'est important ?

— Oui.

— Pourquoi ?

— Parce qu'on a fini de rigoler, madame Takahashi. Je suis maintenant responsable de la vie d'un homme. La raison pour laquelle François Dubé a plongé la première fois, c'est qu'il n'y avait aucun autre suspect pour le meurtre de Leesa. J'ai besoin d'en trouver un.

— Et puisque je suis assise là, en face de vous, c'est bien pratique, c'est ça ?

— Oui, vous faites une excellente candidate. Pourquoi payez-vous la défense de François Dubé ?

— Je vous ai déjà répondu. À cause de mon amitié pour Leesa.

— Et je ne vous ai pas crue la première fois que

vous me l'avez dit. Avec qui Dubé est-il rentré ce soir-là ? Avec vous ?

— Oui.

— Leesa en a-t-elle été contrariée ?

— Non.

— Elle ne s'est pas sentie tenue à l'écart ?

— Elle ne l'a pas été.

Je penchai la tête, et Velma Takahashi se mit à rire. Il me fallut quelques secondes de trop pour comprendre. François Dubé, espèce de vieille canaille.

— Ce sera tout ? demanda-t-elle en arquant un sourcil.

— Pourquoi Leesa s'est-elle mariée avec lui ?

— Elle est tombée amoureuse, voilà pourquoi. Victor, vous devez comprendre une chose : Leesa et moi, on n'était pas le genre je-fais-le-pied-de-grue-au-bar-en-espérant-qu'on-me-remarque. Quand on sortait ensemble, on était des flibustières, à la recherche de plaisir et de profit. Quand quelque chose nous plaisait, on s'en emparait. Et quand cette chose nous plaisait à toutes les deux, on partageait. Aucune de nos victimes ne s'est jamais plainte, pour autant que je m'en souvienne. Et à la fin, en bonnes flibustières, on s'est partagé les biens pillés. La plupart des hommes sont passés par-dessus bord, mais François avait certains talents, que Leesa trouvait attirants. Il n'a jamais eu assez d'argent à mon goût, alors je le lui ai laissé. Et puis, à l'époque, je fréquentais déjà mon mari.

— Savait-il que vous faisiez des parties à trois avec Dubé pendant qu'il vous fréquentait ?

— Ça n'aurait pas été pour lui déplaire.

— Et Dubé, que pensait-il du fait que vous décidiez toutes les deux de son avenir ?

— Est-ce qu'il avait vraiment le choix ? Mais c'est lui l'imbécile qui a décidé de se marier. Il a dit à Leesa qu'il voulait la sauver de ma mauvaise influence. Ça nous a fait bien rire, Leesa et moi, mais il a vraiment fait tout ce qu'il a pu pour nous séparer. Et finalement, après leur mariage, il y a réussi.

— Voilà pourquoi vous ne l'aimez pas beaucoup.

— Oui.

— Mais ça n'explique quand même pas pourquoi vous déposez des fleurs sur la tombe de Leesa chaque semaine.

— J'ai besoin d'y aller, dit-elle en se levant et en tirant sur l'ourlet de son chemisier de tennis.

— Pourquoi vous sentez-vous coupable de la mort de Leesa Dubé, madame Takahashi ?

— Prévenez-moi quand vous aurez besoin de plus d'argent.

— Je n'y manquerai pas.

— Bonne journée, Victor.

— Vous n'avez pas répondu à ma question.

— Vos dons d'observation, Victor, ne cessent pas de m'émerveiller.

Là-dessus, elle disparut de mon bureau et quitta le cabinet.

Je me penchai à ma fenêtre, la vis sortir de l'immeuble et attendre nerveusement que sa limousine s'arrête au tournant. Le chauffeur descendit et lui ouvrit la porte. Elle s'engouffra dans la voiture, ramenant ses longues jambes derrière elle. J'attendis jusqu'à ce que la limousine démarre, puis me précipitai vers le bureau de ma secrétaire.

— Vous les avez prises, Ellie ?

— Oui.

— Et alors ?

— Ce n'est pas des cartes postales, mais ça peut aller.

— Montrez-moi ça.

Ellie me tendit son téléphone portable. Je fis défiler les photographies sur son écran couleur. Velma Takahashi en tenue de tennis, assise, les jambes croisées, l'air de s'impatienter. Velma Takahashi parlant dans son téléphone portable. Velma Takahashi en gros plan, regardant droit devant elle.

— S'est-elle rendu compte que vous avez pris ces photos ? lui demandai-je.

— Je ne crois pas. Elle ne m'a pas semblé du genre à prêter attention au petit personnel.

— Vous avez raison, dis-je. Pourriez-vous me les faire développer ?

— Pourquoi, monsieur Carl ? Pour les accrocher sur votre mur comme on accroche une pin-up ?

— Absolument. Mais d'abord, il faut que je voie quelqu'un à propos d'un chien.

32

À Philadelphie, si vous voulez ouvrir un restaurant, commencez par vous acheter une banque. Ensuite, renvoyez les caissiers, retapez l'endroit selon un thème choisi, engagez un chef célèbre, mettez en place un service de voituriers, facturez trente-six dollars un morceau de poisson, et vous voilà lancé. C'est comme ça que sont nés le Striped Bass, le Circe et le Ritz-Carlton, et c'est comme ça qu'a démarré Geoffrey Sunshine quand il a acheté le bâtiment de la First Philadelphia Bank, avec ses colonnes en marbre et ses plafonds moulurés dorés. Son restaurant, le Marrakech, était un rêve exotique pour dîneurs avertis, proposant une cuisine méditerranéenne dans une atmosphère de lumières tamisées et de tissus aux couleurs chatoyantes. Le plafond était bleu, les tapisseries dorées, les tajines parfumés. Les tables au Marrakech étaient réservées des mois à l'avance, ce qui ne les empêchait pas de vous faire attendre quand vous arriviez, tout simplement parce qu'ils pouvaient se le permettre. Mais ce n'était pas au restaurant que ça bougeait, c'était au-dessus, dans le somptueux El Bahia Club.

— Elle a un dîner, expliquai-je à Beth comme nous nous trouvions tous les deux au bar de l'El Bahia, nous efforçant d'attirer l'attention de l'un des barmans, le genre qui vous donne l'impression d'être invisible. Elle est dans les relations publiques. Mais elle a dit qu'elle nous rejoindrait pour boire un verre avant.

— Où l'as-tu rencontrée ?

— Mon dentiste nous a présentés.

— Ton dentiste ? Je croyais que tu détestais toute cette profession.

— C'est le cas. Une bande de sauvages sans pitié.

— C'est ce petit rire qu'ils ont quand ils te touchent un nerf et que la douleur te coupe le souffle, approuva Beth en hochant la tête. C'est cette façon qu'ils ont de te dire, comme s'ils s'adressaient à un gosse récalcitrant : « Ne serrez pas la mâchoire, vous me résistez » ; là, j'ai envie de hurler : « Bien sûr que je vous résiste, espèce de sadique ! Vous êtes en train de me bousiller les gencives. »

— Ouais, c'est le Dr Bob tout craché.

— Pourtant, tu l'as laissé t'arranger le coup.

— Eh bien, c'est un type intéressant.

Le bar de l'El Bahia était plein d'une clientèle chic. L'endroit était décoré comme le palais d'un sultan ; il y avait de la marqueterie et des mosaïques, des rideaux, des tapis et des statues dorées représentant des nus féminins. Autour du parterre de danse, des chaises et des fauteuils étaient disposés en gradins. Des tables bondées entouraient le bar circulaire, il y avait une pièce dans le fond pour les fumeurs de cigares, les barmans étaient débordés et prenaient un malin plaisir à ignorer vos appels pour commander.

Et on n'était que mercredi. Le samedi soir, les gens faisaient la queue dans la rue pour entrer.

Finalement, je réussis à capter l'attention d'un grand costaud derrière le bar. La coupe en brosse, un brillant à l'oreille, il s'approcha en s'essuyant les mains dans un torchon.

— Une Brise de mer pour moi, dis-je.

Je regardai Beth.

— Et moi une bière, dit-elle, en bouteille.

— Quel genre ?

— Brune, précisa Beth.

Le barman la fixa un moment sans comprendre, avant de hausser les épaules et de tourner les talons pour aller préparer notre commande.

— Tu as dit que ton dentiste était un type intéressant, reprit Beth. Explique-moi ça.

— Il dit qu'il aime aider les gens. Je crois que ça signifie qu'il essaie de s'immiscer dans leur vie avec l'espoir de faire de ce monde un monde meilleur.

— Et j'imagine, comme il est dentiste, qu'il fait ça avec des gants en caoutchouc et un masque, comme Batman.

— Je n'avais pas vu ça sous cet angle, mais tu as absolument raison. La Ligue de la Justice des Professionnels. Le Comptable. La Femme Actuarielle. Le Plaideur Vert. Sapristi !

— Ton dentiste, ce serait qui ?

— La Roulette, j'imagine, contenant le fléau mondial de la plaque dentaire, livrant un combat sans fin contre la carie.

— Avec son « archnemesis », la femme fatale Ginger Vitus.

— Oh ouais, ça, j'aime bien, la douce Ginger avec

son costume félin couleur café et son léger parfum de pourriture.

— Où as-tu été pêcher ce type ?

— Whitney Robinson me l'a recommandé, dis-je. Et puis, j'ai découvert qu'il avait aussi soigné Seamus Dent.

Beth écarquilla des yeux stupéfaits, ce qui lui donna l'air mignon tout plein.

— Ton dentiste est au courant de quelque chose au sujet de Dubé ?

— Je ne lui ai pas encore posé la question.

— Victor. Pourquoi ?

— Parce qu'on n'y va pas bille en tête avec le Dr Bob. C'est le genre de type avec qui il faut biaiser. Il me dit ce qu'il veut bien me dire, à sa façon charmante... Ah, voilà nos verres.

Le barman posa tapageusement ma Brise de mer sur le bar, fit de même avec une Dos Equis devant Beth, et énonça une exorbitante addition, comme s'il nous rançonnait. Je plongeai la main dans une poche de ma veste et en tirai une photographie de Velma Takahashi que ma secrétaire avait prise au bureau.

— Vous l'avez déjà vue par ici ? demandai-je.

— Jolie, commenta le barman. Qu'est-ce qu'elle a, elle a disparu ?

— Seulement sa cellulite. Vous la reconnaissez ?

Il se gratta le menton.

— J'ai un doute.

— Vous êtes un type bien, ça se voit tout de suite. Comment vous vous appelez ?

— Antoine.

— D'accord, Antoine. Je vais régler l'addition pour les verres, mais ceci (je tirai un billet de vingt de mon portefeuille) pourrait bien aller dans votre poche.

— Vous êtes certain que c'est dans vos moyens ?

— Vous n'en voulez pas, tant pis, dis-je. Je le donnerai à un serveur.

Mais avant que j'aie eu le temps de fourrer le billet dans ma poche, il me l'arracha de la main.

— Jamais vu cette fille, dit-il. Et une beauté pareille, je l'aurais remarquée.

— Oh, j'en suis sûr.

Je rangeai la photo dans ma veste.

— Depuis combien de temps travaillez-vous ici, Antoine ?

— Un an et deux mois.

— De tout le personnel, qui est le plus ancien ici ?

— Celia a commencé après moi. Pinar bosse ici depuis deux ans, mais il va partir. Personne ne reste très longtemps à cause du patron.

— Vous parlez de M. Sunshine ?

— Ouais.

— C'est pas un type facile, c'est ça ?

— Pendant un mois ou deux, c'est votre meilleur pote, il vous tape dans le dos, il fait la bringue avec vous, il vous colle les meilleurs horaires, et puis il se transforme en vrai salopard. C'est volontaire. Il aime bien renouveler le personnel ; d'après lui, ça rafraîchit l'atmosphère.

— Ça, et un peu d'Air Wick.

— Et je ne parle pas de ses gadgets espions, les caméras et tout le bazar, de peur qu'il y en ait qui tapent dans la caisse.

— C'est le cas ?

— Si c'est le cas, on est suffisamment malins pour

ne pas se faire prendre. Mais l'espionnite à la James Bond, ça finit par vous user. Et puis il y a eu les chèques sans provision.

— Vraiment ?

— Il a prétendu que c'était une erreur ; tout est rentré dans l'ordre depuis, mais vous savez ce que c'est, quand le mal est fait...

— Donc, le seul membre du personnel présent ici depuis au moins cinq ans, c'est le patron ?

— Vous avez tout compris.

— Il est là ce soir ?

— Pas encore, mais il va arriver. Aucun doute.

— Prévenez-moi quand vous le verrez, d'accord ?

— Pas de problème.

Je tournai la tête pour réfléchir à ce qu'Antoine venait de me raconter quand je la vis qui arrivait vers moi d'un pas glissé. Carol Kingsly. Je ne savais pas encore dans quelle mesure elle me plaisait, mais bon sang, elle avait une sacrée allure. Elle portait un tailleur gris, des escarpins gris, un chemisier en soie déboutonné au col et un collier de perles autour de son joli cou. Elle était accompagnée par un gominé, un de ces types scandaleusement beaux aux dents étincelantes et aux cheveux peignés en arrière luisants d'une lotion au pétrole quelconque. Il portait un costume marron et une cravate à rayures criarde.

— Salut, toi, me dit Carol en me prenant par le bras d'une manière possessive, comme si nous sortions ensemble depuis des années, au lieu de quelques jours.

De sa main libre, elle lissa ma cravate.

— Tu es superbe.

— C'est ma nouvelle styliste-conseil. Elle fait fureur. Tu as soif ?

— Je meurs de soif.

Je commandai une autre tournée, fis les présentations et nous eûmes une de ces conversations décousues qu'ont les gens qui se connaissent mal dans les bars bondés, quand la musique est devenue un peu trop forte. La pluie et le beau temps, les Phillies, les plats servis à l'étage en dessous, les petites remarques sournoises à l'endroit des célébrités et de leurs dernières frasques. Carol ne me lâchait pas le bras et se montrait exagérément chaleureuse avec Beth. Le gominé s'appelait Nick, et il paraissait avoir un faible pour Carol. Beth, qui en avait un d'ordinaire pour les gominés, ne semblait pas du tout intéressée par Nick, mais elle ne perdait rien de la manière qu'avait Carol de flirter et de se coller à moi. De quoi me filer un bon mal de crâne. Je hélai Antoine et nous commandai à tous les quatre une autre tournée.

Vingt minutes plus tard, Nick jeta un coup d'œil à sa montre.

— Il est temps, dit-il.

— Le devoir nous appelle, dit Carol. Désolée de filer comme ça en vous laissant en plan.

— On s'en remettra, dis-je.

— L'homme que nous allons rencontrer est un ponte de l'immobilier, expliqua-t-elle en ouvrant de grands yeux sur le mot « ponte ». Je suis tenue à la discrétion, mais ça pourrait marquer un tournant dans notre carrière. Un de ses lieutenants est un patient du Dr Pfeffer. C'est comme ça qu'il a eu mon nom. Il a dit au docteur qu'il cherchait un nouveau cabinet spécialisé en relations publiques.

— Bien pratique.

— Il lui a aussi confié qu'ils cherchaient un nouvel avocat pour régler certains problèmes qu'ils ont. Faut-il que je donne vos noms ?

— On ne s'occupe pas d'immobilier, dit Beth.

— Mais on peut très bien apprendre, rectifiai-je en tendant à Carol une de mes cartes.

Elle y jeta un coup d'œil.

— Derringer et Carl. Ça sonne bien. L'immobilier, c'est quoi pour vous ?

— L'emplacement, l'emplacement, l'emplacement, dis-je.

— Ça devrait suffire.

Elle tira d'un coup sec sur mon bras, m'attira contre elle et, sous le regard mauvais de Nick, m'embrassa sur la bouche. Notre premier baiser, mais donné d'une manière si désinvolte par Carol qu'on aurait pu nous croire intimes depuis des mois.

— J'ai été ravie de vous rencontrer, Beth, dit Carol.

— Tout comme moi, lui renvoya Beth.

— Bisou, Victor. Sois sage. Je t'appelle dès que je rentre, je te raconterai.

— Alors, voilà Carol, dit Beth, comme nous les regardions, elle et Nick, s'éloigner du bar en jouant des coudes.

— Oui, voilà Carol.

— Carol, Carol, Carol.

— Elle fait du yoga.

— Ça ne m'étonne pas. En tout cas, je vous ai trouvés tous les deux plutôt mordus.

— Ah oui ?

— Je me trompe ?

— Je ne sais pas, je n'ai jamais rien compris à ce qui se passait dans mes liaisons. Pourquoi est-ce qu'il en serait autrement cette fois-ci ? J'imagine que dès que je me serai hissé à son niveau, elle me larguera.

— Et ça m'étonnerait que Nick le gominé y trouve quoi que ce soit à redire.

— On dirait bien qu'il s'est amouraché, c'est vrai.

— Ça ne t'inquiète pas que ta nouvelle petite amie passe la soirée avec le beau M. Nick ?

— Tu as vu sa cravate ? Allons.

À cet instant, Antoine approcha et se pencha au-dessus du bar pour me taper sur l'épaule.

— Le voilà, dit-il en me désignant un petit homme voûté aux cheveux bruns ondulés et au visage en pointe.

Il avait l'air d'un furet endimanché et mal fichu, tandis qu'il traversait le club en saluant son monde par-ci par-là. Un malabar en pull à col roulé noir s'avança à sa rencontre, faisant s'écarter la foule devant lui tel César.

— En général, il tient salon dans le fumoir, me dit Antoine. Il aime bien être tranquille.

— Merci pour le tuyau, dis-je.

Nous restâmes au bar quelques minutes encore, le temps de terminer nos verres et de payer l'addition en regardant Geoffrey Sunshine entrer dans la pièce enfumée cloisonnée de verre. Geoffrey Sunshine, le magnat de la restauration qui avait mis en relation François Dubé, Leesa Cullen et Velma Takahashi, une combinaison explosive qui s'était soldée par un meurtre. J'avais quelques questions à poser à M. Sunshine.

— As-tu déjà fumé un cigare, Beth ?

— Pas dans cette vie.

— Il y a un début à tout, dis-je comme nous nous frayions un chemin vers le fumoir. C'est parti pour une plongée dans le brouillard.

33

— Vous êtes les avocats qui défendez François, dit Geoffrey Sunshine.

Il avait les paupières tombantes et les lèvres fines, et une aura de corruption se dégageait du moindre mot qu'il prononçait.

— C'est exact, dis-je.

— Et vous voulez me parler ?

— Si ça ne fait rien à votre nounou, dis-je en désignant du pouce le malabar au pull à col roulé noir.

À l'instant où nous avions fait un pas vers le coin du salon où Sunshine était assis, le garde du corps s'était entremis de toute sa carrure impressionnante entre son patron et nous, comme si Sunshine était le Président et que notre cabinet juridique s'appelait Hinckley & Hinckley[1]. Nous nous adressions maintenant à lui par-dessus l'épaule du garde du corps, qui nous bloquait le passage avec son bras tendu, prêt à nous vider à coups de pied aux fesses.

1. Allusion à John Hinckley, l'auteur de la tentative d'assassinat contre le président Reagan en 1981.

Sunshine tira une ou deux bouffées de son cigare ridiculement long en nous fixant et dit :

– C'est bon, Sean.

Le garde du corps montra les crocs d'un air déçu avant de nous laisser le passage.

– Comment ça se présente pour François ? demanda Sunshine, les yeux sur son cigare, comme si tout cela l'ennuyait royalement. Vous allez le sortir de prison ?

– Nous lui avons obtenu un nouveau procès, dit Beth. La situation se présente un peu mieux qu'avant pour lui.

– Dites-lui qu'il y aura toujours une place pour lui dans mes cuisines si vous le sortez de là.

Il esquissa un vague sourire qui découvrit une rangée de petites dents. Quelque chose dans son visage de furet m'était étrangement familier.

– Il me serait vraiment utile ici, renchérit-il, surtout vu la manière dont mon chef actuel abuse du safran.

– Je suis certaine que François Dubé sera heureux d'entendre ça, dit Beth.

– Asseyez-vous, tous les deux, dit Sunshine en nous désignant un canapé placé en diagonale par rapport à son fauteuil.

Il y avait deux hommes en complet sur le canapé, des types gras avec des cigares, venus parler business avec le magnat, mais Sunshine leur fit un petit signe et ils se levèrent avec empressement pour nous laisser la place. Je ne devrais pas le dire, mais j'éprouvai une foutue satisfaction à les voir décamper.

– Bon, reprit Sunshine lorsque nous fûmes assis, comment puis-je aider mon bon ami François ?

Je sortis la photo de Velma et la lui tendis.

— Reconnaissez-vous cette femme ?

Il la regarda, plissa ses yeux de fouine et la regarda encore. Je n'avais pas le souvenir de l'avoir jamais rencontré auparavant, mais quelque chose dans son sourire hautain et méprisant ne m'était pas étranger.

— Ça pourrait être Velma, dit-il, mais je ne sais pas, elle a l'air différente.

— Je crois qu'elle a eu recours à la chirurgie.

— Alors c'est Velma, aucun doute.

Il suçota son cigare.

— Velma Wykowski, une des célèbres sœurs Wykowski.

— Je ne savais pas qu'elle avait une sœur.

— Leesa Cullen, c'est d'elle que je parle, précisa-t-il. C'est comme ça qu'on les appelait quand elles étaient encore célibataires toutes les deux, les célèbres sœurs Wykowski. Elles ne se ressemblaient pas du tout, c'était ça qui était drôle. Elles traînaient régulièrement au bar à l'époque où j'ai commencé. Et elles étaient souvent l'attraction de la soirée.

— Karaoké ?

— Non, plutôt un autre genre de spectacle. Elles buvaient trop, flirtaient trop.

Ses sourcils se relevèrent d'une manière obscène.

— Elles faisaient tout de trop. C'était avant qu'elles rencontrent François. Il a mis fin à leur petit numéro. Les gens deviennent moins rigolos une fois mariés, vous ne trouvez pas ? Enfin, c'est quand même une tragédie ce qui est arrivé à Leesa.

— C'est vrai.

— Et Velma, qu'est-ce qu'elle est devenue ?

— Elle s'est mariée, dis-je. Vous savez, monsieur Sunshine, vous me rappelez quelqu'un.

— Appelez-moi Geoffrey.

— Bien sûr. Est-ce qu'on se connaît, Geoffrey ?

Il renifla bruyamment et frotta son nez pointu.

— Je ne crois pas.

— Dans quelle fac êtes-vous allé ?

— Temple, dit-il.

— Et quel lycée ?

— Abington.

— Quelle année ?

Il fourra son cigare dans sa bouche et le fit rouler avec sa langue.

— Alors, vous êtes ce Victor Carl-là ?

Je fis claquer mes doigts.

— Jerry Sonenshein. Espèce de brigand, j'étais certain de te connaître.

Nous échangeâmes quelques « hé » démonstratifs en nous tapant sur les épaules comme si nous étions les meilleurs amis du monde au lycée, et que nous pouvions l'être encore.

— Quel chemin tu as fait, Jerry, dis-je quand nous nous calmâmes.

— Et toi, t'es devenu avocat, dit-il en rigolant, comme si en entrant au barreau j'étais tombé dans une bouche d'égout.

— Pourquoi avoir changé de nom ?

— Dans ce bizness, ça aide d'avoir un nom qui en jette. Et qu'est-ce qui en pourrait en jeter plus que Sunshine[1] ?

— Je me souviens que tu étais dans le groupe

1. Littéralement, « soleil ».

audiovisuel ; vous baladiez ce projecteur d'une salle à une autre comme si le lycée vous appartenait.

— Et toi, tu écrivais ces stupides éditoriaux pour le journal du bahut, comment il s'appelait déjà ?

— *L'Abingtonien*, dis-je. Mais ils étaient censés être drôles.

— Ils étaient stupides, Victor. Pas drôles, stupides. Tous ceux du groupe audiovisuel se foutaient de toi.

— Vous étiez tous si imbus de vous-mêmes, comme si le seul fait de savoir manipuler ce projecteur vous plaçait au-dessus de la mêlée.

— On régnait sur le bahut.

— Sauf quand les durs des durs vous collaient la tête au fond des chiottes.

— Je n'ai pas le souvenir de t'avoir vu non plus dans l'équipe de foot, me renvoya-t-il.

— Tu sais ce dont je me souviens encore, Jerry ?

— Geoffrey, Vic, corrigea Sunshine.

— Je me souviens que je ne t'ai jamais aimé.

Nous nous fixâmes un long moment, comme deux lycéens à nouveau, le regard assassin, s'affrontant dans une partie de balle au prisonnier. Puis nous échangeâmes à nouveau quelques « hé » et « oh » en nous redonnant des tapes sur les épaules, peut-être un peu plus fort cette fois, en faisant comme si notre animosité d'autrefois avait disparu avec les années.

— Cigare ? proposa Sunshine.

— Avec plaisir, dis-je.

— Sean, dit-il, apporte-nous une sélection.

Il ne fallut pas longtemps pour que nous nous retrouvions affalés dans nos fauteuils, tous les trois, à tirer des bouffées de cigare, un nuage de fumée délétère voilant nos visages tandis que Sunshine parlait de François Dubé et des célèbres sœurs Wykowski. Beth avait choisi un panatela Arturo Fuente, fin et corsé, au délicat parfum de noisette. J'optai pour un Joya Antano Gran Consul de chez Davidoff, le roi Farouk des cigares, appris-je, court, gros et très fort. Beth semblait prendre du plaisir à fumer le sien. Je m'efforçai quant à moi de conserver mon sourire, mais le roi Farouk faisait de la gymnastique suédoise au fond de mon estomac.

— Comment as-tu connu mon client, Jerry ? demandai-je.

— Geoffrey, corrigea Sunshine.

— Peu importe.

Il me lança un regard furieux, puis se ressaisit, avant de reprendre en regardant son cigare :

— J'ai entendu dire par mon saucier que François, qui était alors chef en second au Bec Fin, avait l'intention de rendre son tablier pour ouvrir son propre restaurant. J'avais moi-même des problèmes dans le mien, et je cherchais un nouveau chef. François aurait été parfait. Alors je l'ai invité pour voir si nous pouvions parvenir à un arrangement tous les deux.

Sunshine se pencha au-dessus d'une petite desserte placée entre son fauteuil et notre canapé, tapota délicatement son cigare au-dessus d'un cendrier, et y fit tomber un cylindre de cendres. D'un air absent, il fixa l'unique rose plongée dans un vase en verre noir, avant de se renfoncer dans son fauteuil.

— Les célèbres sœurs Wykowski traînaient ici à l'époque, elles étaient les reines incontestées du bar, sniffant de la coke, draguant comme des folles, se faisant même sauter dans les toilettes quand ça leur chantait, ce qui n'était pas rare. On ne pouvait pas les tenir, mais elles étaient délicieuses, et franchement l'établissement y gagnait le genre de réputation qui attire la clientèle huppée. C'était une bonne chose de les avoir ici. C'était drôle aussi.

Il tira une bouffée, me jeta un regard libidineux ; j'essayai de ne pas vomir.

— Alors le soir où François est venu ici, je leur ai demandé d'être sympa avec mon nouveau copain. Je me disais qu'une fois qu'il aurait goûté aux charmes des sœurs Wykowski, qu'il aurait vu à quel point on pouvait prendre du bon temps ici, nous arriverions peut-être à trouver un accord. Mais les choses n'ont pas tourné comme je l'espérais.

— Que s'est-il passé ? voulut savoir Beth.

— La fin d'une époque, voilà ce qui s'est passé, répondit Sunshine. Pour commencer, j'ai surpris mon barman le plus populaire en train de piocher dans la caisse. Quand je l'ai viré, une bonne partie de la clientèle a suivi. Pas bon. Et puis les célèbres sœurs Wykowski se sont envolées juste après.

— Pourquoi ?

— Ils formaient un trio à l'époque, Leesa, Velma et François. Et puis j'ai entendu dire que Velma s'était lassée et qu'elle avait fait cadeau de François à Leesa.

— Qu'elle lui en avait fait cadeau ?

— Un truc comme ça. Et juste après, on ne les a plus revus ici, aucun des trois. J'ai appris que Leesa s'était mariée avec François. Et puis j'ai entendu dire qu'il avait ouvert un restaurant à son nom. Et ensuite que Velma avait trouvé un nouveau champ à labourer. Fin de l'histoire. Sans mon barman, ni les deux sœurs, tout d'un coup mon club n'avait plus la même cote. Déjà que cette boîte me tuait, j'avais dû emprunter un max pour refaire la déco, et voilà qu'elle ne me rapportait même plus ce qu'elle me rapportait avant. Il m'a fallu trois ans pour sortir du trou.

— Mais on dirait que tu y es parvenu, dis-je.

Il eut un large sourire, son cigare coincé entre ses petites dents.

— Eh oui.

— Tu as revu Velma depuis ? lui demandai-je. Elle est revenue ici ?

— Non, dit-il, son regard se tournant à nouveau vers la fleur. Leesa non plus. J'ai pensé qu'elles devaient être gênées de s'être conduites comme elles l'ont fait. J'ai suivi ce qui est arrivé à Leesa dans la presse, mais Velma Wykowski, ç'a été comme si elle avait disparu de la surface de la terre. Avec qui elle s'est mariée, au fait ?

— Tu ne le sais pas ?

— Non, du tout.

— Un type quelconque, éludai-je. Merci pour ton aide, Jerry.

— Si je peux faire quoi que ce soit pour François, fais-le-moi savoir. C'était un grand chef. Et j'étais sérieux quand j'ai dit qu'il y avait une place pour lui ici.

— Merci, dis-je.

Je tirai une autre bouffée, et sentis brusquement mon estomac se retourner. Après la Brise de mer de trop, c'était au tour du cigare.

— Tu fais une drôle de tête, Victor, dit Geoffrey Sunshine. Tu n'as pas l'air dans ton assiette, mon pote.

Je tins mon Joya Antano Gran Consul devant moi tandis que la nausée me lacérait l'estomac telle une lame émoussée.

— Je vous demande de m'excuser, dis-je en écrasant mon cigare dans le cendrier et en me levant faiblement. J'ai besoin d'aller aux toilettes.

Satané roi Farouk. La seule bonne nouvelle est que je réussis à vomir sans tacher ma cravate.

34

En vue de la pose de mon bridge, le Dr Bob fraisait deux de mes dents saines en forme de cylindre. Il avait l'air de prendre du plaisir à ce qu'il faisait. On pouvait même dire qu'il fraisait avec un certain enthousiasme, cet enthousiasme qui, s'il est admirable chez une stripteaseuse, est quelque peu déconcertant chez un dentiste qui vous colle une roulette dans la bouche.

— Alors, voilà sûrement la fameuse cravate, dit le Dr Bob par-dessus le gémissement de la pointe en diamant qui attaquait mes dents. Carol a vraiment un goût excellent. Il faut juste qu'elle revoie un tantinet à la baisse son niveau d'exigence. Quand on cherche la perfection, on finit toujours par être déçu, mais c'est en cela que vous allez lui faire le plus grand bien. On n'a pas à se préoccuper de perfection dans votre cas, pas vrai, Victor ?

— Aahoohuu, dis-je.

— Poussez-vous légèrement, et ouvrez un peu plus grand la bouche. Et arrêtez de gémir. J'ai vous ai injecté assez de novocaïne pour assommer un cheval.

Si vous ne vous calmez pas, je vais devoir demander l'aide de Tilda.

Je cessai immédiatement mes jérémiades. Il changea la pointe de sa roulette, et se remit à fraiser dans ma bouche.

— Vous devez lui apporter quelque chose. Elle a l'air si heureuse. Vous paraissez étonné. Carol et moi, nous discutons, vous savez. La relation médecin-patient peut être autre chose qu'une simple transaction commerciale. Je m'intéresse personnellement à tous mes patients. Nous formons, tous autant que nous sommes dans ce cabinet, une sorte de famille. Tournez la tête par ici, s'il vous plaît. Oui, c'est très bien. Je n'en reviens pas, Victor, mais tout se déroule sans problèmes. Rincez-vous et crachez, s'il vous plaît.

Je me rinçai et crachai. Une poudre blanche resta collée sur les bords de la cuvette en porcelaine. J'éprouvai un accès de nostalgie à la pensée de ce qui était encore ma dent quelques minutes plus tôt.

Il déplaça la lampe au-dessus de ma tête, scruta son minuscule miroir pour avoir une meilleure vue des dégâts et actionna à nouveau le mécanisme de la fraise. Le bruit faisait penser à celui d'une minivoiture de course électrique.

— Aaiaiiiiiiaaaaaeio ? dis-je.

— Bien sûr que vous pouvez poser une question. Ça concerne la dentition ? Parfait. Comme ça, j'ai une chance de pouvoir vous répondre.

— Ouarraaaiaiee ?

— Les dents de lait ? Très important. Mais vous n'avez pas à vous inquiéter à ce sujet. Oh, vous ne parliez pas pour vous, c'est ça ?

— Aiiah.

— Un client. Intéressant. Quel âge ?

— Ahaaa. IoohiOhohoh.

— Quatre ans ? Et vous le représentez *pro bono* ? Je suis très impressionné. Je crois qu'à bien des égards, nous nous ressemblons plus qu'on ne s'y attendrait. Accrochez-vous pendant que j'abrase ce bord-là. Donc, nous avons un gosse de quatre ans qui a de sérieux problèmes dentaires. Et si vous me montriez quelles dents ça concerne ?

Je passai ma langue sur toutes mes dents du haut.

— Ah oui. Ça m'a l'air sérieux. Est-ce qu'il boit encore au biberon ? Ses parents le laissent-ils sucer son pouce quand il s'endort ?

Je hochai la tête. Il secoua la sienne.

— Je ne peux pas l'affirmer sans avoir examiné ce petit garçon, mais on dirait qu'il souffre de ce qu'on appelle la carie du biberon. Oups. Désolé, mais si vous serrez les dents, ça ne me facilite pas la tâche. Ce n'est pas grave, mais ça saigne pas mal tout d'un coup. Rincez-vous la bouche, s'il vous plaît.

Mon Dieu, c'était Guernica dans la cuvette.

— Encore un peu, et ce sera fini. La carie du biberon. Une bactérie appelée *Streptococcus mutans* se nourrit des sucres du lait ou des jus de fruit donnés au biberon, et ses toxines rongent les dents. Si elle s'installe suffisamment en profondeur, elle peut causer une grave infection qui peut toucher l'os et endommager irrémédiablement les dents d'adulte qui se forment en dessous. Cet enfant doit être examiné immédiatement et soigné par un dentiste qualifié.

— Aahilleioo ?

— Le traitement standard consiste à creuser les

dents infectées, à nettoyer les caries, et enfin à protéger les nerfs touchés. On pose des couronnes sur les dents, ce qui permet aux dents définitives de pousser sans qu'il y ait d'autres problèmes. Tout ça est indispensable. J'espère que les parents ont une bonne assurance.

— Aihaaahi.

— Rien ? Ça, c'est un problème. Vous feriez bien de vous rincer encore la bouche, Victor. Le sang commence à s'arrêter de couler, mais c'est encore fluide.

Gargouillis, gargouillis, gargouillis, crachat.

— Laissez-moi jeter un coup d'œil encore.

Il pulvérisa de l'eau tiède sur mes dents.

— À quoi ça ressemble ? lui demandai-je.

Maintenant qu'il avait sorti ses doigts de ma bouche, je pouvais enfin prononcer les consonnes. Je dirais que les consonnes, c'est un peu comme les molaires inférieures, on ne les apprécie vraiment que lorsqu'elles ne sont plus là.

— C'est splendide, dit le Dr Bob. Rondes, régulières, et même belles. J'aurais pu être sculpteur, Victor. J'aurais pu être David Smith[1]. J'avais le talent et la vision, mais l'idée d'être enfermé toute la journée dans un atelier, de voir ma solitude rompue seulement par la visite occasionnelle d'un modèle nu, ce n'était pas pour moi. À la place, je pratique le plus grand, le plus noble art du monde.

Il brandit la pointe en diamant de sa fraise tel le flambeau de la liberté, et l'actionna.

1. Sculpteur « minimaliste » américain (1906-1965), adepte du métal soudé.

— Qui sait quel mal se dissimule dans la bouche des hommes ? proclama-t-il. Le dentiste, lui, le sait.

— Vous lisiez des bandes dessinées quand vous étiez gosse ? lui demandai-je.

— Des tas.

— Vous êtes sûr que vous ne les preniez pas un peu trop au sérieux ?

— Bien sûr que non. Elles étaient si peu réalistes. Superman était un journaliste de presse écrite ; Batman un mondain millionnaire ; Daredevil un avocat. Des héros, ça ? Ne me faites pas rire. Spiderman, photographe à temps partiel ; Iron Man, industriel ; Green Lantern, architecte ; le Surfer d'argent, une sorte de voyageur zen. Oooh, un voyageur zen, ça en jette, non ? Et Captain Marvel, un livreur de journaux, pour l'amour du ciel.

— Pas de dentiste, c'est ça ?

— Tilda va prendre une empreinte pour le labo. Ensuite, je poserai des couronnes provisoires sur ce qui reste de vos dents. Dès que le labo m'aura envoyé le bridge complet, je vous passe un coup de fil. Tout se déroule à la perfection, Victor. Ça devrait vous encourager.

— Oh, c'est le cas, dis-je en passant ma langue sur mes gencives sans vie. Une dernière chose : je me demandais si...

— Le gosse, c'est ça ? fit-il.

— Oui.

— J'étais curieux de voir à quel moment vous alliez me demander ça. Comment s'appelle-t-il ?

— Daniel. Daniel Rose.

— Dites à la mère de Daniel de m'appeler pour prendre rendez-vous. Je ferai ce que je peux. *Pro bono*. Tout comme vous. Vous voyez, Victor, il est important que vous compreniez ma mission dans la vie. Il est important que vous sachiez quel genre de personne je suis réellement.

— Quelle importance, ce que je peux penser ?

— Nous formons tous une grande famille. Nous devons nous comprendre les uns les autres. Tilda ! appela-t-il.

Elle apparut dans l'entrée, rapide comme le super-héros Flash.

— Oui, docteur.

— Terminons ce qu'il nous reste à faire avec Victor, d'accord ?

Elle enfonça un de ses gros poings dans le creux de son autre main et fit craquer ses phalanges.

— Avec plaisir, dit-elle.

35

Le studio de Julia et Daniel Rose au-dessus de l'atmosphère insalubre du Tommy's High Ball consistait en un lit d'adulte défait, un lit d'enfant, une plaque de cuisson, un petit réfrigérateur, une télévision portable, et une vague odeur de vomi. Dans la penderie, au-dessus des monceaux de vêtements et de jouets sales, se trouvaient des pantalons et des chemises d'homme sur des cintres, et une veste en cuir deux fois trop grande pour Julia. À côté de la penderie, une petite salle de bains comportait un coin douche moisi. Pas exactement le Ritz.

– Depuis combien de temps Randy vit-il avec vous ici, Julia ? demanda Isabel.

– En tout et pour tout, environ six mois, répondit Julia Rose.

– Pourquoi nous avez-vous menti en disant que Randy n'habitait plus là ?

– Il m'a dit qu'avec son casier, et le temps qu'il a passé en prison, vous risquiez de nous retirer Daniel si vous appreniez qu'on était ensemble.

– Nous ne voulons pas vous retirer Daniel, Julia.

Nous voulons juste que vous preniez soin de lui autant que vous en êtes capable.

— Je fais tout ce que je peux, se défendit Julia. Et Randy m'aide. Il est gentil avec Daniel. Ils s'entendent vraiment bien. Il l'emmène au parc, ou au McDo. Randy est ce qui se rapproche le plus d'un père pour Daniel. Et ça ne lui a pas plu que vous l'espionniez assis dans votre voiture, monsieur Carl. Il n'a pas aimé ça du tout.

— J'ai juste déposé Randy à son travail, Julia. Et si j'ai fait ça, c'est uniquement parce que je voulais connaître la vérité, que vous n'avez pas voulu nous dire. J'ai été impressionné par ce que j'ai découvert. Il se lève tous les jours pour aller travailler, et il travaille dur. J'admire vraiment ça. Et je suis d'accord avec vous, la meilleure chose pour Daniel serait d'avoir un père à la maison.

— Alors tout va bien, dit-elle.

Non, tout n'allait pas bien, puisque nous étions là et qu'elle devait répondre à nos questions ; ça n'allait pas bien du tout, et son humeur maussade nous le rappelait clairement. Elle s'assit sur le lit défait, tenant Daniel comme un bébé. Daniel leva vers moi de grands yeux rougis.

Nous étions passés les voir sans prévenir. C'était mon idée, la seule manière, m'étais-je dit, d'être certain que Julia ne décamperait pas avant notre arrivée, le seul moyen de vérifier dans quelles conditions vivait Daniel. Nous étions entrés dans l'appartement tels des agents du FBI, tous nos sens en éveil, fouillant les lieux du regard pour y trouver la preuve d'un crime, et voilà que nous nous retrouvions là, debout parce qu'il n'y avait pas de place où s'asseoir, émissaires d'un système qui avait déjà manqué à ses engagements, d'une certaine manière, envers cette femme et son enfant. Lors de notre première visite, nous avions fait figure de personnes consciencieuses, mais maintenant ce débarquement à l'improviste avait quelque chose de soupçonneux et d'effrayant. Oui, je représentais ce petit garçon, et oui, Isabel essayait juste de s'assurer que l'on s'occupait convenablement de lui, tout ça au nom du tribunal. Pourtant, je ne pouvais m'empêcher de me demander ce qu'un type comme moi qui n'avait pas d'enfant, qui n'avait jamais travaillé à leur contact, et qui, soyons honnête, n'aimait pas beaucoup ces petits morveux, faisait là, à juger si ce trou dans lequel ils vivaient, et qui était tout ce que Julia avait les moyens de s'offrir, convenait bien, à juger sa capacité à être mère, alors qu'elle s'efforçait manifestement de faire de son mieux.

– Comment se passent les cours d'éducation parentale ? demanda Isabel.

– Bien. Très bien. J'apprends beaucoup.

– Vous n'y êtes pas allée mardi.

– Daniel avait de la fièvre.

– Comment va-t-il aujourd'hui ?

Isabel s'approcha de mon client et posa une main sur son front.

– Il m'a l'air bien. L'avez-vous emmené chez le docteur ?

– Non. C'était juste de la fièvre.

– Comment te sens-tu, Daniel ? lui demanda Isabel.

Daniel ne répondit pas ; il se contenta d'enfouir son visage dans le creux de l'épaule de sa mère.

— Est-ce qu'il pleure beaucoup ? voulut savoir Isabel.

— Un peu, répondit Julia. Il a du mal à s'endormir.

— C'est là qu'il dort ? demanda Isabel en désignant le petit lit.

— Oui, ou alors dans notre lit s'il pleure.

— Avec vous et Randy ? demandai-je.

— Avec moi, corrigea Julia en redressant le menton.

— Il a peut-être une otite, dit Isabel. Il faut faire examiner ça, Julia. Vous devez le conduire chez le médecin.

— Ils font le tiers payant au centre médical.

— L'avez-vous inscrit dans le programme dont je vous ai parlé ?

— Pas encore.

— Je vous ai apporté certains papiers. Nous pouvons en remplir une bonne partie aujourd'hui, mais il faudra finir ça, Julia. Ce sont des choses indispensables pour prendre vraiment soin de votre enfant.

— J'ai une idée, dis-je.

Daniel releva la tête et me fixa. Je m'efforçai d'accentuer une note d'enthousiasme dans ma voix.

— Pendant que vous deux remplirez tout ce qu'il faut comme paperasse, pourquoi est-ce que je n'emmènerais pas Daniel au parc ?

Julia baissa les yeux vers son fils. Daniel enfouit à nouveau sa tête dans le creux de son épaule.

— Bien sûr, dit Julia en le repoussant. Ça aiderait beaucoup.

Le petit jardin public clôturé par une barrière en métal se trouvait à deux rues de l'appartement. Du caoutchouc noir cloqué s'étalait sous une cage à poules rouillée et un toboggan cabossé. Des cannettes de bière vides jonchaient les bancs en ciment qui entouraient l'espace de jeu, en plus d'un sac McDo roulé en boule et de quelques tessons de bouteille verts. La désolation et la laideur étaient partout, et pourtant, lorsque nous arrivâmes en vue du jardin, Daniel, qui avait marché d'un pas lourd et silencieux à côté de moi, ne put s'empêcher de se mettre à trotter, puis à courir.

Il sauta sur le rectangle de caoutchouc qui servait de siège à une balançoire, agrippa les chaînes et dit :

— Pousse.

Je le poussai doucement.

— Plus fort, dit-il.

Je poussai un peu plus fort, me demandant quelle était la vitesse de balancement approuvée par l'État pour un gosse de quatre ans sur un portique branlant.

— Encore plus fort, commanda-t-il.

Je m'exécutai, et en atteignant la hauteur maximale souhaitée, il poussa un cri aigu qui me confirma que je m'en sortais très bien.

Après la balançoire, il escalada la cage à poules, glissa sur le toboggan et chevaucha le pivert à ressort. Je m'assis sur un des bancs et le regardai faire. Il passa d'appareil en appareil avec le plus grand sérieux, sans jamais sourire, jetant un coup d'œil dans ma direction de temps à autre, mais sans arrêter ce qu'il faisait, et en m'évitant à dessein.

Finalement, fatigué, il s'assit sur un autre banc, balançant les jambes dans le vide, les velcros de ses baskets défaits. Je me levai, m'approchai d'un pas tranquille et m'assis à côté de lui. Il se poussa légèrement, mais resta sur le banc.

— Comment ça va, Daniel ? lui demandai-je.

Il haussa les épaules.

— Tu te rappelles qui je suis ? Je m'appelle Victor. Je suis avocat. Je suis là pour t'aider. Tu te souviens de ça ?

— Maman dit que j'ai pas besoin qu'on m'aide.

— J'espère qu'elle a raison. Tu t'en es bien sorti sur la cage à poules. On aurait dit Tarzan là-bas.

— Qui c'est, Tarzan ?

— Le roi des cages à poules. Tu ne connais pas Tarzan ?

Il secoua la tête.

— C'était un gosse, un bébé en fait, il prenait l'avion avec ses parents. Alors qu'ils survolaient une jungle, l'avion est tombé, bang. Il n'y avait plus personne, à part le bébé, tout seul dans la jungle. Heureusement pour lui, il a été découvert par une famille de singes, et les singes ont décidé de prendre soin de ce petit bébé. Alors, ils l'ont nourri et ils se sont bien occupés de lui ; et le petit garçon a grandi en jouant avec les animaux et en se balançant au bout des lianes. Et ils l'ont appelé le roi de la jungle.

— Ça a l'air bien, de se balancer au bout des lianes.

— Ouais, dis-je.

— C'est quoi une liane ?

— C'est comme une corde, avec des feuilles. J'ai rencontré Randy. Tu te souviens qu'on a déjà parlé de lui, toi et moi ?

Daniel hocha la tête.

— Tu l'aimes toujours bien ?

Il haussa les épaules.

— Il ne te fait pas de mal, n'est-ce pas ?

Il secoua la tête et dit :

— Qu'est-ce qui est arrivé à la maman et au papa dans l'avion ?

— À la maman et au papa de Tarzan ?

Il hocha la tête.

— Ils sont morts, dis-je.

— Oh.

— Et ton père, que lui est-il arrivé ?

— Il est parti.

— Il est mort, lui aussi ?

— Non. Maman dit qu'il est quelque part dans un endroit qui s'appelle le New Jersey. Il y a une jungle là-bas ?

— Bien sûr, dis-je. Newark. Alors, il n'y a que toi et ta maman et parfois Randy dans ta famille, c'est ça ?

— Et Tanya.

— Qui est Tanya, Daniel ?

— Ma sœur.

— Elle est plus grande ou plus petite que toi ?

— Plus grande. Et jolie. Très jolie. Elle s'occupait de moi tout le temps, et on regardait la télé ensemble.

— Mais plus maintenant ?

— Non.

— Où est Tanya maintenant ?

— Je sais pas.

— Où est-elle allée ?

— Quelque part. Je sais pas.

— Pourquoi est-elle allée quelque part ?

— Je sais pas.

— Elle te manque ?

— Beaucoup.

— Quand est-elle partie ?

— Quand Randy est venu.

— D'accord.

— Il l'aimait pas.

— Sais-tu pourquoi ?

— Parce que c'était Tanya.

— D'accord.

— Tu peux la trouver pour moi ?

— C'est ce que tu veux que je fasse, Daniel ?

Il hocha la tête.

— Comment ça va, tes dents ? lui demandai-je.

Il ne répondit pas ; à la place, il ferma la bouche et rentra les lèvres jusqu'à les faire disparaître.

— Sais-tu ce qu'est un dentiste ?

Il secoua la tête.

— Un dentiste, c'est un docteur qui s'occupe des dents. J'en ai trouvé un pour s'occuper des tiennes. Tu dois t'asseoir sur une chaise, et il y a cette lumière et une jolie musique, et le docteur regarde dans ta bouche et arrange tout ce qui ne va pas. Celui que j'ai trouvé dit qu'il peut soigner tes dents, comme ça tu n'auras plus à les cacher tout le temps.

— Ça fera mal ?

— Un peu.

— Je veux pas y aller.

— Quand une chose est cassée, il faut la réparer, ou elle se casse encore plus. C'est pareil avec les dents. Le docteur dont je te parle s'appelle le Dr Pfeffer, et il dit qu'il peut réparer tes dents avant que ça ne soit trop grave.

— Je veux pas y aller.

— Daniel, il le faut.

— Non.

— Et si on passait un marché ?

— Je veux pas y aller. Non et non.

— Voilà ce que je te propose, Daniel : si tu vas voir le dentiste, je retrouve ta sœur.

— Tanya ?

— Oui. Qu'est-ce que tu en dis ?

Il ouvrit la bouche et passa sa langue sur ses dents du haut, ou plutôt sur ce qui en restait, des bouts noircis et irréguliers.

— C'est un bon dentiste, lui assurai-je. Il est très doux.

— Je veux voir Tanya.

— Alors, marché conclu ?

Avant qu'il puisse répondre, il tourna la tête. Je suivis son regard. Julia et Isabel arrivaient par la petite entrée ménagée dans la clôture.

Daniel courut vers sa mère et pelotonna sa tête contre ses jambes.

Il y avait quelque chose chez Julia qui m'effrayait tandis que son fils courait se blottir contre elle. C'était une jolie femme, douce aussi, sans la moindre violence en elle. Elle ne ferait jamais intentionnellement du mal à Daniel, c'était évident. Mais, outre sa douceur, il y avait aussi chez elle de la faiblesse, et c'était cette faiblesse qui m'effrayait. Je n'ai jamais eu d'enfant, c'est vrai, mais j'ai été un petit garçon, et je sais quels dégâts la faiblesse d'une mère peut causer au psychisme d'un gosse. Elle ne savait pas dire non, Julia, même pas pour un bonbon ou un biberon la nuit à un enfant dont les dents pourrissaient sous ses yeux. Elle préférait ignorer les problèmes que les affronter et, acculée dans ses derniers retranchements, elle choisissait la fuite. Voilà pourquoi elle évitait Isabel et les services sociaux dès qu'une visite se profilait. Et c'est aussi ce qu'elle ferait si je lui mettais la pression en l'interrogeant sur sa fille disparue. Elle fuirait, et emmènerait mon client avec elle.

Aussi, lorsqu'elle arriva à l'entrée du jardin public et que Daniel courut vers elle, je ne me précipitai pas à sa rencontre pour la harceler de questions sur Tanya, ni exiger qu'elle explique ce qu'elle était devenue et où elle se trouvait, ni même pour la menacer d'appeler la police. Non, au lieu de cela, et bien que tout en moi m'intimât l'ordre de le faire, je lui souris.

— Comment ça s'est passé ? me demanda-t-elle comme je m'approchais.

— On s'est bien amusés, dis-je.

J'ébouriffai les cheveux de Daniel.

— C'est un gosse génial. Julia, j'ai parlé à un dentiste des problèmes de Daniel. Il m'a dit que vous ne devriez pas lui donner de biberon au lit au moment du coucher.

— C'est le seul moyen pour qu'il s'endorme. Il a des problèmes de sommeil depuis qu'il est bébé.

— C'est vraiment une catastrophe pour ses dents. Il faut que vous arrêtiez. Le dentiste m'a également dit que vous devriez le faire examiner.

— Je n'ai pas les moyens de payer un dentiste.

— Celui dont je vous parle est prêt à examiner Daniel et à le soigner, s'il le peut, et il fera ça gratuitement.

Je sortis une carte de mon portefeuille et la lui tendis. Elle la regarda et se mordit les lèvres.

— Il s'appelle Pfeffer. Dr Pfeffer, dis-je. Son cabinet se trouve dans le centre, sur la 16e Rue. Il attend votre appel. Il dit que si vous ne faites rien rapidement, les dégâts peuvent être irréversibles. Mais il a l'air de penser également que si vous le laissez soigner Daniel très vite, et poser des couronnes sur ses dents, il y a une bonne chance pour que ses dents définitives, quand elles pousseront, soient saines.

— Des couronnes ?

— C'est ce qu'il a dit.

— Daniel n'ira pas. Il a peur des médecins, et il ne laissera personne toucher à ses dents.

— Oh, il ira, lui assurai-je.

Daniel me regardait, ses yeux levés remplis de peur.

— On a passé un marché, pas vrai, Daniel ?

Il acquiesça d'un hochement de tête.

— C'est quoi, ce marché ? voulut savoir Julia.

J'allais répondre que c'était entre mon client et moi, en espérant qu'elle se satisferait de cette réponse, lorsque Daniel me dama le pion.

— Il a promis de m'acheter une glace, dit-il.

Je ne sais pas si c'est à ce moment-là que je me pris réellement d'affection pour mon client, mais ce fut certainement le moment où je décidai que je retrouverais Tanya Rose. Parce qu'avec ce petit mensonge, il me dit tout ce qu'il y avait à dire de sa détresse, et de celle de sa sœur aussi. Il adorait sa mère, bien sûr, quel enfant n'adore pas la sienne ? Mais même à l'âge tendre de quatre ans, il était conscient qu'il ne pouvait pas lui faire totalement confiance pour prendre soin de lui ou de sa sœur. Avec un unique petit mensonge, il me dit qu'il voulait que je sois là, et que je l'aide. Parfois, il suffit de cela.

— Qu'en pensez-vous ? me demanda Isabel, tandis que nous regardions mère et fils s'éloigner pour regagner leur triste petit appartement au-dessus du Tommy's High Ball.

— Je m'inquiète pour lui.

— Une raison particulière à cela ?

— Eh bien, ses dents, pour commencer. Nous verrons si elle fait ce qu'il faut avec le Dr Pfeffer.

— J'y veillerai, dit Isabel.

— Et puis, il y a la question de la sœur de Daniel.

— Il a une sœur ?

Elle se mit à fouiller dans son dossier.

— Je ne vois nulle part mention d'une sœur.

— Justement, dis-je. Je crois qu'il faut que je voie la juge.

36

Nous étions débordés.

Le procès pour meurtre de François Dubé approchait à grands pas, et il restait encore énormément à faire. Il nous fallait examiner la moindre preuve matérielle, chercher la faille dans chacune des dépositions faites lors du premier procès. L'avantage d'un nouveau procès est que l'on dispose d'une mine d'informations, et que l'on a accès à pratiquement tout le dossier de la partie plaignante, dont on peut se délecter à loisir. L'inconvénient, c'est que les informations à disposition sont si nombreuses que l'on court le risque de se perdre dans des détails.

Nous avions envahi le sol et la table de la salle de conférences avec nos montagnes de dossiers et de documents ; il y avait là toutes les plaidoiries, toutes les dépositions, les rapports de police, d'expertise médico-légale, les photos prises sur la scène du crime. Nous avions donné un surnom à la petite salle, avec son bourbier de paperasse : la fosse à goudron Dubé, parce que nous nous y retrouvions englués à toutes les heures du jour en essayant de construire notre défense. Mais, tandis que Beth et moi commencions à nous y retrouver, que ce contre quoi nous allions devoir nous battre devenait plus clair, j'éprouvais peu à peu un certain malaise.

— Il y a un truc qui cloche, dis-je un soir dans la fosse.

Je tenais à la main deux photographies. La première montrait la scène du crime, et le corps de Leesa Dubé étendu sur le sol de sa chambre, les murs éclaboussés de petites taches sombres, le sang répandu formant comme un halo autour de sa tête. Elle portait une petite culotte et un tee-shirt, aucune bague, pas le moindre bijou, elle venait tout juste de se lever. L'un de ses bras était étendu sur le côté, l'autre tordu sous son corps. Son visage exprimait presque le calme, sa pâleur tranchant avec la plaie sanguinolente causée par l'impact de la balle entrée dans son cou. La deuxième photo montrait Leesa Dubé peu de temps avant son assassinat, le regard lumineux, le sourire éclatant et inoubliable.

— Tu as trouvé quelque chose ? me demanda Beth.

— Rien, et c'est bien ça le problème. On passe sûrement à côté d'un truc ici.

— Un rapport que Mia Dalton aurait escamoté ? J'ai pourtant l'impression que tout est là.

— Non, je ne parle pas de ça. Simplement quelque chose qu'on n'arrive pas à voir.

Je laissai tomber les photos et désignai d'un geste les piles de dossiers.

— Tout ce dont l'accusation va se servir est là. Le premier procès s'est joué exactement là, sur ce champ de bataille, et Dubé a perdu.

— Mais cette fois, ils n'ont pas Seamus Dent, fit valoir Beth.

— C'est vrai, mais Whitney Robinson a dit que son témoignage n'avait pas fait grande impression. Son absence ne suffira pas à renverser le cours du procès. Et je te rappelle que même si nous avons accès à l'ensemble du dossier de Mia Dalton, elle a la possibilité de corriger toutes les erreurs que l'accusation a pu faire la première fois. Franchement, elle est meilleure avocate que sa patronne.

— Alors que veux-tu que nous fassions ?

— Je ne veux pas que le combat se joue sur toutes ces resucées, dis-je. Je veux un autre champ de bataille. Ce qu'il nous faut, c'est un autre suspect. Quelqu'un sur qui faire porter toute l'accusation. D'après Whitney, c'est ce qui a manqué au premier procès.

— On pourrait défendre la thèse d'un cambriolage qui a mal tourné.

— Sans qu'il y ait eu vol ? Un type entre par effraction, tue une étrangère – il ne la viole pas, il la tue simplement – et s'enfuit sans emporter ne serait-ce qu'une bague ? Ça ne tiendra pas.

— Qu'est-ce qu'on a d'autre ?

— Rien, et c'est bien le problème. Rien du tout.

Et c'était vrai, nous n'avions pas le plus petit début de quelque chose. Pas l'ombre d'un élément nouveau. La culpabilité apparente de Velma Takahashi. Le regard fuyant de Geoffrey Sunshine. L'étrange histoire de la déchéance, puis de la rédemption et de la mort de Seamus Dent. Et l'étrange coïncidence des liens de patients à dentiste entretenus par Whitney Robinson et Seamus Dent avec le Dr Pfeffer. Je pouvais bien passer toutes les heures qui me séparaient encore du procès englué dans la fosse Dubé, ce n'était pas ça qui me permettrait d'en sortir avec le spectre d'un coupable à agiter sous le nez du jury de manière crédible.

— Tu sais ce qui me turlupine toujours ? dis-je. Les trucs qui manquaient dans l'appartement de François Dubé, et que personne n'a signalés.

Je faisais allusion aux « jouets » dont m'avait parlé Mme Cullen. Mais quel genre de jouets ? Des ours en peluche ?

— Dubé nous a dit que le proprio a tout vendu ou jeté, dit Beth.

— C'est ce qu'il dit, mais il manquait déjà des choses quand la police a perquisitionné son appartement.

— En quoi est-ce important ?

— Je ne sais pas. C'est un détail qui n'est pas réglé, voilà tout. Notre unique chance est de découvrir un détail de ce genre à partir duquel tout pourrait s'éclairer.

— S'il y avait quelque chose à chercher de ce côté-là, Dubé nous l'aurait dit.

— C'est ce que tu crois ?

— Bien sûr.

— C'est la preuve que nous avons une vision différente de notre client.

— Tu ne lui fais pas confiance.

— Et toi si.

Elle me fixa et je décelai quelque chose dans son regard.

— Oui, dit-elle, j'ai confiance en lui.

La seule pensée qui me vint sur le moment fut : « Merde ! »

Mon associée, Elizabeth Derringer, était le genre de femme dont aucune photographie ne savait rendre la beauté, avec ses cheveux bruns brillants noués en queue de cheval et ses grandes joues tavelées de taches de rousseur. Sur les photos, elle avait l'air d'une femme sérieuse avec des lunettes sérieuses, le genre qui vous commande de vous taire dans une bibliothèque universitaire. Aucune photo ne savait rendre son humour acerbe, sa grande douceur, ni le romantisme qui couvait tel un virus à l'intérieur de son cœur. Elle croyait toujours pouvoir trouver sur les marchés d'Istanbul, ou le long des pistes accidentées du Népal, quelque chose qui n'existait pas à Philadelphie. À part la dysenterie, je ne voyais pas, mais elle se prenait souvent à rêver de courir le monde et de découvrir une part plus riche d'elle-même. Quand je lui répétais que trouver des clients solvables me paraissait encore une route plus sûre, elle me souriait avec indulgence, comme si j'étais un gentil petit chiot qui venait juste d'uriner sur ses chaussures. Mais pour l'heure, je craignais que son romantisme n'ait obscurci sa raison. Et j'en étais la cause, non ?

— C'est une affaire comme les autres, Beth, dis-je doucement. Un accusé comme les autres.

— Ce n'est pas la question.

— Vois-tu, Beth, repris-je avec toute la bienveillance dont j'étais capable, il est difficile de juger de l'innocence ou de la culpabilité de quelqu'un juste après qu'un meurtre a été commis, mais ce type est en prison et...

— Je n'ai pas besoin d'un sermon, coupa-t-elle vivement.

— Peut-être que si. Ce n'est pas notre travail de...

— Non, Victor. Je t'en prie. Je connais notre travail. Il n'a pas serré sa fille dans ses bras depuis trois ans.

— Ça ne devrait pas compter.

— Mais ça compte.

Elle referma sèchement son dossier et se leva.

— Je suis fatiguée, dit-elle. Je rentre.

Je jetai un coup d'œil à ma montre et me levai d'un bond.

— Bordel, je suis en retard.

— Un rendez-vous amoureux avec Carol ?

— Non, dis-je. Enfin, c'est avec Carol, mais ce soir, c'est purement professionnel.

37

Carol Kingsly fixait quelque chose juste sous mes chaussures. Je baissai les yeux à mon tour. L'intérêt avec lequel elle regardait dans cette direction indiquait que quelque chose de vraiment inattendu devait se trouver là, une réponse au sens de l'univers peut-être, ou au moins une pièce de vingt-cinq *cents*. Mais je ne voyais rien, rien du tout, en dehors de l'allée en ciment qui bordait le restaurant très chic, très tendance, où elle avait organisé une rencontre avec ce type plein aux as qui envisageait de me prendre comme avocat.

– Ce sont tes chaussures ? me demanda-t-elle finalement.

– Je crois, dis-je. Je les porte aux pieds.

– La semelle est plutôt épaisse.

– Et c'est bien ?

– Dans une assiette, peut-être. Heureusement, personne n'y prêtera attention.

Elle tendit les mains et arrangea le nœud de ma cravate jaune.

– Souris, c'est tout, essaie de bien présenter, ne dis rien d'insupportablement grossier.

— Je ferais mieux de changer de chaussures.

— Allons, dépêche-toi, dit-elle en me poussant devant. On est en retard.

Carol n'aimait pas plaisanter quand il s'agissait d'affaires, ce que je trouvais un peu pénible, la partie « affaires » de ma vie professionnelle ressemblant à une vaste plaisanterie.

À l'intérieur, nous fûmes accueillis comme des gens importants et conduits jusqu'à une des meilleures tables située juste sous le bouddha géant doré qui donnait son nom à l'établissement. Le Buddakan était lumineux et bondé, avec des sols brillants, des plafonds hauts et des tables en onyx. Les serveurs portaient des tenues traditionnelles, des clients ultra-branchés attendaient près de la cascade intérieure qu'on leur donne une table ; le simple fait d'être là vous donnait le sentiment que vous étiez quelqu'un, et à l'endroit où il fallait être, ce qui, supposais-je, expliquait le fait que tant de personnes voulaient y venir manger. Dominant la salle sur son podium rouge vif, se trouvait le susmentionné bouddha. Il avait l'air suprêmement heureux, comme le sont les bouddhas, bien aise et satisfait, sans la moindre pensée pour la semelle de ses chaussures.

— Nous sommes en retard, je suis navrée, dit Carol lorsque nous arrivâmes à la table. Victor prépare un procès qui va faire du bruit, et il est totalement débordé.

Elle me serra le bras et me fixa avec adoration.

— Mais c'est le prix à payer quand on est aussi demandé.

Une très jeune et très jolie Japonaise dit quelque

chose en japonais, et le Japonais d'âge mûr assis à côté d'elle acquiesça.

Carol continua en me présentant à la tablée. Il y avait là Nick, son associé languissant d'amour, qui m'adressa un petit signe de tête d'un air maussade. Puis la jeune Japonaise prénommée Kioko, qui était là apparemment en tant que traductrice. À côté de Kioko se tenait le Japonais lui-même, la star de la soirée, aussi rond et bien aise apparemment que le bouddha qui le dominait de toute sa hauteur. Comme Carol me le présentait, il se leva, s'inclina et me tendit sa carte, autant d'attitudes superflues. C'était la première fois que je le voyais, mais je sus d'emblée qui il était, à cause de la femme assise à côté de lui, sa femme : Velma Takahashi.

Velma fit saillir ses lèvres charnues lorsqu'on nous présenta.

— Enchantée de vous connaître, monsieur Carl, dit-elle.

Alors voilà comment elle comptait la jouer. Très bien, me dis-je, on la jouera comme ça.

Je lui adressai un petit signe de tête et dis quelque chose qui ne trahissait rien de nos relations, quelque chose comme « Ravi de vous voir », puis regardai M. Takahashi, qui me fixait d'un œil scrutateur en même temps que la jolie Kioko lui murmurait à l'oreille. Sans me quitter du regard, il dit quelque chose dans un japonais rapide.

— Quel genre de procès vous occupe-t-il autant, monsieur Carl ? me demanda Kioko de sa voix mélodieuse au fort accent asiatique.

— Un procès pour meurtre, dis-je. Un homme est accusé d'avoir tué sa femme.

Kioko traduisit. M. Takahashi hocha la tête et parla.

— Quel sera votre rôle dans ce procès ? demanda Kioko.

— Je défends le mari.

— Alors M. Takahashi est très heureux de vous connaître, dit Kioko sans prendre la peine de traduire.

Tout le monde rit de bon cœur, y compris Takahashi ; tout le monde, excepté Velma.

On servait au Buddakan une cuisine plus ou moins panasiatique, des plats du genre dés d'anguille ou tartare de thon au miso, ou encore le fameux homard « en colère », lavé à grande eau à l'aide de tasses de porcelaine remplies de saké chaud. La nourriture était en fait excellente, Dieu merci, car c'était l'un des dîners les plus pénibles auxquels j'aie eu la malchance de participer, et cela bien que Carol fît de son mieux pour agrémenter la conversation. J'éprouvai pour elle un grand élan d'affection en la voyant lutter désespérément contre les forces des ténèbres, et je fis ce que je pus pour l'aider, mais ça ne marchait pas vraiment. La Désolation s'était assise à notre table comme si nous l'y avions invitée, elle aussi.

D'abord, il y avait Nick qui broyait du noir. À priori, on penserait que les gominés passent leur temps à sourire et à débiter des plaisanteries stupides, non ? Autrement, à quoi serviraient-ils ? Mais Nick se contentait de broyer du noir. Il était amoureux, le pauvre garçon, et il se trouvait que je sortais avec l'objet de tous ses désirs. Voilà au moins une chose qui méritait que nous levions nos verres ! À la vôtre. En face de Nick, Velma Takahashi était assise à la façon d'une ado de quinze ans boudeuse, aspirant bruyamment des gorgées non pas de saké mais de Martini, touchant à peine à son cabillaud noir nappé de miso. Le restaurant ne l'amusait pas, blasée qu'elle était par tous les restaurants chic dans lesquels elle avait dîné depuis son mariage avec Takahashi. Alors à quoi bon avoir fait tout ça ? me demandai-je. N'était-ce pas précisément pour des dîners comme celui-ci qu'elle avait vendu son âme au diable ? Ne pouvait-elle pas au moins essayer d'en profiter un peu ?

Mais en vérité, je ne pouvais pas lui reprocher de faire grise mine, parce que juste là à notre table, M. Takahashi et sa jolie traductrice, Kioko, avaient ce qui semblait être, malgré notre présence, un tête-à-tête plus qu'intime. Kioko, qui était bien plus jeune que Velma, lui parlait doucement à l'oreille ; il lui répondait en murmurant, et ils riaient bêtement comme les adolescents qu'ils avaient été, et que la traductrice était peut-être encore. Elle lui massait le cou ; la main droite de Takahashi n'apparaissait jamais sur la table. Ils partageaient même leur nourriture comme des amoureux. Je n'aurais pas été étonné de les voir entrecroiser les bras pour boire leur saké.

Pendant que Takahashi et Kioko étaient en pleine conversation privée, et que Carol essayait de dérider le morne Nick, je me penchai vers Velma et lui dis doucement :

— Vous semblez d'une belle et joyeuse humeur ce soir.

— Il faut dire, j'ai de quoi, répliqua-t-elle.

— Votre mari, au moins, a l'air de passer un bon moment.

— Pour lui, la vie est une huître qu'il faut savourer, puis avaler.

— Et Kioko ?

— Déjà ouverte. J'apprécie que vous ne parliez pas de notre autre affaire avec mon mari.

— J'ai jugé la discrétion préférable, compte tenu qu'il s'agit apparemment d'un entretien professionnel.

— Laissez-moi vous prévenir, il peut être un vrai tyran.

— Mais vous paraissez tellement heureuse. Puis-je vous poser une question personnelle ?

— Je vous en prie, épargnez-moi ça.

— Est-ce que ça en valait la peine ?

— Qu'est-ce qui valait la peine ?

— D'épouser le docteur Faust ici présent.

— Je crois que vous confondez les rôles, mais oui.

— Vraiment ?

— Il a fait de ma vie un rêve.

— À en juger de l'extérieur, on dirait que le réveil vient de sonner.

— Il a droit à ces petits écarts.

— Et vous aux vôtres ?

— Non, ça ne fait pas partie du marché.

— Dommage.

— Peut-être espériez-vous davantage qu'un chèque ?

— L'espoir fait vivre, dis-je en jetant un regard à Takahashi, qui me fixait. Il me sourit d'une drôle de manière et hocha la tête. J'acquiesçai à mon tour. Il dit quelque chose en japonais.

— Vous y connaissez-vous en procédures de faillite, monsieur Carl ? me demanda Kioko.

— Pas vraiment, dis-je. Je croyais que vous aviez besoin d'un avocat spécialiste en immobilier.

Un échange plus long en japonais eut lieu entre Kioko et Takahashi.

— Nous avons des avocats spécialistes en immobilier, reprit Kioko. À New York. Il n'y a que ceux de Tokyo qui les surpassent. Mais nous pourrions avoir besoin dans l'avenir d'un avocat qui s'y connaisse en faillite et soit doué de talents particuliers.

— Auriez-vous des problèmes pour payer vos factures, monsieur Takahashi ?

Carol me donna un coup de pied sous la table. Takahashi me fixa tandis que Kioko traduisait. Quand elle eut terminé, il écarquilla les yeux un instant, avant d'être pris d'un rire nerveux et saccadé.

— Ce n'est pas pour mes factures que je m'inquiète, me répondit-il à travers Kioko.

Il fixa sa femme un moment et ajouta par la voix de Kioko :

— Un de mes investissements est une catastrophe. J'aimerais en sauver quelque chose. Nous pourrions être amenés à porter l'affaire devant les tribunaux.

— Je ne me suis encore jamais occupé de procédure de liquidation, mais je suis certain que je pourrais régler ça.

— Il se pourrait que ce ne soit pas aussi simple que vous le pensez.

— Il existe bien un livre, non ?

— Vous voulez dire le Code de la faillite ?

— Exactement. Je n'aurai qu'à suivre les recettes.

Une pincée ici, un trait là, et hop, nous voilà en pleine faillite involontaire.

M. Takahashi parla à nouveau, puis leva son saké et sourit en même temps que Kioko traduisait.

— Excellent, répondit-elle à sa place, tandis qu'il inclinait la tête. Dans ce cas, c'est réglé.

Je soulevai ma coupe et m'inclinai à mon tour.

— À notre future collaboration, dis-je.

— À notre succès, dit Kioko.

— Au Code de la faillite, ajoutai-je.

Carol posa une main sur mon genou et approcha ses lèvres de mon oreille.

— Il t'aime bien, me dit-elle. Je ne savais pas que tu pouvais être aussi efficace en affaires.

Elle s'approcha plus près encore et murmura :

— Je trouve tout ça si excitant, pas toi ?

Et elle me serra le genou.

Mon petit bond réflexe ne passa pas inaperçu. Nick fixa d'un œil mauvais le fond de son verre de saké. Velma eut un petit sourire en coin.

Kioko me regarda en faisant la moue et en inclinant la tête.

— J'aime votre cravate, me dit-elle.

— Dites à M. Takahashi que moi aussi j'aime bien sa cravate, dis-je.

— Je ne traduisais pas, précisa Kioko.

— Je sais.

Elle se mit à rire sottement.

Un peu plus tard au cours de la soirée, alors que j'étais aux toilettes, gémissant doucement en évacuant le saké de mon organisme, la porte s'ouvrit derrière moi. Je tournai la tête. Takahashi.

Je me rebraguettai, fit volte-face et y allai d'une nouvelle courbette. Takahashi verrouilla la porte.

— Merci - pour - le - dîner, articulai-je lentement en élevant la voix.

— Inutile de crier, dit Takahashi dans un anglais impeccable. Je ne suis pas français.

Je fus si abasourdi que je manquai reculer dans l'urinoir.

— Pour tout vous dire, je suis allé à Stanford, ajouta Takahashi en évitant mon regard, fixant mes mains jointes devant moi comme s'il avait sous les yeux les instruments déments d'un assassin étrangleur. Mais quand il s'agit d'affaires, je suis plus à l'aise dans ma langue maternelle. Cette petite rencontre, ajouta-t-il en désignant les toilettes d'un geste, est privée. Vous connaissez ma femme.

Je bredouillai quelque chose, mais il me fit signe de me taire.

— Inutile de le nier, reprit-il sans quitter mes mains du regard. Je l'ai fait suivre en permanence. Elle s'est rendue à votre cabinet deux fois. C'est la raison pour laquelle j'ai accepté de vous rencontrer. Avez-vous couché avec elle ?

— Non, bien sûr que non.

— Mais vous aimeriez. Bien sûr que oui, elle a été sculptée pour provoquer ce désir-là. Eh bien, laissez-moi vous dire une bonne chose, monsieur Carl : vous me rendriez le plus grand des services en le faisant.

— Je vous demande pardon ?

— Entre vous et moi, c'est une expérience qu'on n'oublie pas. Elle est très douée. Une nuit avec elle suffit pour qu'un homme sensé se mette à faire des choses insensées.

— Comme de l'épouser ?

Il rit de son rire saccadé.

— Pourquoi ne pas vous laver les mains pendant que je parle ? Vous êtes là à les tenir comme ça, devant vous, et ça suffit à... (il prit le temps de retrouver l'expression argotique appropriée) me foutre la trouille.

Je me rendis brusquement compte qu'avec tout ça, je ne m'étais pas lavé les mains après avoir uriné. Je me précipitai vers le lavabo.

— Merci, dit Takahashi pendant que je les savonnais et les frottais.

Il prit un morceau de papier essuie-mains au distributeur, le plaça contre le mur carrelé et y appuya son épaule.

— Mon mariage est fini. Nos différences sont irréconciliables. Ou peut-être devrais-je dire qu'elles sont existentielles. Velma continue d'exister dans ma vie. C'est comme ça. Je suis contrarié à l'idée de la perdre, mais Kioko est tellement mince, vous ne trouvez pas ? Nos avocats sont déjà sur le coup. Il ne reste plus qu'à déterminer une somme compensatoire.

— Pour quelle raison, au juste, me racontez-vous tout ça ? lui demandai-je en me séchant les mains.

— Le contrat de mariage, bien évidemment, dit Takahashi. En cas d'infidélité de la part de mon épouse, la somme compensatoire est largement diminuée. Ce n'est pas tellement le montant en soi qui m'ennuie ; c'est le principe. Et aussi, j'imagine, le montant. Bref, si j'avais un moyen de prouver son infidélité, je ne pourrais qu'y gagner.

— Qu'en dit votre détective privé ?

— Il a des soupçons, mais aucune preuve directe.

— Alors il vous faut un meilleur détective.

— Vous défendez le chef avec qui elle couchait avant de me rencontrer. A-t-elle couché avec lui après notre mariage ? Ou bien connaît-il quelqu'un avec qui elle a couché ? Si la réponse est oui, et que vous en apportez la preuve, ce pourrait être très avantageux pour vous deux.

— Je ne veux pas être mêlé à ça, dis-je. Ce sont vos affaires.

— C'est presque admirable, monsieur Carl, mais si les choses se passent comme nous l'espérons, mes affaires pourraient bientôt être les vôtres. Je vous avoue que je suis quelque peu surpris. Je ne vous imaginais pas avoir ce genre de réaction.

— Et quelle réaction aurais-je dû avoir, d'après vous, monsieur Takahashi ?

— Eh bien, pour commencer, vous êtes avocat, dit-il. Et vous n'avez pas cultivé une réputation d'homme d'Église.

— Non, j'imagine que non.

Je réfléchis en silence un instant.

— Simple curiosité, de combien parlons-nous ?

Il rit à nouveau.

— Maintenant, je vois en face de moi quelqu'un avec qui je peux parler affaires. Réfléchissez-y. Je suis sûr qu'un homme intelligent comme vous l'êtes pourrait trouver la preuve qu'il me faut. Vous ne serez pas déçu. Quant à notre affaire de faillite, je vais demander à un de mes assistants de vous envoyer rapidement le dossier. Je suis certain que vous arriverez à retourner la situation en un rien de temps. Est-ce qu'il vous faudra une provision ?

— Absolument.

— Je m'y attendais.

— De quel genre d'affaire parlons-nous ? lui demandai-je.

— Ma femme m'a demandé d'investir avec un vieil ami dont l'affaire boit la tasse.

— Est-ce qu'il y a des biens en jeu ?

— Un bâtiment, une activité. Des poêles et des casseroles. Il s'agit d'un restaurant, voyez-vous. Ma femme semble avoir un faible pour les restaurants, mais ils ne marchent jamais. Celui-là se trouve dans les murs d'une ancienne banque. Il s'appelle le Marrakech. Peut-être en avez-vous entendu parler ?

— Oui, dis-je en m'efforçant de rester imperturbable, alors que mon cœur s'emballait comme celui d'un type qui vient de tirer trois as au poker. J'en ai entendu parler.

— Bien. Le gouffre financier se creuse vertigineusement, et je commence à être en désaccord avec mon associé qui dirige l'établissement, un petit homme mielleux nommé Sunshine. Il est persuadé qu'il m'a rendu un grand service en me prenant mon argent. Mais ce n'est pas comme ça que je conçois les affaires. Le succès financier n'est pas le but premier.

— Qu'est-ce qui pourrait être plus important que l'argent en affaires ?

Il sourit.

— La rancune.

Takahashi s'écarta du mur. Le morceau d'essuie-mains tomba à ses pieds. Il ne montra aucune intention de le ramasser.

— Je vous serai reconnaissant si vous sauvez mon investissement. Je le serai plus encore si vous pouviez couper les testicules de M. Sunshine.

— Voilà, dis-je en m'inclinant une fois de plus, qui sera un plaisir pour moi.

38

— Que puis-je faire pour vous, monsieur Carl ? me demanda la juge Sistine quand j'entrai dans son cabinet plutôt ordinaire.

Elle leva à peine les yeux à mon apparition. Elle était assise derrière son bureau, des piles de livres de droit se dressant tout autour d'elle, griffonnant sur un bloc de papier officiel.

— Vous avez l'air débordé, dis-je.

— Toujours dans ce travail.

Elle posa son stylo, se renversa dans son fauteuil et m'invita à m'asseoir.

Je m'assis.

— J'étais avocate au civil avant de devenir juge. Défense des préjudices individuels, des erreurs médicales, vous connaissez l'exercice. Ça payait bien, mais je commençais à en avoir assez de me battre, et de faire des heures. Quand j'ai sollicité ce poste de juge, j'ai cru qu'il me permettrait de souffler un peu. Personne n'en sait autant que moi en matière d'affaires civiles. Je me suis dit que je serais opérationnelle dès le premier jour, et que je trouverais ma vitesse de croisière. Alors évidemment, on m'a nommée aux affaires familiales, où je n'avais jamais mis les pieds de toute ma carrière. Six mois, et j'essaie toujours d'y voir clair.

— C'est rassurant, dis-je, parce que je suis totalement perdu. Je viens vous voir au sujet de l'affaire Daniel Rose.

— Oui, bien sûr. Mlle Chandler m'a communiqué un rapport.

— Alors vous connaissez les détails de sa situation.

— Vous vous méprenez, monsieur Carl. Le rapport que j'ai reçu de Mlle Chandler ne concerne pas Daniel. Il vous concerne vous.

— Moi ?

— Évidemment. Je dois compter sur les avocats pour régler les situations difficiles, souvent des bénévoles comme vous. Je ne peux pas tout faire moi-même, je croule sous les dossiers et les services sociaux sont débordés. Si je fais confiance à un avocat, c'est que je pense qu'il réglera les problèmes comme il se doit. Mais vous m'inquiétez. Franchement, vous me semblez paresseux et désintéressé, une vraie catastrophe annoncée.

— C'est la devise de notre cabinet, dis-je. Derringer et Carl, une catastrophe annoncée.

— Alors j'ai demandé à Mlle Chandler de me tenir informée de votre travail.

— Une espionne, hein ? J'espère qu'elle a dit des choses flatteuses.

— Je ne vous ai pas encore remplacé. Est-ce pour cela que vous êtes ici ? Parce que vous voulez être remplacé ?

— Non, m'dame.

— Bien. Alors que se passe-t-il, monsieur Carl ?

— Apparemment, Daniel a une sœur. Elle s'appelle Tanya. Elle est plus âgée que Daniel, et elle a disparu. Pas seulement physiquement, mais administrativement aussi. Les services sociaux de l'aide à l'enfance n'ont aucune trace d'elle. En fait, elle n'est enregistrée nulle part. Mais une source que je crois fiable m'a parlé d'elle, et Daniel a confirmé son existence.

— Daniel a quel âge ?

— Quatre ans. Il ne dit pas grand-chose, mais le peu qu'il dit, je le crois.

— Avez-vous interrogé la mère à son sujet ?

— Pas encore. Elle est très imprévisible. Les dents de Daniel sont dans un état catastrophique. La mère l'a conduit chez un dentiste que j'ai trouvé et qui a accepté de le soigner gratuitement. Il va lui poser des couronnes sur les dents du haut, le seul moyen de les sauver. La mère se montre également coopérative avec Isabel en assistant aux cours d'éducation parentale. Mais elle a une tendance à disparaître dès que les choses se compliquent, et je crains qu'en faisant pression sur elle pour qu'elle me parle de sa fille, elle s'enfuie avec Daniel avant qu'il en ait terminé avec ses soins dentaires. Et si ça arrive, même si vous délivrez un mandat d'arrêt, tout notre travail d'assistance sera fichu.

— Alors, que préconisez-vous ?

— Je crois que vous devriez nommer un avocat pour la sœur disparue, quelqu'un qui sera chargé de la retrouver et de s'assurer qu'elle va bien.

La juge serra les lèvres et réfléchit un moment.

— Nous ne savons même pas si elle existe.

— Justement. C'est bien le problème, non ?

— C'est vrai. Bon travail. Je trouverai quelqu'un.

Elle se pencha en avant et se remit à écrire sur son bloc de papier. Remarquant que je n'avais pas bougé, elle me fixa par-dessus ses petites lunettes et ajouta :

— Merci, monsieur Carl.

Comme je ne bougeais toujours pas, elle me demanda :

— Y a-t-il autre chose ?

— Oui, m'dame.

— Je vous écoute.

— Je crois que vous devriez me désigner.

— N'avez-vous pas suffisamment de pain sur la planche ? J'ai vu votre nom dans la presse concernant l'affaire François Dubé.

— C'est exact.

— Je suis allée manger plusieurs fois dans son restaurant. Il faisait un canard merveilleux.

— Je ne manquerai pas de le lui dire.

— Un procès pour meurtre ne doit pas vous laisser beaucoup de temps pour autre chose.

— Non.

— Et pourtant vous voulez que je vous nomme pour représenter cette jeune fille ?

— Oui, m'dame.

— Isabel m'a dit que vous aviez commencé à nouer des liens avec votre client.

— Je n'aime pas vraiment les enfants.

— Et aussi que vous l'aviez étonnée par les résultats de votre enquête.

— J'ai eu de la chance.

— Pourquoi vous, et pas quelqu'un qui aurait plus de temps ?

— J'ai promis à Daniel que je la trouverais.

— Promis ? Bon sang, voilà bien une chose irresponsable !

— Oui, m'dame.

— Vous n'avez aucune idée de l'endroit où elle peut être, vous ne savez même pas si elle existe.

— Non, m'dame.

— Nous faisons un tas de promesses à ces gamins, et nous devons nous efforcer de les tenir.

Elle tapota ses lèvres avec la pointe de son stylo en réfléchissant.

— Très bien, monsieur Carl. Une promesse est une promesse. Je vais m'occuper d'établir les documents officiels. À partir de maintenant, vous représentez cette jeune fille.

— Merci.

— Quel est son nom déjà ?

— Tanya Rose.

— Très bien.

Elle se replongea dans ce qu'elle faisait. Je me levai et me dirigeai vers la porte pour sortir, mais elle me rappela avant que j'en aie le temps.

— Monsieur Carl.

En me retournant, je remarquai qu'elle avait ôté ses lunettes et que son expression n'avait plus cette rigidité qui avait été jusque-là sa principale caractéristique. On pouvait même y déceler quelque chose qui s'apparentait à de la bienveillance.

— J'apprécie votre enthousiasme, me dit-elle, et j'espère que vous trouverez cette jeune fille, mais soyez prudent. Émotionnellement, je veux dire. Je ne fais pas ce travail depuis très longtemps, mais suffisamment quand même pour savoir que ces affaires se dénouent rarement comme nous l'espérons.

Elle essaya de sourire, sans y réussir.

– Il faut espérer le meilleur, bien sûr, mais aussi toujours se préparer au pire.

– N'ayez crainte, juge. Se préparer au pire est la première chose que j'ai apprise en faisant mon droit.

39

Beth frappa fort à la porte d'entrée cuivrée du Marrakech. Elle était fermée, comme on pouvait s'y attendre aussi tôt dans l'après-midi pour un restaurant qui ne servait qu'à dîner. Si quelqu'un nous entendait, il nous ignorait délibérément, mais Beth n'en continua pas moins à frapper.

— Peut-être qu'on devrait faire le tour, suggérai-je.

— Je n'ai pas fini de cogner, dit-elle.

— Tu vas te briser la main. Écoute, Beth, nous ne savons pas où ça nous mènera. Tu risques d'être déçue.

— Il nous a menti.

— Tu es en train de parler du petit Jerry Sonenshein, le chouchou du prof, dis-je. Est-ce qu'on pouvait vraiment s'attendre à autre chose ? Un jour, un des gars du groupe audiovisuel nous a passé un film de la Prévention routière, tu sais, celui avec tous ces accidents sanglants, le genre qui est censé te foutre la trouille et te faire filer droit. Soudain, en plein milieu de la projection de

Signal 30[1], quelqu'un a envoyé une vidéo porno qui...

— Je ne veux pas entendre tes petites anecdotes de lycée, Victor. Je veux juste savoir ce qu'il cache.

— Moi aussi, mais ce n'est pas en cognant à sa porte comme une perceptrice folle furieuse qu'on y arrivera. Qu'est-ce qui te prend ?

Elle laissa échapper un soupir nerveux.

— C'est peut-être bien la punition qu'il lui faudrait.

— Je sais, dis-je tranquillement en l'observant. C'est pour ça que nous sommes là.

Quelque chose dans le ton de ma voix agit comme un signal, car elle cessa de cogner à la porte et recula.

— Très bien, dit-elle en se détournant afin que je ne voie pas son visage. Termine ton histoire.

— Bon, avec plaisir. Donc, la vidéo porno passe pendant environ cinq minutes, cinq longues minutes avant que le prof jette un coup d'œil à l'écran et comprenne ce qui se passe. Le gars du groupe audiovisuel s'est fait exclure, mais on racontait que c'était le petit Jerry qui avait fait le coup. Il a nié, juré ses grands dieux qu'il n'y était pour rien, mais il y avait une querelle au sein du groupe, autour de qui deviendrait le prochain président de la section audiovisuel, un genre de course au sommet du tas de fumier, et la vidéo porno était suffisante pour débarrasser Jerry de la concurrence et le propulser au sommet. Il a toujours été ce genre de gars.

1. Film documentaire de 1959 réalisé par Richard Wayman pour la Prévention routière, du nom de code utilisé par la police pour signaler un accident.

— Un menteur ?

— Oui, et de la pire espèce.

Beth soupira et jeta un regard dans la rue.

— Essayons de faire le tour.

— Bonne idée, dis-je.

Il y avait un camion dans la ruelle qui déchargeait des produits, des tomates ratatinées, des romaines fanées, des oignons moisis et des poireaux abîmés, le genre de camelote qu'on vous livre quand vos fournisseurs ne sont pas certains d'être payés, et savent que vous n'avez pas les moyens d'aller voir ailleurs. Je ne voulais même pas imaginer l'état de la viande qui atterrissait ici.

— Où vous allez, tous les deux ? nous demanda un des hommes qui portaient les cagettes à l'intérieur du restaurant.

— Nous sommes venus voir le patron, dis-je.

Et nous nous faufilâmes en même temps à travers la porte.

— Il est occupé, nous lança-t-il.

— Sûrement pas tant que ça, dis-je.

Nous pénétrâmes dans un petit couloir qui menait à la cuisine. Elle était vide et étincelante, les portes des fours, les casseroles suspendues, les étagères à vaisselle. Un homme en pantalon bleu portant un tablier lavait mollement le sol à côté des fours. Il leva la tête.

— Le patron est en bas ? lui demandai-je.

L'homme hocha lentement la tête.

— Où ça ?

Il indiqua une porte derrière lui, à l'autre bout de la cuisine.

— Merci.

— À vot'place, m'sieur, dit-il posément, j'entrerais pas là-dedans.

— Il nous attend, dis-je.

— Non, pas pour l'instant, il n'attend personne.

— Alors on va lui faire la surprise.

L'homme nous fixa un instant, se retourna lentement vers la porte, puis haussa les épaules. Comme Beth et moi passions à côté de lui, il reprit son nettoyage paresseux.

La porte ouvrait sur un vieil escalier en bois qui descendait au sous-sol. Une ampoule nue éclairait la porte métallique d'un grand congélateur et une pièce de stockage ouverte remplie de sacs de couscous et d'épices, de casiers d'oignons, de pommes de terre et d'ail. Au fond se trouvait une porte ornée d'une plaque sur laquelle on pouvait lire le mot BUREAU.

— Nous y voilà, dis-je. Tu veux frapper ?

— Non, dit Beth. Pourquoi gâcher la surprise ?

— Bien vu.

J'écoutai à la porte. Il était bien à l'intérieur. Je l'entendis dire quelque chose et il y eut un bruit que je ne reconnus pas. Comme le claquement régulier d'un radiateur mal purgé. Sauf qu'il faisait trop chaud dehors pour qu'il s'agisse d'un radiateur.

Lentement, sans faire de bruit, j'ouvris la porte, et nous entrâmes.

Geoffrey Sunshine se tenait devant son bureau, le dos tourné à la porte, son pantalon tombé sur les chevilles, son arrière-train boutonneux nous regardant bien en face. Il jouait à mouiller le goupillon avec une femme allongée sur le ventre en travers de son bureau en bois au plateau vitré. La jupe de la femme était relevée sur sa tête, sa petite culotte descendue sur ses genoux, et on distinguait ses fesses blanches et rebondies. Voir Sunshine lui travailler l'arrière-train, c'était comme d'assister à un numéro de foire, une exhibition de monstres. *Approchez, messieurs-dames, venez voir le furet enragé grimper et violer un énorme melon d'Espagne !* Seigneur, c'était plus écœurant que fumer le roi Farouk.

— Pour l'amour du ciel et de la décence, m'écriai-je, et par pitié pour mon estomac, arrêtez ça !

Au son de ma voix, Geoffrey Sunshine fit volte-face et nous regarda.

— Seigneur Dieu ! s'exclama Beth. Remontez votre pantalon.

— Fichez-moi le camp d'ici ! grogna-t-il en obtempérant, Dieu merci, à la demande de Beth.

— Non, je crois pas, Jerry, dis-je.

La femme sur le bureau se redressa sur les coudes et tourna son visage vers nous. Les joues roses, les yeux écarquillés, le rouge à lèvres étalé, l'air de s'ennuyer agréablement.

— Je peux me relever maintenant, monsieur Sunshine ?

— Appelez la police, Bridget, nous avons des intrus.

Bridget ne regarda pas tout de suite le téléphone, elle regarda le bureau, un endroit du plateau en verre qui avait été débarrassé des papiers encombrants. Sunshine suivit son regard, ouvrit de grands yeux, puis se pencha et tendit le bras pour pousser un dossier sur l'endroit en question.

Pas difficile de deviner ce qu'il y avait en dessous.

– Allez-y, Bridget, dis-je. Mais d'abord, rhabillez-vous, d'accord ?

Bridget, sans gêne, glissa le long du bureau, remonta ses dessous et se releva en lissant sa jupe. C'était une grande et belle femme, habillée comme une serveuse, avec un visage de fille de ferme. Même en chaussures à talons plats, elle dominait le restaurateur.

– Maintenant, vous pouvez appeler la police, dis-je. Et veillez à bien leur demander d'apporter leur test de détection de stupéfiants, afin qu'ils puissent effectuer des prélèvements sur le plateau du bureau.

– Je ne sais pas de quoi tu parles, mentit Sunshine.

– Comme tu ne savais pas que Velma Wykowski s'était mariée avec Samuel Takahashi, le type qui a sauvé ton restaurant de la faillite il y a tout juste quelques mois.

– Dois-je appeler la police, monsieur Sunshine ? demanda Bridget en le fixant d'un air indécis.

Sunshine jeta un regard au bureau, le reporta sur nous, réfléchit un moment, puis secoua la tête.

Au même instant, le garde du corps apparut sur le seuil de la porte, les poings serrés, prêts à passer à l'action, une serviette de table encore glissée dans le cou. Il avait manifestement dû interrompre son déjeuner en apprenant notre présence, et ça n'avait pas l'air de lui avoir fait plaisir. Il déboula dans le bureau et m'agrippa par le cou. Il avait l'air fait pour son poing. Et il souleva.

J'agrippai à mon tour son poignet et dis quelque chose de terriblement spirituel, mais tout ce qui sortit de ma gorge fut un pépiement asphyxié. Je cherchai désespérément à respirer, sans y parvenir.

— Content de te voir, Sean, dit Sunshine.

Je désignai ma gorge d'un geste.

— Je vais nous débarrasser de ce petit monde derrière, patron, dit Sean.

J'accentuai énergiquement mon geste.

— Il est un peu tard pour ça, tu ne crois pas ? M. Carl semble avoir quelques problèmes pour respirer. C'est bien ça, Victor ?

J'agitai le bras comme un cinglé.

— Repose M. Carl, dit Sunshine, et Bridget et toi, vous pouvez nous laisser.

— Je n'aurais aucun mal à m'occuper d'eux, patron.

— Non, je suppose que non, mais nous verrons ça plus tard. Pour le moment, fais ce que je te dis.

Sean me laissa tomber sur les genoux. Je toussai pour m'éclaircir la gorge et aspirai bruyamment de grandes goulées d'air.

— Et concernant ce dont nous avons parlé, monsieur Sunshine ? demanda Bridget, son joli visage plein d'espoir.

— Revoyons ça une autre fois, dit-il.

L'espoir le céda à la contrariété.

— Une autre fois ? Mais ce n'est pas de ma faute si on a été interrompus. Pour l'amour du ciel, monsieur Sunshine. Tout ce que je demande, c'est un changement d'horaires.

40

— Bon, et puis quoi ? dit Geoffrey Sunshine, assis maintenant derrière son bureau, qui avait retrouvé un peu de son flegme mielleux. Takahashi a fait un bon investissement.

— Mais vous nous avez dit que vous ne saviez pas avec qui Velma Wykowski s'était mariée, lui renvoya Beth. C'était un mensonge.

— Asseyez-vous, je vous en prie, dit Sunshine en désignant d'un geste les chaises qui se trouvaient devant son bureau.

— Ça ira comme ça, dit Beth. Merci.

Beth et moi nous tenions aussi loin de ce bureau que les dimensions de la pièce le permettaient.

— Pourquoi as-tu menti ? insistai-je.

— Je ne pensais pas que c'était important.

— Et pourtant. Vois-tu, mon pauvre Jerry, si Takahashi t'a renfloué, c'est parce que sa femme le lui a demandé. Et pourquoi Velma ferait-elle une chose pareille pour quelqu'un comme toi, sinon pour obtenir quelque chose en échange ? Et pour être honnête, te connaissant comme je te connais, la seule chose que quelqu'un puisse vouloir de toi, c'est ton silence.

— Elle s'est peut-être simplement montrée gentille avec un vieil ami.

— Toutes sortes de qualificatifs viennent à l'esprit quand on pense à Velma, mais « gentille » ne fait pas partie du lot.

— Qu'est-ce que tu veux, Victor ? Finissons-en. J'ai une boîte à faire tourner.

— Plus pour longtemps, à en juger par les produits que tu te fais livrer, ou au raffut que Takahashi est en train de faire.

Il sursauta.

— Qu'est-ce qu'il dit ?

— Réponds d'abord à mes questions. Tu nous as parlé des célèbres sœurs Wykowski avant qu'elles rencontrent Dubé. Je veux savoir ce qui s'est passé quand elles sont revenues.

— Comment sais-tu qu'elles sont revenues ?

— Parce que c'est logique, parce que c'est la seule chose qui pouvait l'inquiéter, étant donné les termes de son contrat de mariage.

— Pourquoi est-ce que je devrais te raconter tout ça ?

— J'aimerais pouvoir te répondre : en souvenir du bon vieux temps, mais le nôtre a été exécrable. J'aimerais pouvoir te dire : fais-le pour Dubé, mais quand as-tu jamais fait quelque chose pour quelqu'un ? Alors je vais te présenter ça autrement : crache le morceau, ou je fonce voir Samuel Takahashi et je lui déballe tout ce que je sais. Comment tu as joué autrefois les entremetteurs entre sa femme et un chef dans le vent ; comment tu gères aujourd'hui ce restaurant au rabais tout en dilapidant le capital qu'il y a investi pour acheter de la coke et caramboler des serveuses. Et aussi comment cet investissement au départ a servi à ce que sa femme puisse continuer à lui mentir.

— Il me ferait fermer.

— Oh oui, mais ce ne serait pas ça le pire.

— Qu'est-ce que tu veux dire ?

— Ce n'est pas un tendre, Takahashi. Tu l'as déjà rencontré ?

— Non. Juste son avocat.

— Eh bien moi, si, et je peux te dire une chose : il n'a rien du magnat ordinaire. Il a des contacts, le genre de contacts avec qui les gens ne veulent rien avoir à faire. Tu as déjà entendu parler des yakusas ?

— Les gangs japonais ? Ne sois pas idiot. Il n'est pas...

— Oh si.

Sunshine pâlit.

— Est-ce que tu connais la tradition du *yubitsume* ? lui demandai-je.

— Non.

— C'est une forme de pénitence. Dans le monde des yakusas, quand tu fous la merde, tu n'as plus qu'à te couper un doigt et à l'envoyer à ton patron en guise d'excuses, en espérant qu'il ne te tuera pas, toi, tes enfants et les enfants de tes enfants pour ce que tu as fait. Lève la main.

Il fit ce que je lui demandais.

— Celui-là, dis-je.

— Victor, tu n'irais pas lui dire. Tu ne ferais pas ça à un vieil ami, n'est-ce pas ?

— Non seulement je le ferais, mon vieux Jerry,

mais avec plaisir en plus. Et dis-toi bien une chose : il me paierait pour ça.

Il fit glisser sa main d'avant en arrière sur le plateau de son bureau en réfléchissant ; puis il arrêta, ouvrit la paume et la regarda. C'est fou les petites choses auxquelles on peut s'attacher ici-bas. Comme ses doigts.

— On t'écoute, dis-je.

— Il n'y a pas grand-chose à dire, vraiment, fit-il.

— On vous écoute quand même, dit Beth.

— Sincèrement. Je ne sais pas pourquoi Velma a tellement insisté pour que je ne dise rien. Ce n'était pas grand-chose.

— Pas grand-chose ?

Il hésita encore un peu, tripota une fleur dans un vase sur son bureau, poussa un dossier à l'écart, frotta un doigt sur le plateau de son bureau, puis sur sa gencive.

— C'était après la séparation, dit-il. Velma essayait juste de remonter le moral de Leesa.

— Et comment s'y est-elle prise ? demanda Beth.

— Le retour des célèbres sœurs Wykowski. Velma est revenue avec elle au club, elles se sont remises à jouer les piliers de bar, comme au bon vieux temps. Ou presque. Au début, Leesa n'était pas à ce qu'elle faisait, elle était encore amoureuse de François, encore sous le coup de leur séparation, inquiète à propos de sa fille. Mais Velma ne la lâchait pas, elle lui répétait sans arrêt d'essayer de tirer un trait sur tout ça, et de vivre un peu. Et tous les trois, on venait faire la bringue ici, et ça se passait plutôt bien. Enfin, si on veut. Velma jouait le jeu à fond, c'était vraiment comme si elle avait fait un bond dans le passé.

Comme si elle ne demandait que ça, respirer un peu, fuir l'étouffement de son mariage. Elle buvait trop vite, flirtait avec un tas de types au bar, laissait les choses aller trop loin. Mais Leesa n'était pas dans le coup, ça se voyait bien. Elle avait perdu quelque chose. Du moins, jusqu'à Clem.

— Clem ?

— Un voyou. Mais tu connais le genre, Victor. Comme ces loubards qui traînaient au lycée. Veste en cuir, les cheveux en bataille et une barbe de plusieurs jours, le voyou qui ressemble à un voyou. Et il y avait cette lueur de danger dans son regard qui est comme de l'herbe-aux-chats pour certaines femmes. Bref, un soir, il se pointe ici et Velma se jette sur lui. En un rien de temps, ils se retrouvent dans un coin à se donner en spectacle, avant de décamper ensemble sur la moto du type, laissant Leesa seule, l'air plus désespéré que jamais.

— Vous dites qu'il s'appelait Clem ? intervint Beth. Et son nom de famille ?

— Allez savoir. C'était Clem, c'est tout.

— D'où était-il ?

— D'Arizona, ou un truc comme ça. Les types dans son genre ne sont jamais d'un endroit en particulier ; ils viennent de loin, voilà tout.

— Que faisait-il dans la vie ?

— Il jouait, voilà ce qu'il faisait. Ou bien il se bagarrait. Et plus il avait de cicatrices, plus les femmes le désiraient.

— Donc, Clem sortait avec Velma. C'est ça qu'elle voulait cacher à son mari ? C'est ça, le grand secret ? Elle avait une liaison.

— Évidemment. Avec autant de fric en jeu, qui

ne voudrait pas que ça reste secret ? Mais il y avait encore autre chose. Après avoir traîné quelque temps avec Clem, elle s'est un peu lassée, comme à chaque fois. Et puis, elle avait toujours de la peine pour son amie. Elle continuait d'essayer de lui remonter le moral. Alors elle a fait avec Clem ce qu'elle avait déjà fait avec François. Elle l'a donné à Leesa.

J'inclinai la tête et me penchai en avant tandis qu'un petit frisson me parcourait l'échine.

— Qu'est-ce que tu veux dire ?

— Qu'elle le lui a donné, répéta Sunshine. Comme on fait un cadeau. Donc, ç'a été d'abord Velma et Clem, et ensuite Leesa et Clem. Et Clem s'est prêté au jeu.

— Comment le sais-tu ? lui demandai-je.

— Il m'a tout raconté, et ça le faisait marrer. Ici même, pendant qu'on se faisait des lignes ensemble. Salopard de Clem. Il adorait ça, ce cinglé, bon Dieu... Mais à ce moment-là, comme tous les types dans son genre, ses charmes commençaient à devenir moins charmants. On commençait à remarquer des choses, comme sa mauvaise haleine et sa mauvaise humeur.

— Que s'est-il passé ensuite ?

— Leesa a voulu tout arrêter. Le plaquer. Mais Clem n'était pas prêt à la laisser filer. « C'est moi qui largue », qu'il a dit un soir en renversant d'une tape sa bouteille de bière sur le bar. « Personne ne me largue. » Un autre soir, alors que Clem, Leesa et Velma étaient ensemble, il y a eu une engueulade dans la boîte. Clem a poussé Leesa. Elle est tombée sur une table et s'est cogné l'épaule. Et elle est partie comme une folle. Velma lui a couru après, mais Clem est resté au bar à picoler et à bougonner tout seul. C'est la dernière fois que j'ai vu Leesa. Elle a été assassinée quelques semaines plus tard.

— Et Clem ?

— Envolé.

— Tu as raconté ça à la police ?

— Nan. Personne n'est venu me poser de question. Et Velma est revenue au club un soir et m'a supplié ; elle m'a supplié de ne rien dire. Elle m'a expliqué qu'il ne fallait pas que son mari soit au courant. Alors je l'ai bouclée. Comme il y avait ce témoin oculaire et la photo retrouvée dans la main de Leesa, je me suis dit comme tout le monde que c'était François qui l'avait tuée. À quoi bon ruiner la réputation d'une fille morte ?

— Et l'investissement ?

— C'est venu plus tard.

— Quand ?

— Juste avant que vous n'obteniez ce nouveau procès à François. Velma est venue me trouver pour me dire que quelqu'un allait peut-être poser des questions. Elle m'a demandé... non, elle m'a supplié de ne rien dire. Je lui ai dit que j'avais des problèmes financiers. Elle m'a répondu qu'elle m'obtiendrait une rentrée de fonds si je voulais bien me taire. Alors j'ai dit d'accord.

— Et tu es prêt à témoigner de tout ça ?

— Je ne mentirai pas à la barre, Victor. Qu'est-ce que tu crois que je deviendrais en taule ?

— Un rat comme toi, Sonenshein, je ne suis pas inquiet.

Dehors, dans la ruelle derrière le Marrakech, Beth me serra dans ses bras, me donna un baiser dans le cou, puis s'écarta en faisant une petite pirouette.

— Qu'est-ce qui te rend si joyeuse ? lui demandai-je.

— Sunshine. Ce qu'il a dit. Nous savons qui a tué Leesa.

— Ah oui ?

— Bien sûr. C'est ce type, ce Clem. C'est lui qui l'a tuée.

— On n'en sait absolument rien. On ne sait même pas qui il est.

— Tu crois qu'il nous faut vraiment tous les détails pour en faire un suspect ?

— Un nom de famille nous aiderait, mais non, l'histoire est suffisante.

— Et ce Clem, n'est-ce pas justement l'élément qu'il nous manquait, un nouveau suspect ?

— Si.

— Eh bien, on l'a, Victor. On l'a.

Elle effectua une autre pirouette, comme je ne lui en avais jamais vu faire.

— Où as-tu appris ça ?

— Cinq ans de danse classique quand j'étais gamine. On a une vraie chance maintenant. On va gagner.

— N'en sois pas si sûre.

— Oh, Victor. Tu te sous-estimes toujours. Tu es un génie. Je savais qu'on pouvait compter sur toi. Ce truc à propos des gangsters japonais.

— Les yakusas.

— C'est vrai ? Takahashi est vraiment un gangster qui réclamera un doigt de Sunshine en réparation de ses fautes ?

— J'en doute, dis-je. Il est allé à Stanford.

Elle rit, se retourna en virevoltant et me serra à nouveau.

— Je dois y aller. Il faut que j'annonce la nouvelle à François. Il va adorer l'histoire des yakusas. C'était brillant, Victor. Tout simplement brillant.

— Ouais, dis-je. N'est-ce pas ?

Et j'imagine que ça l'était, parce que gratter sous le vernis du flegme onctueux de Sunshine et lui faire cracher le morceau avait paru étonnamment facile, si foutument facile que c'en était inquiétant.

41

La salle d'attente beige bien trop claire, les magazines parfaitement empilés, les plafonniers fluorescents, l'incessante musique d'ambiance, la galerie des sourires éclatants, la jeune femme guillerette derrière la réception, avec sa gaieté décourageante et ses dents étincelantes. Le simple fait d'être là me donnait envie de prendre mes jambes à mon cou, et je n'étais même pas prévu pour des soins ce jour-là.

— Bonjour, monsieur Carl, dit Deirdre, la réceptionniste. C'est un plaisir de vous voir cet après-midi, mais je ne savais pas que vous aviez rendez-vous.

— Je suis venu voir comment ça se passe pour Daniel Rose. Je suis un ami de la famille.

— Daniel est avec le docteur en ce moment.

— Pas encore de cris d'agonie ?

— Nous n'entendons jamais rien d'ici, me répondit-elle sans une ombre d'ironie. La porte est insonorisée.

— Dites-moi pourquoi je trouve ça étrangement dérangeant.

— Je ne sais pas, monsieur Carl. La mère de Daniel est assise là-bas si vous voulez lui parler.

— Merci, dis-je.

Julia Rose, vêtue d'un jean et d'un tee-shirt, était assise immobile dans le coin, les jambes croisées, les bras croisés, la tête inclinée sur le côté, comme perdue dans ses pensées. Preuve du peu de compréhension que j'avais d'elle, je n'avais aucune idée de ce à quoi elle pouvait bien penser, si toutefois elle pensait à quelque chose. Jusque-là, je l'avais considérée comme quelqu'un que nous devions contraindre à faire ceci ou cela pour son fils, un obstacle à la bonne éducation et aux bons soins de mon jeune client. Je l'avais considérée comme le problème, sans réfléchir au fait qu'elle-même avait peut-être les siens.

Je m'assis à côté d'elle.

— Comment allez-vous, Julia ?

Sans lever les yeux, elle me dit :

— J'essaie de ne pas pleurer.

— C'est un gosse courageux. Il va très bien s'en sortir.

— Je sais. Je ne suis pas inquiète pour Daniel.

— Alors qu'y a-t-il ?

Elle tourna son joli visage vers moi, les yeux rougis par l'inquiétude.

— Vous vous en préoccupez ? Vraiment ?

Avant de laisser échapper un oui, j'y réfléchis une seconde. Est-ce que je me préoccupais d'elle, ou est-ce que je voulais juste régler cette affaire, faire ce qu'il fallait afin que Daniel ait la moitié d'une chance en ce monde, et que je puisse retourner m'occuper des insignifiants problèmes de mon insignifiante petite vie ? Elle n'était pas ma cliente, ni ma responsabilité, alors est-ce que je me préoccupais d'elle ? Vraiment ?

— Oui, dis-je finalement en m'étonnant moi-même. Aussi curieux que ça puisse paraître, oui.

— Je sais que je ne suis pas la meilleure mère du monde. J'essaie pourtant, vraiment, monsieur Carl, mais je n'ai jamais pu faire tout ce que je voulais pour mon fils. Je n'ai jamais bien su non plus comment m'y prendre. Mais je l'aime. Oui, je l'aime.

— C'est sans doute vrai, Julia. Mais parfois l'amour seul ne suffit pas.

— Je le sais, et je fais de mon mieux. Sauf que parfois, les choses vous dépassent. C'est là, et ça empire, sans que vous puissiez rien y faire. Ma vie est comme ça depuis l'école primaire. J'avais conscience que ça n'allait pas, mais je ne pouvais rien faire à part continuer et supporter. Et tout a fini par tourner au cauchemar, comme j'étais certaine que ça arriverait.

— Ça va aller, Julia, dis-je en glissant un bras autour de ses épaules.

Elle pleurait maintenant, doucement, je sentais ses sanglots dans mon bras et ma poitrine, et aussi que ça n'irait pas. Mais, bon sang, qu'est-ce que je pouvais y faire ?

— On surmontera tout ça, dis-je.

— Non, ça ne marche pas comme ça, monsieur Carl.

Elle se redressa et s'essuya le nez avec le plat, puis le dos de la main.

— Les dents de Daniel. Je savais qu'il y avait un problème. Au début, elles étaient parfaites, toutes blanches, et puis elles ont commencé à noircir. Mais qu'est-ce que j'allais bien pouvoir y faire ? Quand ai-je jamais réussi à remédier à un problème ? Alors, je n'ai rien voulu dire à personne, ni montrer quoi que ce soit. Mais à chaque fois que je regardais ses dents, ça me brisait le cœur. Et j'avais honte aussi. C'est pour ça que je n'ai pas conduit Daniel chez le médecin. Je savais les regards que ça me vaudrait, et les sermons. Toute ma vie, on m'a sermonnée dès que je faisais quelque chose de mal. Mais on ne parlait jamais du mal qu'on me faisait. Et si les dents de Daniel se cariaient, je n'y étais pour rien, c'est parce qu'elles étaient faites comme ça, voilà tout. C'est pour ça que je me disais que je ne pouvais rien y faire. Mais aujourd'hui...

— Ça va bien se passer. Le Dr Pfeffer va les soigner.

— Je sais, dit-elle. Je sais. C'est comme si on venait de combler un trou béant dans mon cœur. Merci beaucoup, monsieur Carl. Merci de vous occuper de Daniel. Merci d'avoir trouvé le Dr Pfeffer. Cet homme a l'air d'un saint.

— L'air seulement, dis-je.

— Je suis si soulagée. Mon petit Daniel va aller mieux. Des dents parfaites à nouveau. Enfin, quelque chose est en train de réussir. C'est pour ça que je pleure. Oui, c'est pour ça.

— D'accord.

— Ça me donne de l'espoir, vous comprenez ?

— C'est agréable à entendre. Je suis vraiment ravi. Mais, Julia, il y a une chose qu'il faut que je vous demande.

— Tout ce que vous voudrez, monsieur Carl.

— Je veux vous montrer quelque chose.

Je sortis une feuille de papier, un document signé et visé avec un tampon officiel, et le lui tendis. Elle le regarda, le retourna pour voir s'il y avait quelque chose d'inscrit au verso, puis revint au recto et se mit à lire.

— Qu'est-ce que c'est ?

— C'est une ordonnance, Julia, de la juge. Elle me désigne non seulement comme l'avocat de Daniel, mais également comme celui de la sœur de Daniel, Tanya.

Un grand calme se fit après que j'eus prononcé ce prénom, comme une porte que l'on viendrait d'enfoncer et derrière laquelle il n'y aurait rien, hormis le silence. Je n'avais aucune idée de ce qui allait se passer maintenant, si j'allais la perdre ici même, la perdre pour de bon. Elle pouvait très bien refuser de dire un mot de plus, emmener Daniel avec ses dents tout juste soignées, et disparaître. Je n'étais sûr de rien, et le sort de Tanya semblait en équilibre instable.

— Tanya est la demi-sœur de Daniel, dit Julia après un long silence.

C'était un début. La veille encore, je ne crois pas qu'elle m'aurait répondu. Elle se serait enfuie. Mais elle venait de dire que de faire soigner les dents de Daniel lui redonnait de l'espoir, et peut-être était-ce cette lueur d'espoir-là qui l'avait poussée à me répondre. Peut-être aussi que, forte de ce nouvel espoir, elle en nourrissait un autre pour sa fille disparue.

— Quel âge a-t-elle ?

— Elle aura sept ans le mois prochain.

— Il faut que je la voie, que je la rencontre. Elle est ma cliente maintenant. Donc, Julia, j'ai besoin que vous m'expliquiez. Où est Tanya ?

— Je ne sais pas.

— Comment est-ce possible ?

— Et voilà, vous allez commencer à me faire la morale.

— Pas de morale, d'accord. Je vous le promets.

— J'ai essayé d'être une bonne mère. J'ai essayé si fort. J'ai juste fait ce que je pensais être le mieux pour mes deux enfants.

— Julia, essayez de répondre à ma question. Qu'est-il arrivé à Tanya ?

— Je l'ai donnée.

— À qui ?

— Une dame dans le quartier où j'habitais avant. Une diseuse de bonne aventure, du nom d'Anna.

— Pourquoi lui avez-vous donné Tanya ?

— Elle a dit qu'elle prendrait soin d'elle. Elle a dit qu'elle avait un endroit pour elle.

— Non, Julia. Pourquoi lui avez-vous confié Tanya ?

— Parce que Randy m'a dit de le faire. Il ne l'aimait pas beaucoup, et il a dit que ce serait mieux pour nous tous, surtout pour Daniel, si elle était dans une autre famille.

— Je ne comprends pas.

— Il n'aimait pas qu'une petite fille noire nous suive partout. Elle n'a pas le même père que Daniel, et il n'aimait pas devoir expliquer à ses amis pourquoi elle était avec nous. Il essaie de nous faire déménager dans un meilleur quartier de la ville, et il a dit qu'ils n'aimeraient pas ça là-bas.

— C'est ce qu'il a dit ?

— Qu'est-ce qui ne va pas ?

— Il faut que vous me disiez où habite cette Anna.

— Je ne sais pas exactement.

— Dites-moi ce que vous savez, insistai-je.

Après qu'elle m'eut fait une vague description de l'endroit où pouvait se trouver Anna, elle me demanda :

— Qu'allez-vous faire, monsieur Carl ?

— Je vais la retrouver. Je vais m'assurer qu'elle va bien.

— Et peut-être que vous pourrez l'aider comme vous aidez Daniel ?

— Bien sûr.

— Randy a dit que ce serait mieux pour Daniel, et pour elle aussi. Il a dit que c'était une bonne décision.

— D'accord, Julia. Merci pour votre aide.

— Arrêtez de me regarder comme ça, monsieur Carl. Je fais de mon mieux.

— Je le sais.

Au même instant, la porte insonorisée s'ouvrit et Daniel sortit du cabinet, les yeux rouges, les poings serrés, suivi par un Dr Bob souriant, avec ses gants verts et son masque abaissé autour de son cou. Daniel jeta un regard autour de lui, l'air paniqué un instant, puis il nous aperçut et courut se jeter sur les genoux de sa mère, avant d'enfouir sa tête dans le creux de son cou.

— Tout va bien, mon bébé, dit-elle en lui tapotant le dos. Ne crains rien, mon cœur. Maman est là.

Daniel s'écarta d'elle. Son visage tremblait, comme s'il était sur le point de fondre en larmes, mais ce n'est pas ce qu'il fit.

Au lieu de cela, il sourit. Et les couronnes sur ses dents brillèrent sous l'éclairage fluorescent.

Le Dr Bob était encore à la réception après que Julia et Daniel eurent quitté le cabinet. Il avait donné à Julia des consignes écrites pour qu'elle prenne soin des couronnes, et avait fixé un autre rendez-vous pour un suivi, avant de les laisser partir. Il était maintenant en train de compléter sa fiche.

– Les dents de Daniel sont superbes, lui dis-je.

– C'était limite. Encore quelques mois, et je n'aurais rien pu faire pour sauver la plupart d'entre elles.

– Il a l'air vraiment heureux. Il a même souri. Merci.

– Ça fait du bien de faire du bien, Victor, non ?

– Sans doute, dis-je, avant de me tourner vers la porte par laquelle Julia et Daniel venaient juste de sortir. Mais parfois ça fait aussi un mal de chien.

– Dans la vie, les meilleures choses ne sont jamais faciles, ajouta-t-il en tendant la fiche à la réceptionniste. Vous sortez encore avec Carol ce soir, n'est-ce pas ?

– Oui, en effet, dis-je.

Bob me fit un clin d'œil.

– Amusez-vous bien.

42

Je suis au beau milieu d'une partie de jambes en l'air avec Carol Kingsly. Mmm, oui, littéralement en plein milieu. Je ne savais pas que les affaires étaient un tel aphrodisiaque, mais quand Carol m'a vu conclure avec Takahashi, elle a décidé qu'il était temps de conclure elle-même. Et c'est si agréable que ça ? me demanderez-vous. Eh bien, franchement, est-ce jamais vraiment désagréable ? Disons seulement que c'est quelque chose dont je n'ai encore jamais fait l'expérience. Une expérience de décorporation[1].

Donc, je suis hors de mon corps, assis sur une chaise dans un coin de la chambre Laura Ashley de Carol Kingsly, et je nous regarde, Carol et moi, faire ça sur ses draps Laura Ashley. Ça a l'air un peu idiot vu d'ici, on dirait deux mauvais nageurs travaillant leur brasse papillon dans une mer de minuscules fleurs pastel. Sans parler des bruits qu'on fait. Bon d'accord, je vous raconte.

Je dois d'abord dire une chose à son sujet : bon

1. Ou OBE (*Out of Body Experience*), sortie hors du corps.

Dieu, elle est superbe. Son beau visage, ses cheveux soyeux, son corps – un vrai miracle, autant vous le dire, mince et leste, un pur produit des régimes dernier cri, affûté, tonifié par des heures d'exercice au club de forme, souple comme un bretzel grâce au yoga, et néanmoins généreux là où on apprécie le plus la générosité. Et là, rien que du vrai, je peux vous le dire, oh oui, du moins j'en jurerais. Mais, sincèrement, entre vous et moi – *francheme*nt –, qu'est-ce que ça peut faire ?

Je fais un sacré veinard, non ? Quel homme hétérosexuel un tant soit peu vivant, ou même quelle femme homosexuelle n'échangerait pas sa place avec la mienne, là, tout de suite ? Aucun, aucune, voilà la vérité. Et regardez-moi ce mouvement que je viens d'effectuer. L'arbitre m'accorde deux points pour ce renversement. L'homme, c'est moi, je suis le roi, du vent Elvis ! Le mâle dans toute sa splendeur. Alors, dites-moi, qu'est-ce que je peux bien fiche assis là à jouer les spectateurs alors que la partie se déroule sur le lit ?

– Mets ta main là, ronronne-t-elle doucement. Glisse ta jambe là. Oui, encore un peu. Mmm, bien. Maintenant, déplace ton coude.

Est-ce qu'on fait l'amour ici, ou est-ce qu'on joue à Twister[1] ?

Regardez-moi là-bas, perché sur elle, concentré pour suivre ses instructions. L'expression de son visage est tout imprégnée des plaisirs sensuels de la chair ; la mienne trahit la peine d'un déménageur de

1. Jeu de société « sportif » dans lequel les joueurs finissent généralement par se contorsionner sur un tapis de sol.

pianos. Franchement, vu d'ici, je dois l'admettre, j'ai l'air un peu ridicule. Ma peau est pâle, mes muscles flasques. Et ça, est-ce vraiment mes fesses, ou deux chihuahas se disputant un os ? Mais la *pièce de résistance**[1] de mon ridicule, le détail qui me mortifie vraiment dans toute cette *mise en scène**, c'est que je porte ma cravate.

Oui, cette foutue cravate jaune.

Une idée à Carol. Nous étions en train de rouler dans les draps, nous efforçant de faire monter en régime *le moteur de la passion**, mais quelque chose manquait. Peut-être mon français n'était-il pas assez bon, ou peut-être était-ce simplement que j'essayais de parler français, mais le fait est que quelque chose clochait. C'est alors qu'elle a suggéré la cravate. Qui étais-je pour lui dire *non** ? Au reste, quelle réaction d'enthousiasme gratifiante que la sienne en me voyant simplement la nouer autour de mon cou ; elle s'est mise à se cabrer à chaque boucle, à gémir à chaque bruissement soyeux, et à s'étirer de tout son long en me voyant serrer le nœud. Lorsque enfin je me suis hissé à nouveau sur elle, elle a agrippé la cravate et m'a attiré contre elle ; et alors que nous nous embrassions, elle a serré le nœud jusqu'à m'étrangler et me faire avoir un haut-le-cœur.

Et c'était parti.

Est-ce que j'étais à ce que je faisais ? Bon Dieu, oui. Enfin, regardez-la. Qui ne le serait pas ? Je lui embrassai la mâchoire, les épaules, les seins. J'avais une main sur sa hanche, et je lui prenais un sein de l'autre. Mes doigts jouaient des rythmes mystiques

1. Tous les termes en italique suivis d'un astérisque sont en français dans le texte. *(N.d.É.)*

sur sa peau, des riffs dignes d'un grand jazzman ; oui, j'étais tout à ce que je faisais. J'essayai de desserrer un tout petit peu ma cravate, pour pouvoir, disons, respirer, mais elle m'en empêcha. Je lui caressai l'épaule, mais elle poussa ma main vers ses seins. Et quand je descendis lui embrasser la hanche, elle poussa ma tête vers son ventre.

– Essaie ça, me dit-elle. Oui, plus fort. Non, pas si fort. Oui, parfait. Plus vite. Ralentis. Remonte. Attention à ton genou.

Oui, j'étais bel et bien, totalement, à ce que je faisais ; et puis mes bras commencèrent à fatiguer à cause de ce mouvement répétitif qu'elle semblait apprécier ; je m'arrêtai, mais elle dit : « N'arrête pas » ; je ralentis, mais elle dit : « Continue » ; et puis j'eus des crampes dans les bras. Et avant que je comprenne ce qui se passait, je me retrouvai sur la chaise, spectateur. Eh bien, à vous autres amateurs de porno sur le Net qui maniez vos souris comme des manches de F-16, laissez-moi vous le dire : regarder n'est rien comparé à faire.

Le seul avantage qu'il y a à se trouver sur la chaise, c'est qu'on a le temps de réfléchir. En plein *Sturm und Drang*[1], votre esprit passe en pilotage automatique, mais sur la chaise vous pouvez réfléchir aux grandes questions du jour, du genre : si le français est la langue du sexe, et l'allemand celle du voyeurisme sexuel, le dernier millénaire d'histoire européenne s'explique-t-il par là ? Ou encore, si cela manquait par trop de profondeur, pourquoi quelqu'un qui res-

1. Littéralement, « Tempête et Passion », tragédie qui donna son nom à un mouvement littéraire et politique allemand, au XVIIIe siècle.

semble à Carol Kingly fait-il l'amour avec quelqu'un comme moi ? Et que fallait-il penser de ce clin d'œil que m'avait lancé le Dr Bob ? Savait-il que j'allais décrocher le jackpot avant même que cela n'arrive ?

Tout allait trop vite, tout semblait bien trop bizarre. Le Dr Bob m'avait extrait une dent, il me fabriquait un bridge, et voilà qu'il m'organisait une partie de jambes en l'air. Un prestataire excellent, je veux bien, mais quand même. Tout cela avait-il le moindre rapport avec le procès pour meurtre de François Dubé ? J'avais un nouveau suspect, une nouvelle théorie, j'étais prêt à défendre l'autre imbécile sans faire la moindre référence à la dentisterie, et pendant ce temps-là le Dr Bob faisait tout ce qu'il pouvait pour que j'aie une bonne image de lui. Toutes ses petites histoires, sa façon de répéter sans arrêt qu'il désirait seulement aider, les soins gratuits donnés à Daniel Rose, et maintenant le fait qu'il m'avait arrangé le coup avec Carol Kingsly – tout cela semblait faire partie d'un même message. Et ce message paraissait lié, d'une manière quelconque, à Dubé. Mais comment ? Pourquoi ? Qu'essayait-il de me dire ?

Oh oh, quelque chose est en train de se passer sur le lit. Ah oui, c'est sans ambiguïté. Regardez comme les jambes de Carol Kingsly sont tendues, ses orteils contractés. Regardez comme elle serre la mâchoire. Et l'expression de mon visage ; je la besogne si dur que c'est un miracle que mon cœur ne me lâche pas, là, maintenant. On touche au but, comme dirait l'autre. Mais attendez. Elle agrippe ma cravate. D'une main, elle se saisit du mince pan de tissu ; de l'autre, elle empoigne le nœud. Je suis tellement dans l'effort que je ne peux rien y faire. Et elle a ce petit sourire étrange. Brusquement, elle serre le nœud.

Aaaaargh.

Me voilà de retour.

— C'était si bon, me dit-elle ensuite en caressant la cravate en soie, desserrée maintenant autour de mon cou.

— N'est-ce pas ?

— Ça se passe tellement bien.

— Je trouve aussi, non ?

— Le Dr Pfeffer va être enchanté.

— On ne pourrait pas le garder en dehors de ça ?

— Oh non, Victor, je ne pourrais pas faire ça. Je lui dis tout. C'est mon dentiste. Est-ce que M. Takahashi t'a déjà engagé ?

— Il a essayé, mais j'ai refusé son offre.

Elle me frappa, durement.

— Aïe !

— Je me suis donné du mal pour t'avoir ce boulot.

— Je n'avais pas le choix, dis-je. Conflit d'intérêt. Le type qu'il voulait que je mette sur la paille est aussi un témoin clé dans mon affaire de meurtre.

— Et tu n'as pas pu composer avec ça ?

— Non.

— Si tu veux réussir en affaires, Victor, tu dois apprendre à avoir un peu moins de scrupules.

— Un scrupule de moins, et je suis bon pour le Sénat.

— Je lui ai dit que tu étais le meilleur avocat de cette ville.

— Tu as menti à ton client ?

— C'est mon travail. Je suis dans les relations publiques.

— Je devrais peut-être te réclamer une avance.

— Je te ferai une proposition écrite demain matin.

— Je plaisante.

— Moi non. Je ne plaisante pas en affaires. Tu sais ce que nous devrions faire maintenant ?

— Non, quoi ?

— Quelque chose que j'ai envie de faire avec toi depuis le premier moment où je t'ai vu.

— Me jeter par terre et te défouler sur moi ?

— Non, ne sois pas idiot. Je veux t'aider à choisir une nouvelle paire de chaussures.

43

Le Tommy's High Ball, midi.

Quittant le plein soleil, j'entrai dans le bar, plissai les yeux pour y voir dans la pénombre enfumée et les lumières au néon, et me dirigeai vers le comptoir. Il y avait du monde pour un midi. Deux types jouaient aux fléchettes, une partie de cartes était en route, et on entendait en sourdine de la musique de style Motown. Deux anciens discutaient base-ball au comptoir. Je n'avais pas soif, mais je commandai une bière. Je n'avais pas faim, mais je ramassai une poignée de cacahuètes et les secouai dans mon poing. Avec mon costume, on ne pouvait pas dire que je me fondais dans le décor, mais il ne fallut pas longtemps pour qu'on se désintéresse de moi.

— Tommy est dans le coin ? demandai-je au barman aux cheveux blancs en commandant une autre bière.

Il était très grand et très maigre, et son dos dessinait un point d'interrogation, comme s'il avait passé sa vie à essayer d'éviter de se cogner la tête aux installations suspendues.

— Tommy qui ? fit-il.

— Tommy, du Tommy's High Ball.

— Monsieur, ce Tommy-là est mort depuis vingt ans.

— Alors pourquoi vous ne changez pas l'enseigne ?

— J'm'appelle Whitey[1].

— Je comprends mieux. Je me suis laissé dire qu'un gars qui voudrait jouer aux échecs pourrait faire pire que de venir ici.

Il haussa les sourcils.

— Z'êtes bon ?

— Pas vraiment.

— Alors vous faites pas le poids.

— Quand même, ça pourrait être drôle, non ?

— Non, ça n'aurait rien de drôle du tout, à moins que vous ne trouviez que servir de cible au jeu de massacre dans une fête foraine est drôle. Z'avez apporté de l'argent ?

— Un peu.

— Ça pourrait suffire.

Il leva la tête pour appeler quelqu'un par-dessus mon épaule.

— Hé, Côte-de-Porc, t'as le temps de donner une petite leçon à notre ami qui est là ?

Je me retournai. Assis seul dans l'alcôve située la plus près de la porte, un échiquier avec ses pièces posé devant lui, un épais sac en papier vert à la main, se tenait Horace T. Grant.

— J'ai pas de temps pour les idiots, dit Grant, les yeux fixés sur l'échiquier. Dis-lui que l'école primaire

1. Le Blanc, péjorativement.

un peu plus loin dans la rue a un club d'échecs qui se réunit le premier mardi de chaque mois.

— Il dit qu'il a un peu d'argent, précisa le barman.

— Avec ce costume ? M'étonnerait qu'il ait beaucoup.

— Mais la cravate est chouette, vous ne trouvez pas ? dis-je.

— Combien ? demanda Horace.

— Disons cinq dollars la partie.

— Amenez votre cul maigrichon par ici, dans mon bureau, dit Horace T. Grant. Et n'oubliez pas de m'en amener une bien fraîche, par la même occasion. Écorcher les petits Blancs, ça donne soif.

Je lui apportai sa bière, me glissai dans l'alcôve et le regardai préparer le plateau pour la partie. Quelques clients s'approchèrent tranquillement pour assister à la confrontation.

— Quelle règle ?

— L'Alekhine.

— À vos souhaits.

— J'ai une idée. Et si vous la fermiez un bon coup, juste pour qu'on ne sache pas vraiment à quel point vous êtes crétin ?

Petits rires des spectateurs.

— Je vous laisse ouvrir, vu que vous aurez besoin du moindre avantage possible.

— Ce n'est pas ma première partie, vous savez, dis-je.

— Ce n'est sûrement pas la première fois que vous baisez non plus, ça ne veut pas dire que vous savez ce que vous faites.

Les hommes rirent plus fort cette fois.

— Allez-y, dit-il.

Je contemplai l'échiquier, hochai la tête et poussai de deux cases le pion devant mon cavalier.

— Vous feriez aussi bien de me donner les cinq dollars tout de suite, dit Horace T. Grant en gloussant.

— J'ai fait un mouvement.

— Ouais, on a vu ça, dit-il, avant de commencer à me battre à plates coutures en quelques petites minutes seulement.

Les hommes autour de lui se mirent à ricaner tandis que sa reine traversait mes défenses avec une sauvagerie alarmante, et mettait mon roi échec et mat.

— Une autre ? dis-je en lui tendant les cinq dollars.

Horace haussa les épaules, m'arracha le billet de la main et prépara à nouveau l'échiquier. Nos spectateurs secouèrent la tête devant ma stupidité et se dispersèrent. J'avais joué si atrocement qu'assister à une autre partie était au-dessus de leurs forces.

— À vous l'honneur, mon garçon, reprit Horace T. Grant.

Je plongeai la main dans la poche de ma veste, en tirai un document plié et le lançai sur l'échiquier.

Et j'observai attentivement Horace T. Grant tandis qu'il lisait l'ordre du tribunal me nommant représentant légal de Tanya Rose, mineure, coordonnées inconnues. Et je décelai quelque chose sur son visage, une douceur comme je n'en avais encore jamais vu, un frémissement.

— J'ai besoin de votre aide, dis-je.

44

Ça aurait pu me prendre des semaines pour localiser précisément la diseuse de bonne aventure nommée Anna dont Julia Rose m'avait parlé. J'aurais appelé quelques flics que je connaissais dans le secteur, j'aurais vérifié dans les Pages jaunes à « Voyance », j'aurais fait du porte-à-porte dans le quartier en posant des questions, mais laissez-moi vous le dire, faire du porte-à-porte quand on est un étranger dans un quartier inconnu et poser des questions sur quelqu'un qui est un étranger pour vous mais un voisin pour vos interlocuteurs, ce n'est pas le moyen le plus agréable ni le plus sûr de garder vos dents. Ça aurait pu me prendre des semaines pour la retrouver, si toutefois j'y étais parvenu.

Je donnai mon numéro de téléphone à Horace T. Grant, et il m'obtint l'adresse exacte en dix minutes.

– Elle se trouve dans cette maison, là, aboya Horace.

J'avais suivi ses indications, m'étais garé là où il m'avait dit de le faire. Nous étions maintenant assis dans ma voiture en face d'une vieille maison mitoyenne en brique avec un long perron.

— La vieille dame occupe tout le rez-de-chaussée.

— Elle est au courant de notre venue ? demandai-je.

— En voilà une question idiote. Bien sûr que oui. Elle est voyante.

— Non, je veux dire, croyez-vous qu'une des personnes à qui vous avez parlé a pu la renseigner sur ce que nous cherchons ?

— Je n'ai parlé à personne de ce que nous lui voulons. J'ai seulement dit que j'avais besoin qu'on me lise l'avenir. Vous croyez que la fillette est là-dedans ?

— Je ne sais pas, dis-je, mais si la vieille dame sait que nous la cherchons, je suis certain qu'elle a dû l'envoyer quelque part avant qu'on arrive. Vous avez eu d'autres renseignements sur cette Anna, en dehors de son âge ?

— Juste qu'elle est sérieusement en contact avec le monde des esprits.

— Je ne vois rien de rassurant là-dedans, dites-moi pourquoi.

— Parce que, répondit Horace, vous ne croyez à rien en dehors de votre ignorance infinie.

— Vous êtes plus en phase que moi avec les grands mystères de l'univers, ça ne fait aucun doute.

— J'aime penser qu'il y a dans ma nature une dimension spirituelle. Je suis baptiste pratiquant, si vous voulez le savoir. En plus de faire du bien à mon âme, ça m'aide à rester dans le droit chemin. Et laissez-moi vous le dire, mon garçon, quand vous aurez vécu aussi longtemps que moi sur cette terre, vous vous apercevrez qu'il n'y a rien de plus important dans la vie que de rester dans le droit chemin.

— Merci du conseil.

— De rien, il est gratuit. Cette Anna, en tout cas, n'est qu'une arnaqueuse. La seule prédiction sérieuse, c'est que nous allons tous mourir, et je n'ai pas besoin d'une sorcière pour me le rappeler.

— Allons-y, dis-je. Et, Horace, vous me laissez parler, d'accord ?

— J'en avais bien l'intention. Il n'y a rien de plus drôle que de voir un jeune crétin se rétamer.

Nous montâmes lentement les marches en ciment fissurées, et nous avançâmes sur le plancher gauchi du porche. À côté de la porte se trouvait un médaillon en argile représentant une tête d'angelot. L'angelot souriait, mais son expression était plutôt triste que gaie, et ses yeux étaient pleins d'une atroce certitude. C'était déconcertant de le regarder qui nous fixait ; j'avais l'impression qu'il lisait dans mon âme et n'aimait pas ce qu'il y voyait. Je ne pouvais pas lui en vouloir, c'est sûr, mais quand même. Je détournai les yeux et pressai le bouton de la sonnette. Je n'entendis rien à l'intérieur, alors je frappai doucement à la porte. J'allais cogner plus fort quand elle s'entrouvrit lentement.

— Que voulez-vous ? murmura quelqu'un à l'intérieur.

— Nous cherchons Anna, dis-je.

— Que voulez-vous à Madame Anna ?

— Juste lui poser quelques questions.

— Vous êtes les deux hommes qu'elle attend ?

Je regardai Horace.

— Quels deux hommes ? demandai-je.

— Un jeune et un vieux.

— Dans ce cas, dis-je, il est probable que ce soit nous.

La porte s'ouvrit plus largement. Une petite femme maigre aux cheveux en désordre, un œil d'un blanc laiteux, s'avança dans la lumière.

— Dites-moi vos noms.

— Je m'appelle Victor Carl, dis-je. Et voici Horace.

— Eh bien, entrez, Victor Carl. Et vous aussi, Horace, dit-elle en s'écartant pour nous laisser le passage. Si vous avez des téléphones portables, éteignez-les maintenant. Madame n'aime pas que les ondes radio entrent chez elle. Elles interfèrent avec ses visions.

Je pris mon téléphone, l'éteignis et la suivis à l'intérieur.

Nous fûmes engloutis par l'obscurité du petit salon de l'appartement. Poussés contre les murs se trouvaient deux canapés usés, quelques vieilles chaises et un vaisselier massif. Un gros tapis râpé gisait comme un cadavre au milieu de la pièce. Le tout était recouvert d'une épaisse pellicule de poussière, et imprégné d'une double odeur de moût et d'encens. Un lieu tout à fait adéquat pour pratiquer d'étranges rites sacrificiels impliquant des coqs et des serpents. Je cherchai autour de moi un signe quelconque de la présence d'un enfant – une poupée, un jouet, des chaussures ; je ne vis rien. Mais si Anna nous attendait, c'était peut-être qu'Horace avait commis une gaffe en posant ses questions, et qu'elle savait maintenant ce que nous cherchions. Débarrasser l'appartement de tout ce qui pouvait trahir la présence de la fillette n'était pas bien difficile.

— Attendez, dit la femme, qui se tenait maintenant à l'autre bout de la pièce.

Nous attendîmes pendant qu'elle disparaissait derrière une porte. Quelques instants plus tard, elle revint et laissa la porte ouverte à notre intention.

— Allez vous asseoir, Madame Anna arrive tout de suite.

Elle nous dévisagea attentivement de son œil valide comme nous franchissions le seuil de la porte, qu'elle referma derrière nous.

La pièce dans laquelle nous nous retrouvâmes était petite et sombre et n'avait pas de fenêtre, seulement deux portes. Les murs étaient peints dans une teinte bordeaux brillant et couverts d'étranges symboles peints en jaune : des tourbillons, des étoiles et des yeux qui vous fixaient. Au milieu de la pièce, entourée de quatre chaises, se trouvait une table ronde peinte en bleu clair, avec les mêmes symboles jaunes. Les flammes de trois grosses bougies, disposées chacune au centre d'une étoile jaune sur la table, dispensaient l'unique lumière de la pièce. Un bâton d'encens se consumait dans cette atmosphère chargée de mystère.

Je regardai Horace T. Grant à la lueur vacillante des bougies, penchai la tête sur le côté et écarquillai les yeux.

— Je vois des morts.

— Fermez-la un peu. Cet endroit me file suffisamment les jetons comme ça, sans que vous y ajoutiez votre affreux sens de l'humour.

Nous tirâmes des chaises, nous assîmes et attendîmes. Un long moment. Je jetai un coup d'œil à ma montre. J'éternuai à cause de l'encens. Je tapai du pied. Horace, assis à côté de moi, se tournait les pouces, littéralement.

— Comment vous faites ça ? lui demandai-je.

— Il faut du talent et de la coordination, dit-il, alors n'essayez même pas.

J'allais me lever et aller à la recherche de notre hôte quand la porte s'ouvrit en face de nous. Une femme entra. Elle portait un peignoir vert chatoyant, marchait les yeux fermés et les pieds nus, et psalmodiait un chant dans une langue probablement morte. Je vrillai rapidement le cou, regardai la porte par laquelle nous étions entrés, puis reportai mon attention sur la récitatrice. C'était la même femme aux cheveux en désordre qui nous avait accueillis à l'entrée. Madame Anna, présumai-je.

— Vous n'auriez pas pu tout simplement entrer avec nous ? demandai-je.

— Je me préparais pour notre séance, me répondit-elle en s'asseyant à la table en face de nous. Cela m'aide à sentir mes visiteurs.

Elle s'exprimait maintenant avec un léger accent que je n'arrivais pas à situer, comme si elle était née quelque part entre Haïti et Philly ouest.

— Bien, reprit-elle, vous disiez avoir des questions.

— C'est exact, dis-je.

— Bien entendu. Nous avons tous des questions. Et je sais ce que vous cherchez.

— Vraiment ?

— Vous avez perdu quelqu'un. Quelqu'un à qui

vous tenez beaucoup. Et vous êtes venus à moi pour retrouver cette personne.

— Comment le savez-vous ?

— C'est mon travail de le savoir. Tout comme je savais que vous viendriez. Enlevez vos chaussures, s'il vous plaît.

— Nos chaussures ?

— Oui. C'est très important. La réception de l'au-delà se fait à travers chaque partie de notre corps, y compris nos pieds.

— Vous voulez aussi qu'on enlève nos pantalons ? demanda Horace.

— Juste les chaussures.

Comme j'ôtais mes derbies à petits trous, elle ajouta :

— J'aurai également besoin d'une petite offrande en signe de bonne foi.

— Quel genre d'offrande ?

— Quelque chose qui montre que votre cœur est pur, vos intentions honorables, votre quête sincère.

— Laissez-moi réfléchir, dis-je. Combien ?

— Deux cents dollars pour notre premier contact.

— Vous vous égarez.

— C'est vous qui avez des questions, et c'est moi qui m'égare ? Cette offrande, ce n'est pas un cadeau que vous me faites à moi, mais au monde des esprits vers lequel nous allons nous tourner pour trouver des réponses. Il n'est pas facile d'entrer en contact avec le monde des morts. Mais avant que nous ne discutions de l'offrande, il nous faut terminer quelque chose.

Elle tourna son œil laiteux vers mon voisin, baissa la voix et ajouta d'un ton de vieille fille pudibonde :

— Horace, vous n'avez pas ôté vos chaussures.

— Personne ne me fait enlever mes chaussures, répliqua-t-il. Je ne les ai pas enlevées au Japon, ni en Corée ; je ne les ai pas enlevées non plus chez ma tante Sally malgré tous ses foutus tapis blancs, et je ne les enlèverai pas ici.

— Vous devriez montrer un peu d'humilité, vieil homme.

— Je suis trop vieux pour être humble, mais pas encore assez pour que quelqu'un comme vous me traite de vieux.

— Madame Anna, intervins-je, je crois que vous vous méprenez à notre sujet.

— Vous n'êtes pas des âmes perdues ?

— Eh bien, si, vous avez peut-être raison sur ce point.

— Mais vous ne voulez pas communiquer avec les morts ?

— Qui ne le voudrait pas, hein ? Mais ce n'est pas pour ça que nous sommes venus. Nous cherchons une fillette disparue.

— Et vous voulez que je demande aux esprits de nous aider à la retrouver. Ce n'est pas dans mes habitudes, mais ça peut sûrement s'arranger. Bien entendu, l'offrande devra être plus conséquente.

— On n'est pas venus interroger les esprits, espèce de sorcière à moitié aveugle, s'emporta Horace. On est venus interroger votre triste pomme.

Je posai une main sur le bras d'Horace pour le calmer et lui serrai le biceps pour lui rappeler que c'était moi qui étais censé parler. Je fus surpris par la maigreur de son bras.

— Ce que mon ami veut dire, c'est que nous cherchons une petite fille disparue, et que nous espérons que vous pourrez nous aider. Elle s'appelle Tanya. Tanya Rose.

Elle n'eut pas une réaction en m'entendant prononcer le nom, elle ne cilla même pas. Elle se contenta de me fixer avec l'œil qui lui restait comme si elle essayait de m'envoyer au diable par la seule force de son regard. Puis elle ferma les yeux et se remit à fredonner. C'était un chant étrangement beau, étrangement obsédant, mais elle pouvait bien chanter autant qu'elle le voulait, nous n'étions pas décidés à bouger.

Quand elle eut terminé, elle ouvrit les yeux et constata avec contrariété que nous étions toujours assis à table.

— Qui êtes-vous pour elle ? demanda-t-elle.

— Je suis son avocat.

— Comment une fille comme elle peut-elle avoir un avocat ?

— Un juge m'a désigné pour la retrouver, et pour m'assurer qu'elle va bien.

— Je ne peux pas vous aider.

— Ça vous ennuie si je jette un coup d'œil ?

— Vous ne me croyez pas ?

— Franchement, madame, non.

— Elle n'est pas ici, je peux vous l'assurer.

— Mais vous savez où elle est.

— Que ferez-vous si vous la retrouvez, Victor Carl ? Allez-vous la renvoyer chez sa mère qui l'a abandonnée ? Allez-vous la renvoyer chez cet homme qui vit avec sa mère ? Croyez-vous qu'elle sera en sécurité là-bas, avec lui ?

— Elle est ma cliente. Je ferai tout ce qui servira au mieux ses intérêts. J'ai la loi avec moi.

— Où était-elle, votre loi, quand sa mère s'est débarrassée d'elle ?

— Vous l'avez recueillie, n'est-ce pas ?

— J'ai fait ce que j'ai pu pour elle.

— Si elle n'est pas ici, c'est que vous l'avez abandonnée. Encore une fois. Mais je parie que vous n'avez pas fait ça gratuitement. Je parie qu'il a fallu vous faire une offrande. Pour combien l'avez-vous vendue ?

— Cette séance est terminée, dit-elle en soufflant une bougie.

La pièce s'assombrit.

— Où l'avez-vous envoyée ? lui demandai-je. Quelle horreur est-elle en train de vivre ? Dites-moi où elle est, Madame Anna, ou la prochaine fois que je viens vous voir, c'est avec la police.

— Vous voulez faire venir la police ici ? Elle est bien bonne. Il y a des mois que je les appelle. Les prostituées font le trottoir au coin de la rue tous les soirs maintenant, et la police ne fait rien. Les voitures passent en klaxonnant, et ils se garent devant ma maison. Tous les matins, je balaie des préservatifs. Alors dites-leur de venir, oui. Ne vous gênez surtout pas.

Elle souffla une autre bougie, et la pièce s'assombrit davantage. Il n'en restait plus qu'une d'allumée, sa flamme vacillante se reflétant sur nos visages avant d'aller mourir dans les recoins obscurs de la pièce.

— Il se pourrait très bien qu'en venant, ils demandent à voir votre autorisation de travail, risquai-je. Je suis bien certain que vous avez une autorisation d'exercer votre métier en bonne et due forme, ainsi que l'exige la loi. Et cette maison, je n'en doute pas, est réservée à un usage commercial.

— Oh oui, c'est vrai, c'est comme ça que marche votre loi. Mettez-moi à la rue, moi, le fléau du quartier, et oubliez donc les putes, la drogue et les gangsters. Bonne journée, Victor Carl.

Elle allait souffler la dernière bougie quand Horace dit :

— Nous nous inquiétons pour elle nous aussi.

Madame Anna retint son souffle, et leva vers Horace son regard borgne. Je tournai la tête moi aussi, surpris par la note de tendresse dans sa voix.

— Cette façon qu'elle a de plisser les yeux quand elle rit, continua Horace. Ces petits bonds qu'elle fait au lieu de marcher. La fraîcheur de sa petite main quand elle prend la vôtre. Sa façon de lever les yeux vers vous, l'air confiant. Vous vous préoccupez de son sort, je l'ai vu tout de suite. Nous sommes dans le même cas. Une fillette comme elle, avec une mère comme la sienne, a besoin de toute l'aide qu'elle pourra trouver en ce monde.

— Que voulez-vous ? demanda Madame Anna.

— Juste savoir où elle est, dis-je. Et nous assurer qu'elle va bien.

— Laissez-moi votre carte.

Je sortis une carte de ma veste et la lançai sur la table. Pendant qu'elle tournait sur le plateau en bois, elle souffla la dernière bougie.

L'obscurité envahit la pièce ; on n'y voyait rien hormis le bout incandescent des bâtons d'encens. Je me levai d'un bond, me précipitai pour l'agripper, mais brassai de l'air et poussai un hurlement de douleur.

— Qu'y a-t-il ? aboya Horace dans l'obscurité.

— Je me suis cogné l'orteil.

— Faut-il être idiot aussi pour enlever ses chaussures dès qu'une vieille folle vous le demande !

Je sortis mon téléphone, le dépliai, l'allumai et me servis de la faible lueur de l'écran pour me repérer dans la pièce. Madame Anna avait disparu, ainsi que ma carte.

Grâce à la lueur du téléphone, je trouvai mes chaussures, les enfilai, fis le tour de la table et ouvris la porte par laquelle la voyante était arrivée. Il y avait un couloir, une chambre, une cuisine et une salle de bains, mais aucun signe de la vieille femme, ni aucun signe de la présence de Tanya Rose non plus. Je pris la liberté de fouiner dans le reste de l'appartement. Rien. Madame Anna s'était envolée, et Tanya, si elle avait jamais habité ici, n'y était plus non plus.

— Et maintenant ? dit Horace T. Grant comme nous quittions les lieux.

— Je ne sais pas.

— Vous feriez bien d'avoir une idée lumineuse, mon garçon.

— Oui, je ferais bien. Vous avez fait un sacré discours là-dedans, Horace.

— C'était juste un tas de conneries.

— Je ne crois pas, non.

— Pensez ce qui vous plaira.

Comme nous franchissions le seuil de la porte, nous nous retrouvâmes nez à nez avec deux hommes sur le porche. L'un était vieux et voûté, et portait un costume de deuil noir. L'autre était bien plus jeune, presque un adolescent, et tenait le vieux par le bras.

Horace fixa les deux hommes un long moment, puis, leur tenant la porte ouverte, dit :

– Entrez donc, messieurs. Elle vous attend.

45

Mes recherches concernant Tanya Rose contrecarrées par l'œil laiteux de Madame Anna, je reportai mon attention sur l'affaire François Dubé. C'est ainsi que je me retrouvai assis à côté de Beth dans ma voiture garée dans les environs fort recommandables du Peaceful Valley Memorial Park.

— Il y a quelque chose de presque joyeux dans un cimetière quand il fait beau comme aujourd'hui, tu ne trouves pas ? dis-je. Le gazon d'un vert éclatant, les stèles reluisantes.

— Je trouve ça morbide, dit Beth.

— Ou peut-être que j'apprécie seulement la sérénité, la paix du lieu, comme une manifestation de la promesse du doux baiser de la mort.

Elle se renversa sur la banquette et me regarda.

— Le « doux baiser de la mort » ?

— Ne serait-ce pas agréable de cesser enfin de lutter, de nourrir des espoirs, d'éprouver des besoins contradictoires, des déceptions atroces ? En finir avec tout ça et tomber dans les bras de l'ultime et doux sommeil ?

— Inutile de mourir pour ça, Victor. Il suffit de prendre sa retraite en Floride.

— Les dîners à quatre heures de l'après-midi, c'est au-dessus de mes forces.

— Je crois que tu aimes les cimetières parce que c'est le seul endroit au monde où tu es entouré de gens dont les perspectives d'avenir sont moins prometteuses que les tiennes.

— Ça doit être ça. Je te trouve bien enjouée ces derniers temps.

— Moi ?

— Oh oui. Tu souris au bureau, tu danses dans les ruelles.

— Peut-être que quiconque n'aspire pas à recevoir le doux baiser de la mort te paraît enjoué.

— Non, c'est autre chose. Tu rayonnes.

— Comme promis par la pub télé pour le nouveau soin de la peau révolutionnaire de cette année.

— Ce serait ça ? Tu as passé le coup de fil qui a changé ta vie ?

— Non. Je n'ai toujours pas utilisé le nouveau soin de la peau révolutionnaire de l'année dernière. Où est-elle ?

— Elle va arriver.

— Tu n'aurais pas pu tout bonnement l'appeler ?

— Où aurait été l'effet de surprise ? Notre intrépide enquêteur, Phil Skink, nous a laissé un topo complet sur ses allées et venues en ville. Aujourd'hui, c'est le Peaceful Valley Memorial Park, suivi d'une séance à son très chic salon de manucure.

— Et tu ne crois pas que c'est un peu brutal de lui tomber dessus ici ?

— C'est au contraire tout à fait approprié, si tu veux mon avis.

— Comment va Carol ?

— Très bien.

— C'est ce qu'il semble, en effet. Mais comment ça se passe avec elle ?

— Ça progresse.

— Tu n'as pas l'air enthousiaste.

— Elle est très sûre d'elle.

— En quoi est-ce un problème ?

— Je ne sais pas, Beth. Il se trouve que j'aime m'habiller moi-même le matin. Attends une seconde, regarde là-bas. C'est un corbillard ou une limousine ?

— Une limousine.

— Bingo, dis-je.

La longue berline noire ralentit et s'arrêta dans l'allée U. Le chauffeur en descendit prestement, ouvrit la portière noire, et Velma Takahashi apparut. Elle était habillée pour le rôle de l'amie en deuil porteuse d'un terrible secret : foulard blanc noué autour de la tête, lunettes noires, rouge à lèvres éclatant, et une rose blanche à la main. Elle remonta lentement l'allée, s'arrêta devant une plaque en granit, la fixa un moment, puis s'agenouilla. Nous lui laissâmes quelques minutes pour accomplir ses soins, aplanir le gazon, balayer les samares tombés de l'érable dominant ; nous lui laissâmes quelques minutes pour se complaire à l'envi dans la culpabilité, après quoi nous descendîmes de voiture.

Elle leva la tête en entendant claquer nos portières. Elle tourna ses lunettes noires dans notre direction, nous fixa quelques secondes, puis reporta son attention sur la pierre tombale comme si elle s'attendait à notre venue.

Nous marchâmes lentement vers elle, et nous arrêtâmes dans son dos. Devant nous, la pierre couvrait trois concessions regroupées sous un nom : CULLEN. Gravé sur la plaque de droite, devant laquelle Velma était agenouillée, on pouvait lire le nom de LEESA SARA, suivi des mots : À NOTRE FILLE ET MÈRE BIEN-AIMÉE. Les parents de Leesa avaient choisi d'oublier son nom d'épouse, et on ne pouvait pas vraiment le leur reprocher.

— Il faut qu'on parle, lui dis-je.

— Oh oh, fit-elle sans se retourner ni se lever au son de ma voix. Est-ce que ça signifie que c'en est fini de nos bonnes relations ?

— Quelque chose comme ça. Il faut qu'on parle de Clem.

— Qu'y a-t-il à en dire ? Il n'est rien, juste le produit d'un mauvais rêve fait dans une autre vie.

— Mais vous croyez qu'il a peut-être tué Leesa.

— Depuis quand se préoccupe-t-on de ce que je crois ? Je crois qu'on devrait fiche la paix aux gens qui viennent se recueillir dans les cimetières, et pourtant vous voilà.

— Quel est le nom complet de Clem ?

— Clem.

— Où est-il aujourd'hui, vous le savez ?

— Nulle part, voilà où. C'est un fantôme. Il est apparu comme par magie, il a fait du mal et il s'en est allé comme il est venu.

— Nous allons avoir besoin que vous témoigniez à son sujet. Comment vous l'avez rencontré, comment vous l'avez donné à Leesa, leurs disputes, et surtout comment il a disparu juste après qu'elle a été brutalement assassinée. Nous allons avoir besoin que vous racontiez tout ça au jury.

— Vous savez que je ne peux pas faire ça.

— Pourquoi diable ? intervint Beth, une note de colère dans la voix. Quel genre de femme peut bien payer pour la défense de François Dubé, mais refuser de dire la vérité qui le sauverait ?

Velma Takahashi se tourna vers Beth et la fixa à travers ses lunettes noires.

— Il est plein de charme, n'est-ce pas ? dit-elle avec une amabilité venimeuse. Et tellement galant. Mais, ma chère, dites-vous bien que, galant, il ne l'est peut-être pas autant qu'il en a l'air.

— Il a besoin de votre aide, dit Beth.

— Pourquoi a-t-il besoin de la mienne alors qu'il a déjà la vôtre ?

Je n'aimais pas beaucoup le ton employé par Velma, la façon dont les deux femmes venaient de s'accrocher. Je n'aimais pas ça du tout. Velma Takahashi jouait avec nous, comme avec des souris d'herbe-aux-chats placées là pour son amusement. Mais je savais comment mettre fin au petit jeu. Je plongeai la main dans la poche de ma veste, en tirai un document juridique agrafé sur un support bleu, et le lançai sur la tombe de Leesa, juste sous le nez de Velma Takahashi, toujours agenouillée.

— C'est pour vous, dis-je.

— Qu'est-ce que c'est ? fit-elle en ramassant l'assignation à comparaître et en se relevant d'un air furieux. Qu'est-ce que vous faites, bon Dieu ?

— Le procès commence la semaine prochaine, dis-je.

— Vous savez que ma situation est délicate.

— C'est marrant, Velma, mais je me fiche de votre contrat de mariage. Si vous ne vous présentez pas à la date indiquée, je ferai délivrer un mandat d'amener. Et, si besoin est, je vous ferai arrêter. Une photo de vous dans la presse les mains menottées dans le dos, c'est exactement ce que votre mari voudra voir.

— Vous devez me laisser en dehors de ça.

— Impossible, dis-je.

— Ne faites pas ça, Victor.

Elle fit un pas vers moi, posa une main sur ma poitrine et me regarda avec des yeux humides.

— Je vous en prie.

— Trop tard, dis-je.

— Victor ?

— Votre petit numéro à la Grace Kelly ou à la Kim Novak vous va à merveille, vraiment. Le foulard, jolie touche. Mais j'avoue que je vous préfère en tenniswoman.

Son air larmoyant vira à l'amertume en un clin d'œil.

— N'oubliez pas qui vous êtes, espèce de prodige émasculé, siffla-t-elle.

Je ris, ce qui ne fit qu'attiser sa colère. Elle me jeta l'assignation au visage. Comme le papier tombait par terre, je ris plus fort.

— Vous avez cru qu'en contrôlant l'argent vous contrôliez tout, dis-je, mais je ne travaille pas comme ça.

— Faites-moi témoigner et vous n'aurez plus un centime.

— Je trouverai un moyen d'être payé, dis-je. Peut-être que votre mari réglera la facture par gratitude envers moi, pour avoir prouvé votre infidélité. Et s'il ne paie pas... tant pis ! J'irai au bout de cette affaire *pro bono*, juste pour vous voir à l'agonie.

— Vous n'êtes qu'un ver de terre insignifiant.

— C'est vrai, dis-je gaiement, sur un caillou insignifiant à la dérive dans un univers sans rime ni raison. Mais il n'empêche que vous irez témoigner.

Elle resta devant moi un moment encore, chancelant comme si elle avait reçu une balle, avant de repartir avec fracas vers la limousine.

Je posai un genou à terre et ramassai l'assignation.

— Vous oubliez quelque chose, Velma, dis-je.

Elle ne ralentit pas.

— Allez vous faire foutre.

— Présentez-vous, ou je vous ferai jeter en prison.

Elle s'arrêta et se retourna.

— Vous n'avez pas idée dans quoi vous mettez les pieds.

— Vous avez parfaitement raison. Je traverse cette vie dans une douce ignorance. C'est la seule façon qu'ont les gens comme vous et moi de nous accepter tels que nous sommes. On se revoit au tribunal.

Elle se détourna à nouveau et accéléra le pas vers la limousine.

— Oh et, Velma, quand vous comparaîtrez, lui lançai-je, le foulard devrait faire merveille à la barre.

Nous la regardâmes s'engouffrer dans la luxueuse berline ; le chauffeur se mit aussitôt en route, la limousine soulevant un nuage de poussière dans son sillage en quittant le Peaceful Valley Memorial Park. Cette petite confrontation m'avait procuré un immense plaisir, et pourtant quelque chose me tracassait.

— Tu n'as pas l'impression, dis-je à Beth, que tout ça sent la mise en scène à plein nez.

— Elle m'a paru vraiment furax, fit valoir Beth.

— Oui, justement. Furax. Elle se rend au cimetière pour fleurir la tombe de son amie, nous nous pointons et lui posons des questions à propos de Clem, un type qui a peut-être tué son amie, et en un rien de temps elle prend le coup de sang. C'est exactement le genre de réaction qu'on s'attend à ce qu'elle ait en pareille situation. D'abord, elle prend ses grands airs, ensuite elle essaie de me séduire, et enfin elle s'attaque à ma virilité, avant de nous couper les vivres et de fiche le camp comme si elle était en retard à son rendez-vous chez sa manucure.

— Comme d'habitude, tu vas chercher trop loin, dit Beth. Elle ne veut pas témoigner. Nous menaçons directement tout ce pour quoi elle a travaillé.

— Bien sûr, dis-je. Et pourtant, malgré tout ce qu'elle a pu dire, il m'a semblé que la seule fois où il y avait vraiment du venin dans sa voix, ç'a été quand elle s'en est prise à toi.

Je regardai Beth, dont le regard se détourna nerveusement.

— Elle était franchement à côté de la plaque, dit-elle.

— Vraiment ?

— Eh bien, peut-être pas la partie « prodige émasculé », mais tout le reste.

Je ris, puis cessai de rire. Beth et moi échangeâmes un long regard. Je décelai quelque chose dans l'expression de son visage ; était-ce de la peur ? Peur de quoi ? Peur de ce qu'elle ressentait, de ce qu'elle risquait, que tout se passe mal ? Finalement, elle détourna le regard et baissa les yeux vers la tombe de Leesa Dubé.

— Il faut qu'on le retrouve, dit-elle, une note de désespoir dans la voix. On ne sait pas ce que Velma racontera au juste à la barre, et on ne peut pas faire confiance à Sunshine. Il faut trouver Clem.

— On va faire de notre mieux.

— Ça ne suffit pas.

— Tu es mordue, hein ?

— Ce n'est pas ce que tu crois.

— Ah non ? Alors quoi ?

Elle ne répondit pas.

— Je ne lui fais pas confiance, dis-je.

— Tu n'y es pas obligé.

— Tu veux entendre le sermon ?

— Non.

— Très bien, dis-je. Mais c'est sans issue.

— Je n'attends rien, je veux juste l'aider de la meilleure manière possible.

— Nous sommes avocats, Beth. Nous avons des règles.

— C'est le sermon ?

— Peut-être. Je ne sais pas. Mais, Beth, quelque chose ne tourne pas rond, et ce salopard, tu peux me croire, en est la cause principale.

46

J'étais dans la fosse en train de relire une fois de plus la transcription de la déposition de Seamus Dent lors du premier procès de François Dubé, quand Whitney Robinson entra tranquillement dans la pièce. Je sursautai en le voyant. C'était comme si je venais de le faire apparaître par la seule force de ma pensée, parce que, tandis que j'examinais la transcription, c'est à Whit que je pensais, et voilà à quoi je pensais : pourquoi diable n'avait-il pas taillé en pièces le pauvre Seamus Dent à la barre ? Whitney s'était montré aimable, presque bienveillant avec ce gosse. Pourtant, un examen attentif de la déposition suffisait pour voir apparaître les failles dans les déclarations de Dent, qui ouvraient des avenues pour toutes sortes d'attaques. Je ne savais pas encore si Seamus avait dit la vérité ou non, mais j'aurais certainement su instiller le doute dans l'esprit du jury, tout comme Whitney Robinson, que j'avais vu à l'œuvre pendant des années dans des salles d'audience, aurait su le faire. Alors pourquoi, au cours de ce procès, Whit avait-il fourni un sauf-conduit à Dent ? Et ce n'était pas la seule erreur grave que j'avais relevée dans la prestation de Whit au cours de ce procès.

— Whit, dis-je en me levant rapidement et en lâchant la transcription comme si j'avais été surpris à faire quelque chose de mal. Comme c'est gentil de me rendre visite.

— J'étais dans le quartier, mon garçon, dit-il. J'ai voulu venir voir comment vous vous en sortiez. Votre secrétaire s'est souvenue de moi et m'a dit d'entrer. J'espère que cela ne vous ennuie pas.

— Non, pas du tout. Je suis ravi de vous voir.

— Vous avez l'air débordé.

Il jeta un coup d'œil aux piles de dossiers qui s'entassaient sur la table, le sol, les chaises.

— On dirait que ce n'est pas la matière qui vous manque pour travailler.

— Non, pas vraiment.

— Je me souviens d'avoir plaidé des affaires de meurtre avec des dossiers plus minces qu'une bande dessinée. On dirait que le temps m'a dépassé.

— Jamais, dis-je.

Je débarrassai une chaise et l'invitai à s'asseoir. Tout son corps trembla dans l'effort comme il s'installait. Il sortit un mouchoir et s'épongea le front. Il portait sa tenue habituelle – chaussettes écossaises, pantalon terre de sienne, blazer bleu, nœud papillon rouge –, mais son expression trahissait plus de fatigue et d'inquiétude que je ne me souvenais lui en avoir jamais vu. Cela me fit penser à l'étrange commentaire qui avait mis un terme à notre rencontre chez lui au début de l'affaire : « Vous n'imaginez pas ce qu'il en coûte. » Qu'en coûtait-il, au juste ? me demandai-je. Et de quelle manière avait-il payé ?

— J'ai pensé qu'en passant vous voir, je pourrais peut-être vous aider dans vos préparatifs, reprit-il. Au cas où vous auriez des questions concernant le premier procès auxquelles je pourrais répondre. Si je puis vous être d'une aide quelconque, j'en serai ravi.

Je jetai un coup d'œil à la transcription, puis relevai les yeux vers le vieil homme au regard inquiet et fatigué. Il me sembla alors que sa façon de s'asseoir, de courber l'échine sous le poids de l'âge, répondait à toutes mes questions au sujet du premier procès.

— Non, Whit. Tout me paraît très clair.

— Je suis plus que disposé à parler de l'affaire, Victor. Si je peux vous aider en quoi que ce soit.

— J'apprécie l'intention, mais je crois que nous maîtrisons les choses.

— Bien. Formidable. Comment ça va, les dents ? La dernière fois que je vous ai vu, à l'audience, vous aviez le visage complètement enflé.

Je passai ma langue sur mes couronnes provisoires et le trou en voie de cicatrisation où se trouvait ma dent fêlée.

— En fait, je vais beaucoup mieux. J'ai suivi votre conseil d'aller voir le Dr Pfeffer.

— Oui, je sais. Il a appelé pour me remercier de vous avoir envoyé chez lui.

— Ce n'est pas le plus doux des dentistes, et j'avoue avoir pas mal souffert, et même plus que pas mal, mais il m'a presque semblé qu'il connaît son métier.

— Oh, c'est le cas, je peux vous l'assurer.

— Que savez-vous de lui ?

— Du Dr Pfeffer ? Un personnage intéressant. Il parle beaucoup pendant qu'il vous soigne les dents, mais il est excellent. Je l'ai rencontré tout à fait par hasard à l'époque du premier procès de François Dubé. Mes dents étaient dans un triste état quand il s'en est occupé, et je suis ravi de pouvoir dire que l'amélioration a été flagrante. Qu'y a-t-il de mieux, Victor, que de pouvoir grignoter un bon épi de maïs un soir d'été, hein ? Et je me suis aperçu qu'il pouvait être très utile de bien d'autres manières encore.

— Comment ça ?

— Eh bien, il connaît un tas de gens apparemment, et il apprécie de créer des liens. Il aime se sentir impliqué, me semble-t-il, et ses relations peuvent également s'avérer très précieuses. Il nous a aidés ma femme et moi pour les soins à apporter à notre fille. En fait, l'infirmière que nous avons aujourd'hui, et qui s'est révélée irremplaçable, nous a été recommandée par le Dr Pfeffer.

L'infirmière au teint pâle et aux yeux noirs qui nous avait fixés par la fenêtre de sa maison pendant que nous discutions dans le jardin, derrière. N'était-ce pas étrange ?

— Je vous conseille de le laisser vous aider de toutes les manières possibles si vous en avez l'occasion, ajouta Whit. Je sens chez lui un homme triste, en fait, qui a besoin de faire le bien autour de lui.

— Je ne sais pas s'il est si seul, dis-je. Pas avec Tilda pour lui tenir compagnie.

— Oh, vous ne croyez pas que...

Il s'interrompit un instant pour réfléchir, avant d'éclater de rire.

— Oh, mon Dieu, vous avez peut-être raison. Mais quel couple étrange ! Elle doit lui donner de sacrées suées.

Il rit plus fort.

— Je parie qu'elle est capable de le réduire en bretzel si ça lui chante. Mais trêve de commérages, Victor. Les vieux comme moi parlent de ce que font les autres parce qu'ils ne peuvent plus le faire eux-mêmes. Mais un jeune homme comme vous...

— Plus si jeune que ça.

— Allons donc. Et ce procès, avez-vous trouvé un élément nouveau sur lequel baser votre défense ? Avez-vous une théorie au sujet du meurtre qui pourrait influencer le jury ?

— Effectivement, acquiesçai-je d'un hochement de tête, nous sommes tombés sur quelque chose. Vous vous souvenez quand vous m'avez dit que votre plus grand problème lors du premier procès était que vous n'aviez aucun autre suspect ? Eh bien, nous en avons trouvé un.

— Vraiment ?

Une lueur d'intérêt brilla dans son regard, et il se pencha en avant.

— Qui donc ?

— Quelqu'un dont le nom n'a pas été évoqué du tout lors du premier procès, répondis-je. Un dénommé Clem.

Je lui racontai alors ce que nous avions appris à propos de la bonne amie de Leesa, Velma, de leur tentative de revivre leur folle jeunesse, de l'homme à la moto qui avait été l'amant de Velma, avant que celle-ci ne le passe à Leesa, et aussi concernant les disputes, la violence latente, la manière dont Clem avait disparu juste après le meurtre. Je le regardais attentivement pendant que je lui confiais tout cela. Je craignais qu'il ne réagisse par la défensive, qu'il se demande comment il avait pu passer à côté d'un pareil suspect, qu'il croie que je l'accusais indirectement d'avoir manqué à son devoir de représentation envers mon client, mais tout ce que je vis sur son visage, ce fut du soulagement.

— C'est extraordinaire, Victor. Avez-vous des preuves de tout ça ?

— Absolument.

— Tout simplement extraordinaire. Et l'accusation, Mme Dalton, est-elle au courant pour Clem ?

— Pas que je sache, dis-je avec un sourire.

— Merveilleux.

Il frappa des mains et rit.

— Je suis fier de vous, mon garçon. Vous avez pris cette affaire, et vous vous y êtes totalement imvesti. Je me disais que je pourrais peut-être aider, mais je vois au contraire que vous n'avez aucunement besoin de moi.

— Eh bien, il y a tout de même une chose, dis-je.

— Dites-moi laquelle, je vous en prie.

— Dubé nous a expliqué que son propriétaire a vendu tous ses biens pendant qu'il était en prison, mais je crois qu'il manquait certaines choses avant même le meurtre. Une idée de ce dont il pourrait s'agir ?

Whit fit la moue et réfléchit.

— Non, aucune idée. C'est important ?

— Je ne sais pas, c'est tout le problème. Je suis juste curieux.

— La curiosité, c'est très bien, approuva Whit. C'est cela être un bon avocat.

— Ou un chat mort. Puis-je vous poser une autre question ?

— Bien sûr, tout ce que vous voudrez.

— C'est un peu délicat.

— Allez-y, mon garçon.

— Dubé. Est-il... euh, comment formuler ça ?

Je jetai un regard dans la pièce, me levai et allai fermer la porte de la salle de conférences. Quand je revins m'asseoir, je me penchai vers lui et repris doucement :

— Au cours de la période où vous avez côtoyé Dubé, avez-vous jamais eu le sentiment d'avoir affaire à une fripouille ?

— Une fripouille ?

— Je m'exprime peut-être mal.

— Non, je crois comprendre. Pourquoi cette question ?

— Mon associée.

— Mlle Derringer.

— Je crois qu'elle est... enfin, je n'en suis pas certain, mais...

— Vous croyez qu'elle est en train de s'attacher à votre client sur un plan sentimental ?

— En un sens, oui.

— Ce n'est pas bon, Victor. Pas bon du tout.

— Je sais.

— Non, vous ne savez pas. C'est sérieux à quel point ?

— Sacrément sérieux, je dirais.

— Dubé a un pouvoir certain. Ma femme l'a senti quand elle l'a rencontré. Elle était septuagénaire, depuis longtemps ménopausée et déjà malade, et pourtant elle l'a senti. Elle disait que c'était dans ses yeux. Dans sa façon de la regarder. C'était peut-être lié à sa sincérité toute française, ou à ce petit défaut dans son œil. En tout cas, vous avez tout lieu d'être inquiet.

— Pourquoi ?

— « Entre l'idée et la réalité, entre la conception et la création, il y a l'ombre. »

— Whit ?

— C'est tiré d'un poème d'Eliot intitulé *Les Hommes creux*. François Dubé peut se montrer charmeur, mais il y a quelque chose de creux chez lui.

— Whit, Beth est mon associée, et ma meilleure amie.

— « Entre la conception et la création, entre l'émotion et la réaction, il y a l'ombre. »

— Quelle ombre ?

— Il y a des choses dont je ne puis vous parler, Victor, vous comprenez ? Mes rapports avec François Dubé restent aussi confidentiels que les vôtres. Mais ces choses dont je parle, si vous en aviez connaissance, dans le contexte actuel, vous troubleraient beaucoup. Et ce ne sont pas des histoires que je vous raconte.

— Je ne comprends pas.

— Il se pourrait qu'il existe une preuve.

— Quel genre de preuve ?

— Une preuve matérielle. Je ne l'ai jamais vue, notez bien, mais pendant que je défendais Dubé, j'ai eu vent de son existence. Et durant tout le procès, j'ai redouté qu'elle ne sorte d'un chapeau quelconque. Je savais qu'elle serait catastrophique.

— Où se trouvait cette preuve ?

— Je ne sais pas.

— Qu'est-elle devenue ?

— Détruite ou dissimulée, je n'en sais strictement

rien. Mais vous ne devez en aucun cas permettre qu'un jury en prenne connaissance. En même temps, Victor – et c'est l'ami qui vous parle –, vous avez de bonnes raisons d'être inquiet pour Mlle Derringer.

— Whit, il faut m'en dire plus.

— « Entre le désir et le spasme, entre la puissance et l'existence, entre l'essence et la déchéance, il y a l'ombre. »

— Whit, qu'essayez-vous de me dire ?

— Je réponds à votre question du mieux que je le peux, dans les limites imposées par mes obligations. Vous m'avez demandé si François Dubé était une fripouille. Ce que j'essaie de vous dire, c'est que vous n'avez pas idée de la moitié du problème.

47

Je sais comment on ouvre une bouteille de vin : on enfonce le tire-bouchon jusqu'à ce que le bouchon se désintègre, après quoi on passe le tout au chinois. Et je sais aussi comment on ouvre un nouveau CD dans son emballage antivol : on branche la tronçonneuse. Mais la bonne manière pour un avocat de la défense d'ouvrir un procès pour meurtre m'a toujours laissé perplexe.

Certaines parties sont très simples. À l'appel de votre nom par le juge, vous vous levez, vous boutonnez votre veste et vous vous avancez vers le jury. Vous souriez aux quatorze jurés, douze plus deux remplaçants, comme s'ils comptaient parmi vos plus proches, vos meilleurs amis, et cela même si vous vous demandez en les regardant : qu'est-ce que cette bande de clowns va décider en fin de compte ? Et puis vous vous lancez.

– Mesdames et messieurs, je m'appelle Victor Carl. Et voici mon associée, Beth Derringer. Aujourd'hui, nous nous présentons devant vous avec l'énorme responsabilité de défendre notre client,

François Dubé, contre l'accusation de meurtre sur la personne de sa femme.

Il vous faut alors décrire la scène du crime. Vous devez parler de Leesa Dubé étendue sur le sol de sa chambre, gisant dans son sang, la chair de son cou affreusement déchiquetée par l'impact d'une balle tirée à bout portant. Vous laissez même l'émotion vous étrangler quand vous évoquez le sang qui souille ses superbes cheveux auburn. Vous ne pouvez pas atténuer le meurtre, vous ne pouvez pas faire comme s'il n'avait pas eu lieu – elle est morte, mon vieux, pas la peine d'essayer de le nier –, alors à la place, appropriez-vous les faits. Ne laissez pas l'accusation s'en emparer, prenez le meurtre à bras-le-corps et faites-le vôtre.

Ensuite seulement, et c'est important, approchez-vous de votre client. Vous lui avez fait mettre un costume, avec une cravate de couleur, en évitant le jaune, et lui avez demandé de porter une paire de lunettes d'étudiant studieux. Il est temps de le faire se lever et se tourner vers le jury en même temps que vous glissez un bras autour de ses épaules. L'accusation a déjà démoli votre client en le qualifiant d'assassin, vous devez faire mieux. Vous venez tout juste de manquer suffoquer en décrivant le crime ; vous voilà maintenant en train de soutenir physiquement l'homme que l'État de Pennsylvanie accuse de l'avoir commis. Vous n'avez pas un mot à dire, le jury comprend. Comment pourriez-vous étreindre cet homme si vous n'étiez pas certain de son innocence ? Comment, hein ?

Parce que c'est le boulot, mesdames et messieurs. Même s'il empestait comme un chien qui s'est roulé dans sa merde, je me tiendrais tout aussi près. Mais évidemment, vous passez ce détail sous silence. Au lieu de cela, vous restez près de lui en silence, vous laissez l'image s'imprimer dans les consciences, avant de vous lancer dans votre numéro de claquettes.

– Je veux vous présenter François Dubé, un père aimant et un mari aimant. François Dubé est chef cuisinier, il possédait son propre restaurant, c'est un artiste qui a pour matériau l'artichaut, le canard, le beurre, le homard, la gousse de vanille, tout ce qui constitue notre nourriture. Mais par-dessus tout, c'est un homme qui a aimé Leesa Dubé. Elle était sa femme, après avoir été son amante et sa meilleure amie ; elle était la mère de sa fille adorée. Il l'aimait de toute son âme. Il l'aime encore.

À cet instant, vous demandez à votre client de se rasseoir. Vous ne voulez pas que le jury l'observe trop attentivement après tout ; vous ne voulez pas qu'il voie ses mains couvertes de cicatrices, qu'il perçoive l'insolence de son regard ; vous ne voulez pas que le jury ressente pour lui la même chose que vous. Alors, vous le faites se rasseoir, et lentement vous revenez vous placer devant le box des jurés.

– Était-ce un mariage parfait ? Qui peut se vanter d'en avoir fait un ? Certainement pas les Dubé. Oui, ils avaient des difficultés, nous ne le nierons pas. Ils étaient jeunes, et François Dubé travaillait sans compter les heures dans son restaurant. Le stress que représente la venue d'un bébé met souvent à rude épreuve les jeunes mariés. Et malheureusement oui, il y a eu infidélité, et oui ils se sont séparés, et oui ils ont finalement décidé de divorcer. Mais, voyez-vous, ils l'avaient décidé, et ils travaillaient à régler la question, et ils étaient l'un et l'autre les parents de la même magnifique petite fille, et ils se faisaient mutuellement des concessions. Cela arrive tous les jours, n'importe où, à la moitié des couples mariés de notre grand pays.

Là-dessus, vous regardez François Dubé et ajoutez :

— Il y a de quoi éprouver de la tristesse et des regrets, sans aucun doute.

Puis vous vous retournez, et reprenez un ton plus haut, pour bien montrer votre indignation, en tapant sur la rampe du box :

— Mais, mesdames et messieurs les jurés, ce n'est pas cela qui pousse à commettre un meurtre.

Reculez maintenant. Prenez le temps de vous ressaisir, marquez une pause afin de laisser votre accès de colère vertueuse s'imprimer dans les esprits. Puis, tandis que vous vous calmez, prenez appui sur la rampe, le bras tendu. Ce dernier détail est important, car vous voulez donner l'impression que vous êtes parfaitement à l'aise tandis que vous commencez à faire allusion, indirectement ou non, aux preuves de l'accusation. La représentante de la partie civile s'est tenue devant ce même jury, et a énuméré la liste des preuves à charge contre votre client. Vous aimeriez les ignorer, vous aimeriez qu'elles disparaissent comme par enchantement, mais c'est impossible.

— Mlle Dalton nous a parlé des preuves recueillies par l'inspecteur Torricelli.

Vous vous dirigez alors vers la table de l'accusation et vous tenez juste devant en poursuivant :

— Elle nous a parlé de toutes ces choses qu'il a comme par hasard découvertes après avoir décidé que mon client était le principal suspect. On est frappé d'incrédulité devant un tel hasard, parce que les choses ne se passent jamais comme ça dans la vie, mais uniquement dans les livres ou les films, dans les œuvres de fiction créées par des auteurs plein d'imagination.

Disant cela, vous souriez à l'inspecteur, d'un sourire qui contraste avec la grimace méprisante qu'il vous renvoie.

— Mais permettez-moi, mesdames et messieurs les jurés, de vous parler de ce que vous ne verrez pas au cours de ce procès. Personne ne viendra témoigner qu'il a vu le crime se produire. Il n'y aura ni vidéos ni photographies présentées montrant le meurtre. Personne n'attestera qu'il a vu mon client près du lieu du crime au moment où celui-ci a été perpétré. Aucun de ces résultats d'analyses médico-légales que l'on se plaît à montrer à la télévision ne viendra prouver que François Dubé est impliqué de près ou de loin dans ce terrible assassinat qui a brisé sa famille et séparé à jamais une mère de sa fille.

Il est temps d'envoyer un direct à l'accusation.

— Mlle Dalton vous a expliqué que les preuves dans cette affaire sont toutes des preuves indirectes. Et nous savons tous, mesdames et messieurs, ce qu'indirectes signifie. Cela signifie que personne ne sait ce qui s'est passé, que nous devons nous en tenir à des conjectures. Quiconque vous dit le contraire est un menteur.

C'est à cet instant que l'accusation se lève d'un bond pour protester. C'est drôle de voir Mia Dalton bondir, comme une grenouille dérangée par un bâton. Hop, hop. Et son objection est une bonne chose, même quand le juge la lui accorde, parce qu'elle vous permet de hausser les épaules, de sourire à demi et d'agir comme si vous et le jury aviez tout compris du petit secret que l'accusation essaie de dissimuler.

— Mlle Dalton vous a expliqué ce qu'est une preuve directe : vous allez dehors et vous constatez par vous-même qu'il pleut ; mais malheureusement, elle n'a pas la moindre preuve de ce genre dans cette affaire. Personne n'a vu Leesa Dubé se faire tuer. Et Mlle Dalton vous a également expliqué ce qu'est une preuve indirecte : vous voyez quelqu'un entrer avec les cheveux et les vêtements mouillés, et vous en déduisez qu'il pleut. Mais le problème avec les preuves indirectes, c'est que les déductions que l'on fait valent ce que vaut l'intelligence de la personne qui les fait. Et nous savons maintenant que Mlle Dalton est une avocate très intelligente ; autrement, pourquoi gagnerait-elle autant d'argent au bureau du district attorney, et conduirait-elle une Chevrolet Chevette ?

Cette fois, pendant que le jury étouffe un petit rire, vous vous tournez une fois de plus vers l'accusation, afin que les jurés suivent bien votre regard. Laissez l'accusation fulminer en silence. Attendez patiemment que son devoir de vérité l'oblige à se lever et à répliquer en serrant les dents :

— Objection, Votre Honneur. M. Carl sait fort bien que je conduis une Civic.

Vous vous retournez alors vers les jurés, haussez un sourcil et les laissez rire de la petite réplique.

— Une Civic, reprenez-vous en levant les mains au ciel. Au temps pour moi. Mais même une avocate aussi intelligente que Mlle Dalton, qui roule donc en Civic, mesdames et messieurs, peut fort bien voir quelqu'un franchir sa porte d'entrée trempé comme une soupe et en déduire qu'il pleut dehors, alors qu'en fait elle a tout simplement oublié de débrancher son arroseur automatique.

Bada-bing !

Une bonne petite blague, oui, mais tout cela n'est que pure routine ; n'importe quel avocaillon en est capable sans le moindre effort. Comment procéder à partir de là, voilà toute la question.

Allez-vous jouer la sécurité, et vous lancer dans les petits pas glissés du « doute raisonnable », cette espèce de danse jazzy dans laquelle on lève les bras et on agite les jambes en répétant encore et encore ces deux mots comme si le jury ne les avait jamais entendus ? Ça, c'est l'ouverture tranquille, l'ouverture qui n'en est pas une, qui vous laisse libre de créer votre propre théorie sur l'affaire. Néanmoins, sans théorie à défendre dès le début, vous êtes condamné à jouer la défense durant tout le procès, et avant que vous ne compreniez ce qui s'est passé, le jury peut avoir pris sa décision.

Ou bien allez-vous foncer bille en tête et raconter tout de suite votre histoire au jury ? Si cette histoire est suffisamment convaincante, et que les preuves existantes ne la contredisent pas, alors le jury fera le travail à votre place. C'est comme un de ces cigares que fumait l'acteur Curly Howard : une seule preuve contradictoire, et il peut vous exploser au visage.

Alors, quoi faire ? Quoi faire ? Jouer la sécurité ? Ou engager un pari ? Oh, allez, tant pis ! Ce n'est jamais que la tête de François Dubé qui est en jeu.

— Mlle Dalton vous a parlé des liaisons de François Dubé, comme si c'était une grande révélation. Oui,

François Dubé a eu des aventures. Nous l'admettons. C'était un coureur, même pendant son mariage. Il n'y a rien là dont il puisse être fier, c'est certain. Mais il me faut maintenant vous parler de l'autre aspect de l'équation. Je ne suis là pour dénigrer personne, et les Dubé étaient séparés, il n'est pas question de faire des reproches à la victime, uniquement de dire la vérité. Leesa Dubé, seule après sa séparation d'avec son mari, a cherché la consolation dans les bras d'un autre homme. Vous entendrez un témoignage qui vous le confirmera, et vous éclairera en même temps sur la nature de leur relation, et sur la violence qui se dissimulait derrière les apparences.

« Pourquoi Mlle Dalton ne vous en a-t-elle pas parlé ? Je ne sais pas. Peut-être n'a-t-elle pas trouvé cela suffisamment important pour le mentionner dans son introduction. Peut-être est-elle trop pressée d'écarter tout ce qui ne cadre pas parfaitement avec sa théorie. Ou peut-être encore s'est-on tellement précipité pour juger François Dubé qu'elle et l'inspecteur Torricelli n'ont jamais pris le temps d'apprendre l'existence de cet homme qui était entré dans la vie de Leesa Dubé. Mais il a existé, vous entendrez parler de lui, et vous verrez qu'il est plus que probable qu'il a, lui plutôt que le mari aimant, commis cet horrible crime.

« Alors, je vous supplie de faire une chose, mesdames et messieurs : écoutez attentivement l'ensemble des preuves et, ce faisant, demandez-vous qui est le coupable le plus probable, le mari de Leesa, le père de son enfant, ou l'étranger violent qui était entré dans sa vie peu de temps avant son assassinat, et qui en est sorti tout aussi vite. Et quand nous en aurons terminé, quand vous aurez tout entendu, je reviendrai vers vous et vous demanderai de rendre le seul verdict possible, à savoir que François Dubé n'est pas coupable du meurtre de sa femme.

Mia Dalton était furieuse après mon petit laïus.

Je pouvais le voir à son sourire désinvolte tandis qu'elle venait vers moi après que le jury eut été renvoyé pour la journée, à son maintien décontracté, à la main posée calmement sur la poche de son chemisier. Dalton ne souriait que lorsqu'elle était en colère ; elle faisait partie de ces avocats qui grognent en apprenant les bonnes nouvelles et sourient face aux mauvaises. Du moins l'espérais-je, parce que si Dalton n'était pas furieuse à cause de mon argumentaire, alors c'est que j'avais vraiment fait quelque chose de travers.

— Vous allez la faire venir au tribunal ? me demanda-t-elle. Lui attribuer un numéro et la faire enregistrer comme pièce à conviction ?

— Qui donc ?

— Ma Civic.

— C'était drôle, non ?

— C'est toujours amusant quand l'avocat de la partie adverse laisse entendre que je suis trop stupide pour découvrir la vérité dans une affaire à cause de la voiture que je conduis.

— Je n'ai rien contre la voiture. Ce n'est pas la faute de la voiture.

— Et si vous nous donniez le nom de l'amant de la victime qui, selon vous, l'a assassinée ?

— Pas encore.

— Mais si c'est un assassin, ne devrions-nous

pas l'enfermer au plus tôt par mesure de sécurité publique ?

— Vous avez bien attendu jusqu'à maintenant pour avoir le vrai coupable. J'imagine que quelques jours de plus ne changeront rien.

— Probablement que non, admit Dalton. Mais il n'est jamais bon de faire à un jury des promesses qu'on ne pourra pas tenir.

— Je tiendrai la mienne.

— Eh bien, j'attends vraiment de voir ça, Victor, assura-t-elle avec un clin d'œil. Ce sera un plaisir.

Je n'aimais pas ce clin d'œil. Il y avait quelque chose derrière qui me glaçait le sang. Probablement l'intimidation habituelle de Mia Dalton, et pourtant, en la regardant quitter la salle d'audience, je soupçonnai qu'elle n'était pas aussi furieuse que je l'avais espéré.

48

Mia Dalton n'était pas une rock star du barreau. Elle n'envoûtait pas le jury en levant le poing, ne tirait pas des feux d'artifice au beau milieu d'un procès, ne fredonnait pas à la façon d'un crooner sa douce et triste ballade parlant de sang et de meurtre. Plutôt maçon que Rolling Stone[1], elle laissait l'avocat de la défense sortir l'artillerie lourde pour essayer d'abattre la maison pendant qu'elle posait une à une, lentement, méticuleusement, ses briques de preuve. Et c'est précisément ce qui faisait d'elle une si redoutable partie civile. Dans l'enceinte d'un tribunal, ne sous-estimez jamais l'éclat fascinant de la pure compétence.

— C'était une jolie fille, intelligente, pleine de vie et d'amour, voilà ce qu'elle était, dit Mme Cullen.

— Vous souvenez-vous du moment où elle a rencontré l'accusé ? demanda Dalton.

— Oh oui, bien sûr que je m'en souviens. Elle en était toute chamboulée. Elle était si heureuse, ma petite fille. Si pleine de vie et d'amour.

1. Littéralement, « pierre qui roule ».

J'aurais pu me lever et faire objection sur ce point. J'aurais pu me mettre à crier : « Simple supposition », et le juge aurait retenu mon objection, et l'amour que Leesa Dubé disait avoir ressenti pour mon client aurait été effacé des minutes du procès, mais quel idiot ferait une chose pareille ? Alors je pris mon mal en patience et laissai Mme Cullen dire ce qu'elle avait à dire. Oui, Leesa était amoureuse de François Dubé ; oui, leur mariage était un conte de fées ; oui, ils étaient tous deux fous de joie à l'idée d'avoir un bébé ; et oui, tout se passait merveilleusement bien. Évidemment, François Dubé faisait des heures impossibles au restaurant, et bien sûr il y avait les inévitables problèmes d'argent ; et oui, bien sûr, Leesa s'était sentie abandonnée et dépressive après l'arrivée du bébé, tandis que François Dubé était de moins en moins souvent présent à leur appartement.

— Et un beau jour, poursuivit Mme Cullen, elle a tout découvert à propos de ses liaisons.

— Quelle a été sa réaction quand elle a su ?

— Que croyez-vous ? Elle a été effondrée.

Évidemment.

— Et qu'a-t-elle fait quand elle a su ?

— D'après vous ? Elle a fichu ce sale crapaud à la porte et a demandé le divorce.

Pardi.

— Objection concernant l'épithète, gazouillai-je.

— Accordée, dit le juge.

— Je vous en prie, essayez de ne pas qualifier l'accusé de sale crapaud, madame Cullen, intervint Mia Dalton.

— J'essaierai, dit-elle, mais ce ne sera pas facile, mademoiselle Dalton, parce que si quelqu'un a jamais mérité d'être traité de sale crapaud, c'est bien lui.

Bien entendu.

Deux questions se posent toujours dans un procès pour homicide : comment et pourquoi. Quand la réponse au comment ne fait aucun doute, quand cinq personnes et une caméra vidéo ont surpris l'accusé en train de sortir son arme et d'abattre la victime, qui diable se soucie du pourquoi ? Mais quand le comment repose sur un imbroglio de preuves indirectes, comme dans l'affaire François Dubé, soudain le pourquoi prend une importance énorme. Voilà précisément pourquoi Dalton, en bonne avocate, gardait le comment pour la fin et se concentrait sur le pourquoi.

Après que Mme Cullen eut témoigné de la dégradation des rapports entre sa fille et son gendre, après qu'elle eut attesté de l'acrimonie de la procédure de divorce et des disputes autour de la garde d'Amber, après qu'elle se fut déchargée enfin de toute sa bile, Dalton se tourna vers moi et dit :

— Le témoin est à vous.

Il y avait tant de sujets que j'étais prêt à aborder avec Mme Cullen, ses propres rapports tendus avec sa fille, qui ne se serait jamais confiée à elle à propos d'un amant, en particulier un mauvais garçon du genre de Clem, ou sa complète ignorance de ce qui était réellement arrivé le soir du meurtre de sa fille. Je ne manquais pas de munitions. Je me levai, fixai Mme Cullen et me penchai en avant comme pour déchaîner le feu de mon contre-interrogatoire.

— Je compatis à votre chagrin, madame Cullen, dis-je finalement. Pas de questions pour ce témoin.

J'ai appris de notre premier Président que parfois battre en retraite est la stratégie la plus combative. Elle était la mère éplorée, elle avait pris sur ses épaules la charge d'élever sa petite-fille, elle ne pouvait faire aucun bien à mon client en restant à la barre. L'écarter, le plus vite possible, et poursuivre, tel était mon plan. Je délivrais du même coup un petit message important aux douze jurés et à leurs deux remplaçants. *Je ne vais pas lui poser de questions, parce que rien de ce qu'elle a dit n'a un quelconque rapport avec l'essentiel dans cette affaire. Et rien de ce qu'elle pourra dire ne constituera une preuve que mon client a tué sa femme.*

Tandis que Mme Cullen quittait la barre et allait reprendre sa place dans la salle, Dalton se leva et dit :

— L'accusation appelle Darcy DeAngelo.

Évidemment.

Elle avait vraiment de l'allure en traversant l'allée centrale, Darcy DeAngelo, l'une des femmes qui avait eu une liaison avec Dubé. Solidement charpentée, avec de jolis traits fins, elle marchait les poings serrés et portait une tenue qui seyait bien à une salle d'audience, jupe convenable, chaussures à talons plats, les cheveux relevés en chignon. Elle faisait forte impression, mais probablement pas celle que Dalton aurait préférée. Si Mia Dalton avait pu lui choisir une tenue, elle lui aurait fait porter un bustier noir avec des sandales à hauts talons lacées jusqu'aux cuisses ; Darcy DeAngelo aurait arboré des ongles longs comme des griffes et un maquillage outrancier ; elle aurait donné l'impression qu'elle venait tout juste de terminer sa nuit dans South Street. Ce n'était pas de chance pour Dalton – et ça aurait sûrement valu le déplacement.

Pendant que Darcy DeAngelo prêtait serment, je jetai un rapide coup d'œil à l'assistance. Un procès pour meurtre médiatisé attire toujours une jolie foule, et celui-ci ne faisait pas exception à la règle : quelques journalistes, un artiste essayant de saisir le contour de ma mâchoire, l'habituelle bande de traîne-patins écumant les prétoires pour le divertissement. Et puis une foule plus intéressante : les Cullen et leur entourage ; l'inspecteur Torricelli, assis à côté de Mia Dalton à la table de l'accusation ; et mon vieil ami Whitney Robinson III, qui ne perdait rien de ce qui se passait.

Ce n'était pas une histoire bien originale, celle de la liaison de Darcy DeAngelo. Elle travaillait sous les ordres de Dubé en cuisine ; qu'elle finisse par travailler sous lui dans son lit n'avait rien de bien étonnant. Les cuisines professionnelles sont un peu les saunas du monde culinaire, avec leurs casseroles bouillonnantes et leurs apprentis maniant de grands couteaux. Huîtres, confits de canard, truffes noires terreuses, sauce demi-glace, *oui, oui**. Les soirées prolongées, quand les clients sont rentrés chez eux et que les portes ont été fermées, assis au bar en zinc que François Dubé avait fait venir de France, buvant du champagne au prix coûtant, ressentant la griserie épuisée de deux camarades qui viennent de survivre à une nouvelle nuit de combat gastronomique. Elle n'en dit rien, mais j'aurais parié que c'était sur ce même bar qu'ils consommaient leur liaison. Je tiens de source sûre que le champagne et le zinc sont deux des principaux ingrédients du Viagra.

— Monsieur Carl, dit le juge après que Dalton eut amené Darcy DeAngelo à raconter sa liaison avec mon client. Avez-vous des questions ?

Oh oui, j'en avais, et j'avoue que je me les étais répétées mentalement durant presque tout le temps de son témoignage. *« Aimez-vous la cuisine mexicaine, mademoiselle DeAngelo ? » « Oui, beaucoup, monsieur Carl. » « J'ai entendu parler d'un endroit sur la 13e Rue, qu'on dit excellent. » « Oui, c'est ce qu'on dit. » « Pensez-vous, mademoiselle DeAngelo, que vous pourriez m'y retrouver pour dîner samedi soir ? » « Oh, je crois que oui, monsieur Carl. » « Appelez-moi Victor. » « D'accord, Victor. Et, je vous en prie, appelez-moi... »*

— Monsieur Carl, s'impatienta le juge. Avez-vous des questions à poser à ce témoin ?

Je me levai, boutonnai ma veste et regardai la silhouette agréable de Darcy DeAngelo à la barre. La liaison était un problème, assurément, et je ne pouvais nier son existence, mais le témoin l'avait fait paraître, dans ses déclarations, presque banale. L'adultère banal, voilà qui était bon ; un adultère banal n'incite pas à commettre un meurtre, mais juste à commettre d'autres adultères, qu'on espère meilleurs. Il y avait tout de même eu un moment qui avait causé un certain émoi, quand elle avait affirmé que Dubé lui avait dit : « Je ne laisserai jamais Leesa me prendre ma fille, jamais. » Ça, ce n'était pas bon, c'est certain, mais, malgré mon objection, c'était dit, et on ne pouvait plus rien y faire. À part peut-être lui demander si elle avait jamais vu François Dubé se montrer violent, ou encore s'il était un amant et un homme tendre. Je pouvais essayer de l'utiliser comme témoin de la personnalité de Dubé, mais ç'aurait été un peu inconvenant, non ?

— Pas de questions pour ce témoin, Votre Honneur.

— Très bien. Mademoiselle DeAngelo, vous pouvez disposer, dit le juge. Et j'ose espérer, monsieur Carl, qu'à un moment ou à un autre de ce procès, vous aurez une ou deux questions à poser.

— Je n'en ai pas encore éprouvé la nécessité, Votre Honneur. Mais j'imagine que Mlle Dalton finira par produire un élément qui a un rapport direct avec le meurtre.

— J'en suis certain. Témoin suivant, mademoiselle Dalton.

— L'accusation appelle Arthur Gullicksen à la barre.

Ça, c'était un souci, qui n'avait rien d'inattendu, mais c'était un souci quand même. Arthur Gullicksen était un vilain requin, avec trois rangées de dents pointues et un costume gris chatoyant. D'ordinaire, ce sont là des caractéristiques que j'admire beaucoup et avec lesquelles je m'efforce de rivaliser, mais Dalton n'appelait pas Gullicksen à la barre pour qu'il exhibe sa dentition.

Beth se leva aussitôt que Dalton eut appelé ce dernier.

— Pouvons-nous vous parler, Votre Honneur ?

— Est-ce que ce sera long, mademoiselle Derringer ?

— J'en ai peur, dit-elle.

— Dans ce cas, faisons une pause. L'audience est suspendue pour quinze minutes. Les avocats dans mon cabinet.

— M. Gullicksen, le prochain témoin de l'accusation, expliqua Beth quand tous les avocats, ainsi que les greffiers et la sténotypiste, se furent entassés dans le cabinet du juge, était l'avocat de Leesa Dubé durant son divorce.

— Où voulez-vous en venir ? dit le juge.

— Compte tenu de cette relation particulière, poursuivit Beth, nous pensons qu'il est nécessaire de limiter son témoignage.

— Oui, oui, bien sûr, admit le juge. M. Gullicksen ne pourra pas témoigner au sujet de ses communications confidentielles avec la victime. Ce ne serait fondé, de toute façon, que sur des on-dit. Êtes-vous satisfaite, mademoiselle Derringer ?

— Concernant ce premier point, oui, Votre Honneur. Mais nous aimerions également limiter tout témoignage qui pourrait être perçu comme le fruit de ces communications confidentielles.

— C'est-à-dire ?

— C'est-à-dire que nous aimerions que l'accusation ne soit pas autorisée à interroger M. Gullicksen au sujet des plaidoiries dans l'affaire de divorce, puisqu'elles seront nécessairement basées sur des déclarations que vous avez déjà proscrites.

— Intéressant. Mademoiselle Dalton ?

— Les plaidoiries sont libres d'accès, Votre Honneur, fit valoir calmement Dalton, et nous avons l'intention de les présenter non pour prouver la vérité des allégations qu'elles contiennent, mais tout simplement leur existence, et leur effet sur l'état d'esprit de l'accusé.

— Mais, Votre Honneur, insista Beth, certaines de ces allégations sont bien trop incendiaires pour ne pas être exagérément préjudiciables à notre client.

— De quoi parlons-nous au juste, mademoiselle Derringer ?

— Il y avait des accusations de harcèlement, d'infidélité, d'absence de paiement de pension alimentaire, autant d'éléments qui n'avaient pas encore été jugés au moment du meurtre, et pour lesquels aucune décision juridique n'avait encore été prise.

— Je vois, dit le juge.

— Il y avait en outre une accusation plus que douteuse de sévices sexuels à la fois sur Mme Dubé et sur la fille du couple, une accusation lancée par Leesa Dubé elle-même contre son mari, en plus d'une demande d'injonction.

— Je vois, je vois.

— Votre Honneur, il n'y a jamais eu au cours de la procédure de divorce la moindre preuve venant confirmer ces allégations. Rien de solide ne vient les étayer ; elles reposent uniquement sur la foi des déclarations de la victime. Les évoquer ici ne ferait que braquer injustement et irrémédiablement le jury contre notre client.

Beth ouvrit sa mallette et en sortit plusieurs copies d'un épais mémo.

— Plusieurs autres affaires vont dans le sens de notre requête, je vous ai préparé un petit topo.

— L'une de ces affaires relève-t-elle de notre juridiction ?

— Pas directement, Votre Honneur, mais il y en a

une jugée en Alaska qui est étonnamment semblable à la nôtre.

– Ce qui nous serait utile si nous jugions cette affaire à Nome. Mademoiselle Dalton ?

– Je comprends la colère de Mlle Derringer. Il s'agit d'accusations blessantes qui affecteraient douloureusement n'importe qui, en particulier si elles sont fausses. Mais toute la question est là, Votre Honneur. M. Carl, dans son introduction, a paru indiquer que le divorce des Dubé avait été un divorce à l'amiable, ce qui est totalement faux. Ç'a été une lutte brutale et sans merci pour l'argent et le droit de garde, les accusations directes ont fusé de part et d'autre.

– Et vous croyez que la nature de cette procédure de divorce a constitué un mobile important pour l'accusé ?

– Essentiel, Votre Honneur.

– En quoi consistera le témoignage de M. Gullicksen ?

– Les accusations émanant des deux parties, et ses observations des réactions de M. Dubé face aux allégations de sa femme.

– Il n'a pas apprécié, j'ai compris.

– Non, Votre Honneur, effectivement. En fait, des menaces ont été proférées.

– Voilà pourquoi je me tiens loin du tribunal des affaires familiales ; on est tellement courtois au pénal. Et à quoi voudriez-vous que M. Gullicksen limite son témoignage, mademoiselle Derringer ?

– À la pluie et au beau temps ? répondit Beth.

– D'accord, dit le juge Armstrong. J'en ai assez entendu. Je vais lire votre mémorandum, mademoiselle Derringer, avant tout parce que j'aime votre prose, mais je peux d'ores et déjà vous dire à tous que je pense laisser les mains libres à Mlle Dalton pour ce qui nous préoccupe. Je prends également note de la peinture faite par M. Carl dans son introduction de la procédure de divorce. Il a affirmé que les Dubé parvenaient à régler leurs problèmes. Le jury a le droit de voir comment exactement. Je demanderai aux jurés de ne pas tenir compte de la véracité ou non des accusations, uniquement de leur effet sur l'accusé, mais je n'irai pas plus loin.

Quelques minutes plus tard, comme nous attendions dans la salle d'audience que le juge ait terminé de lire le mémo de Beth avant de pouvoir l'écarter purement et simplement et statuer contre, Beth continuait de s'inquiéter du témoignage de Gullicksen.

— Calme-toi, lui dis-je. Tout va bien se passer.

— Armstrong va nous tuer, dit-elle. Je me fiche de savoir ce qu'il demandera au jury de prendre en considération ou non ; dès qu'ils auront entendu les accusations d'inceste, les jurés ne regarderont plus Dubé de la même manière.

— Et toi ? Est-ce que tu le vois autrement ?

— Je sais que c'est un mensonge.

— Comment le sais-tu ?

— Je le sais, c'est tout, dit-elle avec détermination.

— Alors peut-être que le jury verra aussi qu'il s'agit d'un mensonge.

— Le juge fait une erreur, dit-elle. Une grossière erreur.

— C'est le cas des juges en général, mais on va s'en sortir. Il se pourrait bien qu'on parvienne à retourner toute cette situation à notre avantage ; et que Dubé y gagne la sympathie du jury.

— Comment ?

— J'ai fait quelques recherches. Cette année, quatre autres clientes de Gullicksen ont proféré elles aussi des accusations de sévices sexuels à l'encontre de leurs conjoints. C'était une stratégie classique de son cabinet, jusqu'à ce que le Conseil du barreau ne le sanctionne.

— Tu en as la preuve ?

— Les plaidoiries sont dans ma serviette, ainsi que la sanction. Dans chacune des affaires, le langage est étonnamment semblable.

— Pourquoi ne l'as-tu pas dit au juge ?

— Pour gâcher la surprise ? Non, ce contre-interrogatoire doit être amusant, moi contre Gullicksen, requin contre requin.

— Tu crois que tu vas goûter à son sang ?

— Oh, je l'espère bien, mais ce n'est pas vraiment important. Nous n'en sommes qu'aux préliminaires. Rien de tout ça ne compte vraiment.

— Alors qu'est-ce qui compte ?

— Sonenshein, dis-je. Tout dépend du petit Jerry Sonenshein. Si tu veux un sujet d'inquiétude, alors inquiète-toi de lui.

49

Horace T. Grant se tenait au coin de la rue, devant le Tommy's High Ball, le menton levé, un pli inquiet sillonnant son visage déjà ridé. Ce n'était pas bon signe chez Horace. Son expression naturelle était celle de la répugnance et du dédain, et ses traits trahissaient généralement un doux mépris pour l'imbécillité du monde. Je le regardai un instant tripatouiller nerveusement son nœud papillon. J'éprouvai pour lui sur le moment une sorte de pitié empathique, avant que je donne un coup de klaxon, qu'il voie mon visage à travers le pare-brise et retrouve son habituelle expression moqueuse.

– On s'est perdu, mon garçon ? J'ai l'impression que j'attends ici depuis l'époque où Truman était président.

– Le juge nous a retenus plus longtemps que prévu.

– Vous lui avez dit que j'attendais ? Est-ce que vous lui avez dit que sa lenteur inconvenante dérangeait sérieusement un honnête membre de la communauté ? Je suis un vieil homme. Je n'ai pas de temps à perdre.

— Sûrement encore moins que vous ne le pensez. Je le lui dirai la prochaine fois.

— Faites donc ça. Rappelez-lui qu'il travaille pour nous, et non l'inverse.

Il plia sa vieille carcasse pour entrer dans ma voiture.

— Et maintenant, où va-t-on ? Vous nous avez trouvé quoi cette fois ? Un chaman ? Un prestidigitateur ? Un de vos minables petits escrocs prêt à nous faire prendre des vessies pour des lanternes ?

— Nous retournons voir Madame Anna.

— Ce vieil épouvantail ? Pourquoi est-ce qu'on va encore perdre du temps avec elle ? Je ferais aussi bien de me carrer un tisonnier brûlant dans l'oreille plutôt que d'écouter encore sa voix de crécelle me parler de mes chaussures ou du monde des esprits avec lequel elle est en contact.

— Elle m'a téléphoné, dis-je. Nous avons organisé ce rendez-vous.

Horace T. Grant se renversa sur son siège et me fixa un long moment.

— Comment vous avez fait pour que cette sorcière borgne vous appelle ?

— En fait, c'est assez drôle. Un type de l'inspection du travail a rendu une visite surprise à notre Madame Anna. Il se trouve qu'elle n'avait aucune autorisation d'exercer son activité, qui aurait pensé une chose pareille, hein ?

— C'est consternant, dit Horace T. Grant.

— Pendant que l'inspecteur rédigeait son avis d'infraction, il a mentionné mon nom. Il se trouve que j'ai défendu avec succès ce même inspecteur dans une affaire de conduite en état d'ivresse pas plus tard que l'année dernière. C'est drôle parfois comme le hasard fait bien les choses. Quand elle m'a appelé, je lui ai dit que je lui expliquerais comment régler son problème avec l'inspection du travail, à condition qu'elle me raconte tout ce que je voulais savoir sur Tanya Rose.

— Dans ce cas, il faut que je vous fasse mes excuses.

— Pourquoi donc ?

— Pour vous avoir traité de crétin inutile.

— Excuses acceptées.

— Vous voyez, quand j'ai tort, je sais l'admettre. Tout le monde n'a pas le cran de le faire, mais moi si. Ça ne signifie pas que vous n'êtes pas un crétin, de surcroît inutile. Mais il y a pire dans le genre, oui monsieur, bien pire.

Il ne fallut pas longtemps pour que nous nous retrouvions dans le petit salon bordeaux de l'appartement de Madame Anna, avec ses bougies allumées sur la table bleu clair, et les symboles jaunes qui paraissaient prendre vie et danser autour de nous. Une fois de plus, nous attendions ; c'était apparemment le mode opératoire de Madame Anna : faire attendre le péquin suffisamment longtemps pour que son apparition semble une délivrance venue d'en haut. Horace avait posé son feutre noir devant lui sur la table.

— Et comme ça ? demandai-je en montrant à ce dernier ma technique pour me tourner les pouces. Je crois que je tiens le truc, là.

Horace jeta un coup d'œil et leva les yeux au plafond.

— Seigneur, protège-nous des amateurs.

Au même instant, à l'autre bout de la pièce, la porte s'ouvrit, et Madame Anna, vêtue de sa robe verte chatoyante, entra dans la pièce, accompagnée par un type maigrichon qui portait un banal costume noir, une chemise blanche et une cravate noire étroite. Il avait de longs bras, mais les manches de sa veste lui arrivaient tout de même jusqu'aux phalanges. Les épaules rentrées, il avait l'air de revenir d'un enterrement. Ils s'assirent tous les deux en face de nous et nous fixèrent. Nous attendîmes.

— J'ai quelque chose pour vous, dit finalement Madame Anna.

Elle plongea une main dans une des manches de sa robe, en tira un morceau de papier et me le tendit.

J'espérai que c'était une adresse. Ç'aurait été trop beau. Il s'agissait d'un constat d'infraction dressé à l'encontre de Madame Anna par le Département de l'inspection du travail de la ville de Philadelphie. Je le regardai, haussai les épaules et le lançai sur la table.

— Ils me réclament cinq mille dollars en amende et frais divers, dit-elle. Je vous laisse régler ça.

— Dites-moi où est Tanya Rose.

— Je ne sais pas où elle est, dit-elle. Mais j'ai fait venir le révérend Wilkerson pour qu'il vous parle. C'est un homme d'Église, alors j'imagine que vous croirez ce qu'il vous dit.

— J'apprécie que le révérend soit venu. Toute l'aide que le Seigneur voudra bien nous apporter dans notre entreprise sera la bienvenue. Mais je ne suis pas ici pour prier ; je cherche une fillette. Une adresse, c'est tout ce qu'il me faut.

— Nous comprenons l'importance de votre mission, monsieur Carl, dit le révérend Wilkerson.

Il avait une belle voix profonde et un sourire avenant, qui détonnaient tous deux avec sa frêle silhouette voûtée. Il était assis les mains jointes devant lui et me fixait tout en parlant, comme si son regard était doté d'un pouvoir surnaturel.

— Et nos cœurs sont touchés que vous vous préoccupiez d'un membre si jeune et vulnérable de notre communauté. C'est pour cela que je suis venu. Je suis là pour vous assurer qu'elle se trouve entre d'excellentes mains et que vous n'avez rien à craindre pour elle.

— Dites-moi pourquoi, brusquement, je me sens encore plus inquiet qu'avant.

— Je ne sais pas, dit-il en souriant toujours.

— Qui êtes-vous pour Tanya ?

— Elle compte parmi mes ouailles.

— Dans ce cas, j'imagine que vous êtes celui que je dois voir.

Je sortis une copie de l'ordonnance du tribunal me nommant représentant légal de Tanya Rose et la posai sous les yeux du révérend.

— La cour des réclamations communes m'a nommé avocat de l'enfant dont nous parlons. Il faut que je la voie ; il faut que je la voie tout de suite.

— Ce ne sera pas possible.

— Et pourquoi ça ?

— Parce qu'elle se porte très bien et qu'elle est heureuse avec sa nouvelle famille. Tout se passe merveilleusement bien. Votre apparition risquerait de perturber son fragile équilibre.

— Moi ? Je suis un ange. N'est-ce pas que je suis un ange, Horace ?

— C'est un ange, il n'y a pas à dire, confirma Horace d'un ton ronchon.

— Vous voyez ? Je ne ferais pas de mal à une mouche.

Le révérend échangea un regard avec Madame Anna.

— Tout le monde n'a pas l'air de le penser, dit-il. Et la famille dans laquelle elle est maintenant a peur de ce que vous pourriez faire. Ils craignent que vous ne leur enleviez leur enfant.

— Premièrement, ce n'est pas leur enfant. Deuxièmement, je n'ai pas l'autorité de faire quoi que ce soit ; je ne puis agir que dans le cadre de la loi. Et troisièmement, quiconque m'empêche de voir ma cliente travaille indubitablement contre les intérêts de celle-ci.

— Indubitablement, monsieur Carl ?

— Absolument, dis-je. Mais commençons par le commencement, révérend. Comment en êtes-vous venu à vous occuper de Tanya Rose ?

— Madame Anna et moi nous connaissons depuis des années. Elle connaît ma préoccupation concernant le bien-être des enfants de notre communauté. Quand elle m'a parlé d'une petite fille qui avait besoin de trouver un foyer, je lui ai dit que je ferais en sorte que l'on prenne soin d'elle.

— De l'argent a-t-il changé de main ?

— Est-ce important ?

— J'imagine que ça veut dire oui.

— Il a peut-être fallu payer pour certaines dépenses.

— Faites-vous une enquête approfondie sur ces foyers, révérend ? Rendez-vous visite aux familles, vérifiez-vous leur passé, assurez-vous un suivi pour être certain que tout va bien ? Avez-vous mis en place un programme d'assistance avec un soutien et une évaluation continus ?

— Je fais ce qu'il faut faire ; le Seigneur fait le reste.

— Bon, je vais être clair. La mère de Tanya a tout simplement donné sa fille à Madame Anna. Puis Madame Anna vous a vendu la fillette. Et vous l'avez donnée ou vendue au plus offrant, en espérant que la divine providence veille sur elle, c'est bien cela ?

— Que faites-vous réellement ici, monsieur Carl ? Quel est votre intérêt dans tout ceci ?

— Je suis ici *pro bono.*

— Qui diable est Bono ?

— U2 ?

— Moi quoi[1] ?

Je poussai un grand soupir.

— Cette fillette est ma cliente. Je fais seulement mon travail.

— Mais comment se fait-il qu'elle soit devenue votre cliente ? Cette ordonnance du tribunal est tombée du ciel entre vos mains ?

— Quelque chose comme ça, dis-je, bien que ce soit, soyons francs, loin d'être le cas.

— Avez-vous jamais réfléchi, monsieur Carl, reprit le révérend, au fait que nous essayons seulement d'aider cette enfant ?

1. U2, en anglais, se prononce « *You too ?* » (Vous aussi ?), d'où la confusion.

— Vous essayez d'aider, j'essaie d'aider, tout le monde semble essayer d'aider, et pourtant les choses vont de mal en pis, vous ne trouvez pas ?

— Vous n'en resterez pas là, n'est-ce pas ?

— Non, certainement pas.

— Alors nous sommes dans une impasse.

— Pas pour longtemps, dis-je en me levant. Vous savez comme moi, tous les deux, que le trafic d'enfant est puni par la loi. Attendez-vous à voir la police cogner à votre porte, révérend.

— Je suis protégé par le Premier Amendement.

— C'est ce qu'ils disaient aussi à Waco.

— Je vous connais, dit Horace au révérend Wilkerson. Je reconnais votre voix. Vous conduisez ce corbillard en ville, celui avec le faux cercueil et le mannequin qui dépasse, vous prêchez contre la drogue et la violence.

— C'est bien moi, dit le révérend.

— Se balader avec ce truc affreux sur le toit de votre voiture en citant les Écritures au mégaphone, et tout ce raffut que vous faites alors qu'on essaie seulement de dormir. Qu'est-ce que vous croyez accomplir ?

— J'essaie de sauver notre communauté.

— Et si vous commenciez par sauver mon sommeil ? À mon âge, il ne vient plus aussi facilement. Et voilà qu'au moment où je me mets enfin à roupiller, vous débarquez et me cassez les oreilles avec vos prêchi-prêcha.

— Vous avez peut-être besoin d'être sauvé, vous aussi, vieil homme.

— Vous avez aussi ce petit hôtel miteux sur la 51e que vous avez transformé en abri et en lieu de rencontre, l'hôtel Latimore, où vous vous occupez de toutes sortes de familles qui n'ont plus de toit.

— Je fais ce que je peux.

— Ouais, je vous connais bien, répéta Horace. C'est vrai qu'on a un tas de gens dans la mouise par ici, et j'apprécie qu'on se batte pour améliorer les choses. Mais vous devriez apprécier vous aussi ce que ce garçon est en train de faire. Il n'est pas d'ici, il ne connaît pas nos manières, et ce n'est rien de le dire, mais ça ne signifie pas qu'il s'en moque. Il avait le choix ; il aurait pu ne pas se préoccuper de cette fillette qu'il n'a jamais vue de sa vie. D'autres l'auraient fait, d'autres auraient baissé les bras en prétextant trop de difficultés. Mais pas lui. Maintenant, il se retrouve dans le pétrin, juridiquement responsable d'une enfant qu'il n'arrive pas à retrouver, à cause d'un type qui braille dans un mégaphone. Il faut être un sacré imbécile pour faire tout ça. Ce n'est pas à vous de lui dire de la fermer.

— J'ai mes responsabilités, se défendit le révérend.

— Lui aussi.

— Je suis désolé, dit-il. J'ai fait tout ce que j'ai pu.

— Ce n'est pas assez, dis-je. J'ai peur pour ma cliente, et je ne suis pas d'humeur à être patient. J'ai essayé la manière polie, révérend, mais c'est terminé. Allons-y, Horace.

Horace se leva à son tour et remit son chapeau.

— Un sacré gamin, hein ?

— Un vrai semeur de discordes, dit Wilkerson.

— Je lui ai appris tout ce qu'il sait, dit Horace.

— Oh, monsieur Carl ! dit Madame Anna avant que nous ne partions. Nous avons passé un marché.

Et à propos de ce papier de l'inspection du travail ? À propos de l'amende ?

— Vous voulez que je vous aide, c'est ça ? Vous voulez mon conseil en tant qu'avocat ?

Je m'approchai de la table, ramassai le document et l'examinai rapidement.

— Ça ne devrait pas poser de problème, dis-je.

— Que dois-je faire ?

— Payez.

50

– C'est là, dit Horace. C'était quelque chose autrefois, un endroit vraiment pas comme les autres. « Où vous allez loger ? », qu'on demandait à nos cousins qui montaient du Sud pour nous rendre visite. « À l'hôtel Latimore », qu'ils répondaient fièrement en bombant le torse.

Horace désignait d'un petit signe de tête un bâtiment délabré de quatre étages construit en brique et coincé entre un magasin de moquette et un restaurant chinois. Ça grouillait de monde devant ; certains entraient, d'autres sortaient, d'autres encore étaient simplement assis sur le porche et crachaient. Garé devant se trouvait une grande fourgonnette blanche avec un mannequin en costume sur le toit, assis comme s'il venait juste de se redresser dans le cercueil où on l'avait allongé pour son dernier repos. Une vieille enseigne au néon se balançait au-dessus de la porte du bâtiment, sifflant en même temps qu'elle clignotait : HÔTEL LATIMORE.

– D'après ce qu'on m'a raconté, dit Horace, son bureau se trouve au premier étage. Et il y a une ancienne salle de danse tout en haut où il tient ses réunions.

— Qui est le type qui se tient près du perron ? demandai-je.

— Il est costaud, hein ?

— Le mot est faible. Je dirais plutôt mastoc, colossal, herculéen.

— Jamais vu ce type.

— D'après sa taille, sa veste en cuir noir, sa façon de se tenir et de scruter les environs comme s'il était le propriétaire, je dirai que c'est un gorille.

— Pourquoi est-ce qu'ils auraient besoin d'un gorille à l'hôtel Latimore ?

— Bonne question, mais vu la taille du type, je n'ai pas l'intention de lui taper sur l'épaule pour le lui demander.

— Ça signifie que vous n'allez rien faire ?

— Je crois qu'on ferait bien de rester ici et de surveiller l'endroit. On a peut-être une chance d'apercevoir Tanya.

— Et comment vous la reconnaîtrez, imbécile ? Vous avez une photo ?

— Non, j'ai mieux que ça.

— Quoi donc ?

— Vous. On ne va pas bouger d'ici, on va garder un œil sur l'entrée, tout en évitant de croiser le chemin de ce gars-là.

— Je ne savais pas que j'étais assis à côté d'un lâche. Moche, ça, je le savais. Bête comme un pied, aussi. Sans parler des goûts vestimentaires à se flinguer.

— Et la cravate ?

— La cravate, j'aime bien. Qu'est-ce qui s'est passé ? Vous l'avez eue dans une pochette-surprise ?

— C'est de la soie, vous savez.

— Alors ça ne peut être qu'un cadeau, vu que vous êtes aussi radin qu'un furet de bordel. Mais lâche, ça, je ne pensais pas.

— Eh bien, maintenant, vous savez ça aussi.

— Gardez-la précieusement. Le jaune vous va bien.

— Attendez une seconde, dis-je comme une grosse voiture rouge se rangeait juste derrière la fourgonnette. Cette voiture n'était pas garée devant chez Madame Anna ?

Nous avions rejoint l'hôtel Latimore en voiture après notre rencontre avec le bon révérend dans la salle de voyance de notre diseuse de bonne aventure. Nous nous étions garés plus bas dans la rue, au niveau de ce que je considérais comme la meilleure position pour planquer. J'avais espéré que nous pourrions avoir un petit aperçu de la situation ici avant que le révérend Wilkerson ne passe le mot disant qu'Horace et moi étions *persona non grata*, mais mon petit plan paraissait compromis maintenant. Le révérend en personne descendit de la voiture rouge, scruta les environs, arrêta son regard en direction de ma voiture et plissa les yeux. Il posa ensuite une main sur l'épaule du gorille et échangea quelques mots avec lui en nous montrant du doigt. Je dus me rendre aussitôt à l'évidence : ma technique de surveillance ne valait pas un clou.

— Vous croyez qu'il parle de nous ? dis-je.

— De vous, peut-être. Il n'a rien contre moi.

— Ne vous sous-estimez pas, Horace.

— C'est ça, essayez de coller tout ça sur le dos d'Horace T. Grant, espèce de pétochard en cravate jaune. Ça ne prendra pas, de toute façon. N'importe quel idiot peut voir que je profite de la balade, et c'est tout.

— Vous savez, Horace, dis-je, hormis le fait que vous soyez plus vieux que moi d'un siècle, plus petit de trente centimètres et noir, on pourrait être jumeaux.

— Je m'habille mieux que vous.

— Je l'admets. Les voilà.

— On ne devrait pas démarrer et fiche le camp ?

— Ça dénoterait de la faiblesse, dis-je.

— Je ne vois aucun mal à ça. Je suis même plutôt pour. En tout cas, si on ne bouge pas d'ici, est-ce qu'on ne devrait pas au moins verrouiller les portes ?

— J'ai essayé ça un jour, et ça n'a pas donné les résultats que j'espérais. Venez, descendons et essayons de suivre la musique.

Nous descendîmes tous les deux de voiture et nous appuyâmes contre le capot, la pose aussi nonchalante que possible, tandis que le révérend Wilkerson, les épaules rentrées, traversait la rue dans notre direction. La montagne humaine à la veste de cuir marchait légèrement en retrait. Il jeta un regard d'un côté de la rue, puis de l'autre, sans avoir l'air le moins du monde préoccupé. À ses yeux, nous n'étions pas une source de problèmes, même pas potentiels ; nous n'étions que des moucherons.

— Je m'attendais à votre visite, monsieur Carl, dit le révérend Wilkerson avec un grand sourire, comme à son habitude. En revanche, je ne m'attendais pas à tant d'empressement.

— Horace me disait tout le bien qu'il pensait du travail que vous accomplissez ici, révérend. Je me disais que vous pourriez me faire faire le tour de vos installations.

— Ce ne sera pas possible. Nous interdisons l'entrée aux intrus, ce que vous êtes manifestement. Personne n'aime les espions, Rex moins que les autres. Ce n'est pas vrai, Rex ?

Le colosse, le regard toujours détourné, grimaça, découvrant une rangée de fausses dents.

— C'est exact, monsieur le révérend, confirma-t-il d'une voix de basse.

— Et bien sûr, comparer comme vous l'avez fait notre action ici à celle de Waco était plutôt effrayant, quand on sait que tout s'est terminé là-bas dans la mort et les flammes. Était-ce une menace déguisée, monsieur Carl ?

— Pas du tout, dis-je. Il s'agissait seulement d'un exemple illustrant comment une petite incompréhension entre des gens de bonne volonté peut quelquefois échapper à tout contrôle et conduire au pire.

— Mais nous nous comprenons parfaitement. Vous croyez faire le bien, mais vous n'êtes qu'un idiot plein de bonnes intentions qui risque de ne laisser derrière lui que chagrin et malheur, parce qu'il saute d'une affaire à une autre.

Ouille ! encaissai-je.

— Je ne veux pas avoir à remettre de l'ordre derrière vous. J'ai suffisamment donné de ce côté-là autrefois. Rex, regardez bien cet homme.

— N'oubliez pas mon ami, dis-je en désignant Horace du pouce.

— Vous avez raison, reprit le révérend en me souriant. Rex, je veux que vous regardiez bien ces deux hommes. Ils ne sont pas les bienvenus ici, à l'hôtel, ni où que ce soit autour de notre lieu de travail.

Rex nous considéra un moment, le temps de graver nos visages dans son cerveau distrait, avant de détourner à nouveau le regard.

— C'est enregistré, monsieur le révérend.

— Vous feriez mieux de partir maintenant, messieurs.

— Nous partirons quand nous serons prêts à partir, dit Horace, et pas une minute avant.

— Comment avez-vous dit vous appeler déjà, vieil homme ?

— Horace T. Grant. Mes amis m'appellent Côte-de-Porc.

— Comment vous appelle-t-il, lui ? demanda le révérend en me désignant.

— Il m'appelle comme ça lui chante, ni plus ni moins.

— Alors, dites-moi, Côte-de-Porc, qu'est-ce que vous faites à vagabonder en ville en portant le fardeau de cet homme comme un caddie ? N'avez-vous donc aucune fierté ? Si vous avez tellement besoin de travail, venez travailler avec nous.

— La fierté, c'est pas ce qui me manque, espèce d'escroc souriant, et je préférerais encore m'épiler les sourcils que de travailler pour vous. Tout ce qu'il veut, c'est trouver cette fillette, et plus vous vous mettrez en travers de notre chemin, plus nous deviendrons soupçonneux.

— Je vous conseille de filer tous les deux, répéta le révérend, avant qu'un accident n'arrive.

— Pas avant qu'on l'ait décidé. La rue est à tout le monde.

Wilkerson se pencha en avant et sourit de toutes ses dents.

— Vous voyez, Côte-de-Porc, c'est là où vous avez tort. La rue n'est pas à tout le monde, du tout. Tenez-leur compagnie, Rex, jusqu'à ce qu'ils nous laissent tranquilles.

Là-dessus, Wilkerson pivota sur ses talons et s'en retourna à l'hôtel, laissant Rex nous avoir à l'œil sans nous regarder. Il n'avait pas besoin de parler ; il avait une forte présence, la respiration lourde et la transpiration abondante. Finalement, le regard toujours détourné, il posa une de ses grosses mains sur mon épaule.

— Il est temps de partir, dit-il d'une voix profonde comme un puits texan.

— Nous recherchons une petite fille, dis-je doucement quand Wilkerson fut hors de portée d'écoute. Elle a environ sept ans. Elle s'appelle Tanya.

Rex regarda derrière lui, puis sur le côté.

— Tanya ?

— C'est ça, Tanya Rose.

— Qu'est-ce que vous voulez à Tanya ?

— Croyez-le ou non, dis-je, je suis son avocat. Je veux juste la retrouver, lui parler, m'assurer qu'elle va bien. Elle est ici, à l'hôtel ?

— Plus maintenant.

— Où est-elle ?

Rex haussa les épaules, baissa les yeux et donna un coup de pied par terre.

— Qui pourrait savoir où elle est ?

— Le révérend.

— Qui d'autre ?
— Mlle Elise, peut-être.
— Où peut-on trouver cette Mlle Elise ?
— À l'hôtel.
— Puis-je aller lui parler ?
— Non.
— Puis-je lui parler sans que ça revienne aux oreilles du révérend ?
— M'étonnerait.
— C'est entre eux, c'est ça ?
— Il est temps de partir.
— Il faut que je parle à Mlle Elise.
— Non, pas question, dit Rex en exerçant maintenant une pression sur mon épaule. Vous devez partir.
— On partira quand on l'aura décidé, répéta Horace.

Rex resserra l'étreinte de sa main autour de mon épaule.

— Je ne reçois pas d'ordre d'un escroc dans son genre, je me moque de ce qu'il dit, reprit Horace. On ne bougera pas d'un centimètre, jusqu'à ce qu'on l'ait décidé.

Rex serra plus fort.

— On l'a décidé, dis-je dans un cri d'animal blessé, tandis que mes genoux pliaient sous la douleur. Bel et bien décidé.

Rex resta où il était, évitant de me regarder ramper à quatre pattes pour me relever, évitant de nous regarder sauter comme des voleurs dans la voiture et démarrer. C'était comme s'il avait peur de croiser notre regard, peur que nous puissions lire de la douceur dans ses yeux.

— Elle était là-dedans, dit Horace.
— Oui.
— Ce garçon la connaît.
— Et il l'aime bien.
— C'est une petite fille adorable.
— Et pourtant, il n'a pas voulu nous parler.
— Il avait peur de quelque chose, peur de Wilkerson. Que croyez-vous qu'il se passe ?
— Je n'en ai aucune idée, dis-je, et c'est bien ce qui me fiche la frousse.
— Qu'allez-vous faire maintenant ?
— Je ne sais pas.
— Vous feriez bien de trouver une idée, et vite !
— Oui, il vaudrait mieux. Mais pour tout vous avouer, Horace, j'ai l'impression que toute cette situation dépasse mes maigres talents. Je crois qu'il est temps que nous fassions appel à une autorité supérieure.
— La police ?
— Je ne sais pas si ça nous donnerait ce que nous voulons. Si vraiment elle a des problèmes, et que la police débarque et pose tout un tas de questions, j'ai peur de ce que ces gens pourraient lui faire pour se sortir d'affaire.
— Alors quoi ? La juge ?
— Non, plus haut.
— Le maire ? Vous connaissez notre salopard de maire ?
— Plus haut.
— Qui donc ? Qui est au-dessus d'un juge, qui est plus puissant que le maire ? Qui vous avez dans votre poche capable de nous aider ?
— Mon dentiste, dis-je.

51

Les empreintes digitales et le sang.

Dalton poursuivit jour après jour son lent mais implacable exposé des preuves existant contre François Dubé. Après que Gullicksen eut témoigné du caractère acrimonieux de la procédure de divorce et des accusations d'inceste, lesquelles suscitèrent les regards désapprobateurs du jury en dépit des instructions données par le juge et de mon captivant contre-interrogatoire, Dalton appela à la barre un policier en uniforme, le premier flic arrivé sur le lieu du crime. Leesa Dubé n'avait plus donné de nouvelles depuis des heures, expliqua-t-il. Elle n'était pas passée prendre sa fille chez ses parents ce matin-là comme prévu. Elle ne s'était pas rendue à son travail. Elle était injoignable par téléphone. La police avait été appelée et dirigée vers le lieu du crime. La porte avait dû être forcée. Une scène d'horreur.

Les photographies firent le tour du box des jurés, passèrent de mains en mains, les lèvres se serrant à la vue du corps gisant dans son sang. Leesa Dubé dans son tee-shirt ensanglanté, son bras droit tordu sous son corps inerte, son visage éclaboussé de sang, une mare dessinant vaguement un cœur répandue autour de sa tête. Les jurés coulèrent des regards en direction de Dubé pendant qu'ils examinaient les clichés. Il avait la bouche tordue comme s'il avait mangé un steak au poivre trop cuit.

Et puis Dalton s'attaqua au nerf de l'affaire, les empreintes et le sang.

Les techniciens de la scène de crime racontèrent comment ils avaient passé au crible l'appartement de Leesa Dubé, où ils avaient relevé les empreintes et trouvé le sang. Puis ils témoignèrent de la fouille qu'ils avaient effectuée de l'appartement de François Dubé le lendemain du meurtre, suite à une demande de l'inspecteur Torricelli, et de ce qu'ils y avaient trouvé.

– Agent Robbins, dit Dalton, certaines des empreintes que vous avez relevées dans l'appartement de Leesa Dubé correspondent-elles aux empreintes prises avec de l'encre qui vous ont été fournies par les inspecteurs ?

– Oui, m'dame. Nous avons trouvé des correspondances pour deux individus.

– Continuez.

– Nous avons trouvé un certain nombre d'empreintes correspondant à celles de la victime, et quatre autres, deux sur un interrupteur mural, une sur une porte, et une autre sur une table, qui correspondaient aux empreintes de l'accusé, François Dubé.

– Avez-vous trouvé d'autres empreintes correspondant à celles de l'accusé ?

– Oui. Il y avait deux empreintes latentes sur les

cartouches chargées dans le revolver découvert dans l'appartement de l'accusé.

— Le revolver enregistré comme pièce à conviction n° 6 ?

— C'est exact, l'arme trouvée dans l'appartement de M. Dubé qui a été reconnue comme étant l'arme du crime.

Un grand et beau moment pour Dalton, mais qui ne serait pas bien difficile à gâcher. Avant le divorce, Dubé avait vécu dans cet appartement ; avant le divorce, ses empreintes auraient été partout, y compris sur le revolver, qu'il avait acheté, chargé et donné à sa femme.

— Maintenant, agent Robbins, dis-je en me tenant devant le technicien, les empreintes dont vous avez parlé avec Mlle Dalton, celles qui provenaient de l'interrupteur, de la porte et de la table, étaient bien des empreintes latentes, n'est-ce pas ?

— C'est exact.

— Il n'y avait pas d'empreintes visibles sur le lieu du crime qu'on vous ait demandé de comparer ?

— Non.

— Une empreinte visible serait une empreinte faite, disons après que le meurtrier a accidentellement taché ses doigts avec le sang de la victime et touché quelque chose, de telle sorte que l'empreinte serait restée visible sans employer de techniques spéciales.

— Exact.

— Mais même avec autant de sang, il n'y avait pas d'empreintes visibles sur le lieu du crime correspondant à celles de l'accusé. Tout ce que vous avez eu à examiner, ce sont des empreintes latentes.

— C'est exact.

— Êtes-vous capable, agent Robbins, avec un de vos tests sophistiqués ou un de vos super-instruments scientifiques, de déterminer l'âge d'une empreinte latente ?

— Non monsieur.

— Les empreintes sur l'interrupteur, par exemple, pouvaient avoir été là une semaine, un mois plus tôt, et même davantage ?

— C'est exact. On sait que les empreintes latentes, dans certaines conditions, peuvent persister durant des années.

— Des années, répétai-je et répétai-je encore. Des années. Fascinant.

— Bien entendu, elles sont généralement effacées par le ménage.

— J'imagine, acquiesçai-je, comme si la précision du policier était la bienvenue. Et nous savons tous, agent Robbins, que nous nettoyons souvent nos interrupteurs. Avez-vous trouvé des empreintes latentes sur la scène du crime ou sur l'arme du crime que vous n'avez pas pu identifier ?

— Il n'y avait pas d'empreintes sur l'arme du crime. Elle avait apparemment été nettoyée, peut-être avec la chemise dont elle était enveloppée quand on l'a trouvée.

— Nettoyée puis laissée dans l'appartement de l'accusé jusqu'à ce que l'inspecteur Torricelli, comme par hasard, la découvre ?

— Oui monsieur. Mais il y avait de nombreuses empreintes sur la scène du crime que nous n'avons pu identifier.

— Elles pouvaient appartenir à n'importe qui, n'est-ce pas ?

— C'est vrai.

— Un ami, un amant, le véritable meurtrier, ou peut-être les trois réunis en un seul homme ?

— On n'a pas pu les identifier.

Je regardai le jury et haussai un sourcil. Je travaille le truc du sourcil haussé devant la glace chez moi. On devrait l'enseigner à l'école de droit. Il faut en quelque sorte relâcher une moitié du visage, contracter les muscles de l'autre, tout en conservant une expression gentiment sardonique. Faites-le mal, et vous aurez l'air d'avoir mangé un piment trop fort. Réussissez-le, et il exprimera le scepticisme, en plus d'un sous-entendu complice. Donc, je haussai un sourcil, et les jurés repensèrent à mon exposé d'introduction et à l'amant encore anonyme de Leesa Dubé.

Pas mal, mais il ne s'agissait que des empreintes.

La preuve la plus difficile à écarter était le sang. Il y avait du sang partout sur la scène du crime, sur le sol, sur les murs, partout, mais ce n'était pas ce sang-là qui nous inquiétait. Non, le sang qui nous inquiétait était celui découvert dans l'appartement de François Dubé après son arrestation et la perquisition menée ensuite par l'inspecteur Torricelli.

— Très bien, parlons maintenant de la chemise, continuai-je. Il se trouve que cette chemise blanche a été découverte par l'inspecteur Torricelli, roulée en boule dans un coin de la penderie de l'accusé, avec l'arme enveloppée dedans. Vous avez examiné cette chemise vous-même, n'est-ce pas, agent Robbins ?

— Oui, en effet.

— Et vous avez découvert qu'elle était tachée de sang sur le devant ?

— C'est exact.

— Avant d'établir ensuite que ce sang était celui de la victime ?

— C'est cela.

— Nous devons donc en déduire que cette chemise, cette chemise blanche, la couleur la plus appréciée par les criminels sur le point de commettre un crime, a été portée durant le meurtre.

— Je ne sais pas ce qu'il faut en déduire. J'ai dit ce que j'avais trouvé sur la chemise, voilà tout.

— Vous avez déclaré avoir trouvé une unique tache, qui s'est imprimée ensuite de manière répétitive par transfert, du fait que la chemise a été roulée en boule.

— C'est exact.

— J'aimerais maintenant vous montrer des photographies de la scène du crime. Cette photo, la pièce à conviction n° 12, par exemple, un plan rapproché du visage de la victime. Que voyez-vous sur sa joue ?

— Quelque chose de sombre. La photo est en noir et blanc, mais il semble que ce soit du sang.

— Est-ce une tache de sang ?

— Non monsieur. On dirait un ensemble de gouttelettes.

— Et cette photo-ci, la pièce à conviction n° 15. Que voyez-vous sur le mur ?

— Du sang.

— Des gouttelettes de sang formant un motif, c'est bien cela ?

— C'est ce qu'on voit, oui.

— Bon. Les motifs en gouttelettes sont très précieux dans un examen de scène de crime, n'est-ce pas ?

— Ils peuvent l'être.

— Vous êtes formé à l'examen de ces motifs en gouttelettes, qui vous permettent de déterminer la direction dans laquelle a été projeté le sang, ou encore l'endroit exact d'où provient ce sang, je me trompe ?

— Non, c'est exact.

— Alors, en vous basant sur vos connaissances, qu'est-ce que le motif en gouttelettes sur la chemise vous apprend ?

— Il n'y avait pas de motif en gouttelettes sur la chemise.

— Pas de motif, juste des gouttes ?

— Il n'y avait pas de gouttes. Juste la tache.

— Pourtant, quand on regarde ces photographies, ce qui est arrivé semble très clair. La victime a été abattue d'un coup de feu, et le sang a giclé. Des gouttelettes ont été projetées partout.

— Pas partout, non.

— Sur les murs, le sol, la victime, partout où l'appareil photo s'est tourné. Et dans ce maelström de sang, il nous faudrait admettre que pas une seule petite goutte n'a atterri sur la chemise blanche que l'accusé portait au moment d'assassiner sa femme ? Parce que, si l'on en croit votre témoignage, il n'y avait aucune éclaboussure, pas une goutte, rien.

— Je n'ai rien trouvé de ce genre, non.

— Le traitement Scotchgard est de plus en plus performant, vous ne trouvez pas ?

— Objection.

— Retenue. Poursuivez, monsieur Carl.

— Volontiers, Votre Honneur. Peut-être pourrions-nous en venir à la botte. On a trouvé du sang appartenant à la victime sur la semelle d'une des bottes de l'accusé, c'est bien cela, agent Robbins ?

— Oui.

— Et c'est le toujours vigilant inspecteur Torricelli qui vous a amené jusqu'à cette botte, c'est bien cela ?

— Oui monsieur.

— Aujourd'hui encore, vous ne savez pas vraiment comment ce sang a pu atterrir là, n'est-ce pas ?

— Non monsieur.

— Bon. Admettons maintenant que Mlle Dalton ait raison dans ses suppositions. Admettons que la botte ait été portée au moment du meurtre, que la personne qui la portait ait marché accidentellement dans le sang de la victime, avant de s'en débarrasser à l'appartement de l'accusé. Admettons cette hypothèse.

— D'accord.

— Dans ce cas, que devrions-nous trouver ?

— Du sang sur la botte.

— Bien sûr, ce qui est précisément ce que vous avez trouvé. Mais quoi d'autre encore, agent Robbins ?

— J'imagine que vous allez nous le dire.

— Des traces de pas. Je parle des traces de pas de l'assassin comportant du sang. Avez-vous découvert de telles traces ?

— Il y avait bien des traces de pas comportant du sang sur le lieu du crime.

— Et comment les a-t-on découvertes ?

— Certaines étaient visibles. D'autres, estompées, ont été révélées en vaporisant une solution de leucocrystal violet. Cette solution permet de révéler les taches de sang les plus effacées. On peut alors faire des photos.

— À vous entendre, on dirait que ces traces de pas étaient nombreuses.

— Il y en avait à foison. Quand le premier enquêteur est arrivé sur place, il est allé immédiatement examiner la victime. D'autres sont entrés derrière lui. Il y a eu pas mal d'allées et venues avant que la scène du crime ne soit bouclée.

— Et toutes ces empreintes de pas sont apparues ?

— La plupart.

— Avez-vous pu identifier toutes les traces de pas que vous avez relevées ?

— Quelques-unes. On compare plus ou moins les marques de semelle de chaussures comme on compare les empreintes digitales. On relève souvent des imperfections dans le dessin, des éraflures, des trous ; ce sont ces détails-là qui nous permettent une identification formelle. Nous avons pu identifier formellement les traces de pas du premier enquêteur arrivé sur les lieux, ainsi que celles du propriétaire. Les autres étaient plus problématiques.

— Vous n'avez pu identifier formellement, par exemple, aucune des traces laissées comme étant celles des bottes de l'accusé.

— Pas formellement, non.

— Mais vous avez relevé des traces de pas faites avec du sang que vous n'avez pu identifier formellement, c'est bien cela ?

— Oui, monsieur.

— Savez-vous qui a pu laisser ces traces ?

— Non, monsieur.

— Le meurtrier, peut-être ?

— Je ne saurais le dire, monsieur.

— Bien sûr que non. Et dans l'appartement de l'accusé, lors de la perquisition, avez-vous recherché les mêmes traces de pas ?

— Nous avons procédé à un examen.

— Avec cette solution de leuco-quelque chose ?

— Le leucocrystal violet, oui.

— Et qu'avez-vous trouvé ?

— Rien.

— Pas de traces de pas avec du sang.

— Non.

— Il y avait pourtant du sang sur la botte ?

— C'est exact. Mais on aura pu nettoyer le sol avant que nous procédions à nos tests.

— Oui, possible. Il paraît tout à fait logique, n'est-ce pas, que l'accusé, torturé par le remords et la culpabilité, et craignant d'être pris, se soit mis à effacer toute trace sur le sol, tout en laissant du sang sous ses bottes, comme il paraît logique qu'il ait effacé ses empreintes sur l'arme du crime tout en la laissant enveloppée dans une chemise maculée de sang dans le fond de son placard. Une dernière question. Le sang sur les bottes : s'agissait-il d'une gouttelette de sang ?

— Non.

— D'un ensemble de gouttelettes de sang ?

— Non plus.

— Comment l'avez-vous qualifié dans votre rapport ?

— Laissez-moi voir. Là, oui. J'ai parlé d'une tache sur la semelle au niveau de la voûte plantaire.

— Une tache sur la botte découverte par l'inspecteur Torricelli. Une tache sur la chemise découverte par l'inspecteur Torricelli.

Je me tournai vers l'inspecteur assis, rouge d'embarras, à la table de l'accusation.

– Une tache dans ce tribunal.

– Objection.

– Monsieur Carl, intervint le juge, une note de colère dans la voix.

J'ouvris grand les bras en prenant mon air le plus innocent.

– Quoi ? dis-je.

Et je haussai un sourcil.

52

Veinard que j'étais, je me retrouvai sur le fauteuil du dentiste, mes couronnes provisoires enlevées, l'infrastructure métallique définitive de mon bridge ajustée et fixée par le Dr Bob. Pas de novocaïne pour cette procédure ; il s'agissait seulement d'appuyer, de tirer, de plier, d'abraser, sans parler bien sûr du crissement atroce du métal contre le nerf à vif.

— Voyons-voir si j'ai bien compris, dit le Dr Pfeffer en réglant l'inclinaison de la lampe pour scruter l'intérieur de ma bouche, un masque dissimulant son expression. La sœur de Daniel, Tanya, a disparu. Ce révérend Wilkerson sait où elle se trouve, mais ne veut rien dire. Cette Mlle Elise sait également où elle est, mais elle est plus ou moins en cheville avec le révérend. Et un type du nom de Rex, grand comme une maison, garde l'entrée de l'hôtel Latimore, où se trouvent les réponses à toutes les questions.

— Ahaouii, dis-je.

— Intéressant. Il y a vaguement du Tolkien dans tout ça. Peut-être que ce qu'il vous faudrait, c'est un Hobbit. Ouvrez plus grand. Ça ne s'adapte pas encore parfaitement. Encore quelques ajustements.

Il plongea ses doigts dans ma bouche, fit quelque chose de douloureux et acquiesça d'un hochement de tête, comme s'il s'attendait à ce que j'écarquille les yeux en serrant les poings.

– Qu'allez-vous faire ? me demanda-t-il.

– Iéouohiii.

– Un dilemme difficile. Mais je trouve que ce que vous essayez de faire est louable. Cette fillette vit peut-être des moments terribles, et vous êtes probablement le seul à la rechercher.

– Ahiiéhaaai, dis-je.

– Au reste, Victor, et je vous le dis avec toute la conviction possible : il ne faut jamais sous-estimer les effets d'un traumatisme de l'enfance. On croit pouvoir s'en affranchir, mais c'est rarement le cas. Et souvent, ça explique tout. Ouvrez grand. Oui, il va falloir fignoler un peu.

Il enfonça à nouveau ses doigts, et je sentis ma nuque se raidir de douleur.

– Laissez-moi vous raconter une petite histoire. Très instructive. Celle d'un docteur qui habitait dans le New Jersey. Un docteur en médecine, précisa le Dr Bob en reniflant d'un air de dénigrement. On est ce qu'on est. Un type jeune qui avait le monde à portée de main, une jolie femme, une fille superbe, et un titre dont, soyons honnêtes, nous sommes tous bien trop fiers.

Le Dr Bob s'empara d'une paire de pinces. Il ajusta la lampe, secoua la tête comme s'il prenait en pitié le jeune médecin dont il narrait l'histoire, et referma deux fois les mâchoires de la pince avant de la plonger dans ma bouche.

– Un jour, notre docteur rentre chez lui en voiture

après être passé prendre sa fille à la sortie de l'école. Soudain, une Gremlin[1] orange tourne sans marquer l'arrêt à un stop et oblige le bon docteur à changer de file, projetant du même coup une pluie de gravier sur sa Pontiac. Vous vous rappelez la Gremlin ? Un méchant petit bolide. Si cela avait été une Cadillac, notre bon docteur aurait laissé courir, mais une Gremlin ? Aucun docteur n'aime voir une Gremlin lui couper la route. Ne bougez pas, tenez bon. Oui, c'est bien. Donc, notre jeune docteur suit la Gremlin, en donnant de furieux coups de klaxon. Il la rattrape à un autre stop, menace du doigt le conducteur et lui ordonne de se ranger sur le côté.

Le Dr Bob regarda attentivement ma bouche, laissa échapper un « Mmm » perplexe et réaligna la lampe. Il prit un de ses trucs en métal pointu et gratta au niveau de la gencive de mes dents de devant inférieures.

— Je ne dirais pas que j'aime beaucoup ça.

— Qoa don ?

— Vous utilisez du fil dentaire ?

— Uhie.

— Eh bien pas suffisamment apparemment. Je n'ai pas le temps cet après-midi, mais on essaiera de nettoyer tout ça la prochaine fois. On a beaucoup parlé dans la presse du conducteur de la Gremlin, de sa suspension de permis, de ses condamnations antérieures pour trafic de stupéfiants et, comme ça se faisait encore en ce temps-là, de sa couleur de peau. Mais quand on lit attentivement les articles parus, tout ce

1. Célèbre modèle de voiture de sport des années 1970 du constructeur américain AMC.

qu'on voit à ce moment-là, dans ce quartier qu'il ne connaît pas, acculé sur le côté de la route, avec cet étranger qui braille après lui, c'est un type qui a la frousse. Une telle frousse qu'il sort une arme de sa ceinture et fait feu dans la poitrine du bon docteur.

— Ooohieah.

— Vous pouvez le dire. Maintenant, en tant qu'avocat spécialisé en matière pénale, Victor, vous n'êtes sûrement pas sans savoir que la plupart des meurtres sont des accidents, le fruit d'un hasard aveugle. Après coup, on a beau enquêter autant qu'on veut et s'user les méninges, personne ne comprend jamais vraiment pourquoi la victime de l'homicide gît par terre les bras en croix. Personne n'a voulu en arriver là, tout le monde voudrait que les choses se soient passées autrement, y compris et surtout le meurtrier, mais il n'y a plus rien à faire. Un événement absurde de plus dans un monde absurde. Et pourtant, le caractère purement fortuit de ce drame n'en amoindrit pas l'impact, vous ne croyez pas ?

— Ioouéraah.

— Songez au bon docteur, ses glorieuses ambitions réduites à néant en une fraction de seconde. Songez au conducteur de la Gremlin, voué à mourir en prison. Et songez à la fille, assise à l'arrière de la voiture, ceinture bouclée, regardant son père freiner brutalement, jurer et prendre en chasse la Gremlin. Imaginez-la, regardant sans pouvoir rien faire à travers le pare-brise son père hurler, puis reculer, avant de porter brusquement les mains à sa poitrine et de s'écrouler en vrille. Pensez à elle, sa fille, aux cicatrices qu'elle gardera d'une balle qui ne s'est pourtant pas logée dans sa chair. Imaginez comme cet événement brutal doit continuer de lui gâcher la vie, d'affecter son comportement d'une manière qu'elle ne s'explique pas elle-même.

— Iaaéééah.

— Bien sûr que vous pouvez. Ce que j'essaie de vous dire, Victor, c'est que si vous avez une chance de sauver cette jeune fille, la sœur de Daniel, d'une douleur de cette sorte, si vous pouvez l'aider à amoindrir les traumatismes d'une enfance déjà traumatisante, alors c'est une cause qui mérite que vous vous battiez pour elle.

— Iaghaéé.

— Parfait. Laissez-moi enlever l'infrastructure métallique ; je vais la renvoyer au laboratoire pour qu'ils y ajoutent la porcelaine. Encore une séance, Victor, et nous en aurons terminé. Ce sera une bonne chose de ne plus avoir ce trou béant, n'est-ce pas ?

— Aoohieé.

— Tilda !

Une fois de plus, elle apparut aussitôt, comme par magie.

— Oui, docteur.

— Ohééooah ? demandai-je.

— J'en ai presque terminé ici, dit le Dr Bob. Préparez le ciment pour je puisse fixer à nouveau la couronne provisoire de Victor.

— Avec plaisir, docteur.

— Comme c'est agréable de voir Tilda aussi enthousiaste dans son travail. C'est drôle, mais votre présence a l'air de lui donner des ailes. À quoi croyez-vous que cela tienne, Victor ?

— Ehaéal ?

Le Dr Bob se mit à rire.

Je me tenais à la réception, attendant que Deirdre revienne de l'arrière-salle après avoir débité ma carte de crédit du montant maximum, pendant que le Dr Bob complétait ma fiche. Je considérai d'un air absent les photos de la galerie des sourires du Dr Pfeffer.

— Quand ce sera terminé, lui demandai-je, allez-vous prendre une photo de ma bouche pour votre mur ?

Il leva les yeux de ma fiche, me considéra d'un œil approbateur, puis tourna son regard vers la rangée de photos.

— Non, dit-il.

— Qu'est-ce qu'il faudrait pour ça ?

— Une reconstitution totale, répondit-il en revenant à ma fiche.

— Vous savez, c'est drôle, mais certains de ces sourires me paraissent vraiment familiers.

— J'espère bien. Vous couchez avec l'un d'entre eux.

— Je vous demande pardon ?

— Nous vous appellerons pour fixer votre prochain rendez-vous. Il arrive que les laboratoires traînent un peu. Souvenez-vous qu'il vous faudra aussi un nettoyage complet. Je vois que vous grimacez. N'ayez aucune crainte, Victor, c'est relativement indolore.

— Relativement à quoi ?

— C'est toujours la question, n'est-ce pas ?

— Et Tanya ?

Le Dr Bob posa son stylo.

— Quoi, Tanya ?

— Il faut que je la trouve, dis-je.

— Sûrement.

— Je ne serais pas contre un peu d'aide.

— C'est une requête ? Réfléchissez bien, Victor. C'est une requête ? Parce qu'on ne s'acquitte pas facilement d'un service de ce genre.

— Qu'est-ce que vous avez en tête ?

— Rien encore, comment savoir ? J'aurai plaisir à vous aider du mieux que je le peux, mais un jour, il se pourrait que je vous demande de me rendre la pareille.

— C'est en quelque sorte une avance que vous me proposez ?

— En quelque sorte, mais sans le crescendo des cors ni les larmes.

Je réfléchis un moment. J'avais le sentiment de m'embarquer dans quelque chose que je ne comprenais pas vraiment, mais j'avais besoin de son aide. Tanya aussi.

— Très bien, c'est d'accord, dis-je. Je vous revaudrai ça dans la limite de mes possibilités.

— Parfait. Marché conclu. Je vais voir s'il est possible de réserver à l'hôtel Latimore.

Il se mit à rire en flanquant ma fiche sur la réception, et retourna travailler.

Je le regardai s'éloigner, puis reportai mon attention sur la galerie des sourires. Gencives saines, dents brillantes, la joie de vivre arrogante. Celui-là, là-bas, crus-je reconnaître, doit être celui de Carol Kingsly. Ou peut-être cet autre, un peu plus loin, parce que je dois bien vous le dire, plus d'un m'était étonnamment familier. Mais ce n'était pas seulement l'étrangeté des sourires de la galerie du docteur qui me préoccupait, des sourires accrochés comme des trophées dans un pavillon de chasse. C'était autre chose qui me tracassait. J'en étais arrivé à la conclusion que les histoires du docteur n'étaient pas pur bavardage. Toutes avaient un but bien précis. Mais dans ce cas, bon sang, à quoi rimait l'étrange histoire du docteur, de sa fille et de la Gremlin orange ?

Il me fallut un moment, mais je finis par comprendre. Oui, même une poule aveugle finit par trouver son grain. C'est en regardant les photos du cadavre de Leesa Dubé, aussi bizarre que cela puisse paraître, que tout devint clair.

53

Le Dr Peasley était un grand type lugubre au teint pâlot et au postiche trop brun. Il m'arrive de penser que nous développons notre personnalité en façonnant nos comportements d'après les personnes que nous côtoyons le plus souvent, ce qui pourrait expliquer le style « dépositionnel » du coroner. Le temps qu'il épelle son nom et dresse la liste de ses qualifications, des ronflements se faisaient entendre dans le fond de la salle.

Rien ne vaut un bon ton monocorde et paresseux, avec de fréquents et inexplicables temps morts, pour atteindre au ronronnement soporifique.

J'avais déjà lu son rapport. Je savais comment Leesa Dubé était morte. C'était à Beth qu'il revenait de soulever des objections si nécessaire et de mener le contre-interrogatoire. Et tandis que le Dr Peasley poursuivait son exposé rébarbatif, et que les paupières commençaient à tomber un peu partout dans la salle, je laissai mes pensées vagabonder. Elles me conduisirent droit vers le Dr Bob.

Je ne savais pas pourquoi, mais je me sentais bizarre après ce que le dentiste m'avait dit en ajustant mon nouveau bridge. Pourquoi s'était-il appesanti sur la nature imprévisible de la plupart des meurtres ? Pourquoi m'avait-il conseillé avec tant de véhémence de ne jamais sous-estimer les effets des traumatismes de l'enfance sur le psychisme des adultes ? Et, plus troublant encore, qu'est-ce que c'était que cette histoire de docteur, de Gremlin et de petite fille assise sur la banquette arrière ?

Pensez à elle, sa fille, aux cicatrices qu'elle gardera d'une balle qui ne s'est pourtant pas logée dans sa chair, avait dit le Dr Bob. *Imaginez comme cet événement brutal doit continuer de lui gâcher la vie, d'affecter son comportement d'une manière qu'elle ne s'explique pas elle-même.*

Comment se traduisait la malédiction ? me demandai-je. Pendant que Dalton faisait circuler certaines photos d'autopsie dans le jury, et que le Dr Peasley, de sa voix molle et monocorde, expliquait comment la balle tirée à bout portant avait déchiqueté le cou de Leesa Dubé et causé une hémorragie mortelle, j'envisageai les différentes possibilités. La fillette à l'arrière de la Pontiac était-elle devenue une psychopathe agressive ? Était-elle devenue maniaco-dépressive ? Passionnée des armes à feu ? « Peacenik » ? Chauffeur de taxi ? Quoi ?

Et pourquoi le dentiste me raconterait-il cette histoire s'il n'y avait quelque chose que je puisse faire pour aider à soulager la douleur de cette fillette ? De qui s'agissait-il ? Était-ce Carol Kingsly, avec laquelle il m'avait monté le coup ? Julia Rose, la mère à la fois de son patient Daniel et de la fillette dont je venais de lui exposer le sort périlleux ? Ou bien s'agissait-il du Dr Bob lui-même ? Du Dr Bob avant son changement de sexe ? Celle-là, je l'aimais bien ; j'y réfléchis longuement, laissant cette possibilité faire son chemin dans mon esprit.

Et soudain, tout m'apparut dans un frisson. Cela me frappa comme seule la vérité révélée peut le faire, comme si j'étais né avec la connaissance, comme dirait Platon, et que je n'avais attendu qu'une chose : que le Dr Bob soit mon Socrate et m'ôte le bandeau des yeux. Cela me frappa alors que Dalton en arrivait au point crucial de son interrogatoire.

– Docteur Peasley, vous situez l'heure de la mort à approximativement minuit, c'est bien cela ?

– Oui, confirma le Dr Peasley avec indolence. C'est exact.

– Et vous avez examiné la victime combien de temps après ?

– Elle m'a été amenée autour de midi le lendemain, soit environ douze heures plus tard.

– Et dans quel état le corps était-il à ce moment-là ?

– Quand une personne meurt, dit lentement, très lentement Peasley, le corps traverse un certain nombre de phases spécifiques de détérioration. Au moment précis de la mort, le cœur s'arrête, les muscles se relâchent, la vessie et les intestins également. Selon l'environnement, le corps va commencer à perdre environ un degré et demi toutes les heures. Cette perte de température est appelée *algor mortis.*

– Que se passe-t-il après trente minutes ?

– Dans des conditions normales, après trente minutes, le sang commence à affluer vers les membres inférieurs du corps, une phase appelée *livor mortis.* La peau prend une coloration violette et un aspect cireux. Les mains et les pieds deviennent bleus. Les yeux commencent à se révulser.

— Et après quatre heures ?

— Au bout de quatre heures, la stase sanguine et la coloration de la peau continuent. Et la phase appelée *rigor mortis* commence alors.

— Expliquez-nous en quoi consiste exactement cette phase, docteur.

— *Rigor mortis*, c'est la rigidité du corps qui survient après la mort. Elle est le résultat d'un certain nombre de modifications d'ordre chimique dans les tissus musculaires, et elle entraîne un raidissement des articulations tel qu'il est presque impossible de les faire jouer sans briser les os. Cette phase commence à s'installer au bout de quatre heures, et est effective après douze. Ensuite, le corps retrouve graduellement un état de relâchement total.

François Dubé écoutait ce témoignage avec une sorte de détachement total, ce qui ne me surprit pas. La texture du muscle mort n'avait pas de secret pour un chef quatre étoiles qui proposait à son menu, en spécialité, imaginai-je, un carré de côte, quand bien même le muscle mort dont il était question à la barre avait appartenu à sa femme. Mais l'air impassible de Beth, assise entre Dubé et moi à la table de la défense, était autrement plus déconcertant. Elle tenait un petit bloc-notes jaune ouvert devant elle, et se mordillait les lèvres, concentrée sur les réponses indolentes du Dr Peasley, tout en prenant des notes pour préparer son contre-interrogatoire. À en juger par son expression, le témoin aurait tout aussi bien pu parler d'évaluations immobilières ou d'échange d'actions, plutôt que de l'état d'un cadavre sur une table d'autopsie, ou des phases de décomposition du corps humain post-mortem.

— Quand vous avez examiné le corps à la morgue, poursuivit Mia Dalton à l'adresse du coroner, vous avez établi que la victime était morte environ douze heures plus tôt.

— C'est exact. J'ai déterminé l'heure de la mort en analysant d'abord l'*algor mortis*. Pour cela, j'ai pris la température du foie, qui dépassait à peine vingt-six degrés, et fait le calcul. J'ai également examiné l'étendue de la *livor mortis*, puis établi le degré d'avancement de la *rigor mortis*, qui en était alors à son stade le plus avancé.

— Ce qui signifiait quoi, docteur Peasley ?

— Que tous ses muscles et toutes ses articulations étaient totalement raides.

— À ce stade, avez-vous essayé de faire jouer une de ses articulations ?

— Oui. Son bras droit était plié sous elle, comme vous pouvez le voir sur les photographies prises sur le lieu du crime. Afin d'examiner sa main, j'ai dû bouger son bras. Ç'a été très difficile.

Je me penchai et jetai un coup d'œil aux notes de Beth : « *Algor mortis* : 26°. *Livor mortis*, stase sanguine. *Rigor mortis*, totalement raide. »

— *In nomine satanis ?* dis-je doucement.

— Quoi ?

— Je cherche une rime latine à tous tes *mortis*. Tant qu'à faire, autant être complet. Autrement, il y a aussi mon vieux copain d'école Freddie Mortis.

— Un boute-en-train ?

— Non, plutôt le genre déprimé. Obsédé par la

mort, bizarrement. En tout cas, on sait pourquoi le Dr Peasley a fait médecine.

— Tais-toi.

— Pour combattre le fléau de l'insomnie.

— Chut. Il faut que je reste concentrée pour mon contre-interrogatoire.

— Qu'as-tu l'intention de lui demander ?

— S'il veut bien partager ses Valium avec moi, dit Beth.

— Avez-vous pu examiner la main de la défunte ? demanda Dalton après nous avoir jeté un regard agacé, auquel j'avais répondu par un petit sourire.

— Finalement, oui, dit le Dr Peasley.

— Dans quel état était-elle ?

— Elle était bleue et crispée.

— La lui avez-vous ouverte ?

— Oui. Dans une autopsie, il est important de pouvoir examiner les mains et les doigts. Des blessures peuvent s'y trouver, ainsi que des tissus sous les ongles, que nous pouvons analyser. Malheureusement, il n'y en avait pas.

— Pouvez-vous nous décrire l'ouverture de la main ?

— Ç'a été très difficile. Les doigts étaient crispés.

— Du fait de la *rigor mortis* ?

— Non. Une main ne se referme pas parce que le corps se rigidifie. Elle se raidit, c'est tout. Elle avait déjà la main fermée quand la *rigor mortis* a commencé.

Beth coucha cette petite perle dans son bloc-notes. J'observai son profil un instant, plein de résolution et de sincérité, son front joliment plissé par la concentration. C'était le profil si familier de ma meilleure amie, et pourtant il me semblait ne l'avoir jamais vu ainsi. Puis François Dubé se pencha en avant, et ses traits séduisants vinrent se profiler derrière ceux de Beth, côte à côte. La fillette sur la banquette arrière de la Pontiac avait vu son père lui être enlevé de la manière la plus violente qui soit. Jusqu'à la fin de sa vie, elle se languirait de lui. Et chercherait peut-être un substitut. Un homme plus âgé, peut-être. Ou un médecin. Ou un homme avec un côté coléreux. Ou encore un homme pareillement séparé de son enfant, de sa fille. Peut-être un homme qui verrait dans cette fillette devenue adulte son seul espoir de salut.

— Et qu'avez-vous trouvé quand vous avez essayé de lui ouvrir la main ? demanda Dalton au témoin.

— Aussi délicatement que j'ai pu, j'ai ouvert ses doigts. J'ai fait très attention à ne lui briser aucun os. Et c'est alors que je l'ai vu.

— Quoi donc ?

— Cette chose qu'elle serrait.

— L'avez-vous récupérée ?

— Oui.

— Dans quel état était-elle ?

— Froissée, avec un peu de sang dessus, mais on voyait très bien de quoi il s'agissait.

— J'aimerais vous montrer la pièce à conviction n° 21. La reconnaissez-vous ?

— Oui. C'est ce que j'ai récupéré dans la main de la victime. Mes initiales se trouvent au dos.

— De quoi s'agit-il, exactement ?

— D'une photographie, répondit-il, avant de pointer un long et maigre index en direction de François Dubé. De lui. Ce que j'ai trouvé dans la main de la victime est une photographie de l'accusé, François Dubé.

Un silence impressionné tomba dans la salle. Dalton avait intelligemment omis de mentionner la photographie dans son exposé d'introduction, et ce fut une surprise totale pour le jury et certains spectateurs. D'où le saisissement général. Et à cet instant précis, en même temps que le jury, je fus saisi à mon tour.

Mais pas à cause de la photographie.

Et j'étais loin d'être au bout de mes surprises dans ce procès. Oui, je peux bien vous le dire, ce n'était que le commencement.

54

Mia Dalton, à la barre des témoins, me décocha un petit sourire sournois. Ce fut très discret – parce que l'accusation se tient toujours tout près du box des jurés, et surtout parce qu'elle leur tournait le dos quand elle me sourit, les douze jurés et les deux remplaçants ne remarquèrent rien, mais c'était bien un sourire sournois, transparent comme de l'eau de roche.

Et l'autre salopard...

— Veuillez s'il vous plaît décliner votre nom, dit-elle au témoin.

— Geoffrey Sunshine, dit Geoffrey Sunshine, avant de se mettre à épeler son nom comme si nous étions tous retournés à l'école primaire.

— Est-ce votre vrai nom ?

— Dans les affaires seulement. Mon vrai nom est Gerald Sonenshein. Mais ça n'a pas le même éclat.

Le petit Jerry Sonenshein, témoin de l'accusation. Ce n'était pas bon, pas bon du tout. J'avais fait objection, bien sûr. « Je ne le vois nulle part sur la liste des témoins de l'accusation », avais-je fait valoir sur le ton de l'indignation vertueuse. Mais quand Dalton avait pointé du doigt le fait que Sonenshein figurait dans ma liste des témoins, avec une bonne dizaine d'autres noms cités simplement pour semer le trouble dans l'esprit de Dalton, à qui il en fallait plus apparemment, le juge s'était contenté de secouer la tête et de rejeter mon objection. Pour une raison qui m'échappait, Dalton semblait penser que Sonenshein était un témoin susceptible de servir ses affaires ; d'un autre côté, c'était un problème pour moi, parce que j'avais fait de Sonenshein le cœur même de ma défense.

L'un de nous deux se mettait le doigt dans l'œil.

— Et quel est votre travail, monsieur Sonenshein ? interrogea Mia Dalton.

— Je dirige un restaurant, répondit-il. Le Marrakech. C'est un endroit assez connu en ville.

— Leesa Dubé y est-elle jamais venue dîner ?

— Oh oui, bien sûr. Je parle d'avant son mariage. C'était une habituée. En fait, le restaurant se trouve au niveau bas ; au-dessus, c'est un club, une boîte de nuit. Leesa n'était pas une grande mangeuse, mais on la trouvait presque toujours à l'étage, au club, avant qu'elle décide de se marier avec lui, dit-il en pointant un doigt vers Dubé. Elle venait avec son amie, Velma Wykowski.

— Comment savez-vous qu'elle était cliente chez vous ?

— Hé, deux filles aussi jolies et aussi communicatives qui traînent dans votre club, vous finissez par bien les connaître.

Après quoi, répondant aux questions prudentes de Dalton, le petit Jerry se mit à narrer par le menu les exploits des célèbres sœurs Wykowski. Il répéta tout ce qu'il nous avait déjà raconté lors de cette première rencontre dans le fumoir de son club. J'aurais pu protester, taper du poing sur la table, me lever et mettre tout en œuvre pour l'empêcher de raconter son histoire, et mes objections auraient été retenues, sauf que c'était exactement le témoignage que je voulais lui voir faire en l'appelant à la barre. Alors je jetai un regard à Dubé, qui paraissait étrangement inquiet, puis à Beth, qui haussa les épaules avec perplexité, et laissai faire. Et nous eûmes droit à tout le tableau de l'avant-mariage, aux frasques des célèbres sœurs, et à l'arrivée de François Dubé dans leur vie.

— Avez-vous été informé, monsieur Sonenshein, du mariage de Leesa Dubé avec l'accusé ?

— Bien sûr.

— Est-elle revenue à votre club après son mariage ?

— Une ou deux fois avec François.

— Jamais seule ou avec des amis ?

— Non.

— Quand ils se sont séparés, l'avez-vous su ?

— François avait son propre restaurant à cette époque-là. Dans ce bizness, on passe notre temps à parler les uns des autres, alors oui, je l'ai entendu dire.

— Leesa n'est jamais revenue à votre club après sa séparation ?

— Non.

La gifle.

— Elle n'a jamais rencontré aucun homme à votre club après sa séparation ?

— Pas à ma connaissance, en tout cas.

Une bonne gifle sur la tête.

— Avez-vous jamais soutenu une autre version ?

— Si. J'ai dit...

— Objection, m'écriai-je.

— Motif, monsieur Carl ? demanda le juge.

Parce qu'il ment, Votre Honneur. Parce qu'il n'a pas digéré le lycée et qu'il me chie dans les bottes par pure rancune. Parce que Dalton vient de me poignarder dans le dos. Parce que tout ça me fout en rogne. Parce que j'ai l'impression d'avoir pris une gifle. Voilà ce que j'aurais voulu répondre, mais un procès se joue autour des preuves, et aucune de ces raisons pourtant incroyablement justifiées n'en constituait une. Alors, au lieu de cela, je bredouillai un charabia quelconque à propos de pertinence et de ouï-dire.

— Votre Honneur, reprit calmement Dalton, M. Carl, dans son introduction, a laissé entendre que Leesa Dubé avait rencontré un autre homme. M. Carl a prétendu que cet homme était le véritable meurtrier, et il a poursuivi dans cette direction tout au long de ses interrogatoires. Nous sommes en droit, en particulier dans l'affaire qui nous occupe, de réfuter totalement l'idée selon laquelle Mme Dubé ait pu fréquenter un autre homme durant leur séparation. M. Sonenshein vient de témoigner que Leesa Dubé n'a jamais rencontré un tel homme dans son club, ce club qu'elle avait longuement fréquenté lorsqu'elle était célibataire et où elle a rencontré l'accusé. M. Sonenshein a soutenu une version différente de celle qu'il vient de donner. Afin qu'aucun doute ne subsiste, et pour que le jury ne pense pas que nous avons quelque chose à cacher, nous avons le droit, selon les règles de preuve en vigueur, de réclamer qu'on le laisse témoigner sur la version qu'il a soutenue précédemment.

— Je crois effectivement que Mlle Dalton en a le droit. Objection rejetée.

— Mais, Votre Honneur..., bafouillai-je.

— Rejetée.

— Exception.

— Noté. Maintenant, asseyez-vous, monsieur Carl, afin que Mlle Dalton puisse terminer.

Je m'assis. Dalton me glissa une nouvelle fois son petit sourire sournois, avant de poursuivre.

— Avez-vous jamais raconté à quelqu'un, monsieur Sonenshein, reprit Dalton, que Leesa Dubé avait rencontré un homme à votre club après sa séparation, un motard violent prénommé Clem ?

— Si, effectivement.

— À qui avez-vous raconté cela ?

— À M. Carl et à Mlle Derringer assis là, à la table de la défense.

— Et ce que vous avez raconté était-il la vérité ?

— Non. C'était un mensonge.

— Il n'y avait pas de Clem ?

— Non.

— C'est une pure invention ?

— Comme Mickey, les oreilles en moins.

— Pourquoi avez-vous fait ça ? Pourquoi avez-vous menti à M. Carl et à Mlle Derringer ?

— Vous voulez dire en dehors du simple plaisir de le faire ? dit Sonenshein. Je l'ai fait pour rendre service à une amie de Leesa.

— Quelle amie ?

— Velma. La Velma Wykowski dont j'ai parlé tout

à l'heure, qui est aujourd'hui mariée sous le nom de Velma Takahashi.

— Elle vous a demandé de mentir.

— Oui.

— Et vous l'avez fait.

— C'est exact.

— Mais vous ne mentez plus maintenant.

— Maintenant, je suis sous serment.

— Une dernière chose, monsieur Sonenshein, continua Dalton. Vous faites actuellement l'objet d'une enquête criminelle menée par notre bureau, n'est-il pas vrai ?

— C'est ce que j'ai appris.

— Pour malversation, détournement de fonds et fraude fiscale, tout cela concernant votre restaurant, c'est bien ça ?

— Je ne suis pas en train de reconnaître quoi que ce soit, mais c'est ce qu'on m'a dit.

— Et également pour usage de stupéfiants ?

— C'est ce que vous dites.

— Et pourquoi avoir choisi de divulguer votre mensonge ?

— J'espère que ça aidera à résoudre mon problème.

— Notre bureau vous a-t-il fait des promesses ?

— Aucune, bien que j'aie essayé d'en obtenir. Mais je suis du genre optimiste, alors je continue d'espérer.

— D'espérer quoi, monsieur Sonenshein ?

— Que la vérité garantira ma liberté.

— Pas d'autres questions, dit Dalton. Je passe le témoin.

Elle « passait le témoin », un peu comme un soldat passerait une grenade. *Tu veux bien me tenir ça une minute, vieux ?* Dubé était blême à l'autre bout de la table. Beth était furieuse. Je me penchai et lui demandai ce qu'elle pensait.

— Il ment, dit-elle. C'est un bonimenteur, il ment comme il respire.

— Qu'est-ce que tu me conseilles ?

— Tu n'as pas le choix, dit-elle. Tombe-lui dessus, et crucifie-le. Ce n'est pas les clous qui manquent.

Elle avait raison. Il y avait le mensonge, l'enquête criminelle, la recherche des faveurs de l'accusation, sans parler de l'impression générale de corruption qui se dégageait de toute sa personne. Il n'allait pas être bien difficile de saigner sa vieille carcasse à la barre. J'avais tous les moyens à ma disposition et, croyez-moi, il n'y avait rien que je désirais davantage. J'attendais cette occasion depuis le lycée. Le détruire serait aussi facile que d'écraser un cafard avec le pied, et deux fois plus drôle. Je me levai, m'approchai de la barre, reculai, puis approchai à nouveau. J'étais comme un requin prêt à mordre. Mon sang bouillonnait, mon vieux pote était dans l'eau, mon vieux pote de lycée. J'étais prêt.

Mais soudain le sourire de Dalton me traversa l'esprit, et puis l'insouciance avec laquelle Sonenshein se présentait à la barre, et ce que le barman m'avait dit à son club, et aussi cette fleur dans le vase.

Je secouai la tête pour essayer de chasser toutes ces pensées. Il était là, à la barre, avec une cible dessinée sur la poitrine. Impossible de résister. Je me penchai, pointai un doigt sur lui, ouvris la bouche et...

Et l'image s'imposa à nouveau. Celle d'une fleur dans un vase étroit.

Je n'arrivais pas à lui trouver un sens, à cette image. Je tournai la tête, regardai Dalton. Elle m'observait avec plus d'intérêt que d'ordinaire, elle m'observait comme si j'étais une sorte de joyau rare qu'elle essayait d'évaluer. Et je me souvins du clin d'œil qu'elle m'avait fait après mon introduction, ce clin d'œil qui m'avait glacé le sang.

— Monsieur Carl ? dit le juge Armstrong. Nous attendons.

J'acquiesçai, me penchai vers la barre, la tapotai une fois, puis deux, et me retournai encore pour regarder Dalton, puis Beth, les traits figés, dans l'attente, et puis Dubé, un pli inquiet lui barrant le front. Ils m'attendaient. Ils m'attendaient tous, ils attendaient que je fonce et que je fasse de la charpie de ce salopard.

— Monsieur Carl ? s'impatienta le juge.

— Votre Honneur, dis-je en me mordant la joue de frustration, la défense n'a pas de questions pour ce témoin.

55

J'étais au volant de ma voiture, dans tous mes états, mijotant dans le jus de ma propre colère. On m'avait menti, utilisé, abusé, on m'avait manipulé comme un pantin. Tout n'était que pure invention, toute cette histoire de liaison dangereuse entre la victime et un mystérieux motard détraqué nommé Clem ; le pur produit d'une imagination tordue.

Et j'avais marché.

C'était ce qui me fichait le plus en rogne, non pas le fait qu'on m'ait menti – je suis avocat, tout le monde me ment ; mentir à son avocat est devenu un passe-temps national, aussi américain que le base-ball ou l'infidélité conjugale –, mais je n'avais pas vu venir ce mensonge-là. Et ce n'était pas comme s'il n'y avait eu aucun indice. Les visites un peu trop théâtrales au cimetière de Velma Takahashi ; la facilité avec laquelle j'avais soutiré l'histoire de Clem à ce salopard de Sonenshein en brandissant la menace des gangsters japonais ; la façon qu'avait eue Velma Takahashi d'éluder mes questions au sujet du mystérieux Clem. Comment avait-elle formulé ça déjà ? *Il n'est nulle part. C'est un fantôme.*

Par moments, il m'arrive de me trouver intelligent ; du moins jusqu'à ce que la réalité ne décide de m'humilier en me crachant au visage.

Je compris tout cela pendant que je regardais Jerry Sonenshein à la barre. Ce qui ne m'empêcha pas sur le moment de vouloir lui rentrer dedans, pour lui apprendre à mentir et poursuivre ma ligne de défense avec Clem. Juridiquement parlant, le mensonge crédible est parfois la meilleure approche. Que deviendraient les avocats si nous ne devions travailler qu'avec la vérité ? Mais la vision qui me hantait, celle de la fleur dans le vase, me convainquit de n'en rien faire. Une seule question à ce salopard aurait été une question de trop. Aussi renonçai-je à notre contre-interrogatoire. Et tandis que les spectateurs n'en revenaient encore pas, je quittai la salle d'audience avec fracas, sans un mot de plus, laissant Beth éponger les dégâts.

J'étais maintenant dans ma voiture à mariner dans mon jus en conduisant. Je ne conduisais pourtant pas au petit bonheur, non, j'avais un plan. Je savais où j'allais. On était jeudi après-midi, et j'allais chez la manucure.

C'était un salon chic, dont l'entrée était surmontée d'un long auvent bordeaux, avec des rideaux de velours bleu et gris et des fleurs fraîches arrangées avec art dans la salle d'attente, avec un sol en marbre et une réceptionniste si pâle et froide qu'on aurait pu la croire faite de porcelaine. Son visage se craquela légèrement lorsqu'elle me vit entrer au pas de charge.

— Bonjour, dit-elle. Nous avions rendez-vous ?

— Non, dis-je en passant juste devant elle.

— Monsieur, vous devez...

— Je n'ai pas le temps d'attendre, dis-je en levant la main et en agitant les doigts. Les cuticules. Une urgence.

Elle recula d'horreur à la vue de mes ongles, et j'en profitai pour me faufiler dans le salon proprement dit. Il y avait plusieurs cabines de chaque côté d'un grand couloir, fermées chacune par un rideau pour des raisons d'intimité. Toujours déterminé, je me mis à tirer un à un les rideaux pour voir qui se trouvait derrière, déclenchant une série de cris perçants à mesure que je progressais. Et je la trouvai, enveloppée dans un peignoir blanc moelleux, une serviette autour de la tête, allongée sur une chaise longue, choyée, littéralement, mains et pieds.

— Pourquoi avez-vous fait ça ? lui demandai-je.

— Vous êtes venu pour une séance de pédicure, Victor ? dit Velma Takahashi, en même temps que les deux filles graciles qui s'occupaient de ses ongles braquaient leurs regards vers moi. Minh ici présente a un toucher si délicat. C'est tellement relaxant.

— Pourquoi avez-vous fait ça ?

— Fait quoi ? Choisi cette couleur de vernis ? Je trouvais qu'elle allait bien avec la couleur de mes yeux. Vous ne trouvez pas ?

La réceptionniste surgit au même instant derrière moi, tenant une lime à ongles à la façon d'un poignard.

— J'ai essayé de l'arrêter, madame Takahashi, se justifia-t-elle.

Comprenant la situation, une des filles assises saisit à son tour une paire de ciseaux et la brandit comme pour me la planter dans le genou.

— Tout va bien, mesdemoiselles, dit Velma aux filles. Il travaille pour moi, même si après cette petite scène il va falloir que je me sépare de lui.

La réceptionniste battit en retraite, et les manucures se remirent au travail.

— Pourquoi avez-vous piégé François Dubé ? lui demandai-je, toujours debout face à elle pendant que les filles limaient, vernissaient, polissaient.

— Je n'aurais jamais piégé François.

— Ce n'est pourtant pas ce qu'on dirait. J'ai essayé de comprendre, mais ça m'échappe. Le haïssez-vous au point d'essayer de le torturer un peu plus, en lui donnant de faux espoirs, et en manipulant pour ça son avocat ?

— Dites-moi ce qui s'est passé, Victor.

— Votre copain Sunshine a tout balancé au D.A. Comment vous l'avez convaincu de raconter son histoire à dormir debout à propos de Clem et de Leesa, comment il s'est arrangé pour que je gobe le tout.

Ses lèvres tremblèrent un instant, avant de retrouver leur habituelle expression boudeuse.

— Ce n'est qu'un misérable menteur.

— Oui, dis-je. Mais cette fois il dit la vérité. Et maintenant, Dubé l'a dans l'os, et moi je suis le dernier des idiots.

— Vous m'en direz tant. Je suppose donc que vous n'aurez plus besoin de moi pour témoigner.

— Pourquoi, Velma ? C'est ce que je veux savoir.

— Avez-vous jamais regretté quelque chose dans votre vie, Victor ?

— Seulement tout.

— Alors vous savez comme ça s'infiltre en vous, à la façon d'un acide. Goutte après goutte.

— Et quel est votre regret ? Celui d'avoir gâché votre vie à la poursuite de l'argent de quelqu'un d'autre ?

— C'est un gâchis, vous trouvez ?

— Ou encore les opérations de chirurgie plastique qui vous ont transformée en poupée Barbie ?

— Je croyais que vous aimiez le résultat.

— Ou bien regrettez-vous d'avoir tué Leesa Dubé ?

— Oh, Victor, vous déraisonnez.

— Vraiment ? Vous dites que vous n'avez pas essayé de piéger Dubé, alors peut-être que vous avez réellement essayé de l'aider, avant de tout saboter. Mais là encore, la question, c'est : pourquoi ? Pourquoi aider ce salopard de lèche-cul mielleux ? La réponse pourrait être dans vos visites au cimetière, dans la culpabilité qui se lit dans vos yeux. Pourquoi concocter ce mensonge si ce n'est pour vous amender ? L'avez-vous tuée, Velma ?

— Pourquoi tuerais-je ma meilleure amie ?

— Peut-être qu'elle en savait plus qu'elle n'aurait dû. Peut-être qu'elle en savait assez pour prouver votre infidélité à votre mari et ruiner votre mariage, sans parler de votre compte en banque. Toutes ces années avec Takahashi gâchées s'il parvenait à prouver l'unique clause de rupture du contrat de mariage, l'adultère. Alors Leesa devait disparaître, et pour détourner l'attention, vous avez piégé le mari. Vous vous êtes introduite dans son appartement après le crime, vous avez glissé l'arme dans sa chemise et mis du sang sur sa botte. Le piège parfait.

— Vous devenez idiot.

— Vraiment ? Ou suis-je tellement dans le vrai que c'en est effrayant ?

— Effrayant, c'est le mot. Le problème, Victor, c'est que votre mobile ne tient pas. Je n'ai jamais trompé mon mari.

— Je suis censé vous croire sur parole, c'est ça ?

— Non, bien sûr que non. Vous n'avez pas de raison de me croire. C'est pourtant la vérité toute simple.

Elle reprit ses mains de celles des manucures.

— Je suis désolée, mais je dois y aller. J'ai un rendez-vous.

— Pour mettre au point un nouveau mensonge ?

— Évitons de devenir amers, Victor. La vie est pleine de surprises, le tout est de ne pas trop les rechercher. Comme l'amour, dont on se croyait incapable avant de le trouver. J'écourte mon rendez-vous aujourd'hui. Et si vous profitiez du reste de ma séance ? Vos mains ont sûrement besoin de quelques soins, et je préfère ne pas imaginer ce qu'il en est de vos pieds.

— Ça ira comme ça, dis-je.

— Non, vraiment, Victor. Profitez-en.

Elle souleva ses pieds, les glissa dans ses pantoufles, se leva et agita les mains en l'air pour accélérer le séchage du vernis.

— Minh est la meilleure manucure de Philadelphie.

— Tant mieux pour elle.

— Vous n'avez pas beaucoup d'estime pour moi, Victor, n'est-ce pas ?

— Non, je l'avoue.

— Eh bien, je vous comprends. Mais choisissez, vite : l'amour ou l'argent ?

— Les deux.

— Et on n'a ni l'un ni l'autre. Je n'ai jamais aimé cette option.

— Je ne vous vois pas sacrifier au labeur quotidien, dis-je.

— C'est que vous ne regardez pas assez bien.

Elle fit la moue, comme si elle m'envoyait un baiser.

— On essaie tous de faire aller, Victor. On fait de son mieux pour obtenir ce qu'on veut. Est-ce si répréhensible ?

— Oui, quand quelqu'un d'autre paie les pots cassés.

— Oh, Victor. Il y a toujours quelqu'un qui paie les pots cassés. Gagnez une affaire, et quelqu'un d'autre perd. Épousez un homme, et quelqu'un d'autre a le cœur brisé. Devenez un saint, et quelqu'un d'autre voit sa béatification retardée. Je n'ai pas inventé le monde ; je ne suis qu'une petite fille qui fait de son mieux.

Là-dessus, elle disparut en direction des vestiaires, me laissant seul avec les deux manucures. J'allais courir après elle, mais à quoi bon ? Alors, je restai là un moment à rassembler mes pensées.

Puis l'une des filles m'invita à m'asseoir.

Je secouai la tête, mais elle m'attrapa par la veste et tira doucement dessus. Avant que je comprenne ce qui m'arrivait, je me retrouvai allongé sur la chaise pendant que Minh délaçait lentement mes chaussures.

56

Je me sentais étrangement serein en regagnant le bureau cet après-midi-là. Et pour je ne sais quelle raison, j'avais dans l'idée d'aller m'acheter une paire de sandales. Mais Beth, qui m'attendait dans la salle de conférences, n'était pas aussi calme.

— Tu essaies de saboter cette affaire ou quoi ? me lança-t-elle. Parce que, à en juger par ce que j'ai vu aujourd'hui, on dirait que le sort de notre client, tu t'en bats l'œil !

— Tout n'était que mensonge, dis-je en tirant une chaise et en m'essayant.

Devant moi, sur la table, il y avait une photographie de Leesa Dubé, prise avant sa mort. Elle était jolie, elle souriait, elle était en vie. J'avais contemplé tant de fois cette photo au cours des dernières semaines qu'elle m'était devenue étrangement familière, comme une vieille amie. Et pourtant, après tout ça, je ne savais toujours pas ce qu'il lui était réellement arrivé. Tout ce que je savais, c'était que l'assassin de cette jolie femme n'était pas un motard cinglé.

— Toute cette histoire à propos de Clem et Leesa était un mensonge.

— Comment le sais-tu ? Peut-être que Sunshine ment maintenant. Peut-être que pour arranger ses petites affaires, il a dit à la barre exactement ce que Mia Dalton voulait l'entendre dire.

— Elle ne le ferait pas mentir.

— Elle fait pourtant confiance à un menteur, parce que si Sunshine a dit la vérité aujourd'hui, il nous a menti hier.

— Oui, c'est bien ce qu'il a fait.

— Et tu n'as pas pensé qu'il pouvait être utile de pointer ça du doigt pour le jury ?

— Dalton l'avait déjà fait pour nous. On pourra y revenir pendant la conclusion.

— Oh, ce sera sûrement efficace. Et si on gagnait du temps en laissant Dalton mener complètement la barque dans cette affaire ? Réponds-moi franchement, Victor : essaierais-tu, fort peu judicieusement, de sauver la pauvre demoiselle en détresse ?

— C'est ce que tu es ?

— Tu n'es pas le chevalier blanc, et je n'ai pas besoin de ton aide.

— Beth...

— Où bien es-tu juste jaloux ? C'est ça ?

— Peut-être, un peu.

— Tu es un salopard.

— Mais ce n'est pas pour ça que j'ai fait ce que j'ai fait.

— Oh, dans ce cas dis-moi pourquoi, Victor, parce que je ne comprends pas. Comment peux-tu être aussi sûr de ce qui est un mensonge et de ce qui est la vérité ? Et si tu as tellement de certitudes, pourquoi n'as-tu pas interrogé ce salopard à la barre ? N'importe quel étudiant en première année de droit aurait pu ruiner la crédibilité de Sunshine aujourd'hui. On aurait pu ensuite appeler Velma à la barre et l'interroger sur Clem. Ç'aurait été sa version à elle contre celle de ce type, et le mensonge aurait paru évident. Nous aurions eu un doute raisonnable.

— Ç'aurait été une catastrophe, dis-je.

— Qu'est-ce qui te fait croire qu'on se serait planté ?

— Parce qu'il y a un enregistrement.

— Une bande magnétique ?

— Sur laquelle Velma lui demande de mentir, une bande sur laquelle elle détaille l'histoire qu'elle veut qu'il raconte, et il accepte de jouer le jeu.

— Oh, fit-elle. Une bande.

— Ouais.

— Une preuve qui confirme sa déclaration.

— C'est ça.

— Ça n'aurait pas été formidable alors ?

— Non.

— Bon, il faut croire que j'étais un peu à côté de la plaque.

— Un tout petit peu.

Beth était peut-être en colère et bouleversée, mais elle restait une formidable avocate qui voyait immédiatement le problème. S'il y avait vraiment une bande audio sur laquelle Velma convainquait Sonenshein de mentir, selon la loi Mia Dalton avait l'interdiction de la passer durant son interrogatoire du témoin. En revanche, si, lors de mon contre-interrogatoire, j'avais tenté de montrer que Sonenshein mentait à la barre, Dalton aurait pu alors passer la bande pour réfuter mon propos. C'est un peu compliqué et légaliste, mais il suffit de dire que

Dalton espérait que j'allais foncer sur son témoin pour lui permettre de passer la bande aux jurés. Et j'avais failli tomber dans le piège.

— Tu en es certain ?

— Aucun doute. C'était dans l'attitude de Sonenshein à la barre, sa façon d'être assis, d'un air suffisant. C'était dans la manière qu'avait Dalton de me regarder, d'attendre que je mette les pieds dans le plat. Et aussi parce que c'était ce petit taré de Jerry Sonenshein qui était là. Souviens-toi du barman à son club qui disait qu'il fliquait le personnel avec des caméras, pour voir s'il y avait des vols. Un vrai truc à la James Bond, qu'il a dit. Et je ne sais pas si tu souviens mais, chaque fois qu'on l'a rencontré, il y avait cette petite fleur dans un vase qu'il passait son temps à tripoter, dans le fumoir et aussi dans son bureau en bas. Il nous enregistrait, et s'il l'a fait pour nous, il l'a fait pour elle aussi.

— Ça signifie qu'on ne peut pas non plus se servir de Velma.

— Exact.

Parce que Dalton n'aurait qu'à passer la bande pour réfuter son histoire.

— Donc, on n'a plus rien. On est au beau milieu d'un procès pour meurtre, et on n'a plus ni stratégie, ni théorie, ni même suspect.

— Mais tu m'as, moi, et *vice versa*.

— Oh, Seigneur, souffla-t-elle en couvrant son visage avec une main. C'est sans espoir.

Puis, sa main couvrant toujours son visage, elle se mit à pleurer. Ce n'était pas de grands pleurs, ce n'était pas un torrent de larmes, juste un tremblement des épaules, mais cela suffit à me fendre le cœur. Je regardai encore la photo de Leesa Dubé, qui avait un jour aimé François, puis la femme qui éprouvait aujourd'hui la même détresse, pleurant, là, à côté de moi. C'était un fléau.

— Parle-moi de ton père, lui dis-je tranquillement.

Elle essuya ses larmes avec le revers de sa main, secoua la tête comme si elle s'ébrouait et me regarda en plissant les yeux.

— Quoi ?

— Je t'ai posé une question à propos de ton père.

— Je t'ai entendu, dit-elle en se frottant rapidement le bout du nez. Qu'est-ce que mon père vient faire là-dedans ? Il habite Cherry Hill, il doit subir une opération de la hanche, il joue au golf.

— Vraiment ?

— Enfin, disons plutôt qu'il joue au golfeur. Mais tu l'as rencontré. Il est venu au bureau.

— C'est vrai. Bien sûr.

— Alors ?

— C'est ton vrai père ?

— Victor ?

— Je suis juste curieux.

— C'est le seul père que j'aie jamais connu. Il a épousé ma mère quand j'avais six ans.

— Donc, c'est ton beau-père. Qu'est-il arrivé à ton vrai père ?

— Il est mort. Victor ?

— Comment ?

— Il est mort, c'est tout. Victor, ça suffit.

— Tu ne m'as jamais raconté ce qui est arrivé à ton vrai père.

— C'est vrai, je ne t'en ai jamais parlé.

— Tu veux bien le faire maintenant ?

— Non. Victor, qu'allons-nous faire pour François ?

— Je ne sais pas.

Je ramassai la photo de Leesa Dubé et la montrai à Beth.

— Elle me rappelle quelqu'un, pas toi ?

— Une femme aussi jolie, je ne crois pas que tu l'aurais oubliée.

— Non, je ne crois pas non plus.

— Je dois reconnaître qu'elle a des dents splendides. Très bien, je vais parler à notre client avant qu'ils l'embarquent jusqu'à demain.

— D'accord.

— Dis-moi que tu vas trouver une solution, n'importe laquelle.

— Je l'espère, dis-je, tout en pensant : *ça m'étonnerait beaucoup.*

Elle se leva péniblement, s'apprêta à quitter la pièce, et puis s'arrêta.

— À propos, dit-elle, quelqu'un t'a renvoyé par courrier cette clé que tu as perdue.

— Je n'ai pas perdu de clé.

— Sûrement que si. C'est arrivé pour toi, dans une enveloppe, sans un mot.

Elle me désigna une enveloppe en papier kraft à mon nom, sans timbre ni adresse de retour.

— Quelqu'un l'a déposée ? demandai-je.

Beth haussa les épaules.

Je vidai l'enveloppe dans ma main. Il en tomba une petite clé en bronze frappée du chiffre 27 et du mot E-ZEE.

— Elle n'est pas à moi, dis-je. C'est sûrement une erreur.

— Dans ce cas, débarrasse-t-en, dit Beth avant de quitter la pièce.

Je retournai la clé dans ma main, essayant de comprendre de quoi il pouvait s'agir, sans y parvenir. Oh, et puis peu importe, pensai-je en la glissant dans ma poche. J'avais bien d'autres soucis.

J'avais eu un curieux espoir pendant un moment, l'espoir que je m'étais trompé en imaginant que la petite fille à l'arrière de la Pontiac était Beth. Oui, je connaissais son père, un homme charmant qui boitait légèrement et avait un penchant pour les mauvaises blagues. Non, Beth n'était pas du genre à être hantée par son passé. Et elle m'aurait certainement avoué la vérité depuis longtemps. Nous étions les meilleurs amis du monde. Il n'y avait pas de secrets entre nous. Mais bien sûr il y avait des choses dont je ne lui avais jamais parlé. Et il semblait qu'il en allait de même de son côté.

C'était donc exactement comme je l'avais imaginé. J'avais fait part de mon inquiétude à propos de Beth à Whitney Robinson. Whit avait dû en parler au Dr Bob. Et le Dr Bob avait probablement creusé ensuite comme une taupe dans le passé de Beth pour voir ce qui s'y dissimulait. Il avait alors profité d'un de nos rendez-vous pour tenir cette conversation à sens unique destinée à me révéler les terribles événements de ce passé. J'avais vraiment l'impression de patauger dans une mare d'eau croupie.

Quel homme étrange, le Dr Bob. Dentiste du premier avocat de la défense de Dubé. Dentiste du garçon perturbé qui avait témoigné avoir vu François Dubé sur le lieu du crime. Dentiste, maintenant, du deuxième avocat de la défense du Français. Il semblait incontournable. Ou presque.

Je pris la photo de Leesa Dubé et la retournai en tous sens. Qu'est-ce qu'avait dit Beth ? *Je dois reconnaître qu'elle a des dents splendides*. Oui, splendides, c'était bien le mot. À la façon d'un metteur en scène prétentieux, j'utilisai mes doigts pour recadrer la photo, afin que seul son sourire fût visible.

Par saint Apollinaire !

Maintenant, je comprenais pourquoi la photo m'était aussi familière. J'avais déjà vu ce sourire, chaque fois que je mettais les pieds dans le cabinet du Dr Bob. Sur son mur, sa fameuse galerie des sourires. Le Dr Bob était aussi le dentiste de Leesa. Cela expliquait-il quelque chose ? Allez savoir ! J'entendais bien le découvrir, en tout cas.

Je décrochai le téléphone, appelai son cabinet, et eus le grand homme en personne au bout du fil.

– Salut, Doc, dis-je, ça vous dirait d'aller boire une bière ?

57

La côte de Chicago offre l'une des plus belles vues que l'on puisse avoir depuis le hublot d'un avion de ligne. La surface lisse du grand lac paraît briller de mille promesses, cependant que plus loin, à l'horizon des eaux lacustres, se dresse un fabuleux ensemble de tours de toutes les formes, de toutes les tailles et de toutes les couleurs, scintillant majestueusement au soleil. Vous avez l'impression, tandis que vous survolez le lac Michigan, que vous filez vers Oz.

Ce que je trouvai particulièrement de circonstance, étant donné que j'avais pris ce vol pour Chicago afin de découvrir qui était « l'homme derrière le rideau ».

Il ne faut jamais sous-estimer les effets d'un traumatisme de l'enfance, m'avait averti le Dr Bob. *Souvent, ça explique tout. Tournez votre regard vers le passé, et le présent devient clair.* Il parlait de Tanya Rose, et je pense qu'il essayait de m'expliquer, à sa façon alambiquée, ce qui se passait présentement dans l'esprit de Beth. Mais c'est le propre de l'homme que de ne savoir finalement parler que de lui-même. Si le Dr Bob me conseillait de chercher du côté des fondements de la personnalité de Beth, peut-être me conseillait-il aussi sans le vouloir de chercher du côté de ses propres origines. Après notre rencontre dans ce bar, qui s'était soldée par cette étrange bagarre et un parterre souillé de sang, je me persuadai qu'il était temps d'aller fouiner un peu dans l'enfance de mon dentiste.

Mais où cette enfance s'était-elle déroulée ?

Pour ses patients, l'enfance du Dr Pfeffer semblait aussi mystérieuse que le reste de sa vie. Carol avait dressé la liste des possibilités d'un air émerveillé : Albuquerque, Seattle, Burma. Burma ? Y avait-il seulement encore une ville de ce nom ? Je décidai d'oublier les rumeurs et d'y réfléchir seul. Ce n'était pas comme si le Dr Bob ne m'avait fourni aucun indice. Il y avait la pêche qu'il pratiquait enfant, à la perchaude, avait-il dit, qu'il appâtait au vairon à grosse tête. Il disait « soda » pour eau de Seltz, et il avait aussi parlé du froid. Tout cela indiquait qu'il avait passé sa jeunesse quelque part dans le nord du Middle West. Mais ce qui réduisait pour moi, plus que n'importe quoi d'autre, le champ d'investigation, c'était son antipathie pour l'équipe des Mets de New York.

Sur ce point, je pouvais comprendre son aversion. J'ai toujours été un fan des Phillies, et nous ressentons pour les Mets ce que le Pakistan ressent pour l'Inde ; l'option nucléaire ne quitte jamais la table des négociations. Mais je sais qu'ils ne ressentent pas la même chose à Albuquerque, à Seattle ou Rangoon. Dans ces endroits lointains, les Mets sont juste une équipe de base-ball à la tenue affreuse de plus. Or pour le Dr Bob, ils étaient bien davantage.

Notre avion, qui volait plein nord le long de la côte du lac Michigan, vira bientôt sur la gauche vers l'intérieur des terres, en direction de O'Hare. Bien que le signal demandant d'attacher les ceintures fût allumé, je passai de l'autre côté de l'avion jusqu'à un siège libre côté hublot. De là, je pus voir la ligne côtière filer vers le nord, comme si elle essayait de distancer les superbes immeubles qui se dressaient sur toute sa longueur jusqu'en banlieue. Je cherchais quelque chose de très précis, m'efforçant de suivre les lignes des avenues qui convergeaient vers un étrange lieu de pèlerinage. Et puis je le repérai, plus petit que je ne l'imaginais, enclavé dans son milieu urbain, sans les océans de places de parking qui entourent d'ordinaire les installations du même genre. Un boomerang noir d'immeubles entourant un morceau de jade.

Wrigley Field.

Le stade de base-ball était la raison de ma venue à Chicago. *Ce qui est un miracle pour l'un*, avait dit le Dr Bob, *est une catastrophe pour l'autre*. Que voulait-il dire par là ? Et pourquoi cette étrange évocation de ce nom qui semblait le hanter encore ? *Et ne me faites pas parler de Don Young*, avait-il dit. Qui diable était Don Young ?

L'histoire est triste et banale à la fois. Nous sommes en 1969, en plein été, et les Cubs de Chicago sont solidement installés à la première place. C'est une grande équipe, emmenée par Léo Durocher, avec Ernie Banks, Ferguson Jenkins, Billy Williams, tous des pointures, sans parler du légendaire Ron Santo, qui devrait être là avec eux. Un soir de juillet, les Cubs arrivent au stade Shea, prêts à pourfendre les Mets déjà sur la pente descendante. Ils mènent par trois à un dans la neuvième, quand le deuxième base des Mets frappe une balle en champ centre. Inexplicablement, le joueur de champ centre de Chicago, un bleu mal dégrossi, recule et permet à la balle de tomber devant lui pour un double. Une manche plus tard, le puissant Donn Cledenon frappe une balle profonde au centre. Le bleu court et l'attrape en même temps qu'il heurte le mur, mais la balle lui échappe et tombe. Encore un double. Jones et Kranepool font le reste, avec un triple ; les Mets l'emportent. Le lendemain soir, Tom Seaver lance une balle en flèche. Les Cubs sont K.O. debout ; les Mets, les « Miraculeux », sont des étoiles filantes ; la saison vient de tourner.

Et le nom du jeune bleu qui jouait au champ centre ? Mais oui, bien sûr.

Et qui d'autre s'en souviendrait, à part un gosse qui ne vivait que pour l'équipe de sa ville natale, comme souvent les gosses ? Sachant cela, il m'avait été facile de réduire encore mon champ d'investigation géographique. Le Dr Bob m'avait aussi confié qu'il entendait les rumeurs du stade depuis son jardin. Voilà pourquoi, à peine arrivé, je louai une voiture, empruntai la I-90, et cherchai la sortie qui conduisait dans le quartier du nord de Chicago connu, pour des raisons évidentes, sous le nom de Wrigleyville.

Il n'y avait pas beaucoup de Pfeffer dans l'annuaire de Chicago. Celui qui habitait Wrigleyville avait emménagé là trois ans plus tôt, après avoir vécu des années dans le New Jersey. Parmi les autres, quelques-uns avaient connu un Bob Pfeffer ici ou là d'un âge correspondant plus ou moins, mais aucune description ne collait véritablement à mon dentiste.

— Est-ce que tu sais si le Dr Bob a de la famille ? avais-je demandé à Carol Kingsly après que mes premières recherches n'eurent rien donné.

— Il n'a jamais mentionné personne, dit-elle. Comment tu te sens dedans ?

— C'est un peu serré.

— C'est bien. Il faut que ce soit serré.

— Ce n'est pas très confortable.

— Chéri, c'est une chaussure. Essaie de porter celles-là pendant une journée.

Elle exhiba ses superbes jambes et me montra ses escarpins rouges à talons aiguilles. Je compris ce qu'elle voulait dire. Non pas tellement que ses chaussures étaient inconfortables, mais plutôt que, si je voulais pouvoir encore les ôter de ses pieds avec mes dents, il était temps que j'en change de mon côté.

— Mais il n'y a pas de lacets, dis-je.

— Justement, c'est formidable, non ? Les boucles sont une merveille.

— J'ai l'impression d'être Buster Brown[1].

Je regardai le vendeur qui avait secoué la tête de désespoir en voyant mes derbies à petits trous et à semelle épaisse.

— Comment vous appelez ces chaussures déjà ?

— Des Compton, dit-il, de chez Crockett & Jones.

— C'est pas le nom des héros dans *Deux flics à Miami* ?

Il renifla.

— C'est un chausseur britannique, monsieur.

— Combien ?

1. Un « bon petit diable », héros d'une bande dessinée américaine désuète, créé par Richard Felton Outcault (1863-1928).

— Quatre cent quarante dollars, et c'est donné.

— J'imagine, pour M. Crockett. Avez-vous autre chose, peut-être en solde ?

— Il y a Daffy's un peu plus loin dans la rue.

— Ou alors quelque chose d'un petit peu moins « bouclé », peut-être.

— Je comprends, dit-il. Je vais voir du côté des similicuirs.

— Il n'y a pas à dire, tu sais impressionner le personnel, commenta Carol après que le vendeur fut reparti avec les Compton dans l'arrière-boutique.

— Pfeffer, d'où ça vient, d'abord ? dis-je. On dirait une toux du fumeur. Pfeffer. Pfeffer.

— C'est de l'allemand.

— Pour quoi, pour « douleur » ?

— Ne sois pas idiot. *Pfeffer* veut dire « poivre » en allemand.

Se balader en voiture dans Chicago, c'est un peu comme de chercher où boire un verre à Salt Lake City : mieux vaut être du coin pour arriver à destination. Et le fait de ne pas connaître, comme d'habitude, la voiture de location ne m'aidait pas : comment trouverais-je la bonne rue alors que je ne trouve déjà pas le clignotant ? Mais j'avais une carte et un plan. Je quittai l'autoroute à Belmont, suivis Belmont jusqu'à Clark, et puis Clark jusqu'à ce que je trouve finalement le repère que je cherchais. Les Cubs jouant en extérieur, la circulation était fluide et le carrefour d'Addison et Clark désert, en dehors de l'imposante structure blanche avec sa grande enseigne rouge : STADE DE WRIGLEY / VILLE DE CHICAGO. Comme si on ne le savait pas. Je regardai ma carte ; à partir de là, ce fut facile. Je dépassai le stade, tournai à gauche un peu plus loin, comptai trois rues, et voilà.

C'était une vieille maison à deux étages qui faisait partie d'un ensemble de vieilles maisons du même genre séparées par d'étroites allées. Mais celle-là était plus petite, plus sombre et beaucoup moins attrayante que les autres. Certaines avaient été repeintes récemment et présentaient de jolies pelouses, de nouvelles fenêtres, une jolie voiture garée devant, mais pas celle-là. Elle appartenait à Virgil Pepper[1]. Il en était propriétaire depuis quarante ans. Trois Pepper figuraient dans l'annuaire à cette adresse : Virgil, James et Fran.

Ce fut Fran qui ouvrit la porte.

— Que voulez-vous ? me demanda-t-elle.

Elle était petite et grassouillette, et portait le genre de robe d'intérieur usée qui indiquait qu'elle n'avait pas l'intention de sortir ce jour-là. À en juger par l'état de ses cheveux, la pâleur de son visage et sa façon de cligner des yeux au soleil, elle n'avait pas l'intention de sortir le lendemain non plus.

— J'ai téléphoné, dis-je. Je m'appelle Victor Carl.

— C'est vous qui êtes avocat, c'est ça ?

— C'est exact, dis-je.

— De quoi avez-vous dit que vous vouliez parler déjà ?

— De votre frère, dis-je. J'aimerais qu'on parle de Bob.

1. « Poivre » en anglais.

58

— On le croyait mort, dit Jim Pepper en se renversant dans son fauteuil inclinable, grimaçant du fait du changement de position.

— On espérait que non, dit Fran.

— Évidemment qu'on espérait que non, renchérit Jim d'un ton brusque. Quel genre d'abruti voudrait que son petit frère soit mort ?

— C'était juste pour dire, dit Fran.

Fran était assise sur un canapé défoncé d'une couleur boueuse. J'étais, moi, posé avec raideur sur une chaise pliante. Jim et Fran s'exprimaient avec un léger accent du Sud, avec une note nasillarde plutôt typique de la Virginie-Occidentale que de la grande prairie de Chicago.

— Quand avez-vous vu votre frère pour la dernière fois ? demandai-je.

— Laissez-moi réfléchir, dit Jim par-dessus le bruit de la télévision, branchée sur un feuilleton quelconque plein de visages inquiets et de dentitions parfaites. Il avait dix-sept ans, je crois. Un vrai hippie, les cheveux qui lui tombaient jusqu'au cul, à fond dans la drogue et les grandes causes.

— Bobby était un hippie ?

— Et comment ! Il y avait un truc à propos des raisins, je me souviens, et aussi d'un Mexicain contre qui il était remonté. Les temps étaient durs par ici, avec notre mère qu'était plus là, notre père qu'était parti et la sœur de notre père qu'essayait de s'occuper de nous. C'était une vieille sorcière, mauvaise comme tout, une bonne à rien, qui savait que gueuler.

Il leva le menton au plafond et renchérit en criant presque :

— Une bonne à rien, vous m'entendez ?

Il y eut un grand bruit à l'étage, comme si un mur venait de tomber en réponse à la question.

— On peut pas dire que Bobby était du genre tranquille, continua calmement Jim. Un jour, tous les deux, ils se sont pris le bec, et se sont balancé leurs quatre vérités. Ce soir-là, Bobby a pris sa guitare et il est parti. C'était en 1975, ou pas loin.

— C'était en 1978, corrigea Fran.

— Quelque chose comme ça, dit Jim en jetant à sa sœur un regard furieux. On a reçu une ou deux cartes, dont une d'Albuquerque, et puis plus rien.

— On s'attendait à ce qu'il garde le contact, dit Fran. Qu'il revienne pour un Noël ou un anniversaire, mais non.

— On a cru qu'il était mort, dit Jim.

— Pourquoi est-ce qu'il n'est pas revenu dire bonjour ? dit Fran. Pour qu'on sache au moins qu'il était vivant. Papa aurait aimé avoir de ses nouvelles.

— Quand votre père est-il mort ? lui demandai-je.

— Il est pas mort, dit Jim en reniflant. Il est à l'étage.

Il éleva la voix à nouveau.

— Plus rien qu'un sac d'os inutile.

Un grognement de colère se fit entendre au-dessus, puis un autre, plus geignard.

— Ça suffit, là-haut, cria Fran. On a un invité.

Nouveau grognement, puis un grand bruit.

— Vous voulez un peu de thé, monsieur ? me demanda-t-elle en souriant gentiment.

— Avec plaisir, dis-je. Merci.

— Bobby a disparu de la surface de la terre, dit Fran sans prendre la peine de se lever pour aller faire chauffer un peu d'eau. Pas de lettres, pas de coups de fil. Mais c'était tout lui, ça, toujours à s'inquiéter de l'état du monde, sans se soucier pour autant de sa propre famille. Vous ne croyez pas qu'il aurait au moins pu faire quelque chose pour qu'on sache qu'il était vivant ?

J'opinai du chef d'un air approbateur, tout en me demandant au fond de moi comment il avait pu rester ici aussi longtemps.

Si l'extérieur de la maison des Pepper était sombre et plutôt repoussant, l'intérieur était pire. Papier peint crasseux, meubles branlants, lumières glauques, stores baissés. Jim était bouffi et pâlot, âgé d'environ cinquante-cinq ans, mais déjà usé, grimaçant sur sa chaise, tripotant sa cigarette. Vêtu d'un pantalon de survêtement, d'une chemise en flanelle et de chaussettes défraîchies, il reposait raide dans son fauteuil comme si on l'y avait vissé. Quand il mourra, oubliez le cercueil ; contentez-vous d'incliner totalement le fauteuil, et descendez le tout dans la fosse. Sa sœur se renfonça sur le canapé, ses jambes nues variqueuses croisées de telle sorte qu'une de ses vieilles pantoufles, suspendue en l'air, battait la mesure.

Tout sentait la fumée et le chou, l'urine de souris et les haricots verts ; l'odeur de la décrépitude et de la mort.

— Qu'est-ce que vous faites ici déjà ? demanda Jim.

— Votre frère est impliqué dans une mission très délicate, dis-je sans vraiment mentir.

— Quel genre de mission ?

— Oh, je ne peux rien divulguer de plus. Vous le comprendrez tous les deux, j'en suis certain, compte tenu du climat actuel.

— Il est embringué dans quelque chose, c'est ça ? reprit Jim. Bobby a toujours été embringué dans un truc ou un autre. Il adorait jouer avec les couteaux, les tisonniers, les pics à bestiaux. Il fait toujours ça ?

— À sa manière, oui, dis-je. Mais afin de lui permettre de régler l'affaire confidentielle dont j'ai déjà parlé, nous sommes obligés de faire une vérification de routine de son passé. C'est parfaitement habituel. Je voulais juste voir la maison où il a grandi, et s'il a eu une enfance normale.

— Normale ? releva Jim. Comment ça, « normale » ?

— Vous savez, base-ball, goûters d'anniversaire, ce genre de choses.

— Il n'y a jamais rien eu de normal ici, dit Jim.

— Mais si, Bobby adorait le base-ball, Jim, souviens-toi, dit Fran. L'après-midi, il s'asseyait dans le jardin et il écoutait les retransmissions des matchs sur son transistor. Il disait qu'avec le direct et les acclamations qui venaient du stade, c'était comme d'être assis dans les gradins.

— Je me fiche pas mal du base-ball, dit Jim, depuis qu'ils ont viré ce champion cette année-là.

— Don Young, dis-je en hochant la tête.

— Ne me faites pas parler de Don Young, dit-il.

— Ce qui nous intéresse en particulier, dis-je, c'est s'il y a eu ou non un traumatisme dans son enfance qui pourrait affecter les performances de Bobby dans sa mission.

Jim me fixa un moment en plissant les yeux, avant de regarder sa sœur, qui lui retourna son regard avec tendresse.

À cet instant, un autre grognement se fit entendre au-dessus.

— Tu lui as déjà apporté à manger ? demanda doucement Jim.

— Il a vomi presque tout son porridge, répondit Fran, mais il en a gardé assez pour tenir jusqu'au dîner.

— Qu'est-ce que vous lui donnez pour dîner ?

— Du porridge.

Jim se mit à rire. Il ne ressemblait pas beaucoup à son frère, mais ils avaient le même rire. Fran, quant à elle, c'était le Dr Bob au féminin.

— Vous m'avez dit que vous vouliez un peu de thé ? me demanda-t-elle.

— Oui, m'dame, c'est ça, dis-je.

— Comment le prenez-vous ?

— Avec un peu de sucre.

— C'est bien, dit-elle tout en restant solidement arrimée au canapé, son pied levé en pantoufle battant toujours la mesure. J'aime bien mettre un peu de sucre aussi.

— Alors, comme ça, vous voulez qu'on vous

parle des traumatismes de l'enfance ? reprit Jim en allumant une autre cigarette avec son Bic. Eh bien, laissez-moi vous le dire, monsieur, vous êtes tombé là où il faut.

C'était le père, Virgil, qui était au centre de l'histoire. Avec ses propres père et mère et sa vieille fille de sœur, il avait atterri à Chitown après avoir quitté comme bien d'autres la région appalachienne et les mines de charbon du Kentucky pour le Nord. Ils étaient toute une communauté dans un quartier de la ville appelé « Uptown », où régnaient surtout la pauvreté et le chômage, mais Virgil n'était pas venu dans le Nord pour retrouver les conditions de vie qu'il venait de fuir. Il trouva un bon boulot, s'aventura en ville et fit la connaissance d'une jolie Polonaise dans le métro aérien un après-midi. Elle s'appelait Magda, Maggie, et elle tomba amoureuse de son drôle d'accent et de sa minceur élégante. Quand il lui posa la question fatidique un mois plus tard, elle ne fut que trop heureuse de pouvoir quitter l'atmosphère rigide de la maison de son père et de ses sept frères. Le travail à l'usine de Virgil payait suffisamment pour qu'il puisse finalement acheter une maison au sud d'Uptown, à quelques rues du stade de base-ball, et Maggie et lui fondèrent une famille. D'abord Jim, puis Franny, et enfin, sur le tard, le petit Bobby.

— C'était le rêve américain qui devenait réalité, dis-je.

— Peut-être bien, dit Fran, sauf que papa n'a jamais été du genre rêveur.

C'était un homme dur : il travaillait dur, buvait dur et était dur avec sa famille. Quand les enfants se conduisaient mal, ils goûtaient au revers de sa main. S'ils renversaient leur lait, ils goûtaient au revers de sa main. S'ils disaient un mot de trop quand il avait bu, ils recevaient pire que cela. Et il était encore plus dur avec Maggie.

— C'était pas vraiment sa faute, dit Fran. Il était juste né dans un endroit différent. Il ne connaissait rien d'autre. Il nous disait que c'était déjà comme ça que son père avait traité sa mère.

— Mais sa mère a vécu jusqu'à l'âge de quatre-vingt-neuf ans, précisa Jim.

— C'est vrai, admit Fran. Faut lui reconnaître ça.

Tout aurait été plus facile si Maggie avait marqué le pas, comme Jim et Franny marquaient le pas, mais elle n'était pas faite comme ça. Elle avait son caractère, et elle aimait bien boire aussi, et en vieillissant elle s'était endurcie. Parfois, les disputes duraient des heures et éclataient un peu partout dans la maison ; les casseroles volaient, les vases aussi, sans parler des invectives hurlées dans les deux langues. Au milieu de tout ça, les enfants se cachaient dans l'obscurité d'une penderie, jetant des coups d'œil furtifs à travers l'entrebâillement de la porte, impuissants tandis que leur monde implosait. Jim avait appris à ses dépens que s'il s'interposait, il prenait une volée, pas seulement par son père, mais par sa mère aussi, alors il restait en dehors et veillait à ce que les autres fassent comme lui.

— Ce n'était pas difficile de garder Franny dans cette penderie, dit Jim, mais Bobby, lui, cherchait les ennuis.

Le petit Bobby tenait de sa mère. Il n'acceptait tout bonnement pas, au contraire de Jim et Franny, d'être frappé par son père. Il rendait donc coup pour coup, comme par réflexe, à chaque fois que son père le giflait, ce qui ne faisait que rendre ce dernier plus furieux encore. Bobby était le plus jeune mais, des trois enfants, c'était lui qui recevait le plus de coups. Et quand ils se cachaient tous les trois dans la penderie, et que la dispute prenait les dimensions de la maison, c'était lui qui voulait toujours se précipiter pour défendre sa mère.

— Ce petit crétin n'était pas grand pour son âge, dit Jim. Un nain de huit ans, qui s'imaginait qu'il allait les arrêter tous les deux. Vous savez, quand ils s'engueulaient comme ça, plus rien n'existait en dehors d'eux-mêmes. Qui sait ce que Bobby pouvait récolter à s'interposer comme ça ? Alors je le retenais autant que je le pouvais. Parfois, il se débattait si fort que je devais le ligoter avec une corde pour l'empêcher de faire quelque chose de stupide.

— Combien de temps cela a-t-il duré ? demandai-je.

— Jusqu'à ce que ça s'arrête, dit Jim.

Nouveau grognement à l'étage, nouveau boum.

— La ferme, là-haut ! hurla Franny. Je te changerai quand je l'aurai décidé ! Je t'ai dit qu'on avait un invité !

— Il peut encore être exigeant, dit joyeusement Jim. Mais il a plus quarante ans.

— Ça ne changerait rien qu'il les ait encore, dit Fran, vu qu'il a la moitié du corps paralysé et qu'il a perdu la parole.

— Merci pour ça, mon Dieu, dit Jim.

— Pourquoi les disputes se sont-elles arrêtées ? demandai-je.

— Parce qu'il l'a tuée, voilà pourquoi, répondit Jim. Il lui a enfoncé un couteau dans la gorge.

— Triste, dit Fran. C'est Bobby qui l'a trouvée.

Il revenait de la pêche. Il a trouvé sa mère. Morte. Étendue sur le sol. Il avait dix ans. C'était juste après l'effondrement des Cubs en 1969, la dernière saison de base-ball à laquelle ils se soient intéressés, les uns comme les autres. Bobby revenait du lac à vélo ; il l'a rangé sous le porche et a poussé la porte d'entrée. C'est alors qu'il a vu le sang.

— Papa est sorti au bout de vingt ans, dit Fran. Sur parole, du fait de son état de santé. Nous étions toujours là, dans la maison. Il est revenu directement emménager ici, en pensant que rien n'aurait changé. Mais il se trompait.

Un grognement, puis un bang, suivi d'un bruit sourd, comme si un sac de sable avait atterri sur le plancher.

— Des fois, dit Fran, il s'énerve tellement qu'il en tombe de son lit.

— Tu montes l'aider à se recoucher ? demanda Jim.

— Je vais y aller, mais d'abord j'ai envie d'un peu de thé. Voulez-vous un peu de thé, monsieur ?

— Non, merci, dis-je. Je n'ai pas vraiment soif, et il va falloir que j'y aille.

— Vous avez eu ce que vous vouliez ? voulut savoir Jim.

— Pour l'essentiel, oui, dis-je en me levant.

— Notre Bobby a réussi son examen de passage ?

— Oh oui.

Un grognement à l'étage, suivi d'un coup de poing sur le plancher.

— Vous direz à Bobby de nous rendre visite, d'accord ? dit Fran.

— Je n'y manquerai pas.

— On aimerait beaucoup le revoir. Et je suis certaine qu'il voudrait revoir son père. Il y a longtemps qu'il n'a pas revu son père.

— Dites-lui qu'on pense à maman tous les jours, ajouta Jim.

— Comptez sur moi.

Dans l'entrée, je m'arrêtai et me retournai. Et je les regardai, assis là, le frère et la sœur, les yeux rivés sur la télé où des acteurs jouaient à faire semblant d'avoir une vie. Et je revis en un éclair la photo qui m'était devenue si familière, celle qui montrait une autre femme morte baignant dans son sang sur un autre plancher.

— Puis-je vous poser une dernière question ? dis-je.

— Allez-y, dit Jim.

— Où était-elle quand Bobby l'a découverte ?

— À l'étage, répondit Jim. Dans la chambre.

— Étendue comme papa en ce moment, sur le même plancher, dit Fran.

— Il y avait du sang partout, renchérit Jim. Sur le canapé, le tapis...

Il désigna le canapé et le tapis du salon comme si c'étaient précisément ceux-là.

— ... et il y en avait aussi des traces dans tout l'escalier. Bobby a suivi les traces jusqu'à l'étage, jusque dans la chambre. C'est là qu'il l'a trouvée, allongée par terre, le couteau enfoncé dans le cou jusqu'à la garde.

— Ce n'était pas difficile de savoir qui avait fait

ça, dit Fran. Ils ont trouvé du sang sur ses vêtements et ses chaussures. Papa a même reconnu les faits. Presque comme s'il en était fier. Il a dit qu'elle l'avait bien cherché.

— Quand même, ce que Bobby a trouvé dans sa main était bougrement intéressant, dit Jim. Comme si elle avait grimpé l'escalier juste pour aller la chercher.

— Une photo de son mari, dis-je.

— Tout juste, dit Jim. Comment le savez-vous ?

Au même instant, un grognement se fit entendre à l'étage, suivi d'un drôle de petit sifflement.

— Oh, bon Dieu, dit Fran. Papa est encore en train de pisser sur le plancher.

59

Dans les interstices du paysage américain, nous avons construit nos cathédrales. Elles sont venues se loger dans les recoins oubliés de l'immobilier, sur les frontières semées d'immondices séparant une banlieue résidentielle d'une autre, sur les terres ne convenant ni aux hommes ni aux bêtes. Ramassés, rectangulaires, avec leurs murs de parpaing et leurs portes en acier, les monuments de notre époque se dressent pour contenir ce qui fait l'essence même du rêve américain. Quoi exactement ? Eh bien, tout le bazar.

Le garde-meuble E-ZEE se trouvait en bordure d'autoroute, tout près de la ville d'Exton, Pennsylvanie. Je me tenais devant la grande porte rouge en tôle ondulée de l'unité 27, avec derrière moi la rumeur du trafic autoroutier. Des mauvaises herbes sur ma gauche, la désolation sur ma droite, j'étais là, officiellement nulle part. Exton. Mais derrière la porte en acier rouge, pensais-je, un assassin avait peut-être laissé un message.

C'est dans l'avion qui me ramenait de Chicago, la puanteur de la maison Pepper encore dans les narines et, dans les tripes, la conviction que le Dr Bob avait tué Leesa Dubé, que je compris qu'un message existait peut-être. J'étais assis au fond de mon siège, les bras croisés, m'efforçant de comprendre l'histoire dans toute son horreur, quand je ressentis ce petit cognement dans ma poitrine. Je fis de mon mieux pour l'ignorer, en même temps que je cherchais à comprendre pourquoi le Dr Bob avait tué Leesa Dubé. L'avait-elle trahi d'une manière ou d'une autre ? L'avait-elle repoussé ? Avait-elle oublié d'utiliser du fil dentaire ?

Rien de tout ça n'avait de sens, et pourtant j'étais certain qu'il était coupable. Ce n'était pas François Dubé, ce n'était pas Velma, ni le mythique Clem, c'était Bob. Les similitudes étaient bien trop nombreuses pour que l'on puisse parler de coïncidences. Bobby Pepper était impliqué, quoique différemment, dans deux meurtres, et il y avait surtout la photo du mari assassin dans la main de la femme assassinée. C'était sa manière de dégager sa responsabilité, presque un réflexe. Comment piéger un mari pour un meurtre que l'on a commis ? Fouillez dans votre passé, et sortez-en une combine. Oui, le Dr Bob avait tué Leesa Dubé, mais pourquoi ?

Coller le meurtre sur le dos du dentiste de la victime, sans mobile, n'était pas ce qui allait aider François Dubé ; nous aurions juste l'air, tous autant que nous étions, aux abois et pathétiques. Il me fallait un pourquoi. Je me renfonçai dans mon siège, croisai les bras et laissai la question faire grincer les rouages de mon cerveau. J'avais beau sentir ce cognement dans ma poitrine, j'ignorai la douleur et essayai d'en détourner mes pensées.

Il y avait une image dont je n'arrivais pas à me débarrasser depuis que j'avais quitté cette triste maison de Chicago, et je la laissai m'envahir un moment. Les trois enfants Pepper cachés dans la penderie pendant que la dispute entre père et mère fait rage. Et le petit Bobby Pepper, cherchant à discerner quelque chose à travers l'entrebâillement de la porte, pris d'un sentiment d'impuissance et pourtant prêt à bondir pour l'empêcher de continuer, lui, pour sauver sa mère de la brutalité paternelle. Et puis, empêché de le faire par son grand frère, qui le ligote dans la penderie, pendant que son monde est en train de s'écrouler. *J'aime aider*, répétait-il souvent, et on comprenait évidemment pourquoi. Mais quel rapport tout ça avait-il avec Leesa Dubé ? L'empêchait-elle d'agir elle aussi, à sa manière ? Le menaçait-elle d'aller raconter quelque chose ? Mais quoi ? Pourquoi l'avait-il tuée ? On en revenait encore et toujours au pourquoi. Assis à bord de cet avion, j'y réfléchis longuement et tout ce que je trouvai, ce fut...

... rien du tout. Pas le moindre début d'un pourquoi. Juste cette douleur lancinante dans ma poitrine. Je décroisai les bras, plongeai la main dans la poche de ma veste et en sortis la petite clé, celle qui m'avait été envoyée comme si je l'avais perdue, sauf qu'elle ne m'avait jamais appartenu. Je la retournai dans ma main, plusieurs fois. La surface en bronze accrocha un instant un rai de soleil entrant par le hublot et m'éblouit. J'avais confié à Whit que je m'inquiétais pour Beth, et avant que j'aie le temps de dire ouf, le Dr Bob me racontait tout concernant son douloureux passé. J'avais expliqué à Whit que je me demandais où étaient passés certains des effets personnels de François Dubé, et voilà que, ma stratégie Clem réduite à néant, tel un message venu du ciel, m'arrivait une clé. Je la tins devant mes yeux et la scrutai sous tous les angles, comme si elle était la réponse à tout. Et surprise-surprise, c'était peut-être bien le cas.

E-ZEE.

La clé à la main, je me penchai et ouvris le cadenas de la porte de l'unité 27 du garde-meuble E-ZEE. Je relevai la porte, mis un pied à l'intérieur, allumai la lumière, refermai derrière moi et me retrouvai en plein mystère.

L'endroit avait à peu près la taille d'un garage pour deux voitures, avec des murs en parpaings apparents et un sol en ciment. Il y avait là tout un bazar poussiéreux empilé – des cartons, des canapés, une lampe en bronze à l'abat-jour plissé, des matelas maculés avec leurs sommiers à ressorts, des poêles et des casseroles, des masques étranges, de grands saladiers en cuivre, un ordinateur, une tête de lit, des piles de livres en équilibre instable, un grand dalmatien en céramique. Mais ce n'était pas le bazar en soi qui surprenait, car il y avait là à peu près la quantité d'objets à laquelle je m'attendais ; créez un espace pour vos rebuts en Amérique, et l'Amérique le remplira. Non, c'était plutôt la manière dont les piles étaient formées. Tout était poussé contre les murs et s'étageait presque jusqu'au plafond, de telle sorte que le milieu de l'espace était dégagé.

Et dans ce dégagement, comme un tableau de l'ordinaire dans un musée dédié à l'avant-garde, on avait placé un La-Z-Boy[1], un pack de six bières, une télévision et un magnétoscope, ces deux derniers reliés à une rallonge branchée sur le plafonnier.

Pour être bizarre, voilà qui était bizarre. Tout ce qui se trouvait ici, y compris le fauteuil, la télé et les bières, était couvert de la même épaisse couche de poussière. On n'avait donc touché à rien ici depuis des années. Mais que faisaient là ce fauteuil, cette télé, ce magnétoscope et ces bières ? Quelqu'un qui avait la clé avait tout poussé contre les murs et installé la télé pour la regarder. Qui ? Quand ? Et pour regarder qui, ou quoi ? Et bien que tout cela eût été installé bien avant que je ne rencontre François Dubé, pourquoi avais-je la drôle d'impression que c'était pour moi qu'on avait tout installé ?

Vous comprenez ce que je veux dire quand je parle de mystère ?

Dans l'espace dégagé se trouvaient également une caisse en bois et un carton. J'ouvris en premier le carton et eus un mouvement de recul. Je comprenais maintenant ce que Mme Cullen avait voulu dire quand elle avait parlé de jouets. Des harnais et des menottes, des anneaux et des appareils électriques équipés de longs cordons, un mélange hétéroclite d'accessoires de forme bizarrement phallique en métal, plastique, silicone, cuir, ayant apparemment tous déjà bien servi ; il ne m'en fallait pas plus pour avoir le cœur au bord des lèvres. Parce que, dites-le-moi, qu'y a-t-il de plus écœurant que les gadgets sexuels usés de quelqu'un d'autre ?

1. Confortable fauteuil en cuir équipé d'un décodeur WebTV, d'un clavier sans fil et de prises de connexion à l'Internet, le tout intégré dans l'accoudoir gauche du fauteuil.

Je refermai rapidement le carton et l'écartai d'un coup de pied ; puis je me penchai vers la caisse, posée à côté du magnétoscope. Je soulevai le couvercle. Elle contenait des cassettes vidéo, une vingtaine en tout. Je les passai en revue, une à une. *Fantasia* ? *Le Magicien d'Oz* ? *Le Roi Lion* ? Oui, des cassettes destinées à faire le bonheur de la petite fille quand elle venait en visite. Pour la coller devant la télé, appuyer sur lecture et regarder ses pupilles se dilater.

Mais il y avait d'autres vidéos, aux titres moins enfantins. *Sodomania 36. Nés pour tirer. Garce et soumise. Succubus. Oh, my Gode ! 7.* Et le toujours populaire *Bad Mama Jama.* Espérons seulement qu'en voulant mettre *Blanche-Neige* à sa fille, il n'a jamais glissé à la place, par inadvertance, *Nubiennes lubriques* dans le magnétoscope.

Et puis il y avait une série de cassettes sans vignettes préimprimées ni couvertures, des cassettes sur lesquelles on pouvait lire un gribouillage de mots français, certaines vignettes comportant de vilaines taches de quelque chose qui ressemblait à du café. Du moins espérais-je que c'était bien du café. Beurk. Des films d'anniversaires ou de fêtes du même genre, ou bien quelque chose d'un peu moins innocent, quoique tout autant mis en scène ? Je me souvins de l'inventaire fait à l'appartement de François Dubé au moment de son arrestation, qui mentionnait une caméra vidéo avec un trépied, mais sans vidéos. Eh bien, elles étaient là maintenant, qui m'attendaient.

J'allumai la télévision, ainsi que le magnétoscope, et y glissai une des vidéos aux vignettes comportant une inscription manuscrite. Pendant que j'attendais de voir de quoi il s'agissait, je m'assis sur le fauteuil, tirai une bière du pack de six, soufflai la poussière accumulée dessus, l'ouvris en soulevant la languette et la sentis.

Pouah ! Putois-ville.

Je rabattis la languette, remis la canette en place, m'enfonçai dans le La-Z-Boy et appuyai mes chaussures sur le repose-pieds, relevé comme par hasard.

Parasites, puis crescendo musical, et le logo HBO indiquant un long-métrage ; et puis un écran noir de quelques secondes, suivi soudain d'un plan fixe d'une chambre. Je n'avais jamais vu cette chambre, mais je la reconnus aussitôt, avec sa lampe en bronze à l'abat-jour plissé, sa tête de lit, son dalmatien en céramique. La chambre à coucher de François Dubé. Pas de clapman se présentant devant la caméra, pas de « Silence sur le plateau et... action », mais était-ce bien nécessaire ? D'abord, il n'y eut rien à l'écran que la chambre, et puis quelqu'un entra dans le cadre sur la gauche.

Sapristi !

60

Beth m'attendait au Chaucer's devant une bouteille de Bud.

Je l'avais appelée depuis mon La-Z-Boy et lui avais demandé de me retrouver au bar. Je me glissai à côté d'elle et commandai une autre bière pour elle et une Brise de mer pour moi.

Quand le barman me reconnut, il me regarda d'un drôle d'air.

— Pas de problème ce soir, d'accord ?

— Pas de problème, dis-je.

— C'était déjà assez moche comme ça de devoir nettoyer le sang après votre passage la dernière fois. Qui était ce cinglé d'abord ?

— Mon dentiste.

— Vraiment ? Et il est bon ? Parce que j'ai quelques problèmes avec ma...

Et pendant que le barman me décrivait ses problèmes dentaires, tirant sur sa lèvre inférieure pour me montrer un pêle-mêle de Chiclets tachés, Beth me fixa comme s'il me poussait une deuxième tête.

— As-tu déjà remarqué les dents des gens dans cette ville ? lui dis-je après que le barman, Dieu merci, eut abrégé sa démonstration pour aller préparer notre commande. On se croirait en Angleterre.

— Ton voyage, comment c'était ?

— Instructif.

— Il y a une chose que je devrais savoir ?

— Juste que notre client n'est pas coupable.

— Ça, je le savais déjà, dit Beth, avant de réaliser ce que je venais de dire. Tu as trouvé des preuves à Chicago ?

— J'ai découvert une étrange coïncidence qui pourrait bien être considérée comme une preuve, dis-je, si j'arrive à répondre à une dernière question.

— Laquelle ?

— Pourquoi mon dentiste a-t-il tué Leesa Dubé ?

Je lui racontai ma visite chez les Pepper et ce qu'ils m'avaient révélé, la coïncidence de la photographie serrée dans la main de la victime. Beth me prit dans ses bras quand j'eus terminé, comme si j'avais découvert un remède au cancer.

Au milieu de ces démonstrations d'affection, le barman apporta nos consommations. Je levai mon verre.

— À la tienne, dis-je.

Nous trinquâmes, nous bûmes, je bus vite. Je me sentis soudain mieux et fis signe au barman de remettre ça. Tout ce qui pouvait me sortir cet écran vidéo de la tête était bon.

Beth parut soudain pensive.

— La coïncidence, est-ce que c'est suffisant ? demanda-t-elle.

— Non, mais c'est un début. Il nous reste à comprendre le pourquoi. Mais il y a autre chose dont je voulais te parler. Whitney Robinson est passé me voir au bureau l'autre jour, et il a dit quelque chose qui m'a tracassé.

— Je sais que Whit est ton ami, Victor, mais je ne lui fais pas confiance. C'est son côté gentleman-farmer un peu forcé, si tu vois ce que je veux dire.

— Ne jamais faire confiance à un homme qui porte du tweed, c'est ça ?

— Oui. Une règle absolue qui m'a été bien utile par le passé. Les nœuds papillon aussi me dérangent.

— Et un type comme George Will[1] ?

— Il me donne raison sur les deux points. Mais il y a autre chose à propos de Whit, du moins en ce qui concerne l'affaire Dubé. Il a l'air... comment dire ça ? ... un peu trop intéressé.

Elle avait peut-être raison, mais pour l'heure j'avais l'esprit à autre chose.

— Lors de sa visite, poursuivis-je, il m'a dit quelque chose d'intriguant concernant Dubé que j'ai préféré passer sous silence.

— Je ne suis pas certaine de vouloir l'entendre.

— Il a dit que Dubé, sous ses airs charmeurs, était quelqu'un de creux.

— Il ne le connaît pas.

— Peut-être que non. Mais il a ajouté qu'il existait une preuve matérielle de ce qu'il avançait. Notre client nous a menti concernant ses affaires. Tout ne lui a pas été pris. Une partie était au garde-meuble. Et cet après-midi, j'ai découvert où.

— Oh, ça ne m'étonne pas.

1. Célèbre journaliste américain au look très « conservateur », lauréat du prix Pulitzer, collaborateur régulier du magazine *Newsweek* et de la chaîne de télévision ABC.

— Beth, tu n'écoutes pas...

— Non, Victor, non. Je n'ai pas besoin d'écouter ce que Whitney Robinson a à dire de François. Comme je n'ai pas à t'écouter non plus. Tu m'as promis de m'éviter les sermons.

— Peut-être que je tiens trop à toi pour me taire.

— Eh bien, essaie quand même, Victor. Dis-moi, comment va ton amie Carol ?

— Très bien, dis-je.

— J'aime l'enthousiasme qu'il y a dans ta voix chaque fois que tu prononces son nom.

— Elle est belle, élégante, elle a du savoir-vivre, et elle n'a pas de chat. En résumé, elle est tout ce que j'ai jamais voulu chez une femme.

— Et pourtant, quelque chose cloche.

— Évitons de parler de ma vie sentimentale maintenant, d'accord ?

— On devrait peut-être, au contraire. Tu crois avoir le droit de me faire la leçon, toi qui n'en finis pas d'enchaîner les conquêtes, dont tu te plains même quand tu couches avec ; des femmes comme ta Carol. Je suis peut-être un peu perdue, mais au moins j'éprouve des sentiments. Tu devrais essayer de temps en temps.

— Et qu'est-ce que tu ressens, au juste ?

Elle but une gorgée de bière et y réfléchit.

— Connais-tu cette sensation de légèreté qu'on éprouve quand on tombe amoureux pour la première fois, quand on a l'impression d'avoir le cerveau qui flotte dans du champagne ?

— Ouais.

— Eh bien, ce n'est pas comme ça. Ce n'est pas romantique. C'est quelque chose de différent, de plus profond en un sens. J'ai l'impression d'être allée à l'école de droit pour aider un jour François Dubé.

— Beth...

— C'est comme si tout dans ma vie n'avait fait que me conduire jusqu'à lui. Je ne comprends pas ce qui se passe, et je n'ai pas l'intention de me laisser guider par ça, parce que je suis avocate, parce qu'il est notre client et qu'il a besoin de nous d'une autre manière, mais je n'ai pas l'intention de refouler mes sentiments. Et, Victor, tu ne peux rien y faire.

— Tu en es certaine ?

Je plongeai la main dans ma serviette, en sortis une des cassettes vidéo à la vignette tachée comportant une inscription en français et la lui glissai sur le bar.

Elle la regarda un instant, puis secoua la tête.

— Je n'en veux pas, dit-elle.

— Tu sais ce que j'ai découvert aujourd'hui ? J'ai découvert qu'on peut en apprendre long sur un homme par la pornographie qu'il crée. Et je ne parle pas seulement de la longueur de sa queue. Je parle de cruauté, de violence refoulée, de la manière dont le monde n'existe que pour satisfaire ses penchants dépravés.

— Va au diable.

— Je te conseille d'y jeter un coup d'œil. La distribution de celle-ci est éloquente.

— Les gens changent. Il n'est plus la même personne qu'avant. Il est en prison depuis trois ans maintenant. Il n'a pas vu sa fille depuis autant de temps. Ça fait quelque chose à un homme. Impossible autrement.

— Visionne-la, une fois.

Elle me la rendit sèchement.

— Reprends-la, Victor. Brûle-la si ça te chante. Je n'en ai pas besoin.

— Plus tard, peut-être, dis-je.

— Tu te souviens, il y a des années, juste après ton contre-interrogatoire du conseiller municipal Moore dans l'affaire Concannon, quand tu m'as dit qu'il ne se passerait jamais rien entre nous ?

— Je me souviens.

— C'était ton choix.

— Je sais.

— Alors maintenant, déguerpis.

— C'est vraiment agréable, tu ne trouves pas, de boire tranquillement un verre entre amis ? dis-je.

Elle termina sa bière, reposa bruyamment la bouteille sur le bar et descendit de son tabouret.

— Je te laisse régler, dit-elle en désignant du doigt les bouteilles vides.

Je levai mon verre en signe d'acquiescement.

— Merci, dit-elle. Et ne t'inquiète pas pour moi, Victor. Inquiète-toi plutôt de découvrir pourquoi ton dentiste a tué Leesa Dubé, qu'on puisse sortir François de prison.

— On ne me paie plus pour le faire, mais bon.

Elle resta debout à côté de moi un moment, puis tendit le bras et donna une tape sur la cassette.

— Ça ne va rien changer pour toi, hein ? Tu ne vas pas décider brusquement de te coucher au procès pour me protéger, n'est-ce pas ?

Je pris une longue gorgée. C'était tentant, de laisser Dubé pourrir là où il était, oh oui. Mais j'avais peu de repères solides pour me guider dans la vie, et mes obligations envers mes clients étaient à peu près la seule étoile à laquelle je pouvais me fier totalement.

— Non, dis-je. Une fois que je suis de ton côté, je suis comme une sangsue. Je ne dis pas que je ne suce pas autant de sang que je peux, mais c'est l'enfer pour se débarrasser de moi.

— Bien, dit-elle. T'es peut-être un salopard, Victor, mais comme avocat, tu te poses là.

Là-dessus, elle se pencha et m'embrassa sur le front avant de quitter le bar. Je ne me retournai pas pour la regarder sortir. Au lieu de cela, je vidai mon verre et en commandai un autre.

Je portais lentement à mes lèvres le verre nouvellement rempli quand je sentis qu'on me donnait une tape sur l'épaule. Je pivotai sur moi-même. Beth se tenait là, la tête inclinée sur le côté.

— Simple curiosité...

Je ris, et elle fit de même, et l'espace d'un instant, ce fut presque comme si tout était redevenu normal entre nous.

Quand elle partit pour de bon, j'essayai à nouveau de faire le point. Je n'arrivais pas à faire un pas décisif. Mais j'étais peut-être passé à côté d'une réponse ce soir-là avec Bob, dans ce même bar. Qu'avait-il dit déjà après toute la violence et le sang ? *Qui avez-vous aidé aujourd'hui ?* Oui, c'est ça, comme si je n'étais qu'un pauvre type égoïste – ce que je reconnais – et lui un saint. Et puis autre chose encore. *Les accidents, ça arrive, Victor. L'enfer est pavé de bonnes intentions*. Oui, voilà. Et il avait dit aussi quelque chose de semblable quand j'étais sur son fauteuil. *La plupart des meurtres sont des accidents, le fruit d'un hasard aveugle. Un événement absurde de plus dans un monde absurde.* Mais même Camus savait que l'absurdité de l'univers n'explique pas tout. Même si le meurtre proprement dit était un accident, que faisait le Dr Bob dans l'appartement de Leesa Dubé le soir du crime ? Quel était leur lien, en dehors de la relation de docteur à patient ? Que s'était-il passé ? Pourquoi ?

De frustration, je tapotai du bout des doigts sur le plastique noir de la cassette. Et puis, je cessai mon tapotement et regardai cette vilaine chose que j'avais sous les yeux. Je la soulevai, l'examinai attentivement. Le plastique noir, la vignette blanche et ses inscriptions en français, les petites taches qui formaient comme des gouttes sur le papier. Des taches. Des gouttes.

Et soudain, étrangement, la cassette se mit à me brûler les doigts.

61

Les avocats de la défense aiment la faiblesse. Nous sommes constamment en quête de la petite faille que nous allons pouvoir creuser sans relâche, la lézarde par laquelle nous allons pouvoir faire levier pour ébranler et faire tomber en poussière toute la façade d'une personnalité. Voilà pourquoi on nous apprécie tant dans les petites soirées. Mais l'inspecteur Torricelli, aussi balourd fût-il, n'était pas une cible particulièrement tentante. Non pas qu'il n'eût pas de défauts – il était plus laid qu'un pied de cochon et avait des manières d'égoutier –, mais il avait beau ne pas être une pointure dans son boulot, il avait appris à esquiver les coups à la barre.

Dalton l'avait appelé pour qu'il résume tout son travail sur l'enquête à l'attention du jury. Mais il n'était pas seulement là en renfort, il était également là pour faire pencher la balance à la fin, parce que c'était lui qui avait mené le premier interrogatoire de François Dubé.

— Avez-vous lu à l'accusé ses droits constitutionnels ? demanda Mia Dalton.

— Bien entendu, répondit Torricelli. Il a même

signé un formulaire disant que ç'avait été le cas, et qu'il avait bien compris quels étaient ses droits.

– J'aimerais vous montrer la pièce à conviction n° 48. La reconnaissez-vous, inspecteur ?

– Ouais, c'est le formulaire que l'accusé a signé en ma présence.

– J'aimerais que ce document soit enregistré comme preuve.

– Pas d'objection, monsieur Carl ?

– Uniquement concernant la veste sport du témoin, dis-je, pas pour le formulaire.

– Vous n'aimez pas le tissu écossais ? voulut savoir le juge.

– Je n'en avais pas revu un aussi bleu, Votre Honneur, depuis mon premier bal d'étudiants.

Torricelli me lança un regard furieux pendant que le jury riait. J'espérais qu'il rirait assez longtemps pour manquer le reste de son témoignage. Mais je n'eus pas cette chance.

La déposition que Dubé avait faite à Torricelli était très semblable à la version qu'il m'avait donnée. Il avait travaillé tard la veille. Il était épuisé le soir du meurtre. Il avait quitté le restaurant assez tôt et était rentré chez lui pour dormir un peu. C'était un alibi qui n'en était pas un ; on ne pouvait pas le contester directement, mais, rien ne venant le corroborer, il ne jouait pas non plus en faveur de mon client. Si l'on croyait ce dernier, alors on était convaincu qu'il dormait dans son lit le soir du meurtre ; si l'on pensait qu'il n'était qu'un menteur et un ignoble assassin, alors il n'avait pas d'alibi. Torricelli secoua sa caboche tout au long de sa déposition de manière à faire savoir exactement au jury pour quelle version il penchait.

— Au cours de votre interrogatoire, l'accusé vous a-t-il dit quelque chose à propos de son divorce ?

— Il m'a dit que ça n'allait pas être facile, répondit Torricelli.

— A-t-il fait allusion au fait qu'il était accusé d'avoir exercé des sévices sexuels ?

— Non, il ne m'en a rien dit.

— A-t-il dit quelque chose au sujet de sa fille ?

— Il a dit qu'elle était l'objet principal de leurs disputes, plus que l'argent. Il a dit que sa femme cherchait à obtenir la garde totale et qu'elle avait l'intention de déménager. Et puis, il a dit une chose que j'ai trouvée un peu étrange, compte tenu des circonstances.

— Objection, dis-je.

— Évitez de donner votre avis, inspecteur, dit le juge. Contentez-vous de répondre aux questions.

— Que vous a dit au juste l'accusé, François Dubé, inspecteur ?

— Il a dit, et je l'ai noté mot pour mot, parce que ça me semblait important. Il a dit, reprit-il en se mettant à réciter d'un ton monocorde : « Je ne pourrai jamais la laisser m'enlever ma fille, vous comprenez ? Elle est ma vie, elle est tout pour moi. Prenez-moi ma fille, et vous pouvez tout aussi bien me tuer. » Et puis, il m'a regardé et il a ajouté : « Et je sais que Leesa éprouve la même chose que moi. »

— Lui avez-vous demandé ce qu'il entendait par là ?

— Oui, je l'ai fait. Il a simplement haussé les

épaules et détourné le regard. Et ç'a été la fin de l'interrogatoire.

— Comment ça, la fin ? Vous n'aviez plus de questions à lui poser ?

— Au contraire, madame. J'en avais. Mais après ça, il a refusé d'y répondre. Il a dit qu'il voulait un avocat. M. Robinson a été engagé pour le représenter, dit Torricelli en hochant la tête en direction de Whitney Robinson assis à sa place habituelle au premier rang derrière notre table. Quand M. Robinson est entré dans la partie, il n'y a plus eu d'interrogatoires.

— Merci, inspecteur, dit Dalton en regagnant sa place. Je passe le témoin.

— Je ne savais pas que c'était une course de relais, dis-je avec un petit gloussement en me levant, avant de défroisser ma veste et de la boutonner sur ma cravate jaune.

Je me tins devant l'estrade un moment, réfléchis à la tactique que j'allais adopter, et à ce dans quoi j'allais m'embarquer au juste. Torricelli me fixa, d'abord avec méfiance, puis avec un petit sourire lorsqu'il vit mon hésitation, qu'il prit à tort pour de la crainte face à son indubitable talent à la barre. Mais ce n'était pas de lui dont j'avais peur à cet instant.

Je sentis un vent froid me glisser le long de la nuque. Je me retournai. Un journaliste sorti fumer venait de revenir dans la salle, laissant pénétrer un courant d'air derrière lui. Il sursauta devant mon mouvement brusque, comme s'il avait été surpris à faire Dieu sait quoi. Mon regard glissa jusqu'à Whitney Robinson, qui me fixait intensément, un pli inquiet barrant son front pâle, comme s'il pouvait lire clairement le dilemme auquel j'étais confronté.

— Monsieur Carl, dit le juge.

Je me retournai à nouveau.

— Oui, Votre Honneur.

— Avez-vous des questions pour ce témoin ?

J'y réfléchis encore en glissant la pointe de ma langue dans le trou toujours béant de ma gencive. Je ressentis soudain une vive douleur, qui me poussa à me décider. Je montai d'un pas léger sur l'estrade.

— Oh oui, dis-je.

62

— Inspecteur Torricelli, commençai-je, c'est vous qui aviez la responsabilité de l'enquête sur le meurtre de Leesa Dubé, n'est-ce pas ?

— C'est moi qui ai conduit cette enquête, effectivement, répondit-il. J'avais fini ma journée quand l'appel est arrivé.

— Et dans le cadre de votre enquête, vous avez été amené à interroger les amis et la famille de Mme Dubé, je ne me trompe pas ?

— Quand on enquête sur un meurtre, on essaie d'en apprendre le plus possible sur la victime.

— Comment avez-vous trouvé les noms de toutes ces personnes que vous avez interrogées ?

— Nous avons parlé avec la famille de la victime, et ils nous ont donné les noms des amis. Les amis en question nous ont donné d'autres noms. Voilà comment ça marche.

— Vous ne vous êtes pas servi d'un carnet d'adresses ?

— Lors de notre première perquisition de l'appartement de la victime, nous n'avons pu trouver ni carnet d'adresses ni assistant personnel. Du coup, il nous a fallu établir nous-mêmes une liste de proches d'après nos interrogatoires.

— Était-ce inhabituel, de ne pas trouver un carnet d'adresses ou un assistant personnel ?

— Pas vraiment, bien que dans cette affaire, c'était un peu surprenant. Mme Dubé paraissait avoir été une femme très organisée.

— Le carnet d'adresses a-t-il pu être dérobé au moment du meurtre ?

— Rien n'indiquait qu'il y avait eu vol. Il est improbable qu'un cambrioleur ait laissé les bijoux et l'argent, et néanmoins emporté le carnet d'adresses.

— À moins que le nom du meurtrier n'ait figuré dans ce carnet. Maintenant, dites-moi, inspecteur, sans un carnet d'adresses, pouviez-vous interroger les médecins de Leesa Dubé ?

— Nous avons découvert quelques noms et passé quelques coups de fil, bien sûr, mais ce genre d'investigation ne donne généralement aucun résultat, et les appels passés n'ont apporté aucun élément intéressant. Il y a la question de la confidentialité des rapports médecin-patient, qui rend souvent difficile l'obtention d'informations ; en outre, les dernières visites chez ces médecins peuvent avoir eu lieu des mois, voire des années avant le crime. Dans certaines affaires bien précises, pour lesquelles l'état de santé de la victime devient un élément prépondérant, nous disposons de certains moyens pour obtenir une aide spécifique.

— Le meurtre de Leesa Dubé entrait-il dans ce cadre-là ?

— Non. Le rapport du médecin légiste ne faisait état d'aucun problème médical. Nous avons interrogé le gynécologue de la victime, et lui avons demandé s'il avait remarqué quelque chose d'anormal chez cette dernière au cours de l'année précédant son assassinat. Sans trahir la clause de confidentialité qui le liait à sa patiente, il a répondu non.

— Quels autres médecins avez-vous appelés ?

— Le pédiatre de sa fille. C'est la mère de la victime, Mme Cullen, qui nous a communiqué son nom. Lui non plus n'avait rien remarqué qui ait pu avoir un impact sur notre enquête.

— Aucun des sévices inventés par M. Gullicksen au cours de la procédure de divorce ?

— Objection au terme « inventés », intervint Mia Dalton.

— Je vais reformuler ma question : le pédiatre avait-il constaté le moindre signe de sévices ?

— Non, rien de ce genre.

Je me retournai et souris à François Dubé à la façon d'un oncle qui viendrait de recevoir des nouvelles rassurantes. Le genre de petits trucs auxquels on recourt dans une affaire d'homicide.

— Avez-vous contacté d'autres médecins au cours de votre enquête, inspecteur ?

— Pas que je m'en souvienne.

— Et le psychiatre de la victime ?

— Objection, dit Dalton. Simple présomption sans fondement.

— Retenue.

— Savez-vous, inspecteur, si la victime voyait un psychiatre ?

— Non.

— Un dermatologue ?

— Non.

— Un chiropracteur ?

— Non.

— Un dentiste ?

— Non.

— Vous ne savez pas si la victime consultait ou non un dentiste ?

— J'imagine que oui, mais ce n'était pas d'un grand intérêt pour nous. Nous n'étions pas dans une procédure d'identification, pour laquelle un dossier dentaire peut être d'un grand secours. Les dents de la victime n'avaient subi aucun dommage lors de son agression. Le rapport du légiste notait que ses dents étaient en excellent état. Pourquoi aurions-nous souhaité parler à son dentiste ?

— Parce que le dentiste de Leesa Dubé était peut-être l'un des noms figurant dans le carnet manquant.

— C'est une question, maître ? demanda Torricelli.

— Pas vraiment, mais en voici une : il y avait beaucoup de sang appartenant à la victime répandu sur le sol sur le lieu du crime, n'est-ce pas ?

— Ouais. Et alors ?

— Est-il possible de déterminer si tout le sang perdu par la victime se trouvait bien sur le sol, ou bien s'il en manquait un peu ?

— Non.

— Donc, un peu de sang a pu être prélevé par l'assassin dans un but quelconque, n'est-ce pas ?

— En théorie, oui.

— Seulement en théorie ?

— Eh bien, si ç'avait été le cas, nous aurions dû trouver des traces du processus de prélèvement. On laisse toujours des traces.

— Laissez-moi vous montrer cette photographie de la scène du crime, la pièce à conviction n° 10, sur laquelle on peut voir le sol de l'appartement couvert de sang. Je veux que vous regardiez dans le coin inférieur gauche de la photo. Voyez-vous un motif à cet endroit, inspecteur ?

— Pas vraiment.

— Vous ne voyez pas un tourbillon dans le sang ?

— Je ne sais pas, peut-être.

— Ça pourrait être un tourbillon, n'est-ce pas ? Un tourbillon causé par une petite serviette destinée à essuyer un peu de sang dans un but ultérieur ?

— Difficile à dire à partir de cette photo.

— Peut-être conservée dans un sac en plastique afin d'être utilisée plus tard pour maculer une chemise ou une semelle de botte ?

— Je suis vraiment tenu de répondre à ça ?

— D'où provenait la photographie que tenait Mme Dubé dans sa main ?

— Je ne sais pas.

— Votre théorie est qu'elle a été tuée d'une balle dans le cou et que, dans son agonie mortelle, elle a saisi la photo de son mari pour le désigner comme son assassin, c'est bien cela ?

— Je témoigne seulement de ce que j'ai découvert.

— Cette femme a été mortellement blessée au cou, elle a énormément saigné, et vous pensez qu'elle s'est saisie de cette photo. Ma question est : après avoir examiné le sang sur la scène du crime comme vous l'avez fait, la position du corps, la disposition du mobilier dans la chambre, pouvez-vous nous dire où elle a pris cette photo ?

— Pas précisément.

— N’est-il pas tout aussi probable qu’on ait placé cette photo dans sa main ?

— Elle la tenait serrée très fort.

— Mais juste après sa mort, ses muscles se sont relâchés, comme le coroner est venu l’attester ici. N’est-il pas possible que la photo ait été placée dans la main de la victime, avant que l’on ne referme ses doigts dessus, pour confondre son mari ?

— Ça me paraît tiré par les cheveux.

— On a ensuite prélevé du sang, comme le montre le tourbillon, que l’on a placé dans l’appartement de son mari.

— Là, je crois que vous vous égarez, monsieur Carl.

— Et peut-être que la personne qui a fait ça connaissait bien la situation personnelle de Leesa Dubé, en plus de bien connaître les propriétés et la consistance du sang. Quelqu’un qui serait dentiste, par exemple ?

— Vous faites une fixation sur les dentistes ou quoi ? réagit Torricelli.

— On appelle ça la phobie du dentiste. La peur des hommes aux avant-bras velus qui vous enfoncent des aiguilles et des piques dans la bouche. J’admets volontiers en souffrir moi-même. Et, à en juger par votre sourire, vous n’en êtes pas exempt non plus. Dites-nous, inspecteur, avez-vous jamais parlé à votre dentiste pendant qu’il vous détartrait les dents ?

— Peut-être.

— Vous ne lui avez jamais demandé « Comment va la famille ? » pendant qu’il creuse dans votre gencive ?

— Je passe surtout mon temps à hurler.

— Laissez-moi vous reposer la question une fois encore, inspecteur. Avez-vous la moindre idée du nom du dentiste de Leesa Dubé ?

— Non.

— Ne pensez-vous pas que vous auriez dû le chercher ?

— L'enquête est close.

— Manifestement pas.

À cet instant, j'entendis un froissement derrière moi, comme je l'espérais depuis un moment.

Whitney Robinson III se levait et tentait de se frayer un chemin devant les autres spectateurs assis dans sa rangée, cherchant à gagner la sortie. L'expression qui se dessina sur son visage lorsqu'il me vit fut une expression horrifiée, comme si mes questions sur le sang et les dentistes avaient entièrement déchiré l'étoffe de sa vie. Finalement, il rejoignit l'allée centrale, se dirigea vers la porte et quitta la salle avec raideur. À la première occasion, il allait passer un coup de fil.

Et je savais pertinemment qui il allait appeler.

Torricelli nous tomba dessus avant que Beth et moi ayons pu quitter la salle. Le jury avait été renvoyé, le juge avait quitté son banc, et François Dubé avait été emmené par l'huissier ; pour ma part, je n'avais plus qu'une envie : fiche le camp de là à mon tour, mais Torricelli ne l'entendait pas ainsi. Et il n'était pas du genre facile à esquiver, surtout s'il se trouvait dans l'allée centrale entre la porte et vous.

— Inspecteur, dis-je. J'espère que je n'ai pas dépassé les bornes avec cette petite plaisanterie à propos de votre veste.

— Ma femme m'en dit bien d'autres.

— Ça ne vous empêche pas de la porter.

— L'habitude. Joli morceau de comédie aujourd'hui.

— Je fais de mon mieux.

— Vous voulez me laisser me charger de ce dentiste ?

— Pas encore.

Il émit un petit grognement ironique.

— Pardi ! Je croyais avoir tout vu venant de vous, Carl, mais voilà que vous accusez du meurtre de cette femme un respectable professionnel.

— J'ai essayé de choisir un suspect que le jury détestera encore plus qu'un avocat.

— Je trouve ça plutôt bas, même venant de vous.

— Vous trouvez ça bas ? dis-je. Baissez la tête.

— Je m'attendais à ce que vous m'accusiez d'avoir placé moi-même chez Dubé les preuves que j'y ai trouvées. Je m'attendais à être mis sur la sellette.

— Désolé de vous décevoir.

— Je sais ce qu'on pense de moi. Je suis trop gros pour être bien futé, trop revêche pour être honnête, j'ai toute une vie de flic derrière moi, alors je suis sûrement passé du mauvais côté, c'est ça ?

— Vous prêchez un converti.

— Je veux bien le croire. Cela dit, que vous soyez négligent dans la manière de gérer vos affaires, ça vous regarde, mais ce n'est pas mon cas. Je n'aime pas que les choses ne tournent pas rond. C'est tout un équilibre qui s'en ressent, vous comprenez ?

— Vous parlez de karma, inspecteur ?

— Appelez ça comme vous voudrez.

— Vous vous êtes trompé de coupable cette fois, inspecteur, dit Beth.

— Je ne crois pas, dit Torricelli. Mais si vous le pensez, dites-moi ce que vous avez entendu dire, et je réglerai ça. Donnez-moi un nom.

— Ça gâcherait la surprise.

Nouveau grognement moqueur.

— Dalton m'a demandé d'aller justifier le salaire qu'on me paie. J'aurai un nom avant demain matin.

Après qu'il fut sorti, Beth et moi nous retrouvâmes seuls dans la salle.

— Tu veux que je te dise un truc ? J'ai peut-être sous-estimé ce type, avouai-je.

— C'est possible, ça ? dit Beth.

— Ça fiche la trouille quand on y pense, non ?

— Tu ne crois pas qu'il était trop tôt pour dévoiler toute cette histoire de dentiste ?

— Le jury a apprécié.

— Mais, Victor, Torricelli va probablement découvrir son nom. Et s'il n'était pas en ville ce jour-là, ou s'il n'a pas d'alibi, ou même si nous ne trouvons pas un mobile, ce qui est fort possible, tout est perdu.

— Je sais.

— Alors ?

— On n'a pas vraiment le choix, tu ne crois pas ? Après la débâcle Sonenshein, nous devons courir un risque. Et ce sera celui-là.

— Mais...

— Beth, regarde-moi.

Elle tourna son visage vers moi, ses jolis yeux inquiets fixant les miens.

— Tu me fais confiance ? lui demandai-je.

Elle leva les yeux au plafond.

— Pourquoi est-ce que je déteste cette question ?

— Regarde-moi.

Elle me regarda.

— Je ne l'aime pas, dis-je, comme je n'aime pas les sentiments que tu as pour lui, et je donnerais tout pour que nous n'ayons jamais accepté cette affaire. Mais une femme est morte, une petite fille a perdu sa mère, son père est mon client et il se bat pour sauver sa peau. Je prends tout ça avec le plus grand sérieux. Alors, quoi qu'il puisse arriver dans cette salle d'audience au cours des prochains jours, il va falloir que tu me fasses confiance, que tu sois persuadée que j'essaie d'agir pour le mieux.

— Ça va être agité, hein ?

— Oui.

— Mais tu crois vraiment François, n'est-ce pas ?

— Je ne crois pas un mot de ce que ce satané Français raconte, mais il n'a pas tué sa femme.

— D'accord. Allons-y, fonçons. Coinçons ce dentiste.

— S'il ne nous coince pas le premier.

63

Il y eut d'abord un coup de téléphone au milieu de la nuit.

Personne n'appelle au milieu de la nuit pour vous inviter à une petite soirée ou fixer une date pour un dîner, pas à moins que le routeur de sa ligne ne soit sérieusement détraqué. Non, un coup de fil au milieu de la nuit est le signe avant-coureur traumatisant de la tragédie, de la calamité, du cauchemar devenu réalité. Aussi, quand mon téléphone se mit à sonner au milieu de la nuit, me tirant d'un sommeil agité, entre le moment où je compris ce qui se passait et celui où je m'emparai finalement du combiné, l'horrible champ des possibles s'était ouvert devant moi. Mon immeuble était en flammes. Mon père était mort. Ma mère appelait d'Arizona pour me dire bonjour.

— Qu'y a-t-il ? dis-je au bord de la panique.

Pas de réponse.

— Allô ? Qui est là ?

Pas de réponse.

— M'man ?

Rien.

Après quelques secondes de silence, je raccrochai.

Mauvais numéro, me figurais-je, mais même avec cette hypothèse en tête, il ne me fut pas facile de me rendormir. L'appel m'avait mis le cœur en branle, et les pires scénarios me trottaient encore dans la tête. D'agité, mon sommeil devint carrément impossible à trouver. Je me retournai en tous sens dans mon lit et fixai les ombres projetées par les réverbères de la rue sur mon plafond.

J'allais enfin m'endormir quand le téléphone sonna à nouveau. Je sursautai, notai rapidement qu'il faisait jour dehors et décrochai le combiné.

— Quoi ? dis-je.

— Dude, à propos de la voiture.

— Quelle voiture ?

— Le cabriolet rouge. C'est votre dernier prix ?

— Quel prix ?

— C'est écrit mille deux cents ici. Je me demandais s'il n'y avait pas de jeu dans les roulements.

— Non, dis-je. Pas de jeu dans les roulements et pas de voiture. Vous avez dû faire une erreur de numéro.

— Vous en êtes sûr ?

— Tout à fait sûr.

Je raccrochai et jetai un coup d'œil à mon réveil. Il était 7 heures du matin, j'avais à peine dormi, et j'étais attendu au tribunal à 10 heures. J'essayai de retrouver mes esprits quand le téléphone sonna à nouveau.

— Quoi ?

— Dude, pour la voiture.

— On ne vient pas d'avoir cette conversation ? Quel numéro demandez-vous ?

Il me le dit.

— C'est mon numéro, mais il n'y a pas de voiture, dis-je. Pas la moindre. C'est sûrement une coquille. S'il vous plaît, n'appelez plus.

Je sortais de la douche en m'essuyant quand ce maudit téléphone sonna à nouveau. Encore dégoulinant, je me précipitai dans la chambre pour décrocher.

— Salut, fit une voix traînante. J'appelle pour le cabriolet.

Je changeai le message de mon répondeur – « Il n'y a pas de voiture » –, et enfilai mon costume avec ma cravate. Je passai prendre un grand café au *diner* du coin, et me mis en route. Je venais d'arriver à hauteur de la 21e Rue, et la caféine commençait tout juste à m'ouvrir les yeux, quand mon téléphone portable sonna.

— Victor Carl à l'appareil, dis-je.

— Bonjour. Merci de répondre.

C'était une voix de femme, très convenable.

— J'ai cru comprendre que vous aviez une portée de labradoodles[1] à vendre.

Il m'arrive parfois, je l'admets, d'être un peu bouché, mais soudain je compris qui m'avait appelé au milieu de la nuit.

Quand j'arrivai au bureau, c'était la folie. Il y avait une vingtaine de candidats qui attendaient pour le poste d'assistant juridique vacant, qui proposait un salaire de base de 45 000 $, plus les bénéfices, plus les primes, de quoi en allécher plus d'un dans la branche, sauf qu'il n'y avait pas de poste d'assistant juridique dans notre cabinet, et que 45 000 $, plus les béné-

1. Un croisement de labrador et de caniche.

fices, plus les primes, c'était plus que ce que Beth et moi réunis gagnions comme avocats. Le groupe de chercheurs d'emploi se tenait devant le bureau de ma secrétaire, Ellie, et pointait du doigt un grand encadré paru dans les petites annonces.

— Je me fiche de savoir ce qu'il y a d'écrit là, leur expliquait-elle. Il n'y a aucun poste à pourvoir. C'est une erreur. Rentrez chez vous.

Quand elle me vit, elle leva les bras dans un geste d'exaspération.

Je me faufilai devant le petit groupe, me penchai et lui dis doucement :

— Navré pour ça. Des messages ?

— Vous avez eu sept offres concernant une guitare signée de Jimmy Page.

— Jimmy Page ? Des Led Zeppelin ?

— Je ne savais pas que vous aviez une guitare signée de Jimmy Page.

— Moi non plus.

Je regardai la foule.

— Je suis dans mon bureau. J'ai un coup de fil à passer. Remerciez-les d'être venus et dites-leur que le poste a été pourvu. Ce sera plus simple.

— Que se passe-t-il, monsieur Carl ?

— Quelqu'un me joue un petit tour.

— Avec tout ça, si je n'ai pas une augmentation ! dit-elle.

— Désolé, dis-je. Une fois que nous aurons payé l'assistant juridique, il ne restera même plus assez d'argent pour acheter des trombones. Alors une augmentation...

Je fermai la porte de mon bureau, m'installai et regardai clignoter les voyants des différents postes.

Alors, comme ça, Bob faisait mumuse ; il m'appelait au milieu de la nuit et passait de fausses petites annonces dans la presse pour saturer toutes mes lignes. Il aurait pu trouver mieux, me dis-je, mais c'était quand même ennuyeux ; je ne doutais pas une seconde qu'il avait eu vent de mes questions à Torricelli la veille. Dès qu'une ligne se libéra, je décrochai rapidement et composai un numéro.

Whitney Robinson III rit quand je lui expliquai ce qui m'arrivait.

— Vous n'avez tout de même pas cru qu'il serait ravi ? dit-il.

— Non, admis-je.

— Ou qu'il n'en saurait rien.

— Non, ça non plus.

— Alors voilà, mon garçon. À quoi d'autre vous attendiez-vous ? C'était une erreur de l'impliquer. Vous compromettez son travail.

— De dentiste ?

— C'est presque un ministère, au sens religieux du terme.

— Whit, je n'ai pas le choix en l'espèce.

— On a toujours le choix.

— Et vous avez choisi de jouer les espions.

Il rit doucement de mon accusation.

— Je préfère penser que je vous rends service à tous les deux. Considérez-moi comme une sorte de tampon. Je vous aime beaucoup, Victor, vous le savez. Et c'est un homme remarquable, un type vraiment extraordinaire.

— C'est un dentiste.

— Oh, mon garçon, il est bien plus que cela. Il est un exemple pour nous tous. Nous croisons constamment en ce monde de pauvres âmes en détresse, et que faisons-nous ? Nous faisons claquer notre langue en secouant la tête d'un air apitoyé, et nous poursuivons notre chemin. Mais lui, il s'arrête, il prend des mains dans les siennes et il fait quelque chose pour aider. Vous n'imaginez pas le nombre de personnes qu'il a aidées de tant de façons différentes. Et vous êtes l'une d'elles, Victor, ne l'oubliez pas. Il vous a amplement aidé déjà, tout comme ces jeunes enfants auxquels vous vous intéressez. Et il peut vous aider encore.

— Ça m'a tout l'air d'un pot-de-vin.

— Si c'est le cas, alors c'est que vous ne comprenez toujours pas. Il n'y a rien de vénal dans ce qu'il fait. Il voit une femme qui a des ennuis, il s'implique dans sa vie et agit envers elle comme si elle était sous sa responsabilité. Vous n'êtes pas encore père, Victor, mais je peux vous le dire par expérience, un père ne reculera devant rien pour sauver son enfant. Devant rien. Souvenez-vous de cela. Mais ce qui est extraordinaire chez cet homme, c'est qu'il éprouve les mêmes sentiments envers de parfaits étrangers. Il voit un moyen d'aider, et il le met aussitôt en œuvre.

— En somme, c'est une sorte de cow-boy solitaire qui parcourt la prairie en essayant d'apporter son aide çà et là.

— En y *réussissant*, mon garçon. En y réussissant.

— Comme il a réussi avec Leesa Dubé ?

— Il a fait ce qu'il a pu.

— Il l'a tuée, Whit.

— Bien sûr que non. Vous devenez idiot. Il a passé sa vie à aider les autres. Il n'a rien d'un assassin. Dites plutôt que c'est un sauveur.

— Il l'a tuée.

— Ça suffit maintenant. Vous êtes contrarié, vous n'avez pas bien réfléchi à tout cela. Écoutez-moi, mon garçon. Je sais que vous ne me faites plus autant confiance qu'avant. Et je le comprends. Mais j'aimerais que vous me croyiez au moins sur un point : il n'a pas tué cette femme.

— Alors qui l'a fait ?

— Ça n'a plus d'importance maintenant.

— Même si je vous croyais, Whit, j'ai toujours une obligation envers mon client.

— Sauvez votre client sans l'impliquer, lui.

— Je ne vois pas comment faire ça sans me servir de lui pour créer au moins un doute raisonnable.

— Réfléchissez bien, Victor. Envisagez toutes les options. Vous compromettez bien plus de choses que vous ne le pensez. Pas seulement lui, mais sa mission également, et ça, il ne le permettra pas. Il peut être un ami merveilleux, comme il l'a montré, mais il peut être aussi votre plus dangereux ennemi.

— C'est vous qui le dites. Deux ou trois fausses petites annonces, quelques coups de fil en pleine nuit. Je m'en remettrai.

— Oh, Victor, mon garçon, ne le sous-estimez pas. Notre ami commun n'a fait que s'éclaircir la gorge jusque-là.

64

J'aimais bien l'image : Mia Dalton dans un hamac se balançant dans la brise légère, les yeux clos, un cocktail à ombrelle à la main, la radio diffusant doucement un air de rumba.

— L'accusation n'a rien à ajouter[1], dit-elle.

— Ça ne me ferait pas de mal de me reposer un peu, moi aussi, marmonnai-je à Beth.

— Vous avez dit quelque chose, monsieur Carl ? demanda le juge.

Pourquoi avais-je la désagréable impression d'être revenu en sixième ?

— Non, Votre Honneur.

— Avez-vous des témoins à présenter ?

— Oui, en effet.

— Permettons au jury de faire une petite pause pendant que nous réglons certains points de droit, et puis nous vous laisserons appeler vos témoins.

— La cour se retire, annonça l'huissier.

Tous, nous nous levâmes. L'important, pour

1. « *The prosecution rests* », en anglais, le verbe « *to rest* » signifiant littéralement « se reposer », d'où l'image d'Épinal du paradis tropical.

un avocat de la défense au moment où les jurés quittent la salle, est de continuer d'afficher un air de confiance tranquille jusqu'à ce que les portes se soient refermées derrière eux. À ce moment-là, les jeux sont faits, et vous pouvez vous écrouler tranquillement sur votre siège avec une expression de total abattement.

Beth présenta les motions habituelles, souleva les points habituels, et accepta stoïquement les rejets habituels.

— Autre chose que je puisse rejeter ? demanda le juge.

— Ma carte de crédit a été refusée la semaine dernière, dit Beth. J'imagine qu'on peut l'inclure dans le lot.

— Très bien, dit le juge. Vingt minutes, tout le monde.

Et nous nous levâmes tous à nouveau comme il quittait son fauteuil.

— Ça s'est bien passé, dit Beth.

— À peu près aussi bien qu'on pouvait l'espérer, dis-je en m'appuyant sur la table. Dalton a préparé minutieusement son dossier.

— Sommes-nous prêts pour notre défense ?

— Je crois, dis-je.

Mais, au même moment, je vis Beth écarquiller les yeux et sentis une présence menaçante derrière moi. Je grimaçai avant même de me retourner.

Torricelli.

— Il s'appelle Pfeffer, dit Torricelli. Robert Pfeffer.

— Comment l'avez-vous trouvé ?

— Une des amies de la victime nous a donné son

nom. Une certaine Mme Winterhurst. Il semble que ce soit elle qui l'ait recommandé à Leesa en premier. Alors, dès qu'on a eu son nom, on est passé à son cabinet. Un type agréable. Et il a l'air de connaître sa partie. J'avais une question d'ordre dentaire, et il y a répondu largement.

— Vous avez pris rendez-vous ?

— À vrai dire, oui. Il a l'air très compétent, et on m'a dit qu'il était très doux. Et, bien sûr, il s'est avéré qu'il a un alibi pour le soir du meurtre.

— Évidemment qu'il en a un, dis-je. Vous avez vérifié ?

— Ça tient debout, dit-il. Il a passé la nuit avec quelqu'un.

— Docteur Bob, vieux renard, dis-je en secouant la tête. Qui aurait pensé ça ? Vous voulez bien me dire avec qui il était ?

— C'est confidentiel, mais disons seulement qu'il avait les mains pleines.

— Je vois.

Tilda. Ouch !

— Donc, c'est réglé, non ?

— J'imagine.

— On va donc pouvoir oublier toutes ces conneries dentaires jusqu'à la fin du procès ?

— Je ne crois pas, non.

— Carl, vous savez ce que vous êtes ? Vexant. Vous n'êtes qu'un salopard vexant.

— Merci, inspecteur. Puis-je faire une suggestion ?

— Allez-y.

— Avant de vous asseoir sur le fauteuil du Dr Pfeffer, vous pourriez avoir envie de vérifier son diplôme. L'encre est un peu étalée à l'endroit où son nom est inscrit. Il se trouve que Pfeffer n'est pas son vrai nom. Alors, avant de le laisser vous traficoter la bouche, je vous suggère d'essayer de découvrir pourquoi il a changé de nom.

Il peut m'arriver de pousser un peu trop souvent le fameux « cri de douleur qui n'est pas écouté » shakespearien, mais il y a des joies reconnues dans ce métier, au premier rang desquelles encaisser un chèque de provision. J'aime aussi contre-interroger des idiots, lire des transcriptions de déposition – c'est un peu tordu, je le sais bien, mais je n'y peux rien – et donner l'ordre à ma secrétaire de ne me passer aucun appel. J'aime surtout le mouvement de recul qu'ont les gens quand je leur dis que je suis avocat. Essayez un jour dans une petite soirée ou dans la rue, dites à quelqu'un que vous êtes avocat et regardez-le ou la s'éloigner en esquissant un pas de danse, comme si de rien n'était. Ça me donnerait presque envie de postuler à la Direction des impôts. Et quelle joie aussi, croyez-moi, quand j'ai annoncé à l'inspecteur Torricelli que son nouveau dentiste, le Dr Pfeffer, avait falsifié son diplôme et changé son nom pour une raison inconnue, et que je l'ai vu écarquiller les yeux en passant nerveusement sa langue sur ses dents.

— Vous pouvez appeler votre premier témoin, monsieur Carl, dit le juge.

— Votre Honneur, la défense appelle Arthur Gullicksen.

Arthur Gullicksen s'avança à la barre dans son très chic costume gris et ses mocassins noirs à glands, ses cheveux gris brillants lissés en arrière avec raffinement. « Raffiné » était le mot qui convenait pour caractériser sa silhouette svelte, ses ongles manucurés, ses dents pointues et son visage en lame de couteau. Vous vous souvenez sûrement du nom de Gullicksen ; il était l'avocat de Leesa Dubé chargé de son divorce, dont nous avions tenté de limiter le témoignage lors de l'interrogatoire de l'accusation. Maintenant, il était notre témoin principal. C'est drôle comme les choses peuvent changer. Voir Gullicksen en chair et en os, c'était rouvrir l'éternel débat sur la question de l'inné et de l'acquis. Les avocats dans son genre sont-ils attirés par le droit matrimonial, ou bien est-ce le boulot lui-même qui les transforme en spécimens aussi repoussants ?

En s'asseyant à la barre, il tira sur ses poignets, lissa les manches de sa veste, et rajusta sa cravate de manière que le nœud tombe bien entre les pointes de son col. Sa cravate jaune. Exactement la même que celle que je portais maintenant. L'humiliation faite à mon tour de cou ne cesserait-elle jamais ?

– Merci d'avoir bien voulu revenir, monsieur Gullicksen. Je n'aurai que quelques questions. Vous avez témoigné précédemment que vous étiez l'avocat de Mme Dubé chargé de son divorce, c'est bien cela ?

– C'est exact, dit-il en examinant ses ongles.

– Comment ça se passait ?

– Je vous demande pardon ?

– Le divorce. Au vu de votre premier témoignage, il apparaît que vous et Mme Dubé vous battiez pour obtenir la garde de leur fille, ainsi que la part du lion des biens matrimoniaux, dont une partie du restaurant de François Dubé, sans parler d'une pension alimentaire substantielle.

— Nous n'avons cherché à obtenir que ce à quoi elle avait droit.

— Bon, nous n'allons pas débattre de ça ici, de toute façon. Ce que j'aimerais savoir, monsieur Gullicksen, c'est comment se déroulait la procédure de votre côté ? Vous semblait-il que vous alliez obtenir satisfaction pour chacune de ces demandes ?

— C'est difficile à dire.

— Essayez, monsieur Gullicksen. Prenons le problème de la garde de l'enfant. Vous avez prétendu que Mme Dubé et Amber Dubé avaient été victimes de sévices sexuels de la part de l'accusé. Quel genre de preuves aviez-vous pour l'attester ?

— Leesa Dubé se préparait à témoigner.

— Mais vous n'aviez pas d'autres témoins, n'est-ce pas ?

— Leesa s'était confiée à ses amis concernant ces sévices.

— Il s'agit de ouï-dire, ce qui n'est pas recevable. En outre, le pédiatre, ainsi que nous l'a confirmé l'inspecteur Torricelli dans son témoignage, n'a décelé aucun signe de sévices. Aviez-vous d'autres témoins, ou d'autres preuves recevables de ces mauvais traitements ?

— Pas à ce moment-là, mais j'en cherchais.

— Maintenant, en réponse aux accusations de sa femme, M. Dubé a prétendu que celle-ci souffrait d'une dépendance aux analgésiques, qu'elle déposait souvent sa fille chez sa mère sans explication pour se rendre Dieu sait où, et qu'à bien des égards, elle était une mère inapte, n'est-ce pas ?

— Ces allégations n'engageaient que lui.

— Avait-il des témoins pour étayer ces allégations ?

— C'est ce qu'il prétendait.

— Vous les avez entendus ?

— Certains, oui.

— Et qu'ont donné ces dépositions ?

— Elles n'étaient pas sans failles ni contradictions.

— Je suis avocat depuis assez longtemps pour savoir interpréter cela. Vous voulez dire qu'en fait, les allégations de M. Dubé étaient solides, n'est-ce pas ?

— Plutôt solides, en effet.

— Monsieur Gullicksen, selon vous, y avait-il une chance pour que Leesa Dubé n'obtienne pas la garde d'Amber ?

— Objection, dit Mia Dalton. L'opinion du témoin n'est pas pertinente.

— Monsieur Carl ? Toutes ces questions sont-elles bien fondées ?

— Oui, Votre Honneur. Je demande qu'on me laisse une certaine liberté de manœuvre ici. Je n'essaie pas de juger le divorce dans ce tribunal. Mais je pense qu'il est extrêmement utile de savoir ce que l'avocat de Leesa Dubé pensait de l'affaire, et ce que Mme Dubé elle-même pensait de ses chances de l'emporter. Sa peur de perdre son enfant est au cœur de notre défense.

— Poursuivez, dans ce cas, mais faites preuve de circonspection.

— Merci, Votre Honneur. Monsieur Gullicksen, y avait-il un risque que Leesa Dubé perde la garde de sa fille ?

— Oui.

— Un grand risque ?

— Un risque non négligeable.

— Et, ainsi que l'exige sur le plan éthique l'Association juridique, vous avez fait part de ce risque à votre cliente ?

— Oui.

— Comment a-t-elle pris ça ?

— Je ne peux rien dévoiler de ce qu'elle m'a dit.

— Bien sûr que non, mais vous pouvez nous parler de son état d'esprit. Comment prenait-elle la possibilité bien réelle qu'elle perde la garde de sa fille, Amber, au profit de l'accusé ?

— Elle ne le prenait pas bien.

— Et concernant la partie financière ? Comment ça se présentait ?

— Il allait y avoir une pension alimentaire, cela ne faisait aucun doute. J'étais convaincu que nous pourrions obtenir une part importante des revenus de M. Dubé, mais, malheureusement, ces revenus étaient limités. En outre, notre enquête a montré que le restaurant n'avait pas de capital en actions, en raison de la structure financière de l'affaire. Il était donc possible que Leesa Dubé ne récupère en fin de compte que très peu d'argent.

— Et vous lui avez expliqué ça aussi ?

— Bien sûr.

— Comment l'a-t-elle pris ?

Gullicksen lissa ses cheveux sur son crâne.

— Le divorce est une période difficile pour toutes les parties.

— Elle était contrariée ?

— On pourrait dire ça.

— Bouleversée ?

— Si on choisit de donner dans la note dramatique, oui.

— Qu'est-ce qui aurait pu l'aider, monsieur Gullicksen ? Comment aurait-elle pu améliorer ses chances dans cette affaire ?

— Un divorce ressemble à tous les autres types de procès. La qualité des avocats est un élément important, c'est pour cela qu'on nous paie, mais en dernier ressort ce sont les preuves qui parlent.

— Donc, ce qu'il lui aurait fallu, c'est plus de preuves, c'est bien ça ?

— Oui.

— Et vous le lui avez expliqué, là encore ?

— Oui.

— Lui avez-vous dit quel genre de preuves pourrait lui être le plus utile ?

— Je lui ai dit qu'une preuve qui mettrait directement en cause la capacité de son mari à prendre soin de leur enfant serait très précieuse.

— L'usage de stupéfiants, par exemple ?

— Absolument.

— Des partenaires sexuels multiples ?

— Oui, bien sûr.

— Des perversions sexuelles ?

Il sourit et montra les dents, comme si on lui offrait la jambe d'une nageuse bien en chair.

— Ce genre de preuve est toujours utile dans ces affaires-là.

— Avez-vous suggéré à Mme Dubé d'engager un détective privé pour découvrir si de telles preuves existaient ?

— Oui, mais elle m'a dit ne pas disposer de fonds suffisants pour cela, une fois payée ma provision.

— À propos, combien avez-vous demandé ?

— Objection, intervint Dalton.

— Quel est le but de cette question, monsieur Carl ? demanda le juge.

— Simple curiosité professionnelle. Je me suis peut-être trompé de branche en choisissant le droit criminel.

— Objection retenue.

— Merci, Votre Honneur, dis-je. Et merci, monsieur Gullicksen. Je n'ai pas d'autres questions.

65

Je ne sais pourquoi je me réveillai. Il n'y avait pas un bruit, et c'est sans doute la raison. J'habite en ville et, au début de l'été, je laisse ouverte la fenêtre de ma chambre, si bien que je suis bercé tous les soirs en me couchant par la rumeur du trafic automobile, les coups de klaxon lointains, les rires des passants dans ma rue qui mènent une meilleure vie que moi. Mais quand je me réveillai cette nuit-là, tout était silencieux. Je me sentais un peu dans la peau du Londonien qui se réveille en sursaut dans son sommeil parce que Big Ben n'a pas sonné.

Ou peut-être tout simplement était-ce que je l'attendais. Dans ce cas, je ne fus pas déçu.

J'étais couché les yeux ouverts, laissant les morceaux épars de ma conscience se rassembler et s'amalgamer, quand le téléphone sonna. Je sursautai.

– Allô ? dis-je rapidement.

Pas de réponse. Je sus aussitôt qui était au bout du fil.

– C'est vous, j'imagine, dis-je, pas le moins du monde perturbé.

En fait, le ton de ma voix était même plutôt jovial.

Mais tout ce que j'entendis fut une respiration râpeuse.

— Je m'attendais à ce que vous rappeliez, dis-je. Vous préférez vous taire ? Ça me va. Mais, s'il vous plaît, ne raccrochez pas. J'ai un message très important pour vous.

J'attendis un moment. Il était toujours en ligne.

— Mais avant de vous le transmettre (était-ce un soupir que je venais d'entendre à l'autre bout du fil ?), je tenais à vous préciser qu'il n'y a rien de personnel dans ma démarche. En fait, je dois avouer que je vous aime bien ; je ne devrais peut-être pas, mais c'est comme ça. Et je vous admire aussi, d'une certaine manière. Les fausses petites annonces, c'était vraiment drôle. Enrageant, oui – vous avez gâché la journée de ma secrétaire avec tous ces postulants au job d'assistant juridique qui ont débarqué –, mais quand même, c'était une bonne blague. Le pire, ç'a été ces maudits chiots labradoodles. Mon portable n'arrêtait pas de sonner. J'ai dû l'éteindre pour échapper aux jappements de tous ces gens, et chaque fois que je rallumais, j'avais au moins vingt messages, tous à propos des labradoodles. Je ne sais toujours pas ce qu'est un labradoodle, mais je peux vous dire que la demande est insatiable.

« Et j'ai bien aimé aussi le coup des magazines porno placés un peu partout à mon bureau avec mon nom sur les fausses étiquettes d'abonnement. Pas mal. Ma secrétaire n'a pas beaucoup apprécié quand elle a compris ce qui se passait ; elle a dû fouiller partout pour s'assurer qu'elle les avait tous récupérés. Je tiens à ce que vous sachiez que je les ai ramenés chez moi, et que j'ai passé des heures à chercher leur signification. Mais je suis encore perplexe. Surtout pour *Mamies lesbiennes*. Vraiment ? J'ai hâte de voir ce que vous me réservez encore.

« Mais ce n'est pas votre intelligence que j'admire le plus, ni les moyens que vous avez trouvés de mettre du désordre dans ma vie. C'est votre sens du devoir, le sens de la mission. Vous aimez aider, ainsi que vous le répétez, mais c'est plus que ça, n'est-ce pas ? Ça tient de l'obsession. Et je crois savoir maintenant d'où ça vient. Mais, vous devez le comprendre, j'ai moi aussi des obligations, la principale étant maintenant envers mon client. Franchement, je n'aime pas plus que vous, j'imagine, François Dubé, mais il est mon client. Ça signifie quelque chose, du moins en ce qui me concerne. Je dois faire ce que je peux pour l'aider. Et pour le moment, je ne vois pas comment je pourrais le faire sans vous impliquer... Vous êtes toujours là ?

Je tendis l'oreille. Le même souffle rauque, rien d'autre.

— C'est plutôt agréable d'être celui qui parle pour une fois ; c'est presque comme si c'était moi qui avais les doigts dans votre bouche.

Je ris un peu, mais pas lui, pas du tout.

— Je ne comprends pas tout ce qui est arrivé le soir où Leesa Dubé est morte. Qui a fait quoi à qui, et où ? C'est un peu la pagaille. Mais j'ai la certitude que vous êtes impliqué, d'une manière ou d'une autre. Et je crois pouvoir en convaincre le jury. Si j'y parviens, François Dubé a une chance d'être acquitté. Que ce soit une bonne chose ou non, ce n'est pas à moi de le dire. J'ai essayé un jour d'être à la fois juge et partie, et ça n'a pas été bien fameux. Tout ce que je sais, c'est que je ne sais pas grand-chose. Pour être franc, j'en sais tout juste assez pour réussir à m'habiller le matin, et encore, Carol Kingsly vous dirait que ce n'est pas ce qu'on appelle s'habiller. Mais il y a une chose dont je suis certain, c'est que j'ai ce travail à faire et que rien ne pourra m'en empêcher, ni coups de fils contrariants ni faux abonnements à des magazines porno. Je voulais juste que vous le sachiez. Rien de personnel.

« Très bien, je crois qu'il est temps de vous transmettre le message que j'ai pour vous. J'étais à Chicago il y a quelques jours, tout près du stade de base-ball. Une petite maison située à trois rues à l'ouest de la troisième base. Oui, c'est ça. La maison où vous avez passé votre enfance. Vous n'êtes pas le seul à pouvoir creuser dans le passé de quelqu'un. J'ai eu une gentille petite conversation avec Jim et Franny. Votre frère et votre sœur ont été si heureux d'avoir de vos nouvelles. Ils n'en avaient plus depuis si longtemps qu'ils vous ont cru mort. J'ai presque vu des larmes dans leurs yeux quand je leur ai dit que vous alliez bien. Presque. Et vous ne le croirez peut-être pas, mais votre père habite avec eux. Bonne nouvelle. Il est sorti de prison. Mais je crois qu'il a eu une attaque, et franchement je ne pense pas qu'il soit bien traité, qu'il le mérite ou non. J'ai pensé que vous voudriez le savoir. Mais le message que j'ai pour vous est un message de votre frère et de votre sœur. Ils m'ont dit que votre père aimerait vous revoir, et eux aussi. Ils veulent que vous leur rendiez visite. Ils veulent que vous rentriez à la maison.

J'attendis quelques secondes une réaction, mais il n'y en eut pas, juste le même souffle guttural.

Et puis un « clic ».

Je raccrochai, posai ma tête sur la fraîcheur de mon oreiller et sentis mes paupières devenir lourdes. Ça avait plutôt bien fonctionné, pensai-je. Ce soir, ce serait son tour de ne pas trouver le sommeil.

66

Le Tommy's High Ball, en début d'après-midi un jour de suspension de séance au tribunal. Je pénétrai dans la fraîcheur du bar et saluai d'un geste le barman à la tignasse blanche. Il acquiesça et m'indiqua l'alcôve située à côté de la porte, où Horace T. Grant était assis avec un autre homme, un échiquier entre eux deux, les pièces aux allures de soldats fatigués disséminées sur les cases noires et blanches.

Horace leva les yeux lorsque je m'approchai, et il grimaça comme s'il venait de ressentir une violente douleur à la hanche.

— Vous êtes venu prendre une nouvelle correction ? dit-il.

— Non, monsieur, dis-je. Les cicatrices de notre dernière rencontre sont encore fraîches.

— Ça ne m'étonne pas.

Il reporta son attention sur la partie.

— Tu vas te décider à bouger ce cavalier, Simpson, ou bien tu comptes camper sur cette position jusqu'à la fin de ce bel après-midi ?

— J'ai plusieurs options, dit l'homme.

— Peut-être, dit Horace, mais elles sont toutes mauvaises.

— J'ai des options, que je dis, insista Simpson, toutes sortes d'options. J'ai pas besoin que tu restes là à faire ton orgueilleux. Je t'ai déjà battu.

— Ah oui ? releva Horace sur le ton de l'incrédulité. Et quand ça ?

— Une fois, souviens-toi, avec un pion et ma reine. Une brillante combinaison, sans vouloir me vanter.

— Je devais être trop saoul pour m'en souvenir, dit Horace, et j'ai pas été aussi saoul depuis que Wilson Goode[1] a lâché sa bombe sur mon quartier et m'a dégrisé illico, de trouille.

— J'ai pas dit que c'était récent.

— Non, tu parles, dit Horace. Maintenant, bouge un pion avant que ma carcasse tombe en poussière.

— Trop tard, dis-je.

Cela fit rire Simpson, qui se couvrit la bouche avec ses longs doigts osseux. Horace se contenta de secouer la tête.

— Que voulez-vous ? dit-il finalement.

— Je ne peux pas rester, on m'attend là-haut. (Horace haussa les sourcils avec intérêt.) Je voulais juste vous dire que je travaille à régler la petite affaire dont on a parlé. Je n'ai pas encore de nouvelles.

— Très bien, dit-il.

— Mais j'espère en avoir très vite.

1. Le premier maire afro-américain de Philadelphie. En 1985, Goode a donné le feu vert à une opération policière visant à expulser par la force d'une maison fortifiée une organisation séparatiste noire. Une bombe a été lâchée depuis un hélicoptère sur le « bunker », tuant de nombreux innocents et dévastant plus de soixante maisons environnantes.

— Vous savez où me trouver.

— Oui.

— C'est tout ?

— C'est tout.

— Bon, alors... si vous nous laissiez maintenant, hein ? Parce que vous êtes là à remuer comme une piñata, on a du mal à se concentrer sur autre chose que l'envie de vous assommer d'un bon coup de batte de base-ball, même si je n'ai pas besoin de beaucoup de concentration pour battre cet idiot.

— Tiens, prends ça, dit Simpson en déplaçant son cavalier d'un geste théâtral.

— Tu permets ? dit Horace en écrasant le cavalier avec son fou.

— Merde, dit Simpson.

Isabel Chandler se trouvait au-dessus, à l'appartement, avec Julia et Daniel Rose. L'endroit était un fatras de cartons et de sacs-poubelles en plastique noir pleins à craquer.

— On déménage, dit Julia d'un air rayonnant.

Daniel, vêtu d'un short et d'un tee-shirt à manches longues propres, s'assit sur ses genoux et enfouit sa tête dans le creux de son cou.

— Randy a fini par nous trouver un endroit à Mayfair. C'est plus proche de son travail, et Daniel aura sa chambre. Il paraît que l'école est très bien là-bas.

— C'est formidable, dis-je en me demandant pourquoi Daniel se cachait de moi.

— Julia a suivi presque tous les cours d'éducation parentale, dit Isabel, son dossier ouvert sur ses genoux. Je lui ai dit que nous attendions qu'elle fasse encore mieux, et elle a promis de ne plus en manquer aucun. Et les dents de Daniel sont vraiment bien maintenant.

— Souris-moi, Daniel, dis-je.

Daniel écarta son visage du cou de sa mère et, le regard triste, me montra ses nouvelles dents un court instant, avant d'enfouir son visage à nouveau.

— Quand déménagez-vous, exactement ? demanda Isabel.

— La semaine prochaine, dit Julia. Le nouvel appartement est déjà vide. Randy a passé des nuits à tout préparer pour nous. Le propriétaire a fourni la peinture. Bleu pastel.

— Joli, dis-je.

— Et si nous prenions rendez-vous avec un de nos pédiatres dans le secteur ? dit Isabel. Ce serait bien qu'il puisse suivre Daniel et enregistrer ses progrès.

— Il le faut vraiment ? On ne peut pas attendre que nous soyons installés ?

— Je crois qu'on devrait mettre ça au point maintenant. Comment va Daniel sur un plan médical ?

— Il a pris du poids, dit Julia. Il mange mieux. C'est sûrement ses dents. Ce docteur, le Dr Pfeffer, a fait un travail merveilleux.

— Il est d'une grande aide, dis-je. Veillez à bien suivre ses instructions surtout.

— N'ayez crainte. Randy se montre particulièrement attentif. Tout se passe si bien.

— Je suis heureux pour vous, Julia. Vraiment. Vous permettez que j'emmène Daniel jouer un peu au square pendant que vous terminez ?

— Mais on a fini, n'est-ce pas, mademoiselle Chandler ?

— Je crois.

— Pourquoi ne pas y aller tous ensemble ? proposa Julia. Un peu d'air fera du bien à Daniel, et à moi aussi.

— Formidable, dis-je.

Nous formions un drôle de groupe tous les quatre tandis que nous marchions vers le square. Isabel en tailleur, moi en complet-veston, et Julia en jean et tee-shirt noué sur le côté, avec Daniel qui s'accrochait à elle. Il semblait évident, à nos mises et à la dynamique du groupe, qu'Isabel et moi étions des représentants de l'État, chargés d'observer et de juger la relation mère-fils. Franchement, je me sentais mal à l'aise dans ce rôle. Qui était plus mal placé que moi pour juger des relations entre une mère et son fils ? Il m'avait fallu des années pour trouver le courage de renouer avec ma propre mère, et encore ; la simple possibilité qu'elle puisse appeler au milieu de la nuit suffisait à me mettre dans tous mes états. Et qui étais-je pour juger de la relation de qui que ce soit avec un enfant ? Tout ce que je savais des enfants, c'est qu'il leur arrivait de saloper mes costumes. Il semblait que Julia devenait enfin sérieuse et avait l'intention de s'occuper convenablement de son fils. M'illusionnais-je en pensant que peut-être ma simple présence auprès eux, mon souci du bien-être de Daniel, avait un effet positif ? Tout cela me donnait presque l'impression d'être... comment dire ? Je n'arrivais pas à trouver le mot, mais tout cela me donnait le sentiment de... de compter.

Bon Dieu, peut-être que cette histoire de *pro bono* n'avait pas que des mauvais côtés, après tout ?

Au square, les trois adultes s'assirent sur un banc et évoquèrent les projets de Julia pour son fils, pendant que Daniel errait au hasard autour des installations. À un moment, il commença à grimper sur la cage à poules, s'arc-bouta à l'aide de son genou, chercha à atteindre un barreau plus haut avec sa main gauche. Et puis il s'arrêta et redescendit prudemment.

— Je vais discuter un peu avec Daniel, dis-je.

Il se tenait à côté du tapecul, une main agrippée à la poignée d'un des sièges, s'amusant à le soulever et à l'abaisser.

— Comment ça va, Daniel ?

— Bien, dit-il sans me regarder.

— Ça te plaît de déménager ?

— Je sais pas.

— Tu n'as pas l'air enthousiaste.

— J'aime bien ici.

— Ce sera bien là-bas aussi.

— Et si elle arrive pas à nous retrouver ?

— Qui donc ?

— Vous savez qui.

— Tanya.

— Comme elle va ?

— Je ne sais pas. Je ne l'ai pas encore trouvée, mais je continue de chercher, et je suis tout près maintenant. Je vais la retrouver. Et moi, je sais où tu seras, Daniel. Je te l'amènerai.

Il tourna la tête et me fixa.

— Non.

— Qu'y a-t-il ?

— Il l'aime pas.

— Je sais. Je ferai très attention. Mais et toi, Daniel ? Il t'aime bien ?

— Je sais pas.

Il détourna la tête à nouveau, se dirigea tranquillement vers le toboggan et laissa courir sa main gauche sur la glissière en métal. Je jetai un regard du côté de Julia et Isabel sur le banc. Isabel était en ligne sur son portable, son dossier ouvert sur ses genoux. Julia observait Daniel d'un air inquiet. Elle se leva et commença à marcher vers nous. Je m'avançai vers Daniel et fis écran avec mon corps entre lui et sa mère.

— Qu'est-il arrivé à ton bras ? dis-je.

Il serra son bras droit contre son corps.

— Rien.

— Laisse-moi voir, Daniel. S'il te plaît, montre-moi.

— Rien.

Je m'accroupis, lui pris délicatement le poignet et tirai sur son bras jusqu'à ce qu'il soit tendu. Il grimaça.

— Tu t'es fait mal en jouant ?

— Non.

— Tu es tombé alors ?

— Non.

— Je vais remonter ta manche, d'accord ?

— Non.

— Si, je vais le faire, dis-je.

Je le fis, et aussitôt quelque chose en moi vacilla.

— Il s'est brûlé sur ma cigarette, dit Julia, qui se tenait maintenant juste derrière moi pendant que je continuais de fixer le bras de Daniel.

— Je ne savais pas que vous fumiez, Julia, dis-je, toujours accroupi devant Daniel, tenant toujours son poignet, balayant les cheveux de son front pour ne plus avoir à regarder son bras.

— Si, ça m'arrive.

— Je sais que Randy fume.

— C'était un accident.

— Je ne vous comprends pas. Je suis désolé. J'ai essayé de comprendre, mais je n'y arrive pas. D'abord, vous donnez Tanya, et maintenant ça. Ça ne compte même plus que ce soit vos enfants. Je n'en ai pas moi-même, alors je n'essaierai pas de savoir ce qu'on ressent. Je ne sais qu'une chose, c'est que ce sont des enfants et qu'ils ont besoin de quelqu'un, et ce qu'ils avaient, c'était vous. Ils avaient besoin de vous pour les protéger, et vous avez tourné la tête.

— C'était un accident, je vous dis.

— Il y a là trois brûlures qui présentent des degrés de guérison différents. Celle-ci est toute fraîche. Toutes sont de la taille d'un bout de cigarette allumé. Ce n'était pas un accident.

— On va rentrer maintenant, dit Julia.

— Non, dis-je. Non, vous ne rentrez pas.

— Viens, Daniel, appela-t-elle en tendant la main à son fils.

Daniel me regarda et ne bougea pas.

— Que se passe-t-il ? demanda Isabel en nous rejoignant, tenant son dossier dans une main, et son téléphone portable dans l'autre.

— Appelez la police, lui dis-je. Il nous faut une voiture de patrouille et un inspecteur de l'unité spéciale d'aide aux victimes, immédiatement. Et il faut aussi qu'on trouve un hébergement sûr pour Daniel.

67

J'arrivai en retard à mon rendez-vous avec Carol Kingsly.

Pas étonnant, avec la police et toute la paperasse, en particulier la délivrance d'un mandat d'arrêt à l'encontre de Randy Fleer. Je dus ensuite retourner à l'appartement de Julia, empaqueter les affaires de Daniel dans un sac-poubelle noir, puis le conduire aux Services sociaux, où Isabel téléphonait partout pour lui trouver un foyer d'accueil. J'accompagnai ensuite Isabel lorsqu'elle conduisit Daniel jusqu'à la maison d'un gentil couple qui avait déjà deux enfants plus âgés, et qui avait accepté de prendre en placement d'urgence, bénévolement et après avoir fait l'objet d'une enquête approfondie et obtenu un agrément, un enfant dans la situation de Daniel. Alors oui, avec tout ça, j'arrivai en retard. Mais il n'y avait tout de même pas de quoi pleurer, non ?

Manifestement si. Quand j'aperçus Carol Kingsly à notre table dans ce petit restaurant bondé, le Rembrandt's, devant un verre de vin blanc à moitié vide, elle pleurait.

– Que se passe-t-il ? lui demandai-je en

m'asseyant. Je ne suis tout de même pas si en retard ?

Elle balaya ma question d'un geste et tenta de se ressaisir. Elle ne pleurait pas à chaudes larmes, ce qui aurait été particulièrement embarrassant en l'occurrence. Non, c'était davantage des pleurs contenus, comme si son chat venait de mourir ou un truc dans le genre. Sauf que Carol Kingsly n'avait pas de chat.

— Carol ? dis-je. Tu vas bien ?

Elle retrouva une contenance et, d'une manière experte, essuya ses yeux du bout des doigts, laissant son mascara intact.

— Non, dit-elle en secouant la tête.

— Qu'est-il arrivé ?

— On m'a annoncé une très mauvaise nouvelle. Je ne vais pas bien.

L'effroi me paralysa. Elle était malade, je ne voyais rien d'autre. Elle avait un cancer. Aucun doute. Je la vis étendue sur un lit d'hôpital, les membres atrophiés, le crâne rasé, levant vers moi des yeux caves. Seigneur. Oui, me regardant avec l'espoir que je m'occuperais d'elle. Moi. Qui a dit que c'était mon devoir de le faire ? Nous ne sortions ensemble que depuis deux semaines, je ne l'aimais même pas tant que ça, et il aurait fallu que je me sacrifie ? Quelles étaient les règles en la matière ? Auprès de qui faire appel ? Je ressentis soudain l'envie presque irrésistible de m'excuser, de me lever, de sortir et de prendre mes jambes à mon cou. Entre bats-toi et barre-toi, mon premier réflexe est toujours de me carapater. Mais cette fois, j'agrippai le bord de la table, me calai au fond de mon siège et essayai de ne pas montrer ma terreur.

— De quoi s'agit-il ? demandai-je. C'est sérieux ?

— Très.

— Dis-moi. Quoi ?

— Tu te souviens que je t'ai parlé de ma prof de yoga, Miranda ? Qui m'a conseillé d'aller voir le Dr Pfeffer ?

— Ta prof de yoga ?

— Elle est très inquiète pour moi. Elle m'a dit que je n'avais pas l'air dans mon assiette, et après le cours, elle m'a fait une « lecture » en privé. Ce qu'elle a découvert est affreux.

— Ta prof de yoga ?

— Oui. Victor, la qualité de mon *chi* a baissé. Les énergies des cinq éléments n'interagissent plus en moi d'une manière positive. Tout est en train de s'autodétruire. L'eau éteint le feu, le feu fait fondre le métal, le métal coupe le bois, le bois contrôle la terre, et la terre absorbe l'eau. Tu comprends ?

— Non.

— Ma vie est déséquilibrée. Sais-tu ce qu'est le feng shui ?

— Tout ce pataquès pour savoir où installer son canapé ?

— Il ne s'agit pas de pataquès, Victor, et ça ne concerne pas seulement la décoration intérieure, même si c'est une partie esthétiquement très belle. Le feng shui, c'est aussi l'équilibre qu'il faut conserver dans chaque aspect de sa vie.

— Et ta vie est déséquilibrée ?

— D'après elle, oui. Je dois opérer un changement, ou cette énergie destructrice va causer de sérieux dégâts à tous mes chakras.

— D'accord, dis-je. Je comprends, Carol, mais il

faut rester calme. Ce n'est pas une catastrophe. Nous allons faire quelques changements. Quel est le problème ? Ton travail ?

— Non.

— Ton appartement ?

Elle secoua la tête.

— Tu as besoin d'une nouvelle voiture ? De renouveler ta garde-robe ?

— Tu crois que j'ai besoin de renouveler ma garde-robe ?

— Eh bien, tu dis toujours qu'il n'y a rien qu'une nouvelle paire de chaussures ne puisse guérir.

— Il ne s'agit pas de mes chaussures, Victor.

— Alors quoi ? demandai-je comme un imbécile.

Elle me fixa un moment, et ses yeux commencèrent à se remplir de larmes.

— Oh, dis-je.

— Ouais, fit-elle.

— Tu veux dire tout de suite ? Là, maintenant ? Est-ce qu'on peut au moins dîner ?

— Je suis désolée, Victor. Tellement désolée. Mais j'ai le sentiment depuis le début que ce n'est pas parfait entre nous. Tu as dû le ressentir aussi. Il y a toujours eu cette distance entre toi et moi. J'ai essayé, je me suis dit qu'avec le temps, ça irait peut-être. Mais du temps, maintenant, Miranda me dit que je n'en ai plus tant que ça. Je suis désolée.

— Moi aussi, dis-je.

Et c'était vrai, étonnamment.

Je n'avais jamais donné sa chance à Carol, et c'était ça le vrai gâchis, parce que s'il y avait une chose que j'avais sentie chez elle, c'est qu'elle avait un cœur ardent et vrai. Peut-être était-elle trop jolie pour moi, trop bien habillée, trop braquée dans ses tentatives de trouver des réponses à des questions qui n'en étaient pas. Ou bien peut-être était-elle tout bonnement trop liée au Dr Bob. Quoi que ce soit, je n'avais jamais vraiment fait l'effort de la comprendre. Je l'avais perçue comme un produit fini, qui choisissait un homme comme on choisit une chemise, préoccupée seulement de dénicher tout ce qui pouvait correspondre à son sens du style, mais j'avais tort. Elle n'était pas différente de nous tous ; elle cherchait quelque chose à quoi s'accrocher en ce monde. Je ne sais pas si j'aurais pu être ce quelque chose, et elle le mien, mais j'avais réduit à néant toute chance de le découvrir.

Elle vida le reste de son verre de vin, essuya une larme sur sa joue avec un doigt, rassembla ses affaires et serra son sac contre sa poitrine en se levant. Je me levai, moi aussi. Il me sembla que c'était une politesse de circonstance.

— Au revoir, Victor, dit-elle.

— Bonne chance avec ton... je ne sais trop quoi.

— Mon *chi*.

— C'est ça.

— Merci, dit-elle.

Elle commença à s'éloigner lentement.

— Carol, la rappelai-je.

Elle s'arrêta et se retourna.

— Il y a une chose que j'aimerais te donner.

Je portai les mains à mon cou, desserrai ma cravate jaune, l'ôtai et la lui tendis.

— Victor, elle est à toi.

— Ce n'est pas vraiment ma couleur. Garde-la en souvenir. Ou donne-la à ton ami Nick. On a toujours besoin d'une nouvelle cravate. Prends-la. Je t'en prie.

Elle me fixa longuement, et prit finalement la cravate. Elle ferma les yeux en frottant la soie contre sa joue. Des larmes coulèrent. Il ne manquait plus que les violons.

Bon Dieu, pensai-je en la regardant sortir du restaurant et de ma vie, quelle beauté !

Et puis quelque chose attira mon attention au bar, à l'autre bout du restaurant. Un vieil homme, grand, à l'allure soignée, qui me fixait de loin.

Whit.

Il resta là à me regarder jusqu'à ce qu'il soit certain que je l'avais repéré, avant de suivre Carol dehors. J'imagine qu'il se dit qu'il n'avait pas à rester, que sa seule présence constituait un message suffisamment clair. Ce n'était pas seulement l'inévitable fin d'une liaison un peu trop tiède, même si c'était surtout cela. C'était aussi un autre coup qu'on me portait. Le Dr Bob, mon dentiste, avait dit à sa patiente, Miranda, la professeur de yoga, de conseiller à Carol Kingsly, la femme qui n'était pas loin de me combler sexuellement, de me larguer. Et Whit, mon vieil ami Whit, venait de montrer le bout de son nez pour s'assurer que le message était bien passé.

Le Dentiste donne, le Dentiste reprend, béni soit le nom du Dentiste.

Je me rassis et repensai à tout ça, la rupture, l'avertissement, le sacrifice de ma cravate, la pression toujours plus grande qu'il me fallait supporter, quand la serveuse apparut à la table.

— Vous êtes tout seul maintenant ? me demanda-t-elle.

— J'en ai bien peur.

— Alors, qu'est-ce que vous prendrez ?

Je la regardai. Elle était vraiment mignonne, avec ses cheveux orangés coupés court, son rouge à lèvres noir et son piercing nasal. On sentait que ça pouvait être agréable avec elle. Je sais que ce n'était qu'une serveuse, et que les hommes sont désespérément attirés par les serveuses, que c'est dans nos *jeans*[1], et pourtant, je ne pus m'empêcher de voir un signe positif dans sa présence. Il ne m'avait pas fallu longtemps, on dirait, pour oublier Carol.

— Donnez-moi un hamburger, dis-je, bien cuit.

Ils servent des hamburgers sacrément goûteux au Rembrandt's. J'imagine que d'avoir été bousculé une fois de plus par le Dr Bob m'avait mis d'humeur à manger de la viande rouge carbonisée.

1. La consonance avec « gène », en anglais, est parfaite.

68

Un professeur à l'école de droit nous répétait toujours que nous étions, nous autres avocats, semblables à des dieux de la création dans un prétoire. Une chose n'existe pas à moins que nous ne décidions de prouver son existence. Nous choisissons les preuves, nous choisissons les témoins, nous encadrons les questions, nous créons l'univers du procès. Le lendemain au tribunal, j'étais une déité en colère, prête à faire basculer l'univers sur son axe, et je me sentais, étrangement, à la hauteur du défi.

Il y avait des semaines que je ne m'étais pas senti autant moi-même. Je débordais d'énergie, mon humeur était au beau fixe, et j'avais même le pas sautillant. D'où me venait cette soudaine confiance retrouvée ? Je vais vous le dire : Popeye a besoin de ses épinards, le Captain Queeg de ses fraises, Sauron de son anneau, et moi, j'avais besoin de ma cravate rouge en polyester. Avec ma vieille amie sauvée du fond d'un tiroir à chaussettes autour du cou, j'étais prêt à la bagarre. Et mon partenaire dans la bataille ce jour-là était notre expert en criminalistique, le Dr Anton Grammatikos.

On aime que l'expert que nous appelons à la barre soit grand, qu'il ait les cheveux gris, qu'il s'exprime avec aisance, ou bien qu'il soit petit, énergique, et paraisse familier aux jurés qui ont tous vu le procès d'O.J. Simpson, ou du moins qu'il n'ait pas l'air de vouloir vous vendre une voiture d'occasion à un prix cassé. Voilà pourquoi Anton était disponible au pied levé, et à un prix frisant l'indigence. Mais le truc intéressant avec Anton Grammatikos, en dépit de l'impression décevante qu'il produisait à la barre, c'était qu'il connaissait vraiment sa partie.

— Votre Honneur, dis-je après avoir interrogé en long et en large Anton sur ses qualifications, lesquelles, malgré sa veste de sport à carreaux, ses joues mal rasées et ses manières de chauffeur routier, étaient pour le moins impressionnantes, je propose, dis-je, de désigner le Dr Grammatikos en qualité d'expert en sciences médico-légales.

— Aucune objection, mademoiselle Dalton ? dit le juge.

— Puis-je poser au témoin quelques questions concernant ses qualifications, Votre Honneur ?

— Allez-y.

Mia Dalton me fit un clin d'œil en se levant.

— Docteur Grammatikos, dit-elle, vous avez écrit, si j'ai bien compris, un livre sur les sciences médico-légales, c'est bien cela ?

— C'est exact, dit-il. Il s'agit d'une sorte de manuel d'enseignement, vous voyez, un peu comme *Le Golf pour les nuls* ou *Le Piano pour les crétins*.

— Et votre livre fait partie de ce genre de collection, docteur ?

— Nan. Quand je le leur ai proposé, ils ont dit

qu'ils voulaient quelqu'un d'un peu plus célèbre, comme ce docteur Lee dont on parle beaucoup, mais qui, si vous voulez mon avis, en sait moins qu'il le croit. Bref, j'ai donc décidé de lancer ma propre série. Comme vous le savez sûrement, le truc des « nuls » ou celui des « crétins », tout ça est maintenant protégé par un copyright. Alors, j'ai décidé d'inventer quelque chose de neuf et d'innovant.

— Et quel est le titre de votre livre, docteur Grammatikos ?

— *Les Sciences médico-légales pour les nains mentaux.*

Dalton se tourna vers les jurés et les regarda rire. Je me dis en moi-même qu'ils riaient *avec* mon expert, et non *de* mon expert, bien que mon expert, lui, ne parût pas amusé du tout.

— Et comment sont les ventes, docteur ? demanda Dalton.

— Pas très bonnes.

— Une explication ?

— Non, aucune. À part que ce n'est peut-être pas un bon titre pour Harvard.

— Je suis de cet avis, dit Dalton.

— Mais vous devriez le lire, maître, dit Anton en se penchant en avant et en hochant la tête avec sagesse. C'est tout à fait dans vos cordes.

Mia Dalton serra les dents pendant que le jury riait.

— Pas d'objection, dit Dalton.

— Je déclare par conséquent que le Dr Grammatikos est qualifié pour témoigner au titre d'expert en sciences médico-légales, confirma le juge. Poursuivez, monsieur Carl.

— J'aimerais vous interroger maintenant, docteur, à propos du garde-meuble E-ZEE situé à la sortie d'Exton, Pennsylvanie. Connaissez-vous cet entrepôt ?

— Maintenant, oui.

— Comment en avez-vous entendu parler ?

— Vous m'avez téléphoné, m'avez demandé d'examiner un des box de stockage, le numéro 27.

— Avez-vous appris qui louait ce box ?

— Oui. J'ai examiné les registres du garde-meuble.

— Et par qui ce box était-il loué, docteur Grammatikos ?

— Il s'est avéré qu'il était loué par l'accusé ici présent, François Dubé. Il l'a loué à peu près à l'époque où lui et sa défunte femme se sont séparés, mais avant le meurtre. D'après les registres, il a payé d'avance cinq années de stockage.

Toutes les têtes dans le prétoire se tournèrent vers François Dubé, qui me fixait d'un air interrogateur. Je lui retournai un regard qui semblait dire : il fallait s'attendre à en passer par là.

Lentement, prudemment, j'emmenai Anton à l'intérieur du box de stockage, le laissai décrire l'étrange scène, avec le fauteuil, la télévision et le magnétoscope, la caisse de vidéos, le pack de bière. Il avait pris des photos de l'endroit et, après quelques tractations juridico-légales, le juge m'autorisa à les enregistrer comme preuves. Anton Grammatikos attesta, en se basant sur la quantité de poussière trouvée sur place, sur l'état des insectes piégés sous le fauteuil, sur les registres du garde-meuble, que le box avait été rangé de cette étrange manière au moins deux ans avant qu'il ne l'examine, mais après l'arrestation de François Dubé.

— Vous comprenez bien, docteur, qu'il est important que nous sachions si ce box a été laissé en l'état *après* que François Dubé a été envoyé en prison, parce qu'il n'en est plus ressorti depuis. Êtes-vous certain de vos conclusions ?

Anton haussa les épaules.

— Je fais ce métier depuis longtemps, maître. J'ai même écrit ce livre. En outre, nous disposons d'un élément concret permettant une datation précise.

— Lequel ?

— Les bouteilles de bière portent à la base une inscription précisant le jour et l'heure de la mise en bouteille. Ce lot a été mis en bouteille deux mois après l'arrestation de l'accusé.

— Merci, docteur, dis-je. Vous avez parlé par ailleurs d'une caisse contenant des cassettes vidéo, c'est bien ça ?

— Oui, il y avait une caisse. On la voit sur certaines des photos que j'ai prises.

— Quel genre de vidéos se trouvaient dans cette caisse ?

— C'était un ensemble plutôt éclectique. Il y avait principalement deux types de vidéos. Des vidéos pour enfants, environ cinq ou six, et puis un certain nombre de cassettes vidéo à caractère pornographique. Vous voulez que je donne les titres ?

— Bien sûr, allez-y.

— *Nées pour tirer, Succubus, Oh my Gode ! 7...*

— Est-ce vraiment nécessaire, monsieur Carl ?

— Pas vraiment, Votre Honneur, mais j'avoue que ça m'amuse beaucoup.

— Tant mieux, mais ça suffit.

— Bien. Maintenant, docteur, dites-nous : y avait-il des vidéos non commerciales dans le lot ?

— Oui. Il y avait la vidéo du mariage de l'accusé, ils formaient un très beau couple, et aussi une vidéo familiale, sur laquelle on voyait l'accusé, sa femme et leur très jeune fille. Et enfin, il y avait trois vidéos privées d'une nature, comment dirais-je, lubrique.

— Des vidéos de sexe ?

— Absolument.

— Qui y voyait-on ?

— L'accusé et un certain nombre d'autres personnes que je n'ai pas pu identifier. Ainsi que quelques objets et des masques qui se trouvaient également dans le box.

— Je veux maintenant vous montrer quelques cassettes vidéo, dis-je en apportant trois cassettes, chacune dans son boîtier en plastique, au témoin. Les reconnaissez-vous ?

— Ce sont les cassettes de sexe dont je parlais. Je reconnais les étiquettes tachées, et j'ai placé de l'adhésif sur chacune d'elles avec mes initiales.

— Bon, et après que vous avez pris les photos et examiné les vidéos, avez-vous procédé à un examen du box afin d'y relever d'éventuelles empreintes ?

— C'est ce que vous m'avez demandé de faire.

— En avez-vous trouvé ?

— Bien sûr. Il y en avait partout.

— Même après toutes ces années ?

— Un box de stockage avec très peu de circulation d'air, pratiquement aucun déplacement humain, et une couche de poussière recouvrant tout, un lieu de ce type constitue l'endroit idéal pour la conservation des empreintes. Elles peuvent se conserver presque indéfiniment dans un tel environnement.

— Avez-vous pu identifier à qui appartenaient certaines des empreintes que vous avez trouvées ?

— Bien sûr. Certaines, je suis navré de le dire, étaient les vôtres. Vous devriez être plus prudent, Victor. En fait, j'ai trouvé deux de vos empreintes sur une bouteille de bière ouverte.

— Désolé.

— J'ai également trouvé des empreintes sur certains des objets stockés qui correspondaient à celles de l'accusé et de la victime. Cela n'avait rien d'inattendu, puisque ces objets provenaient directement de l'appartement qu'ils avaient partagé.

— Y avait-il des empreintes que vous n'avez pas pu identifier ?

— Absolument. On pouvait s'y attendre aussi, d'autant plus que le type qui travaille à l'accueil du garde-meuble avait noté dans ses registres que ce sont des déménageurs qui ont effectué le transfert de l'appartement de l'accusé au box.

— Avez-vous pu faire correspondre certaines de ces empreintes non identifiées ?

— Une seule.

— Nous vous écoutons.

— Vous m'avez fourni des dossiers de police qui montrent certaines empreintes non identifiées relevées sur la scène du crime de Mme Dubé. L'une de ces empreintes, trouvée sur un interrupteur chez la victime le soir du crime, correspondait à une empreinte trouvée dans le box du garde-meuble.

— Quelle confiance avez-vous dans l'exactitude de cette correspondance ?

— Une très grande confiance. J'ai trouvé douze points de concordance entre les deux empreintes. On peut en trouver davantage, mais je n'ai relevé aucune dissemblance. Je dirais que c'est un résultat très probant. Et j'ai également trouvé la même empreinte sur une des cassettes pornographiques réalisées en privé.

— Une idée de la personne à qui appartient cette empreinte ?

— Aucune.

— Mais si j'ai bien compris votre témoignage, une personne non identifiée se trouvait non seulement dans le box – où elle a tenu à la main, à un moment, la cassette – mais également sur le lieu du crime.

— C'est exact.

— Le meurtrier, peut-être ?

— Objection, intervint Dalton.

— Retenue, dit le juge. Ce n'est pas un argument, maître.

— Désolé, Votre Honneur, dis-je en fixant le jury, qui voyait bien que je n'étais pas désolé du tout.

Un certain nombre d'entre eux affichait un air abasourdi, comme s'ils n'y comprenaient rien, d'une manière ou d'une autre, mais les autres regardaient Anton en plissant le front de concentration. Ils voyaient les implications, et ils les expliqueraient aux autres. Cette affaire, depuis le début, réclamait un autre suspect. J'avais compté me servir de Sonenshein pour en créer un, mais le salopard m'avait fait faux-bond. Maintenant, je comptais sur une empreinte. L'empreinte de qui ? Allons, voyons ! Du Dr Bob, bien sûr.

— Revenons-en aux cassettes vidéo, dis-je. J'ai

remarqué que les vignettes comportent des petites taches.

— C'est exact.

— Avez-vous pu identifier ces taches ?

— Bien sûr.

— De quoi s'agit-il ?

— De sang, répondit Anton Grammatikos. Du sang humain.

Je laissai le murmure dans le prétoire s'élever, enfler, puis refluer comme une vague, avant de continuer.

— À qui appartient le sang sur ces vignettes ? demandai-je.

— J'en ai prélevé un échantillon sur chacune, et j'ai pu ainsi établir une signature ADN. Ensuite, j'ai comparé cette signature avec celle figurant dans les rapports médico-légaux de la police concernant cette affaire. J'en ai conclu que le sang présent sur ces vignettes est le sang de Leesa Dubé.

Je regardai le jury. Tous avaient l'air perplexe. Et Mia Dalton avec eux. C'était comme si l'envie la brûlait de bondir pour faire objection, mais qu'elle ne trouvait pas matière à le faire. Quelle joie de la sentir dans l'impasse.

— Peut-on alors en conclure, docteur Grammatikos, que ces cassettes découvertes dans le box se trouvaient sur le lieu du crime au moment du meurtre ?

— Après avoir analysé les photographies des motifs formés par le sang sur le sol et les murs de la scène du crime, et après les avoir comparés ensuite à ceux présents sur les vignettes, le mieux que je puisse dire est qu'il est tout à fait possible que les vidéos se soient trouvées dans l'appartement de la victime au moment du meurtre.

— Votre Honneur, dis-je, j'aimerais que ces vidéos soient enregistrées comme preuves, et je demande qu'il soit permis aux jurés de les visionner dans leur intégralité.

Je dis cela calmement, presque avec détachement, sans mettre l'accent sur aucun mot en particulier, et ce fut plutôt intéressant de voir les réactions suscitées par cette simple requête. Comme je m'y attendais, François Dubé se leva d'un bond pour protester, en criant : *« Non, mon Dieu, non !* * *»*, ce qui, je crois, signifie en français : « Mon avocat est en train de me la foutre dans le cul ! » Beth aussi se leva d'un bond et me fixa comme si j'étais un crétin. Dans le prétoire, du juge à l'assistance, ce fut l'agitation. Seule Mia Dalton me surprit en ne se joignant pas à la mêlée. Elle resta assise calmement et s'abîma dans ses pensées, tandis que le juge donnait du marteau pour ramener le calme, avant de réclamer de sa voix haut perchée et furibonde :

— Dans mon cabinet, tout de suite.

69

— Je ne le permettrai pas, monsieur Carl, dit le juge Armstrong. Je ne vous laisserai pas transformer mon prétoire en peep-show.

— Sans les magazines ni les cabines à vingt-cinq *cents*, dis-je, je vois mal comment ce serait possible, Votre Honneur.

— À quoi la diffusion de ces vidéos pourrait-elle bien servir ?

— C'est une bonne question, Votre Honneur, dit Beth. Je me la pose moi-même.

— Ces vidéos, dis-je, pas seulement leur existence, mais les images qu'on y voit, sont un élément clé de notre défense. Elles sont la raison pour laquelle Leesa Dubé a été tuée ; elles sont la raison pour laquelle mon client est jugé pour son assassinat.

— Continuez, monsieur Carl, dit le juge. Expliquez-moi en quoi le fait de diffuser ces cassettes va vous aider à prouver votre théorie dans cette affaire, et vous feriez bien de m'éblouir.

— Que les jurés aient simplement connaissance de l'existence de ces bandes vidéo ne suffit pas. Ils doivent les visionner, Votre Honneur, ils doivent ressentir le dégoût que j'ai ressenti moi-même en les voyant pour la première fois, et celui que le tueur a ressenti, lui aussi. La personne qui a tué Leesa Dubé essayait de l'aider dans son affaire de divorce. M. Gullicksen avait dit à Leesa qu'elle risquait de perdre son enfant. Il a rappelé dans son témoignage que de telles preuves auraient pu servir la cause de la victime. Celle-ci s'est ouverte à quelqu'un de son problème, et ce quelqu'un a simplement voulu l'aider. D'abord, il s'est introduit dans le box du garde-meuble de l'accusé pour trouver ces bandes, avant de s'introduire pareillement dans l'appartement de Leesa Dubé, afin de les lui donner. C'est sa fille qu'il pensait ainsi lui donner. Mais quelque chose a mal tourné. Leesa a dû se réveiller, elle a dû avoir peur de cet étranger dans son appartement. Elle s'est emparée de son arme et a visé le cambrioleur. Il s'en est suivi une bagarre dans l'obscurité, qui s'est terminée par un coup de feu et une balle transperçant le cou de la victime à bout portant. C'était un accident, survenu contre toutes les intentions de l'intrus, mais les accidents arrivent, et celui-là avait pris la vie de Leesa Dubé. Quand ç'a été fini, alors que son corps sans vie gisait sur le sol, qu'il y avait du sang partout, le meurtrier s'est emparé d'une photo de l'accusé et l'a placée dans sa main pour piéger mon client. Avant de s'introduire dans l'appartement de mon client pour y placer le sang et l'arme.

— C'est votre théorie ? voulut savoir le juge.

— En effet.

— C'est sûrement la théorie la plus ridicule qu'il m'ait été donné d'entendre.

— C'est pourtant bien plus qu'une théorie, répliquai-je. C'est ce qui s'est réellement passé.

— Et pourquoi le tueur aurait-il voulu piéger votre client ?

— Pour se protéger, dis-je, et également pour protéger Amber Dubé. Quand vous visionnerez les bandes, vous comprendrez. Certains des acteurs sont très probablement mineurs. Ils expliquent non seulement pourquoi le tueur se trouvait dans l'appartement, mais aussi pourquoi il a voulu piéger mon client.

— Tout ça paraît bien tiré par les cheveux, monsieur Carl. Je ne vois pas comment vous allez réussir à vendre ça au jury, sans parler de lui en apporter la preuve.

— Nous avons un plan, dis-je.

— Je veux bien le croire. Il va falloir, bien sûr, que je visionne moi-même ces bandes avant de décider quoi que ce soit, mais j'aurais tendance à dire pour le moment qu'elles n'ont rien à faire dans mon prétoire. Mademoiselle Dalton, je vous ai trouvée étrangement silencieuse au cours de ce débat. Quelle est votre position ?

— Je n'ai pas d'objection, Votre Honneur.

— Je vous demande pardon ?

— Si ces bandes sont telles que M. Carl les décrit, et je n'ai pas de raison d'en douter a priori, alors je ne m'oppose pas à leur diffusion. En fait, elles risquent fort de ne faire que renforcer la théorie de l'accusation.

— Comment ça, mademoiselle Dalton ?

— Le Dr Grammatikos a affirmé que les bandes se trouvaient dans l'appartement de la victime au moment du meurtre. Nous voulons bien en convenir. Ces bandes étaient très certainement quelque chose que la victime avait l'intention d'utiliser dans le cadre de la procédure de divorce. Si l'accusé avait appris que sa femme avait découvert ces bandes, il serait immédiatement allé les récupérer. Il n'aurait jamais laissé sa femme les utiliser contre lui pour obtenir la garde de leur fille. Alors oui, il est allé les récupérer, il s'est battu avec sa femme, l'a tuée, a pris les bandes, et les a placées dans le box d'un garde-meuble, encore maculées de sang. Pour tout dire, ces cassettes augmentent considérablement nos chances de l'emporter.

À cet instant, je ressentis une vive douleur au tibia. Je baissai les yeux. Beth venait de me balancer un coup de pied ; elle avait cogné fort, mais elle aurait pu ne pas se donner cette peine. Je comprenais moi aussi exactement ce qui se passait, et ça n'augurait rien de bon. Le juge avait parfaitement raison. Alors que j'expliquais ma nouvelle théorie, elle me parut effectivement tirée par les cheveux, à moi aussi. En outre, je connaissais le Dr Bob. Qu'est-ce que le jury penserait de tout ça ? Sûrement pas du bien. Et Dalton aussi avait parfaitement raison. Les bandes feraient son jeu ; elles lui fourniraient un mobile tout trouvé, en expliquant pourquoi François Dubé avait été amené à tuer sa femme. Je me croyais intelligent, mais comme toujours quand je m'en persuadais, je dégringolais de haut.

— Si M. Carl n'utilise pas ces bandes comme preuves et ne les passe pas aux jurés, dit Mia Dalton, c'est moi qui le ferai.

— Très bien, abdiqua le juge en secouant la tête,

pas seulement à cause du raisonnement, mais également devant l'état du monde moderne. Je vais visionner ces bandes à huis clos, et je déciderai. Ça ne me réjouit pas, mais si les deux parties veulent qu'on les diffuse, alors j'imagine qu'il le faudra.

En sortant du cabinet du juge, Beth me dit :

– Tu as une idée de ce que tu es en train de faire ?

– Je croyais que oui, dis-je, mais je n'en suis plus aussi sûr.

– Dis-moi pourquoi je ne déborde pas de confiance en t'écoutant ? me renvoya-t-elle.

Le lendemain matin, le prétoire fut interdit au public et à la presse, mais je remarquai que pas mal d'huissiers s'étaient faufilés pour assister à la diffusion. Un chariot avec un poste de télé et un magnétoscope avait été installé devant la barre des témoins. Un huissier inséra la première cassette et appuya sur la touche « lecture ». Il ne manquait plus que le popcorn.

Une bizarre musique d'orgue aurait accompagné à merveille les gémissements et les grognements qui s'échappaient du minuscule haut-parleur du moniteur.

Ayant déjà vu et entendu tout cela avant, je n'eus pas, Dieu merci, à regarder à nouveau les vidéos ; aussi en profitai-je pour prendre la mesure de l'effet qu'elles produisaient sur les occupants du prétoire. Le jury regarda les images sombres et glauques à l'écran en déclinant la gamme des émotions propres aux non-initiés de la pornographie : d'abord l'horreur, puis la stupeur, et enfin l'ennui. Et puis, comme les bandes s'enchaînaient, ce fut l'horreur à nouveau. Je les surpris qui jetaient de rapides regards à François Dubé, tous s'efforçant de dissimuler leur dégoût quand bien même leurs lèvres pincées les trahissaient. Le juge scrutait également les visages des jurés, pour mesurer leurs réactions et décider s'il avait commis ou non une erreur en permettant la diffusion de ces cassettes. Dalton et Torricelli étaient assis à la table de l'accusation les bras croisés, la consternation le disputant à l'indignation horrifiée sur leurs visages. La pose et l'expression étaient à ce point identiques chez l'un et l'autre qu'on pouvait croire qu'ils avaient travaillé le petit numéro ensemble la veille dans l'après-midi.

Mais c'est à la table de la défense que le spectacle, du moins à mes yeux, était le plus édifiant. François Dubé, renversé contre le dossier de sa chaise, s'observant à l'écran d'un air extasié, alors qu'il se rabaissait aux yeux de tous. Au début, il feignit l'embarras et la consternation, mais cela ne dura pas. Après quelques minutes, quand le prétoire eut surmonté la crudité des premières images pour s'installer dans le visionnage, son expression changea. Le faux air humilié le céda à un petit sourire en coin. C'était plus fort que lui. Bien qu'il m'eût fustigé la veille de son fort accent gaulois, affirmant que je le crucifiais sur la croix du puritanisme américain, maintenant, alors que ses fantasmes sexuels s'étalaient sur l'écran, il ne pouvait s'empêcher de jubiler, et son expression trahissait ses pensées. *Vous êtes tous jaloux*, semblait-il dire, *vous vous précipiteriez pour prendre ma place si seulement vous en aviez le cran et l'imagination*.

Et c'était intéressant. Parfois, ses lèvres mimaient

discrètement un râle de plaisir en même temps que la vidéo. Il ne pouvait vraiment pas s'en empêcher, telle l'écolière écoutant sa chanson préférée à la radio et se mettant à chanter dans sa tête sans se rendre compte qu'elle remue les lèvres.

J'avais bien cerné ce salopard dès le début, non ?

La réaction de Beth, quant à elle, me parut peut-être encore plus intéressante que tout le reste. Même si je ne voulus pas l'admettre sur le moment, je reconnais aujourd'hui que, de tous les spectateurs présents dans le prétoire, c'était elle que je voulais surtout voir réagir. J'aurais probablement pu exposer ma théorie en me contentant de demander à Anton Grammatikos de décrire brièvement le contenu des cassettes, lequel se serait fait un plaisir de divulguer plus avant ce contenu à l'attention du jury. Oui, je pensais que le fait de visionner ces cassettes rendrait ma théorie plus crédible pour les jurés ; et oui, ce visionnage devait donner plus de force à ma conclusion ; et donc oui, donner à voir ces cassettes se justifiait amplement en tant que stratégie juridique. Pourtant, je n'étais pas sans savoir que les passer dans un prétoire risquait de braquer certains des jurés contre mon client. Mais oui, j'étais prêt à prendre ce risque, parce que j'espérais que Beth se braquerait contre lui du même coup.

Ce que je vis sur son visage, cependant, ne fut pas pour me rassurer. Il y avait de la tristesse dans son regard, et de la pitié aussi. Il y avait de la gêne sur ses joues, et de la tension dans sa manière de croiser les doigts, les mains jointes devant elle sur son bloc-notes. Je m'attendais à tout ça. Et plus encore à la voir plisser les yeux et grimacer de dégoût. Pourtant, ce dégoût n'était pas dirigé contre les vidéos, non, pas plus que contre notre client assis juste à sa gauche. Ce fut lorsqu'elle tourna la tête vers moi qu'il trouva le mieux à s'exprimer.

Et on peut dire que je l'avais mérité.

70

Je travaillai tard au bureau ce soir-là. J'avais espéré que Beth y reviendrait après le tribunal afin que je puisse m'expliquer, mais qu'y avait-il à expliquer ? Elle m'avait dit que les sentiments qu'elle éprouvait pour François Dubé n'étaient pas romantiques, mais je ne l'avais pas crue. Elle avait refusé de visionner la bande quand je le lui avais proposé, alors je l'avais contrainte à ouvrir les yeux dessus en plein tribunal, au risque de compromettre les chances de notre client. J'avais beau ne pas être son père, c'était pourtant bien le rôle que j'étais en train de tenir. Et j'avais bien l'intention de l'aider, que ça lui plaise ou non.

Le Dr Bob commençait à déteindre sur moi. Je m'en rendis brusquement compte, et j'en frissonnai d'effroi. Et avant que je comprenne ce qui m'arrivait, je ressentis l'étrange envie de fraiser une molaire de Beth.

Pendant que je l'attendais vainement, je préparai la suite du procès. D'abord, j'appelai Mme Winterhurst, qui avait recommandé le Dr Bob à Leesa. Je me souvins qu'au cours d'une de mes visites en urgence au cabinet, le docteur avait dû sortir pour soigner

Mme Winterhurst dans l'autre salle. Je me souvenais surtout de son élégance. Oui, me dit-elle au téléphone, bien sûr qu'elle témoignerait. Tout cela était si passionnant, et elle avait justement une tenue de circonstance, ce dont je ne doutais pas un instant.

Puis je téléphonai à Chicago, où je parlai d'abord avec Franny Pepper, avant de vérifier les vols au départ d'O'Hare. J'essayai ensuite de trouver une infirmière compétente pour s'occuper de Virgil Pepper pendant que Franny serait à Philadelphie pour témoigner. Je doutais que Jim réussisse à se décoller de son fauteuil, a fortiori grimper l'escalier, pour aller s'occuper du vieil homme violent. Alors j'appelai les maisons de retraite du coin, et demandai aux responsables si certaines de leurs infirmières travaillaient de nuit. Je précisai que j'avais besoin de quelqu'un qui ait de la poigne et un sale caractère. Vous seriez surpris du nombre de candidates que je trouvai.

Quand tout fut réglé, je remplis à la machine une assignation à comparaître à l'attention du Dr Bob. Le procès était suspendu le lendemain, le juge avait une conférence ; aussi avais-je le temps de rendre une petite visite à mon dentiste. Mais pas question de le laisser toucher à ma bouche, oh non, malgré le trou toujours béant dans ma gencive.

Donc, il était tard quand j'éteignis les lumières du bureau, fermai la porte à clé et sortis dans la nuit tiède et humide. J'étais éreinté et affamé, et les Phillies étaient à San Francisco pour un match en nocturne, ce qui voulait dire que je m'écroulerais sur mon canapé au troisième tour de batte, ce qui me semblait parfait. J'achetai en chemin un pack de bières et un grand hamburger à emporter – eh oui, je mange vraiment ce genre de truc –, ramassai mon courrier dans le hall d'entrée de mon immeuble et grimpai l'escalier jusqu'à mon appartement.

J'ouvris la porte, mis un pied à l'intérieur et me figeai sur place.

Je sentis dans l'air quelque chose de familier et de terrifiant à la fois. Et autre chose encore.

J'avais laissé l'appartement en désordre, oui, je l'admets, mais pas à ce point. Il y avait des vêtements partout, les coussins du canapé étaient lacérés, la table de la salle à manger retournée, les chaises éparpillées, ma vaisselle en porcelaine bon marché brisée et, pire que tout, ma télé était par terre, écrasée, l'écran brisé. Pas de base-ball ce soir. Ma première pensée fut de me demander si mon assurance habitation couvrirait les dégâts, et ma deuxième que je n'avais pas d'assurance habitation. Avant que je puisse en avoir une troisième, quelqu'un m'étrangla en passant son bras autour de mon cou.

J'avais le dos appuyé contre un mur, large et étonnamment mou. Je fus soulevé dans les airs, en même temps que ma gorge était comprimée. J'utilise la forme passive à dessein ici, parce que franchement, au cours des premiers instants, ma stupeur fut telle que j'en restai paralysé de passivité.

Quand je réalisai enfin ce qui se passait, je tentai d'agripper le bras puissant qui s'était refermé autour de ma gorge. Je m'efforçai de glisser mes mains en dessous afin d'essayer d'attraper celle de mon agresseur, pour peut-être lui tordre un doigt et l'obliger à me lâcher. Mais tout ce que je sentis, ce fut une fine épaisseur de latex enveloppant une masse figée de cartilage et d'os. Bon, d'accord.

La tactique du doigt ayant misérablement échoué, je choisis l'option numéro deux, pendant que mes poumons commençaient à réclamer désespérément de l'oxygène. Je me débattis comme un fou. Je devais sûrement ressembler à un malade épileptique ou à un mauvais imitateur d'Elvis dansant sur un lit de charbons ardents au son de *Jailhouse Rock*, mais est-ce qu'il était question de style ici ?

Mon talon rencontra un tibia, mes phalanges quelque chose de mou au milieu d'un visage, mon coude une côte. Le monstre qui me tenait commença à reculer en titubant, à lâcher prise, et exhala un souffle brusque en même temps qu'un sourd grognement.

Tout ce que je sais, c'est que je me retrouvai ensuite le nez collé au sol. J'essayai de me redresser, mais quelque chose de dur et de lourd me tomba sur le dos, et je me retrouvai à nouveau écrasé sur le parquet. Tout le visage me faisait mal, mais la douleur semblait se concentrer dans ma joue.

Je voulus relever la tête, mais quelque chose appuya brutalement sur mon crâne, et mon nez heurta à nouveau le sol.

– C'est votre dernière chance, *ja*, fit une voix au fort accent germanique.

Une main m'agrippa alors une oreille et la tordit si fort que je poussai un cri.

Puis le poids sur mon dos disparut. Je relevai à nouveau la tête et la secouai pour tenter d'échapper à la douleur dans ma joue. J'essayai de me retourner pour voir qui était là, mais je sentis mon visage me tirailler. Je cessai de bouger et portai prudemment la main à ma joue. Je sentis quelque chose de gluant, comme de l'huile visqueuse. Mais ce n'était pas de l'huile.

Je me redressai lentement à quatre pattes, m'assis par terre, et touchai à nouveau ma joue. Quelque chose en dépassait, une sorte de tesson. Je le saisis, tirai dessus et il finit par venir dans un petit bruit d'aspiration. Un morceau de verre, légèrement incurvé. Je n'étais pas la première personne embrochée par sa télé, mais tout bien considéré, j'aurais préféré voir ça à *60 minutes*[1].

Je voulus me relever complètement, me lancer dans l'escalier à la poursuite de mon agresseur pour voir qui il était, mais je sentis la nausée me gagner brusquement, et j'y réfléchis à deux fois. Et puis, je savais déjà, non ?

Tilda. Ça rime avec Brunhilda. La Walkyrie avait chanté.

1. Célèbre émission d'information de la chaîne américaine CBS.

71

J'entrai dans la salle d'attente du Dr Pfeffer avec beaucoup de prudence. Je m'attendais presque à voir Tilda garder l'entrée avec une batte de baseball et un écriteau disant INTERDIT AUX AVOCATS À LA MANQUE, mais tout était comme d'habitude. Les murs étaient toujours beige, la jolie Deirdre à l'accueil toujours souriante. Le même éclairage intense, la même musique d'ambiance guillerette, la même impression oppressante de liesse forcée.

Quant à moi, semblait-il, j'étais toujours le bienvenu.

— Oh, monsieur Carl, nous sommes si heureux de vous revoir. Est-ce une nouvelle cravate ? Oh, qu'est-ce qui est arrivé à votre joue ? J'espère que ce n'est rien de grave.

— J'ai juste un peu abusé de la télé, dis-je sans mentionner les heures passées en salle des urgences, les piqûres de novocaïne, les quatorze points de suture.

— Je ne vous vois pas au nombre des rendez-vous de la journée. Nous aurions commis une erreur ?

— Non, Deirdre, aucune. Je suis juste passé pour

avoir une petite conversation amicale avec le docteur. Il est là ?

— Le Dr Pfeffer voit un autre patient pour le moment, mais il sera certainement ravi de vous voir. Vous êtes un de ses préférés.

— Vous m'en direz tant.

— Je crois qu'une des salles d'examen est libre. Si vous le souhaitez, monsieur Carl, vous pouvez attendre le docteur dans la salle B. D'ordinaire, nous n'autorisons pas les visiteurs à pénétrer dans la partie strictement médicale du cabinet, mais je suis sûre que nous pouvons faire une exception pour vous.

Je regardai la porte fermée qui menait au couloir menant aux salles d'examen et aux fauteuils d'examen, aux piques, aux roulettes et aux... je regardai la porte et un petit frisson me parcourut l'échine.

— Non, merci, dis-je. Pour être franc, un tracteur et des chaînes ne réussiraient pas à me traîner là-bas.

Elle sourit, sans bien savoir quoi répondre à cela.

— Alors, je vous en prie, asseyez-vous. Je suis sûre que le docteur n'en a plus pour longtemps.

Je m'assis sur une chaise beige, ramassai un vieux magazine et essayai de me calmer. C'était déjà assez perturbant d'être ici – il s'agissait de la salle d'attente d'un cabinet de dentiste, après tout –, mais ça l'était doublement maintenant que je savais que mon dentiste entendait me prendre un peu plus de sang que d'habitude. Il voulait que je le laisse en dehors de l'affaire Dubé, et il accentuait sa pression d'une manière alarmante. Il fallait que ça s'arrête, d'une manière ou d'une autre, et c'était le but de ma visite. Je pouvais faire marche arrière, bien sûr, mais j'avais eu beau le décider la veille au soir, pendant que ce médecin me suturait la joue, point après point, ce n'est pas dans mon tempérament. Je ne suis pas ce qu'on appelle un gars solide, c'est déjà un miracle que je tienne debout le matin, mais bousculez-moi comme venait de le faire le Dr Bob, et le peu d'aplomb qu'il y a chez moi s'entête à la verticalité obstinée. Je me persuadai donc que, pour régler ça une bonne fois pour toutes, le mieux était de coller sous le nez du Dr Bob son assignation à comparaître et de mettre fin au suspense.

La porte menant à la salle d'examen s'ouvrit. Je me levai d'un bond. Tilda se tenait dans l'entrée, avec une raideur au côté droit, et l'œil gauche poché. Elle me fixa d'un air mauvais avec son œil valide, avant de s'écarter pour laisser passer le Dr Bob et sa patiente, une jolie jeune femme qui s'avança jusqu'à la réception.

Le Dr Bob se figea en me voyant ; il afficha un air surpris, avant de retrouver son sourire.

— Victor, bonjour. Quel plaisir inattendu.

Il plissa les yeux en remarquant le pansement sur ma joue, comme s'il était vraiment surpris, puis il se tourna vers Tilda en paraissant prendre la mesure de son triste état.

— Vous ne vous seriez pas rencontrés dans mon dos, tous les deux ? demanda-t-il d'un ton amusé.

J'attendis pendant qu'il disait quelques mots à sa patiente en écrivant quelque chose sur sa fiche. Elle jeta un coup d'œil nerveux au pansement sur ma joue avant de partir. Quand la porte se referma, je m'approchai de la réception, l'assignation à la main.

— J'ai quelque chose pour vous, docteur, dis-je.

Là-dessus, sans l'ombre d'une hésitation, je la lui remis. Et je me sentis aussitôt soulagé, comme si, au lieu de quelques pages pré-imprimées dactylographiées sur papier bleu officiel, c'était une énorme barre d'haltères que je venais de remettre en place.

Il prit rapidement connaissance du contenu de l'assignation et haussa les épaules.

— Je vais voir si je suis libre à cette date, dit-il froidement. Mais passons plutôt à quelque chose qui en vaut vraiment la peine.

Son visage s'égaya à nouveau, et sa voix redevint énergique et joyeuse.

— Je crois me souvenir que je voulais vous faire un détartrage complet avant de poser votre nouveau bridge. Eh bien, j'ai une bonne nouvelle. J'ai un trou dans mon carnet de rendez-vous. J'ai le temps de faire ce détartrage tout de suite. Venez, suivez-moi.

— Non, je ne crois pas, dis-je.

— Oh, ne soyez pas inquiet, Victor, c'est la partie la plus facile. Il m'arrive de laisser Tilda s'en occuper, elle est très minutieuse, comme vous pouvez l'imaginez, mais je vais m'occuper de vous moi-même.

Je jetai un coup d'œil du côté du couloir, d'où Tilda me fusillait du regard.

— Je ne retourne pas là-dedans.

— Bien sûr que si, dit-il. J'ai remarqué que vous avez les gencives molles. Un détartrage va faire des merveilles. Vous allez avoir un sourire éclatant, je vous le promets.

— Je trouverai quelqu'un d'autre pour le faire, et finir le travail du même coup.

— Mais ce serait un tel gâchis. Votre bridge va arriver d'un jour à l'autre. Oh, ne soyez pas une telle poule mouillée. Cot ! cot ! cot ! cot ! Nous sommes tous les deux des professionnels, non ? S'il y a une chose à propos de laquelle nous devons nous faire confiance, que ce soit celle-là. Puis-je avoir le dossier de Victor, je vous prie, Deirdre ?

Nerveux, je suivis Deirdre du regard qui quittait l'accueil pour aller récupérer mon dossier, me laissant seul avec le Dr Bob et Tilda, qui continuait de me fixer avec un œil fermé et l'autre mauvais.

— Allons, venez, suivez-moi, dit le Dr Bob en franchissant la porte pour passer devant Tilda. Ça ne prendra pas longtemps. Et pendant que je gratterai le tartre et polirai l'émail de vos dents, je vous ferai part de quelques nouvelles intéressantes. Cette adresse que vous cherchiez. Je l'ai trouvée.

— La clé, pour moi, ç'a été Rex, dit le Dr Bob en glissant sa pointe en métal entre ma dent et ma gencive et en grattant, grattant, grattant. Vous vous souvenez de Rex, bien sûr ? L'armoire à glace à la pitoyable dentition qui faisait le pied de grue devant l'hôtel Latimore. Ne résistez pas, Victor. Je dois descendre un peu sous la gencive. Celui qui vous a appris à vous passer le fil dentaire mérite le châtiment suprême. Quand j'ai compris que Rex serait ma clé pour entrer à l'hôtel Latimore, il m'a suffi de trouver un moyen de faire sa connaissance. Par bonheur, j'ai rarement vu quelqu'un qui ait autant besoin d'un dentiste.

Franchement, j'avais du mal à me concentrer sur l'histoire du Dr Bob. L'envie me démangeait de me lever d'un bond de ce fauteuil pour tenter de sauver ma peau. Mais le Dr Bob avait une adresse à me donner et une histoire à me raconter, et j'avais besoin des deux, sans parler du fait qu'un bon détartrage ne pouvait pas me faire de mal. Alors, je décidai de mettre mes peurs en veilleuse, bien que mes nerfs fussent à ce point à fleur de peau que chaque fois que la pointe en métal de l'instrument du Dr Bob me touchait une dent ou la gencive, je sursautai. Mais, étonnamment, il se montra extrêmement délicat. En fait, la seule douleur que je ressentis fut celle de mes mains crispées sur les bras du fauteuil.

— Je dois dire qu'il était meilleur patient que vous, Victor. Bien plus dur à la douleur, ou peut-être est-ce simplement qu'il ne me connaît pas aussi bien que vous. Bref, Rex m'a conduit à une jeune femme nommée Claire, qui travaillait au bureau avec la redoutable Mlle Elise, l'improbable maîtresse du révérend Wilkerson. J'ai d'abord essayé avec Mlle Elise, mais ça ne m'a mené nulle part. Un vieux trumeau desséché, totalement insensible à mes charmes, vous vous rendez compte ? Quel contraste avec Claire ! Belle, idéaliste, spirituelle. Je crois que Rex en pince pour elle. Il faudrait peut-être que je songe à les réunir tous les deux, non ? Je crois que ce sera ma prochaine mission. Pourquoi ne crachez-vous pas ?

Split, splot, splat.

— C'est Claire, finalement, qui a réussi à m'obtenir l'adresse. En fin de compte, tout ça aura été assez facile. J'ai juste dû enfreindre quelques lois mineures. Cela dit, ce n'est pas l'adresse qui m'a le plus intéressé dans toute cette affaire, mais Rex. Alors quoi, on est un peu nerveux, aujourd'hui ? Pourquoi ça ? Vous savez, Victor, il va falloir que vous reveniez me voir plus souvent, si nous voulons éviter ce genre de problème à l'avenir. D'après l'état de vos dents et de vos gencives, je dirais environ tous les trois mois. Ainsi que nous le répétons dans toutes nos conventions, il y a deux choses pour lesquelles on ne prendra jamais assez de précaution : la sodomie et les soins dentaires. Bon, je crois qu'on a terminé avec le bas. Ouvrez grand, nous allons attaquer le haut. Quel genre de brosse à dents utilisez-vous ? Une neuve ne serait peut-être pas un luxe. Ça pourrait aider si vous en changiez un peu plus fréquemment que tous les deux ans.

Pique, gratte, racle, pique, pique, pique.

— Je suis toujours à la recherche de nouveaux talents. Une âme pure, avec un cœur, des muscles et la volonté farouche d'améliorer ce monde. Je pourrais vous parler d'une femme à Baltimore, d'un couple à Albuquerque, d'un homme à Mexico qui sont capables de soulever des montagnes. Tous autant que nous sommes, ce que nous voulons, c'est aider. Et je crois que Rex pourrait s'illustrer, lui aussi. C'est un talent à l'état brut, il n'a confiance qu'en sa taille, mais son cœur est pur, et il est plus futé qu'il ne le laisse paraître. Je crois qu'il ferait une excellente recrue, si seulement j'avais le temps de m'occuper de lui comme il faut. Mais, dans ces affaires-là, on ne sait jamais quand le temps va venir à manquer. Oh, je suis désolé. J'ai peut-être creusé un peu trop. À voir votre tête, on dirait bien que j'ai touché un nerf. Attendez une seconde, laissez-moi aspirer un peu là-dedans.

Aouuuch-achiga-aouuuch-achiga-achiga-achiga-aouuuch.

— Mince alors, qu'est-ce que vous saignez facilement ! dit le Dr Bob en se remettant à piquer et à gratter. J'ai songé à vous recruter, vous aussi, Victor. Le blagueur bon vivant n'est qu'une façade qui vous permet de donner le change. J'espérais bien qu'il y avait en vous autre chose à visiter que les sombres recoins de l'indifférence égoïste. Je ne me trompais pas. J'ai découvert chez vous quelque chose de remarquable, quelque chose avec quoi j'aurais aimé travailler. Regardez comme vous avez aidé ce garçon, Daniel, et votre croisade au nom de sa demi-sœur. Sans parler de votre travail pour cet ignoble rebut d'humanité, M. Grenouille, le cuisinier minable. Oui, vous avez beaucoup de potentiel, et votre don d'empathie aurait été votre plus grande force. Pourtant, comme il arrive trop souvent, vous cachez un petit défaut. Bon, je crois que j'ai terminé.

Il me colla un petit miroir dans la bouche et le balada un peu partout.

— Oui, c'est bien comme ça. Alors, ce n'était pas tellement méchant ?

Non, incroyablement. Le petit incident du nerf touché mis à part, alors qu'il parlait de manière détournée de l'assignation à comparaître, ce détartrage avait été relativement indolore – comparativement à une chirurgie du rein, bien sûr, mais quand même.

— Il est temps de passer au polissage, dit-il joyeusement.

Tout en promenant dans un bruissement d'insecte la petite brosse ronde sur mes dents, le Dr Bob continua :

— Certaines recrues ne font jamais le dernier pas. Tout devient alors trop personnel. Je regarde votre visage, et je regarde l'œil de Tilda, et j'ai le sentiment de m'être trompé avec elle. C'est une femme merveilleuse, forte, intrépide, et étonnamment agile au lit, mais ses pulsions sont trop fortes. Il vaut toujours mieux être le rusé Loki que le puissant Thor. Tenez bon, j'ai presque fini. Oui. Voilà. Un beau travail, sans me vanter. Rincez-vous soigneusement et crachez.

Splich, sploch, splich, sploch... splach.

— Terminé ? demandai-je avec espoir.

— Pas encore. Tilda, appela-t-il.

La Walkyrie blessée apparut.

— M. Carl a besoin de son antiplaque fluoride. Quel parfum voulez-vous, Victor ? Chocolat, piña colada, ou menthe ?

Je regardai l'imposante femme qui se tenait sur le seuil et je sentis mes nerfs me lâcher.

— Et si on oubliait l'antiplaque ? dis-je d'une voix de fillette.

— C'est idiot, dit le Dr Bob. Disons piña colada, ça vous va ? Je vous garantis un mariage du tonnerre avec la Brise de mer que vous aimez tant. Remplacez-moi une minute, Tilda, d'accord ? Je reviens immédiatement.

Il disparut, me laissant à la merci de son hygiéniste. Je levai les yeux vers le visage enflé et en colère.

— Ouvrez grand, *ja*, dit-elle en regardant ma bouche. Et pas de cris cette fois, monsieur Carl, d'accord ?

Je tremblais encore après l'épreuve du fluoride quand le Dr Bob revint dans la salle. Il avait mis son masque, son petit calot bleu, et il tenait ses mains gantées de caoutchouc près de son corps à la façon d'un chirurgien, les doigts vers le haut, les paumes tournées vers lui.

— Je crois que c'est tout, Victor, dit-il. On a terminé. J'ai un autre patient qui m'attend, alors je ne peux bavarder trop longtemps.

— Merci, dis-je.

— Deirdre vous préviendra dès que le nouveau bridge sera là. C'est l'affaire de quelques jours. Ensuite, vous et moi, on en aura terminé. J'aimerais maintenant que vous repreniez cette stupide assignation que vous m'avez apportée. Il m'est pénible de vous demander ça, croyez-moi, mais je n'ai pas le choix. Et puis, on a passé un marché.

— L'avez-vous tuée ?

— Non, dit-il froidement. C'était une patiente, tout comme vous. J'ai seulement voulu l'aider.

— D'une manière ou d'une autre, vous devrez témoigner.

— Alors, vous n'allez pas renoncer à cette assignation ?

— Je ne peux rien faire.

— Ça me désole d'entendre ça, mais je m'y attendais.

— Vous avez dit qu'il y avait un défaut chez moi. Que vouliez-vous dire ?

— On le voit se manifester en ce moment même, non ? Une croyance entêtée dans le statu quo et les lois des hommes. Une certaine impuissance feinte face à un monde changeant. Vous dites qu'il n'y a rien que vous puissiez faire ? Je dis, moi, qu'il n'y a rien que vous ne puissiez réussir dès lors que vous êtes prêt à en payer le prix. J'imagine que je vous reverrai au moins une fois encore pour la pose du bridge. Nous en reparlerons à ce moment-là.

Comme il tournait les talons, je lui demandai :

— Et l'adresse ?

— Jetez un coup d'œil dans la poche de votre chemise.

Je le fis, et la trouvai, notée clairement sur un morceau de papier.

— Pourquoi faites-vous ça ? lui demandai-je.

— Il y a certaines manies qui ne passent jamais, dit-il avant de disparaître.

Et il avait probablement raison.

72

Je ne m'arrêtai pas au bureau, je ne m'arrêtai pas au Tommy's High Ball pour y prendre Horace, je ne m'arrêtai pas non plus aux Services sociaux pour prévenir Isabel, je ne m'arrêtai nulle part, en fait. Je quittai le cabinet du Dr Bob et jetai un coup d'œil à ma carte avant de foncer plein ouest à l'adresse que le Dr Bob avait laissée dans la poche de ma chemise.

Et quand je dis « foncer »...

Je n'avais pas la moindre idée de ce que je trouverais une fois là-bas, mis à part une fille que sa mère avait abandonnée et qu'avaient laissée tomber tous ceux qu'elle avait pu rencontrer, mais je m'attendais au pire. Philadelphie est peut-être la « Ville de l'amour fraternel », mais c'est aussi celle d'Erica Pratt, sauvagement kidnappée avant de parvenir à échapper à ses ravisseurs en déchiquetant avec ses dents le ruban adhésif qui la ligotait, la ville de Gary Heidnick, qui avait transformé le sous-sol de sa maison de Philly en chambre des tortures pour esclaves sexuels et nourrissait ses victimes de la chair de celles qu'il avait déjà assassinées.

Mon imagination se débridait ? Peut-être bien,

mais dans le cas d'une gosse qui relevait de mon autorité, il y avait de quoi, non ?

La rue se révéla être à un jet de pierre de Cobbs Creek, le plus beau terrain de golf municipal de Philadelphie, dans une partie de la ville du nom de Overbrook Hills. Je dépassai un panneau ATTENTION ENFANTS, tournai à droite et passai devant l'adresse sans rien remarquer de particulier. Je m'engageai dans la ruelle derrière la maison, repassai devant et me garai non loin de là, de l'autre côté de la rue, pour pouvoir garder un œil sur la porte d'entrée.

Une fois de plus, j'étais en planque, comme si j'avais fait ça toute ma vie. Dans le coin, des maisons de brique toutes pareilles bordaient de part et d'autre des rues qui se coupaient à angle droit. Elles étaient plus récentes et plus petites que les autres maisons du même genre de Philly. Il n'y avait pas cette profusion de détails architecturaux ou ces grands porches de pierre qu'on trouve dans les sections nord et ouest de Philadelphie, ce n'étaient que des façades en brique toutes plates avec de temps en temps un fronton surmontant des portes en aluminium. Les pelouses étaient étroites et maigres, et près de la moitié étaient clôturées.

Les yeux rivés sur la maison, j'essayai encore une fois d'imaginer les horreurs qui m'attendaient, mais ce n'était pas aussi facile maintenant que je voyais la rue. Des jouets d'enfants traînaient un peu partout, des voitures en plastique, de grands jeux d'extérieur en plastique, une piscine gonflable au milieu d'un jardin. Il y avait aussi tout un tas de gens, des groupes de jeunes, des ados, des gamins qui faisaient du vélo.

Un vieil homme assis sur une chaise de jardin tirait sur son cigare à l'ombre d'un auvent vert. Une femme balayait.

Je me calai dans mon siège et j'attendis.

Je voulais voir quelqu'un rentrer ou sortir de la maison, je voulais avoir un aperçu de ce qui m'attendait. J'avais mon portable et, au moindre truc inquiétant, j'étais prêt à faire le 911 pour appeler le SWAT[1], mais il valait tout de même mieux savoir où je mettais les pieds avant de me lancer.

La porte était toujours fermée, les fenêtres sombres, il ne se passait strictement rien.

Quand on fixe une chose assez longtemps, on plonge dans les brumes de la méditation, et c'est ce qui dut m'arriver parce que je ne remarquai qu'au dernier moment la voiture qui s'arrêtait à côté de la mienne.

— Il y a un problème ?

Je sursautai, tournai la tête et vis une voiture de flic qui bloquait ma portière. Le conducteur en uniforme me toisa en se demandant, j'en suis sûr, ce qu'un inconnu assis dans une vieille voiture, vêtu d'un costume bon marché et un pansement sur le visage, venait faire dans le quartier.

— Tout va bien, monsieur, je vous remercie, dis-je.

— Je peux faire quelque chose ?

— Non, pas pour l'instant, merci.

— Je peux vous demander pourquoi vous êtes là ?

— Bien sûr que vous pouvez.

Nous nous regardâmes un long moment, et encore un peu plus que ça, avant qu'il comprenne la blague.

1. L'équivalent du GIGN.

— Descendez de votre véhicule, s'il vous plaît.

Ça n'avait pas l'air de l'amuser follement.

Son nom était indiqué sur sa chemise – Washington – et il me dit que son coordinateur avait reçu des appels lui signalant la présence d'une voiture douteuse dans la rue. Après avoir vérifié mes papiers et fait la grimace en voyant ma carte professionnelle dans mon portefeuille, il m'écouta patiemment lui expliquer pourquoi j'étais ici. Je lui montrai la convocation du juge et fis un geste en direction de la maison paisible de la rue tout aussi paisible correspondant à l'adresse qu'on m'avait fournie.

— Et si on y allait ensemble ? suggéra-t-il.

J'allais lui parler d'Erica Pratt ou de Gary Heidnick, mais l'aura de sérénité qui se dégageait de l'agent de police Washington me fit comprendre que je n'étais qu'un imbécile.

— D'accord, dis-je.

Et c'est ce que nous fîmes.

La femme qui répondit à la porte était jolie et bien en chair. Elle se frotta nerveusement les mains en découvrant le flic en uniforme et le type en costume qui l'accompagnait.

— Oui ? fit-elle. Je peux quelque chose pour vous ?

— Bonjour, m'dame, la salua l'agent Washington. Ce monsieur s'appelle Victor Carl.

Il aurait dit Belzébuth que la femme n'aurait pas réagi plus mal.

— Il est mandaté par le tribunal, qui l'a désigné pour être l'avocat d'une dénommée Tanya Rose. Il essaye de la retrouver et croit qu'elle pourrait être ici.

Avez-vous une idée de l'endroit où cette Tanya Rose pourrait se trouver ?

— Comment avez-vous eu cette adresse ? voulut savoir la femme.

— Je veux seulement la retrouver, dis-je en essayant de lui sourire d'un air rassurant, mais à sa réaction, je compris que j'avais échoué misérablement. Je veux seulement m'assurer qu'elle va bien.

— Je vais téléphoner, dit la femme.

— Est-ce qu'elle est là ?

— Je vais téléphoner avant de vous laisser faire quoi que ce soit. J'ai des droits. Vous ne pouvez pas débarquer comme ça.

— Madame, expliqua l'agent de police, le mandat en sa possession lui donne le droit de vérifier si la fillette est bien là.

J'entendis un pas léger dans l'escalier. Je passai outre la femme et pénétrai dans le sombre vestibule de la petite maison. Je ne prêtai pas attention au mobilier minable ni aux gravures sur les murs, au tapis râpé jusqu'à la corde, aux odeurs d'épices venues de la cuisine ; non, tout ce que je remarquai, ce furent ces petites baskets blanches qui sautillaient de marche en marche, les jambes nues et maigrelettes, la robe en jeans, la petite fille avec des nattes et de grands yeux qui serrait contre elle une licorne brune en peluche.

Elle s'arrêta en voyant que je la regardais fixement.

— Maman, dit-elle, qu'est-ce qu'il y a ?

— Tu t'appelles Tanya ? lui demandai-je.

Elle ne répondit pas. Au contraire, elle remonta l'escalier, apeurée. Je m'étais planté, le Dr Bob s'était planté, ce n'était pas la fillette que nous recherchions et cette femme qu'elle appelait « maman » était bien sa mère. Je ne voyais pas trop quoi faire sinon continuer à parler.

— Je m'appelle Victor Carl. Je suis avocat. Si c'est bien toi Tanya, on m'a demandé de t'aider.

La fillette pencha la tête de côté comme si j'étais un attardé mental racontant une histoire débile dans une langue que j'étais seul à comprendre. Je songeais à tourner les talons, à m'excuser auprès de la femme et de l'agent Washington, à me tirer de là et à m'épargner davantage d'humiliation, quand une petite précision me vint à l'esprit.

— Je viens de la part de Daniel.

Son sourire me transperça le cœur.

J'étais à la fois abasourdi et rassuré, je reprenais espoir : oui, Tanya allait bien et elle était dans de bonnes mains. Malgré tout ce que j'avais supposé et, il faut bien le reconnaître, mes préjugés à son égard, le révérend Wilkerson avait fait de son mieux pour cette gamine.

La femme s'appelait Mme Hanson, elle était douce et nerveuse, et je la terrorisais.

— Vous allez me prendre ma Tanya ? dit-elle.

— Je n'en sais rien, lui répondis-je, ce qui était vrai.

Nous allâmes nous asseoir dans le séjour pour bavarder, Mme Hanson, l'agent de police et moi-même. Tanya remonta jouer dans sa chambre mais, de temps en temps, elle redescendait nous épier et repartait à toutes jambes. Mme Hanson appela son mari à son travail pour qu'il rentre et, pendant qu'on l'attendait, elle nous fit du thé et nous parla de sa famille, de son aîné, Charles, qui fréquentait Central High, le meilleur établissement du système scolaire de Philadelphie. Quand le bon révérend avait évoqué cette petite fille en quête d'une famille, elle et son mari en avaient discuté, ils avaient prié et décidé qu'ils ne pouvaient que lui ouvrir leur porte. Ils feraient des efforts, s'adapteraient à la situation et apporteraient à cette gosse la chaleur d'un foyer, quel qu'en soit le prix. Ce à quoi les trois Hanson ne s'attendaient pas, c'était qu'ils s'attacheraient autant à cette petite fille.

Au bout d'un moment, l'agent Washington haussa les sourcils ; je lui fis comprendre d'un signe de tête que tout allait bien, et nous le remerciâmes tous les deux du temps qu'il nous avait consacré. Après son départ, M. Hanson arriva : c'était un petit homme énergique en bleu de travail et, tous les trois, nous continuâmes à bavarder. Ils me parlèrent des amis que Tanya s'était faits, de leur excursion au King's Dominion.

— Le bar karaoké du quartier nord-est ? dis-je.

— Non, répondit M. Hanson, le parc d'attractions en Virginie.

— Oui, bien sûr, dis-je.

Le mobilier datait, les tableaux étaient du genre qu'on achète dans des entrepôts, la télévision avait une bonne dizaine d'années et un mur était recouvert de ces petits miroirs carrés pour lesquels on faisait de la publicité à la radio il y a bien vingt ans de cela. Ils n'étaient pas riches, ce n'était même pas la classe moyenne, mais ils formaient une vraie famille, si chaleureuse que c'en était palpable, et je n'avais pas la peau du crâne qui me démangeait dans leur maison, ce qui était la preuve que l'abject dysfonctionnement qui avait gâché mon enfance n'avait pas cours ici.

Quand je leur demandai si je pouvais parler en privé avec Tanya, ils se regardèrent, un peu tendus, puis me conduisirent à sa chambre.

Elle était assise sur son lit, entourée d'un océan de petits animaux en peluche. Je crus comprendre qu'elle s'était inventé une sorte de jeu mais, en me voyant sur le pas de la porte, elle s'arrêta net.

Je m'accroupis pour être à la même hauteur qu'elle – elle ne me regardait pas pour autant – et lui expliquai qui j'étais et pourquoi j'étais venu. Je me rendis compte qu'elle m'écoutait à sa façon de sourire quand j'évoquais Daniel, à sa façon de serrer les lèvres quand je prononçais le nom de sa mère, mais elle ne me répondit pas jusqu'à ce que je lui demande si elle connaissait un endroit où on pourrait acheter une glace.

— À deux rues d'ici, dit-elle.

— Tu veux y aller ?

— Je veux bien.

Mme Hanson n'appréciait pas trop que j'emmène Tanya faire un tour, mais son mari la rassura et m'indiqua le chemin. Il nous suivit aussi à distance, je m'en rendis compte, mais ça ne me dérangeait pas. Tanya et moi marchâmes doucement l'un à côté de l'autre ; nous prîmes à droite, puis à gauche, avant de nous retrouver devant une petite boutique équipée d'un grand bac à glace dans un coin. Elle choisit un cône au chocolat avec des noisettes ; je pris un esquimau. Sur le chemin du retour, un banc dans une rue tranquille nous permit de nous asseoir et de finir nos glaces.

— Tu te plais bien ici ? lui demandai-je.

Elle fit oui de la tête.

— Tu as appelé Mme Hanson maman, pourquoi tu as dit ça ?

— Elle aime bien.

— Et toi, tu l'aimes bien ?

— Oui.

— Pourquoi ?

— Elle est gentille, elle s'occupe bien de moi et elle m'achète des animaux en peluche.

— Oui, j'ai vu ça, dis donc ; on se croirait au zoo.

— Je vais en avoir tellement que je pourrai plus marcher dans ma chambre. Et le soir, je grimperai sur le tas et je dormirai dessus.

Je jetai un coup d'œil dans la rue. Il était assis sur une bouche d'incendie, à une centaine de mètres de nous, et continuait de nous surveiller. Je lui adressai un petit signe de la main, et il me répondit.

— Tu aimes bien M. Hanson ?

— Lui aussi, il est gentil.

— Et Charles ?

— Oh oui, mais il est pas souvent à la maison. Il est drôlement intelligent, ils disent que c'est une grosse tête.

— Ça t'arrive de penser à ta mère ?

— Oui.

— Elle te manque ?

— Oui.

— Tu aimerais retourner vivre avec elle ?

— J'en sais rien. J'aime bien être chez les Hanson. Randy, il est toujours avec elle ?

— Non, c'est fini. Tu n'aimes pas Randy, hein ?

— C'est lui qui m'aime pas. Il était tout le temps en train de crier et de me donner des gifles. Je peux avoir un autre cornet ?

— Je ne crois pas.

— Je demandais comme ça. Daniel, il va bien ?

— Oui, je crois que ça va bien maintenant. On s'est occupé de ses dents.

— Il en avait drôlement besoin. Il me manque. Tu peux pas aller chez maman et lui dire qu'il me manque ?

— Il n'est plus avec ta mère pour le moment.

Elle écarquilla les yeux.

— Randy était méchant avec lui, et ta mère ne l'a pas empêché. Alors, la police a arrêté Randy, et Daniel est aujourd'hui dans une autre famille.

— Je veux le voir.

— Je vais voir ce que je peux faire.

— Tu es vraiment là pour m'aider ?

— Oui, tu peux me croire ou non, mais je travaille pour toi.

— J'ai pas d'argent pour te payer.

— Ce n'est pas grave, dis-je. Je ne vois pas pourquoi tu serais différente de mes autres clients.

— Qu'est-ce qui t'est arrivé à la figure ?

— C'est ma télé qui m'a mordu.

— C'est sûrement pour ça qu'ils veulent pas que je la regarde trop longtemps.

— Et ça te rend triste ?

— Pas vraiment. Il y a une belle école ici. J'y vais à pied, elle a une jolie couleur à l'extérieur, et les enfants du quartier avec qui je joue, ils y vont aussi et on part ensemble. Sam, il a une petite piscine et on se baigne tous les deux quand il fait chaud.

— Qu'est-ce que tu aimerais que je fasse pour toi ?

— Je veux pas m'en aller, j'aime bien mon école.

— D'accord.

— Mais Daniel me manque.

— Je comprends.

— Peut-être qu'il pourrait aussi aller à cette école ?

— Il est trop petit pour ça.

— Oui. Je peux avoir une autre glace maintenant ?

— Non, répondis-je.

Je la laissai avec les Hanson. Je réfléchis à tout ça, j'envisageai toutes les options, et les responsabilités que cela impliquait me faisaient crever de trouille, mais parfois je crois que le vrai courage, c'est de ne rien faire du tout, et Tanya méritait mon courage ; alors je la laissai où elle était. Je donnai à Mme Hanson le nom d'Isabel Chandler et son numéro de téléphone. Je lui dis de l'appeler pour avoir un rendez-vous aux services sociaux ; elle verrait ce qu'il faut faire pour devenir un foyer de placement certifié. Ainsi, la garde de Tanya pourrait devenir officielle. Jusque-là, je ne voulais rien faire pour lui enlever Tanya.

— J'étais si inquiète quand le révérend nous a dit que vous cherchiez partout Tanya, me dit Mme Hanson. Quand je pensais à vous, j'en avais des cauchemars.

— Je fais toujours ce genre d'effet sur les gens.

— C'est une petite fille formidable. Elle fait déjà

partie de la famille. J'ai dit au révérend que j'avais très peur que vous nous la preniez.

— Moi aussi, j'ai eu très peur.

Il m'arrive parfois de croire que la race humaine, contre toute logique et en dépit des apparences, a peut-être une chance après tout.

73

Quel est le point commun entre les comédies musicales de Broadway et les procès pour meurtre ? Des blondes tout en jambes en minijupe et talons hauts ? Dans mes rêves seulement, ce qui en dit plus long sur mon inconscient que je ne le voudrais. Non, il faut pour les unes comme pour les autres un final grandiose, et je ne parle pas ici d'une production glandulaire à la Paavo Airola[1]. J'aurais mis en scène une superproduction si on m'avait laissé faire ; hélas, le sort de François Dubé ne se jouait pas sur les planches de Broadway, mais dans un prétoire où les acteurs portent des complets-veston, déclament des expressions latines et se doivent d'apporter des preuves selon un protocole immuable. Croyez-moi, il n'y a rien de tel pour casser l'ambiance d'un spectacle musical, mais j'avais toujours en projet mon grand final, avec Mme Winterhurst pour établir un lien entre le Dr Bob et la victime, Franny Pepper pour en établir un autre entre le Dr Bob et la photo

1. Nutritionniste américain et éminent défenseur des théories holistiques, qui s'est notamment intéressé à la fécondité masculine.

retrouvée dans la main de la victime, et enfin le Dr Bob en personne pour venir mentir à la barre, avant de succomber sous le feu de mon impitoyable contre-interrogatoire.

J'avais une telle confiance dans la puissance de mon grand final que je prêtais à peine attention au procès. C'était à Beth qu'il revenait d'exposer l'emploi du temps qui servait d'alibi à François Dubé. À dire vrai, ce n'était pas vraiment un alibi, mais le moindre élément comptait. C'est pourquoi Beth décrivit les faits et gestes du Français le soir du meurtre de sa femme en le montrant aux cuisines jusqu'à la fermeture du restaurant, au zinc du bar pendant une heure environ, puis s'en allant dans la nuit, éreinté et ne songeant plus qu'à aller se coucher. Vu la tête qu'ils faisaient, les jurés étaient eux aussi sur le point de s'endormir. Et j'étais sur le point de m'écrouler à mon tour quand Torricelli me fit un signe du bout des doigts.

J'eus un petit sursaut et ouvris grand les yeux. J'avais l'impression qu'il me faisait coucou et je trouvai ça bizarre, parce que Torricelli n'était pas vraiment du genre à faire coucou.

Le mystère du petit doigt fut résolu pendant la pause déjeuner. Le prétoire se vidait quand Torricelli s'approcha de moi et posa sa grosse main sur mon épaule.

— Alors, Carl, ça baigne ?

Je regardai sa main, puis sa vilaine bobine.

— Ça peut aller.

— Votre figure, qu'est-ce qui vous est arrivé ?

— Mon poste de télé m'a mordu.

— Ç'a beau être un porno génial, Victor, on ne

plonge pas la tête la première dans son écran pour se joindre à l'action.

— Vous n'avez pas bu, inspecteur ? Parce qu'il y a des gens qu'un peu d'alcool rend très agréables.

— Pas moi, dit-il d'un air léger. Quand je bois, je deviens un véritable salopard.

— Dans ce cas, je vous conseille la sobriété.

Il rit, ce qui était encore plus déconcertant. Torricelli était de trop bonne humeur pour que ça ne cache pas quelque chose.

— Qu'est-ce qui vous rend si joyeux ? lui demandai-je.

— J'ai eu ce problème avec ma dent. Je n'arrivais pas à savoir ce que c'était, et puis on a trouvé.

— Je comprends votre soulagement.

— C'était rien du tout, une petite cavité inaccessible à la sonde, mais on l'a vue à la radio. Un coup de fraise, un plombage, et le tour est joué.

— Apparemment, vous vous êtes trouvé un dentiste.

— Ouais. Un type très sympa. Vous le connaissez peut-être.

— Possible.

— Rendez-vous compte, Victor. Je viens lui poser quelques questions à propos d'un crime, et je ressors de son cabinet avec une nouvelle vision du monde.

— Ça ne m'étonne pas de lui. Il vous a expliqué son changement de nom ?

— Il m'a dit que ce n'était pas très glorieux pour un dentiste d'avoir un nom qui sonne comme un soda, ça se comprend, non ?

— Et vous avez gobé ça ?

— Pourquoi pas ? Après m'avoir remis à neuf, il m'a fait un petit cadeau d'adieu.

— Un sucre d'orge ?

— Ses empreintes.

— Sans blague.

— Il n'a pas rechigné, je dois le dire. Je lui ai demandé s'il acceptait, et il s'est empressé de retirer ses gants pour me tendre les mains.

— Comme c'est aimable à lui.

— Vous voulez connaître le résultat de nos comparaisons ?

— Votre sourire parle pour vous, dis-je alors que je sentais une onde de désespoir me parcourir les tripes.

— Elles ne correspondaient pas, dit Torricelli. L'empreinte latente relevée sur la scène du crime, celle que votre expert a identifiée comme étant la même que celle découverte dans ce garde-meuble, puis sur la cassette, eh bien, elle n'appartient pas au Dr Pfeffer.

— Je demanderai à mon expert de vérifier ces résultats.

— Si ça vous chante, mais vous arriverez à la même conclusion. Pour commencer, il a un alibi ; ensuite, les empreintes ne correspondent pas. Votre théorie de la culpabilité du dentiste en prend un sacré coup.

Je serrai les lèvres et essayai de ne pas vomir.

— J'espère que je ne vous ai pas coupé l'appétit, dit Torricelli.

Bien sûr que si. Les petites infos qu'il venait de me balancer m'avaient complètement retourné l'estomac. C'était le genre de nouvelle qui fait vraiment mal, celle qu'on redoute le plus d'apprendre tout en s'y attendant à tout moment.

Vous vous souvenez peut-être que pendant cette bizarre soirée au Chaucer's, j'avais glissé dans ma poche le verre à whisky du Dr Bob. Il était toujours dans son petit sac en plastique et les empreintes attendaient encore les produits chimiques et les poudres qui leur permettraient de se matérialiser avant d'être immortalisées sur des planches contact. Je n'avais pas envoyé le verre à Anton Grammatikos.

Pourquoi, me direz-vous ? Parce qu'il y avait deux réponses possibles : soit les empreintes du Dr Bob correspondaient à l'empreinte anonyme sur la cassette et le lieu du crime, soit elles ne lui correspondaient pas, et ma défense n'avait de chance de survivre qu'à l'une de ces deux réponses. Mieux vaut un doute qu'on peut exposer aux jurés qu'une certitude qui ruine complètement votre défense. Dans le cas présent, l'inspecteur Torricelli avait fait son boulot et rendu son verdict.

Il m'avait coupé l'appétit, et je retournai tout ça dans ma tête pendant l'heure du déjeuner ; et encore après, tandis que Beth continuait de détailler pour le jury l'emploi du temps de Dubé. Toute ma théorie reposait sur l'hypothèque d'une mort accidentelle. Le Dr Bob avait voulu venir en aide à Leesa Dubé. Le Dr Bob avait apporté la bande à Leesa pour l'aider dans son divorce. Quelque chose avait mal tourné, et Leesa était morte. Ensuite, le Dr Bob avait fait porter les soupçons sur François Dubé en replaçant dans son garde-meuble la bande encore couverte du sang de Leesa. La photo retrouvée dans la main de celle-ci, exactement comme celle découverte dans la main de la mère du Dr Bob, constituait la cerise sur le gâteau en fait de preuve. Pour tout dire, j'étais même persuadé que le Dr Bob avait organisé le garde-meuble de telle sorte que, le jour où quelqu'un viendrait y mettre son nez, moi par exemple, ce quelqu'un puisse s'asseoir sur le fauteuil, découvrir avec horreur les vidéos, et se dire qu'on avait eu raison de lui faire porter le chapeau.

Mais voilà que le Dr Bob n'était apparemment plus celui qui avait pris la cassette sur le lieu du crime.

Qui cela pouvait-il être alors ? La réponse du D.A. était des plus convaincantes. À qui cette bande pouvait-elle nuire le plus ? À François Dubé. Où se trouvait la cassette souillée du sang de la victime ? Dans le garde-meuble de François Dubé. Qui avait un mobile ? François Dubé. C'était irréfutable, rien à redire, mais ça n'expliquait pas pourquoi Dubé avait conservé la bande. Pourquoi ne l'avait-il pas brûlée, détruite irrémédiablement, pourquoi ? Pourquoi l'avait-on laissée traîner en attendant que quelqu'un la trouve ? Parce qu'il avait été arrêté trop tôt ? Parce qu'il n'avait pas eu le temps de la détruire ? Ou bien avait-il eu le temps de la déposer au garde-meuble, mais pas celui de la faire disparaître ?

Tout cela n'avait aucun sens si le Dr Bob n'était pas le coupable. Mais si ce n'était pas lui, alors qui était-ce ?

Curieusement, à cet instant, je repensai à Rex, le géant au doux regard rencontré devant l'hôtel Latimore. Le Dr Bob avait dit quelque chose à son propos qui me revint soudain à l'esprit. *Je suis toujours à la recherche de nouveaux talents*, avait-il dit.

Une âme pure avec un cœur, des muscles, et la volonté farouche d'améliorer ce monde.

Rex était entré en scène bien trop tard pour être impliqué, mais peut-être une des autres recrues du Dr Bob avait-elle fait le coup, peut-être quelqu'un que ce dernier avait découvert et formé, quelqu'un qui avait agi sur son ordre, avant de s'évanouir dans la nature, de se fondre dans la nuit et l'anonymat. Oui, mais qui ? Comment retrouver ce quelqu'un ? Comment l'utiliser pour sauver mon client ?

Ce fut cette idée de « nuit » et d' « anonymat » qui me mit brusquement sur la piste, et je compris enfin toute la vérité. Ce fut comme si on venait de relever le store d'une fenêtre, et que le soleil m'inondait soudain de sa lumière.

Je me levai d'un bond.

Beth était en train de poser une question. Elle s'arrêta en pleine phrase pour me regarder. Le prétoire se figea, toutes les têtes se tournèrent dans ma direction.

— Vous voulez dire quelque chose, maître ? me demanda le juge Armstrong.

— Juste qu'il faut que je sorte, Votre Honneur. Ça ne peut pas attendre.

— Un problème de digestion, monsieur Carl ?

Les rires n'étaient pas retombés que j'avais déjà quitté la salle.

Où courais-je comme ça ?

Me trouver une pute de bas étage.

74

L'inspecteur Gleason était un vrai pro. On voyait ça à sa façon de repérer les prostituées, même de loin. « Observez toujours les chaussures », m'avait-il conseillé. On voyait ça à sa façon de marcher dans la rue avec une totale assurance pendant que je restais assis dans la voiture. À sa façon de les approcher avec un sourire et un petit geste de la main, de leur parler doucement, une à la fois, de leur poser des questions, de rire de leurs blagues, d'écouter ce qu'elles lui racontaient en hochant la tête d'un air indifférent, de leur glisser un billet quand la conversation était terminée.

Le plus étonnant, c'est qu'il faisait tout ça et imposait son autorité sans présenter la moindre plaque, comme s'il était toujours confiné au travail de bureau. Mais pour lui, ce n'était pas du boulot, c'était une affaire personnelle.

J'avais retrouvé son physique à la Elvis à la réception de la Brigade routière où, l'air sinistre, il répondait au téléphone et remettait des formulaires aux abrutis qui avaient perdu leurs voitures. Quand il releva la tête et me vit, il n'eut pas ce qu'on appelle un sourire de bienvenue.

— J'ai besoin de vous, lui dis-je.

— Votre voiture a disparu ?

— Non.

L'inspecteur Gleason secoua la tête.

— Ne me sortez surtout pas les violons. Tous les deux, on s'est assez rendu service comme ça. Je vous ai aidé à obtenir un nouveau procès à votre pourri, et vous m'avez cantonné définitivement à la paperasse.

— Désolé pour ça. Vous voulez que je dise un mot à votre chef ?

— Vous tenez vraiment à m'enterrer, c'est ça ? Votre tête, qu'est-ce qui vous est arrivé ?

— Ma télé m'a mordu.

— Vous voyez bien, même votre télé ne peut pas vous sentir.

— Je sais, je fais tout le temps cet effet-là.

— Qu'est-ce que vous cherchez, Carl ? dit-il après un long soupir.

— La vérité. Sur Seamus Dent.

Il plissa les yeux en entendant ce nom.

— Je crois savoir ce qu'il faisait dans ce squat où on vendait du crack, dis-je. Je crois aussi savoir qui l'a amené là.

— Bon, et alors ?

— Vous voulez m'aider à le prouver ?

— Pas spécialement. J'ai décidé d'aller de l'avant. Et puis c'est plutôt dur de réunir des faits quand on est derrière un bureau, non ?

— Officiellement, vous n'avez pas le droit de travailler dans la rue, mais qui vous demande d'agir en tant que flic ? Soyez juste un homme qui a envie de savoir ce qui est vraiment arrivé au gosse qu'il a aidé.

— Pourquoi ça devrait continuer à m'intéresser ?

— Parce que vous avez essayé de faire changer la vie de ce gosse, et que vous voulez savoir pourquoi tout a foiré et à cause de qui.

— Il y a des choses qui ne marchent pas, voilà tout.

— Non, c'était plus que ça. Quelqu'un a poussé Seamus dans la direction qu'il a prise, quelqu'un l'a mis sur le chemin qui l'a conduit à la mort.

— Et vous croyez savoir qui c'est ?

— Oh oui.

— Qu'est-ce que vous attendez de moi, Carl ?

— Que vous m'aidiez à le prouver.

— Comment ?

— Il y a une fille.

— Il y a toujours une fille, non ?

— Là, c'est différent, c'est une pauvre fille, qui fait tout pour se démolir. Drogue, violence, l'autodestruction totale.

— Vous croyez qu'elle est dans la rue ?

— Vous connaissez un meilleur endroit pour se procurer ce qu'elle recherche ? Elle s'appelle Kylie et je crois que c'est à cause d'elle que Seamus est mort. Si quelqu'un sait ce qui est vraiment arrivé à Seamus, c'est Kylie.

— Alors pourquoi vous avez besoin de moi ?

— Vous étiez aux Mœurs avant d'être à la Criminelle. Vous connaissez mieux la rue que je ne la connaîtrai jamais. J'ai besoin de vous pour la retrouver.

Gleason se renversa contre le dossier de sa chaise et se lissa les pattes.

— Vous voulez que je me fasse encore taper sur les doigts, c'est ça ?

— Non, ce n'est pas mon but.

— Ouais, c'est ce que disent tous ceux qui baisent leurs semblables. Bon, je termine à quatre heures.

— Génial. Vous ne le regretterez pas.

— C'est déjà fait.

Je jetai un coup d'œil autour de moi, dans l'espace dégagé de l'entrée, avec ses chaises en plastique.

— Je peux vous attendre ici ?

— Non.

Je m'engageai dans une rue sombre et étroite : c'était un vieux quartier abandonné, une sorte de plaie urbaine purulente à l'est de la rivière Schuylkill, à moins d'un jet de pierre des raffineries et des sex-shops qui bordent la voie express. Le peu de lumière qui brillait encore quand nous nous étions mis en chasse s'était enfui à l'ouest ; nous étions là à patrouiller dans l'obscurité, où seules de rares bandes d'asphalte éparses bénéficiaient de la pâleur des réverbères. Le coin n'avait rien de très luxueux pour qui voulait vendre son corps, ce n'était même pas du niveau du supermarché, non, ça rappelait plutôt le hangar et les fins de série, la marchandise cabossée. L'enfer des putes.

— Seigneur, dis-je, qui peut venir ici se trouver une fille ?

— Ce n'est pas la question, dit Gleason, il y aura toujours du monde. Installez-vous dans un cimetière, ouvrez un cercueil et regardez la file d'attente se former. Non, la question, c'est plutôt : quelle fille a pu tomber si bas qu'elle doive venir se vendre ici ?

— Kylie.

— D'après ce que je sais, elle touche le fond. La mauvaise came, un mac qui lui cogne dessus chaque fois qu'elle rapporte moins que le minimum vital, un corps couvert de bleus et de cicatrices.

— Le trottoir de la dernière chance, c'est ça ?

— Non, c'est là qu'elles échouent quand leur dernière chance est passée.

— Et ensuite, elles vont où ?

— À la morgue.

— On dirait que c'est ce qu'elle cherche.

— Hé, attendez, dit Gleason. C'est quoi, là-bas ?

Une silhouette était adossée à un mur, non loin d'un réverbère. J'avançai la voiture dans le cercle de lumière blême, et l'ombre se détacha du mur, s'avança, regarda à droite et à gauche, avant de se pencher pour s'appuyer contre la portière, sa tête à hauteur de la mienne, un visage fatigué aux traits durs, aux yeux sombres, aux lèvres pâles, une marque rouge sur la joue.

— On veut faire mumuse, les gars ?

— Comment tu t'appelles, mon cœur ? dit Gleason en se penchant depuis le siège passager.

— C'est important ?

— Il faut bien qu'on te donne un nom.

— Jenny, ça te va ?

Elle sourit, et ses dents étaient à l'image du quartier où elle travaillait : des structures délabrées au milieu de terrains vagues.

— Vous voulez faire mumuse avec Jenny ? Je vous ferai des trucs.

— J'en suis persuadé, chérie, dit Gleason, mais ce n'est pas une Jenny qu'on cherche, c'est une Kylie.

La femme leva la tête et scruta la rue.

— Vous êtes qui ?

— On est là pour affaires, dit Gleason.

— Et alors, qu'est-ce que tu crois que je fais ici ? Ça nous empêche pas de nous amuser un peu. J'ai un petit coin à moi si ça vous dit. Je vous donnerai du bonheur, les gars... si vous savez quoi faire avec ça, ajouta-t-elle en se tapant sur les fesses.

— On a besoin de poser quelques questions à Kylie, dit Gleason. Ça te dérange si on la met un temps hors concours ?

— Cette crevarde ne risque pas de me faire de la concurrence, renifla-t-elle.

— Jenny, où est-elle ?

— Elle a des ennuis ?

— Nan, dit Gleason. On a juste quelques questions, c'est tout.

— Dommage. Des emmerdes, ça l'aiderait à aller plus vite là où elle veut aller. Essayez quelques rues plus bas, à droite ; il y a un entrepôt où elle turbine. Si vous la trouvez, dites à la princesse au petit cul blanc que Jenny l'emmerde.

— Quel bonheur de découvrir tant de camaraderie parmi les classes laborieuses, dit Gleason tandis que Jenny reculait pour se fondre à nouveau dans l'ombre.

Je roulai jusqu'à l'entrepôt et m'arrêtai derrière une grosse Chevrolet hors d'âge garée le long du trottoir. Le bâtiment de brique croulait de partout, les portes et les fenêtres étaient condamnées avec des plaques de contreplaqué devenues grises. L'une de ces plaques, sur une fenêtre basse, était éclatée ; l'obscurité sourdait par la trouée comme une fumée abominable.

Gleason coupa le moteur et nous attendîmes.

Quelques instants plus tard, une ombre se glissa furtivement dehors en franchissant l'ouverture, fit le tour de la Chevrolet et s'arrêta devant. Elle jeta un coup d'œil dans notre direction avant d'ouvrir la portière et de se mettre au volant. Le moteur de la guimbarde toussota quand elle démarra.

— Je suppose que c'est notre tour d'y aller, dit Gleason.

— On va rentrer là-dedans ? demandai-je.

— Pas de panique, dit-il en ouvrant la boîte à gants. Je suis venu avec ma copine.

Je fus déçu de voir que ce n'était qu'une grosse lampe torche de couleur bleue.

— Pas de flingue ?

— Hé, je suis dans l'administratif, l'oubliez pas.

Nous descendîmes de voiture, et je le suivis sur le large trottoir jusqu'à la fenêtre. Gleason enjamba le rebord et se glissa dans le trou. J'hésitai un instant, puis je le suivis et retombai tant bien que mal sur mes pieds de l'autre côté. Il faisait noir comme dans un four, c'était humide et fétide, ça empestait l'urine et le ciment frais, le rat mouillé, la sueur et la cendre, le désespoir.

Gleason alluma sa torche, qui révéla dans son faisceau des tas d'ordures, des poutres affaissées, et dans un coin un sac de couchage frémissant de vie. Complètement à gauche, il y avait un matelas, et sur le matelas une jeune femme en haillons, assise les bras autour des jambes, le menton sur les genoux, les yeux rivés sur le faisceau lumineux, les lèvres couvertes de croûte, la peau maculée de sang et de crasse.

— C'est vous Kylie ? demanda Gleason.

— Je ne suis plus personne, dit la femme.

— Alors vous êtes celle que nous cherchons, dis-je.

— Éteignez votre lampe, bordel, dit Kylie en levant la main comme pour chasser la lumière.

— On voudrait vous parler, dit Gleason.

— Ça vous coûtera plus cher.

— Et si on se contentait de bavarder ?

— Alors là, ce sera pas dans vos moyens.

— Kylie, vous avez faim ? dis-je. Vous voulez manger quelque chose ?

— Je mange plus.

— Vous avez soif ?

— Non.

— Moi, j'ai soif, dit une voix qui émanait du sac. Je boirais n'importe quoi du moment que c'est du raide.

— La ferme, dit Gleason.

— Eh, je pensais pas à mal en disant ça, dit le sac de couchage, mais un coup à boire, ça le ferait, quoi.

— J'ai dit la ferme.

— Si vous avez à picoler, donnez-en à Al, dit Kylie. Moi, c'est pas la peine de me saouler, je suis pas ce genre de fille. Maintenant, éteignez cette foutue lampe et faites ce que vous avez à faire.

— On veut bavarder, dis-je. On veut entendre une histoire.

— Achetez-vous un bouquin.

— Une histoire qui parle de Seamus Dent, précisai-je.

— Seamus ? Bon Dieu, pourquoi vous me parlez de lui ?

— On veut savoir pourquoi il est mort.

— C'est pas compliqué. Il prenait tout à cœur.

— Quoi ?

— Tout, n'importe quoi.

— Et vous ? Qu'est-ce qui vous tient à cœur ?

— Rien du tout.

— Pas même Seamus ?

— Éteignez cette lampe.

— Si on éteint, vous nous répondrez ?

— Je vous sauterai pas à la gorge, vous inquiétez pas.

Dans son sac de couchage, Al se mit à rire.

— Dites votre prix, suggéra Gleason.

— Ça, c'est parler, dit Al. Mais de combien on parle, au juste ?

— Qu'est que ça peut foutre maintenant, ce qui est arrivé à Seamus ? dit Kylie.

— Pour l'homme qui est là, dis-je en désignant Gleason, c'est important, parce qu'il a fait tout son possible pour sauver Seamus quand il l'a trouvé complètement paumé dans son trou à rats. C'est important aussi pour mon client, qui joue sa vie en ce moment pour un crime que, selon moi, Seamus pourrait bien avoir commis. Et aussi pour Wayne, qui se sent toujours trahi par Seamus parce que Seamus lui a sauvé la vie, tout en se fichant apparemment éperdument de la sienne.

— Wayne ? Vous avez parlé à Wayne ?

— C'est exact.

— Bon Dieu. Wayne. Vous venez de toucher le triplé. Comment il va ?

— Bien, en fait. Seamus l'a conduit auprès du père Kenneth dans votre ancienne paroisse, et le père Kenneth l'a aidé à refaire surface. Depuis, Wayne travaille à l'église.

— Il a toujours été un peu bigot.

— Il est en train de reprendre sa vie en main.

— Tant mieux, dit Kylie.

— Bon, si on reparlait fric ? reprit Al.

— Vous êtes qui, son agent ? demanda Gleason.

— Juste un homme d'affaires en mal d'action.

— Un champion de la finance, à en juger par ce que je vois, répliqua Gleason en balayant avec sa lampe les murs décrépits.

— Éteignez ça, dit Kylie. Je n'arriverai pas à parler si je me vois encore.

— Vous nous raconterez tout si j'éteins ?

— Tout, j'en sais rien. Je sais pas au juste ce qu'il a fait avant, mais d'après lui, c'était plutôt moche.

— Dites-nous ce que vous savez, ce dont vous êtes certaine.

— Il m'a dit qu'il ne l'avait pas fait exprès, que c'était un accident, qu'il voulait seulement l'aider, pas la tuer. Et aussi qu'ensuite, il a voulu tout arranger, mais l'avocat l'a pas laissé faire.

— C'est comme ça qu'il a eu son imperméable ?

— Oui, pour lui, ce manteau, c'était un peu comme une cape de super-héros de bande dessinée. C'est ça qu'il voulait devenir, un super-héros, pour réparer ce qu'il avait fait.

— Vous parlez de l'accident, de la mort de cette femme ?

— Oui.

— C'est pour ça qu'il a replongé dans la drogue ?

Parce qu'il se sentait coupable ? C'est pour ça qu'il s'est retrouvé dans ce taudis où il s'est fait assassiner ?

— Sur la fin, il était clean, dit Kylie. C'est pas pour la came qu'il est venu, c'est pour moi.

— Satané cow-boy, se désola Gleason.

— Si on éteint, lui dis-je, vous nous raconterez vraiment tout ?

— Je ne sais pas tout, je vous l'ai dit.

— Autant que vous en savez alors.

— Vous me ficherez la paix après ça ?

— Si c'est ce que vous voulez.

— Et le fric, dit Al. N'oubliez pas le fric.

— Non, dis-je, on fera comme promis. Bon, éteignez la lampe.

Gleason balaya la pièce au cas où il y aurait eu quelqu'un derrière nous, puis éteignit. L'obscurité nous enveloppa comme une vieille couverture puante. Dans un coin, on entendit grouiller quelque chose, une poutre humide goutta quelque part au-dessus de nos têtes, et un gémissement lointain se fit entendre. Dans les détritus et la pourriture, nous attendîmes. Longtemps.

Et puis Kylie se mit à parler.

Ce n'est qu'au petit matin que nous échappâmes à la puanteur et à l'humidité de l'entrepôt. Dans le noir, Gleason et moi avions longuement écouté Kylie raconter son histoire, et l'émotion nous avait submergés ; elle n'avait pas épargné Kylie non plus, je l'avais senti, malgré le ton monocorde de sa voix. À la fin, quand Gleason avait rallumé, les larmes avaient dessiné des traînées de crasse sur le visage de la fille.

Maintenant, nous étions remontés en voiture, et c'est à la lumière des premiers rayons du jour que nous quittâmes ce quartier infâme. Je roulai vers l'est jusqu'à la voie express, puis vers l'ouest pour rejoindre la 676, et vers l'est encore pour trouver la 95. Ensuite, direction nord jusqu'à la bretelle de sortie d'Aramingo Avenue, qui menait à Fishtown.

Ils nous attendaient devant l'entrée latérale de l'église. Le père Kenneth était adossé au mur, les mains dans les poches, la lumière de la lampe fixée au-dessus de la porte tombant sur lui comme une bénédiction céleste. Wayne faisait les cent pas sur le trottoir en se tapant sur les bras ; il avait tout d'un futur père dans le couloir d'une maternité, qui déambule en se demandant si ce sera un garçon ou une fille qu'il pourra prendre dans ses bras.

C'était une fille.

75

Je n'avais toujours pas dormi quand je frappai à coups redoublés à la lourde porte de bois. Il faisait grand jour, mais il était tout de même encore trop tôt pour qu'un petit coup de téléphone destiné à prévenir ou même un grattement à la porte puissent être considérés comme polis. Mais après ce que Kylie nous avait raconté cette nuit-là, la politesse était le cadet de mes soucis. Alors je cognai à la porte. À coups redoublés.

Il fallut plus de temps que je ne l'aurais imaginé pour qu'on me réponde, et je ne m'attendais pas à ce qui se présenta à moi. Oui, c'était bien à la porte de Whit, mon vieux mentor, Whitney Robinson III, que j'avais frappé, mais il n'était pas vêtu de cette manière si affectée qui le caractérisait ; il n'avait pas de pochette à sa veste, il n'avait même pas de veste en fait, pas même une chemise. Non, il était en tee-shirt et en pantalon de pyjama, les pieds nus, pas rasé, ses cheveux gris en bataille, le regard halluciné et les lèvres blêmes tremblant à ma vue.

Un détail que je pouvais comprendre, puisque je

représentais, d'une certaine façon, le spectre de son passé.

— Je crains que ce ne soit pas le moment opportun, mon garçon, me dit-il.

— Il faudra faire avec.

— Ah, le jeune homme résolu à aller une bonne fois pour toutes au fond des choses. Je ne pensais pas qu'il y avait cela en vous, Victor, et je reconnais que cela me déçoit. L'autosatisfaction peut être un vice assez plaisant pour celui qui la pratique, mais elle lasse rapidement quiconque n'est pas concerné par sa colère.

— Que vous a-t-il offert, Whit ? Qu'a-t-il fait pour vous pousser à ignorer les aveux de Seamus Dent et à garantir la condamnation de François Dubé ?

— Il s'est pris pour Dieu.

— Ça lui ressemble bien.

— Qu'est-ce qui vous est arrivé ? Votre joue...

— C'est l'hygiéniste dentaire.

Il écarquilla les yeux.

— Quelle femme, cette Tilda. Je suppose que vous allez entrer, que je vous y invite ou pas.

— Vous supposez juste.

— Dans ce cas, je ne puis que vous accueillir une fois encore dans mon humble demeure. Venez, je veux vous présenter quelqu'un.

Comme je le suivais dans la grande bâtisse de pierre, je remarquai à quel point il était voûté et amaigri, à quel point les années pesaient sur ses frêles épaules. Sans son uniforme aristocratique, il semblait plus fragile que je ne l'avais jamais imaginé ; il n'avait plus rien du produit bien policé de la tranche supérieure du système de castes américain, c'était juste un vieillard titubant, qui s'accrochait de son mieux au peu que la vie lui réservait encore. Je l'avais admiré pendant des années et je l'avais redouté pendant la seconde partie de cette affaire, mais maintenant, sans bien comprendre pourquoi, je le plaignais.

Il m'entraîna dans le couloir aux murs jaunis puis dans la salle à manger qui, même avec sa grande table en chêne et ses lourds chandeliers en cristal, semblait à l'abandon depuis des années. Les occasions joyeuses fêtées dans cette pièce, les toasts et les dîners de gala n'appartenaient plus qu'au passé. Ce n'était désormais qu'un passage menant à une autre pièce dont le pathétique avait fait, malgré son éloignement, le cœur même de la maison.

L'accès en était gardé par cette infirmière au visage livide entrevue à la fenêtre lors de ma précédente visite. Grande et décharnée ainsi qu'un épi de maïs desséché, elle me dévisageait avec un mélange de crainte et de dégoût et ses lèvres minces se tordaient à ma vue.

— Voulez-vous nous laisser un instant seuls, mademoiselle MacDhubshith.

— Cette pauvre fille a besoin de repos, dit-elle dans un sourd ronronnement.

— Certes, dit Whit, mais prenez votre pause, je veillerai sur elle.

La femme me lança un dernier regard avant de s'éloigner. Vers un téléphone, je l'aurais parié, pour baver sur nous auprès de qui-vous-savez. Quand elle fut partie, Whit franchit la porte et je le suivis.

Je me retrouvai dans un vieux salon lambrissé décoré de bibliothèques et de superbes vitraux. Des fauteuils en cuir roux et des volumes reliés pleine peau de Dickens, Thackeray, Tocqueville et Maupassant n'auraient pas déparé une telle pièce. Le feu ronronnerait dans l'âtre, le porto aurait été mis à décanter et l'on disputerait une partie de whist. Je suis certain que tout cela avait dû avoir lieu à un moment ou un autre, mais plus aujourd'hui, plus depuis des années, en fait. C'était devenu un tombeau destiné à abriter des morts-vivants.

— Voici ma fille, Annabelle, dit Whit en me désignant le lit d'hôpital dressé au milieu de la pièce et la jeune femme allongée.

Il s'assit sur la chaise placée près du lit, se pencha vers sa fille et posa délicatement le dos de sa main sur sa joue.

Elle était sans doute jeune et jolie, avec ses cheveux coupés très court, sa peau laiteuse, ses mains douces et ses ongles longs. Ses yeux pâles grands ouverts fixaient la pièce comme pour s'en pénétrer, mais je me rendis compte au bout d'un instant qu'elle ne voyait rien. Son corps frémissait et se contractait selon un rythme étrange qui n'avait rien de naturel. La seule chose qui la maintenait sur ce lit, c'étaient les courroies qui enserraient ses bras.

— Ma benjamine, dit Whit.

Il se pencha et embrassa son front palpitant.

— Ma petite princesse. C'est arrivé d'un seul coup. Elle faisait du ski, au Colorado. Une crise cardiaque puis une attaque ont privé trop longtemps son cerveau d'oxygène. Elle est restée ainsi, c'est horrible.

— Je suis désolé, Whit. Elle est comme ça depuis combien de temps ?

— Cinq ans, cinq années impossibles. Dans un

premier temps, elle a été dans un état de conscience minimal. Elle se rendait compte de ce qui se passait autour d'elle, parfois même on aurait dit qu'elle voulait parler. C'était déchirant. Comme si elle avait été enfermée dans une coquille qu'elle essayait de briser. Il y avait tout de même un peu d'espoir.

— De quel genre ?

— Un protocole expérimental très prometteur, qu'on appelle la modulation neurale. Des électrodes sont implantées profondément dans le cerveau et une pile est placée dans la poitrine, un peu comme un pacemaker. On sait que la stimulation du cerveau profond transforme vraiment la structure de celui-ci en permettant aux parties toujours saines de jouer un rôle plus important, mais il faut pour cela que l'on intervienne très rapidement après l'accident. En cas de succès, elle serait revenue, ma fille, ma petite enfant. Elle serait là, avec nous. Mais il y a eu un problème. La FDA[1] avait approuvé une étude de cas très limitée, aux paramètres très rigides. Les médecins ont dit qu'Annabelle ne pouvait pas en bénéficier, l'événement déclencheur étant en effet survenu depuis trop longtemps.

— On ne pouvait pas agir de façon détournée ?

— Non, j'ai fait jouer toutes mes relations, mais cela n'a servi à rien. J'étais désemparé. C'est alors que Seamus Dent est entré dans mon bureau. C'était juste avant le procès. Je savais qu'il était témoin à charge et j'étais scandalisé de le voir, mais il avait quelque chose à me raconter.

1. Food and Drug Administration, organisme gouvernemental de contrôle pharmaceutique et alimentaire.

— Qu'avait-il à vous raconter, Whit ?

— L'histoire étonnante, à peine croyable, d'un dentiste pourvu de l'étonnante capacité d'aider les gens dans le besoin.

— Pfeffer.

— Oui. Il m'a raconté ce que Pfeffer avait fait pour ses dents et comment ce docteur l'avait engagé comme assistant. Une nuit, le Dr Pfeffer lui avait confié la mission de venir en aide à Leesa Dubé. À l'aide d'une clef et d'une bande vidéo. Il devait pénétrer dans son appartement, insérer la bande dans le magnétoscope, le programmer pour qu'il se déclenche dans la matinée et repartir discrètement. Elle était censée dormir à poings fermés et il n'y avait aucun risque, mais la femme s'est réveillée et elle a eu si peur de cette intrusion qu'elle a pris une arme. Il a eu la mauvaise réaction. Ils se sont battus, un coup est parti. La balle lui a traversé le cou. Il m'a raconté qu'il y avait du sang partout. Il s'est enfui et a appelé le Dr Pfeffer, qui lui a dit qu'il prenait les choses en main, et c'est ce qu'il a fait.

— Quand il vous a confié tout ça, Whit, qu'avez-vous fait ?

— Je suis allé voir ce mystérieux Dr Pfeffer. J'ai voulu le confronter pour apprendre la vérité. Au cours de notre conversation, le docteur m'a révélé qu'il était au courant de l'état de santé de ma fille et qu'il pouvait nous aider. Il avait des contacts et réussirait à la faire participer à l'étude. Il a ajouté qu'il s'occuperait de tout, et c'est effectivement ce qu'il a fait. Elle a été la dernière patiente admise. Le Dr Pfeffer lui a donné une chance inespérée.

— Voilà pourquoi vous avez ignoré les aveux de Seamus.

— J'ai fait ce que j'avais à faire. J'ai convaincu ce garçon que sa déclaration ne servirait à rien et que personne ne le croirait. Il s'attirerait des ennuis, c'était certain, mais cela n'aurait en rien aidé mon client. Je lui ai expliqué qu'il s'éviterait des problèmes en répétant à la cour ce qu'il avait déjà dit à la police.

— Vous avez trahi votre client.

— Vous n'avez pas d'enfant, Victor, vous ne pouvez pas comprendre la peur formidable qui s'abat sur vous au moment de sa naissance. Il y a l'amour, bien sûr, cette émotion si douce, si exaltante, mais aussi la peur. Elle ne vous laisse jamais tranquille, cette effrayante responsabilité qu'on a de son bien-être. Auriez-vous agi différemment si c'était arrivé à votre fille ?

— Je n'en sais rien.

— Qui avait-elle en dehors de moi ? Toute ma vie, je m'étais battu pour mes clients. Cette fois-ci, j'étais aux côtés de mon enfant.

— Qu'est-il arrivé, Whit ?

— Vous le voyez vous-même. Le protocole n'a rien donné. Son état s'est aggravé, ses muscles sont agités de spasmes constants, irréguliers. Je ne peux rien de plus pour elle. Ce n'est pas facile, toute cette tension nerveuse a tué ma femme, et moi elle m'a complètement vidé. Mais le Dr Pfeffer continue à nous aider. Il m'a trouvé une infirmière, il force les médecins à être vigilants, il a convaincu la compagnie d'assurances de me permettre de garder ma princesse à la maison.

— Il aurait peut-être mieux valu tout arrêter.

— Elle méritait d'avoir sa chance.

— Tout autant que la personne que votre fille a empêchée de participer à l'étude.

— J'ai fait ce que j'avais à faire.

— Il s'est comporté en amateur.

— En faisant quoi ?

— En se prenant pour Dieu, dis-je. Vous témoignerez en faveur de Dubé.

— C'est hors de question.

— Oh, je ne crois pas, dis-je en lui montrant un petit enregistreur à cassette. C'est une merveille de miniaturisation.

— Ce que Seamus m'a dit ne repose que sur le ouï-dire, c'est irrecevable.

— La déclaration de Seamus va à l'encontre de ses intérêts.

— Il faut une preuve indirecte de la fiabilité de cette déclaration.

— J'en ai une.

— Laquelle ?

— Le passé de notre dentiste.

— Je vois que vous avez fait du bon boulot. C'est presque dommage qu'il ne vous laisse pas l'exposer au jury.

— Il va essayer de m'en empêcher.

— Et il y réussira. Il est très intelligent.

— Non, pas assez. Et la preuve est ici même, dans cette pièce, malheureusement. Dites-moi, Whit, vous avez rejeté l'œuvre de toute une vie, tout ce qui avait un sens pour vous, pour une chance qui n'a rien donné. Le feriez-vous à nouveau ?

— Mille fois, jusqu'à mon dernier souffle.

— Dans ce cas... on se reverra au tribunal.

Quand je quittai la pièce, il était encore penché sur le lit pour caresser la joue de sa fille, oublieux de tout ce qui n'était pas son corps frémissant, ses yeux ouverts sur le vide.

Je traversai la salle à manger pour rejoindre le couloir, et c'est là qu'elle m'attendait. Cela n'avait rien de surprenant. L'infirmière MacDhubshith se dressait devant la porte d'entrée, les mains dans le dos. La première ligne de défense du Dr Bob.

— Vous allez me donner ce magnétophone, monsieur Carl, dit-elle.

— Votre mère ne vous a jamais dit que c'était très malpoli d'écouter aux portes ?

— Nous avons fait installer un interphone pour que je puisse l'entendre de n'importe quelle pièce. C'est parfois très éprouvant.

— Je m'en doute.

— La bande.

— N'y comptez pas.

— Vous ne croyiez tout de même pas qu'on vous laisserait tout gâcher, non ?

— Chacun fait ce qu'il a à faire.

— Eh bien, nous aussi, dit-elle en sortant la main droite de derrière son dos.

Elle tenait par le manche un fendoir d'une taille improbable.

— Dites-moi, infirmière MacDhubshith, qu'a-t-il fait pour vous ?

— Il s'est intéressé à mon problème de mâchoires et il a sauvé la vie de mon frère.

— Et c'est pour ça que vous voulez me hacher menu et faire de moi de la chair à pâté ?

— Ne dites pas de bêtises. Je ne suis pas là pour vous tuer, monsieur Carl. Je me contenterai de vous donner quelques coups, peut-être même de vous trancher une oreille.

Elle sourit en me présentant sa main gauche.

— J'ai également ceci pour vous empêcher de partir avec la bande.

Elle tenait une seringue, un modèle centenaire avec des anses en métal pour les doigts et une longue aiguille en métal prête à cracher son venin.

Elle fit un pas dans ma direction, l'aiguille en avant.

Je fis un bond sur la gauche, puis sur la droite et je la poussai en essayant de foncer vers la porte.

Le fendoir traversa la pièce comme un éclair blanc. Je sautai en arrière. La lame avait raté de justesse mon ventre, traversant ma veste avant de s'enfoncer dans le mur lambrissé.

Je cherchai à me dégager, mais ma veste était clouée au mur. J'essayai bien de m'en débarrasser, mais cela ne servit à rien.

MacDhubshith revenait vers moi avec sa seringue.

Je levai la jambe et lui balançai un coup de pied.

Elle s'étala par terre en criant, et j'en profitai pour saisir le manche du fendoir, que je secouai en tout sens jusqu'à ce que la lame ressorte du mur et de ma veste.

Je jetai ensuite le fondoir à terre et me précipitai vers la porte, mais elle m'y rattrapa. Je tentai de me débarrasser d'elle. Après tout, elle était si maigre que ça ne pouvait pas m'être bien difficile. Mais je me trompais, parce que ce n'était pas l'infirmière.

— Allons, soyez sage à présent, dit Tilda avec son fort accent germanique, et prenez votre médicament, *ja*.

Tout ce que je sais, c'est qu'on me pinça le cou et que quelque chose de froid pénétra dans ma clavicule pour descendre dans ma poitrine, jusque vers mon cœur.

J'agitai le bras et heurtai Tilda du coude, au même endroit où je l'avais précédemment frappée. La violence du coup me libéra un instant, et je fis un pas titubant vers la porte. La pièce bascula, le sol glissa bruyamment sous mon pied et je perdis l'équilibre. J'avais marché sur un morceau de métal. Je me penchai, saisis le métal par le manche et cherchai à me redresser, mais la pièce bascula à nouveau.

Je voulus attraper le bouton de porte, le ratai et m'écrasai la tête contre le bois. Je me ressaisis et tendis encore une fois la main vers le bouton en cuivre. Je le tournai et tirai la porte en vacillant.

— Bonjour, Victor, dit le Dr Bob qui se tenait dans le vestibule. Quel plaisir de vous revoir. Posez donc ça, la violence ne mène à rien.

Le fendoir m'échappa pour s'enfoncer dans le plancher. Je fis un pas en arrière puis tombai à genoux.

— Je suis ravi de vous avoir sous la main, dit le Dr Bob en me prenant par le bras pour me soutenir alors que ma tête ballottait en tout sens. Que diriez-vous d'une petite séance dans mon fauteuil, Victor, en souvenir du bon vieux temps ?

76

Je m'éveillai d'un rêve dont je ne me souviens plus dans un lieu obscur qui sentait le renfermé et tournait autour de moi comme un manège de chevaux de bois. Il y avait une sorte de fauteuil étrangement renversé en arrière et j'y étais assis. J'essayai de bouger les bras, les jambes, le cou, mais ils étaient comme figés. Je voulus ouvrir la bouche et n'y parvins pas, une grande première en quelque sorte. L'obscurité ne cessait de tourner. Je faisais de mon mieux pour rester conscient, mais rien ne me paraissait aussi doux que de fermer les yeux et retomber dans mon rêve, un songe aussi sucré, aussi cotonneux qu'une barbe à papa sur laquelle je tirais pour m'en envelopper et disparaître complètement dans ses filaments pâles et poisseux.

Je rêvais que je me réveillais et qu'une lumière vive éclairait mon visage. J'avais la bouche grande ouverte et un morceau de caoutchouc m'écartait les mâchoires. Caché derrière son masque, le visage anonyme à cause de cette lumière qui resplendissait derrière lui, un dentiste plongeait les doigts dans ma bouche. On raconte qu'on ne sent pas la douleur quand on est en plein rêve, mais je peux vous assurer que c'est totalement faux parce que ce rêve-là me faisait souffrir le martyre.

J'entendais des voix. Je devais sûrement continuer à rêver parce qu'elles se mêlaient à une fabuleuse panoplie de formes et de couleurs. J'étais dans un monde magique : des fleurs éclosaient, des elfes voletaient et des molaires étincelantes portant canotiers dansaient sur leurs racines en faisant tournoyer des brosses à dents en guise de cannes comme des artistes de music-hall qui chanteraient des chansons consacrées à l'hygiène buccale. Deux femmes marchaient sur la scène, de splendides créatures toutes de blanc vêtues. L'une ronronnait en écossais, l'autre avait des accents germaniques sexy malgré leur dureté, et ces deux adorables poupées parlaient de moi. Ce que j'éprouvais pour ces deux femmes en blanc était aussi réel que tout ce que j'avais connu auparavant. Mon sentiment à leur égard, c'était un amour aussi vrai, aussi doux, aussi douloureux que ces dents qui dansaient devant moi.

Quelqu'un frappait à la porte. À coups redoublés. Répondez ! voulais-je leur crier, mais je n'émis qu'un grognement sourd parce qu'une fois de plus je ne pouvais pas ouvrir la bouche. Toc toc, toc toc. Et soudain je compris que ce n'était pas à une porte qu'on tapait, mais sur mon crâne. J'ouvris les yeux, et le Dr Bob continuait à faire toc toc sur mon front.

— Bonjour, Victor, vous êtes prêt à jouer avec moi ?

Je remontai à la surface de ma conscience et, pendant un instant, tout me parut évident : la lumière, l'obscurité ambiante, l'humidité de la cave, le fauteuil où j'étais maintenu. Et aussi, avec son sourire de bon papa, le Dr Bob qui me regardait retomber lentement dans le flou.

Le Dr Bob reprit ses toc toc.

— Quel plaisir de vous voir enfin réveillé, dit-il. Comment vous sentez-vous ? Parfaitement reposé, j'en suis certain.

Je grommelai et me passai la langue sur les dents. Le trou était toujours là, mais mes deux couronnes provisoires avaient disparu et, à leur place, des tiges saillaient tristement de la base de chaque dent. Je me sentais tout nu.

— C'est l'histoire d'un dentiste qui entre dans un bar, commença le Dr Bob. Arrêtez-moi si vous la connaissez déjà. Donc, un dentiste entre dans un bar et rencontre une fille. Quand il lui dit qu'il est dentiste, elle se jette sur lui. « Qu'est-ce que les dentistes ont de si formidable ? » lui demande-t-il, et elle lui répond « Ce sont les seuls hommes à me dire : « Crache, n'avale pas. » » Ha ha ha !

Je me débattis dans mon fauteuil mais cela ne servit à rien. Ma tête était maintenue dans une position telle que je ne voyais ni mes bras ni mes jambes, mais je sentais qu'il y avait du mou dans mes liens. Ce n'étaient donc pas mes muscles qui ne répondaient pas. Quel soulagement. Ce que ces saligauds m'avaient injecté dans le cou ne m'avait pas paralysé.

— Attendez, ce n'est pas tout, dit le Dr Bob. Le dentiste ramène la fille chez lui et, quand ils ont terminé de faire leur petite affaire, elle lui dit : « Vous devez être un super dentiste. » « Comment vous le savez ? » qu'il lui demande. Et elle réplique... (Il prit son temps pour obtenir l'effet maximum.) « Parce que je n'ai rien senti du tout. » Ha ha ha.

Je me débattis à nouveau et grognai de toutes mes forces.

— Ah, je ne vous en veux pas, reprit-il. Les histoires de dentistes sont toujours pitoyables, peut-être parce que l'absence d'hygiène buccale n'a rien de très marrant. Mais attendez, j'en ai une autre. Un dentiste dit à une patiente plutôt sexy : « Vous coucheriez avec moi pour un million de dollars ? » « Bien sûr », qu'elle lui répond. Lui : « Et pour des clopinettes ? » « Certainement pas ! Pour qui me prenez-vous ? » Alors le dentiste lui dit : « Nous avons déjà précisé qui vous êtes, madame. Nous ne faisons maintenant que négocier le tarif. » Ha ha ha.

Il recula d'un pas, mit son poing sous son menton avec des airs de penseur de Rodin et me considéra comme un professeur qui se demande ce qu'il va bien pouvoir faire d'un cancre.

— Vous ne riez toujours pas, Victor. Est-ce parce qu'on vous a bâillonné ? Ou parce que ça vous rappelle quelque chose de personnel ? Hein ? C'est ça ? Mais ne vaut-il pas mieux regarder les choses en face, surtout quand mes avertissements pleins de subtilité ont échoué ?

Il me montra le petit magnétophone que j'avais dissimulé dans la poche de ma veste et le mit en marche. C'était la voix de Whit, un peu étouffée, mais toujours très claire. « *Elle était censée dormir à poings fermés et il n'y avait aucun risque, mais la femme s'est réveillée et elle a eu si peur de cette intrusion qu'elle a pris une arme. Il a eu la mauvaise réaction. Ils se sont battus, un coup est parti. La balle...* »

Le Dr Bob arrêta le magnétophone.

– Allons, Victor, dites votre prix. Quoi ? Vous voulez parler mais vous n'y arrivez pas ? C'est peut-être le sparadrap collé sur votre bouche. Et maintenant, si je fais ça ?

Il tendit la main vers ma bouche et arracha quelque chose dans un grand *rrrrriiippp*.

– Argh, fut le seul son que je parvins à émettre.

– C'est bien mieux, dit le Dr Bob. J'adore le sérieux en matière de négociation. Bon, Victor, on va... comment dites-vous en yiddish ? *Hondel*[1] *?* Vous d'abord. Qu'est-ce que ça coûterait pour acheter cette bande et me tirer de ce pétrin où vous m'avez fourré ?

– Où suis-je ?

– Chez M. Robinson, au sous-sol. Il possède un fauteuil de barbier d'une autre époque, celui-là même sur lequel vous êtes assis. Je peux vous faire monter ou descendre, exactement comme dans mon cabinet.

– Je ne peux pas bouger.

– Ce ruban adhésif est formidable, non ? J'en ai utilisé deux rouleaux pour vous plaquer à ce fauteuil. Ça suffirait à coller une Buick à un mur.

Je continuai à me débattre, sentis une nouvelle fois du mou dans la bande adhésive mais échouai à retrouver un semblant de liberté.

– Qu'est-ce que vous m'avez injecté ?

– Oh, rien de bien méchant. Je m'en sers avec

1. Marchander.

mes patients les plus impressionnables. C'est un produit très doux, approuvé par la FDA. L'infirmière MacDhubshith a peut-être eu la main un peu lourde pour le dosage, fit-il d'un air déçu, mais il n'y a pas de quoi s'inquiéter. Bon, nous parlions d'un prix.

— Un voyage en Californie, comme celui que vous avez offert à Mme Dent ?

— Si c'est ce que vous souhaitez.

— Je me sens bien ici. Pas question de prix. Je suis à vendre, ce n'est pas un scoop, mais pas à vous.

— Allons, mon garçon, ne faites pas votre mauvaise tête. Qui peut vous donner plus que moi ? Vous voulez revoir Carol Kingsly ? Son sourire vous manque ? À moins que vous ne préfériez un poste auprès de M. Takahashi ? Un travail très lucratif, croyez-moi. C'en serait fini des affaires à deux sous. Rendez-vous compte, Victor, vous pourriez parcourir le monde en jet privé, descendre dans les plus grands hôtels et vous goinfrer de repas luxueux. D'ailleurs, quelques kilos supplémentaires ne vous feraient pas de mal, surtout après cette petite épreuve. Est-ce que vous avez faim ?

— J'ai envie de vomir, oui.

— Je suppose donc que la nourriture ne constituerait pas la meilleure motivation. Non, je sais ce qui vous ferait plaisir. L'une de mes patientes est l'épouse d'un consultant de Talbott, Kittredge et Chase. Un cabinet réputé, Victor. Ils cherchent un avocat pénaliste pour leur département défense. Vous seriez parfait. Réfléchissez-y. C'est un peu guindé, je l'admets, mais c'est surtout très prestigieux, vos clients seraient du meilleur monde.

— J'ai déjà un client.

— Je le sais bien, mais ce n'est qu'un petit salaud qui a maltraité sa famille, trompé sa femme, abandonné son enfant, plongé dans la débauche et qui aujourd'hui fait joujou avec les sentiments de votre associée. Qu'est-ce que vous devez à un individu de ce genre ?

— Le mieux que je puisse lui donner. Relâchez-moi.

— Hélas, c'est impossible. Songez à tous mes projets, à toutes ces pauvres âmes à qui je viens en aide.

— Il y a en prison tout plein de gens que vous pourriez aider.

— Je ne suis pas un criminel.

— Dans ce cas, qu'est-ce que vous êtes ?

— Je suis quelqu'un qui se refuse à voir des vies voler en éclats sans tenter de faire quelque chose. Je suis un homme d'action optimiste. L'ennemi des maladies dentaires et du malaise de la vie. Vous voulez une histoire d'amour ? Je peux vous trouver ça. Votre petit ami vous harcèle ? Je le tiendrai à l'écart Une jeune fille a disparu ? Je la retrouverai.

Il s'arrêta un instant et contempla le magnétophone qu'il tenait toujours à la main.

— Votre père vous maltraite ? Je ferai en sorte qu'il n'en ait plus l'occasion.

— Vous faites allusion à François Dubé ? C'est pour ça que vous avez envoyé Seamus déposer la bande.

— Il était si impatient, et puis cette mission était si facile. Mettre la bande dans le magnétoscope et programmer la lecture à l'heure où Leesa se réveille. Elle aurait trouvé, là, sur l'écran de sa télévision, la preuve de ses débauches et le moyen de remporter la garde de sa fille.

— Mais elle est morte.

— Un accident malencontreux. Ce n'est la faute de personne, ce sont des choses qui arrivent.

— La mort est peut-être un accident, mais pas la mise en scène.

— Il serait allé en prison. Il aurait obtenu la garde de sa fille. Ce qui s'est passé dans cet appartement est bien tragique, oui, mais je n'aurais jamais permis que cette pauvre fille tombe sous les griffes de ce type. Plus que quiconque, vous savez le mal qu'un parent peut faire à son enfant.

— Quelle grandeur d'âme !

— Merci.

— Vous devriez vous engager dans l'armée et sauver le monde.

— Je fais la même chose, à ma façon.

— Sans être entravé par la loi, par quelque surveillance que ce soit...

— On peut me faire confiance.

— Et sur la base de quels éléments avez-vous décidé du destin de François Dubé ? Les délires d'une épouse abandonnée pendant que vous lui passiez la roulette ?

— Le dentiste de famille sait toujours tout.

— Vous pourriez vous tromper.

— Croyez-moi quand je vous l'affirme, Victor : ce n'est pas le cas.

— Vous êtes toujours le petit garçon qui s'enferme dans la penderie, hein ? Coincé par ses frère et sœur et obligé de regarder son père frapper sa mère.

— J'ai été cet enfant. Impuissant, terrorisé. Mais je ne le suis plus.

— Le résultat est le même, non ? Vous êtes resté dans votre placard et votre mère s'est retrouvée morte sur le plancher, dans un bain de sang. Vous avez essayé de l'aider, et Leesa Dubé a trouvé la mort, en baignant dans son sang. C'est la loi des conséquences non voulues : peu importe la pureté des intentions, ce sont toujours les conséquences involontaires de nos actes qui restent.

— Dans ce cas, qu'allons-nous faire, Victor ? Rien ?

— Notre boulot, c'est tout. Vous soignerez des dents, je représenterai des clients, et à la fin on verra comment tout ça se termine.

— Un monde où chacun rejette ses responsabilités parce que l'attention aux autres n'est pas une obligation professionnelle.

— Un monde où tout le monde s'occupe de ses petites affaires.

— Mais vous ne voulez plus de ça, n'est-ce pas ?

Je passai la langue sur le trou que j'avais dans la bouche et pensai au bras balafré de Daniel Rose.

— On devrait demander à Leesa Dubé ce qu'elle en pense, dis-je.

— Je n'aimerais pas vivre dans votre monde.

— Peut-être que vous devriez adapter votre traitement.

— Qu'allons-nous faire de vous, Victor ?

— Me ramener chez moi et m'offrir en guise de cadeau d'adieu une version simplifiée de votre petit jeu ?

— Cela me semble impossible, dit le Dr Bob avant d'éteindre la lumière et de quitter son siège.

Quand il s'en alla, ses chaussures claquèrent avec dureté sur le sol de la cave.

J'ignore combien de temps je restai là, collé à mon fauteuil, dans l'obscurité. J'avais l'impression que ça faisait des heures. Un jour je me suis retrouvé à un spectacle sur glace qui m'a paru durer des semaines, alors je dirais que ma conception du temps est plutôt élastique. J'essayai de crier, mais je ne réussis qu'à me faire mal à la gorge. Je me débattis pour me débarrasser du ruban adhésif et je réussis à libérer ma tête mais, quand je me regardai, mon corps était entièrement recouvert de bande argent. Impossible d'y échapper. J'essayai pourtant. Je m'imaginai dans la peau de Hulk pour faire craquer le ruban adhésif, mais si je pris une couleur verte, ce fut seulement à cause de la nausée, et cela ne donna rien.

Je fis des efforts pour me calmer. J'essayai la méditation pour chasser toute pensée de mon esprit et m'en tirai plutôt bien, sauf qu'une idée me trottait encore dans la tête : j'étais à la merci d'un dentiste complètement cinglé dont le fonds de commerce s'appelait sang et douleur. À moins que ce ne soit douleur et sang ? Peu importe, ça n'avait rien de très réjouissant, et ces deux mots formaient un mantra totalement inefficace. Au diable la méditation.

Je me demandai alors pourquoi je n'avais pas cédé à cet enfoiré. J'étais dans la panade, j'aurais dû accepter toutes ses propositions et m'enfuir à toutes jambes.

Et ensuite ? Ma trahison lui aurait fourni une

excuse pour me détruire. À bien y penser, c'était plutôt bizarre qu'il en ait besoin d'une pour me plonger dans les vapes, me conduire dans ce sous-sol, me ligoter à ce fauteuil et arracher mes couronnes.

Il y avait de l'idée là-dessous, et quand enfin je compris de quoi il retournait, je me calmai immédiatement. Je me rappelai sa façon de regarder Tilda après avoir découvert le coup sur ma joue, comme si ce n'était pas lui qui l'avait envoyée. Je me rappelai sa façon de lui reprocher de se prendre davantage pour Thor, le dieu nordique du tonnerre, que pour Loki, le dieu de la ruse. Je me rappelai également son air déçu en déclarant que l'infirmière McDhubshith avait peut-être eu la main un peu lourde. Comme s'il y avait des limites qu'il s'interdisait de franchir. Là encore, je compris pourquoi.

Rien n'est plus illusoire que les battements bénins d'un cœur humain.

J'avais dû me rendormir dans le fauteuil parce que je rêvai de pas avant même de les entendre. Je sortais du sommeil mais je m'efforçai de garder les yeux fermés. Je voulais le plus longtemps possible garder la cohérence des éléments disparates de ma conscience. Les yeux clos, j'écoutai donc. Une paire, trois paires, non quatre paires de pas. L'équipe au grand complet était venue me dire au revoir.

– Debout, dit Tilda quand la lumière eut fait rougir mes paupières. Le moment est venu de s'occuper de vous pour de bon, *ja*.

Le fauteuil fit un bond en l'air et j'ouvris grands les yeux. Le Dr Bob et son hygiéniste dentaire se tenaient devant moi. Derrière, le couple disparate formé par Whitney Robinson III et l'infirmière MacDhubshith, toujours aussi livide.

— Alors, mon cher, me dit le Dr Bob, vous êtes revenu sur votre décision ? Un coup de fil et vous vous retrouverez en tête des postulants chez Talbott, Kittredge et Chase.

— C'était jadis mon désir le plus cher.

— Dans ce cas, acceptez, mon garçon, me dit Whit. Vous y feriez un excellent travail. Ça secouerait un peu tous ces aristos.

— Je ne peux pas.

— Quel dommage, dit le Dr Bob.

— Pas tant que ça. Vous voulez que je vous dise quelque chose ? Je suis ficelé comme une dinde, camé jusqu'aux yeux, j'ai perdu mes couronnes et je suis entièrement à votre merci. Pourtant, c'est bizarre, je n'ai pas peur de vous.

— Un modèle de courage, c'est ça ?

— Non, Whit vous le dira, je suis le dernier des trouillards. Mais je sais que vous ne me ferez aucun mal.

— Comment en êtes-vous si sûr ?

— Parce que vous vous prenez pour un croisé, un exemple de moralité dans un monde qui se compromet à tout moment. Vous ne me ferez aucun mal, docteur, parce que vous croyez, au plus profond de votre âme égarée, que vous êtes un homme bon.

— Vous aviez tant de possibilités, fit-il en secouant la tête. Infirmière.

McDhubshith s'avança, une paire de ciseaux dans une main, une seringue dans l'autre. Elle découpa ma chemise et sortit de sa poche un petit tampon imbibé d'alcool. Elle en frotta mon épaule avant de planter sa seringue. Le froid gagna mon bras et les vertiges me reprirent aussitôt.

— Une question, dis-je avant de sombrer. Pourquoi ne vous êtes-vous pas contenté de lui envoyer la bande par la poste ?

— L'effet n'aurait pas été le même. Vous vous rendez compte, voir ça par surprise à la télévision...

— C'est votre côté malicieux, une fois de plus.

— Victor, est-ce que vous croyez en Dieu ?

J'étais de plus en plus groggy.

— Je... je n'en suis pas certain..., balbutiai-je.

— Eh bien, il est peut-être temps de vous décider, dit le Dr Bob qui s'était éloigné de moi. Faites-moi signe quand ce sera le cas et nous reprendrons notre conversation. Il y a tant de belles choses que vous pourriez accomplir. Tilda, ouvrez-lui la bouche.

Tilda saisit ma mâchoire de ses énormes mains. Elle enfonça ses doigts aux coins de ma bouche qui s'ouvrit avec autant de facilité qu'un melon pourri. Je n'eus même pas le temps de savoir ce qui m'arrivait. Elle m'avait fourré entre les dents un morceau de caoutchouc qui m'obligeait à garder les mâchoires écartées.

— *Adieu, mon ami, adieu*, dit en français le Dr Bob, de si loin qu'on l'aurait cru déjà sur l'océan. Eh oui, c'est du français. Je me suis dit qu'il était temps d'apprendre une autre langue.

77

J'avais trop de dents.

J'étais étendu sur mon lit, nu et les bras en croix, une douleur lancinante dans la tête, la peau de mes bras et de mon visage à vif. J'étais sonné au point d'ignorer totalement l'heure qu'il était, ou bien l'endroit où j'allais vomir – mais j'allais vomir, aucun doute. Je ne savais même pas avec certitude si j'étais vivant ou mort. Il n'y avait qu'une chose dont j'étais certain : j'avais trop de dents.

Mes dents du bas faisaient pression l'une contre l'autre avec une force incroyable, tellement qu'elles devaient certainement jaillir de ma bouche comme le torrent d'une rivière en crue au point de rupture d'un barrage. Le Dr Bob m'avait traficoté les dents avec ses instruments et m'avait transformé en monstre grotesque. Il avait fait de moi un phénomène de foire, une bizarrerie de la nature. *Venez tous, approchez, venez voir par vous-même l'horreur de notre temps, la bête dont vous ne pourrez pas détourner vos regards écœurés, j'ai nommé l'inimitable, l'indescriptible, l'incroyable avocat qui a trop de dents.*

Lentement, surmontant ma terreur, je vérifiai

avec ma langue l'état de ma mâchoire inférieure. Étonnamment, tout paraissait en ordre, tout semblait net et régulier, à l'exception d'une chose, qui me causa une drôle de sensation. Qu'est-ce que c'était ? Je me rendis compte qu'il n'y avait plus de trou dans ma gencive.

Le Dr Bob m'avait posé mon bridge.

J'ouvris les yeux. Le soleil entrait par la fenêtre de ma chambre, encore saccagée après la visite de Tilda. Mon réveil électronique indiquait 13 h 30. Et quelque chose de métallique dépassait de mon oreiller, juste à côté de ma tête.

Je me redressai, terrifié. Bon sang, qu'est-ce que c'était ? Oh oui, bien sûr.

C'était une pique de dentiste en métal, plantée dans la mousse de l'oreiller, et embrochant du même coup un morceau de papier. Je le récupérai : *Entretien et nettoyage de votre nouveau bridge dentaire*. Tandis que je lisais la notice, en essayant de comprendre ce que cela signifiait, je sentis la nausée monter en moi et je me précipitai dans la salle de bains. Je rendis peu de chose – je me demandai quand j'avais mangé pour la dernière fois –, mais ce fut suffisamment acide pour attaquer l'émail de ma nouvelle prothèse.

— Bienvenue dans mon monde, dis-je à mon bridge.

Douché et rasé, ma nouvelle dent brossée tout comme les autres, je vérifiai mes messages. J'évaluai le temps durant lequel j'avais été absent au nombre de messages indiqués par le voyant : 17. Beth, Ellie, Beth, Beth, Torricelli, Dalton, Beth, Gleason, un journaliste, le greffier du tribunal, Franny Pepper,

Beth, Beth... Et les messages étaient tous les mêmes : « Où diable êtes-vous ? »

— J'ai été absent combien de temps ? demandai-je à Beth quand le mélodrame cessa et que nous pûmes nous remettre au travail.

— Ça va faire trois jours.

— Seigneur, pas étonnant que je n'avais rien dans les tripes quand j'ai vomi. Le procès, comment ça se passe ?

— Le juge nous a mis en « vacances judiciaires » jusqu'à ton retour. Il a dit que la prochaine fois que tu te présenteras dans son prétoire, tu ferais bien d'avoir une bonne histoire à raconter ou d'amener ta brosse à dents.

— J'ai une histoire, dis-je. Mais je prendrai quand même ma brosse à dents. Ne jamais sous-estimer l'importance d'une bonne hygiène dentaire, Beth : c'est la leçon que je retiens de tout ça. Franny Pepper est-elle en ville ?

— Je l'ai installée au Sheraton.

— Pas mal.

— Vas-tu m'expliquer ce qui t'est arrivé ?

— Plus tard, dis-je.

— C'est intéressant, au moins ?

— Diablement intéressant. Maintenant, voilà ce que j'ai besoin que tu fasses. Dis au juge que je suis de retour, que je suis prêt à finir ce procès dès demain matin. Mais d'abord, nous devons nous assurer que Mme Winterhurst est prête à témoigner qu'elle a recommandé le Dr Pfeffer à Leesa Dubé, et que Leesa est bien devenue sa patiente. Ensuite, j'ai besoin de Whitney Robinson au tribunal. Tu le trouveras chez lui avec sa fille. Fais-lui porter une assignation à comparaître, je le veux demain au tribunal. J'aimerais avoir toujours en ma possession un enregistrement d'une déclaration qu'il a faite, et qui aurait attesté de la véracité de son témoignage, mais je crois pouvoir le pousser à dire la vérité sans cela. Et puis arrange-toi pour que Franny soit prête à entrer en scène ensuite.

— Tu as découvert quelque chose ?

— Oui.

— Et c'est bon ?

— Excellent.

— Que dois-je dire à François ?

Je fus coupé dans mon élan. Tout semblait si clair un instant plus tôt : j'étais toujours vivant, mes dents étaient soignées, et j'avais la victoire à portée de main. Et puis je me souvins de l'identité de mon client et de ce que Bob m'avait dit à son sujet. Je ne savais pas si je pouvais croire tout ce qu'il m'avait raconté, mais quand j'y repensais, je me rendais compte que, dans tous nos échanges, Bob ne m'avait jamais menti. Il m'avait mis dans l'embarras, il avait fait de ma vie un enfer, il m'avait enlevé, complètement drogué, et il avait pratiqué sur moi des actes de chirurgie dentaire sans mon autorisation, bien sûr, mais il ne m'avait jamais menti. Ce qui signifiait que mes doutes au sujet de François Dubé étaient plus profonds que jamais. Et sa petite fille qui l'attendait ? Qu'allait-elle devenir ?

— Victor, dit Beth. Que dois-je dire à François ?

— Je dois y aller, dis-je. Veille seulement à ce que tout soit en place.

— Et pendant que je ferai ça, toi, que feras-tu ?

— Moi ? Je vais réaliser un rêve : envoyer un dentiste derrière les barreaux.

Je mis fin à la conversation en raccrochant, et appelai aussitôt Torricelli.

Je mangeais un falafel acheté à un commerçant ambulant sur la 16e Rue. C'était la première nourriture que j'avalais depuis trois jours, et mon estomac vide n'avait pas l'air d'apprécier beaucoup – des pois chiches grillés, j'aurais dû m'en douter –, mais j'étais si affamé que je ne m'arrêtai pas de mâcher. J'avais le nez fourré dans mon pain pita quand Torricelli apparut soudain.

— Voilà une vision que je vais m'empresser d'oublier, dit-il.

Je levai la tête et lui souris, les joues couvertes de sauce blanche.

— Ça coule sur votre cravate, me fit-il remarquer.

Je baissai les yeux, et vis une tache blanche sur le polyester rouge.

— Ouais, mais heureusement je ne porte plus la jaune en soie.

J'essuyai la tache avec ma serviette en papier.

— Ce bébé-là est fait dans un polymère spécial traité Teflon. Le teinturier qui me l'a vendue m'a dit qu'elle n'était pas seulement à l'épreuve des taches, mais des balles aussi.

— Pratique. Vous savez, Carl, comme je ne vous voyais plus au tribunal, j'ai commencé à m'inquiéter pour vous.

— Ne m'en parlez pas.

— Vous êtes comme une mycose du pied ; vous m'avez poussé dessus.

— Merci, c'est gentil, mais rappelez-moi de ne jamais vous voir en sandales. Vous avez ce qu'il nous faut ?

— Devinez.

— Alors, allons-y.

Je fis le geste de jeter le reste de mon falafel dans une poubelle toute proche, mais je me ravisai au dernier moment pour en prendre une autre bouchée.

Côte à côte, Torricelli et moi entrâmes dans le bâtiment des arts médicaux, prîmes l'ascenseur jusqu'à l'étage du Dr Bob, poussâmes la porte avec son nom écrit dessus et nous retrouvâmes dans la désormais familière salle d'attente beige. Quelques patients tournaient paresseusement les pages de vieux magazines en s'efforçant de faire taire en eux leur terreur naturelle. Je regardai autour de moi en souvenir du bon vieux temps, et me noyai dans la musique d'ambiance et la gaieté stérile.

— Oh, monsieur Carl, dit Deirdre, l'espiègle et jolie réceptionniste. Ça fait tellement plaisir de vous revoir. Et vous aussi, inspecteur Torricelli. Je ne crois pas qu'aucun de vous deux ait un rendez-vous aujourd'hui. Mais, monsieur Carl, je suis ravie que soyez venu, parce que j'ai quelque chose pour...

— Le docteur est là ? l'interrompis-je.

— Il est avec un patient pour le moment. Mais si vous voulez bien at...

— On n'en a que pour une minute, dis-je en me dirigeant vers la porte. Je connais le chemin.

— Oh non, monsieur Carl, c'est interdit. Vous ne pouvez pas aller...

— Tout va bien, Deirdre, dit Torricelli en lui montrant sa plaque. C'est une démarche officielle.

— Je ne comprends pas.

— Bien sûr que non. Assurez-vous seulement que personne ne sorte, s'il vous plaît.

J'ouvris la porte qui donnait dans le couloir, m'attendant à voir Tilda m'en barrer l'accès, mais pas de Tilda, pas d'obstacle. J'entendis le sifflement d'une roulette dans une des salles d'examen. Le son me fit frissonner malgré moi.

— Allons-y, dis-je en me dirigeant avec Torricelli vers la source sonore.

Le patient était allongé sur le fauteuil orange, tremblant dans ses derbys à petits trous, la bouche grande ouverte, le crochet d'aspiration en place, tandis que le Dr Bob, qui nous tournait le dos, masque sur le visage, calot sur la tête, gants de caoutchouc enfilés, exerçait son commerce barbare.

— Robert Pfeffer, dit Torricelli. J'ai un mandat d'arrêt contre vous pour enlèvement.

Le dentiste ôta ses mains de la bouche du patient et se retourna pour nous fixer tous les deux. Le patient releva la tête à son tour, la bouche toujours grande ouverte.

— J'ai essayé de les arrêter, docteur, dit Deirdre en se précipitant derrière nous, mais ils ont fait brutalement irruption.

— Qu'est-ce que ça signifie ? demanda le dentiste.

Je remarquai que sa voix avait pris un timbre plus clair, et qu'il avait changé de style de lunettes.

— Je suis en plein travail.

Il abaissa son masque, révélant une grosse moustache noire. Ce n'était pas le Dr Bob, non, pas du tout.

— Oh oh, fit Torricelli. Désolé du dérangement.

Nous cherchons le Dr Robert Pfeffer, ou Robert Pepper. Vous savez où il est ?

— Je ne peux pas vous aider, dit le moustachu.

— Où est-il allé ? dis-je.

— Je ne sais pas, répondit le dentiste. Je suis le docteur Domsky. C'est mon cabinet maintenant. Pfeffer me l'a vendu.

— Quand ?

— Hier. Ça faisait quelque temps que j'essayais de le lui acheter, et brusquement, il a accepté, à condition qu'on traite immédiatement. Je n'ai pas eu le temps de changer la plaque.

— Comment avez-vous payé ?

— Il a insisté pour avoir un chèque de banque.

— Non, sans blague !

Je me tournai vers Deirdre.

— Où est-il ?

— Il ne m'a rien dit, dit-elle. Mais il m'a donné une très jolie prime.

— Pas d'idée ? insista Torricelli. Rien ?

— Non, monsieur, répondit Deirdre. Mais il a laissé quelque chose à votre intention, monsieur Carl. C'est ce que j'essayais de vous dire.

— Il est parti, dis-je.

— On dirait bien, fit Torricelli. Je ne savais pas si je devais croire votre histoire à dormir debout, mais il semble bien qu'il y a là quelque chose à creuser. Je vais prévenir Mia Dalton et lancer une alerte générale.

— Vous ne le trouverez pas, dis-je.

— Non, je ne crois pas.

Le patient, toujours sur le fauteuil, dit :

— Aéééahoooi ?

— Bien entendu, dit le Dr Domsky. Maintenant, si vous voulez bien m'excuser, messieurs.

— Bien sûr, dit Torricelli en fouillant dans sa poche. Tenez, voilà ma carte. S'il vous donne de ses nouvelles, appelez-moi. Désolé de vous avoir dérangé.

Le Dr Domsky regarda la carte d'un air approbateur.

— Torricelli, hein ? Et vous êtes Carl. Il me semble reconnaître ces noms. Vous n'étiez pas parmi ses patients ?

Je regardai Torricelli, qui me retourna mon regard et haussa les épaules.

— Effectivement, dis-je.

— J'apprécierais vraiment si vous me donniez une chance de poursuivre vos soins à sa place.

— Le Dr Domsky est un merveilleux dentiste, dit Deirdre. Il a des mains si délicates.

— Oh, je veux bien le croire, dis-je.

De retour à l'accueil, pendant que j'attendais que Deirdre retrouve ce que le Dr Bob avait laissé à mon intention, je remarquai que la galerie des sourires avait été décrochée du mur. Elle serait réinstallée quelque part avant peu, je n'en doutais pas, et j'avais une assez bonne idée de ce quelque part.

— Tenez, voilà, monsieur Carl, dit Deirdre.

Il s'agissait d'une enveloppe en papier kraft avec mon nom dessus, contenant quelque chose de petit et de rectangulaire. Je l'ouvris et fis tomber le petit objet dans la paume de ma main. Mon magnétophone. J'appuyai sur la touche « lecture », et j'entendis la voix de Whit : « *... lui a traversé le cou. Il m'a raconté qu'il y avait du sang partout. Il s'est enfui et a appelé* *le Dr Pfeffer, qui lui a dit qu'il prenait les choses en mains, et c'est ce qu'il...* » J'éteignis l'appareil.

— Qu'est-ce que c'est que ça ? voulut savoir Torricelli.

— Un cadeau d'adieu, j'imagine, dis-je.

Je soupesai le magnétophone dans ma main en passant ma langue sur l'intérieur de ma nouvelle dent. Toute la colère indignée que j'éprouvais envers le Dr Bob me quitta à cet instant, cédant la place à un sentiment de gratitude pervers. Peut-être était-ce à cause de mon bridge parfaitement ajusté. La compétence médicale fascine toujours. Mais il y avait aussi autre chose. À notre façon bizarre, nous avions croisé les gants tels deux poids lourds, soumis à un ensemble de règles étranges que je n'ai jamais comprises. Ni l'un ni l'autre n'avait remporté de victoire décisive, c'était un match nul, mais cela m'allait très bien. Et en me laissant le magnétophone, il me donnait un coup de chapeau avant de poursuivre sa route pour un autre combat professionnel dans une autre ville.

— Qu'allez-vous faire maintenant ? demanda Torricelli.

— Pour commencer, je crois que je vais consulter le calendrier avec Deirdre et programmer un rendez-vous pour un détartrage dans trois mois environ. On ne prend jamais assez de précaution avec ses dents. Et demain, je vais entrer dans ce tribunal et gagner mon affaire.

Et c'est exactement ce que je fis.

78

Une dernière planque.

Celle-là ne relevait pas vraiment du tour de force. Il y avait un océan de voitures garées sur un grand parking. Je me glissai avec la mienne entre un Explorer et un pick-up Dodge rouge, de manière à avoir une vue parfaite sur la grande porte grise. Pour le reste, ce n'était qu'une question d'attente. Mais je n'avais pas besoin de café cette fois ; j'avais de la compagnie.

— Dis-moi ce qu'on fait ici exactement, dit Beth.

— De la surveillance.

— Pourquoi ?

— Eh bien, parce que c'est toujours un exercice utile. Et aussi parce que je veux savoir à qui il a demandé de passer le prendre à sa sortie.

— Il m'a dit qu'il allait retrouver sa fille.

— Ce serait bien. Mais attendons de voir.

— Je suis tellement soulagée que tout ça soit terminé.

— Tu sais qui a l'air véritablement soulagé ?

— Qui ?

— Mia Dalton. Quand Torricelli lui a tout raconté

à propos du Dr Bob au tribunal, j'ai vu les muscles de sa mâchoire trembler. Je crois qu'elle aurait laissé tomber l'affaire sur-le-champ si ça n'avait tenu qu'à elle, mais ça aurait eu des conséquences pour sa patronne. Je n'ai jamais vu un avocat de la partie civile laisser échapper un tel soupir de gratitude à l'énoncé d'un verdict de non-culpabilité.

— Elle m'a renouvelé sa proposition de travail.

— C'est une acharnée.

— Je lui ai dit que ça ne payait pas beaucoup.

— Ça paie plus qu'avec moi.

— Mais les avantages, Victor, les avantages.

— Ils ont les soins dentaires là-bas.

— Raison de plus pour rester à l'écart.

C'était une radieuse et chaude journée. Nous avions baissé nos vitres, mais il faisait encore chaud dans la voiture. J'ôtai ma veste. J'ôtai ma cravate. Si la décence l'avait permis, j'aurais ôté aussi mon pantalon.

— Je suis désolée, dit Beth.

— C'est bon, dis-je.

— Je n'ai pas eu l'occasion de m'excuser, et je voulais le faire.

— N'en parlons plus.

— Mais tu ne sais même pas pour quoi je veux m'excuser !

— Peu importe. Tu peux me présenter tes excuses pour n'importe quoi, je les accepte. Ça n'arrive pas si souvent.

— La ferme.

— D'accord.

— Pour avoir manqué de conscience professionnelle.

— C'est pour ça que tu veux t'excuser ?

— Ouais.

— Allons, Beth, tu peux sûrement trouver mieux que ça. Manquer de conscience professionnelle, c'est notre lot quotidien. Derringer et Carl, les professionnels sans conscience professionnelle. Je crois même qu'on devrait déposer la formule avant que la CIA nous la pique. Si on devait constamment agir comme des professionnels en nous baladant dans nos costumes puants, à quoi bon ? Je quitterais le métier.

— Pour faire quoi ?

J'y réfléchis une seconde.

— J'essaierais de devenir mannequin, des pieds. On m'a dit que j'avais de très jolis pieds.

— Qui t'a dit ça ?

— Un adorable pédicure vietnamienne qui m'a fait un soin récemment.

Beth se renversa sur son siège et me dévisagea un long moment.

— Tu ne cesseras jamais de m'étonner, dit-elle.

— Tu veux voir ?

— Seigneur, non.

Elle tourna la tête pour regarder à travers le pare-brise, et fixa à nouveau la porte en métal toujours fermée.

— Bon, alors, pour quoi est-ce que je devrais m'excuser ?

— Je ne sais pas. De toute façon, je ne suis pas doué pour accepter les excuses. J'ai toujours envie de dire : « Oubliez les excuses, donnez-moi seulement l'argent. »

— Pour avoir douté de toi, reprit Beth.

— D'accord, dis-je. J'accepte.

— Je suis sérieuse.

— Moi aussi.

— Tu as pris soin de moi tout le temps. Même quand tu as passé ces bandes au tribunal. Elles étaient autant destinées au jury qu'à moi, n'est-ce pas ?

— Un avocat a-t-il le droit d'invoquer le Cinquième Amendement ?

— Non.

— Eh bien, c'est ce qu'on fait, Beth. On prend soin l'un de l'autre.

— Je ne sais pas d'où ça vient, mais j'étais totalement dépassée. Je ne me souviens pas de m'être jamais sentie aussi fragile, aussi investie émotionnellement. Je ne me souviens même pas avoir jamais éprouvé quelque chose d'aussi fort.

— Ah non ?

Elle rit.

— Tu crois le contraire ? Quand ?

— Réfléchis.

— Victor, je ne...

— Attends, dis-je. Regarde la porte.

La grande porte grise s'entrouvrit. Un gardien la franchit. Une fois dehors, il ôta sa casquette de gardien, s'essuya le front avec son avant-bras, puis remit sa casquette. Ensuite seulement, ce fut au tour de François Dubé de sortir.

Je pouvais sentir Beth qui retenait son souffle à côté de moi.

François Dubé portait une chemise blanche, ouverte au col, et le pantalon d'un des costumes qu'il avait revêtu pendant le procès. Il n'avait pas de valise ; j'imagine qu'il n'y avait rien à l'intérieur qui valait la peine d'être emporté. Il serra la main du gardien, jeta un coup d'œil autour de lui et attendit que le gardien rentre et ferme la porte derrière lui. Puis il sortit un paquet de cigarettes de sa poche, en glissa une entre ses lèvres d'une tape, gratta une allumette et mit sa main en coupe autour de la flamme. Il avait fière allure, le bon François, un peu comme s'il posait, l'air de sortir tout droit d'un film de Jean-Luc Godard. Jean-Paul Belmondo dans *À bout de souffle*, frottant sa lèvre inférieure avec son pouce.

Et il ne fallut pas longtemps pour qu'arrive sa Jean Seberg.

La limousine noire traversa le parking, passa juste à côté nous, avant de s'arrêter devant Dubé. La portière noire s'ouvrit de l'intérieur, avant que le chauffeur ait le temps de le faire lui-même. Il en sortit – mais oui, qui d'autre ? – Velma Takahashi.

— J'imagine que les papiers sont signés, dis-je comme Dubé jetait sa cigarette et que les deux tourtereaux s'étreignaient.

— Je ne comprends pas, dit Beth.

— Les papiers de son divorce avec Takahashi, dis-je. Je suppose qu'après l'énoncé du verdict, elle a accepté un petit arrangement pour en finir. Maintenant, ils n'ont plus de raison de se cacher. Elle l'aime. Elle l'a toujours aimé. Elle lui a donné Leesa pour le garder près d'elle alors qu'elle épousait Takahashi pour son argent. Et tout s'est passé finalement mieux qu'elle ne l'espérait. Elle est libérée de Takahashi, elle a une bonne partie de son argent, et Leesa n'est plus dans l'équation. Elle peut passer le restant de ses jours avec Dubé ; ou du moins le temps qu'elle se lasse de lui comme des autres.

— C'est pour ça qu'elle a essayé de monter cette histoire bidon avec Sonenshein.

— Oui, pour faire sortir Dubé, dis-je. Même si elle le croyait coupable, son gros lourdaud lui manquait.

— Et il l'aime, dit doucement Beth.

— On dirait, à moins que ce ne soit son compte en banque qu'il aime. Difficile à dire avec ce genre de malade égocentrique.

Nous les regardâmes tranquillement s'étreindre, et puis monter dans la limousine. Les portières claquèrent dans un bruit sourd, et la limousine s'éloigna. Beth s'essuya les yeux.

— J'éprouve encore quelque chose pour lui. C'est pas fou, ça ?

— Si. Il a notre facture, mais c'est son argent à elle, alors je ne m'attends pas à voir la couleur de ce qu'il nous doit. Rien n'est moins prioritaire que de payer votre avocat d'hier.

— Et sa fille ? dit Beth.

— Devine. Son premier coup de fil a été pour Velma. Ce n'est pas le genre à s'accrocher à sa fille.

— Pauvre gosse.

— Tu te souviens de Gullicksen, l'avocat de Leesa Dubé ? Je l'ai envoyé chez les Cullen, avec une copie des bandes vidéo. Ils vont se battre pour avoir la garde.

— Tu crois qu'il va contester ?

— Espérons que non.

— Victor, tu n'imagines pas. C'est son père. Il lui manquera toute sa vie.

— Probablement, oui. J'ai parlé aux Cullen. Ils pensent qu'Amber va avoir besoin d'un soutien psychologique. Ils se sont renseignés sur le programme « Grande Sœur ». Je leur ai donné ton nom.

— Victor.

— Tu m'as collé Daniel Rose. Je te retourne la politesse.

— Je ne pourrai pas l'aider.

— Bien sûr que si.

— Il lui manquera toujours. Ça ne te quitte pas comme ça.

— Mais tu arriveras quand même à l'aider.

— Je ne crois pas. J'ai tout faux là-dessus.

Elle se tut un instant.

— Il y a quelque temps, tu m'as posé des questions sur mon père.

— Ah oui ?

— Je ne crois pas t'avoir jamais parlé de lui.

— Non.

— Je ne crois en avoir jamais parlé à personne.

— Rien ne t'y oblige.

— Si, dit-elle. Si, je dois en parler.

— Tu veux qu'on aille quelque part ?

— Non, ici, ça ira, dit-elle. Mais ça risque d'être long.

— Pas de problème, dis-je. Mais il fait vraiment très chaud. Ça t'ennuie si j'enlève mon pantalon ?

79

Le Tommy's High Ball.

Je suppose que j'étais devenu ce qu'on appelle un habitué, parce que à peine eus-je passé le nez à l'intérieur que le barman se mit à crier :

— Hé, Côte-de-Porc, ton factotum est là !

Je regardai Whitey, voûté derrière son comptoir.

— Son factotum ?

— Je le dis comme je le vois, se justifia le barman.

— Je ne suis même pas sûr de savoir ce que c'est.

— Pas la peine, dit Whitey. Ce qui est sûr, c'est que vous en êtes un.

— Merci, dis-je. Enfin, je crois.

Je me tournai vers l'alcôve près de la porte. Horace T. Grant était en pleine partie d'échecs avec son habituel souffre-douleur. Il leva les yeux.

— Je suis en pleine cogitation là, dit-il. Vous pouvez pas attendre une minute ?

— Il faut qu'on y aille, dis-je.

— Simpson, dit Horace à son adversaire, il faudra qu'on reprenne cette partie à mon retour.

— Oh que non ! Tu joues ou tu abandonnes.

— Que j'abandonne ? bafouilla d'indignation le

vieil Horace. Je te tiens à la gorge, vieille bourrique. Si tu mettais moins de temps à comploter tes déplacements stupides, je t'aurais battu il y a vingt minutes.

— Je prends juste mon temps, pour que l'étau se resserre. J'ai toutes les possibilités encore.

— Calamiteuses, qu'elles sont toutes, tes possibilités, lui renvoya Horace.

— Joue ou perds, dit Simpson.

Horace tourna son regard vers moi. Je lui désignai la porte d'un petit signe de tête. Ses épaules retombèrent en même temps qu'il renversait lui-même son roi.

Simpson laissa échapper un petit jappement et leva les bras.

— Je t'ai eu, Côte-de-Porc, oh oui. Nettoyé, net de net. T'avais pas beaucoup de chances, de toute façon. J'étais en position de force.

— Profites-en bien, dit Horace en se levant. T'auras jamais que vingt ans devant toi pour t'en réjouir.

En sortant du bar, Horace me dit :

— Ça a intérêt à en valoir la peine.

— Oh, ça en vaut la peine, dis-je.

Ma voiture était garée devant. Isabel Chandler, des services sociaux, était assise côté passager. Et à l'arrière, dans un siège de voiture fourni par Isabel, se trouvait Daniel Rose.

Quand Horace fut assis à côté du petit garçon, je me penchai à travers la portière.

— Horace, vous connaissez Daniel ?

— J'ai vu ce garçon dans le quartier, dit Horace. Comment ça va, fiston ?

— Ça va, répondit Daniel.

— Je ne t'ai pas beaucoup vu par ici ces derniers temps, dit Horace.

— J'habite dans un autre endroit, expliqua Daniel.

— Un endroit bien, j'espère ?

— Ça va.

— Daniel, M. Grant est le monsieur qui a fait que je suis devenu ton avocat.

Daniel sourit au vieil homme.

— Merci.

— Je t'en prie. J'aime bien tes dents, mon garçon. Il y a eu une amélioration, d'après mon souvenir.

— Elles sont pas vraies, dit fièrement Daniel.

— Les miennes non plus, dit Horace.

— C'est toi qui parlais tout le temps avec ma sœur.

— Oui, peut-être bien, dit Horace.

— Je m'en souviens.

— Tu as vu ta sœur ?

— Pas depuis longtemps, dit Daniel.

— D'accord. En tout cas, ça me fait plaisir de pouvoir te dire bonjour.

Horace lui tendit sa vieille poigne flétrie. Daniel y glissa sa petite main pâle et la regarda disparaître. Et puis, le petit serrement de mains délicat.

Il ne fallut pas longtemps en voiture pour arriver à destination. Nous empruntâmes la voie rapide de Cobbs Creek, y restâmes jusqu'à Haverford, avant de nous diriger vers le terrain de golf. À gauche, à droite, puis à gauche encore, et nous arrivâmes dans le quartier où s'alignaient les petites maisons en brique. Des enfants jouaient dans les jardins, l'environnement était familial. La maison que je cherchais fut assez facile à trouver, avec les ballons attachés à l'applique extérieure, à côté de la porte.

— Voilà, c'est là, dis-je en garant la voiture devant. Qu'est-ce que tu en dis, Daniel ?

— Ça a l'air bien.

— Les Hanson ont hâte de faire ta connaissance, dit Isabel. Ce ne sera pas quelque chose de provisoire, comme le dernier endroit. Ils ont promis de s'occuper de toi aussi longtemps qu'il le faudra.

— Et maman ?

— Elle fait un grand travail sur elle, Daniel, dit Isabel. Quand elle sera prête à s'occuper de toi comme tu le mérites, nous passerons devant le juge et nous verrons ce qu'il faut faire. En attendant, tu seras chez toi ici.

— Ma mère me manque.

— Je sais, Daniel, dis-je.

La porte d'entrée s'ouvrit, et M. et Mme Hanson apparurent. Ils avaient de grands sourires, et tenaient chacun un cadeau emballé à la main.

— Allons rencontier ta nouvelle famille, dit Isabel.

Elle descendit de voiture, se pencha et déboucla la ceinture du siège de Daniel. Avec lui, elle marcha lentement vers la maison.

— Vous voulez descendre ? demandai-je à Horace.

— Nan, laissez un peu de temps au gosse.

— Ça va aller pour lui maintenant, dis-je.

— Ça ne peut pas être pire que ce qu'il a connu.

— Vous avez fait quelque chose de bien pour Daniel.

— Tout le monde aurait fait la même chose.

— Ne croyez pas ça, dis-je en descendant de voiture.

Les Hanson étaient penchés en avant et parlaient à Daniel, qui s'accrochait à la jambe d'Isabel comme si c'était un petit radeau sur une mer démontée. Quand ils lui tendirent les bras, il fit un petit écart. Quand ils essayèrent de lui donner ses cadeaux, il enfouit son visage dans ses mains. Seigneur, ça semblait si facile quand Isabel et moi mettions tout cela au point, si évident. Mais ça n'avait pas l'air de marcher ; il n'y avait aucune joie sur le visage de Daniel. Juste de la peur et de la déception, un nouvel arrêt à bord d'un train à destination de nulle part.

– Daniel ?

Nous levâmes tous les yeux. Tanya Rose se tenait sur le seuil de la porte, dans ses beaux habits du dimanche, souriant nerveusement.

Daniel, caché derrière la jambe d'Isabel, la vit soudain.

Tanya lui ouvrit les bras.

Daniel s'écria : « Tanya ! » et courut vers elle.

Frère et sœur, ils s'étreignirent, sautèrent, se blottirent l'un contre l'autre, et soudain Daniel ne put s'arrêter de rire.

D'une manière bien réelle, ce moment de tendresse était l'œuvre du Dr Bob. Il avait soigné les dents de Daniel, il m'avait trouvé l'adresse où vivait Tanya, il m'avait appris à faire plus que ce qu'on attend, à trouver un moyen de faire de l'exceptionnel la norme. Et peut-être pour la première fois, je sentis la force de ce qu'il s'était évertué à trouver durant toute sa vie, la satisfaction presque douloureuse que l'on ressent à essayer de faire quelque chose de bien et à voir que cela fonctionne au-delà de toutes nos espérances. Le Dr Bob était la bonne âme par excellence, celle qui n'est pas disposée à laisser les traditions ou la loi l'entraver dans sa tentative d'aider.

Mais sans les traditions ni la loi, où serions-nous ?

Cependant, ce n'était pas fini, n'est-ce pas ? Le Dr Bob était toujours en liberté, quelque part où il ne comptait pas répondre aux accusations qui pesaient toujours contre lui : celles de cambriolage, pour avoir envoyé Seamus Dent à l'appartement de Leesa Dubé, meurtre, étant donné ce qui était arrivé, conspiration, entrave à la justice, parce qu'il avait piégé François Dubé. Sans parler de mon enlèvement. Il était parti, et on ne le trouverait pas. À mon avis, il était parti ouvrir un cabinet dans le Sud de la France, ou bien en Guyane française, ou en Martinique, un endroit où il pourrait pratiquer sa nouvelle langue. Allez, voyageons, pourquoi pas à Pointe-à-Pitre, dans l'un des quartiers les plus pauvres de la ville, où l'on entendra parler d'un dentiste aux doigts de fée et à l'âme de bon samaritain, une sorte de pilier des bonnes œuvres qui accomplit des miracles pour les enfants dans le besoin, dont il soigne gratuitement les dents, le mystérieux Dr Poivre.

Mais où qu'il soit, au bout du compte, il restait un homme dangereux. Il disait vouloir aider et aimer cela, mais souvent les choses tournaient mal. Souvenez-vous, Leesa Dubé était morte. Et Seamus Dent, qui l'avait tuée par accident, était mort lui aussi. Le Dr Bob était la preuve vivante que le vieil adage qui parle de l'enfer et des bonnes intentions était vrai. Et, c'est triste à dire, mais mes efforts pour aider avaient souvent mal tourné aussi. Julia Rose restait sur le carreau, seule sans son enfant. Et il n'avait fallu qu'une semaine à Kylie pour abandonner le centre de cure où le père Kenneth l'avait placée. Elle était de retour dans la rue, où elle essayait toujours de se tuer ; elle y réussirait certainement. Et, tristement, François Dubé avait décidé de demander la garde de sa fille. Je m'étais battu pour le faire sortir de prison, et en faisant cela, j'en avais peur, j'avais mis sa fille en danger.

C'était presque suffisant pour me faire jurer mes grands dieux qu'on ne me reprendrait plus à vouloir aider, presque suffisant pour me convaincre que j'avais eu raison depuis le début, que mon chemin le plus sûr dans ce monde incertain était de m'occuper de mes propres affaires.

Une portière claqua derrière moi. Horace T. Grant venait de descendre de voiture et s'avançait vers nous, avec quelque chose dans l'œil.

Tanya Rose cessa d'étreindre son petit frère. Elle se redressa, hésita, puis :

— Grand-père ? dit-elle.

Je dis bien presque.

REMERCIEMENTS

Le Centre de soutien aux avocats d'enfants de Philadelphie, avec l'aide de centaines d'avocats bénévoles, propose une assistance juridique et sociale aux enfants de Philadelphie victimes de sévices, de négligences ou de manque de soins médicaux. J'ai eu l'honneur d'être l'un de ces avocats. Dans ce livre, Victor râle autant qu'il peut contre son affaire *pro bono*, mais les avocats bénévoles travaillant avec le Centre de soutien bénéficient d'une formation complète et d'un suivi constant. Les services que le centre propose aux enfants en danger de notre ville sont une merveille.

Pour son aide précieuse dans les parties dentaires de ce roman, et pour m'avoir aidé à conserver mes dents, j'aimerais remercier le Dr Ruth S. Rosenberg, dentiste diplômée d'État. J'ai beau avoir la peur du dentiste chevillée au corps, elle a su réduire mes mouvements de jambe incontrôlés au minimum, même si j'ai laissé quelques traces sur ses murs. Je tiens également à remercier Wendy Sherman, mon excellent agent, le Dr Andrew Gross, et, comme toujours, ma mère, pour leur aide dans l'élaboration de ce manuscrit, sans oublier Mark Pfeffer, qui m'a prêté son nom. Ce livre doit également beaucoup à Michael Morrison, Lisa Gallagher, Sharyn Rosenblum, et toute la bande de Morrow, en particulier mon éditeur, la très brillante et très solide Carolyn Marino, qui s'est montrée enthousiaste pour mon copain Bob depuis le début.

Enfin, et comme toujours, je ne suis rien sans ma famille ; aussi, je les remercie tous, en particulier ma chère épouse, Pam.

DU MÊME AUTEUR

Aux Éditions du Rocher

L'HOMME MARQUÉ, 2007.

RAGE DE DENTS, 2006, Folio Policier n° 530

DETTE DE SANG, 2005, Folio Policier n° 488.

VICE DE FORME, 2003, Folio Policier n° 408.

VERITAS, 1997.

LES PRÉVARICATEURS, 1996.

COLLECTION FOLIO POLICIER

Dernières parutions

345. Bernard Mathieu	*Zé*
346. Ian Rankin	*Le jardin des pendus*
347. John Farris	*Furie*
348. Carlene Thompson	*Depuis que tu es partie*
349. Luna Satie	*À la recherche de Rita Kemper*
350. Kem Nunn	*La reine de Pomona*
351. Chester Himes	*Dare-dare*
352. Joe R. Lansdale	*L'arbre à bouteilles*
353. Peppe Ferrandino	*Le respect*
354. Davis Grubb	*La nuit du chasseur*
355. Georges Simenon	*Les Pitard*
356. Donald Goines	*L'accro*
357. Colin Bateman	*La bicyclette de la violence*
358. Staffan Westerlund	*L'institut de recherches*
359. Matilde Asensi	*Iacobus*
360. Henry Porter	*Nom de code : Axiom Day*
361. Colin Thibert	*Royal Cambouis*
362. Gunnar Staalesen	*La Belle dormit cent ans*
363. Don Winslow	*À contre-courant du Grand Toboggan*
364. Joe R. Lansdale	*Bad Chili*
365. Christopher Moore	*Un blues de coyote*
366. Jo Nesbø	*L'homme chauve-souris*
367. Jean-Bernard Pouy	*H4Blues*
368. Arkadi et Gueorgui Vaïner	*L'Évangile du bourreau*
369. Staffan Westerlund	*Chant pour Jenny*
370. Chuck Palahniuk	*Choke*
371. Dan Simmons	*Revanche*
372. Charles Williams	*La mare aux diams*
373. Don Winslow	*Au plus bas des Hautes Solitudes*
374. Lalie Walker	*Pour toutes les fois*
375. Didier Daeninckx	*La route du Rom*

376. Yasmina Khadra *La part du mort*
377. Boston Teran *Satan dans le désert*
378. Giorgio Todde *L'état des âmes*
379. Patrick Pécherot *Tiuraï*
380. Henri Joseph *Le paradis des dinosaures*
381. Jean-Bernard Pouy *La chasse au tatou dans la pampa argentine*
382. Jean-Patrick Manchette *La Princesse du sang*
383. Dashiell Hammett *L'introuvable*
384. Georges Simenon *Touriste de bananes*
385. Georges Simenon *Les noces de Poitiers*
386. Carlene Thompson *Présumée coupable*
387. John Farris *Terreur*
388. Manchette-Bastid *Laissez bronzer les cadavres !*
389. Graham Hurley *Coups sur coups*
390. Thierry Jonquet *Comedia*
391. George P. Pelecanos *Le chien qui vendait des chaussures*
392. Ian Rankin *La mort dans l'âme*
393. Ken Bruen *R&B – Le gros coup*
394. Philip McLaren *Tueur d'aborigènes*
395. Eddie Little *Encore un jour au paradis*
396. Jean Amila *Jusqu'à plus soif*
397. Georges Simenon *L'évadé*
398. Georges Simenon *Les sept minutes*
399. Leif Davidsen *La femme de Bratislava*
400. Batya Gour *Meurtre sur la route de Bethléem*
401. Lamaison-Sophocle *Œdipe roi*
402. Chantal Pelletier *Éros et Thalasso*
403. Didier Daeninckx *Je tue il...*
404. Thierry Jonquet *Du passé faisons table rase*
405. Patrick Pécherot *Les brouillards de la Butte*
406. Romain Slocombe *Un été japonais*
407. Joe R. Lansdale *Les marécages*
408. William Lashner *Vice de forme*
409. Gunnar Staalesen *La femme dans le frigo*
410. Franz-Olivier Giesbert *L'abatteur*
411. James Crumley *Le dernier baiser*
412. Chuck Palahniuk *Berceuse*
413. Christine Adamo *Requiem pour un poisson*
414. James Crumley *Fausse piste*

415.	Cesare Battisti	*Les habits d'ombre*
416.	Cesare Battisti	*Buena onda*
417.	Ken Bruen	*Delirium tremens*
418.	Jo Nesbø	*Les cafards*
419.	Batya Gour	*Meurtre au Kibboutz*
420.	Jean-Claude Izzo	*La trilogie Fabio Montale*
421.	Douglas Kennedy	*Cul-de-sac*
422.	Franco Mimmi	*Notre agent en Judée*
423.	Caryl Férey	*Plutôt crever*
424.	Carlene Thompson	*Si elle devait mourir*
425.	Laurent Martin	*L'ivresse des dieux*
426.	Georges Simenon	*Quartier nègre*
427.	Jean Vautrin	*À bulletins rouges*
428.	René Fregni	*Lettre à mes tueurs*
429.	Lalie Walker	*Portées disparues*
430.	John Farris	*Pouvoir*
431.	Graham Hurley	*Les anges brisés de Somerstown*
432.	Christopher Moore	*Le lézard lubrique de Melancholy Cove*
433.	Dan Simmons	*Une balle dans la tête*
434.	Franz Bartelt	*Le jardin du Bossu*
435.	Reiner Sowa	*L'ombre de la Napola*
436.	Giorgio Todde	*La peur et la chair*
437.	Boston Teran	*Discovery Bay*
438.	Bernhard Schlink	*Le nœud gordien*
439.	Joseph Bialot	*Route Story*
440.	Martina Cole	*Sans visage*
441.	Thomas Sanchez	*American Zazou*
442.	Georges Simenon	*Les clients d'Avrenos*
443.	Georges Simenon	*La maison des sept jeunes filles*
444.	J.-P. Manchette & B.-J. Sussman	*L'homme au boulet rouge*
445.	Gerald Petievich	*La sentinelle*
446.	Didier Daeninckx	*Nazis dans le métro*
447.	Batya Gour	*Le meurtre du samedi matin*
448.	Gunnar Staalesen	*La nuit, tous les loups sont gris*
449.	Matilde Asensi	*Le salon d'ambre*
450.	Jo Nesbø	*Rouge-gorge*
451.	Olen Steinhauer	*Cher camarade*
452.	Pete Dexter	*Deadwood*
454.	Keith Ablow	*Psychopathe*

455.	Batya Gour	*Meurtre à l'université*
456.	Adrian McKinty	*À l'automne, je serai peut-être mort*
457.	Chuck Palahniuk	*Monstres invisibles*
458.	Bernard Mathieu	*Otelo*
459.	James Crumley	*Folie douce*
460.	Henry Porter	*Empire State*
461.	James Hadley Chase	*Pas d'orchidées pour Miss Blandish*
462.	James Hadley Chase	*La chair de l'orchidée*
463.	James Hadley Chase	*Eva*
464.	Arkadi et Gueorgui Vaïner	*38, rue Petrovka*
465.	Ken Bruen	*Toxic Blues*
466.	Larry Beinhart	*Le bibliothécaire*
467.	Caryl Férey	*La jambe gauche de Joe Strummer*
468.	Jim Thompson	*Deuil dans le coton*
469.	Jim Thompson	*Monsieur Zéro*
470.	Jim Thompson	*Éliminatoires*
471.	Jim Thompson	*Un chouette petit lot*
472.	Lalie Walker	*N'oublie pas*
473.	Joe R. Lansdale	*Juillet de sang*
474.	Batya Gour	*Meurtre au Philharmonique*
475.	Carlene Thompson	*Les secrets sont éternels*
476.	Harry Crews	*Le Roi du K.O.*
477.	Georges Simenon	*Malempin*
478.	Georges Simenon	*Les rescapés du Télémaque*
479.	Thomas Sanchez	*King Bongo*
480.	Jo Nesbø	*Rue Sans-Souci*
481.	Ken Bruen	*R&B – Le Mutant apprivoisé*
482.	Christopher Moore	*L'agneau*
483.	Carlene Thompson	*Papa est mort, Tourterelle*
484.	Leif Davidsen	*La Danois serbe*
485.	Graham Hurley	*La nuit du naufrage*
486.	John Burdett	*Typhon sur Hong Kong*
487.	Mark Henshaw / John Clanchy	*Si Dieu dort*
488.	William Lashner	*Dette de sang*
489.	Patrick Pécherot	*Belleville-Barcelone*
490.	James Hadley Chase	*Méfiez-vous, fillettes !*
491.	James Hadley Chase	*Miss Shumway jette un sort*

492.	Joachim Sebastiano Valdez	*Celui qui sait lire le sang*
493.	Joe R. Lansdale	*Un froid d'enfer*
494.	Carlene Thompson	*Tu es si jolie ce soir*
495.	Alessandro Perissinotto	*Train 8017*
496.	James Hadley Chase	*Il fait ce qu'il peut*
497.	Thierry Bourcy	*La cote 512*
498.	Boston Teran	*Trois femmes*
499.	Keith Ablow	*Suicidaire*
500.	Caryl Férey	*Utu*
501.	Thierry Maugenest	*La poudre des rois*
502.	Chuck Palahniuk	*À l'estomac*
503.	Olen Steinhauer	*Niet camarade*
504.	Christine Adamo	*Noir austral*
505.	Arkadi et Gueorgui Vaïner	*La corde et la pierre*
506.	Marcus Malte	*Carnage, constellation*
507.	Joe R. Lansdale	*Sur la ligne noire*
508.	Matilde Asensi	*Le dernier Caton*
509.	Gunnar Staalesen	*Anges déchus*
510.	Yasmina Khadra	*Le quatuor algérien*
511.	Hervé Claude	*Riches, cruels et fardés*
512.	Lalie Walker	*La stratégie du fou*
513.	Leif Davidsen	*L'ennemi dans le miroir*
514.	James Hadley Chase	*Pochette surprise*
515.	Ned Crabb	*La bouffe est chouette à Fatchakulla !*
516.	Larry Brown	*L'usine à lapins*
517.	James Hadley Chase	*Une manche et la belle*
518.	Graham Hurley	*Les quais de la blanche*
519.	Marcus Malte	*La part des chiens*
520.	Abasse Ndione	*Ramata*
521.	Chantal Pelletier	*More is less*
522.	Carlene Thompson	*Le crime des roses*
523.	Ken Bruen	*Le martyre des Magdalènes*
524.	Raymond Chandler	*The long good-bye*
525.	James Hadley Chase	*Vipère au sein*
526.	James Hadley Chase	*Alerte aux croque-morts*
527.	Jo Nesbø	*L'étoile du diable*
528.	Thierry Bourcy	*L'arme secrète de Louis Renault*

Composition MCP - Groupe Jouve
Impression Novoprint
le 22 octobre 2008
Dépôt légal : octobre 2008

ISBN 978-2-07-034519-9/Imprimé en Espagne.

149 748